कौरव सभा

आज के राजकाज और न्यायतन्त्र को बेनकाब करनेवाला
पंजाबी उपन्यास

कौरव सभा

मित्तरसैन मीत

रूपान्तर

फूलचन्द मानव

भारतीय ज्ञानपीठ

राष्ट्रभारती/लोकोदय ग्रन्थमाला : ग्रन्थांक 787

ग्रन्थमाला सम्पादक

रवीन्द्र कालिया

सह-सम्पादक

गुलाबचन्द्र जैन

पहला संस्करण : 2005
दूसरा संस्करण : 2010

ISBN : 978-81-263-2032-5

प्रकाशक :
भारतीय ज्ञानपीठ
18, इन्स्टीट्यूशनल एरिया, लोदी रोड
नयी दिल्ली-110 003

मुद्रक : विकास कम्प्यूटर ऐंड प्रिण्टर्स, दिल्ली-110 032

आवरण : नरेन्द्र श्रीवास्तव

आवरण-सज्जा : ज्ञानपीठ कला प्रभाग

दूसरा संस्करण : 2010
मूल्य : 200 रुपये

KOURAV SABHA
(Panjabi Novel)
by Mittarsen Meet
Translated by Phool Chand Manav

Published by
Bharatiya Jnanpith
18, Institutional Area, Lodi Road
New Delhi-110 003

Website : www.jnanpith.net
e-mail : Jnanpith@satyam.net.in, sales@jnanpith.net

Second Edition : 2010
Price : Rs. 200

औपन्यासिक विधा के मर्मज्ञ
प्रोफेसर डॉ. जोगिन्दर सिंह राही के लिए
जिनकी प्रेरणा ने 'कौरव सभा' का
सृजन करवाया

—मित्तरसैन मीत

कौरव सभा : परदे के पीछे का धर्मयुद्ध

'कौरव सभा' नाम से ही ध्यान जाता है कि महाभारतकालीन कौरवों की सभा कैसी थी, वहाँ अन्याय का कितना अँधेरा था। अलग बात है कि समकालीन दुनिया को देखते हुए 'कौरव सभा' अच्छी मालूम होती है। महाभारतकालीन कौरवों के भी कुछ नियम-क़ायदे-कानून थे। लड़ाई के अपने दस्तूर थे। वहाँ धृतराष्ट्र थे तो भीष्म पितामह भी थे और थे गुरु द्रोणाचार्य भी। जो युद्ध हुआ उसका एक नाम धर्मयुद्ध भी था। लड़ने के लिए वह कौरवों की तरफ़ थे, लेकिन दिल उनका पांडवों की तरफ़ था। अपनी समझ से मीत जी ने इस उपन्यास को 'कौरव सभा' नाम देकर उस काल से आज के युग की तुलना करके अनजाने में इस शासन व्यवस्था को गौरव दे दिया है। जैसा कि इस उपन्यास में भी उन्होंने स्पष्ट रूप से दर्शाया है कि आज की शासन व्यवस्था कहीं ज़्यादा भ्रष्ट है— जिसमें न कोई क़ायदा है, न कोई नियम-कानून। आज न ही कोई भीष्म पितामह है और न ही कोई गुरु द्रोणाचार्य। है तो केवल कुशासन और अन्धकार।

सरसरी तौर पर देखें तो मीत का उपन्यास एक तरह से अपराध-कथा है। अपराध की दुनिया में कुछ खुले तो कुछ बन्द यानी पर्दे के पीछे भी दाँव-पेंच चलते रहते हैं। उपन्यासकार वकालत के पेशे से जुड़े हैं, लिहाजा कोर्ट-कचहरी में हज़ारों इस तरह के मामले देख चुके हैं। उसी तजुर्बे के आधार पर उन्होंने तथ्यजनक बातें लिखीं, कोई सुनी-सुनाई कहानी नहीं। एक ज़माने में जो जासूसी उपन्यास लिखे जाते थे, यह उनसे अलग है। इस सामाजिक-राजनीतिक दस्तावेज़ की सबसे बड़ी ख़ासियत यही है कि अगर आप इसे उठाएँगे तो पूरा पढ़कर ही छोड़ेंगे। एक कौतूहल, उत्सुकता कि आगे क्या हुआ, बनी रहती है।

एक छोटी-सी घटना और उसमें पुलिस, अदालत के साथ राजनीति व समाज का कोई हिस्सा अछूता नहीं रहा।

इस उपन्यास में मूल पंजाब और दूसरे राज्यों से रोजी-रोटी की तलाश में आकर यहाँ बसे जिन चरित्रों को कहानी के साथ पिरोया गया है, शायद ही किसी पंजाबी लेखक ने इस तरह का लेखन किया होगा। उपन्यासकार ने एक ऐतिहासिक महत्त्व का काम किया है, जो गहराई से विचार करने लायक एक सराहनीय प्रयास है। यह उपन्यास बेशक पंजाब के एक ख़ास इलाक़े (महानगर) पर केन्द्रित है, लेकिन एक तरह से यह पूरे हिन्दुस्तान का आईना है। यह मज़ाक़ उड़ाने वाले अन्दाज़ में नहीं है, बल्कि बहुत गहरे दर्द और पीड़ा के साथ लिखा हुआ है।

'कौरव सभा' को पढ़कर लगता है कि कोर्ट की बहस कैसी रोचक हुआ करती है। यही रोचकता इस उपन्यास को पठनीय बनाती है। पाठक के लिए यह कहना मुश्किल हो जाता है कि कौन हार रहा है, कौन जीत रहा है। कटु यथार्थ को पाठकों के सामने रखकर भविष्य का फ़ैसला भी 'कौरव सभा' के माध्यम से मीत जी ने पाठकों पर छोड़कर इसे और दिलचस्प बना दिया है।

'कौरव सभा' मूल पंजाबी में लिखा गया मित्तरसैन मीत का अति उल्लेखनीय उपन्यास है। भारतीय ज्ञानपीठ जैसी बड़ी संस्था ने इसे प्रकाशित किया और अब इसका दूसरा नया संस्करण प्रकाशित किया जा रहा है। यह लेखक के लिए सम्मान की बात है और उस भाषा—पंजाबी के लिए भी, जिसमें इसे लिखा गया।

—डॉ. नामवर सिंह

आमुख

मित्तरसैन मीत का 'कौरव सभा' पंजाबी उपन्यास साहित्य की एक बहुचर्चित विशिष्ट कृति है। देश के कई विश्वविद्यालयों के पाठ्यक्रम में इसे सम्मिलित किया गया है। स्वतन्त्र रूप में इसे लेकर अनेक आलोचनात्मक पुस्तकें और शोध प्रबन्ध लिखे जा चुके हैं। यह उपन्यास समकालीन शासन व्यवस्था को नंगा करने का यत्न करता है, जिसमें अनुचित साधनों से संगृहीत काला धन राजनेताओं, प्रशासकों, पुलिसकर्मियों और छोटे-बड़े अन्य कर्मचारियों को खरीदकर दूषित किये हुए है। हर ओर अन्याय और अत्याचार का आतंक है। ऐसी रचना के लिए 'कौरव सभा' से अधिक सटीक नाम और क्या हो सकता था?

'कौरव सभा' महाभारत का सबसे घिनौना और लज्जाजनक प्रकरण है जिसमें सम्मिलित हर व्यक्ति धर्मच्युत हुआ। धर्मराज युधिष्ठिर अपनी पत्नी को जुए में हारे। दुयोधन द्रौपदी की इज्जत लूटकर अपने बदले की आग को ठण्डा करना चाहता है। दु:शासन उसे निर्वस्त्र करने का यत्न करता है तो शकुनि अपनी कुटिल हँसी द्वारा स्थिति को और अधिक कारुणिक बना रहा है। राजा धृतराष्ट्र अन्धा है आँखों से भी और पुत्रमोह से भी। राजा को समझाने, राह दिखलाने वाले भीष्म, द्रोण, कृप, विदुर आदि सब निष्ठा, राजभक्ति तथा अन्य व्यक्तिगत कारणों के आवरण से अपनी निर्वीयता को ढाँपने का यत्न करते हैं। पाण्डव विवश हैं। ऐसे में एक बाहर का आदमी आकर उस स्त्री की लाज बचाता है। आज तो जगह-जगह कौरव सभा बैठी है। कृष्ण किस किस द्रौपदी की लाज बचाने के लिए भागेंगे? यह उपन्यास हमारे सामने कुछ ऐसे ही प्रश्न खड़े करता है।

प्रस्तुत उपन्यास के कथानक के केन्द्र में है पंजाब का सबसे बड़ा नगर लुधियाना, जो राज्य के उद्योग, व्यापार और राजनीतिक गतिविधियों की धुरी है। पन्द्रह लाख से अधिक आबादी वाले इस 'लघु' महानगर में वे सब बुराइयाँ हैं जो आज के परिवेश में फैलते हुए किसी भी शहर में हो सकती हैं। व्यापार और उद्योगों के कारण यहाँ पैसा पानी की तरह बहता है; साफ भी और गँदला भी।

इससे एक नव धनाढ्य वर्ग अस्तित्व में आया। धनोमत्त इस वर्ग का उद्देश्य रहता है पैसे से और पैसा बनाना। इसके आगे सारी नैतिकता छोटी पड़ जाती है, मानवता बौनी होकर रह जाती है और रिश्ते अपना महत्त्व खो बैठते हैं। सारी गतिविधियाँ स्वार्थ केन्द्रित होकर पैसे के गिर्द घूमती हैं। अन्याय, अत्याचार और रिश्वत का बाजार गर्म हो उठता है।

'कौरव सभा' दो भाईयों और उनके परिवारों की कहानी है। सबक सिखाने और आतंकित करने की नियत से ही सही, एक पक्ष किराये के गुण्डों से दूसरे पर आक्रमण करवा देता है जिसमें अनचाहे तौर पर एक की हत्या हो जाती है, दो बुरी तरह से घायल हो जाते हैं और एक लड़की बलात्कार का शिकार होती है। फिर शुरू होती है मुकद्दमेबाजी, पुलिस, प्रशासन और राजनेताओं का खेल, न्याय को खरीदने की कोशिश, जो झुके नहीं उन्हें तोड़ने का यत्न। सालों कोर्ट कचहरी के चक्कर, वकीलों के हथकण्डे। अन्ततः जीत होती है पैसे की। मुद्दई अस्पताल में पड़े होते हैं और दोषी घर का सुख भोगते हैं।

उनमने तौर पर 'ऊपर' अपील करने की बात होती है परन्तु सब जानते हैं ऊपर भी यही होने वाला है।

लोगों का तन्त्र पर से विश्वास उठ रहा है। सामाजिक दृष्टि से यह सब से घातक स्थिति है।

रचना का लेखक स्वयं व्यावसायिक दृष्टि से इस तन्त्र के साथ जुड़ा हुआ है। वह अन्दर-बाहर सब-कुछ अपने अनुभव के आधार पर जानता है। इसीलिए उसकी अभिव्यक्ति में पैनापन है, प्रामाणिकता है। एक-एक घटना उसमें सजीव हो उठी है।

'कौरव सभा' का हिन्दी रूपान्तरण करने वाले प्रोफेसर फूलचन्द 'मानव' इस क्षेत्र के अनुभवी विद्वान हैं। हिन्दी और पंजाबी भाषाओं पर उनका समान अधिकार है। स्वयं कथाकार होने के नाते वह लेखक की मूल संवेदना को समझते हुए उसकी आत्मा में प्रवेश करने में सिद्ध हैं। इसलिए यह रचना अनूदित न होकर मौलिक का रस देती है। इस उपन्यास के हिन्दी रूपान्तर को वृहत्तर पाठक वर्ग के समक्ष लाने के लिए भारतीय ज्ञानपीठ को साधुवाद।

यह लेखनी और सशक्त हो, इस कामना के साथ—

—ज्ञानचन्द्र शर्मा

कौरव सभा

पार्क का दूसरा चक्कर शुरू करते ही रामनाथ को घर से सन्देश आ गया। मायानगर से फोन आया था। नीलम बहन के घर डकैती पड़ी थी। सारा परिवार जख़्मी था। 'सैर बीच में ही छोड़ो। तुरन्त घर आओ।' फौरन मायानगर जाना था।

तेज चाल से सैर करने के कारण साँस पहले ही फूली हुई थी। डकैती की बात सुनकर दिल की धड़कन भी तेज हो गयी। आँखों के आगे तारे-से मँडराने लगे।

स्वयं को सँभालने की कोशिश करता रामनाथ घास पर बैठ गया। जूते (बूट) उतारे। पसीना पोंछा। पानी पिया। आँखों पर पानी के छींटे मारे। मन कुछ शान्त हुआ। घर जाने के लिए वह बेटी की मोपेड के पीछे बैठ गया।

घर पहुँचने पर पत्नी संगीता ने घटना का विस्तार बताया।

डकैती से भी ज्यादा चिन्ता की बात थी कि फोन नीलम के किसी पड़ौसी के घर से आया था। नीलम के जेठ मोहनलाल के परिवार के किसी मेम्बर ने उन्हें सूचित क्यों नहीं किया?

मोहन का परिवार साधारण परिवार नहीं था। वह मायानगर के चुनिन्दा घरों में से था। अच्छा व्यवसाय था। सरकारे-दरबार में पहुँच थी। सारे शहर में जानकारी थी। क्या उनमें से कोई भी वारदात वाली जगह नहीं पहुँचा था? यदि नहीं, तो क्यों नहीं?

शहर जाने की तैयारी में व्यस्त पत्नी की सहायता करता रामनाथ उलझन को सुलझाने की कोशिश करने लगा।

रामनाथ के मन में प्रश्न बे-मतलब नहीं उठ रहा था। इसके पीछे बड़ी भूमिका थी।

कुछ देर से दोनों परिवारों के बीच खींचतान चल रही थी। जायदाद का झगड़ा पारिवारिक हाथों से निकलकर अदालत तक पहुँच गया था। आपस में मन-मुटाव चल रहे थे। बोलचाल बन्द थी।

रामनाथ का मन बार-बार यही सोच रहा था। यह सब उसी परिवार ने ही न करवाया हो?

उस परिवार पर रामनाथ व्यर्थ शंका नहीं कर रहा था।

किसी और से नहीं, घटना की चेतावनी स्वयं नीलम की जेठानी की ओर से मिली थी। चाचा-भतीजों में सौ मनमुटाव हुआ हो। मायादेवी के लिए वेद तथा उसका परिवार पहले की तरह उसका अपना था। मोहन के जीवित रहते और बात थी। अब छोकरे मनमर्जी के हो रहे थे। उनकी चालें ठीक नहीं थीं। शराब पी रहे लड़कों को मायादेवी ने गलत मंसूबे बनाते स्वयं सुना था। कभी वे कहते चाचा वेद को अपने बाहुबल पर बहुत घमण्ड है। जवानी में पहलवानी करते, कसरत कर-करके उसने अपनी भुजाओं के डौले बनाये थे। वे उसके डौलों का चूरमा बना देंगे। पीसकर रख देंगे।

नीलम को अपनी अक्ल पर अहंकार था। वे उसके दिमाग को 'बलास्ट' कर देंगे। नेहा बेचारी ने कभी किसी का कुछ नहीं बिगाड़ा। वे अपनी छोटी बहन को भरे बाजार नंगा करने की सोच रहे थे। वेद का इकलौता वारिस उनकी आँखों में ज्यादा खटकता रहता। कभी-कभी वे उसका काँटा निकालने की बक-बक भी किया करते थे।

हमदर्दी के तौर पर मायादेवी ने वेद को सुझाव दिया था। ले-देकर भतीजों से समझौता कर ले। कल कोई अनहोनी हो गयी तो मुझे उलाहना ना देना।

रामनाथ को इस प्रताड़ना की सूचना मिली थी। लेकिन इस बारे में उसने ज्यादा ध्यान नहीं दिया। कानून की पढ़ाई करते समय उन्हें अपराध विज्ञान पढ़ाया गया था। इस विज्ञान का एक अध्याय पढ़ते समय उसने जाना कि सभ्य जमातें शारीरिक हिंसा का सहारा नहीं लेतीं। खून बहाने की जगह वे कानूनी लड़ाई में विश्वास रखती हैं। यह केवल सिद्धान्त ही नहीं था। इस सिद्धान्त को सच की कसौटी पर खरा उतरते वह नित्य देख रहा था। एक पूरबिया दूसरे पूरबिये का पचास रुपये के झगड़े के कारण गला काट देता था। लेकिन माया नगर में लोगों के मुकदमे भी चलते थे तथा साँझे व्यापार भी। पति-पत्नी तलाक लेकर भी एक-दूसरे के घर रात बिता जाते थे।

इसी सिद्धान्त पर अमल करते रामनाथ ने वेद को इस चेतावनी पर ध्यान न देने का मशविरा दिया। अब उसे अपनी ही राय (मशविरे) पर पछताना पड़ रहा था।

माया नगर जाने के लिए रामनाथ ने टैक्सी मँगवा ली थी। ट्रैक सूट उतारकर कुर्ता-पाजामा पहन लिया था। अलमारी में हाथ डाला। दस हजार रुपये पड़े थे। उठाकर खीसे (जेब) में डाल लिया।

छोटे भाई मंगत को बुलाकर सारी स्थिति से परिचित कराया। बच्चों की देखभाल करने की जिम्मेदारी लगायी। बीस हजार का चैक काटकर उसे थमाया। दिन में वह बैंक से पैसे निकाले। माया नगर जाते ही वह फोन करेगा। मामला

गम्भीर न हुआ तो शाम तक वापिस आ जाएगा। जरूरत पड़ी तो मंगत को बुला लेगा।

रामनाथ के शहर से मायानगर का रास्ता एक घण्टे का था। पहले यह रास्ता आँख झपकते ही निपट जाता था। आज जैसे हर पल युगों के समान लम्बा हो गया। उसका मन विचलित हो रहा था। उसे नीलम के परिवार की चिन्ता खा रही थी। फोन पर कभी सच नहीं बताया जाता। बहुत कुछ छुपा लिया लगता था। परमात्मा ख़ैर (भली) करे। मन ही मन वह प्रार्थना कर रहा था।

यह सब किसने किया होगा?

कार जैसे ही मायानगर के रास्ते पड़ी, रामनाथ के दिमाग में प्रश्न आने शुरू हो गये।

आजकल 'काला-कच्छा गिरोह' ऐसी घटनाओं में लगा हुआ था। हो सकता है, यह वारदात किसी ऐसे गिरोह ने ही की हो।

दूसरे ही पल उसने 'काला-कच्छा गिरोह' के इस घटना में शामिल होने को नकार दिया। ये गिरोह ऐसी घटनाएँ शहर या गाँवों से बाहर बसे घरों में अंजाम देते थे। नीलम का घर शहर की घनी आबादी में था। गली के दोनों ओर लोहे के बड़े गेट थे। पहरेदार सारी रात पहरा देता था।

घटना सोची-समझी साजिश के तहत लग रही थी।

रामनाथ की हिदायत पर ड्राइवर ने गाड़ी सौ की स्पीड पर छोड़ दी। उसी रफ्तार से रामनाथ सोच के घोड़े दौड़ा-दौड़ाकर टूटी लड़ियाँ जोड़कर घटना की गहराई तक जाने की कोशिश करने लगा।

रामनाथ को मोहन के बेटों पर शक था। लेकिन वे वेद के परिवार के खून के प्यासे हो जाएँगे, यह सच्चाई उससे निगली नहीं जा रही थी।

मोहन बड़ा भाई था। वेद छोटा। परन्तु दोनों में रिश्ता बाप-बेटे जैसा था। मोहन आयु में वेद से केवल दस वर्ष बड़ा था। लेकिन रुतबे में सौ गुना बड़ा।

वेद अभी तीसरी कक्षा में पढ़ता था। मोहन सिविल इंजीनियरिंग की पढ़ाई के लिए मायानगर के मशहूर इंजीनियरिंग कॉलेज में दाखिल हुआ। तब इस कॉलेज में दाखिला चुनिन्दा छात्रों को ही मिलता था।

डिग्री प्राप्त करते ही उसे नौकरी मिल गयी। पी.डब्ल्यू.डी. जैसा विभाग मिल गया। एस.डी.ओ. का पद। भटिण्डा जैसे शहर में नियुक्ति हो गयी, जो उन दिनों प्रगति की मंजिलें छलाँगता जा रहा था। कहीं थर्मल प्लाण्ट उभर रहा था, कहीं खाद फैक्टरी। कहीं फौजी छावनी का विस्तार किया जा रहा था। कहीं सिनेमा हॉल बन रहे थे।

यातायात को आसान बनाने के लिए सरकार सड़कों का जाल बिछा रही थी।

सरकारी बिल्डिंगें धरती की छाती पर कुकुरमुत्तों की भाँति उग रही थीं।

मोहनलाल परिश्रम करके खानेवाले, मेहनती परिवार में से आया था। शारीरिक मेहनत उसकी आदत थी। बुद्धि देते वक्त प्रभु ने संकोच नहीं किया। दोनों के संगम के कारण मोहन के कार्यों की धूम मची हुई थी। प्रत्येक सड़क, इमारत निश्चित समय से पहले तैयार करा देने के लिए वह मशहूर हो गया।

नाम के साथ-साथ मोहन ने खूब धन भी कमाया। लेबर के ठेकेदार तक को उसे कमीशन देना पड़ता था। धीरे-धीरे उसने ठेकेदार के साथ दोस्ती कर ली। कमीशन की जगह उसके साथ हिस्सेदारी कर ली।

शहर के एक बड़े ठेकेदार ने उसकी प्रतिभा को पहचाना, अपना दामाद बना लिया। भटिण्डा में उसके पाँव और मजबूत हो गये।

मोहनलाल ने अपनी स्थिति मजबूत करके घर के सुधार की ओर ध्यान दिया। कच्चे-पक्के मकान की जगह डबलस्टोरी बिल्डिंग खड़ी कर ली। बाप को किरयाने की दुकान से उठाकर कपड़े के आलीशान शोरूम पर बैठा दिया।

मोहन ने बहुत कोशिश की कि वेद पढ़-लिखकर कोई अच्छी लाइन पकड़ ले। डॉक्टर बने या इंजीनियर। लेकिन वेद का ध्यान पढ़ाई की ओर कम, खेलों की ओर अधिक था। पहलवानी उसका पहला शौक था। वह सारा दिन डण्ड पेलने में बिता देता।

आजकल के दिन होते तो डोनेशन देकर मोहन उसे कहीं प्रवेश दिला देता। उन दिनों अंकों की कद्र थी। अंक वेद के पल्लू में पड़ते नहीं थे।

जैसे-तैसे वेद के बी.ए. पास करते ही मोहनलाल ने म्यूनिसिपल कमेटी के प्रधान के साथ जोड़-तोड़ करके बतौर क्लर्क उसे भर्ती करा दिया। साथ ही प्रधान से वादा लिया कि जब भी चुंगी या टैक्स इन्स्पेक्टर की सीट खाली होगी, वह तुरन्त वेद को वहाँ लगा देगा।

वेद के पद को ध्यान में रखकर, रामनाथ के बाप ने उसे अपनी सुन्दर व बी.ए. पास बेटी का वर चुन दिया।

सब ओर से सन्तुष्ट वेद मंजीरे गाने लगा।

पाँच वर्ष का समय पूरा होने पर जब मोहनलाल के अफसर का तबादला पटियाला में हो गया तो वह बदलवा कर मोहनलाल को भी वहीं ले गया। मोहनलाल ने पटियाले का मुँह-माथा सँवार दिया। साथ ही अपनी तिजौरी का भी।

पदोन्नत होकर अफसर मायानगर चला गया। मोहनलाल की भी तरक्की होने वाली थी। इस कार्य में कोई विघ्न-बाधा न पड़े। इसलिए मोहनलाल को परवाज (उड़ान) के लिए अपने अफसर के पंखों के सहारे की आवश्यकता थी।

अफसर ने मोहनलाल की विनती तुरन्त स्वीकार कर ली। परिश्रमी व वफादार

अफसरों की कमी होती जा रही थी। मोहनलाल में ये दोनों गुण थे। वह तुरन्त उसे मायानगर ले गया।

मायानगर में मोहनलाल जैसे कई परिश्रमी अफसर बैठे थे। वे वफादार बेशक कम थे, लेकिन जुगाड़-जुगत में तेज थे।

मोहनलाल अफसरों की भीड़ में खो गया।

लेकिन दरियाओं के बहाव रोकने से नहीं रुकते। मोहनलाल ने विभाग का पीछा छोड़कर माया नगर की व्यापारिक सम्भावनाओं का जायजा लेना शुरू कर दिया।

सड़कों पर तारकोल बिछाने का पारम्परिक धन्धा महँगा पड़ रहा था और काम भी अच्छा नहीं हो रहा था। सरकार ने लाभ-हानि के सभी पहलुओं पर विचार करके, मिक्स प्लाण्टों में तैयार किये गये तारकोल को सड़कों पर बिछाने की योजना को मंजूरी दे दी। मोहनलाल ने तुरन्त अपने अनुभव से लाभ उठाने का मन बना लिया।

जिस-जिस अफसर को मिक्स प्लाण्ट चलने में मददगार होना था, उनके कमीशन रखकर, देखते ही देखते मिक्स प्लाण्ट चालू कर दिया।

उतना माल सड़कों पर नहीं पड़ता था जितना बच जाता था। उतनी आमदन सड़कों पर माल बिछाकर नहीं होती थी, जितनी शेष माल बेचने से हो जाती थी। प्लाण्ट का खर्च दो वर्ष में निकल आया। जब तक मिक्स प्लाण्ट में से होती आमदनी की समझ अन्य व्यापारियों को लगती, तब तक मोहनलाल कई करोड़ रुपया अपनी तिजोरियों में डाल चुका था।

इसी आय में से वह शहर की सीमा पर चलते दो ईंट भट्ठे व एक शैलर खरीद चुका था। कोयले की दलाली में अच्छा पैसा बन रहा था। साथ ही इस व्यापार में पाँव रख लिया।

बढ़िया ईंट मायानगर के व्यापारी ले जाते। नरम ईंट बढ़िया ईंट के भाव सरकार की सड़कों व इमारतों में खप जाती। कोयले के साथ-साथ मोहनलाल ने सरकार से तारकोल सप्लाई करने का ठेका ले लिया। चौथा हिस्सा तारकोल मायानगर पहुँचती थी। तीन चौथाई मथुरा में ही बिक जाती थी।

माया की बरसात को मोहनलाल कहाँ सँभाले!

दोस्तों-मित्रों ने राय दी—ब्लैक मनी को जायदाद में खपत करो। मायानगर के प्लॉटों की कीमत पचास-पचास लाख थी। एक नम्बर के एक लाख के साथ उनचास हजार छुप जाता था।

इस धन्धे में सबसे ज्यादा लूट थी। प्लॉटों की खरीदो-फरोख्त छोड़कर उसने कालोनियाँ काटना शुरू कर दिया।

लावारिस व झगड़े वाली जमीनें मिट्टी के मोल मिलतीं। माल महकमे व पुलिस अफसरों के साथ मिलकर मिट्टी सोना बन जाती।

कॉलोनी के धन्धे ने एक और लाभ दिया। व्यापारी, साहूकार व अफसरों से वास्ता पड़ने लगा। राजनीतिक लोगों को काला धन खपाने का अवसर मिलने लगा। उसकी पहचान का दायरा बहुत विशाल हो गया। सभी रुके काम चुटकी में होने लगे। सरकारी नौकरी वह छोड़नी नहीं चाहता था। उसका ऊँचा पद था। सरकार में पूछ-पड़ताल थी। अपने पद के आधार पर वह अफसरों को आसानी से मिल सकता था। क्लब-होटलों में जा सकता था।

अफसरी के साथ-साथ व्यापार चलाना कठिन होता जा रहा था। बच्चे अभी छोटे थे। पत्नी अधिक चुस्त नहीं थी। मायानगर में बाकी सब कुछ था, लेकिन वफादारी का नामोनिशान न था। कौन कब ठगी मार जाए, कोई भरोसा नहीं। जिन लोगों को मोहनलाल ने दिहाड़ीदारों से ठेकेदार बनाया था, आवश्यकता पड़ने पर वे ही उसे टँगड़ी मार रहे थे।

मोहनलाल भरोसा करे तो किस पर? समस्या को उसकी पत्नी माया ने सुलझाया।

"हमारे नौकर-चाकर कोठियों-फैक्टरियों के मालिक बन बैठे हैं। वेद को शहर क्यों नहीं बुला लेते। वह चार पैसे बना लेगा। कम से कम घर में तो रहेगा। भाई-भाई का सहारा होता है। जरूरत पड़ेगी, बराबर खड़ा होगा।"

वेद ने पहले ताँक-झाँक-सी की। वेद का अपने शहर में बढ़िया गुजारा चल रहा था। उसका दिल लगा हुआ था। उसे माया की ज्यादा तृष्णा न थी।

लेकिन नीलम को जब पेशकश का पता चला, उसके मुँह में पानी भर आया। मायानगर को भारत का मानचैस्टर कहा जाता था। बच्चे काम को आगे बढ़ाने वाले हों, बेशक करोड़पति बन बैठें। पढ़ना हो तो घर बैठे डॉक्टर बन सकते थे। इंजीनियर बन सकते थे। उच्चकोटि के दूसरे कोर्सों के लिए यूनिवर्सिटी थी। उत्तरी भारत के विशेषज्ञ डॉक्टर इसी शहर में रहते थे। मनोरंजन के लिए होटल थे। क्लब थे। खरीददारी के लिए दुनिया भर के शोरूम थे।

नीलम के व्यंग्य से तंग आकर वेद ने अपना मन बदल लिया। बच्चों के भविष्य के लिये वह कुछ भी करने को तैयार था।

रामनाथ की टैक्सी मायानगर की ओर दौड़ रही थी। लेकिन रामनाथ तो समय को पीछे धकेलना चाहता था।

अच्छा होता यदि वेद अपना शहर न छोड़ता। अच्छा होता यदि उसने मोहन की राय ठुकरा दी होती। आज यह दिन न देखना पड़ता।

उस समय किसी को क्या पता था कि राम-लक्ष्मण वाला प्यार सुग्रीव-बाली में बदल जाएगा।

जब तक व्यापारिक साझेदारी मोहनलाल व वेद के बीच में रही, सब अच्छा

चलता रहा। मोहनलाल वेद को जो भी जिम्मेदारी सौंपता, वह उसे पूरी ईमानदारी से निभाता। मोहन जहाँ कहता, वेद आँखें मींचकर हस्ताक्षर कर देता। बदले में मोहन उसे उसका बनता मुनाफा बिना किसी कमी-पेशी के देता रहा।

जब वेद मायानगर में आया, उसका सारा सामान एक फोर-व्हीलर में ही आ गया था।

अब वेद के पास सब कुछ था। पॉश कालोनी में पाँच सौ गज की कोठी थी। दो और प्लॉट उसके नाम थे। मोहनलाल की कई फर्मों में वह हिस्सेदार था। प्रापर्टी डीलर का उसका अपना अलग काम था। उसका आफिस एयर-कण्डीशनर था। एयरकण्डीशनर कार थी। पत्नी के पास एक किलो के करीब सोना था। दोनों बच्चों के नाम बड़े-बड़े फिक्स डिपाजिट थे। वेद की शराफत के कारण अपने कारोबार में उसका नाम सत्कार से लिया जाता था।

नीलम अच्छे विचारों वाली गृहिणी थी। अपने अड़ोस-पड़ोस में उसका सत्कार था।

दोनों परिवार रोशनियों में नहा रहे थे।

रामनाथ की कार सिविल लाईंज़ में प्रवेश कर गयी। जैसे-जैसे घर नजदीक आ रहा था, उसके दिल की धड़कन बढ़ती जा रही थी। पता नहीं आगे से क्या सन्देश मिलने वाला था? गम्भीर रूप से घायल कोई साँस भी छोड़ सकता था।

मौत का ख्याल आते ही रामनाथ को फिर मोहनलाल की याद आ गयी।

मोहनलाल को हार्ट-अटैक की बीमारी ही हुई थी, जिसने दोनों परिवारों की साझी दीवार में दरार डाल दी थी।

पहला अटैक उसे दस वर्ष पूर्व हुआ था। उस समय उसकी आयु पचास वर्ष के करीब थी। बाईपास सर्जरी कराकर वह ठीक हो गया था। बल्कि पहले से बढ़कर जवान महसूस करने लगा था।

सालभर तक मोहनलाल डॉक्टरों की हिदायतों पर अमल करता रहा। लम्बी-लम्बी सैर करता। खाने-पीने का परहेज करता रहा।

बढ़ते बिजनेस के कारण मित्रों का दायरा विशाल होता गया। व्यापारिक बन्धनों को मजबूत करने के लिए, लाचारी में होटलों-क्लबों में जाना पड़ा।

मोहनलाल अकेला नहीं था, जिसकी बाईपास सर्जरी हुई हो। यहाँ आधे से अधिक व्यापारी सीना टँकाये घूम रहे थे। कोई डॉक्टरों की हिदायतों की ज्यादा परवाह न करता था। खाये-पीये बिना मानसिक तनाव दूर होनेवाला नहीं था। वे भूखे रहने से खाते-पीते मरने को पहल देते थे।

साथ लगकर देखा-देखी, मोहन ने पहले एक पैग लेना शुरू किया। फिर दो, आखिर तीन।

यदि व्यापार बढ़ रहा था तो उम्र भी बढ़ रही थी।

उधर उसके सहयोगियों की ओर से घोटालों की संख्या बढ़ने लगी। कई बार कोई नजदीकी दोस्त भी हाथ मार जाता। गिला करने पर कहता, ''व्यापार में सब चलता है।''

व्यापार की ऊँच-नीच व खींचतान के कारण मोहनलाल का मानसिक तनाव बढ़ने लगा। पहले शूगर बढ़ी। फिर रक्तचाप ऊपर-नीचे रहने लगा।

डॉक्टरों ने खतरे की घण्टी बजायी। परहेज रखो। रक्त गाढ़ा होता जा रहा था। गाढ़ा खून दिल पर असर करने लगा। दोबारा सर्जरी नहीं होगी। दोबारा हुआ हार्ट-अटैक खतरनाक हो सकता है।

डॉक्टरों की चेतावनी के बावजूद दूसरा अटैक हो गया।

तात्कालिक तौर पर उस अटैक का असर मोहनलाल पर नहीं हुआ। उस अटैक का असर अब वेद परिवार पर हुआ था।

दूसरे अटैक के बाद डॉक्टरों ने मोहनलाल को पूरी तरह से खाट (मंजी) पर लिटा दिया था। अब मानसिक तनाव से दूर रहने का समय था। मानसिक तनाव से पीछा छुड़ाने के लिए व्यापार से पीछा छुड़ाना आवश्यक था।

मोहनलाल ने अपनी स्थिति भाँप ली। उसका कोई भी दिन आखिरी दिन हो सकता था।

लालचवश वह पहले गलती कर बैठा। उसने सेहत की परवाह नहीं की थी। अब वह दोबारा गलती करनेवाला नहीं था। अब हालात बदले हुए थे। अब कोठियाँ, कारें, कारखाने, सोना, चाँदी सब असीम हो रहा था। यही सब सँभला रहे, बहुत है।

लड़के व्यापार सँभालने लायक हो गये।

बड़ा लड़का पंकज अमरीका से एम.बी.ए. कर आया था। छोटे बेटे नीरज ने मेकैनिकल इंजीनियरिंग रुड़की से की थी। दोनों में खूब काबलियत थी।

मोहनलाल ने धन बहुत कमाया था। लेकिन कष्ट उठाकर। कभी सड़कों के किनारे खड़े धूल फाँककर, और कभी सड़ती तारकोल के धुएँ से फेफड़े गलाकर। कभी दफ्तरों की खाक छानता रहा। कभी अफसरों के हुक्के भरे।

मोहन की लालसा थी कि उसके बच्चे इस इतिहास को न दोहराएँ। वह उनके लिए कोई बड़ा उद्योग स्थापित करना चाहता था।

मोहनलाल के दोस्तों ने राय दी। इन दिनों लोहे के व्यापार की माँग थी। लोहे की मिलें सोने की सिलें उगल रही थीं।

राय मोहनलाल को भा गयी। वह लोहे की मिल के सपने देखने लगा।

दो एकड़ का प्लॉट। चारों ओर ऊँची-ऊँची दीवार। बीच में बड़ा-सा प्लाण्ट। एक ओर बड़ा-सा एयर-कण्डीशन आफिस। दूसरी ओर नौकरों के क्वार्टरों की

पंक्ति। चार-चार गेट। प्रत्येक गेट पर पहरेदार। बड़ी-बड़ी कारें। नोट। मालिक। सैलूट!

कुछ दिन सोच-विचार करने के बाद मोहनलाल ने लोहे के मिल लगाने का एलान कर दिया। हैवी इण्डस्ट्री। सारा काला धन एक ही जगह खपा दो।

करोड़ों रुपये के इस चक्रव्यूह में वेद नहीं पड़ना चाहता था। मिल के प्लॉट की कीमत पचास लाख थी। मशीन की कीमत दो करोड़। एक करोड़ रुपया घर से लगाना था। कई करोड़ सरकार से ऋण लेना था। वेद था अनपढ़-गँवार। यह पेचीदा काम उसके वश का नहीं था।

नीलम एक बार फिर वेद को झुकाने में सफल हो गयी।

वेद सहमत अवश्य हो गया। लेकिन अपने भीतर से उसे खतरे की घण्टियाँ सुनाई देने लगी थीं। मोहनलाल के साथ साझेदारी करना और बात थी। भतीजों के साथ साझेदारी निभेगी या नहीं? इस बारे में वेद को विश्वास नहीं था। वे पढ़े-लिखे थे। धन्धा नयी किस्म का था। वेद उनके साथ कैसे भिड़ेगा? उसकी समझ में नहीं आ रहा था।

दीपनगर की ओर लाते हुए रामनाथ को आज वेद की बुद्धि की समझ आयी थी। वेद की सोच ठीक थी। नीलम गलत थी। अच्छा होता यदि वेद नीलम की राय का विरोध करने का दम रखता। तो आज, ये दिन न देखने को मिलते।

वेद को इस व्यापार की कभी भी समझ नहीं आयी। मोहनलाल ने अपनी सारी पूँजी इस व्यापार में लगा दी थी। उसके पीछे लगकर वेद ने अपना सब माल-असबाब मोहनलाल को पकड़ा दिया। और कुछ वेद को पता न था। पैसा कहाँ से आया? कहाँ गया? ऋण कहाँ से लिया गया? कौन-सी जायदाद? वफादार सिपाही की भाँति जहाँ कहते, वह हस्ताक्षर कर देता।

सिर मुँडवाते ही ओले पड़ने वाली लोकोक्ति मोहनलाल के इस धन्धे में सही सिद्ध हुई थी।

केन्द्र में सरकार बदल गयी। नयी सरकार ने सख्ती कर दी। नये ऋणों की शर्तें सख्त हो गयीं। सब्सिडी कम हो गयी। टैक्सों में मिलती छूट बन्द हो गयी। आयात-निर्यात की शर्तें ढीली हो गयीं। आयात हुआ माल सस्ता मिलने लगा। कच्चे माल व बिजली की दरों में बढ़ोतरी हो गयी। हेरा-फेरियों के रास्ते बन्द हो गये।

मिल को मिलनेवाली मंजूरी में देर लगने लगी। खर्चे बढ़ने लगे। बजट डगमगाने लगा।

दूसरी ओर मोहन की बीमारी बढ़ गयी। पंकज वगैरा की एक टाँग फैक्टरी में होती, दूसरी दिल्ली।

वेद को कोई ज्ञान न था। सारा कारोबार मुलाजिम देख रहे थे।

कई लाख रुपये कागजात तैयार करने व रिश्वत देने में खर्च हो चुके थे। प्लॉट की किस्तें भरी जा चुकी थीं। मशीनरी के लिए एडवांस भेजा जा चुका था। इस पड़ाव पर पहुँचकर पीछे लौटना मुश्किल था।

जानकार व अनुभवी लोगों ने राय दी। जैसे भी हो, मिल चालू करो। कभी भी हालात सुधर सकते हैं। मुकाबला सख्त हो चला था। मुकाबले के कारण कमजोर इकाइयों को फेल हो जाना था। शेष रही इकाइयाँ व्यापार पर अपना कब्जा कर लेंगी।

इसी खींचतान में मिल का चालू होना दो वर्ष पीछे चला गया।

एक ओर मशीनरी की कीमत बढ़ गयी। दूसरी ओर ऋण की शेष रहती किस्तें रोक दी गयीं। ऋण मिल की उसारी के हिसाब से मिलना था। कर्मचारियों का खर्च भी बढ़ने लगा।

मोहनलाल का चलना-फिरना बन्द हो गया। उसकी स्थिति को देखते हुए फैक्टरी में पड़नेवाले घाटे की बात उससे छुपाई गयी थी। लेकिन बिल्ली को कितनी देर बोरी में डालकर रखा जा सकता था। मूँछें दाढ़ी से बढ़ चली थीं। मिल दैत्य का रूप धारण कर चुकी थी। वह सारे पैसे खा गयी थी। पेट अभी भी नहीं भरा था।

आखिर कड़वा घूँट भरा गया। मिल का निर्माण रोककर, उसे बिक्री पर लगा दिया गया।

दोनों परिवारों का बहुत कुछ मिल ने निगल लिया था। नीरज व पंकज के हाथों सब कुछ हुआ था। इसलिए उन्हें पड़े घाटे की बारीकियों की जानकारी थी। वेद को अपने भतीजों पर विश्वास था। उसने सब्र कर लिया था।

लेकिन इतना घाटा कैसे पड़ा—नीलम समझ नहीं पा रही थी। मोहनलाल पर भरोसा किया जा सकता था। लेकिन मायानगर की आबोहवा में पले-बढ़े भतीजों पर अन्धी श्रद्धा नहीं रखी जा सकती थी।

नीलम के दूर के रिश्तेदार, भांजे की मिल, शहर गोविन्दगढ़ में चलती थी। पिछले दिनों वह उसे एक शादी में मिला था। वह मिल मुनाफा कमा रही थी।

वेद ने नीलम को समझाया। यह मिल पुरानी थी। प्लॉट व मशीनरी पुराने भाव में खरीदे हुए थे। 'गुड-विल' बनी हुई थी। आई-चलाई हो रही होगी।

लेकिन नीलम उससे सहमत नहीं थी। वह सुबह-शाम वेद को ताने देने लगी। वह अपने भतीजों से हिसाब तो ले। पता चले घाटा कहाँ पड़ा था? ताकि मन को तसल्ली हो।

परन्तु वेद में न हिसाब माँगने की हिम्मत थी। न उसने हिसाब माँगा।

घाटे व वेद की जिद से तंग आकर, नीलम ने गुस्से का इजहार अपने ढंग से

करना शुरू कर दिया।

भतीजों की हेराफेरी की शिकायत पहले उसने दूर के रिश्तेदारों से की फिर नजदीकी दोस्तों-मित्रों के पास। इश्क-मुश्क की भाँति उड़ती-उड़ती बात मोहन तक पहुँचती रही। भाई की गलती पर पर्दा डालने के लिए वह बात को आयी-गयी करता रहा। "चुगली हुई है" कहकर बात टालता रहा।

लेकिन जब यह बात पंकज के ससुराल वालों तक पहुँची, तथा ससुरालवालों से पंकज के पास, तो मामला मोहनलाल के हाथ से निकल गया।

कुछ दिन घर में खुसर-फुसर हुई। मोहनलाल ने बात आयी-गयी करने का यत्न किया। लेकिन लड़के एक ही जिद को पकड़कर बैठ गये। मीटिंग करो। हिसाब-किताब मुँह पर मारो। साझे काम बन्द करो।

नीलम की गलती तथा लड़कों के फैसले ने मोहनलाल के मानसिक तनाव को शिखर पर पहुँचा दिया। पहले उसकी शूगर बढ़ी। फिर दिल की धड़कन। फिर उसे तीसरा अटैक हुआ। और दिल की धड़कन बन्द हो गयी।

"बच्चों, मौत का समय तथा स्थान पहले से निश्चित है। मौत का बहाना बनना होता है। इसमें किसी का कोई दोष नहीं।"

घर के बुजुर्गों, पण्डितों, साधु-सन्तों ने पंकज, नीरज वगैरा को बहुत समझाया। लेकिन वे अपने पिता की असमय हुई मृत्यु की जिम्मेदारी वेद परिवार पर डालने से बाज नहीं आये।

मिल में पड़े घाटे, लगे आरोप व पिता की असमय मृत्यु ने दोनों भाइयों के मनों में जहर भर दिया। सारा दिन वे एक ही बिन्दु पर सोचते रहते। वेद परिवार को नीचा कैसे दिखाया जाए?

मोहनलाल के भोग पर इकट्ठे हुए रिश्तेदारों के बीच में हिसाब-किताब पेश किया गया। पहले पंकज भाइयों ने कोई हेरा-फेरी नहीं की थी। फिर ऊपर-नीचे करके घाटा दोगुना करके दिखाया गया। पहले पड़े घाटे का बँटवारा नहीं हुआ था। अब पाई-पाई का भुगतान माँगा गया। मिल में वेद का बीस लाख चलता था। उसकी ओर पाँच लाख और निकलता था। उसका भुगतान तीन महीने के अन्दर-अन्दर माँगा गया।

बीमारी के दिनों में मोहन ने अपने कारोबार व जायदाद का विवरण दोनों बेटों को समझा दिया था। ऐसी बेनामी जायदादों की लम्बी लिस्ट थी, जिसका असली मालिक मोहन था। परन्तु कागज-पत्रों में वेद का नाम बोलता था।

ऐसे कुछ लेन-देन अमन-चैन से निपट गये। कुछेक में थोड़ा-बहुत कम-ज्यादा हुआ। कहीं-कहीं तकरार भी हुई। एक-दो जगह गुत्थी बुजुर्गों ने सुलझायी।

नगर सुधार ट्रस्ट की ओर से गुरदेवनगर जैसी पॉश कालोनी में एलाट हुए एक

हजार गज के प्लॉट का निपटारा जब किसी भी तरह न हुआ, तो दोनों पक्षों में गाली-गलौज हुआ। जान से मारने व घर उजाड़ने की धमकियाँ दी गयीं।

वेद कह रहा था कि उसने यह प्लॉट अपने बलबूते पर एलाट करवाया था। सारी कीमत उसने अपने खाते में से अदा की थी। ट्रस्ट का चेयरमैन, मोहनलाल का परिचित था। मित्रता निभाने के लिए प्लॉट की लॉटरी वेद के नाम हेरा-फेरी से निकाली गयी थी। यह बात सही थी। परन्तु मोहनलाल की इस प्लॉट में से हिस्सा रखने की कोई नीयत नहीं थी।

पंकज कह रहा था कि उस समय इस कालोनी में जमीन की कीमत सात हजार रुपये प्रति गज थी। प्लॉट सात सौ रुपये के हिसाब से एलाट हुआ था। वेद उन दिनों मोहनलाल के मुंशी के तौर पर पहचाना जाता था। चेयरमैन का दिमाग खराब नहीं था कि सत्तर लाख का प्लॉट सत्तर हजार में कामगार के नाम एलाट करता। यह प्लॉट उनके बाप का था। इस पर उनका अधिकार था।

वेद मोहनलाल के अहसान के कारण आधा प्लॉट छोड़ने के लिए तैयार हो गया। पूरा प्लॉट छोड़ने पर उसके सपने बिखर जाने थे। यही प्लॉट उसकी धरोहर था। आधे प्लॉट में उसने कमल की कोठी के निर्माण का सपना लिया था तथा आधा बेचकर नेहा की शानदार शादी करने का सपना था।

रामनाथ को बुलाकर वेद ने प्लॉट के कागज दिखाये। उससे कानूनी राय माँगी।

कानूनी नुक्ते वेद के पक्ष में थे। अलाटमेण्ट हुए आठ वर्ष हो चुके थे। अलाटमेण्ट के लिए दिये गये प्रार्थना-पत्र से लेकर रजिस्ट्री तक वेद का नाम बोलता था। सभी किस्तों का भुगतान वेद ने चैकों द्वारा किया था। देश की कोई भी अदालत, प्लॉट में से मोहनलाल का हिस्सा बहाल नहीं कर सकती थी।

रामनाथ को अपनी इस कानूनी राय पर पश्चात्ताप हो रहा था। अच्छा होता यदि वह बीच में पड़कर, ले-देकर झगड़ा निपटा देता। बाकी झगड़े निपट गये थे। अलग-अलग होकर कोई रूखी-सूखी खाये, कोई घी-शक्कर के साथ। किसी को किसी से कोई वास्ता नहीं रहना था।

झुँझलाये पंकज ने अदालत में मुकदमा कर दिया। आगे-पीछे धमकियाँ देता रहता।

"प्लॉट मैं लेकर रहूँगा। अदालत द्वारा न मिला तो यूँ ही ले लूँगा।"

रामनाथ का अनुभव कह रहा था कि पंकज ने यह सब 'यूँ ही' प्लॉट लेने के लिए किया था।

दो

नीलम की कोठी दीपनगर की गली नम्बर चार में पड़ती थी।

जैसे ही रामनाथ की कार गली के मोड़ पर पहुँची, पुलिस की लाल बत्ती वाली जिप्सी गाड़ी हूटर करती उनसे आगे निकली।

यह जिप्सी किसी सीनियर पुलिस अधिकारी की थी। यह पुलिस कप्तान की भी हो सकती थी। डी.आई.जी. की भी। इतना बड़ा अधिकारी, हो चुके कत्ल का केवल मौका देखने ही आता था।

रामनाथ को झुनझुनी उठी। कोई अनहोनी घटी लगती थी। उसने अन्दर उठने वाली चीख को तो काबू में कर लिया, लेकिन आह को न रोक सका।

"परमात्मा भली करना!" मन में दुआएँ करता रामनाथ घटना वाली जगह पर पहुँचने के लिए जल्दी करने लगा।

नीलम की कोठी गली के मध्य में थी। सारी गली में लोगों की भीड़ जमा थी। कुछ लोग इधर-उधर दौड़-धूप कर रहे थे। कुछ छोटी-छोटी मण्डली बनाये बातों में व्यस्त थे।

पुलिस की दो-तीन गाड़ियाँ कोठी के गेट तथा उसके आगे-पीछे वाली जगह घेरे हुए थीं।

रामनाथ ने अपनी गाड़ी पीछे ही रोक ली। वह तथा संगीता स्वयं को बुरी से बुरी खबर सुनने के लिए तैयार करते हुए, कोठी की ओर बढ़ने लगे।

कुछ पड़ोसी रामनाथ को जानते थे। रामनाथ को आया देख वे उसी की ओर हो गये।

"वकील साहिब, बहुत बुरा हुआ।" जिस पड़ोसी ने रामनाथ के घर फोन किया था, सबसे पहले उसी ने दुःख व्यक्त किया।

"सब ठीक तो है?" रामनाथ को लुट गये सामान से ज्यादा चिन्ता रिश्तेदारों की थी। वह उनकी तन्दुरुस्ती की खबर झट से सुनना चाहता था।

"बाकी सब ठीक है। लेकिन कमल..." रामनाथ के गले लगकर पड़ोसी ऐसे क्रन्दन करने लगा, जैसे कमल उसी का बेटा हो।

"बाकी तो जीवित हैं?" बड़े निर्दयी की तरह रामनाथ ने पड़ोसियों से पूछा।

"हाँ...। वैसे तो ठीक हैं। लेकिन अस्पताल में हैं।" एक और पड़ोसी ने रामनाथ का हाथ पकड़कर ढाढ़स बँधवाते हुए कहा।

पुलिस मौके का मुआयना कर रही थी। कोई सबूत न मिट जाए इसलिए बाहर से किसी को कोठी के भीतर जाने की इजाजत नहीं थी।

रामनाथ आम लोगों की तरह गेट के पास जाकर ठहर गया।

गेट पर पहरा दे रहे एक सिपाही को पड़ोसी ने सूचित किया। "यह वकील साहिब हैं। वेद के साले साहिब।" थानेदार को इनका इन्तजार था।

थानेदार की स्वीकृति की कोई आवश्यकता न थी। सिपाही रामनाथ को कोठी के अन्दर ले गया।

संगीता को बाहर रोक दिया गया। भीतर भयानक दृश्य था। औरतों को भीतर जाने की इजाजत न थी।

खून के धब्बे कोठी के गेट तक पहुँचे हुए थे। जैसे-जैसे रामनाथ आगे बढ़ रहा था, वैसे-वैसे धब्बों के आकार व संख्या बढ़ रहे थे। लॉबी वाले दरवाजे के पास खून ऐसे बिखरा पड़ा था, जैसे कोई खून की होली खेला हो।

लॉबी के अन्दर का दृश्य और भी डरावना था।

लॉबी के भीतर का सारा सामान बिखरा पड़ा था। टुकड़े-टुकड़े हुए शो पीस अपनी दुर्गति का बयान स्वयं कर रहे थे। सेण्ट्रल टेबल के शीशे के हजारों टुकड़े हुए पड़े थे। अलमारियों और पेटियों का सामान इधर-उधर बिखरा पड़ा था। सामान की लूट-खसूट ही नहीं, तोड़-फोड़ भी खूब हुई थी।

सबसे भयानक दृश्य था नेहा के बेडरूम के दरवाजे के करीब। यहाँ खून से लथपथ कमल की लाश पड़ी थी।

कमल का चेहरा पिसा पड़ा था। आँखें बाहर की ओर निकली हुई थीं। मुँह खुला। बालों का रंग काले की जगह लाल हुआ पड़ा था। उसके पेट में लगे चाकुओं ने उसकी अँतड़ियाँ बाहर निकाल दी थीं। वे अभी तक उसी तरह धरती पर बिछी पड़ी थीं। उसकी बनियान फटी पड़ी थी। कुर्ते-पाजामे का रंग लाल हो गया था।

पुलिस अभी पहुँची थी। सबसे पहले मौका-ए-वारदात पुलिस कप्तान ने देखा था। उसका आदेश था कि घटनावाले दृश्य में इंच भर भी तबदीली न की जाए। कप्तान ने अपनी उपस्थिति में फोटो खिंचवायी थी। वीडियो फिल्म तैयार की थी। अभी और विशेषज्ञों को आना था। सबूत इकट्ठे करने थे। कप्तान अभी-अभी गया था। बाकी की कार्रवाई मुख्य अफसर को करनी थी।

कमल की लाश ढाँपने के लिए उसने पड़ोसियों से कपड़ा माँगा था। लेकिन किसी भी पड़ोसी ने पहल नहीं की थी। इसलिए लाश को लाचारीवश नंगा रखना पड़ा था।

रामनाथ के आ जाने पर थानेदार को अपनी गलती का अहसास हुआ। उसने कमल के बेडरूम में पड़ी एक चादर उठायी, तथा स्वयं ही कमल की लाश पर डाल दी।

रामनाथ सब कुछ खामोशी से निहार रहा था। उसकी ज्ञान इन्द्रियाँ जैसे सुन्न

हो गयी थीं। जैसे उनका सम्पर्क दिमाग से टूट गया था। इसीलिए इतने भयानक दृश्य को वह आसानी से देख रहा था। कोई प्रतिक्रिया नहीं। रामनाथ को अपने व्यवहार का अहसास भी हो रहा था। लेकिन पता नहीं वह फिर भी पत्थर का बुत बना क्यों खड़ा था?

पुलिस कर्मचारी दोषियों द्वारा छोड़े गये सबूत इकट्ठे करने की कोशिश कर रहे थे। कोई उँगलियों के निशान ढूँढ़ रहा था। कोई हथियारों की खोज कर रहा था। एक टीम कुत्तों की मदद से दोषियों का पीछा करने की कोशिश में थी।

''बहुत ही बुरा हुआ वकील साहिब।'' अपना कार्य सहायक के सुपुर्द करके मुख्य अधिकारी ने रामनाथ के पास आकर हमदर्दी प्रकट की।

''यह सब कैसे हुआ?'' यह पहला अवसर था, जब रामनाथ के मुँह से कुछ शब्द व आँखों से आँसू निकले थे।

''हमें तो काला-कच्छा वालों का किया लगता है यह सब। इन दिनों वे इसी इलाके में सरगर्म हैं। तरीका वारदात वही है। आपको किसी पर शंका है तो बताएँ?''

हमदर्दी जतलाकर मुख्य अधिकारी मूल मुद्दे पर आया।

घटना बहुत भयानक थी। एक कत्ल हुआ था। दो सदस्यों को गम्भीर चोटें आयी थीं। लड़की की इज्जत लूटी गयी थी। लूट के सामान की लिस्ट खूब लम्बी थी। दोषियों का कोई सुराग न मिल पा रहा था। ब्लाइण्ड केस था। मुकदमा दर्ज करने में मुख्य अधिकारी को समस्या थी। पत्रकार चीलों की भाँति मँडरा रहे थे। अफसर अलग कान खा रहे थे। मुख्यमन्त्री तक को सूचना दी जानी थी।

लाश का पोस्टमार्टम कराना था। घायलों की चोटों के बारे में डॉक्टरों से रिपोर्ट लेनी थी। लड़की यदि होश में आए, उसके बयान लिखने थे। आगे काम ही काम थे। थानेदार के पास ज्यादा हमदर्दी प्रकट करने का समय न था।

''मेरी बहन व जीजाजी से पूछते। वे ही कुछ बता सकते थे।''

रामनाथ को पंकज वगैरा पर शंका थी। लेकिन बहन व जीजा की सहमति के बिना वह किसी का नाम नहीं ले सकता था।

''वे अस्पताल में पड़े हैं। चोटें काफी हैं। डॉक्टर ने बेहोशी का इंजेक्शन दे दिया होगा। हमें अभी कुछ और समय मुआयना करने में लगेगा। आप अस्पताल जाकर उनके साथ विचार कर लें। जैसे कहोगे केस दर्ज कर लेंगे।''

वैसे थानेदार की प्राथमिक तफतीश से घटना का सम्बन्ध काला-कच्छा गिरोह के साथ जोड़ा गया था। दोषियों पर डकैती व डकैती के दौरान हुए कत्ल की धारा लगनी थी।

रामनाथ कानून जानता था। इसलिए थानेदार ने दर्ज होने वाले केस का विषय व धाराओं का इशारा कर दिया था। आगे वह स्वयं समझदार था।

परिवार के मेम्बरों से मिले बिना वह कुछ नहीं कह सकता था।

वैसे भी मुकदमे से ज्यादा घायलों की देख-भाल करना जरूरी था। यहाँ संगीता के करने वाला कुछ नहीं था।

संगीता व एक पड़ोसी को लेकर रामनाथ अस्पताल के लिए रवाना हो गया।

रास्ते में पड़ोसी रामनाथ को हुई घटना की जानकारी देने लगा।

वह तथा वेद सुबह चार बजे सैर करने जाया करते थे। यदि वेद पहले उठ जाता तो वह जयनारायण की घण्टी बजा देता। नहीं तो जयनारायण वेद को उठा लेता था।

आज सुबह जब साढ़े चार बजे तक वेद का पता न चला तो नियम के अनुसार उसने वेद को उठाने के लिए घण्टी बजायी। जब घण्टी न बजी तो उसे हैरानी हुई। बिजली तो थी। फिर घण्टी क्यों नहीं बज रही? सोचा, खराब हो गयी होगी।

रात के दस बजे तक वे इकट्ठे थे। वेद की बाहर जाने की कोई सम्भावना नहीं थी। गेट की कुण्डी की ओर नजर गयी तो लगा गेट खुला था। गेट खोलकर वह भीतर चला गया। हो सकता है वेद बाथरूम में हो। इसीलिए उत्तर न दे रहा हो। चार कदम आगे जाकर जयनारायण को खून के धब्बे नजर आये। इतनी बड़ी घटना घट गयी, फिर भी जयनारायण के जेहन में नहीं आया। जब आगे पोर्च में खून-ही खून नजर आया तो उसे कँपकँपी हुई। वह उन्हीं कदमों से लौट आया। गली में खड़े होकर शोर मचाया।

पड़ोस में भाग-दौड़, घबराहट हो गयी।

सौ नम्बर पर पुलिस कण्ट्रोल रूम को फोन किया।

आधा घण्टा बीत जाने पर भी जब पुलिस का सिपाही तक मौके पर नहीं आया, तो पड़ोसी दौड़कर थाने में गये।

सुबह का समय था। सन्तरी व मुंशी के सिवा थाने में कोई नहीं था। कोई शौचालय में था तो कोई दातुन-कुल्ला कर रहा था। मुसीबत पड़ोसियों को पड़ी थी। पुलिस को नहीं। क्वार्टरों में जा-जाकर मुश्किल से सिपाही उठाये। फोन करके थानेदारों को बुलाया गया। चार पुलिस वालों को इकट्ठे होने में ही घण्टा लग गया।

दो घण्टों के बाद पुलिस घटना वाली जगह पहुँची। पहले डर के मारे कोई पड़ोसी भीतर नहीं गया। अब पुलिस के साथ भीतर गये। कमल का शरीर ठण्डा हो चुका था। बाकी तीनों बेहोश थे। कमल के शरीर में से बहुत-सा खून बह चुका था। घटना पता नहीं किस समय घटी थी। यदि पुलिस समय पर पहुँच जाती तो शायद वह बच जाता।

पुलिस ने अपनी एम्बुलेंस मँगवायी। घायलों को अस्पताल पहुँचाया। चार पड़ोसी देख-भाल के लिए साथ लिए।

जयनारायण ने मोहनलाल के घर फोन किया। पता चला लड़के शहर से बाहर

गये हुए हैं।

परिवार के सभी मेम्बर घायल हो गये थे। बहुत से अहम फैसले करने थे। केस दर्ज करवाना था। घायलों को किस अस्पताल में दाखिल किया जाए—यह विचार करना था। ये फैसले परिवार के किसी सदस्य द्वारा तो लिये ही जाने थे।

अचानक जयनारायण को रामनाथ के पते वाला कार्ड मिल गया। उसने तुरन्त रामनाथ को फोन कर दिया।

वैसे मोहनलाल का मैनेजर आया था। मायादेवी साथ आयी थी। वह थानेदार को मिल गया था। शायद चाय-पानी दे गया था।

मायादेवी से दृश्य नहीं देखा गया।
उसे घबराहट होने लगी। पड़ोसियों ने उसे तुरन्त घर की ओर वापिस भेज दिया।

अच्छा हुआ। रामनाथ आ गया था। वह वकील था। वह सब सँभाल लेगा।

तीन

मायानगर के कुछ अस्पताल आधुनिक डॉक्टरी साधनों से सुसज्जित होने के कारण उत्तरी भारत में विशेष महत्त्व रखते थे। इन अस्पतालों में मित्रों-सम्बन्धियों का कुशल-क्षेम पूछने रामनाथ कई बार मायानगर आया था।

यहाँ के सिविल अस्पताल में आने का उसका यह पहला अवसर था।

कानून सरकारी डॉक्टरों की राय को प्राइवेट डॉक्टरों की राय से अधिक महत्त्व देता था। तर्क यह था कि सरकारी कर्मचारी झूठ नहीं बोलते। इसी लाचारी में लड़ाई-झगड़ों या हादसों में घायल लोगों को सरकारी अस्पतालों में दाखिल होना पड़ता था। सरकारी डॉक्टर घायलों की चोटों का मुआयना करते थे। चोटों की रिपोर्ट तैयार करके पुलिस को देते थे। पुलिस उसी रिपोर्ट के आधार पर मुकदमे का मुँह-माथा गढ़ती थी।

कानूनी तौर पर भी, इसी आवश्यकता का पेट भरने के लिए वेद परिवार को सिविल अस्पताल में दाखिल किया गया।

रामनाथ को जितनी उत्सुकता अपने सगे-सम्बन्धियों की सेहत की जानकारी लेने की थी, उतनी ही शीघ्रता उसे घायलों को सिविल अस्पताल में से निकाल लेने की भी थी।

अस्पताल के आम वार्डों के खुलने का समय सुबह आठ बजे था। आपात्कालीन कक्ष चौबीस घण्टे खुला रहता था। वेद परिवार को करीब सात बजे अस्पताल पहुँचा दिया गया। समय यदि आठ बजे से बाद का होता, तो भी ऐसे मरीजों को पहले एमरजेंसी वार्ड में ही दाखिल किया जाना था। एमरजेंसी ड्यूटी पर तैनात डॉक्टर को उनकी चोटों का परीक्षण करना था। रिपोर्ट तैयार करनी थी। फिर सम्बन्धित वार्डों में उपचार के लिए भेजना था।

सिविल अस्पताल की कार्य-प्रणाली का अनुभव होने के कारण रामनाथ ने ड्राइवर को इशारा किया। वह गाड़ी सीधी एमरजेंसी वार्ड के आगे ले गया।

वेद के कुछ पड़ोसी एमरजेंसी वार्ड के बाहर खड़े थे। उनमें से एक रामनाथ को जानता था। दूसरे पड़ोसियों को साथ लेकर वह रामनाथ की तरफ लपका।

आँख झपकते ही रामनाथ व संगीता को पड़ोसियों ने घेर लिया।

"क्या हाल है मेरी बहन व जीजाजी का?"

"नेहा का?" यहाँ भी कोई अनहोनी न घट गयी हो। मन की शंका दूर करने के लिए रामनाथ ने सबसे पहले यही प्रश्न पूछा।

"ठीक-ठाक है। ज्यादा चिन्ता की बात नहीं।" एक पड़ोसी ने ढाढ़स बँधायी।

"बहनजी को किसी और अस्पताल ले जाना चाहिए। उनके सिर में गहरी चोट लगी है। दिमाग की बीमारियों का डॉक्टर इस अस्पताल में है नहीं।" एक पड़ोसिन, जो अब तक नीलम के पास बैठी थी, ने स्थिति स्पष्ट की।

"किधर हैं सब?"

"नेहा ठीक थी। उसे जनाना वार्ड में भेज दिया है। वेद की टाँगों-बाँहों पर चोटें हैं। उसे हड्डियों वाले वार्ड में भेज दिया गया। बहनजी इधर हैं।"

पड़ोसिन ने एमरजेंसी वार्ड के बन्द पड़े दरवाजे की ओर इशारा करके, भीतर नीलम के होने का अहसास कराया।

"ठहरो बाबूजी। आप कौन हैं?" दरवाजा खोलकर भीतर घुसते रामनाथ को, अचानक आ टपके अस्पताल के सेवादार ने रोका।

"मैं मरीज का भाई हूँ। रामनाथ एडवोकेट।"

'एडवोकेट' शब्द सुनकर सेवादार के तेवर कुछ ढीले तो हुए, लेकिन जली रस्सी की भाँति वह बल छोड़ने के लिए तैयार न था।

"बिना आज्ञा भीतर जाना मना है। आप पहले डॉक्टर साहब से मिल लें।"

सेवादार ने 'मिल लें' शब्द पर ज़ोर देते हुए, रामनाथ को डॉक्टर से मिलने का मशवरा दिया।

रामनाथ, सेवादार का इशारा समझ गया। वह फौजदारी वकील था। अपने सायलों के हितों की रक्षा के लिए उसे शहर के सिविल अस्पताल जाना पड़ता था।

डॉक्टरों से 'मिल' कर इच्छानुसार 'इंजरी रिपोर्ट' तैयार करा ली जाती थी। रामनाथ यही करने जाता था। यदि वह दोषियों का वकील होता, तो चोटों की संख्या और उनकी गम्भीरता कम करा लेता। मुद्दई का वकील होता तो साबुत हड्डियों को टूटी हुई घोषित करा लेता। लाठी से लगी चोटों को गँडासों से लगी चोटें लिखवा लेता। इसी आशय का इशारा सेवादार, रामनाथ को कर रहा था।

"मिल रहा हूँ डॉक्टर से भी। पहले मरीज से मिल लूँ।"

पीछे खड़ी संगीता का हाथ पकड़, रामनाथ ने उसे साथ मिला लिया। बिना सेवादार की परवाह किये, उसने दरवाजा खोला और कमरे में चले गये।

कमरे में करीब चार फुट ऊँचा, आदमी के कद जितना लम्बा तख़्तपोशनुमा, मेज पड़ा था। मेज पर घिसी-पिटी प्लास्टिक की चादर बिछी हुई थी। उस पर नये-पुराने खून के सैकड़ों धब्बे थे। उस मेज पर पड़ी नीलम तड़प रही थी।

नीलम के सिर पर पट्टी बँधी हुई थी। नीचे रखी रुई में से खून निकलकर पट्टी तक आ गया था। उसकी ठुड्डी, गर्दन व कानों के पास खून जमा हुआ था। उसके सारे कपड़े खून से लथपथ थे। सिर की चोट के कारण उसका सारा शरीर काँप रहा था। एकाध मिनट के बाद उसे मिरगी के दौरे जैसा दौरा पड़ता था। उसके मुँह में से झाग निकलने लगती। उसके हाथ-पाँव टेढ़े हो जाते तथा आँखें बाहर की ओर निकल आती थीं। एक तगड़े जिगरे वाली पड़ोसिन उसके तड़पते शरीर को काबू करने की कोशिश कर रही थी।

"मैं नीलम का भाई हूँ। क्या कहते हैं डॉक्टर?" अपना परिचय देकर रामनाथ ने पड़ोसिन से नीलम का हाल पूछा।

संगीता नीलम को सँभालने लगी।

संगीता की उपस्थिति से राहत महसूस करती पड़ोसिन रामनाथ के कान के पास मुँह ले जाकर कहने लगी–

"किसी ने कुछ नहीं किया। एक जमादार-सा आया था। बाल काटकर, खून पोंछकर पट्टी कर गया। कहता था, पहले डॉक्टर चोटों की गिनती व मिणती करेगा। फिर होगा इलाज शुरू। भैया, कुछ करो। यहाँ तो यह मर जाएगी बेचारी।"

शायद बाहर डॉक्टर को सेवादार ने वकील के आने की सूचना दे दी थी। अपना फस्ट-एड वाला बक्सा लेकर वह वहाँ आ धमका।

सिर पर लिपटी पट्टी को खोलता, वह रामनाथ को मरीज की स्थिति के बारे बताने लगा।

"इनके सिर में चोट है। जख्म गहरा है। मैं केस रेफर कर देता हूँ। आप किसी अच्छे अस्पताल में ले जाओ।"

"अब तक आपने इसकी क्या दवा-बूटी की है?" रामनाथ ने घड़ी की ओर

देखते हुए डॉक्टर से पूछा।

घड़ी में नौ बज चुके थे। घड़ी की ओर देखकर वह डॉक्टर को अहसास कराना चाहता था कि दो घण्टे का बहुमूल्य समय बीत जाने के बावजूद, अभी तक उन्होंने कुछ नहीं किया।

"फस्ट-एड दी जा चुकी है। रेल के नीचे आकर एक कुली की बाँह कट गयी। उसे सँभालने में देर लग गयी। कोई बात नहीं। आप मरीज को ले जाना चाहते हैं तो ले जाएँ। लिखत-पढ़त बाद में कर लेंगे। आप वकील हैं, मुझे आपसे हमदर्दी है।"

रामनाथ समझ रहा था। हमदर्दी उसे न वकील के साथ थी, न मरीज के साथ। हमदर्दी उसे अपनी नौकरी के साथ थी। उसने जिन्दगी-मौत की लड़ाई लड़ते मरीज को पूरे दो घण्टे से राम-भरोसे छोड़ रखा था। रामनाथ के आने पर उसे अपनी गलती का अहसास हुआ। वह एक वकील से उलझने से डरता, मीठी-मीठी बातें करके उसे शान्त कर रहा था।

रामनाथ सब्र का घूँट भरने के सिवा कुछ नहीं कर सकता था।

"कृपा करके इन्हें दयानन्द अस्पताल पहुँचाने तक की डॉक्टरी सहायता देने का कष्ट करें।" रुँधे गले से रामनाथ ने डॉक्टर के आगे मिन्नत की।

रामनाथ के गुस्से को ठण्डा करने के लिए डॉक्टर सिरिंजों में दवा भरने लगा।

संगीता को नीलम के पास छोड़कर रामनाथ दूसरे मरीजों की ओर भागा।

हड्डियों के वार्ड से पहले जनाना वार्ड था। वह उधर हो लिया।

जनाना वार्ड साँ-साँ कर रहा था। वार्ड के बीस बेडों में से अठारह खाली थे। एक पर नेहा पड़ी थी, दूसरे पर कोई बिहारिन। बिहारिन की देखरेख के लिए एक बिहारी था, जिसने बीड़ी सुलगा रखी थी। धुएँ की कटुता ने उनका स्वागत किया।

नेहा के बेड के पास पड़े स्टूल पर नेहा की सहेली पल्लवी बैठी थी। दो-तीन आदमियों को नेहा की ओर बढ़ते देखकर वह समझ गयी कि वे नेहा के परिचित हैं। वह उठकर खड़ी हो गयी।

"क्या हाल है नेहा बेटी का?"

कम से कम समय में, अधिक से अधिक जानकारी लेने की नीयत से रामनाथ ने नेहा की सहेली से पूछा। दूसरी ओर नेहा के नंगे चेहरे से वह स्थिति भाँपने लगा।

चेहरे के बिना नेहा का सारा शरीर एक हरे रंग की चादर से ढका हुआ था। बेहोशी के इंजेक्शन के कारण शरीर बेशक शिथिल था, लेकिन चेहरे की भाव-भंगिमा से उसकी पीड़ा का अनुमान लग रहा था। उसके माथे पर गुस्से एवं नफरत की झलक थी। दोनों गालों पर दाँतों के निशान थे, जिनमें से खून बह रहा था। गर्दन एवं ठुड्डी के ऊपर नाखूनों की खरोंचों में से भी लाली झलक रही थी। आँखें बह चुके आँसुओं के कारण सूजी हुई थीं। कानों में से बालियाँ खींचकर उतारी गयी थीं।

इसीलिए कानों की मोरियों में से खून निकल रहा था।

"अंकल, चिन्ता वाली कोई बात नहीं। बेहोशी का टीका लगा है। परन्तु डॉक्टर कोई नहीं आयी। नेहा के पेट में और...में दर्द हो रहा है। खूंन रिस रहा है। सारे कपड़े खराब हो रहे हैं। मैंने अपना सूट घर से मँगवाया था। नर्स कपड़े नहीं बदलने दे रही। बोलती है, डॉक्टर ये कपड़े कब्जे में लेगा। घावों पर पट्टी नहीं की। बोलती है पहले डॉक्टर को देखना है।"

पल्लवी को जितना पता था, उसने स्पष्ट, इशारे से समझा दिया।

रामनाथ सब कुछ समझ गया। नेहा के साथ बलात्कार हुआ था। उसने खीझकर माथे पर हाथ मारा।

"बोल तो रही है।"

"हाँ ठीक है। मैं एक घण्टे से यहीं बैठी हूँ। पहले कभी-कभी बुदबुदाने लगती थी। कह रही थी उन्होंने कमल को मार दिया। मेरी इज्जत बचाते-बचाते वह शहीद हो गया। मेरी इज्जत लूटी गयी। मुझे जहर देकर मार दो।"

"किसने किया यह सब कुछ? कुछ बताती भी है?"

"नहीं, मैंने पूछा था। कुछ नहीं बताया। शायद उनके बारे में इसे कोई जानकारी नहीं है। "

"लेडी डॉक्टर क्यों नहीं आयी?"

"यहाँ एक बाबू-सा घूम रहा था। कह रहा था, वह साइकिल स्टैण्ड का ठेकेदार है। डॉक्टर दस बजे राउण्ड पर आएगी। पूछ रहा था, पहले बुलाना है तो बताओ! इसका कोई वारिस नहीं आया, पूछ रहा था। आया है तो मिलाओ। इसकी रिपोर्ट बननी है। 'कैसे बनानी है?' मैंने कह दिया था, जब भी कोई आएगा, भेज देंगे। भाई साहब, उस आदमी से मिलकर डॉक्टर को बुला लो। हाथ मिलाओ डॉक्टरनी से। फूल-सी छोकरी मुरझा रही है।"

एक पड़ौसिन, जो कुछ देर पहले तक नेहा के पास बैठी थी, ने डॉक्टरनी के न आने का कारण बताया।

"अंकल, मैंने नर्स से पूछा कि लेडी डॉक्टर क्यों नहीं आ रही? उसने बताया डॉक्टर किसी मन्त्री की बहू है। उसे किसी का डर नहीं। जब दिल करेगा आएगी। प्लीज़, कुछ करो अंकल। मेरी सहेली मर जाएगी।"

आँखों में आँसू पीकर पल्लवी ने अपना अनुभव रामनाथ से साझा किया।

"इसीलिए वार्ड खाली पड़ा है।" मन ही मन सोच रहे रामनाथ को समझ नहीं आ रही थी कि वह कैसे डॉक्टर को ड्यूटी पर हाजिर कराए? हालात ऐसे थे कि किसी की शिकायत नहीं की जा सकती थी। किसी के साथ झगड़ा नहीं किया जा सकता था। कानून के असल उद्देश्य का मजाक उड़ाया जा रहा था। कानून के नाम

पर मरीज को डॉक्टरी सहायता से दूर रखा जा रहा था।

घायल के घाव सड़ने लगे थे। खून बह रहा था। इन्फेक्शन का डर था। इंजरी-रिपोर्ट के बहाने घायल को मौत के मुँह में धकेला जा रहा था।

रामनाथ ने दायें-बायें का निरीक्षण किया। नजदीकी रिश्तेदारों में से कोई नजर नहीं आया। कई जगहों पर फोन करा दिये थे। कोई आए तथा रामनाथ की जिम्मेदारी बँटाए। वह खुद को अकेला महसूस कर रहा था।

रामनाथ के आ जाने से पड़ौसी स्वयं को भार-मुक्त समझने लगे। एक-एक करके वे घर की ओर लौटने लगे। किसी को दफ्तर जाना था, किसी के बच्चे स्कूल से लेट हो रहे थे। किसी को दुकान खोलनी थी। किसी को बस पकड़नी थी।

रामनाथ को नेहा की असली स्थिति का अनुमान नहीं हो रहा था। मामा-भांजी के रिश्तेवाली आँखों की शर्म का अब कोई औचित्य न रह गया था। सभी सामाजिक रिश्तों को दूर कर, रामनाथ ने नेहा के शरीर पर डाल रखी चादर को ऊपर उठाना शुरू किया। वह लड़की की शारीरिक हालत आँखों से देखना चाहता था।

नेहा के सारे कपड़े चीथड़े-चीथड़े, खून से लथ-पथ थे। बाँहों, छाती व पेट पर नेहा व बलात्कारी के बीच हुए मुकाबले के निशान थे। यही स्थिति जाँघों व टाँगों की थी।

रामनाथ ने एक-एक अंग छूकर, हिलाकर देखा। शुक्र था, सभी अंग महफ़ूज़ थे।

नेहा को शारीरिक की अपेक्षा मानसिक नुकसान अधिक हुआ था। कुछेक राहत महसूस करके रामनाथ को वेद की चिन्ता सताने लगी।

"मैं करता हूँ कोई इन्तजाम। बस पाँच मिनट में आया।" पल्लवी के सिर पर हाथ रखकर उसे विश्वास व ढाढ़स देता रामनाथ हड्डियों के वार्ड की ओर चल दिया।

चोटें लगे पाँच-छः घण्टे बीत चुके थे। डॉक्टरों ने मरीजों को छुआ तक न था। डॉक्टरों का यह व्यवहार मरीजों के लिए मुलजिमों से अधिक घातक सिद्ध हो रहा था।

लेकिन रामनाथ किससे टक्कर मारे?

एक क्षण के लिए उसके जेहन में साइकिल स्टैण्ड के ठेकेदार का नाम कौंध गया। रामनाथ उसके व्यक्तित्व की कल्पना करने लगा। कोई मोटे पेट वाला, अधपकी दाढ़ीवाला, काला-कलूटा-सा। कुरता-पायजामा पहने, कन्धे पर अँगोछे वाला। सिविल अस्पतालों में मिलते आम टाऊटों जैसा वह टाऊट होगा। नेहा वाला केस उसे आम बलात्कार-सा केस लगा होगा। दलाल डॉक्टर की फीस का जुगाड़ करने में व्यस्त होगा।

लेकिन यह मुकद्दमा अपनी ही किस्म का था। असल मामला चोरी-डकैती का था। ऐसे केसों में अक्सर दोषी पुलिस के हाथ नहीं आते। आते भी हैं, तो साल-छः माही के बाद। तब तक इतनी देर हो चुकी होती है कि सबूत मिट चुके होते हैं। कानून दोषियों की पीठ थपथपाता है। शंका का लाभ देकर उन्हें बरी कर देता है।

इस केस का यही हश्र होनेवाला था। रामनाथ को अभी से सैकड़ों कमजोरियाँ नजर आ रही थीं। थोड़ी देर बाद पुलिस जल्दी करेगी। केस दर्ज करो। कानून कहता था, केस के अन्दर घटित-घटना की हर बारीकी दर्ज करो। दोषियों के नाम, पते, हुलिये। किस दोषी के पास कौन-सा हथियार था। उस हथियार के साथ उसने किस-किस आदमी को, कहाँ-कहाँ चोट की? यह सब स्पष्ट बताया जाए। कहीं कोई कमी रह गयी तो 'कहानी' को शंका की दृष्टि से देखा जाएगा। शंका का लाभ दोषियों को मिल सकता था।

घटना वाले स्थान पर मौजूद चार व्यक्तियों में से एक सदा की नींद सो चुका था। शेष तीनों बेहोशी की हालत में थे। दोषियों की संख्या, पहचान व घटनाक्रम का विवरण कौन देगा?

यह घटना साधारण आदमियों द्वारा नहीं की गयी थी। दोषी व्यावसायिक मुजरिम लगते थे। जैसे कानूनी दाँव-पेचों के जानकार हों। वे हाथों पर दस्ताने चढ़ाकर, मुँह-सिर ढककर, तथा देह पर सेण्ट छिड़क कर आये होंगे। उन्होंने पूरे परिवार को सोये हुए दबोचा होगा। क्या हो रहा है, समझने का किसी को अवसर ही न मिला होगा। घर के किसी भी सदस्य को दोषियों की पहचान नहीं होगी। शंका का लाभ फिर दोषियों को मिलेगा।

फिर डॉक्टरों का घर क्यों भरा जाए?

इसी विषय पर सोचते-सोचते पता नहीं वह कब हड्डियों वाले वार्ड में पहुँच गया।

हड्डियों वाला वार्ड खाली पड़ा था। वहाँ एक भी मरीज न था।

वेद को वार्ड में न देखकर रामनाथ के दिल की धड़कन तेज हो गयी। शायद वेद...।

"वेद को मिलना है? आओ मेरे साथ। वह एक्सरे विभाग में है।"

यह बाबू जयनारायण व रामनाथ दोनों के लिए अपरिचित था। न वह वेद का पड़ोसी था, न रिश्तेदार।

"क्या हाल है वेदजी का?" रामनाथ का वही उत्सुकता-भरा प्रश्न इस बार इस अजनबी बाबू के लिए था।

"खतरे से बाहर हैं। टाँगों-बाँहों की हड्डियाँ टूटी हैं। अभी एक्सरे होंगे।"

बाबू के मुँह से यह सुनकर रामनाथ ने चैन की साँस ली।

"आप?" जयनारायण ने बाबू से परिचय माँगा।

"मैं ठेकेदार हूँ। सोहनलाल नाम है मेरा।" सोने की तीन अँगूठियों वाले दायें हाथ को छाती पर रखकर बाबू ने अपना पूर्ण परिचय दिया।

जयनारायण व रामनाथ बाकी का किस्सा स्वयं समझ गये।

"यह वार्ड खाली क्यों पड़ा है?" टाइम पास करने के लिए रास्ते में जयनारायण ने ठेकेदार से पूछा।

"इस वार्ड के डॉक्टर की तरक्की हो गयी है। इस अस्पताल का यह सबसे महत्त्वपूर्ण वार्ड है। लड़ाई-झगड़े में लोग हड्डियाँ तुड़ाकर इसी वार्ड में आते हैं। डॉक्टर दोनों पक्षों से पैसे बटोरते हैं। कई डॉक्टर यहाँ आने के लिए भाग-दौड़ कर रहे हैं। एक जाता है, अपने ऑर्डर करा लेता है। दूसरा उससे बड़ा ब्रीफकेस ले जाता है। वह पहले ऑर्डर रद्द कराकर अपने ऑर्डर करा लेता है। दो मास में पाँच तबादले हो चुके हैं। इन्हीं चक्करों में वार्ड खाली है। बिना डॉक्टर मरीज आकर क्या करेंगे?"

"फिर हमारे मरीज का इलाज कौन करेगा?"

"कोई नहीं। एक्सरे करा लें। मनमाफ़िक रिपोर्ट तैयार करा लें। फिर जिस भी अच्छे अस्पताल में चाहें, ले जाएँ।"

अस्पताल की स्थिति की जानकारी देता, ठेकेदार उन्हें एक्सरे विभाग के पास ले आया।

एक्सरे विभाग के सामने मरीजों की भीड़ थी।

एक आठ वर्षीया लड़की की साइकिल सीखते हुए टाँग टूट गयी थी। वह दर्द से कराह रही थी। माँ-बाप उसे चुप कराने की कोशिश कर रहे थे।

फैक्टरी के निर्माण के चलते ढूला हिल जाने से एक मजदूर जमीन पर आ गिरा। उसका कन्धा टूट चुका था। कुछ मजदूर नेता उसे अस्पताल लेकर आये थे। रिपोर्ट लेकर मालिक पर क्लेम का मुकद्दमा करनेवाले थे।

पहला नम्बर वेद का था। वह आया भी सबसे पहले था, उसकी चोटें भी गम्भीर थीं। उसके साथ एक सिपाही खड़ा था, जिसे अभी-अभी मरीजों का परीक्षण कराने के लिए अस्पताल भेजा था।

वेद स्ट्रैचर पर बेहोश पड़ा था। कुछ आदमी उसे घेरे खड़े थे। ये कौन थे व क्या कर रहे थे? यही जानने के लिए रामनाथ तेजी से वेद की ओर बढ़ा।

अपने जीजा सरदारीलाल को वेद के पास खड़ा देखकर रामनाथ ने चैन की साँस ली। एक और एक अब वे ग्यारह हो गये थे।

सरदारीलाल के साथ उसका दोस्त डॉक्टर देव भी था। डॉक्टर देव, वेद का परीक्षण कर रहा था।

परीक्षण पूरा करके डॉक्टर, रामनाथ व सरदारीलाल को एक ओर ले गया।

वेद की दोनों बाँहें व दोनों टाँगें कई-कई जगहों से टूट गयी थीं। अकेले पलस्तर से काम नहीं चल सकता था। रॉड डालने पड़ेंगे। जबड़े की एक हड्डी टूटी हुई लग रही थी। उस हड्डी की सही स्थिति स्कैन के बाद ही पता चलने वाली थी। जान को खतरा तो नहीं था। लेकिन तुरन्त उपचार जरूरी था।

सरदारीलाल को एक्सरे वाले डॉक्टर की गैर-हाजिरी का कारण पता लग गया था। इस डॉक्टर का दयानन्द अस्पताल के सामने अपना एक्सरे-क्लीनिक था। पत्नी के नाम पर खोला हुआ। अस्पताल में वह घण्टे, दो-घण्टे के लिए आता था, बारह-एक बजे के करीब, जब सब मरीज इकट्ठे हो जाते थे। वह वही एक-दो एक्सरे करता, जिनकी फीस मिलती थी। बाकी के लिए एक ही बहाना, 'फिल्में खत्म हैं।' रोते-चिल्लाते मरीज लौट जाते थे।

आज वह अदालत में गवाही देने गया था। पता नहीं कब गवाही हो, कब लौटे। कभी-कभी गवाही सायं के चार बजे तक नहीं होती थी। ऐसी स्थिति में फार्मासिस्टों को मरीजों से क्षमा-याचना करनी पड़ती थी।

रामनाथ को डॉक्टर के इस बहाने पर गुस्सा आया। वह कोरा झूठ बोल रहा था। डॉक्टर ग्यारह, साढ़े ग्यारह बजे अदालत में आते थे। जज उन्हें प्राथमिकता देते थे। सारे कार्य रोककर उनकी गवाही होती थी। कारण एक ही था। मरीज भटकें नहीं। यह गवाही के बहाने अपनी क्लीनिक चला रहा था।

अब क्या करे? डॉक्टर की प्रतीक्षा करे या कहीं और चले? कानूनी नजरिये से क्या करना चाहिए?

सरदारीलाल ने सारी जिम्मेदारी रामनाथ के कन्धों पर डाल दी।

"आप मुझे बताएँ क्या समस्या है? डॉक्टर को अभी बुला दूँ? मेरे पास उसका मोबाइल नम्बर है।"

मरीज के वारिसों को असमंजस में देख, ठेकेदार के लिए अपना उल्लू सीधा करने का यह उचित समय था।

"आप तो कह रहे थे, वे पेशी पर गये हैं?"

"अरे छोड़ो जी। अदालत को प्रार्थना कर लेंगे। लिख देंगे एमरजेंसी केस आ गया है।"

जेब में से मोबाइल फोन निकालकर उनकी इच्छा का इन्तजार करने लगा।

"बुला लें फिर। देर क्यों कर रहे हैं?" डॉक्टर देव ने सहमति प्रकट की।

"पहले फीस तय कर लो। कुछ एडवांस दे दो। तभी डॉक्टर आएगा?"

"बताते हैं अभी। एक मिनट रुको।" कहकर डॉक्टर रामनाथ व सरदारीलाल को एक ओर ले गया।

"यहाँ जितनी ज्यादा देर लगेगी, मरीजों की जान को उतना खतरा बढ़ता

जाएगा। मेरे विचार से इन्हें तुरन्त शिफ्ट कर देना चाहिए। लेकिन कानून क्या कहता है? यह आप देखें।" डॉक्टर देव ने डॉक्टरी नजरिये से राय दी।

"केस के सिरे चढ़ने की कोई आशा नहीं। भाड़ में जाए कानून और मुलजिम। हमें मरीजों को सँभालना, बचाना चाहिए।"

यह कानूनी राय थी।

"फिर ठीक है। छुट्टी लें और चलें। ज्यादा सोचने का वक्त नहीं है।" डॉक्टर देव ने तुरन्त फैसला दिया।

इसी बीच कोठी से सिपाही सन्देश लाया। पुलिस कप्तान दो बार कोठी का चक्कर लगा चुका था। किसी मन्त्री को मौका देखने आना था। मन्त्री के आने से पहले रिपोर्ट दर्ज होनी जरूरी है। पत्रकार और टी.वी. चैनलों के पत्रकार जल्दी कर रहे थे। उनको अपनी रिपोर्ट फाइल करनी थी। मन्त्रीजी ने प्रेस कान्फ्रेंस बुलायी थी। उन्हें तथ्यों की जानकारी लेकर कुछ घोषणाएँ करनी थीं। यह सब रिपोर्ट दर्ज न होने के कारण रुक रहा था। वकील साहिब मौके पर पहुँचने की कोशिश करें और पुलिस की कार्रवाई पूरी करने में मदद करें।

रामनाथ पुलिस की मजबूरी को समझ रहा था। पत्रकारों या मन्त्री की उसे कोई परवाह नहीं थी। उसे कमल की लाश के अपमान की चिन्ता ज्यादा सता रही थी। संस्कार से पहले उसका पोस्टमार्टम होना था। पोस्टमार्टम से पहले रिपोर्ट दर्ज होनी थी।

रिपोर्ट तब दर्ज होती यदि रामनाथ को दोषियों के बारे में जानकारी होती। रामनाथ रिपोर्ट में क्या लिखे?

नीलम व वेद के होश में आने में अभी कुछ दिन लग सकते थे। घटना के बारे में जानकारी केवल नेहा से मिल सकती थी।

नेहा होश में आने लगी। घण्टे-डेढ़ घण्टे बाद वह बोलने योग्य हो सकती थी।

"आप अस्पताल में ही रहें। नेहा की मलहम-पट्टी कराकर घर ले जाएँ। पुलिस कार्रवाई पूरी कर लें। पोस्टमार्टम व संस्कार की तैयारी कराएँ। हम दोनों मरीजों को दयानन्द अस्पताल लेकर चलते हैं।" सरदारीलाल को यही उचित लगा।

"ठीक है।" कहकर रामनाथ अपने पायजामे की चोर जेब टटोलने लगा। इस जेब में रामनाथ ने रुपये डाले थे।

नीलम उसकी बहन थी, वेद बहनोई। सरदारीलाल भी उसका जीजा था। सामाजिक कानून के अनुसार बीमारी का खर्चा उठाने की जिम्मेदारी रामनाथ की थी। इसी जिम्मेदारी को निभाने के लिए वह जेब में से नोट निकाल रहा था।

"जीजाजी, आप यह रकम रख लें। दोनों का एडमिशन करा देना। इतने में मंगत आ जाएगा। घर में जो था, मैं उठा लाया।"

जेब में से दस हजार निकालकर देते हुए रामनाथ गुनाहगारों की तरह कम पैसे होने की सफाई देने लगा।

"मैं बहुत पैसे लेकर आया हूँ। फारमैलिटी में न पड़ें। समय सँभालें। बाद में देख लेंगे।"

सरदारीलाल ने नोटों से भरा बैग रामनाथ को दिखाया तथा उसके पैसे लौटा दिये।

जनाना वार्ड तक वे इकट्ठे आये।

वहाँ से सरदारीलाल व डॉक्टर एमरजेंसी वार्ड की ओर हो लिये। रामनाथ जनाना वार्ड की तरफ चला गया।

चार

एमरजेंसी ड्यूटी पर तैनान डॉक्टर स्थिति को भाँप चुका था।

दिन के ग्यारह बज चुके थे। अभी तक घायलों को प्राथमिक सहायता तक नहीं दी गयी थी।

घायलों के वारिस अस्पताल पहुँचने शुरू हो चुके थे। उनमें से एक वकील था, एक डॉक्टर। वे डॉक्टरों की लापरवाही पर प्रश्नचिह्न लगा रहे थे। किसी के पास उचित उत्तर न था।

पत्रकार चक्कर काट रहे थे। कुछेक घायलों के फोटो खींचकर ले गये। बाकी डॉक्टरों से घायलों की स्थिति जानना चाहते थे कि खतरे में ही हैं या खतरे से बाहर?

भाईचारे के नाते पुलिस ने डॉक्टरों को सावधान कर दिया। स्थिति गम्भीर होती जा रही थी। शहर में इस घटना के कारण गुस्सा था, घबराहट फैल रही थी। गृहमन्त्री शहर का दौरा करने आ रहा था। वह घायलों को मिलने अस्पताल भी आएगा। डॉक्टरों को स्थिति के अनुसार ढल जाना चाहिए था।

अपना फर्ज समझकर एमरजेंसी ड्यूटी पर तैनात डॉक्टर ने फोन घुमा-घुमाकर सभी डॉक्टरों को सूचित कर दिया। एक्सरे वाले डॉक्टर व लेडी डॉक्टर शरणजीत की उसने ताड़ना भी की। नजला उन्हीं पर गिर सकता था।

ठेकेदार अपनी रिपोर्ट दे चुका था। इन तिलों में तेल नहीं था। मुफ्त में जाँच करनी पड़ रही थी। डॉ. नसीब मित्तल को कोई चिन्ता नहीं थी, वह गवाही देने के लिए अदालत गया हुआ था। अदालत के साथ सहयोग करना प्रत्येक शहरी की प्राथमिकता है। उसने अदालत में उपस्थित होने का प्रमाण-पत्र ले लिया था। अब

उसे मन्त्री का डर नहीं था। उसने अपने फार्मिस्ट को बोल दिया था कि मरीजों को कल का समय दे दे।

डॉ. शरणजीत के पास ऐसा कोई बहाना नहीं था। इसलिए उसने अपनी नर्स को तैयार रहने का सन्देश भेज दिया। आते ही उसको पहले नेहा का डॉक्टरी परीक्षण करना था। दूसरे मरीजों को बाद में देखना था।

रामनाथ जनाना वार्ड में आया तो नेहा का डॉक्टरी परीक्षण चल रहा था।

उसके जख्मों पर मलहम-पट्टी हो चुकी थी। फटे व खून से सने कपड़े कब्जे में ले लिये गये। नर्स उन्हें सफेद थैली में डालकर उनका पार्सल बना रही थी।

संगीता अपनी ननद सीमा को नीलम के पास बैठाकर नेहा के पास आ गयी। संगीता व पल्लवी डॉक्टर की मदद कर रही थीं। नेहा शिथिल पड़ी थी। लगता था अभी उसे होश नहीं आया।

रामनाथ को वार्ड में देखकर संगीता, वेद की स्थिति पूछने उसके पास चली आयी।

रामनाथ संगीता को एक ओर ले गया। संगीता ने नेहा का परीक्षण होते देखा था। उसके साथ क्या घटित हुआ, वह विस्तार से जानना चाहता था। यह जानकारी उसे रिपोर्ट दर्ज कराने के लिए चाहिए थी।

लड़की का बुरा हाल था। लगता था बलात्कारी हट्टा-कट्टा था। भेड़िये की तरह हमला किया होगा। नाजुक लड़की का अंग-अंग रौंद दिया था। लड़की को सँभलने में समय लग सकता था।

नेहा गहरे सदमे में थी। ज़रा-सा होश आने पर ही कुआँ, तालाब गन्दा करने को कहने लगती। डूब मरूँगी।

"वही घटना के बारे में कुछ बता सकती है ?"

रामनाथ का ध्यान एक ही नुक्ते पर टिका हुआ था।

"लोग ठीक ही कहते हैं। वकीलों के सीने में दिल नहीं होता। वह मारे शर्म के आत्महत्या करना चाह रही है। आप उससे घटना के विस्तार पूछते हो। बात छेड़ कर उसके ताजा जख्मों पर नमक न छिड़को। मेरी फूल-सी बेटी को बख्शो।"

संगीता रामनाथ के कन्धे पर सिर रखकर आँसुओं में अपने मन का सन्ताप निकालने लगी।

"पर्चा दर्ज कराना बहुत जरूरी है। अब मैं पर्चे में क्या लिखवाऊँ?"

संगीता को रोते देखकर वेद का भी मन भर आया। लेकिन उसने अपने आँसू आँखों में ही रोके रखे। कुछ देर खामोश रहकर मन को ढाढ़स दी तथा जब संगीता सँभली, उसने अपनी चिन्ता उससे साझा की।

"भट्ठी में जाए आपका केस! पता नहीं कैसे खूँखार मुलजिम होंगे? कौन देगा

उनके विरुद्ध गवाही? आप इन्हें सँभालो पहले।''

''देखते हैं।''

''एक बात और सुनो ध्यान से। पर्चे में नेहा के साथ हुए बलात्कार का कहीं जिक्र न कर देना। यदि बलात्कार की कहानी चल गयी तो लड़की का भविष्य तबाह हो जाएगा।''

एक औरत का दर्द औरत ही समझ सकती थी। यही समझ वह रामनाथ को सलाह देना चाहती थी।

रामनाथ को पहली बार अपने पत्थर दिल होने का अहसास हुआ। सबूतों के चक्कर ने उसकी संवेदनशीलता व दूरदर्शिता को निगल लिया था। उसे अफसोस हुआ। यह बात स्वयं उसके जेहन में क्यों नहीं आयी? एक वकील होने पर उसे बलात्कार के भावी आशंकित प्रभावों का पता होना चाहिए।

अभी जैसे कुछ नहीं बिगड़ा था। रिपोर्ट में वह बलात्कार का भी जिक्र नहीं करेगा।

''क्या उसे बलात्कार के सबूत अभी से नष्ट कर देने शुरू कर देने चाहिए?''

डॉ. शरणजीत कौर इंजरी-रिपोर्ट तैयार कर रही थी। रामनाथ को चाहिए कि वह डॉक्टर से मिले। उससे प्रार्थना करे। बलात्कार के तथ्य को छुपा ले। केवल चोटों का ही जिक्र करना चाहिए।

रामनाथ को आशा थी कि औरत होने के कारण डॉक्टर नेहा की मजबूरियों को समझेगी। फिर जब मुद्दई पक्ष को इस जुर्म को छुपाने पर कोई एतराज नहीं है तो डॉक्टर को क्या आपत्ति हो सकती है। यही माँग यदि मुलजिम करते तो अलग बात थी।

''आप कमाल कर रहे हैं वकील साहिब! इतनी बड़ी बात, मैं कैसे छुपा लूँ? नौकरी करनी है। किसी ने इसका मेडिकल कहीं से और कराने की अर्जी दे दी, तो मेरा क्या बनेगा?''

''और किसी को मेडिकल कराने में क्या दिलचस्पी? मुलजिमों का पता नहीं कौन थे? मैं लड़की का मामा हूँ। वकील हूँ। उसके बुरे-भले का ज्ञान है। इसके माँ-बाप मौत के मुँह में पड़े हैं। बच्ची के भविष्य का प्रश्न है। आप जो कहती हैं मैं लिखकर दे देता हूँ।''

रामनाथ ने वह सब किया जो एक औरत का दिल पसीजने के लिए किया जा सकता था।

पता नहीं वह किस मिट्टी की बनी थी। रामनाथ की आँखों में भरे आँसुओं को वह खारे पानी की बूँदों के अलावा कुछ नहीं समझ रही थी। रामनाथ ने और मिन्नत की कोशिश की। वह भूखी शेरनी की तरह दहाड़ उठी, ''प्लीज़! मेरा समय

बर्बाद न करें। मुझे अपना काम करने दें।''

दाल गलती न देखकर वह उसके दफ्तर से बाहर आ गया।

''अंकल, आप उस ठेकेदार से मिलें। देखना, वह अवश्य काम करा देगा।'' पल्लवी ठेकेदार को भूली नहीं थी। उसने रामनाथ को भी उसकी याद दिलायी।

रामनाथ को एक बार फिर अपनी अक्ल पर गुस्सा आया। आज जैसे उसका भीतरी सजग वकील मर चुका था। उसे नये खयाल, नये विचार कहाँ से सूझते? उसकी पकड़ में साधारण विचार भी नहीं आ रहे थे। शायद इसका कारण सिर पर अचानक आ पड़ी विपत्ति ही थी।

ठेकेदार ने पहले तो नखरा दिखाया। सुबह से वह स्वयं मिन्नतें कर रहा था। किसी ने उसकी बात को सुना तक नहीं।

फिर वह मान गया। साधारण केसों में डॉक्टर की फीस पाँच हजार रुपये थी। यहाँ कोई विपक्ष न था। फिर लड़की की इज्जत का सवाल था। इसलिए उसने बात चार हजार से शुरू करके दो हजार में निपटा दी।

रामनाथ ने चैन की साँस ली। लड़की दुनिया में सलामत रह गयी।

कुछ घण्टों के बाद नेहा को होश आ सकता था। फिर उसे छुट्टी मिल जानी थी। छुट्टी दिलवाकर उसे कहाँ रखा जाए?

रामनाथ व संगीता ने अपने-अपने दिमागों के घोड़े दौड़ाये। दोनों के घोड़े पच्चीस लाख की आबादी वाले शहर में दौड़-दौड़कर थक चुके थे। उन्हें एक भी ऐसा घर नजर नहीं आया जहाँ नेहा को कुछ दिनों के लिए ठहराया जा सके।

एक बार फिर पल्लवी उनके लिए सोन-परी बनकर आयी।

यह समस्या वह पहले ही भाँप चुकी थी।

नेहा को लेने पल्लवी के माता-पिता अस्पताल आ रहे थे।

अच्छी तरह ठीक हो जाने तक, वह उन्हीं के घर रहेगी।

घर में फिर पुलिस का सन्देश आया था। पुलिस और ज्यादा इन्तजार नहीं कर सकती थी।

अब देर करने का कोई कारण नहीं था।

रामनाथ ने संगीता को समझाया। छुट्टी होने तक वह अस्पताल में रहे। फिर दयानन्द अस्पताल पहुँच जाए।

वह स्वयं रिपोर्ट दर्ज कराने के लिए घर बैठी पुलिस के पास जा रहा था।

पाँच

घटना का समाचार जंगल की आग की भाँति फैल रहा था। परिवार के चारों सदस्यों के मित्रों का अपना-अपना दायरा था। जिसे जैसे ही पता चलता, अपना कार्य वहीं छोड़कर उनकी कोठी की ओर दौड़ लेता।

अस्पताल से फुरसत पाकर रामनाथ के घर पहुँचने तक कोठी के आगे एक विशाल भीड़ जमा हो चुकी थी।

पुलिस मौका-वारदात की कार्रवाई कर चुकी थी। वारदात बड़े सुलझे ढंग से की गयी थी। दोषियों ने पीछे ज्यादा सबूत नहीं छोड़े थे। वहाँ से लोहे का एक रॉड, जिस से चोटें मारी गयी थीं, एक बैग, जिसमें दोषी पेचकस व चाबियाँ डालकर लाये थे, मिला था। हाथों-पाँवों के निशान बहुत धुँधले थे। अन्य सबूत इकट्ठे करने के लिए और विशेषज्ञों को आना था। इसलिए कोठी के मुख्य हिस्से को, जिस स्थिति में वह थी, उसी में रखकर सर्व-मोहर कर दिया गया था।

पत्रकार पुलिस की खामोशी पर झुँझलाये हुए थे। पता नहीं पुलिस क्यों अपना मुँह नहीं खोल रही थी। वे अपने सूत्रों के माध्यम से टुकड़ा-टुकड़ा कपड़ा इकट्ठा करके पायजामा सीने की कोशिश में लग रहे थे। पुलिस उन्हें लोगों के साक्षात्कार लेने से रोक चुकी थी। पड़ौसियों को कुछ पता न था। गलत समाचार छापकर केस का बेड़ा गर्क न कर देना। जब तक पुलिस 'प्रेस नोट' जारी नहीं करती, तब तक वे सब्र का घूँट भरे रहें।

रामनाथ के कोठी पहुँचते ही पुलिस ने उन्हें घेर लिया। वेद के रिश्तेदारों ने सारी जिम्मेदारी उसी पर डाल दी थी। वह वकील था। एक वकील से ज्यादा और किसी को क्या पता हो सकता है कि रिपोर्ट कैसे दर्ज करानी है। वह जो करेगा, सबको मंजूर होगा।

रामनाथ रिपोर्ट के महत्त्व को जानता था। सारे मुकदमे का आधार यही रिपोर्ट हो सकती थी। रिपोर्ट का सही घटना पर आधारित होना जरूरी था। रामनाथ को घटित वारदात की जरा भी जानकारी न थी। 'दोषी दो थे, चार, दस या बारह? वे छोटी उम्र के थे, अधेड़ या और भी बड़े। वे दीवार फाँदकर भीतर आये थे या घण्टी बजाकर? उनके पास चाकू थे, रॉड थे, छुरे थे या लाठियाँ? उन्होंने कैसे कपड़े पहने हुए थे? पहने भी थे या नंग-धड़ंग थे? वे मोने थे? केशधारी या मौलवी ? पहला हमला किस पर हुआ? कमल का कातिल कौन था? नेहा के साथ बलात्कार किसने किया? एक ने किया या एक से अधिक संलिप्त थे? वेद व नीलम को चोटें किस-किस ने मारीं?'

इनमें से एक का उत्तर भी रामनाथ के पास नहीं था। कोरी कल्पना के आधार पर रिपोर्ट दर्ज करा देना घातक सिद्ध हो सकता था। कभी न कभी दोषियों को पकड़ा जाना था। वे वारदात की जानकारी अपने वकील को दे देंगे। मुद्दई पक्ष व सफाई पक्ष के कथनों में जमीन-आसमान का अन्तर होगा। दोनों कथनों में तालमेल बैठाना मुश्किल हो जाएगा। नतीजतन दोषियों को शंका का लाभ मिल जाता।

रामनाथ को कुछ नहीं सूझ रहा था। दौड़-धूप, मानसिक तनाव व भूख-प्यास के कारण वह दिमागी व शारीरिक, दोनों तरह से थक चुका था। ऐसे अवसरों पर वह अधिक पत्ती वाली चाय पीकर ताजा-दम हुआ करता था। इन स्थितियों में उसे चाय नसीब नहीं हो रही थी।

थानेदार रामनाथ की मजबूरी को भाँप गया। विचार-विमर्श के लिए वह रामनाथ को एक ओर ले गया।

"घर में एक नौकर भी है?" थानेदार ने रामनाथ से पूछा।

रामनाथ थानेदार का इशारा समझ गया।

अब घरेलू नौकर पहले जैसे नहीं रहे। पिछले एक वर्ष में मायानगर में लगातार कई घटनाएँ घटित हुईं, जिनमें घरेलू नौकरों का हाथ रहा। थानेदार ने अपनी बात समझाने के लिए एक ताजा उदाहरण दिया।

पिछले सप्ताह एक बैंक मैनेजर के नौकर ने रात के खाने में बेहोशी वाली दवा मिला दी। सारा परिवार गहरी नींद में सो गया। नौकर ने कोठी का गेट साथियों के लिए खोल दिया। आराम से उन्होंने घर का छोटा-बड़ा, सारा सामान समेटा और फरार हो गये। आज तक न नौकर का अता-पता चला, न साथियों का।

लेकिन वेद का नौकर ऐसा न था। सात वर्ष से था, जब उसका चाचा उसे पंजाब ले आया था। दो वर्ष तक उसने किसी और कोठी में काम किया। पाँच वर्ष से वह वेद के पास था। न वह कभी गाँव जाता था, न उसके पास कोई आता था। साल भर बाद उसका चाचा आता और वेतन लेकर चला जाता था। वेद ने नौकर को बेटे की तरह रखा हुआ था।

रामनाथ ऐसी घटना में उसका हाथ होने की शंका नहीं कर सकता था।

परिवार के साथ नौकर की निकटता थानेदार की शंका को और हवा देने लगी। रुपया-पैसा कहाँ है? नौकर को सब पता था। हालात बदलते देर नहीं लगती। इन्सान कब बुरी संगत या बुरे विचार मे फँस जाए, कुछ नहीं कहा जा सकता। टी.वी. तथा फिल्में, चोरी-डाका और बलात्कार ही तो सिखाती हैं। निठल्ले नौकर सारा दिन टी. वी. के आगे बैठे रहते हैं। कहीं किसी फिल्म से शीघ्र अमीर बनने की प्रेरणा मिल गयी हो? इस बारे में कुछ नहीं कहा जा सकता।

रामू को टी.वी. का शौक था। थानेदार की यह बात सच थी। दो माह पहले

ही वेद ने अपने दफ्तर का टी.वी. बदला था। दफ्तर वाला टी.वी. पुराने मॉडल का था। बेचने की बात चली तो कोई दो हजार से ज्यादा देने को तैयार न था। मिट्टी के भाव फेंकने की जगह वेद ने टी.वी. लाकर नौकर के कमरे में लगवा दिया। एक तो नौकर का दिल लगा रहेगा, दूसरे परिवार के साथ बैठकर उसकी टी.वी. देखने की आदत भी जाती रहेगी।

''नौकर है कहाँ?'' नौकर के पक्ष या विपक्ष में बोलने से पहले रामनाथ ने मुख्य पुलिस अफसर से पूछा।

''वह पुलिस की नजर में है। लेकिन उसका व्यवहार अजीब है।'' मुख्य अफसर रामू से मिली घटना सम्बन्धी जानकारी के बारे में रामनाथ को बताने लगा।

पुलिस के पहुँचने तक वह अपने कमरे में गहरी नींद में सो रहा था। उसका टी.वी. चल रहा था।

घर में इतनी बड़ी दुर्घटना हो गयी। परिवार के सभी मेम्बरों की मुलजिमों के साथ मारधाड़, चीख-कुरलाहट हुई होगी। सामान की टूट-फूट हुई। बहुत-सा सामान घर से बाहर गया था। घर के नौकर को कोई अता-पता तक नहीं?

पुलिस के पूछने पर उसने बात टाल दी थी। रात देर तक वह घर का काम करता रहा था। टी.वी. पर अमिताभ बच्चन की फिल्म आने लगी। देर तक फिल्म देखता रहा। फिल्म देखते-देखते उसकी आँख कब लग गयी, उसे मालूम नहीं। वह पुलिस के उठाने पर ही जागा था।

प्रारम्भिक जाँच-पड़ताल में नौकर ने पाँवों पर पानी नहीं पड़ने दिया। सख्त जाँच-पड़ताल की आवश्यकता थी। अभी समय सख्ती करने का नहीं, नर्म रहने का था। लेकिन खुली छुट्टी भी नहीं दी जा सकती थी। उसे पुचकार कर रखना था। भाग जाने का अवसर भी नहीं देना था।

एक हवलदार नौकर पर नजर रख रहा था। उसकी बिरादरी का कौन-कौन मिलता है उससे? मिलता है तो क्या बात करता है? वह डरा हुआ है या साधारण स्थिति में है? तफतीश के किसी राह पर पड़ने तक, पुलिस की उस पर नजर आवश्यक थी। पुलिस को रामनाथ के सहयोग की आवश्यकता थी।

रामनाथ को नौकर के साथ कोई हमदर्दी न थी। लेकिन वह घर के सदस्य के समान था। पक्के सबूतों के बिना उसकी मार-धाड़ न की जाए। उसकी यही विनती थी।

इस मामले को बाद में निपटा लिया जाएगा। अभी तो यह समस्या थी कि रिपोर्ट किसके खिलाफ व किसके बयान पर दर्ज की जाए?

यदि नौकर पर शंका न होती तो रिपोर्ट उसी के बयान के आधार पर दर्ज हो जाती। उसे चश्मदीद गवाह बना लिया जाता।

लेकिन थानेदार इससे सहमत नहीं था। नौकर के हाथ मुकदमे की लगाम नहीं दी जा सकती थी। क्या पता कातिल कौन निकल आए? ऐसा गवाह कौड़ियों के भाव बिक सकता था।

रिपोर्ट दर्ज करानेवाला गवाह तो कम से कम घर से सम्बन्धित हो।

फिर रिपोर्ट केवल नेहा के बयान के आधार पर दर्ज हो सकती थी। डॉक्टर ने भी उसे बयान देने के योग्य कह दिया था।

थानेदार व वकील एक ही मुद्दे पर पहुँचे। नेहा के बयान के आधार पर रिपोर्ट दर्ज कर दी जाए। हस्ताक्षरों को कौन पूछता है? उसके हस्ताक्षर रामनाथ खींच दे। थानेदार तसदीक कर देगा। साँप भी मर जाएगा और लाठी भी बच जाएगी। नेहा को तकलीफ देने की आवश्यकता भी नहीं पड़ेगी। रिपोर्ट भी दर्ज हो जाएगी।

अब समस्या यह थी कि रिपोर्ट किसके खिलाफ दर्ज की जाए?

मुख्य अफसर की जाँच के अनुसार वारदात काला-कच्छा गिरोह ने की थी। रामनाथ को किसी और पर शंका हो, इस बारे में विचार-विमर्श हो सकता है।

यदि मायादेवी द्वारा बेटों के मनसूबों को घायलों के लगी चोटों से मिलाकर देखा जाए तो घटना के पीछे के हाथों की पहचान स्पष्ट थी। साजिश करनेवाले असल मुलजिमों के नाम स्वयं बता देंगे।

रामनाथ ने दोनों परिवारों के मध्य चल रहे झगड़े तथा पंकज वगैरा की ओर से मिल रही धमकियों का विवरण मुख्य अफसर के साथ सांझा किया।

थानेदार ने इस विवरण को अपनी डायरी में तो नोट कर लिया। लेकिन ऐसे मामूली झगड़ों पर कत्ल जैसी घिनौनी हरकत उसके मन को नहीं जँच रही थी! शंका के आधार पर भाई-भतीजों को घसीटना भी उसे ठीक न लगा। कोई सुराग मिलने पर उन्हें बाद में मुलजिम बनाया जा सकता है।

मुख्य अफसर ने यह नेक राय कई कारणों से दी थी।

पहला कारण था कि अब तक की जाँच से लगता था कि यह चोरी-डकैती की साधारण घटना थी। किसी सभ्य व सम्भ्रान्त परिवार द्वारा ऐसी घटिया योजनाएँ नहीं गढ़ी जातीं। अमीर व पहुँच वाले आदमियों का नाम रिपोर्ट में डालकर थानेदार को बर्रों के छत्ते में हाथ डाल लेना था। उसे डंकों के सिवा कुछ नहीं मिलना था।

दूसरा कारण नमक-हलाल होने का डर था। पंकज का मैनेजर अभी उसे दस हजार रुपये देकर गया था। मैनेजर को इस काम के लिए दिल्ली से पंकज का फोन आया था। भाइयों के झगड़े कचहरियों तक सीमित थे। नाखूनों से मांस अलग नहीं हो सकता। थानेदार पूरे तन-मन से जाँच करे। दोषी हर स्थिति में पकड़े जाएँ। पंकज को खर्चे की परवाह नहीं थी। जो पार्टी बढ़िया जाँच करने के लिए थानेदार को दस हजार रुपये दे रही थी, वह स्वयं कातिल कैसे हो सकती है? थानेदार को यह सच्चाई हजम नहीं हो रही थी।

तीसरा व अहम कारण यह था कि रामनाथ के इस इशारे के कारण पुलिस को पंकज वगैरा को धमकाने का मौका मिलनेवाला था। मुद्दई पक्ष से थानेदार को कुछ पल्ले पड़ने की उम्मीद नहीं थी। मुलजिम पता नहीं कब पकड़े जाने थे। मुख्य अफसर की जेब तो पंकज से गर्म होने वाली थी।

रामनाथ को थानेदार की बात के साथ सहमत होना पड़ा। बहन-बहनोई की सलाह के बिना यह कदम उसके लिए बदनामी का टीका बन सकता था।

विचार करने के लिए और कुछ नहीं था।

नेहा का फर्जी बयान लिखा गया।

रात के दो-तीन बजे वह अपने कमरे में बैठी पढ़ रही थी। कोठी की घण्टी बजी। उसने अपने पापा को जगाया। पापा के साथ ही मम्मी जाग उठी। पापा गेट पर गये। कमाण्डो वर्दी में दो आदमी गेट पर खड़े थे। पुलिस वाले समझकर पापा ने गेट खोल दिया। उन्होंने काले कपड़े पहन रखे थे। मुँह पर काले कपड़े लपेट रखे थे। आँखों पर काली ऐनकें थीं। उन्होंने कहा, वे पुलिसवाले हैं। उनकी कोठी में एक चोर छुपा हुआ है। कोठी की तलाशी लेनी है। इस बहाने वे कोठी के भीतर आ गये। उन्हीं जैसे तीन और आदमी पीछे-पीछे कोठी में आ गये। लॉबी में आ घुसे। कुछ बाहर भी खड़े हो गये। लॉबी में आकर वे वेद से नकदी व गहने माँगने लगे। अलमारी की चाबियाँ माँगने लगे। इसी शोर-गुल में कमल जाग गया। वह लॉबी तक आ पहुँचा। उनके साथ उलझ गया। झगड़ा बढ़ता देख बाहर खड़े आदमी भी भीतर आ गये। किसी के हाथ में रॉड थी। किसी के हाथ में छुरा। इस झगड़े में उनके चेहरों से कपड़े उतर गये। सामने आने पर वह उन्हें पहचान सकती है। एक ने कमल के पेट में छुरा मार दिया। एक ने नीलम के, और दूसरे ने वेद को चोटें मारीं। नेहा को खींचकर उन्होंने कमरे में बन्द कर दिया। जाते समय वे घर का सारा सामान उठा कर ले गये। घर के सदस्य बेहोश हो गये। बाद में क्या हुआ, उसे कुछ पता नहीं।

नेहा के हस्ताक्षर रामनाथ से करवाकर मुख्य अफसर ने राहत महसूस की। बला टल गयी।

रिपोर्ट दर्ज होते ही भीड़ छँटने लगी।

दो सिपाही कमल की लाश लेकर अस्पताल की ओर चल दिये। बाकी पुलिस थाने की ओर चल दिये। काफी लिखत-पढ़त करनी बाकी थी।

पत्रकार अपने कार्यालयों की ओर भागे।

तमाशबीन घरों की ओर लौट गये।

गमगीन रिश्तेदारों ने गली में दरियाँ बिछा लीं।

बेसब्री से वे कमल की लाश की प्रतीक्षा करने लगे कि कब वह वापिस आए, कब उसका संस्कार कर मिट्टी समेटें।

छः

सरदारीलाल व संगीता के अलावा मंगतराय भी कमल के अन्तिम संस्कार में शामिल न हो सका।

वे वेद व नीलम की देखभाल के लिए दयानन्द अस्पताल में फँसे बैठे थे। दोनों मरीजों की स्थिति नाजुक थी। डॉक्टर मरीजों को बचाने के लिए पूरी लगन से यत्नशील थे। कदम-कदम पर डॉक्टरों को वारिसों की जरूरत थी।

नीलम न्यूरोवार्ड की इमरजेंसी में दाखिल थी। सरदारीलाल, संगीता व सीमा, इस वार्ड के बाहर खड़े थे। वे नीलम के डॉक्टरों की जरूरतें पूरी कर रहे थे।

यह वार्ड अस्पताल की पाँचवीं मंजिल पर था।

वेद हड्डियोंवाले वार्ड की इमरजेंसी में था। मंगतराय, उसकी पत्नी सुजाता व संगीता का भाई पवन, इसी वार्ड के आगे खड़े थे।

यह वार्ड अस्पताल की पहली मंजिल पर था।

डॉक्टर देव दोनों वार्डों में चक्कर लगा रहा था। अस्पताल के डॉक्टर वारिसों को कुछ नहीं बता रहे थे। इमरजेंसी के अन्दर डॉक्टर को भी जाने की इजाजत न थी। परन्तु वह मरीजों के टेस्टों के आधार पर उनकी स्थिति का अन्दाजा लगा रहा था।

जैसे ही उसे कुछ पता चलता वह फौरन बाहर आकर वारिसों को मरीजों की ताजा स्थिति से अवगत करा देता। नीलम की सिर की चोट अधिक खतरनाक थी। उसके दिमाग में कुछ जगहों पर खून जम गया था। वह 'कोमा' में थी। दिमाग शरीर के किसी भी अंग को कण्ट्रोल नहीं कर रहा था। ब्लड प्रेशर परेशान कर रहा था। दिल की स्थिति भी स्थिर नहीं थी। तुरन्त दिमाग के ऑपरेशन की आवश्यकता थी। लेकिन डॉक्टर अभी भी इस फैसले पर नहीं पहुँच पा रहे थे कि मरीज ऑपरेशन कराने के योग्य है या नहीं। उसके खून, शूगर, हृदय, गुर्दे व पित्ताशय के टेस्ट लिये गये थे। रिपोर्ट आने के बाद कोई फैसला होना था। कुल मिलाकर स्थिति चिन्ताजनक थी।

वेद की स्थिति नीलम जैसी ही थी। उसकी टाँगों और बाँहों का वही हाल था, जो नीलम के दिमाग का। जबड़े की टूटी हड्डी सबसे ज्यादा समस्या खड़ी कर रही थी। न तो वहाँ प्लेट पड़नी थी, न पलस्तर हो सकता था। नाक व मुँह द्वारा तारें डालकर हड्डियों को कसा जाना था। तारों का कसाव बड़ा दर्दनाक था, जब तक तारों को रखना था, वेद को बेहोश रहना था। चोटों के दर्द के कारण व इलाज में हुई देरी के कारण मरीज के हृदय पर काफी असर हुआ था। दिल की धड़कन तेजी से ऊपर-नीचे हो रही थी। ब्लड प्रेशर बढ़ गया था। शूगर कम हो गयी थी। टाँगों की हड्डियों के टुकड़े इतने ज्यादा हो गये थे कि उनके जुड़ने की सम्भावना कम हो

गयी थी। मरीज की जान बचाने के लिए टाँग तक काटे जाने की नौबत आ सकती थी। जान को भी खतरा हो सकता था।

वारिसों के लिए मरीजों की स्थिति के साथ-साथ ऑपरेशन पर होनेवाला खर्च भी चिन्ता का विषय बना हुआ था।

दोनों मरीजों को सरदारीलाल ने अस्पताल में दाखिल कराया था। एक मरीज की दाखिला फीस पाँच हजार रुपये थी। सरदारीलाल चलते समय घर से पचास हजार रुपये लेकर आया था। बाकी चालीस हजार नीलम की दवाओं, औजारों व टेस्टों के बिलों ने निगल लिया था। उसके पास मुश्किल से दो-तीन हजार बचा था।

मंगतराय ने रामनाथ के खाते में से बीस हजार निकाले थे। तीस हजार वह अपने पास से ले आया। चलते समय उसे नहीं मालूम था कि पैसा ऐसे पानी की तरह बह जाएगा। पता लग भी जाता तो भी इससे ज्यादा रकम वह तैयार नहीं कर सकता था। इधर-उधर से पैसा पकड़ने में समय लगता।

मंगतराय पन्द्रह हजार के करीब एम.आर.आई., स्कैन और एक्सरे पर खर्च कर चुका था। पाँच हजार तक की दवा व गर्म पट्टियाँ आ चुकी थीं। उसके पास तीस हजार बाकी था। इस रकम की प्लेटें आनी थीं। बाकी रकम कहाँ से आएगी? मंगतराय को चिन्ता सता रही थी।

पाँच-छः घण्टे अस्पताल में रहकर अनुमान लगा लिया था कि फीस, मरीजों के ऑपरेशन थियेटर में जाने से पहले जमा होनी थी।

नीलम के ऑपरेशन की फीस तीस हजार रुपये थी। बीस हजार दवाइयों पर लगना था।

वेद के ऑपरेशन की फीस बीस हजार रुपये थी। उसकी टाँगों-बाँहों में चार प्लेटें पड़ने वाली थीं। देसी प्लेट की कीमत दस हजार रुपये प्रति प्लेट थी। कोई विदेशी प्लेट डालनी पड़ गयी, तो कीमत डेढ़ से दो गुणा बढ़ सकती थी।

कुल मिलाकर एक लाख रुपये की आवश्यकता थी। इधर वारिस रकम इकट्ठी करने की योजनाएँ बनाने लगे। उधर डॉक्टर रिपोर्टें जाँचने लगे।

डॉक्टरों को खुशी हुई। छः घण्टे की मुश्किल के बाद वे मरीजों के ब्लड प्रेशर व शूगर काबू करने में सफल हो गये।

डॉक्टरों की ओर से हरी झण्डी मिलते ही मरीजों के वारिसों को स्पीकरों पर आवाजें लगनी शुरू हो गयीं। वारिस काउण्टर पर आकर फीस जमा कराएँ और कागजों पर हस्ताक्षर करें।

काउण्टर पर जाने की जगह सारे रिश्तेदार एक जगह इकट्ठे हो गये।

सरदारीलाल ने अपनी स्थिति स्पष्ट की। वह जो रकम लेकर आया था, खर्च हो चुकी है। सबूत के तौर पर उसने सँभालकर रखी रसीदें मंगतराय को पकड़ा दीं।

मायानगर में उसकी कोई जानकारी नहीं थी। वह तो बैंक खुलने के बाद इतनी रकम गाँव से मँगवा सकता था। जरूरत पड़ी तो उसे उधार ही माँगना था।

मंगतराय ने भी अपनी जेब से निकालकर तीस हजार रिश्तेदारों के आगे रख दिया। इस समय और रकम कहीं से ले आने का उसके पास कोई प्रबन्ध न था।

बाकी प्रबन्ध रामनाथ के मशवरे से हो सकता था।

कमल का संस्कार हो चुका था। रामनाथ यहाँ आनेवाला था।

वे लाचारी में रामनाथ की प्रतीक्षा करने लगे।

सात

पण्डित, रिश्तेदार व पड़ौसी रामनाथ पर दबाव डाल रहे थे। पोस्टमार्टम शीघ्र करवाएँ। सूर्य अस्त होने से पहले-पहले संस्कार हो जाना जरूरी लगा। सूर्य अस्त हो गया तो संस्कार अगले दिन करना पड़ेगा। लाश की हालत बहुत बुरी थी। लाश को रातभर सँभालकर नहीं रखा जा सकता था।

रामनाथ इस मजबूरी को समझ रहा था। वह समय पर लाश प्राप्त करने की कोशिश कर रहा था।

सम्बन्धित अधिकारी, दुःखी परिवार के साथ पूरी हमदर्दी दिखा रहे थे। कहीं से कोई रुकावट नहीं पड़ रही थी। कानूनी कार्रवाई ही इतनी थी कि देर हो रही थी। पुलिस को अपनी रिर्पोटिंग पोस्टमार्टम से पहले पूरी करनी थी। डॉक्टरों को उससे ज्यादा कार्रवाई पोस्टमार्टम के बाद में करनी थी। कत्ल का मामला था। छोटी-सी गलती दोषियों के छूटने का कारण बन सकती थी। रामनाथ इन पेचीदगियों को समझता था। इसलिए वह कार्रवाई अधूरी छोड़ने के लिए नहीं कह सकता था।

मृतक के बाहर से आये सगे-सम्बन्धियों की मुश्किलों को देखकर पुलिस व डॉक्टरों ने मुख्य कार्रवाई करके लाश वारिसों के सुपुर्द कर दी। अब रिश्तेदार अपनी रस्में अदा करें। शेष लिखा-पढ़ी बाद में हो जाएगी।

खास, सम्मानित लोगों ने रामनाथ को राय दी। लाश को घर ले जाने का कोई लाभ न था। कोठी भूत-बँगला बन चुकी थी। परिवार के बाकी सदस्य जिन्दगी-मौत की लड़ाई लड़ रहे थे। "तेरा भाणा मीठा लागे" श्री गुरु ग्रन्थ साहिब के महावाक्य के अनुसार सब्र कर लेना चाहिए। समय की बचत करके बाकी मेम्बरों के बचाव की ओर ध्यान देना चाहिए।

लाश को सीधा श्मशान घाट पहुँचा दिया गया।

संस्कार की रस्म खामोशी से होती रही। सगे-सम्बन्धी जीवित लाशें बन गये थे। किसी में भी रोने-चिल्लाने व बोलने की हिम्मत न थी।

बाहर से आये जिन रिश्तेदारों को वहम था, वे श्मशान घाट से ही लौट गये। जिन्हें वहम-भ्रम में विश्वास न था, या जिन्हें वहम-भ्रम की उल्लंघना करने से होनेवाले नुकसान से अपने रिश्तेदार ज्यादा प्रिय थे, वे सीधे अस्पताल की ओर हो लिए।

कमल की अन्तिम रस्में पूरी करते-करते रामनाथ को श्मशान घाट में देर लग गयी।

रामनाथ को अस्पताल से सन्देश पर सन्देश आने लगे। घायलों की अवस्था नाजुक थी। डॉक्टर तुरन्त ऑपरेशन करना चाहते थे। मरीजों की जान को खतरा था। खतरा मोल लेने से पहले डॉक्टर वारिसों से सहमति लेना चाहते थे। सहमति के कागजों पर रामनाथ के हस्ताक्षर आवश्यक थे।

रामनाथ ही मरीजों का अकेला वारिस न था। उस जैसे बहुत रिश्तेदार अस्पताल में उपस्थित थे। इस सन्देश में से उसे और निशानियाँ उभरतीं महसूस होने लगीं।

हाथ के काम बीच में ही छोड़कर रामनाथ अस्पताल की ओर भाग उठा।

सभी रिश्तेदार पहली मंजिल पर जमा हुए बैठे थे।

रामनाथ को सीढ़ियाँ चढ़ते वक्त दिक्कत महसूस होने लगी। उसे अपनी टाँगें हजारों मन भारी लगने लगीं। साँस फूल गयी। आँखों में घबराहट थी। रामनाथ ने समझ लिया यह ब्लड प्रेशर बढ़ने की निशानी थी।

दो कदम और चलकर रामनाथ को चक्कर आने लगा। शराबियों की भाँति उसके कदम यहाँ की जगह वहाँ टिकने लगे। गिरते हुए रामनाथ को संगीता ने बचा लिया। अपने कन्धों का सहारा देकर उसने रामनाथ को पास पड़ी कुर्सी पर बैठा दिया।

सरदारीलाल तुरन्त पानी वाली बोतल उठा लाया। पानी का गिलास भरकर उसने रामनाथ के मुँह को लगाया। रामनाथ ने पागलों की भाँति सारा गिलास एक ही साँस में पी लिया। सरदारीलाल ने एक और गिलास उसे दिया। वह भी पी गया। पिछले पन्द्रह-सोलह घण्टों में पहली बार उसे पानी की घूँट नसीब हुई थी।

ठण्डे पानी ने असर दिखाया। आँखों के आगे छाया अँधेरा छँटने लगा। साँस की गति स्थिर होने लगी।

पवन स्थिति भाँप गया। रामनाथ की यह दुर्दशा भूख-प्यास के कारण हुई थी। जब से पवन मायानगर आया था, देख रहा था। रामनाथ के पेट में दाना तक नहीं गया था। कई बार पवन ने उसे कुछ खिलाने-पिलाने की कोशिश की, लेकिन हर बार

वह उसका हाथ झटक देता।

संगीता की स्थिति भी रामनाथ जैसी ही थी। उसका फाका बेशक रामनाथ जैसा तो नहीं था, लेकिन भूख से वह भी बेहाल थी।

उन जैसे और भी रिश्तेदार थे, जो शर्म में ही भूखे-प्यासे बैठे थे। बलवान नियति को जो रूप दिखाना था, दिखा चुकी थी। भूखे रह जाने पर भी कमल को वापस नहीं आना था। जो बच गये थे, उन्हें सँभालना जरूरी था। उनकी देख-रेख के लिए औरों का स्वस्थ होना आवश्यक था। रामनाथ इस वक्त केन्द्र-बिन्दु था। उसे कहीं कुछ हो गया तो सारा खेल समाप्त हो जाएगा।

सोचकर पवन अस्पताल की कैण्टीन में गया। चाय का जग व खाली गिलास उठा लाया।

एक गिलास भरकर उसने रामनाथ को दे दिया।

रामनाथ का शरीर मिट्टी हो रहा था। इनकार करने की उसकी हिम्मत न हुई। सम्मान के तौर पर उसने पहला गिलास पकड़कर अपने जीजा सरदारीलाल की ओर बढ़ा दिया। सरदारीलाल को भी चाय की तलब थी। लेकिन उसने शिष्टाचार के नाते गिलास संगीता को पकड़ा दिया। पवन गिलास भरता रहा। रिश्तेदार उससे पकड़-पकड़कर चाय एक से आगे दूसरे को पकड़ाते रहे।

जब सारे चाय पीने लगे तो पवन का धैर्य बढ़ गया। वह चुपके से चार-पाँच पैकेट ब्रेड ले आया। चाय के साथ-साथ उसने ब्रेड पीस भी बाँट दिये। भूख सब को सता रही थी। सभी ने ब्रेड चुपचाप ले लिये।

भूख मिटते ही रामनाथ की बीमारी भी उड़ गयी। वह ताजादम महसूस करने लगा।

अवसर देखकर डॉ. देव ने दोनों मरीजों की स्थिति रामनाथ, व बाद में आये रिश्तेदारों को भी समझा दी। यह भी समझा दिया कि ऑपरेशन में देरी खतरनाक सिद्ध हो सकती है। झटपट कागजी कार्रवाई पूरी करके डॉक्टरों को ऑपरेशन की सहमति देनी चाहिए।

रामनाथ को समझ नहीं आ रहा था। यदि ऑपरेशन इतने जरूरी थे तो अब तक मंगतराय ने कागजों पर हस्ताक्षर क्यों नहीं किये? मंगत व रामनाथ में कोई अन्तर नहीं था।

कारण समझाने के लिए मंगत रामनाथ को एक ओर ले गया। हो चुके खर्चे का विवरण दिया।

रकम की कमी की आहट पवन के कानों में भी पड़ गयी। वह धनवान नहीं था। एक स्कूटर मैकेनिक था। घटना की खबर मिलते ही दुकान को ताला लगाकर इधर भागा आया था। मालूम था, रुपयों की आवश्यकता पड़ेगी। अपने व पड़ौसियों

के गल्लों में जो पड़ा था, उठा लाया। हजार-डेढ़ हजार के करीब खर्च हो चुका था। आठ-नौ हजार के करीब शेष था।

वह रकम उसने संगीता को पकड़ा दी।

पवन के इस हौंसले ने औरों के लिए रास्ता खोल दिया। ऐसे अवसरों पर पैसों की आवश्यकता पड़ती है। सभी रिश्तेदारों को यह अहसास था। प्रत्येक अपनी हैसियत के अनुसार कुछ न कुछ लेकर आया था।

रिश्तेदारों ने अपना हिस्सा भेंट करना शुरू किया।

रामनाथ ने मंगतराय को इशारा किया। वह सहयोगी रिश्तेदारों के नाम राशि 'नोट' कर लें। न रामनाथ के पास पैसे की कमी थी, न ही उसके बहन-बहनोई के पास। सबके पैसे धन्यवाद सहित वापस लौटा दिये जाएँगे।

नाम व राशि नोट होती देखकर सहायता की राशि व सहायता करनेवालों की संख्या कई गुणा बढ़ गयी।

इकट्ठी हुई रकम दोनों मरीजों के एडमिशन के लिए काफी थी।

मंगत शेष रकम को लौटा देना चाहता था। डॉक्टर देव ने उसे रोक दिया। खर्चे खत्म तो नहीं हो गये थे। पता नहीं किस दवा की पर्ची भीतर से आ जाए कब किसी महँगे टेस्ट की आवश्यकता पड़ जाए। इस समय रकम सँभाल लेनी चाहिए।

मरीजों के ऑपरेशन थियेटर में चले जाने के बाद शेष रिश्तेदारों को हाथ जोड़कर निवेदन किया गया, अब वे अपने-अपने घर जाकर आराम करें।

नजदीकी रिश्तेदार अस्पताल के एक कोने में बैठकर मरीजों के सही-सलामत ऑपरेशन थियेटर से बाहर आने की प्रतीक्षा करने लगे।

आठ

रातभर पुलिस अधिकारियों में मीटिंग्स होती रहीं।

ऐसी एक-दो दुर्घटनाएँ पहले भी हुई थीं, लेकिन इतनी भयानक न थीं। बलात्कार पहली बार हुआ था। पहली घटनाओं में आवश्यकता पड़ने पर पारिवारिक सदस्यों पर हमला करके घायल कर दिया जाता था। इस बार ऐसा लग रहा था जैसे चोटें जान-बूझकर मारी गयी थीं।

कमल यूनिवर्सिटी में एम.ए. का छात्र था। यूनियन का सरगर्म मेम्बर था। छात्रों ने कल से अनिश्चितकालीन हड़ताल पर जाने की योजना बना ली थी। छात्र कातिलों

को तुरन्त पकड़े जाने की माँग कर रहे थे।

नेहा ने पत्रकारिता का डिप्लोमा कर रखा था। अब वह अँग्रेजी में एम.ए. कर रही थी। शौकिया तौर पर वह 'प्रेस ट्रस्ट ऑफ इण्डिया' के लिए 'फ्रीलान्सर' के तौर पर कार्य कर रही थी। सागर नाम के प्रसिद्ध पत्रकार के साथ उसके प्रेम-सम्बन्ध चल रहे थे। दोनों की सगाई होनेवाली थी। सागर के कारण शहर के पत्रकारों के लिए यह केस 'सम्मान' का मुद्दा बन गया था। कल से ही प्रत्येक बिन्दु से अखबारों में मामला उछल रहा था।

खुफिया विभाग ने दोनों फैसलों की सूचना उच्च अधिकारियों के माध्यम से मुख्यमन्त्री तक पहुँचा दी। वापसी कार्रवाई के तौर पर प्रत्येक अधिकारी पुलिस कप्तान की खिंचाई कर रहा था। मुख्यमन्त्री ने प्रेस कान्फ्रेंस बुलाकर ऐलान कर दिया। तफतीश पुलिस कप्तान को दे दी गयी। पन्द्रह दिनों के भीतर यदि कप्तान ने दोषियों को न पकड़ा तो उसका स्थानान्तरण कर दिया जाएगा।

विपक्षी दल ने मुख्यमन्त्री को कई मोर्चों पर घेर रखा था। बिगड़ रही कानून व्यवस्था के नाजुक मसले पर विपक्षी दल को सरकार के विरोध में ढिंढोरा पीटने का अवसर मिल रहा था। मुख्यमन्त्री अपनी दाढ़ी विपक्ष के हाथ में नहीं पकड़ा सकता था।

पुलिस कप्तान को इस घोषणा के बाद कुछ नहीं सूझ रहा था। यदि पन्द्रह दिनों के भीतर दोषी हाथ न आए तो कप्तान बलि का बकरा बन सकता था।

मुख्यमन्त्री के आदेश पर फूल चढ़ाने की कोशिशें होने लगीं। कप्तान ने अपने अधीन कार्यरत इकाइयों को सजग कर दिया। जगह-जगह छापे पड़ने लगे। दोषियों के सुराग तलाशने की कोशिशें शुरू हो गयीं।

पुलिस कप्तान की नजरों में नौकर तिनके की भाँति खटक रहा था। उससे पूछताछ किये बिना जाँच आगे कैसे बढ़ सकती थी। नौकर को वह स्वयं 'इण्टेरोगेट' करना चाहता था।

कल मुख्य अफसर ने नौकर को छोड़कर अच्छा किया। माहौल गर्म था। लोगों को नौकर की वफादारी पर विश्वास था।

अब स्थिति बदल चुकी थी। अब नौकर की किसी को परवाह न थी। पता नहीं वह कहाँ सोया था। कहीं खिसक गया तो कप्तान के मुँह पर कालिख पुत जाएगी।

रातभर कप्तान नौकर पर दाँत भींचता रहा।

सुबह होते ही कप्तान ने अकेले फिर से मौका देखने का ऐलान कर दिया। रामनाथ व नौकर को शामिल होने की स्वीकृति दी गयी।

रामू रात पड़ौसियों के घर सोया था। पड़ौसी ने बताया, वह सहमा-डरा हुआ है। रातभर करवटें बदलता रहा। उसने मुश्किल से एक रोटी भीतर निगली थी। वह

अपने चाचा के पास जाने की जिद कर रहा था।

रामू की यह बेचैनी कप्तान के लिए खुशी-भरा सन्देश लेकर आयी। घबराहट-बेचैनी बता रही थी कि वह कुछ छुपा रहा है।

खाकी वर्दी में तने कप्तान ने जब लाल आँखें करके रामू की नजरों में नजर डाली, रामू पूरे का पूरा सिहर उठा। ''देख बेटा, मुझे मोहल्ले के चौकीदार ने सब कुछ बता दिया है। चोर दीवार फाँदकर कोठी में आये थे। तुमने उनको कोठी में घुसते देखा था।''

कप्तान मीठे शब्द बोल रहा था। लेकिन उनमें से डाँट व कटुता साफ झलक रही थी।

''जी साहिब।''

''क्या साहिब?'' कप्तान का झूठ इतनी जल्दी रंग लाएगा, उसे विश्वास न था। ''आगे क्या देखा! सब कुछ बताओ।...

''तुमको इनाम दिया जाएगा। तुम एक वफ़ादार नौकर हो। मालिक तुम्हारी खूब तारीफ करते हैं।

''तुम्हारे छोटे मालिक को मार दिया गया है। बड़े मालिक और बीबीजी को बुरी तरह से पीटा गया। सच बताओ क्या हुआ? तुम किस-किस को जानते हो?''

''बता रहा हूँ साहिब जी।'' काँपता नौकर 'आँखों देखी' का विवरण देने लगा।

अपने कमरे में बैठा रामू टी.वी. देख रहा था। कोठी का गेट फाँदकर भीतर आते हुए एक चोर से गेट हिल गया। आवाज सुनकर रामू कमरे में से होकर छत पर आया। छत पर खड़े होकर गेट की ओर देखा। उस समय तक भीतर आ चुके चोर ने कोठी का गेट खोल दिया था। उसके तीन-चार साथी गेट के अन्दर प्रवेश कर चुके थे। उनकी काली वर्दियाँ व डरावनी शक्लें देखकर रामू डर गया था। डरा-सहमा वह अपने कमरे में आ गया। टी.वी. बन्द करके सोने की कोशिश करने लगा।

कुछ देर के बाद कोठी में हो-हल्ला मच गया। क्या हो गया? यह देखने के लिए रामू धीरे-धीरे सीढ़ियों में खड़े होकर लॉबी में देखने लगा। उस समय एक चोर कमल के पेट में छुरा घोंप रहा था। एक तरफ से नेहा व नीलम के रोने की आवाज आ रही थी। रामू ने जब ध्यान से देखा तो वहाँ उनके देश का ठेकेदार रामलुभाया भी खड़ा था। ठेकेदार ने भी बेशक काले कपड़े पहने हुए थे। लेकिन रामू ने उसे पहचान लिया था।

रामलुभाया बड़ा खतरनाक आदमी था। यदि उसने रामू को खड़े देख लिया तो वह उसे मार देता। मारे डर के वह अपने कमरे में लौट आया था।

हिम्मत बटोरकर कुछ देर बाद जब उसने फिर लॉबी की ओर नजर दौड़ायी तो

देखा सारी लॉबी खून से भरी पड़ी थी। कमल मर चुका था। बाकी मेम्बर तड़प रहे थे।

मालिकों की ये स्थिति देखकर वह और भयभीत हो गया। अपने कमरे में आकर उसने टी.वी. चला लिया और सोने की कोशिश करने लगा।

एक दोषी की पहचान हो जाने पर कप्तान ने कुछ राहत महसूस की।

रामलुभाया कौन था? कप्तान उसकी जानकारी के लिए आतुर हो उठा।

वह रामू के जिले का रहनेवाला था। रामू के जन्म से भी पहले से मायानगर में आकर बसा था। अपनें प्रान्त के बहुत से आदमियों को वह इधर लेकर आया, जो उसके दबाव में रहते थे। उन्हें वह ऐश कराता था। जो बागी होने की कोशिश करते, उनकी पिटाई करता था। पुलिस के साथ मिलकर झूठे मुकदमों में फँसा देता। उसके प्रान्त में यह बात फैली हुई थी कि रामलुभाया ने कई जीवित मजदूरों को कारखानों की भट्ठियों में जलाया था। मारे डर के उसके आगे कोई साँस तक नहीं निकालता था।

ठेकेदार की ये कहानियाँ रामू को उसके चाचा ने सुनायी थीं। होली के पर्व पर जब वह छुट्टी लेकर अपने चाचा के घर जाता, तो उसी की बस्ती में रहता था। रामलुभाया रामू के चाचा को पंजाब लेकर आया था। इसीलिए चाचा उसका एहसानमन्द था।

''शाबाश बेटा; तुमने बड़ा नेक कार्य किया है?'' कप्तान ने रामू की पीठ थपथपायी। मन ही मन अपनी भी। उसने बड़े प्यार व समझदारी से गुत्थी सुलझा ली थी।

''वकील साहिब, अपने होंठ बन्द रखना। कहीं बना खेल ही न बिगड़ जाए।'' जाता-जाता कप्तान रामनाथ का मुँह बाँध गया।

रास्ते में कप्तान को भ्रम होने लगा। रामू को रामलुभाया के पहचानने में कहीं गलती न लग गयी हो। डर के कारण कहीं झूठ न बोल गया हो।

जितनी देर रामलुभाया हाथ नहीं आ जाता। तब तक रामू की बात पर विश्वास नहीं किया जा सकता था।

रामू को रामलुभाया की बस्ती का पता न था। चाचा कहाँ रहता है? उसका पता-ठिकाना भी उसे मालूम न था।

ठेकेदार को पकड़े जाने तक रामू की सुरक्षा अति आवश्यक थी। रामू व कप्तान की मुलाकात का सुराग भी बाहर नहीं निकलना चाहिए था।

सोच-विचार कर कप्तान ने अगला कदम उठाया।

कार्यालय पहुँचते ही उसने खुफिया विभाग के दो सिपाही सादा कपड़ों में वेद की कोठी पहुँचा दिये।

करीब घण्टाभर उन्हें कोठी में ठहरना था। फिर नौकर को रिक्शे में बैठाकर कप्तान के बताये स्थान पर ले जाना था।

नौ

पच्चीस लाख की आबादी वाले इस मायानगर में प्रवासियों की संख्या छः से सात लाख के बीच में आँकी जाती थी। इनमें से पाँच लाख प्रवासी अकेले बिहार व उत्तर प्रदेश से आकर बसे थे। शहर से बाहर चारों ओर ऐसे प्रवासियों की कालोनियाँ थीं। फोकल प्वाईंट दिशा की ओर मिनी बिहार कहलाता था। इन कालोनियों के दुकानदार भी इन्हीं में से थे तथा मुहल्लों के प्रधान भी। कुछ परिश्रमी व देर से आये 'भइये' मजदूरी छोड़कर ठेकेदारी करने लगे थे।

रामलुभाया जैसे सैकड़ों ठेकेदार इस नगर में रहते थे। कप्तान किस रामलुभाये को हाथ डाले?

कप्तान ने मायानगर की खुफिया शाखा को 'रेड अलर्ट' किया। रामू के चाचा की तलाश की जाए। जहाँ भी मिले उसे उठा लिया जाए। उससे रामलुभाया का पता-ठिकाना उगलवाकर कप्तान को सूचित किया जाए। ठीक सूचना देने वाले को नकद इनाम व तरक्की दी जाएगी।

शाम ढलने से पहले-पहले खुफिया विभाग ने पूरी जानकारी प्राप्त कर ली। रामलुभाया की अब तक की गतिविधियों की रिपोर्ट कप्तान के सामने पेश हो गयी।

रामलुभाया बीस वर्ष पहले पंजाब आया था। उसी के गाँव का एक मिस्त्री उसे इधर ले आया। पंजाब में उन दिनों मिस्त्रियों की दिहाड़ी की दर आसमान छू रही थी। उस्ताद मिस्त्री ने रामलुभाया से पहले मजदूरी का काम लिया। वर्षभर में ही उसे मिस्त्री बना भी दिया।

रामलुभाया शरीर से हट्टा-कट्टा था। दिमाग से तेज। आठ की जगह बारह घण्टे काम करके वह दुगुने पैसे कमाने लगा। दो वर्ष बाद गाँव जाकर अपने दो चचेरे भाइयों को भी इधर ले आया। उस्ताद को छोड़कर अपनी टीम बना ली। वर्षभर में वे भी मिस्त्री बन गये। रामलुभाया गाँव से और आदमी ले आया। छः-सात वर्ष में उसका एक तगड़ा जुगाड़ बन गया।

उस्ताद से पहले एक कोठी के पलस्तर का ठेका लिया। ठेकेदारी की समझ आयी तो पूरी कोठी बनाने का ठेका ले लिया। चार पैसे हाथ में आये तो दो-दो, चार-चार कोठियाँ, इकट्ठी पकड़नी शुरू कर दीं।

मोटर साइकिल सीख लिया। पहले पुराना खरीदा, फिर नया ले लिया। गाँव से परिवार को ले आया। पत्नी कोठियों में सफाई करके आमदन में बढ़ोतरी करने लगी।

पहले मकान किराये पर लिया। फिर छोटा-सा बना-बनाया मकान खरीद भी लिया।

कुछ रुपया बना तो खेतों में दो सौ गज का प्लॉट खरीद लिया। पुराना मलबा लाकर चार कमरे खड़े कर लिये। कमरों में भइये भर दिये।

इस घर ने बहुत लाभ दिया। लेबर चौबीसों घण्टे अपनी पहुँच में रहने लगी। किराया अलग से आने लगा। बड़े लड़के को किराने की दुकान खोल दी। चक्कर काटकर मजदूरों की पूरी कमाई उसी की जेब में पड़ने लगी।

और परिश्रम करके अब वह फैक्ट्रियों का निर्माण करने लगा। उद्योगपतियों से वास्ता पड़ा तो उसे फैक्ट्रियों में मजदूर भर्ती कराने का रास्ता आ गया। निर्माण की ठेकेदारी के साथ-साथ फैक्ट्रियों को लेबर भी सप्लाई करने लगा।

साथ का एक और प्लॉट खरीदकर कमरे बना लिए। दो-तीन सौ मजदूरों की कॉलोनी उसकी रियासत बन गयी। इस कॉलोनी में रहनेवाले अधिकतर बिहारी थे। उसने उन्हें कार्य सिखाया था। फिर काम पर लगाया था। वे अपनी बदली किस्मत का सेहरा रामलुभाया के सिर बाँधते थे। उसके इशारे पर स्वयं को कुर्बान कर सकते थे।

मतदान के दिनों में रामलुभाया की कीमत कई गुना बढ़ जाती थी। राजनीतिक पार्टियाँ उसके इर्द-गिर्द घूमती थीं।

कांग्रेस वालों ने उसे अपना सरगर्म सदस्य बना लिया। कॉलोनी का प्रधान बनाकर उसे अपनी विशेष मीटिंगों में बुलाने लगे। मायानगर में होनेवाली रैलियों का उसे इंचार्ज बना दिया। बस, ट्रक, कार, शराब उसकी पर्ची पर उपलब्ध होने लगे।

लड़ाई-झगड़ा व छोटे-छोटे जुर्म करने की जन्मजात आदत इधर आये 'भइयों' में भी थी। दिन-प्रतिदिन पुलिस उसकी कॉलोनी में चक्कर लगाती थी। ले-देकर वह अपनी कॉलोनी के आदमियों को छुड़ा लेता। पुलिस में उसका रसूख बन गया। अब पुलिस उसकी सिफारिश पर फूल चढ़ाती थी।

फैक्ट्रियों के मालिक व मजदूर रामलुभाया को 'गुण्डा' समझते थे। रामलुभाया स्वयं को गुण्डा नहीं समझता था। छोटी-बड़ी लड़ाइयाँ-झगड़े, मार-पिटाई, चोरी-ज़ारी, उनकी बिरादरी की विशेषताएँ थीं। शहर के स्थाई निवासियों के साथ उसने कभी पंगा नहीं लिया था। उसके अपने प्रान्त-निवासियों का क्या था! माटी के ढेले थे। जब दिल किया पीट लो। सुबह तक आकर पाँव पकड़ लेते थे। यदि वह थोड़ा-बहुत लीडर था तो बस अपनी बिरादरी का ही था।

उसकी बस्ती में चोरी व लूटपाट करने वाले कुछेक भइये भी रहते थे।

रामलुभाया को उनकी गतिविधियों की जानकारी तो थी लेकिन वह कभी उनका हिस्सेदार नहीं बना था।

आपराधिक कार्य करने का यह उसका पहला अवसर था।

यह कार्य उसने अपने भतीजे पण्डित की बातों में आकर किया था।

नशे की आदत ने पण्डित को बुरी संगत में डाल दिया था। नशा खरीदने के लिए पहले उसने छोटी-मोटी चोरियाँ कीं। चोरियों में मिली कामयाबी से उत्साहित होकर वह रातों के अँधेरे में सड़कों पर खड़े होकर लूट-खसोट करने लगा। एक-दो बार पकड़ा गया। ठेकेदार का नाम लेकर छूट जाता रहा। पिछले कुछ अर्से से उसने बटुए निकालने व चेन झपटने का काम पकड़ रखा था। शहर में दहशत फैल रही थी। पुलिस चिन्तातुर थी।

रामलुभाया को उसकी इस कारगुजारी का पता तब चला जब पुलिसवाले उसे उठाकर ले गये। उसने कई चोरियाँ व लूट-खसोट मान लीं। कई सुनारों को भी पकड़वाया।

चार मास की कैद काटकर वह अभी बाहर आया था। सुधरने की जगह जेल में जाकर और ज्यादा बिगड़ आया था। पेशेवर मुजरिमों से उसके सम्बन्ध बन गये थे।

जेल में बैठे किसी उस्ताद ने उसके लिए इस सुपारी का प्रबन्ध किया था। रामलुभाया को इस ठेके का कोई पता न चलता, यदि मालिक किसी ठोस बिचौलिये की माँग न करते। उन्हें इस कार्य का एक लाख रुपया देना था। इतनी रकम किसी चोर-लुटेरे को नहीं दी जा सकती थी। रकम किसी विश्वसनीय आदमी के हवाले करनी थी। उनकी एक शर्त और भी थी। वे दोषियों को न अपनी शक्ल दिखाएँगे, न अता-पता देंगे। यह जानकारी केवल बिचौलिये के पास ही होनी चाहिए थी।

भतीजे की कारगुजारियों से चाचा, व चाचा की टोका-टोकी से भतीजा, दुःखी थे। भतीजे ने चाचा के साथ वादा किया। अच्छी-खासी रकम उसके हाथ लगने वाली थी। रकम लेते ही वह मुम्बई वाली गाड़ी चढ़ जाएगा। फिर कभी वह मायानगर की ओर मुँह तक नहीं करेगा।

चाचा कई दिन सोचता रहा। लाभ-हानि पर विचार करता रहा। ठेकेदार को एक लाभ यह होना था कि नित्य-प्रति के क्लेश से उसका पीछा छूट जाना था।

दूसरा लाभ भतीजे को होने वाला था। शायद वह सुधर ही जाए। एक बार यदि ठीक-ठाक शहर से बाहर निकल गया, फिर पुलिस को उसका सुराग नहीं मिलना था। हजारों नये मजदूर आते-जाते रहते हैं। किसी का पक्का ठिकाना नहीं है। जहाँ काम मिल गया, वहीं उसका देश। एक बार घर छोड़कर निकले मजदूर के पते-ठिकाने का तो उसके सगे-सम्बन्धियों तक को पता नहीं चलता। पुलिस को कहाँ से पता चलना

था। ऐसे बहुत से 'भइयों' के बारे में ठेकेदार को जानकारी थी, जो लूट-खसूट करके व लड़कियों को भगाकर देश लौट चुके थे। पुलिस ने कभी उनके गाँवों की ओर मुँह तक नहीं किया था। यहीं डण्डा खटकाकर लौट जाते थे। कुछ देर लटककर मामला रफा-दफा हो जाता था।

'हाँ' करने से पहले ठेकेदार ने पण्डित को शिवालय ले जाकर कसम ली कि इसके बाद वह कोई जुर्म नहीं करेगा और न ही मायानगर की ओर मुँह करेगा।

पक्के पाँव ठेकेदार ने मालिकों से बात आगे बढ़ायी।

मालिकों ने किये जाने वाले जुर्म व उसके बदले दी जाने वाली रकम का विवरण दिया। दोषियों को एक लाख रुपया सुपारी का तथा पाँच हजार रुपया वारदात में प्रयोग होने वाले सामान को खरीदने के लिए मिलना था।

फिर चाचा-भतीजा ने आपस में शर्तें तय कीं।

शेष साथियों का प्रबन्ध भतीजे को करना था।

भतीजे के दो साथियों को सुपारी वाली रकम में से बीस-बीस हजार रुपया मिलना था। कोठी में से मिलने वाले नकदी व सोने में से तीसरा हिस्सा तय था। शेष साठ हजार रकम में से चाचा-भतीजा का आधा-आधा, व लूट के शेष माल में से भी पचास प्रतिशत तय था।

असली योजना के तहत ठेकेदार का काम मालिकों व दोषियों के मध्य कड़ी बनने का था। न उसे घटना वाली जगह जाना था, न ही उसमें भाग लेना था।

मायानगर में ठेकेदार की अच्छी सरदारी थी। अब वह इस शहर का नागरिक बन गया था। बच्चे स्कूल में पढ़ने लगे थे। घर, प्लॉट, मोटर-साइकिल व फोन सब सहूलियतें उसके पास थीं। पीछे अपने गाँव में चौधरी व साहूकार कहलाने लगा था। कोयले की दलाली से उसे क्या लेना था!

लेकिन भतीजे के जोर देने पर जब उसने घटना वाली कोठी का जायजा लिया तो उसके मुँह में पानी भर आया। कोठी अच्छे-तगड़े सेठ की थी। अच्छा माल हाथ लगने की सम्भावना थी। जुर्म ज्यादा संगीन नहीं थे। घर के सदस्यों की थोड़ी पिटाई करनी थी। लड़की की बेइज्जती करनी थी।

ठेकेदार बहुत से ऐसे 'भइयों' को जानता था, जो काले कच्छेवाले बनकर लूट-खसूट करते थे। सौ में से पाँच-चार ही पकड़े जाते। बाकी केस रफा-दफा हो जाते थे।

डगमगाते दिल से चाचा ने भतीजे की यह जिद भी पूरी कर दी।

आखिरी समय तक ठेकेदार का कोठी के भीतर जाने का कोई इरादा न था। उसे बाहर रहकर खतरों को भाँपना था। आवश्यकता पड़ने पर भीतर वालों को सूचित करना था।

उसका दूसरा काम वारदात के बाद माल व आदमियों को सही ठिकाने लगाना था।

रामलुभाया को हथियार, बैग, दस्ताने, काले कपड़े तथा काले चश्मे खरीदने के लिए पाँच हजार मिले थे। वारदात के बाद कपड़ों को जला देना था। फिर नये कपड़े क्यों खरीदे जाएँ? उसने कबाड़ी की दुकान से पुराने कपड़े खरीदे। चाकू-छुरे खरीदने की आवश्यकता नहीं थी। किसी का कत्ल तो करना ही नहीं था। तोड़-फोड़ के लिए लोहे के दो रॉड काफी थे। रॉड व बैग वह मालिकों की फैक्टरी से उठा लाया था। साढ़े चार हजार बच गया था। इस शुभ मुहूर्त पर रामलुभाया बहुत प्रसन्न हुआ।

भतीजे के साथियों से मिलकर चाचा के पाँवों के नीचे की जमीन खिसकने लगी। ये तो खूँखार मुलजिम थे। आना दो को था, आये थे तीन। एक छोटी उम्र का था। कह रहे थे नया चेला बनाया है। पहली बार 'काम पर' आया है।

ठेकेदार का माथा ठनका। भतीजा अपने उस्ताद की चाल में फँस गया था। भतीजे ने उन्हें अपने साथ नहीं मिलाया था। उन्होंने भतीजे को अपने साथ मिलाया था। सुपारी की शर्तों के अनुसार घरवालों को मामूली चोटें मारनी थीं। परन्तु पण्डित के साथी कत्ल की तैयारी करके आये थे। उनके पास दो हाथ लम्बे छुरे व तेजधार चाकू थे। प्लास, पेचकस आदि के अलावा उनके पास सेफ व अलमारियों के ताले खोलने के लिए 'मास्टर-की' भी थी।

रामलुभाया का मन उसे दुत्कारने लगा। लगा कि वह तथा उसका भतीजा किसी गहरी साजिश का शिकार हो चुके हैं। हथकड़ियाँ लगने ही वाली हैं। लेकिन अब पीछे हटना भी मुश्किल था। मजबूरीवश उसे कोठी की दीवार फाँदनी पड़ी।

भीतर वही हुआ, जिसका रामलुभाया को भय था।

अलमारी की चाबियाँ देने से जरा-सी इनकार करने पर ही पण्डित ने मालकिन के सिर में रॉड से प्रहार कर दिया। वह चक्कर खाकर जमीन पर गिर गयी।

घरवाली की दुर्दशा देखकर जब मालिक सब कुछ हवाले करने को तैयार हो गया, तो उसकी टाँगें-बाँहें तोड़ने की क्या जरूरत थी?

सामान लूटने की जगह दीना लड़की के बेडरूम में घुस गया। छोटे-कपड़ों में अर्ध-नग्न पड़ी युवा लड़की को देख मन मचल गया। वह उस पर भेड़िये की तरह टूट पड़ा।

बहन की चीखें सुनकर भाई की आँख खुल गयी। वह बहन के बेडरूम में जाकर दीना को घसीटने लगा।

पंचम उसे घसीटकर लॉबी में ले आया।

ठेकेदार के रोकते-रोकते छुरा उसके पेट में घुसेड़ दिया।

रामलुभाया उनकी मिन्नतें करता रहा। पहले मालिकों को साथ लेकर

सोना-चाँदी ले लो। किसी ने उसकी एक नहीं सुनी। लगता था उन्हें सोना-चाँदी में कम, मार-धाड़ में ज्यादा दिलचस्पी थी।

जब सारे मेम्बर बेहोश हो गये तो कुछ हाथ भी न आया। जिसे जो मिला, लेकर दौड़ गया।

कालिया ने एक रंगीन टी.वी. चादर में लपेट लिया। दीना ने टेप रिकार्डर व वी.सी.आर. समेट लिया। पण्डित ने एक अलमारी में पड़ी साड़ियाँ, सूट व और छोटा-मोटा सामान इकट्ठा करके गठरी में बाँध लिया। कुछ नकदी व आभूषण रामलुभाया के हाथ आ गये।

अपने हिस्से का सामान लेकर पण्डित के साथी मौके वाली जगह से ही अपने रास्ते चल दिये। पण्डित अपने क्वार्टर चला गया।

दिनभर रामलुभाया अपने घर में छुपा रहा। कभी उसे गिरफ्तार होने से डर लगता, कभी हाथ लगे माल से खुशी होती।

ठेकेदार सोच रहा था। भतीजे के साथी मौके पर ही छू-मन्तर हो गये। भतीजा कब से मुम्बई वाली गाड़ी चढ़ गया होगा। रामलुभाया का नाम कौन लेगा?

डर व खुशी के पाटों में फँसा हुआ रामलुभाया सुबह से अँग्रेजी शराब पी रहा था। वह शराब गम को कम करने के लिए पी रहा था या खुशी मनाने के लिए, यह भेद खुफिया लोगों को नहीं मिल सका।

सादा कपड़ों में खुफिया विभाग के कर्मचारियों ने उसके घर को घेरा डाल रखा था। उन्हें पुलिस कप्तान के अगले आदेश की प्रतीक्षा थी।

खुफिया विभाग की कार्यशैली पर कप्तान का मन गद्‌गद हो गया। मन ही मन खुफिया विभाग के जवानों को सैलूट मारकर कप्तान ने उनके कार्य की तारीफ की थी।

"अब किसका इन्तजार है? तुरन्त कार्रवाई की जाए।"

खुशी में झूमते कप्तान ने जवानों को हुक्म सुनाया।

एक आदेश भी दिया। रामलुभाया की गिरफ्तारी के असली कारण को गुप्त रखा जाए।

दस

सुबह नशा उतरने से पहले ही पुलिस ने ठेकेदार को दबोच लिया। पहले रामलुभाया ने महसूस किया कि वह सपना देख रहा है। नशे व नींद की खुमारी में उसे कई बार पुलिस अपने घर छापा मारती नजर आयी। पिटाई के डर से जब वह उछलता, उसकी आँख खुल जाती थीं। फिर वह असलियत जानकर चैन की साँस लेता था।

इस बार जब लाठियाँ दाड़-दाड़ उस पर बरसने लगीं, सारे शरीर में से सेक निकलने लगा। अहसास हुआ कि सपना नहीं हकीकत है।

भय-त्रस्त पत्नी व भयभीत बच्चे रामलुभाया की हो रही पिटाई को, सब्र का घूँट भर कर देखते रहे।

कुछ सिपाही घर की तलाशी लेने लगे। सारा सामान इधर-उधर फेंकने लगे।

'भइयों की बस्ती' में सुबह-सवेरे पुलिस के छापे कोई नयी बात न थी। घरों की तलाशी के दौरान मिले कीमती सामान का जब्त हो जाना भी, खास बात न थी।

इस बार खास बात यह थी कि पिटाई व घर की तलाशी किसी आम 'भइये' की नहीं, ठेकेदार की हो रही थी।

"रात वाला माल निकाल। कहाँ है कैश? कहाँ रखे हैं गहने? बाकी साथी कहाँ छुपाये हैं?"

"कौन-सा पैसा? कौन-से साथी?" मजबूत हड्डी होने के कारण रामलुभाया मार सहन कर रहा था। रामलुभाया की पत्नी से पति की हो रही पिटाई सहन न हो सकी। उसने अपनी सलवार के नाले के साथ बँधी ट्रंक की चाबी खोल कर हवलदार के आगे फेंक दी। वह स्वयं ट्रंक की तलाशी ले ले।

पत्नी का खयाल था, ट्रंक में दो-तीन हजार रुपये होंगे, उन्हें लेकर पुलिस टल जाएगी।

एक सिपाही ट्रंक आँगन तक उठा लाया। सभी के सामने ताला खोला। जो सामान ट्रंक में से बरामद हुआ, देखकर सबकी आँखें फटी की फटी रह गयीं। सत्तर हजार की नगदी, साथ-साथ दो कीमती साड़ियाँ व सोने का एक भारी हार छुपाकर रखा हुआ था।

नगदी ठेकेदार की हो सकती थी। साड़ियाँ व सोने का हार पहनने के लायक तो नहीं थी 'भइया रानी।'

साड़ियों व हार की बरामदी पर पुलिस वाले झूम उठे। घटना की पहली कड़ी व पहला ठोस सबूत उनके हाथ आ गया था। कड़ी से कड़ी जोड़ना अब उनके दाँयें हाथ का खेल था।

मौके पर मिली सफलता की सूचना कप्तान को दी गयी। अगली कार्रवाई के

लिए मार्गदर्शन माँगा गया।

कप्तान के आदेश पर उसके घर की मुकम्मल तलाशी ली गयी। हिसाब-किताब वाली कापियाँ, जेब डायरी, बैग, लोगों के विजिटिंग कार्ड, सब कब्जे में ले लिए गये।

उसके घर को सील कर दिया गया। कप्तान के मौका देखने तक कोई किसी चीज को हाथ न लगाए। यह हुक्म भी झाड़ा गया।

ठेकेदार से बरामद सामान कप्तान के आगे पेश किया गया।

कप्तान ने हिसाब-किताब की कापियाँ जाँचकर उन आदमियों की सूची तैयार करायी, जिनके साथ ठेकेदार का लेन-देन था।

वेद कोठियाँ-दुकानें लेने-देने का काम करता था। थोड़ी-बहुत मरम्मत के लिए उसे मिस्त्री-मजदूरों की आवश्यकता पड़ती थी। रामलुभाया के साथ उसकी कोई कड़ी जुड़ी हो सकती थी।

ठेकेदार की डायरी में दर्ज नम्बरों के मालिकों का ब्यौरा इकट्ठा किया गया। उनमें से एक नम्बर पंकज के मोबाईल फोन का था।

पुलिस कप्तान ने मुख्य-अफसर की ओर से इस मुकदमे से सम्बन्धित तैयार की गयी रिपोर्ट पर, पहले सरसरी नजर दौड़ायी। रिपोर्ट में बेशक मुद्दई ने किसी पर भी शंका जाहिर न की थी। रामनाथ ने वेद परिवार को पंकज की ओर से मिली धमकियों की चर्चा की थी। पंकज का नाम 'शंकित/मशकूक आदमियों' की सूची में बोलता था।

पुलिस कप्तान ने एक बार फिर रिपोर्ट पर नजर घुमायी। इस बार पूरी गहराई के साथ जाँचा।

फिर ठेकेदार के बैग में से मिले विजिटिंग कार्डों की जाँच हुई। उनमें से एक पंकज का था।

पंकज व ठेकेदार के मध्य स्थापित हुई इस दूसरी कड़ी ने कप्तान के लिए अगला रास्ता प्रशस्त कर दिया।

पंकज के अतीत, उसके व्यवसाय, फैक्ट्रियों में बनते पुर्जों, काम करते मजदूरों की गिनती, सब पक्षों पर विस्तृत जानकारी प्राप्त की गयी।

कप्तान को रामनाथ द्वारा पंकज वगैरा पर की गयी शंका, सत्य में बदलती नजर आने लगी।

पंकज शहर के गिने-चुने नागरिकों में से एक था। बिना ठोस सबूत के उसे हाथ डालना खतरे से खाली न था।

थाने के मुख्य-अफसर पर कप्तान को अधिक भरोसा न था। वह मुलजिमों के पास मुखबरी करके खेल को बिगाड़ सकता था।

इस जाँच में खुफिया विभाग कप्तान को सबसे अधिक सहयोग दे रहा था। एक

बार फिर इस विभाग की पीठ थपथपाई गयी।

ठेकेदार ने पंकज के लिए क्यां-क्या काम किये? उसकी किसी फैक्टरी या कोठी का निर्माण उसके माध्यम से हुआ? कभी ठेकेदार ने उनकी फैक्टरी में मजदूरों की भर्ती में सहयोग दिया? यदि पंकज का फोन व कार्ड ठेकेदार के पास था तो उन दोनों में कोई न कोई सम्बन्ध भी जरूर था। यह कैसा सम्बन्ध था? कप्तान को इस जानकारी की आवश्यकता थी।

प्रत्यक्ष तौर पर ठेकेदार ने पंकज वगैरा के लिए कोई काम नहीं किया था। पिछले एक सप्ताह भर में वह दो बार पंकज की फैक्टरी में गया। दोनों समय दोनों भाई फैक्टरी में उपस्थित थे। ठेकेदार व मालिकों के मध्य एकान्त में बातचीत हुई। दूसरी मुलाकात के बाद ठेकेदार फैक्टरी में से दो रॉड व दो छोटे बैग ले आया। इस बारे में इन्द्राज फैक्टरी के रिकार्ड में हुआ था।

पुलिस कप्तान निशाने के करीब पहुँच चुका था। घटना के समय दोषियों ने दो रॉडों का प्रयोग किया था। एक मौके वाली जगह से मिल गयी थी। दूसरी रॉड दोषी अपने साथ ले गये थे। एक बैग मौके वाली जगह से बरामद हुआ। दूसरा ठेकेदार के घर से। बस, अब यही प्रमाणित करना बाकी था कि ये रॉड व बैग वही थे, जो फैक्टरी में से गये, या कोई और थे?

मौके पर बरामद हुए माल का एक बार फिर निरीक्षण किया गया।

मौके पर प्राप्त बैग पर पंकज की फैक्टरी का नाम छपा था। पंकज ऐसे बैग तोहफे के तौर पर अपने मजदूरों को देता था। रामलुभाया के घर से मिला बैग इसके साथ का, वैसा ही था।

रॉड पर खून व मिट्टी जम रही थी। रॉड को साफ करके इन सबूतों को मिटाने का जोखिम उठाने का क्या लाभ? यदि पहले यह पता लगे कि पंकज की फैक्टरी में बनते पुर्जों पर कोई मार्का लगता था, या नहीं।

खुफिया विभाग ने इस बिन्दु पर जाँच आरम्भ कर दी।

नीरज की फैक्टरी में बनता सामान उच्चकोटि का था। उनके पुर्जे आम पुर्जों से महँगे थे। अपनी पहचान बनाने के लिए वे प्रत्येक पुर्जे पर अपना मार्का लगाते थे। नमूने के लिए जासूस ने एक रॉड बाजार से खरीदी, लाकर कप्तान के आगे रख दी।

वैज्ञानिक ढंगों की मदद से रॉड का निरीक्षण किया गया। खून के एक धब्बे के नीचे फैक्टरी का मार्क नजर आ रहा था।

पंकज व नीरज की साजिश का पर्दाफाश हो चुका था। उन्हें गिरफ्तार करने के लिए इतने सबूत काफी थे।

देर रात पुलिस कप्तान ने प्रेस-कान्फ्रेंस बुलायी। ठेकेदार व उससे पकड़े गये

सामान को पत्रकारों के सामने पेश किया।

शेष दोषियों के सुराग मिलने व शीघ्र ही गिरफ्तार किये जाने का आश्वासन देकर, पत्रकारों को विदा किया।

ग्यारह

पुलिस से पंकज को भेद मिल चुका था। रामनाथ को पंकज वगैरा पर शंका थी। भय व गुस्से के कारण उन्होंने अस्पताल की ओर मुँह तक नहीं किया था।

उड़ती-उड़ती खबर रिश्तेदारों के कानों में पड़ गयी।

अधिकतर साझे रिश्तेदारों का झुकाव झुकते पलड़े की ओर था। कभी-कभी, कोई-कोई लाचारीवश अस्पताल आता था। बेगानों की भाँति घड़ी-दो घड़ी बैठकर, चोरों की भाँति लौट जाता था। रिश्तेदार भीतर से भयभीत होता कि कहीं मोहन के परिवार को उसके वेद परिवार के साथ जागे नेह की खबर न हो जाए। कहीं वह उनके मुँह लगने से ही न रह जाएँ।

लेकिन नीलम के मायके वाले पहले दिन से ही कौओं की तरह इकट्ठे हुए बैठे थे।

रामनाथ वगैरा तीन भाई व तीन बहनें थीं। रामनाथ सबसे बड़ा था। फिर नीलम थी। उससे छोटा मंगतराय था। वह बिजली विभाग में जूनियर इंजीनियर था। सबसे छोटा बी.डी.ओ. दफ्तर में स्टेनो था। छोटी दोनों बहनें जे.बी.टी. पास थीं व प्राइवेट स्कूलों में अध्यापिकाएँ थीं। उनके पति सरकारी स्कूलों में अध्यापक थे।

रामनाथ का शहर मायानगर से सत्तर-पचहत्तर किलोमीटर दूर था। रामनाथ की बाकी रिश्तेदारियाँ मायानगर से उलटी दिशा में थीं। परिणामतः किसी रिश्तेदार का गाँव मायानगर से सवा सौ किलोमीटर दूर था तथा किसी का डेढ़ सौ किलोमीटर।

फिर भी तीन दिन से बारह के बारह मेम्बर घर-द्वार छोड़कर अस्पताल में डेरा डाले बैठे थे।

रामनाथ के भाई अलग-अलग रहकर भी इकट्ठे थे। रिश्तेदारियों के दुःख-सुख इकट्ठे निभाते थे। एक-दूसरे के साथ स्नेह-भाव व आना-जाना बना हुआ था। समय आने पर वे तीनों एक-दूसरे के दुःख-सुख में सहायक होते थे।

उनके परिवार के किसी सदस्य पर पहाड़-सी बड़ी विपत्ति पहली बार आयी थी। मिलजुल कर वे दुःख-दर्द बँटाने की चेष्टा कर रहे थे।

नेहा को शारीरिक परेशानी से ज्यादा मानसिक परेशानी थी। उसकी स्थिति

नीम-पागलों-सी थी। जब भी उसे होश आता अपने सिर के बाल नोचने लगती। चीख-चीखकर कमल को पुकारती थी। कभी उसे अपने भंग हुए शील की चिन्ता सताती थी तथा कभी इसी कारण सागर से प्रेम-सम्बन्धों के विच्छेद होने की। कभी वह आत्महत्या करने का इरादा जतलाती तो कभी दोषियों को जान से मार देने का।

डॉक्टर, नेहा को बेहोशी के टीके लगा रहे थे। उनकी राय थी कि उसे किसी बहन जैसी सहेली व माँ जैसी चाची-ताई की छत्र-छाया की जरूरत थी।

रामनाथ की सबसे छोटी बहन सुषमा ने यह जिम्मेदारी अपने ऊपर ले ली। वह नेहा की मौसी थी, इसलिए नेहा को माँ-सा स्नेह दे सकती थी। उन दोनों की उम्र में भी केवल सात वर्ष का अन्तर था। दोनों मौसी-भांजी की तरह कम, सहेलियों की तरह ज्यादा रही थीं। सुषमा पहले से ही नेहा की हमराज थी। इसलिए वह नेहा के प्रति सहेली के फ़र्ज़ भी अदा कर सकती थी।

बिना संग-शर्म महसूस किये सुषमा पल्लवी के घर डेरा लगाये बैठी थी।

मंगत व उसकी पत्नी सुजाता वेद की देखभाल में जुटे हुए थे। वेद की टाँग कटने से बच गयी थी। डॉक्टरों ने उसे खतरे से बाहर घोषित कर दिया। जबड़े की टूटी हड्डी उसे होश में नहीं आने दे रही थी। तीन दिन तक आई.सी.यू. में रखने के बाद उसे जनरल वार्ड में भेज दिया गया। बेहोशी में होने के कारण ऊपर वालों को उसकी कोई तकलीफ न थी। परन्तु उन्हें दिन-रात उसके सिरहाने बैठना पड़ता था।

बाकी सब बहन-भाई व रिश्तेदार नीलम की देखभाल में व्यस्त थे।

नीलम की स्थिति नाजुक थी। उसे आई.सी.यू. में रखा गया था। उसके नाक, गले व पेट में नलियाँ फिट की गयी थीं। वह वेण्टीलेटर के सहारे जी रही थी। किसी भी समय बुरा समाचार मिल सकता था।

सब रिश्तेदार नीलम के वार्ड से बाहर बैठे नीलम के ठीक होने की दुआएँ कर रहे थे।

नीलम की दवाएँ कम होने की जगह बढ़ती जा रही थीं। बार-बार टेस्ट व स्केन हो रहे थे। खून दिया जा रहा था। दिल की धड़कन कभी बढ़ जाती, कभी कम हो जाती थी।

रामनाथ सीनियर डॉक्टरों से पूछ-पूछकर थक चुका था। "बस चौबीस घण्टे और।" कहकर डॉक्टर उसे टालते आ रहे थे।

बारह

चौबीस-चौबीस घण्टे करके एक सप्ताह बीत चुका था। अभी स्थिति जैसी की तैसी थी।

कुछ मरीजों के वारिस रामनाथ को समझाने लगे।

यह अस्पताल नाम से ही बड़ा है। सरकारी अस्पतालों की भाँति यहाँ के डॉक्टरों को भी 'चाँदी की जूती' की इच्छा रहती है। इन डॉक्टरों ने इस लूट का नाम 'कन्सल्टेशन-फीस' रखा हुआ है। कोठी जाकर डॉक्टर की मुट्ठी गर्म करो। डॉक्टर मुँह खोलेंगे।

लोगों का भेजा रामनाथ एक हजार रुपया लेकर सीनियर डॉक्टर की कोठी पहुँच गया। मरीज की स्थिति के बारे में जानकारी लेकर उसने राय-मशवरे वाली फीस उसकी ओर बढ़ायी।

"अस्पताल में एडमिट पेशेण्ट की हालत सम्बन्धी कुछ पूछने की कोई फीस नहीं लगती। जब पेशेण्ट ठीक होकर घर चला गया और फिर कभी दिखाने आएगा, तब फीस लेंगे।"

कहकर डॉक्टर ने रामनाथ का फीसवाला हाथ लौटा दिया।

रामनाथ की समस्या ज्यों की त्यों थी।

न्यूरो वार्ड के कुछ मरीज रामनाथ को डराने लगे। आप-बीती के आधार पर वे कह सकते थे कि नीलम की हालत दिन-प्रतिदिन कमजोर होती जा रही थी। डॉक्टर मरीज के मरने तक किसी को रास्ता नहीं देंगे। उनका टेस्टों व फीसों में हिस्सा है। मरीज की जान से ज्यादा प्यारी उन्हें अपनी फीस है। वे दुहाई दे-देकर कह रहे थे, "मरीज को कहीं और दिखाओ।"

वह और किसको दिखलाए? दयानन्द अस्पताल उत्तरी भारत के चुनिन्दा अस्पतालों में से एक था। इस अस्पताल के सीनियर डॉक्टरों की निगरानी में नीलम का इलाज हो रहा था। इस अस्पताल के डॉक्टर अन्तरराष्ट्रीय प्रसिद्धि के मालिक थे। किसी न किसी देश से उनके डॉक्टरों के साथ अपने अनुभव साझे करने का निमन्त्रण आया रहता था। नीलम आई.सी.यू. में पड़ी थी। उसे बचाने के लिए प्रत्येक आधुनिक तकनीक का प्रयोग किया जा रहा था। इससे अधिक और क्या इलाज हो सकता था?

"एक बार अपोलो के डॉक्टरों की राय ले लो। बाद में हमें पछताना न पड़े।"

कमल के एक दोस्त के पिता ने, जो कई दिनों से निरन्तर नीलम का पता करने अस्पताल में आ रहा था, उसने यह विचार दिया। रामनाथ का मन डोल गया।

रामनाथ ने अपने रिश्तेदारों व बहन-भाइयों को इकट्ठा किया।

सभी नीलम के शुभचिन्तक थे। हर कीमत पर उसकी जान बचनी चाहिए थी। सबकी यही राय थी।

ऊपर से सभी रिश्तेदार दिल्ली ले जाने के मशवरे दे रहे थे। लेकिन स्वयं दिल्ली जाने से डर रहे थे।

दिल्ली जाकर एक नहीं कई समस्याओं से सामना होना था।

सबसे गम्भीर समस्या पैसे की थी। इस अस्पताल के खर्चों ने ही उन्हें कंगाल बना दिया था। अपोलो अस्पताल इससे कई गुना महँगा था। यहाँ रोटी-पानी का खर्च बच जाता था। आता-जाता कोई रिश्तेदार साथ रोटी ले आता था। वहाँ खाने का बिल ही सैकड़ों में बनना था। यहाँ से गाँव अधिक दूर न थे। देर-सवेर घर जाकर आसानी से घर की सँभाल भी हो सकती थी। दिल्ली के किराये भरते रिश्तेदार जेबें खाली करा लेंगे। पीछे घर-परिवार की देखभाल मुश्किल हो जाएगी।

किसी न किसी तरह पैसे की समस्या हल हो सकती थी। अब तक पैसा रिश्तेदारों ने खर्च किया था। अब नेहा बोलने लगी थी। साफ बात करके उससे पैसा माँगा जा सकता था।

लेकिन उसके पास दिल्ली कौन रहेगा? इस समस्या का कोई हल नजर नहीं आ रहा था।

दिमागी मरीजों के इलाज लम्बे होते हैं। इस वार्ड में कई मरीज छः-छः माह से पड़े थे। क्या पता कितनी देर दिल्ली में रहना पड़े?

सुषमा एक सप्ताह में ही ऊब गयी थी। बातों-बातों में कई बार घर जाने की इच्छा व्यक्त कर चुकी थी। उसकी कई मजबूरियाँ थीं। उसकी नौकरी अस्थाई थी। उसे लम्बी छुट्टी नहीं मिल रही थी। उसे डर था कहीं लम्बी छुट्टी पक्की छुट्टी में ही न बदल जाए। उसकी ट्यूशनें खराब हो रही थीं। सास बीमार चल रही थी। सुषमा मायानगर में मुश्किल से दिन काट रही थी। दिल्ली जाना उसके लिए असम्भव था।

पुलिस रामनाथ का पीछा नहीं छोड़ रही थी। कभी मौका देखने आ जाती थी, कभी गवाह खड़े करने। कभी वह चोरी हुए सामान की सूची माँग लेती थी। कभी चोरी हुए सामान के बिल। कभी थाने आकर दोषियों की शिनाख्त करो। कभी बरामद हुए सामान की शिनाख्त। तीनों भाइयों में से एक का शहर में रहना भी जरूरी था। तीनों के बच्चे शहर में थे। बच्चे अकेले डर जाते थे। भय मानते थे। उनकी सँभाल के लिए अश्विनी को शहर में छोड़ रखा था।

''आप डॉक्टरों से पूछो कि वह दिल्ली ले जाने के योग्य है भी या नहीं? छोकरी मारनी नहीं है मैं रहूँगी उसके पास।''

जब किसी और ने हाथ नहीं पकड़ाया तो संगीता ने बड़ी भाभी होने के नाते दिल्ली रहने की जिम्मेदारी अपने ऊपर लेते हुए, बात को सिरे लगाया।

इस बारे में डॉक्टरों से पूछे कौन? मरीज को यहाँ से ले जाने के बारे में सुनकर वे ब्यायी बाघिन की तरह पीछे पड़ जाएँगे।

कमल के दोस्त के पिता ने उनकी यह समस्या भी हल कर दी। उसका ताऊ अपोलो अस्पताल के ड्रग स्टोर का ठेकेदार था। सभी डॉक्टरों के साथ उसकी पहचान थी। यदि नीलम के टेस्टों की रिपोर्ट व दवाइयों की सूची मिल जाए तो वह घर बैठा ही उनकी राय हासिल करके दे सकता था।

अन्धा क्या चाहे, दो आँखें। तुरन्त रिकार्ड दिल्ली पहुँचा दिया गया।

दिल्ली वाले डॉक्टरों ने दयानन्द अस्पताल के डॉक्टरों के साथ फोन पर बात कर ली।

सायं तक परिणाम आ गया।

चिन्ता की कोई बात न थी। इलाज वही चल रहा था, जो अपोलो में होना था। मरीज की हालत सामान्य थी। दो दिनों के बाद उसे जनरल वार्ड भेज दिया जाना था।

सच, ऐसे ही हुआ।

दो दिन के बाद उसे खतरे से बाहर घोषित कर दिया।

आई.सी.यू. में से निकालकर जनरल वार्ड में भेज दिया गया।

तेरह

ठेकेदार के घर छापा पड़ते ही पंकज पार्टी के हाथों के तोते उड़ गये। अपनी समझ में उन्होंने साजिश बहुत सोच-विचार कर गढ़ी थी। लेकिन पुलिस ने घटना के बहत्तर घण्टे के भीतर ही एक दोषी पकड़ लिया तथा चोरी हुआ बहुत-सा सामान भी बरामद कर लिया।

ठेकेदार द्वारा पुलिस के हाथ उन तक किसी भी समय पहुँच सकते थे। अच्छा हो यदि पहले ही मौका सँभाल लिया जाए। जाँच जहाँ है वहीं रुकवा दी जाए। गिरफ्तारी 'भइयों' तक सीमित रह सके।

सबसे पहले पंकज ने एम.पी. साहब को फोन किया। वे घर से बाहर न जाएँ। पंकज उनकी ओर आ रहा था। उसे बाबूजी की मदद की जरूरत थी।

पंकज ने ठीक समय फोन किया था। फोन कुछ सेकेण्ड देरी से आया होता तो वे दिल्ली के लिए निकल गये होते। बाबूजी की प्रधानमन्त्री के साथ मुलाकात थी। अधिक लेट होने की गुंजायश न थी। उन्होंने पंकज को तुरन्त मिलने को कहा।

"पुलिस की क्या हिम्मत है, आपको झूठे केस में फँसा ले? ठीक है भतीजों की चाचा के साथ मुकदमेबाजी चलती है। पर इसका यह मतलब तो नहीं कि भतीजे चाचा के घर डाका डलवा देंगे? चाचा के लड़के का कत्ल करा देंगे। पुलिस आपकी हवा की ओर भी नहीं देख सकती।"

पंकज की बात सुनकर बाबूजी को पुलिस की ज्यादती पर गुस्सा आया था।

किसी और ने कहा होता कि घटनावाले दिन दोनों भाई मेरे साथ देहली में थे तो शायद बाबूजी को उस पर यकीन न आता। लेकिन अब यह बात वे स्वयं कह रहे थे। घटना वाली रात पंकज व नीरज बाबूजी के साथ थे। घटना से एक दिन पहले वे इकट्ठे देहली गये थे। इकट्ठे वहाँ घूमते रहे थे। घटना की जानकारी उन्हें देहली में ही मिली थी। बाकी कार्य बीच में ही छोड़कर वे वापस मायानगर में आ गये थे। फिर दोनों भाई घटना में शामिल कैसे हुए? पुलिस की ज्यादती पर बाबूजी हैरान हो रहे थे।

उनका देहली इकट्ठे जाने का कार्यक्रम कई महीनों से लटकता आ रहा था। कई कार्य फँसे हुए थे। कभी बाबूजी के पास वक्त नहीं होता। कभी पंकज को कोई अड़चन आ जाती थी।

बड़ी मुश्किल से दोनों पक्षों को इकट्ठे खाली समय मिला था। बाबूजी की उद्योग मन्त्री के साथ मीटिंग थी। बाबूजी मायानगर के लिए भारी उद्योग की माँग कर रहे थे। उनमें से कुछ उद्योगों की स्वीकृति की सम्भावना भी थी। मन्त्री व एम. पी. के बीच इसी विषय पर विचार-चर्चा थी।

पंकज पार्टी एक तीर से दो निशाने साधना चाहती थी।

कुछ दिनों से पंकज को दिल की किसी बीमारी के होने की शंका हो रही थी। मायानगर के डॉक्टरों की समझ में कुछ नहीं आ रहा था। वह देहली के एस्कॉर्ट अस्पताल में निरीक्षण कराना चाहता था।

एक तो एस्कॉर्ट में जाना था साथ ही एम.पी. साहब के साथ दो दिन की लम्बी मुलाकात के दौरान घरेलू, व्यापारिक व प्रजा की समस्याओं पर विचार चर्चा हो जानी थी, दूसरे उद्योग मन्त्री के साथ मुलाकात थी। किसी नये प्रोजैक्ट के हाथ लग जाने की सम्भावना थी।

बाबूजी के लिए भी उनका साथ सुखकर था। सिटी होंडा कार, सेवा के लिए दो अमीरजादे तैयार-बर-तैयार। पूँजी सेठों की, सिफारिश एम.पी. की। कोई मोटी मुर्गी हाथ लग गयी तो मुफ्त में ही बाबूजी की उम्रभर की दाल-रोटी का जुगाड़ भिड़ जाएगा।

दोनों भाई, बाबूजी व गनमैन सुबह पाँच बजे मायानगर से निकले थे। नौ बजे वे एम.पी. साहिब के फ्लैट पर पहुँच गये। दो घण्टे बाबूजी ने आराम किया। फिर एक घण्टा फोन घुमाये। फ्रेश हुए, नाश्ता किया व काम-धन्धों पर निकल पड़े।

उद्योग मन्त्री को सायं छः बजे मिलना था।

पाँच बजे तक पंकज अपनी जाँच करा ले। तब तक बाबूजी छोटे-मोटे कार्यों से निपट लेंगे।

पाँच बजे तक अस्पताल में पंकज के टेस्ट चलते रहे। खून से लेकर गुर्दे तक की जाँच हुई। प्रत्येक टेस्ट की रिपोर्ट ठीक आ रही थी। आये थे, तो काम भी निपटाया जाए। किसी नतीजे पर भी पहुँचा जाए। डॉक्टर टेस्टों की सूची लम्बी करते चले गये। पंकज बिना झिझक फीस भरता रहा।

कोई कमी मिले तो डॉक्टर किसी परिणाम पर पहुँचें। परिणाम पर पहुँचने के लिए और टेस्ट जरूरी थे।

अगले दिन एक बार फिर आने को कहा गया।

उद्योग मन्त्री के साथ तय हुई मीटिंग का समय छः से आठ व फिर आठ से ग्यारह बजे तक खिसक गया। मन्त्री किसी विदेशी मेहमान, प्रतिनिधि मण्डल के साथ चल रही मीटिंग में व्यस्त थे।

मन्त्री के कार्यालय में पहुँचने की हो रही देरी के कारण मुलाकातियों की भीड़ सैकड़ों तक हो गयी। राज्यों के कुछ मन्त्री व अन्य एम.पी. मुलाकातियों की सूची में शामिल हो गये। बाबूजी को ऐसे माहौल में होनेवाली मुलाकात में से कुछ विशेष हाथ लगता नजर नहीं आ रहा था। उन्होंने कल तीन बजे का समय निश्चित किया व वापस फ्लैट में आ गये।

दूसरा दिन भी यूँ ही बीत गया। एक बजे तक दोनों भाई अस्पताल में रहे। फिर कुछ आढ़तियों से लेन-देन करने चले गये।

बाबूजी दफ्तरों में घूमते रहे।

उद्योग मन्त्री के साथ चलती मीटिंग में ही उन्हें मायानगर में घटी घटना की जानकारी मिली थी। लोगों का प्रतिनिधि होने के कारण व पंकज परिवार का वेद परिवार से सम्बन्ध होने के कारण, बाबूजी का मायानगर पहुँचना आवश्यक था।

बाबूजी ने शेष सब कार्य मुलतवी किये और गाड़ी मायानगर के रास्ते दौड़ा दी।

घटना से करीब चौबीस घण्टे पहले दोनों भाई बाबूजी के साथ थे। उनकी उपस्थिति एस्कॉर्ट जैसे अस्पताल में दर्ज थी। वहाँ पंकज के अंग-अंग का निरीक्षण हुआ था। इस बात का सबूत कम्प्यूटरों में दर्ज था। उद्योग मन्त्री की कोठी में प्रवेश करने के लिए उनके गेट पास बने थे। उन पासों पर उनके फोटो लगे थे। सबसे बड़ा सबूत बाबूजी स्वयं थे। एक एम.पी. झूठ तो नहीं बोल सकता था।

सारी स्थिति का जायजा लेकर बाबूजी ने उन्हें मदद का भरोसा दिया। जरूरत पड़ी तो वे मुख्यमन्त्री से बात करेंगे। गृहमन्त्री व प्रधानमन्त्री से हस्तक्षेप करवाएँगे।

एम.पी. द्वारा पीठ ठोकने पर पंकज वगैरह ने राहत महसूस की लेकिन उनके धड़कते हृदयों की बेचैनी कम न हुई। अपने मन का चोर उन्हें बेचैन कर रहा था। बाबूजी के साथ भेद-साझा करने का अभी वक्त न था। हो सकता है मामला यूँ ही ठप्प हो जाए। स्वयं अपने पाँवों पर कुल्हाड़ी मारने की जरूरत नहीं थी।

परन्तु तसल्ली तो तब होती। यदि कप्तान की ओर से कोई स्वीकृति मिलती। कम से कम यह तो पता चले कि जाँच कहाँ तक पहुँची है। यह जानने के लिए बाबूजी ने कप्तान साहब से सम्पर्क साधा। कोठी व दफ्तर से एक ही जवाब मिलने लगा। साहब बाहर गये हुए हैं। कप्तान साहब के सब मोबाइल फोन बन्द थे। वायरलेस सेट द्वारा भी उनकी मौजूदगी वाली जगह की जानकारी न मिल रही थी।

बाबूजी के मन में शंका के बीज फूटने लगे। पहले कभी ऐसा नहीं हुआ था। जब भी चाहें कप्तान साहब के साथ सम्पर्क हो जाता था। कप्तान स्वयं किसी कार्य में व्यस्त होता तो खाली होते ही स्वयं बाबूजी से फोन पर सम्पर्क करता। कप्तान को यहाँ लाने तथा फिर यहाँ जमे रहने में बाबूजी की अहम भूमिका थी। कप्तान यदि उनसे सम्पर्क करने से टाल रहा था तो इसके पीछे कोई राज था। भाव स्पष्ट था। कप्तान इस घटना की सूचना पर चर्चा नहीं करना चाहता।

मामला गम्भीर था। लोगों की सुरक्षा व सरकार की इज्जत दाँव पर लग रही थी। राजनीति की माँग थी, राष्ट्रीय हितों से निजी हितों को प्राथमिकता न दी जाए।

बाबूजी का भला टलने में ही था।

''आप चिन्ता न करें। मैं दिल्ली जा रहा हूँ। मोबाइल फोन मेरे पास है। रास्ते में कप्तान के साथ सम्पर्क करूँगा। फिर आपसे बात करूँगा। चिन्ता न करें, बेइन्साफी नहीं होने देंगे।''

'बेइन्साफी' शब्द पर जोर देते हुए बाबूजी कोठी से बाहर आये और कार का दरवाजा खोलकर भीतर बैठ गये।

बाबूजी के मुँह से निकला 'बेइन्साफी' शब्द पंकज वगैरह के मनों को झँझोड़ने लगा। उन्हें शंका होने लगी जैसे बाबूजी को सब कुछ पता चल गया हो। उन्होंने बे-इन्साफी के विरुद्ध खड़े होने का वादा किया था। पंकज वगैरा के पक्ष में नहीं।

इन परिस्थितियों में उन्हें बाबूजी से ज्यादा आशा नहीं रखनी चाहिए।

अपने विरुद्ध स्वयं ही परिणाम निकालते पंकज व नीरज खाली हाथ लौट पड़े।

चौदह

अब वे किधर जाएँ? किसके पास जाएँ?

बाबूजी की कोठी के बाहर, चौराहे के पास खड़े होकर सोचने लगे।

"भाई, कप्तान के पास सिफारिश करने से पहले हमें मालूम कर लेना चाहिए कि हमारा नाम केस में आ गया है या अभी बचे हुए हैं? हो सकता है ठेकेदार ने पिटाई सहन कर ली हो।"

नीरज जल्दी में कोई कदम नहीं उठाना चाहता था।

"तू अभी बच्चा है। पुलिस के हाथ बड़े लम्बे होते हैं। अब तक वे कब से मामले की गहराई तक चले गये होंगे। फिर भी यदि तू कहता है तो शंका दूर कर लेते हैं।"

छोटे भाई का दिल रखने के लिए पंकज नीरज के साथ सहमत हो गया।

"चल, अपने प्रधान की ओर चलते हैं, वह स्वयं कोई रास्ता निकालेगा।"

दिमाग पर जोर डालकर पंकज ने ऐसे खास आदमी का नाम सोचा जो पुलिस की गुप्त सूचना को सेंध लगा सकता था।

नीरज को पंकज का सुझाव पसन्द आया। अगले ही पल उन्होंने गाड़ी 'भारी उद्योग मालिक संघ' के प्रधान अनिल जैन की फैक्टरी के आगे लगा दी।

"बच्चा, घबराते क्यों हो? थानेदार यहीं आएगा। अपनी जुबान से सब बता कर जाएगा।"

प्रधान ने हेकड़ी बघारी।

उसने फौरन मुख्य-अफसर को फोन किया। साथ में इशारा भी। थानेदार का दस हजार उसके मेज की दराज में पड़ा था। वह अपना नजराना ले जाए, साथ ही ताजा स्थिति की जानकारी दे जाए।

मुख्य अफसर जाँच में व्यस्त था। एक मिनट की फुर्सत नहीं थी। लेकिन वह प्रधान को नाराज भी नहीं कर सकता था। ऊपर से जब भी बड़ी 'बेगार' पड़ती प्रधान ही काम निकालता था। बड़े उद्योगपतियों का वह प्रधान था। उद्योगपतियों पर जब भी भीड़ पड़ती थी, वे अनिल की ओर ही दौड़ते थे। प्रधान मुख्य-अफसर को फीस पहले दिलाता था, काम बाद में बताता था। प्रधान की पहुँच चण्डीगढ़ के पुलिस अधिकारियों तक थी। कहीं तबादले का डर हो, किसी पूछ-पड़ताल का डर हो, वह तुरन्त फोन करके मामले को ठण्डा कर देता था। मुख्य अफसर प्रधान को इनकार नहीं कर सकता था।

'रेड' का बहाना बनाकर वह प्रधान की फैक्टरी पहुँच गया।

पंकज व नीरज उसके सामने नहीं आना चाहते थे। वे साथ वाले कमरे में चले गये।

प्रधान ने ठण्डा बाद में पूछा, नजराना पहले पेश किया।

फिर अपना मकसद बताया।

प्रधान कत्ल काण्ड के बारे में कुछ जानना चाहता था। यह बात सुनकर मुख्य अफसर को कँपकँपी आ गयी।

असलियत यह थी कि इस केस की जाँच कप्तान स्वयं कर रहा था। किसी बात से कप्तान को मुख्य अफसर पर शंका हो गयी थी इसलिए अगली कार्रवाई उससे गुप्त रखी जा रही थी।

दस हजार के नोट उसकी जेब में पड़ चुके थे। इन्हें हजम करने के लिए उसे झूठ बोलना पड़ रहा था।

"पंकज-नीरज के बारे में अभी कुछ भी मिसल पर नहीं आया। उँगली उनकी ओर उठ रही है। अभी कोई खतरा नहीं। लेकिन सावधान रहना चाहिए।"

कुएँ में ईंट फेंककर मुख्य अफसर खिसक गया।

प्रधान खुश था। थाने का मुख्य अफसर उसके पास चल कर आया था। प्रधान के लिए यह फख्र वाली बात थी। यदि वह कह रहा है कोई खतरा नहीं, तो समझो कोई खतरा नहीं।

लेकिन भाइयों का मन टिक नहीं रहा था। वह उँगली उनकी ओर उठने व सावधान रहने के बारे में भी कह गया था। इन संकेतों का अर्थ भी समझना चाहिए।

पहले ठेकेदार के पकड़े जाने व उसके घर से चोरी हुए सामान बरामद होने की खबर निकली थी। अभी-अभी नयी खबर मिली। पुलिस ने ठेकेदार से एक जेबी डायरी पकड़ी थी। उस डायरी में पंकज का फोन नम्बर दर्ज था। उसकी जेब में से उनका विजिटिंग कार्ड भी मिला था। ये समाचार शुभ नहीं थे।

प्रधान के पास बैठे-बैठे मोबाइल कम्पनी के मैनेजर का फोन आ गया। पुलिस पंकज वगैरह के फोन नम्बरों की लिस्ट व उनकी ओर से गत एक मास में किये गये फोनों (कॉल्ज़) की सूचना लेने आयी थी। कम्पनी को शंका थी कि पुलिस उनके फोन टेप कर रही थी। वे कम्पनी के पक्के ग्राहक थे। इसलिए फोन कम्पनी ने उन्हें सूचित कर अपना फ़र्ज़ अदा किया था। आगे जैसे वे ठीक समझें, करें।

नीरज ने बड़े भाई को समझाया। अब हवाई किले खड़े करने का समय न था। जितनी जल्दी हो सके उन्हें भूमिगत हो जाना चाहिए।

दोस्तों-मित्रों, सम्बन्धियों को भरोसे में लेकर अपने बचाव के ढंग-तरीके सोचने चाहिए।

किसी बढ़िया वकील के माध्यम से कानूनी कार्रवाई के बारे में गौर करना चाहिए।

पंकज नीरज से सहमत था।

फौरन उन्होंने अपनी गाड़ी गैरेज में लगा दी। मोबाइल फोन बन्द कर दिए।

अगली नीति गढ़ने के लिए वे पंकज के साढ़ू के भाई अजय की फैक्टरी में पहुँच रहे थे।

पन्द्रह

अजय पंकज से सहमत था।

जोखिम उठाने की गुंजाइश न थी।

पेशगी जमानत का प्रार्थना-पत्र लगाने का फ़र्ज़ बनता था। यदि मुकदमे में नाम आ गया तो पुलिस के चक्करों व गिरफ्तारी से बचाव हो सकता है। नाम केस में से निकल गया तो चलो थोड़े पैसों का ही खर्च था। ऐसे वक्त पैसों के बारे में नहीं सोचा जा सकता।

दीवानी मुकदमेबाजी पंकज ने बहुत की थी। प्लॉटों व जमीनों के कब्जे लेने व देने के कारण कोई न कोई पंगा होता रहता था। फैक्टरी लगायी तो लेबर के साथ खींचतान चलती रहती। लेने-देने के झगड़े रहने लगे। कभी किसी ने उधार मार लिया। कभी किसी का चैक कैश नहीं हुआ।

फौजदारी मुकदमे से उसका सामना पहली बार हो रहा था।

अजय उनका रिश्तेदार बाद में, गहरा दोस्त व हमराज पहले था। साथ ही उसे कई फौजदारी मुकदमों का अनुभव भी था।

पहली बार उसका वास्ता पुलिस से तब पड़ा, जब फैक्टरी में कुआँ खोदते वक्त तीन आदमी मिट्टी के नीचे आकर दबकर मर गये थे। मामला लापरवाही का बनता था। लेकिन पुलिस ने लालच व लेबर यूनियन के दबाव में आकर कत्ल का केस दर्ज कर दिया। मजदूरों के वारिसों को मुआवजा देकर अजय ने समझौता कर लिया। बिना लीडरों की सहमति से हुआ समझौता लीडरों को पसन्द न था। लीडरों ने अजय को जेल भिजवाने का एड़ी-चोटी का जोर लगा दिया। अजय भी अड़ गया। वह ता-उम्र कैद काट लेगा, सारी सम्पत्ति मुकदमे पर खर्च कर देगा, लीडरों के आगे नहीं झुकेगा।

इस लड़ाई में उसे सेशन कोर्ट से लेकर सुप्रीम कोर्ट तक के दरवाजे खटखटाने पड़े थे।

अजय का वही अनुभव अजय के साथ-साथ उसके मित्रों व रिश्तेदारों के काम आ रहा था।

मायानगर के उद्योगपतियों को यदि पुलिस की आवश्यकता पड़ती थी तो वे अनिल जैन की ओर भागते थे। यदि कचहरी जाने की आफत आती, तो अजय की ओर दौड़ते थे।

अजय की फैक्टरी में से ही उन्होंने अपने एक-दो और दोस्त-मित्रों को फोन कर दिये। चल रही चर्चा में वे भी अपने विचार पेश करें।

शहर में चोटी के दो वकील थे। नन्दलाल व महेन्द्रसिंह। अजय दोनों को आजमा चुका था।

कानून की जानकारी में महेन्द्रसिंह नन्दलाल से अधिक माहिर था। लेकिन वह ईमानदारी वाली घोड़ी पर सवार था। उसका विश्वास अफसरों से झगड़ने में अधिक व मेल-मिलाप में कम था। आज का जमाना और था। आजकल फैसले गुणों के आधार पर कम और बातों के आधार पर ज्यादा होते हैं।

सब हालात को ध्यान में रखकर अजय अपने ज्ञान अनुसार नन्दलाल को वकील रखने के पक्ष में था। वह फीस अवश्य ठोक कर लेता था लेकिन फीस तय हो जाने के बाद सायल की सिर-दर्दी खत्म हो जाती थी। आसामी पैसा खर्च करनेवाली हो, वह कचहरी के अर्दली से लेकर सुप्रीम कोर्ट के जज तक की खरीदो-फरोख़्त खुद ही कर लेता था।

नन्दलाल की पुलिस विभाग में अच्छी पकड़ थी। फोन पर उसके काम होते थे। थानेदार फाइल उठाये उसके पीछे-पीछे घूमते थे। यह माया जाल उसने अपनी नम्रता व अपने क्षेत्र में प्राप्त दक्षता के बल पर बनाया था। कभी किसी मन्त्री, विधायक या पुलिस अफसर को कचहरी का मुँह देखना पड़े तो वह नन्दलाल की ओर दौड़ता था। वे लोग उसे फीस तो देते ही थे, कभी अड़े-फँसे काम भी कर देते थे।

नन्दलाल की आयु सत्तर वर्ष के करीब थी। जो कभी उसके सामने मजिस्ट्रेट हुआ करते थे, अब वे हाईकोर्ट के जज थे। जो थानेदार उसके पास बैठकर गवाहियाँ समझते थे, एस.पी. बने बैठे थे। पुराने अफसर पुराने मित्रों की कद्र करते थे। मुकदमे की कई समस्याएँ नन्दलाल का नाम लेने मात्र से ही हल हो जाती थीं।

इसलिए अजय नन्दलाल के बिना किसी और वकील के बारे में नहीं सोच सकता था।

''यदि कोई और विकल्प है ही नहीं, फिर देर क्यों की जाए? फोन करो और टाइम फिक्स करो।''

घबराया हुआ नीरज सोच-विचार में समय बर्बाद नहीं करना चाहता था।

''नन्दलाल की फीस औरों से ज्यादा है।''

अजय ने आनेवाले खर्च के बारे में बताना अपना फर्ज समझा।

पंकज को पैसे की कोई चिन्ता न थी। अलमारियाँ नोटों से भरी पड़ी थीं। पैसा इज्जत बढ़ाने के लिए था। पैसा बचाने के लिए इज्जत नहीं गँवा सकते थे। उनसे गलती हुई थी। पकड़े जाने की आशंका थी। उन्हें हर कोशिश करके गिरफ्तारी से बचाना चाहिए।

यह सोचकर दोनों भाइयों ने नन्दलाल को वकील नियुक्त करने की सहमति प्रकट कर दी।

अजय ने नन्दलाल से सम्पर्क साधा।

अभी वह कचहरी में बहस कर रहा था। आधे घण्टे के बाद वह अपने चैम्बर में आ जाएगा। वे कचहरी आकर बात कर लें।

इसी दौरान पंकज का साला अपने दो साथियों सहित वहाँ आ गया। चल रही विचार-चर्चा में अपने अनुभव साझे करने लगा।

''कचहरी जाना खतरे से खाली न था। पुलिस वहाँ सारा दिन घूमती रहती है। किसी भी समय दबोच सकती है। क्यों न वकील को यहीं बुला लिया जाए?''

दोबारा नन्दलाल को फोन किया गया।

नन्दलाल किसी के घर जाकर मशवरा देने वाला वकील नहीं था। जिसे प्यास लगी है, वही कुएँ के पास आए।

नन्दलाल के टके से जवाब से सबके चेहरे उतर गये।

''जो वकील अभी बात करने को तैयार नहीं, ऐसे वकील को गोली मारो।''

पंकज के साले सतीश के एक दोस्त ने अपना विचार रखा। वह यह केस नन्दलाल की जगह अपने मित्र को दिलाना चाहता था।

''नन्दलाल बूढ़ा हो गया है। उसका कार्य-कम हो रहा है। सिंगला का काम चढ़ रहा है। सिंगला मेरा मित्र है। उसे यहाँ बुला लेते हैं। मुझे इनकार नहीं करेगा।''

विनय ने नन्दलाल की जगह सिंगला का नाम पेश किया।

''वह नन्दलाल का चेला है। चेले गुरुओं से आगे नहीं बढ़ सकते। वकील हम नन्दलाल को ही करेंगे। विचार-विमर्श के लिए सिंगला को बुला लो। उसे भी इस काम की फीस दे देंगे।''

अजय को विनय द्वारा नन्दलाल का नाम रद्द करने का विचार भाया नहीं। उसने अपनी राय पेश करके अपने फैसले को सलामत रखा। साथ ही सिंगला को फीस देने की राय देकर विनय की बात भी रख दी।

''नन्दलाल लालची किस्म का आदमी है। मौका देखने भी बाहर जाता है। टुकड़ा फेंको, यहाँ भी आ जाएगा।''

सतीश नन्दलाल को पहचानता था। उसने अपने अनुभव के आधार पर नन्दलाल को यहाँ बुलाने का भेद प्रकट किया।

एक बार फिर फोन मिलाया गया। मीटिंग में शामिल होने की अलग फीस देने की पेशकश की गयी।

"पहले फीस तय कर लें। बाकी फिर देखेंगे।"

इस बार नन्दलाल का रवैया नर्म था।

"पहले कभी फीस कम दी है। यह मेरा अपना कार्य है। जो माँगोगे मिल जाएगा। आओ तो।"

अजय ने अपनी दोस्ती का अहसास कराया।

"मैं एक लाख रुपया फीस लूँगा। यदि केस लड़ना पड़ा तो पचास हजार और लगेंगे। यदि शर्त मंजूर हो तो आधी फीस व गाड़ी भेज दो।"

नन्दलाल ने अपनी फीस व शर्तें बतायीं।

पंकज को फीस बहुत ज्यादा लगी। पहले कभी उसने वकील को पचास हजार से ज्यादा न दिया था। अभी तो उन्हें अपना नाम घसीटे जाने के भय की शंका मात्र थी। पुलिस की ओर से कोई इशारा न था। अभी पेशगी जमानत की अर्जी लगानी थी। यह कार्य किसी छोटे वकील से भी लिया जा सकता था। यदि पुलिस पीछे पड़ने लगेगी तो फिर नन्दलाल को वकील किया जा सकता है।

"प्याजों के चोर वाली कहानी में कोई लाभ नहीं। कहीं यह न हो कि लालचवश प्याज भी खाने पड़ें, जूतियाँ भी। आखिर जुर्माना भी भरना पड़े। फिर नन्दलाल ने अभी कम फीस बतायी है, आगे वह और भारी हो जाएगी। किसी और वकील को दी फीस कुएँ में पड़ जाएगी।"

अजय ने एक बार फिर अपना अनुभव प्रकट किया।

"ठीक है। गाड़ी भेजो और नन्दलाल को बुला लो। सिंगला को भी बुला लो। एक और एक मिलकर ग्यारह हो जाएँगे।"

नीरज ने तुरन्त फैसला सुना दिया।

सोलह

सिंगला नन्दलाल से पहले पहुँच गया।

सिंगला को किस केस के लिए बुलाया जा रहा है। इस बात की जानकारी उसे पहले दे दी थी। जितनी जानकारी मिल सकती थी। वह ले आया था।

ठेकेदार अदालत में पेश हो चुका था। मैजिस्ट्रेट ने उसका तीन दिन का पुलिस

रिमाण्ड दिया था।

पुलिस रिमाण्ड हासिल करते समय पुलिस ने जो प्रार्थना-पत्र दिया था, सिंगला उसे पढ़ आया था। उस रिपोर्ट से ऐसा कोई संकेत नहीं मिल रहा था जिससे पंकज वगैरा के साजिश में शामिल होने का अन्दाजा लगता हो। पुलिस ने बाकी दोषियों के नाम-पते पूछने व माल बरामद करने के लिए पुलिस रिमाण्ड माँगा था।

जिस सरकारी वकील ने ठेकेदार का रिमाण्ड लिया था, उसके साथ सिंगला का 'खाना-पीना' था। सिंगला ने उसके साथ सम्पर्क साधने की कोशिश की। लेकिन वह दूसरी कचहरी में व्यस्त था।

''यदि कुछ खर्च करने की आज्ञा हो तो मैं उससे मिसल की जानकारी ले सकता हूँ।''

सिंगला ने सरकारी वकील के खाने-पीने के स्वभाव को सामने रखकर खर्च की आज्ञा माँगी थी।

''खर्च की चिन्ता मत करो। समस्या हल करो।'' नीरज के बोलने से पहले ही विनय ने सिंगला को स्वीकृति प्रदान कर दी।

मोबाइल फोन पर सरकारी वकील से बात हुई।

सरकारी वकील ने मिसल को ध्यानपूर्वक नहीं पढ़ा था। अदालत के बाहर स्टूडेण्ट यूनियन प्रदर्शन कर रही थी। पत्रकारों की टीम कैमरे उठाये घूम रही थी। महिला मुक्ति संस्था अपना धरना दिये बैठी थी। पहले ही दिन से प्रेस इस घटना को हवा दे रही थी। रिमाण्ड मिलना ही था। सरकारी वकील को अधिक बहस करने की जरूरत महसूस नहीं हुई। इसलिए उसने मिसल को नहीं पढ़ा था।

''ठेकेदार ने अपने साथियों के नाम बता दिये? किस-किस का नाम लिया है? कुछ याद है?''

''उसे तो केवल अपने भतीजे का नाम याद था। बाकी भतीजे को जानते थे। आपको किस-किस का पता करना है? साफ-साफ बोलो।''

सिंगला ने अनुमान लगाया। बात अभी तक 'भाइयों' तक सीमित थी। पंकज वगैरा को कोई खतरा न था।

''यार, असल बात यह है कि वेद का मेरे दोस्त के साथ दीवानी झगड़ा चलता है। बनियों की तरह डर रहे हैं। मुझे इनके बारे में पता करना था।''

''भाई, सच बात यह है कि मैंने मिसल की जिमनियाँ नहीं पढ़ीं। यदि बहुत जरूरी है तो मैं थाने आ आता हूँ। आप कहाँ से बोल रहे हैं? थाने होकर मैं सीधा आपके पास आ रहा हूँ।''

सिंगला ने सरकारी वकील को महफिल होटल का समय दे दिया।

पंकज को राहत महसूस हुई। अभी तक बचाव था।

लेकिन सिंगला की धड़कन दूर नहीं हुई थी। लग रहा था सरकारी वकील ऊट-पटाँग बोल रहा था। उसने मिसल पढ़ी न थी। वह बताए भी क्या?

और कहाँ सम्पर्क करें? सिंगला अभी सोच ही रहा था कि बाबू नन्दलालजी आ धमके।

सिंगला ने खड़े होकर उनका स्वागत किया। झुककर घुटनों पर हाथ लगाये। फिर खामोशी से नन्दलाल की तजवीज सुनने लगा।

सत्रह

नीरज की जुबानी अब तक की कहानी सुनकर नन्दलाल ने आगे कार्रवाई शुरू की।

नन्दलाल की कप्तान के साथ सीधी बात थी। लेकिन वह अभी सीढ़ी के आखिरी डण्डे को नहीं पकड़ना चाहता था। कार्रवाई पहले डण्डे से शुरू करनी चाहिए। जानकारी सही भी मिलनी थी। सस्ती भी।

सबसे पहले नन्दलाल ने थाने के मुंशी को कुरेदा। मुंशी थाने की माँ जैसा होता है। थाने में होने वाली प्रत्येक कार्रवाई का ज्ञान होता है उसे।

मौके व दोषियों से बरामद हुआ माल मुंशी के पास जमा होता है। माल बरामद अधिक होता है लेकिन कागजी कार्रवाई में कम दिखाया जाता है। मुंशी के पास रखे माल से यह पता चल जाता है कि पुलिस आगे क्या करनेवाली है?

नन्दलाल यही अन्दाजा लगाना चाहता था।

"मालखाने में थोड़ा-बहुत माल पहुँचा है। अधिकतर माल कप्तान ने अपने पास रख लिया है। रजिस्टर व रोजनामचे खाली छोड़े हुए हैं। पता नहीं कप्तान क्या हुक्म करता है?"

नन्दलाल को लगा मुंशी पुलिसिया अन्दाज में गोलमोल बात कर रहा है।

मुंशी अभी ही नमकहरामी कर जाएगा। नन्दलाल को ऐसी आशा न थी। उसे रिश्वत के मामले से बरी हुए एक सप्ताह भी नहीं हुआ। यदि नन्दलाल बीच में न पड़ता तो गवाहों ने एक इंच भी इधर-उधर नहीं होना था। मुंशी ने गवाहों के पैरों में पगड़ी रखी, बहुत रिश्तेदार ढोये। लेकिन वे भरी चौपाल में हुई बेइज्जती को किसी भी कीमत पर भूलने को तैयार न थे। मुंशी ने उनके साथ बुरा किया था। एक तो फीस ले ली, फ़िर चालू भट्ठी पकड़कर केस बना दिया। साथ ही भरी पंचायत के सामने पिटाई कर दी। उनका गुस्सा तो तभी ठण्डा होना था यदि मुंशी को सजा

होती। जब मुंशी थक गया तो नन्दलाल ने गवाहों को मनाने वाली घुण्डी बतायी। मुंशी ने उसी आदमी तक पहुँच की। अगली पेशी में गवाह मुकर गये। मुंशी बरी हो गया।

लग रहा था वही मुलजिम अब नन्दलाल को 'हुर्रे' कह रहा था।

"बेटा, बापू को गोल-मोल उत्तर न दे। यदि अहसान नहीं मानना तो शाम को अपनी फीस ले लेना। लेकिन बात सही बता।"

गुस्से में आये नन्दलाल ने मुंशी को झिड़का।

मुंशी ने बीसियों कसमें खायीं। वह सच बोल रहा था। उसे कुछ भी मालूम न था।

"अच्छा, यूँ बता कि सही जानकारी कौन दे सकता है?"

"भुल्लर। साहब का रीडर है। सब लिखा-पढ़ी वही कर रहा है। वही भुल्लर, जिस पर रोजनामचा जलाने का केस चल रहा है। आप ही उसके वकील हैं।"

मुंशी ने रीडर के नाम के साथ-साथ उसका मोबाइल नम्बर बताकर नन्दलाल की दिक्कत आसान कर दी।

भुल्लर ने नन्दलाल को निराश नहीं होने दिया।

सरकारी वकील व मुंशी सच बोल रहे थे। अभी तक जो कार्रवाई हुई थी, वह मौखिक रूप में हुई थी। मिसल ठप्प थी। कोई कुछ बताए भी तो कैसे?

वैसे मामला शीशे की तरह साफ था।

पहले ठेकेदार मार सहता रहा। उसे कुर्सी लगायी, घोटना लगाया, उलटा लटकाया। लेकिन वह टस से मस न हुआ। अचानक जब उसका भतीजा हाथ लग गया, वह फोड़े की भाँति फूट पड़ा।

शहर के शेरपुर चौक में से एक बस हर रात बिहार को जाती थी। बस के मालिकों के पास रूट परमिट न था। अफसरों की शह पर काम दो नम्बर में चल रहा था। बस में बस 'भइये' ही चढ़ते थे। बस चलने से पहले पुलिस 'भइयों' पर सरसरी नजर मार लेती थी।

उस दिन इस घटना के कारण पुलिस ने स्टेशन व बस अड्डा पर सख्त पहरा लगा रखा था। शहर से निकलने वाली प्रत्येक बस-कार-जीप की तलाशी हो रही थी।

शेरपुर चौकी का इंचार्ज कप्तान के निर्देशों की सख्ती से पालना कर रहा था। तलाशी का बहाना बनाकर प्रत्येक भइये से दस-बीस रुपये झाड़ रहा था।

एक भइये ने जैसे ही एक रंगीन टी.वी. व एक वी.सी.आर. बस के पीछे बने बॉक्स में रखा। उसने झट भइये को दबोच लिया। उस समय उसकी नीयत चार पैसे लेकर छोड़ देने की ही थी। उसे नहीं मालूम था कि बड़ी मछली जाल में फँस चुकी है।

बस के मालिकों ने इंचार्ज के इस रवैये पर एतराज जताया। पुलिस को फीस इसी झंझट से बचने के लिए दी जाती थी। यदि सवारियाँ इस तरह परेशान होंगी तो कौन उनकी बस में चढ़ेगा?

बस के मालिक से पीछा छुड़ाने के लिए चौकी इंचार्ज ने यूँ ही बहाना गढ़ दिया। दीपनगर में हुई डकैती में ऐसा सामान चोरी हुआ था। साहब के सख्त निर्देश थे। ऐसा सामान लेकर घूम रहे हर आदमी की पूरी जाँच-पड़ताल की जाए। वह उसी आदेश की पालना कर रहा था।

काल्पनिक कहानी बनाते चौकी इंचार्ज के दिमाग में खयाल कौंध गया। कहीं यह सच ही वही सामान न हो।

इंचार्ज ने भइया व सामान बस में से उतार लिये। वह बिना पूछ-पड़ताल किये भइये को नहीं छोड़ सकता। बस मालिक को कोई तकलीफ है तो कप्तान से बात कर ले।

मालिक किसी झंझट में फँसने को तैयार न था। भइये को उतारकर उसने बस चला ली।

तीसरी शिफ्ट में भइया जुर्म का इकबाल करने लगा।

अपने हिस्से आये गहने व कपड़े ट्रंक में से निकालकर उसने पुलिस के हवाले कर दिये। घटना के समय प्रयोग की गयी रॉड व अपने खून से सने कपड़े उसने अपने क्वार्टर की पिछली झाड़ियों में से बरामद करा दिये।

चाचा-भतीजा को जब आमने-सामने किया गया तो चाचा की नसें ढीली पड़ गयीं। उसने साजिश के सब विवरण विस्तारपूर्वक बता दिये।

पुलिस की एक पार्टी दोषियों को पकड़ने के लिए बिहार को रवाना हो चुकी थी। दूसरी पार्टी पंकज वगैरह पर नजर रख रही थी।

"ले भई सेठ अजय कुमार! कहानी स्पष्ट हो गयी। अपना नाम मिसल पर आ चुका है।"

रीडर से सारा विवरण लेकर नन्दलाल के चेहरे पर चिन्ता की जगह खुशी के चिह्न उभरे। उसे अपनी कारगुजारी पर गर्व हो रहा था। नन्दलाल यदि सुराग न निकालता तो पुलिस दोनों भाइयों को सोये पड़े दबोच लेती। सालभर उन्हें जेल की हवा खानी पड़ती।

पेशगी जमानत की अर्जी अब लगानी ही थी।

अर्जी का मजमून तैयार करने से पहले नन्दलाल को सारी घटना के ब्यौरे की जरूरत थी।

दोषियों को अपना जुर्म स्वीकार करना था। यह अकेले वकील की उपस्थिति में होना चाहिए था और लोगों के सामने स्वीकार किया गया दोष उन्हीं के विरुद्ध

प्रयोग किया जा सकता था।

सच जानने के लिए नन्दलाल दोनों भाइयों व अजय को साथ वाले कमरे में ले गया।

"आप मुकदमे में फँस चुके हो। मुझे वकील के तौर पर आपका बचाव करना है। आप मुझसे कोई बात छुपाएँगे नहीं। दाई से पेट नहीं छुपाया जा सकता। मैं सारे पक्ष जानकर ही सफाई पक्ष की दलील तैयार कर सकूँगा। इसलिए सच-सच बताना।"

"एक कानूनी नुक्ता और बता दूँ। कानून आपको मेरे सामने अपना दुःख-दर्द कुरेदने का पूरा अधिकार देता है। मुझ पर कानूनी पाबन्दी है। आपकी इस स्वीकृति को मैं आपके विरुद्ध कभी भी प्रयोग नहीं कर सकता। आपका वकील न रहने के बाद भी नहीं।"

सच यह था कि पंकज वगैरह ने एक साजिश रची थी। लेकिन इरादा इतनी बड़ी दुर्घटना करने का न था। वे मुँहफट चाची व साँप की तरह फन उठा रहे कमल को थोड़ा-सा सबक सिखाना चाहते थे। उन्हें न तो चाचा से कोई गिला-शिकवा था, न ही नेहा के साथ। नेहा की इज्जत उनकी अपनी इज्जत थी।

लगता था ठेकेदार लालच में आ गया था। वादे के अनुसार ठेकेदार को वारदात में शामिल नहीं होना था। लगता है वह एक आदमी के पैसे बचाना चाहता था। हथियार व कपड़े खरीदने के लिए उसे पाँच हजार अलग से दिया गया था। लालच में फँसे ठेकेदार ने वह रकम तो जेब में डाल ली तथा जाते-जाते फैक्टरी में से रॉड उठाकर ले गया।

कमल का कत्ल क्यों हुआ? नेहा की इज्जत क्यों लुटी? इस बारे में वे कुछ नहीं बता सकते। इन कृत्यों पर उन्हें शर्म भी आ रही थी व पश्चात्ताप भी हो रहा था।

"बुरे दिन किसी से पूछकर नहीं आते। जो होना था, हो गया। अब इसे परमात्मा की इच्छा मानो। मैं स्वयं आपका बचाव कर लूँगा।"

भयभीत भाइयों का हौंसला बढ़ाकर नन्दलाल जरूरी कानूनी बातें समझाने लगा।

"मुकदमा लड़ने के तीन सुनहरे नियम हैं। याद रखो। मुकदमे वाली जोंक कई साल आपका खून चूसेगी। यह नुक्ता याद रहे तो आसानी रहती है।"

"पहला नुक्ता यह है कि जिस भी आदमी को आगे लगाओ उस पर पूरा भरोसा रखो। यहाँ मिनट-मिनट पर पाँव फिसलता है। किसी मदद कर रहे अफसर की मजबूरी हो जाए तो यह न समझना कि वह गद्दारी कर गया।

"दूसरा नुक्ता है सब्र-धीरज रखना। फौजदारी मुकदमे का परिणाम धीरे-धीरे आता है। गर्म छकोगे, जीभ जलेगी।

''तीसरा नुक्ता है, आपका पैसा है। दिल खोलकर इसका प्रयोग करो। मुकदमा साँप-सीढ़ी का खेल है। पता नहीं बाजी कब निनानवें पर पहुँचकर, जीत की तरफ जाने की जगह किसी साँप के मुँह में पड़कर जीरो (शून्य) वाले अन्धे कुएँ में आ गिरे। यह न समझना बीच का आदमी पैसे स्वयं खा गया। धैर्य से काम लेते हुए खेल एक बार फिर जीरो से शुरू करो। देखना आखिर जीत आपके पैर चूमेगी।''

''इसी तरह करेंगे।''

नन्दलाल का उपदेश पंकज वगैरह को अमृत-वाणी की तरह लगा। उन्होंने एक-एक नुक्ता पूरे ध्यान से सुना। अपने दिमाग वाले कम्प्यूटर में 'लाक' कर दिया।

''अब सुनो अगली बात। मुकदमे से सम्बन्धित प्रत्येक अहलकार को मैं सँभाल लूँगा। अफसरों के आदमी बताऊँगा। अफसरों तक पहुँच करना आपका काम है। कोई जुगाड़ न बने, हाथ खड़े कर देना। फिर मैं जानूँ, मेरा काम जाने।''

''सेशन जज तक पहुँच करो। पुलिस पर दबाव डालो। आपका बहुत रसूख है। राजनीतिज्ञों को पकड़ो। रिश्तेदार अफसरों से फोन कराओ। अभी कुछ नहीं बिगड़ा। जाँच यहीं रुक सकती है।''

''ठेकेदार ने अपना वकील एक भइये को किया है। जिसने हिन्दी में कानून पढ़ा है। पढ़ा भी है या यूँ ही डिग्री ले आया है, यह भी पता नहीं। ठेकेदार के मुकदमे की पैरवी यदि उसी वकील ने की तो ठेकेदार से ज्यादा नुकसान हमें होगा। ठेकेदार का और पुलिस रिमाण्ड न बढ़े तथा जाँच जहाँ है वहीं रुक जाए, इसलिए ठेकेदार की ओर से उच्चकोटि का वकील पेश होना चाहिए। इसका प्रबन्ध हमें करना चाहिए।''

नन्दलाल ठेकेदार का वकील नहीं बन सकता। वह पंकज की ओर से पेश होगा। ठेकेदार व पंकज दोनों की ओर से पेश होने से उन दोनों में रची साजिश का पर्दाफाश होगा। जज को शंका होगी, ठेकेदार के पास नन्दलाल की फीस देने की गुंजाइश कहाँ से आ गयी? वह अन्दाजा लगाएगा। ठेकेदार की फीस पंकज ने दी होगी। यह शंका जज के दिमाग में आने ही नहीं देनी है।

ठेकेदार का वकील ऐसा किया जाए जिसका सम्बन्ध नन्दलाल के चैम्बर से न हो।

नन्दलाल ने वकील का नाम स्वयं सुझा दिया। बाहर बैठा सिंगला उसका वकील होगा।

ठेकेदार के भतीजे के लिए कोई तीसरा वकील किया जाए। भतीजे का वकील यदि सिंगला बनाया गया तो चाचा-भतीजा की साँझ सिद्ध होगी।

नन्दलाल की नसीहतें पंकज वगैरा को दूध-घी-सी लग रही थीं। मन ही मन वे अजय के चुनाव की दाद देने लगे। उन्हें विश्वास जमने लगा। नन्दलाल के होते कोई

उनका बाल भी बाँका नहीं कर सकता।

राहत महसूस करते हुए नीरज ने नन्दलाल के प्रत्येक आदेश पर फूल चढ़ाने का वादा किया। पैसे की उनके पास कमी न थी। पैसा वे पानी की तरह बहा देंगे। नन्दलाल उनके मुकदमे की बागडोर सँभाल ले। उन्हें मुक्ति का मार्ग प्रशस्त करे।

नन्दलाल ने घड़ी देखी। फैक्टरी में पहुँचे दो घण्टे हो चले थे। उसका काफी समय खर्च हो चुका था।

पंकज वगैरह पूरी तरह नन्दलाल के मुरीद हो चुके थे। नन्दलाल यह भाँप गया। अब तवा पूरा गर्म था। रोटी सेंक लेने में ही फायदा था।

"अच्छा, अब मैं चलता हूँ। आधी फीस मेरी आ गयी। दफ्तर जाकर मैं अर्जी-पत्र तैयार करता हूँ। घण्टे भर में आकर कागजों पर हस्ताक्षर कर आना। शेष फीस लेते आना।"

"ठीक है सर!"

"एक और आखिरी नुक्ता। यहाँ एक सेशन जज है तथा पाँच एडीशनल जज हैं। एक को छोड़कर बाकी सबके साथ अपना ठीक है। यदि अर्जी उनमें से किसी के भी पास लग गयी फिर हमें कहीं जाने की आवश्यकता नहीं। आप कोशिश करके उनमें से किसी एक के पास लगवा लो।"

"बताओ, किसको कहना पड़ेगा?" नीरज ने जल्दी से पूछा।

"सेशन जज को। और किसको?"

"उसे किससे कहलाना होगा? कचहरी के आदमियों से हमारा ज्यादा वास्ता नहीं है।" सेशन जज का नाम सुनते ही दोनों भाइयों के चेहरे उतर गये।

"मैंने मुश्किल से आपका मूड ठीक किया था। आपने चेहरे फिर लटका लिये। सेशन जज तक पहुँच नहीं होती, न सही। सुपरिण्टेण्डेण्ट को टिका लो।"

नन्दलाल धीरे-धीरे अपना शिकंजा कसे जा रहा था।

"आप हमें चक्करों में न डालो। स्वयं ही करो सब कुछ। हमें बस खर्च बता दो।" अजय, जो अभी तक खामोश बैठा था, ने हस्तक्षेप किया।

यही नन्दलाल चाहता था।

"आप हुक्म करें, किसको क्या देना है?" नोटों वाली गड्डी जेब में से निकाल कर पंकज ने पूछा।

"कोई और वकील हो तो बीस हजार का बिल बना दे। आप मुझे सरकारी वकील सहित बारह हजार दे दो। हिसाब माँ-बेटी का। जो बचा, पैसा-पैसा वापिस हो जाएगा।"

अँगुलियों के पोरों पर हिसाब लगाकर खर्च का जोड़ किया।

"आप पैसे की परवाह न करें। पाँच की जगह पचास खर्च करें। बस पुलिस हमारे दरवाजे पर नहीं आनी चाहिए।"

कहते हुए पंकज ने बारह की जगह पन्द्रह हजार वकील साहिब के हाथ में थमा दिए।

पुलिस की माँ की ऐसी-तैसी।

"आ जाना शाम को। हस्ताक्षर कर आना। साथ ही फीस भी पहुँचा देना।"

तीसरी बार फीस याद कराकर नन्दलाल बाहर निकला।

"सिंगला, आपको ठेकेदार का वकील बनना है।"

गेट तक विदा करने आये सिंगला की पीठ थपथपाकर आशीर्वाद देते हुए नन्दलाल ने अहसास कराया जैसे उसने सिंगला को इस केस में वकील नियुक्त कराया हो।

अठारह

नन्दलाल के फैक्टरी में टिके रहने तक शिष्टाचार बना रहा। वह सीनियर वकील था। उसे क्रोध बहुत आता था। दूसरी बार कोई प्रश्न पूछ ले तो लिफाफा दूर सरका देता था।

इसलिए किसी ने भी उसके साथ खुलकर बात नहीं की थी।

सिंगला उनका हमउम्र था। दोस्त-मित्र था। उसके साथ मन की बात हो सकती थी।

बाबूजी के जाने के बाद बातें खुलकर होने लगीं।

"बाबूजी बड़े चालू पुर्जे हैं। फीस के अलावा और कितनी कुण्डी लगा गये?"

नन्दलाल ने अजय का मुँह बाँधा था। इन पन्द्रह के बारे में किसी से बात न की जाए। रिश्वत के मामले की बात बाहर निकलने पर लाभ कम, हानि अधिक होने का डर था। बदनामी के डर से अधिकारी काम को उलटा सकता था।

वह भेद खोले या न? अभी दुविधा में था।

"बोल, बोल," सिंगला अपना लाभ सोच रहा था।

विनय भाँप चुका था कि दाल में कुछ काला है। वह सिंगला की धाक जमाने के लिए भेद उगलाने की कोशिश करने लगा।

"थोड़े से लिये हैं क्लर्कों-मुंशियों के लिए।"

पंकज ने खामोशी खोली।

"बड़ा खूसट है बूढ़ा। डेढ़ लाख लेकर नीयत नहीं भरी। फाइव स्टार वकील है। अहलकारों की फीस भी फाइव स्टार रेट के हिसाब से ली होगी।"

सिंगला के हाथ में नन्दलाल की कमजोरी आ चुकी थी। इस कमजोरी को उजागर करके वह दोहरा लाभ लेना चाहता था। पहला, उसे पंकज वगैरा को नन्दलाल की लूट से बचाना था। दूसरा, उसे उनके दिलों में अपने लिए जगह बनाकर अपने पीछे लगा लेना था। ऐसे केस में पैसा पानी की तरह बहता है। हर मुकाम पर भेंट चढ़ने वाली थी। हर मुकाम पर बिचौलियों को हिस्सा-पत्ती मिलनी थी। सिंगला नन्दलाल की भाँति मुँहमाँगी फीस नहीं ले सकता। उसे तो अपना घर हिस्से-पत्तियों से पूरा करना था। इसलिए आसामी का नन्दलाल से मोह-भंग होना जरूरी था।

"देखो, काम लेने के लिए हमें लेन-देन तो करना ही पड़ेगा। क्लर्क-अर्दली मेरे पीछे-पीछे घूमेंगे। दोहरी फीस हम देंगे नहीं। मुझे बताओ किस-किस के नाम पर कितने-कितने ले गया है? उन्हें मैं बाबूजी के पीछे लगा दूँगा।"

सिंगला वकीलों वाली चालाकियों का प्रयोग करके मामले की तह तक जाने लगा।

"पन्द्रह हजार ले गये, कहते थे सुपरिण्टेण्डेण्ट से बात करनी है। अर्जी, मर्जी के जज के पास लगवानी है और भी कई नाम लेते थे। हमें क्या मालूम कौन क्या होता है?"

नीरज छिपा रखने के पक्ष में न था। दोनों उनके वकील थे। बात स्पष्ट होनी ही चाहिए।

"कर दी न वही बात। कुल खर्च पाँच सौ रुपये का है। सुपरिण्टेण्डेण्ट को फीस दो न दो। अर्जी जज स्वयं भेजता है। एक स्टेनो दो अहलमद, रीडर व चपरासी। सब पचास-पचास रुपये की मार। तेजी हो तो सौ रुपये। चलो कोई बात नहीं। आगे से चौकस रहना। यदि बाबूजी किसी अहलकार के नाम पर पैसे माँगें तो बोल देना सिंगला ने बात कर ली है। अपने आप पीछा छोड़ देगा। नहीं तो दाढ़ी से मूँछें बढ़ जाएँगी। एक बार मुँह पड़ गया फिर उतारना मुश्किल हो जाएगा। मैंने आपको सावधान करके अपना फर्ज अदा कर दिया। आगे जैसी आपकी इच्छा।"

"बात सही है।"

कहता हुआ पंकज असमंजस में पड़ गया। वह किसकी बात माने। दोनों अपने-अपने स्थान पर सही लगते थे। खैर! जब सिर ओखली में दे ही दिया तो मूसलों का क्या डर? सोचकर पंकज ने बात को आगे बढ़ाया।

"पैसे का झंझट छोड़ो। जो आपसे माँगेंगे उन्हें दे देना। और क्या, दस-बीस हजार रुपया और लग जाएगा। यह बताओ, पेशगी जमानत मिल जाएगी?"

"सच्ची बात समझ लो। अखबारों में खूब समाचार लग रहे हैं। यूनिवर्सिटी में हड़ताल चल रही है। शहर में जुलूस निकल रहे हैं। इन सब बातों का जजों पर असर

पड़ेगा। पुलिस हमारी मदद करने से हिचकिचाएगी। अभी बाजार गर्म है। फिर भी हम हिम्मत नहीं हारेंगे। मिली असफलता पर घबराना नहीं। बहुत रास्ते हैं कामयाबी तक पहुँचने के। सेशन जज बहुत बढ़िया आदमी हैं। हमारी अर्जी अपने पास ही रख लें तो अच्छा है। वह किसी दबाव के आगे नहीं झुकते।''

''सेशन जज का कोई आदमी?''

''सच्ची बात तो यह है कि उसका कोई आदमी नहीं। छाती ठोंक कर उससे काम कराने की डींग मारने वाले मिल जाएँगे। परन्तु उसकी कोठी में घुसने की किसी की हिम्मत नहीं। यह सब परमात्मा के भरोसे छोड़ दो।''

''फिर और क्या किया जाए?''

''तुरन्त करने वाली यह बात है कि किसी न किसी तरह पुलिस तक पहुँच की जाए। पुलिस कप्तान को बाँधा जाए। फिर रैंक के अनुसार छोटे थानेदारों की मुट्ठी गर्म की जाए। प्रत्येक पद का अपना महत्त्व है। सबका सम्मान करो। ''

''पुलिस कप्तान का कोई सही आदमी?''

''आदमी उसके बहुत हैं। लेकिन यदि मेरी मानो तो सीधी पहुँच करो। यदि किसी राजनीतिक आदमी या रिश्तेदार के पीछे भागोगे, तो नाहक परेशान होगे। खर्च भी ज्यादा होगा। सिफारिशी पहले अपना पेट भरेगा। सीधे जाओगे अफसर खुश होगा।''

''सीधे कैसे जाएँ? कप्तान है, पकड़कर अन्दर कर देगा।''

''मेरा भाव यूँ सीधे जाने से नहीं। मतलब है सिफारिश की जगह दलाल पकड़ो।''

''दलाल कौन है? बताओ!''

''चुप करके मेलू डायरी वाले के पास चले जाओ। वह साफ-सुथरा आदमी है। दस हजार अपने लेगा। माँगकर। जो भी बात करेगा सोलह आने करेगा। आपके आदमी को साथ लेकर जाएगा। बात सामने करेगा। आपके हाथों से पैसे दिलाएगा। आगे-पीछे जरूरत पड़ेगी स्वयं साथ जाएगा।''

''ठीक है। हम अभी उसके पास जाते हैं।''

''जाओ। कोई दिक्कत आए, मुझे फोन कर देना। रात को दस बजे के बाद मैं फोन बन्द कर देता हूँ। आज खुला रखूँगा। जब दिल करे उठा लेना। अब मैं चलता हूँ। सरकारी वकील मेरा इन्तजार कर रहा होगा।''

घड़ी की ओर देखता सिंगला घर जाने के लिए उठ खड़ा हुआ।

''बैठो सिंगला साहिब! आपने अपनी फीस बतायी नहीं। चार घण्टे हो गये दिमाग-खपाई करते हुए।''

सिंगला का हाथ पकड़कर बैठाते हुए अजय ने उसे रोकना चाहा।

अन्धा क्या चाहे दो आँखें? सिंगला को और क्या चाहिए था।

"फीस अपनों से तो नहीं ली जाती। यह मेरा अपना काम है।"

फिर कुर्सी सँभालते सिंगला ने मित्रों का मान रखा।

"घोड़ा घास से दोस्ती करेगा तो खाएगा क्या? अपने पास दोस्तों-मित्रों को ही आना है। यारी-दोस्ती अपनी जगह। व्यवसाय अपनी जगह। आप अपनी फीस बताओ।"

विनय सिंगला का पक्ष लेने लगा।

"मुझे क्या माँगना है। जो दोगे, चुपचाप जेब में डाल लूँगा।"

"फिर भी कुछ तो बताओ!" पंकज ने पाँच-पाँच सौ के नोटों वाली गड्डी जेब में से निकालकर हाथ में पकड़ते हुए पूछा।

सिंगला कितनी फीस माँगे, उसे कुछ समझ न आ रहा था। ग्यारह हजार उसकी ज्यादा से ज्यादा फीस थी। अधिकतर वह पचपन सौ लेता था। कम से भी गाड़ी चल जाती थी। यहाँ कम माँगे या ज्यादा? वह किसी नतीजे पर नहीं पहुँच रहा था।

"मैं कौन-सा बाबूजी हूँ कि लाखों में माँगूँगा। मुझे उनका मुंशीपना दे देना। और बताओ?"

"यानी पन्द्रह हजार।" विनय ने दस प्रतिशत की दर से हिसाब लगाकर कहा।

"लो बाईस हजार।" पंकज ने पाँच-पाँच सौ के बयालीस नोट सिंगला की जेब में डाल दिये।

"सरकारी वकील का खर्च भी ले लो।"

"क्यों छित्तर मारते हो, हर रोज इकट्ठे खाते-पीते हैं।"

सिंगला मिल चुकी फीस से सन्तुष्ट था। वह भूख दिखाकर अपनी इज्जत कम नहीं करना चाहता था।

"कोई और सावधानी?"

"मेरा खयाल है हमें कोई खतरा मोल नहीं लेना चाहिए। घर में यदि कोई गलत चीज पड़ी है, उसे इधर-उधर कर दो। पुलिस का कोई भरोसा नहीं। घर में से कोई और चीज न मिले तो व्हिस्की का ही केस बना दे। पकड़े गये दस्तावेजों को इन्कम-टैक्स वालों के पास भेज दे। घर पड़े कैश को 'हवाला' की रकम बनाकर कोई नयी मुसीबत गले डाल दे। असलहा, व्हिस्की, सोना, कैश सब दायें-बायें कर दो।"

सिंगला की राय ने दोस्तों के दिल जीत लिये।

घर में ऐसा बहुत कुछ पड़ा था। सब गैर-कानूनी था। किसी के ध्यान में नहीं था।

तुरन्त सिंगला की हिदायत पर अमल हुआ। नीरज ने घर फोन किया। सारा आवश्यक माल रिश्तेदारों के घर भेज दो।

उन्नीस

सिंगला को भेजकर सभी मित्र सिर जोड़कर बैठ गये।

वकीलों से मिले सुझावों पर मन्त्रणा करने लगे।

सिंगला कह रहा था, सेशन जज तक पहुँच करने की जरूरत नहीं है। नन्दलाल का विचार उलटा था। सिंगला कहता था सेशन जज किसी की मानता नहीं। नन्दलाल कह रहा था कहीं और दाल न गली तो मेरे पास आ जाना।

सिंगला नन्दलाल की डींगों के बारे में उन्हें सचेत कर चुका था। बाबूजी के ऊँचे रेटों के बारे में उन्हें पहले अनुभव हो चुका था।

क्या किया जाए? बाबूजी की मानें या सिंगला की?

सोच-विचार कर मध्य मार्ग अपनाया गया। सेशन जज तक पहुँच अवश्य की जाए। परन्तु किसी दलाल के हाथों में न खेला जाए। कोई निजी दोस्त तलाश किया जाए।

कई नामों पर चर्चा की गयी। सहमति हाईकोर्ट के रजिस्ट्रार प्रतापसिंह के नाम पर हुई।

कुछ वर्ष पहले वह मायानगर में अतिरिक्त सेशन जज था। मोहनलाल के साथ उसकी दोस्ती सतलुज क्लब में हुई थी।

उन दिनों मोहनलाल एक नयी कॉलोनी का निर्माण कर रहा था। मोहनलाल जब भी कोई नयी कालोनी बनाता था तो उसके कुछ प्लॉट अफसरों के लिए आरक्षित रखता था। पहला किसी सेशन जज के लिए, दूसरा पुलिस कप्तान या उससे उच्च अधिकारी के लिए। तीसरा तहसीलदार, एस.डी.एम. या उपायुक्त के लिए। चौथा इन्कम टैक्स के किसी अफसर व पाँचवाँ म्युनिसिपल कार्पोरेशन के मेयर या कमिश्नर के लिए। आवश्यकता के अनुसार कम-अधिक भी हो जाता था।

यह सब मोहनलाल अपनी एक नीति के तहत करता था। इस नीति से सबको लाभ होता था।

अफसरों का काला धन खप जाता था। मुनाफा भी अच्छा हो जाता था। मोहनलाल अफसरों से जमीन का लागत मूल्य ही लेता था। कॉलोनी के विकास पर हुए खर्च की छूट होती थी।

बदले में मोहनलाल को अपने प्रोजेक्ट में निवेश करने के लिए खुला पैसा मिल जाता था। आवश्यकता पड़ने पर अफसर कम ब्याज की दर पर रकम की बोरियाँ उसकी ओर भेज देते थे।

अफसरों को प्लॉट देने का मोहनलाल को एक और बड़ा लाभ था। यदि कॉलोनी बाजार के भाव जमीन खरीदकर बनायी जाए फिर कमाने को कुछ न था।

मोहनलाल को दो पैसे तब मिलते थे यदि कोई झगड़ेवाली जमीन कौड़ियों के भाव मिले। कौड़ियों के भाव मिली जमीन मुकदमों की खान होती थी। कभी कोई वारिस स्टे ले आता, कभी कोई पुलिस ले आता। कोई इन्कम टैक्स वालों को पत्र डाल देता। कोई किसी और चीज में टाँग अड़ा देता।

जिस विभाग की ओर से कोई रुकावट होती, मोहनलाल उसी विभाग के अफसर को आगे कर देता। अपना हित कॉलोनी के साथ जुड़ा होने के कारण अफसर स्वयं ही मामला सुलझा देता। कई काम अफसरों की अपनी कलम से ही हो जाते। बाकी साथी अफसरों से करा लेते।

मोहनलाल की इस समझदारी के कारण उसकी कॉलोनी बनने में कभी कोई बाधा आड़े नहीं आयी थी। इस व्यापार में उसकी अच्छी पकड़ व इज्जत थी। कॉलोनी कटती बाद में, बिक पहले जाती थी।

प्रतापसिंह को मोहनलाल ने चार सौ गज का एक प्लॉट व तीन दुकानें दी थीं।

नयी कॉलोनी के पहले-पहल बिकते प्लॉटों की कीमत कम होती थी। जैसे-जैसे प्लॉट बिकते जाते थे, कीमत बढ़ती जाती थी। जब प्लॉट कोठियों में बदलने लगते, मूल्य आसमान छूने लगते।

प्रतापसिंह को पैसे की कमी नहीं थी। उसने अपना प्लॉट सबसे बाद में बेचा था। उन्हें लाखों का लाभ हुआ। दुकानें अभी बेची न थीं। पचास हजार वाली दुकान पाँच लाख की हो रही थी।

यही नहीं मोहनलाल ने ऐसे बहुत से और लाभ भी उन्हें पहुँचाये थे। दोस्ती पारिवारिकता में बदल गयी थी। किसी रविवार मोहनलाल सपरिवार प्रतापसिंह की कोठी पर होता तो किसी रविवार प्रतापसिंह उनकी कोठी पर।

जब से प्रतापसिंह बदली होकर गया था, आते-जाते अक्सर मिलकर जाता था। ज्यादा आना-जाना मोहनलाल की मृत्यु के बाद ही कम हुआ था। अभी भी दशहरा-दीवाली पर पंकज कोठी पर हाजिरी लगवाकर आता था। पारिवारिक सम्बन्ध उसी तरह कायम थे।

मोहनलाल के और जजों के साथ भी सम्बन्ध थे। लेकिन ज्यादा विश्वास वह प्रतापसिंह पर ही करता था।

प्रतापसिंह में एक गुण था। वह अपने अफसरों से बनाकर रखता था। अफसरों की कोठी के चक्कर लगाता था। बच्चों को खरीददारी कराता था। अफसरों के बेडरूम तक उसकी पहुँच थी।

प्रतापसिंह के इसी गुण के कारण हाईकोर्ट के कुछ जजों ने चीफ के पास सिफारिश करके उसे हाईकोर्ट बुलाया था। वह दफ्तर में कम अफसरों की कोठियों में अधिक जाता था। उसके होते अफसरों को निजी कार्यों की चिन्ता न रहती थी।

किसी जज की लड़की की शादी हो तो टैण्ट से लेकर दहेज तक सारी जिम्मेदारी उसके कन्धों पर होती थी।

बदले में जज उसके इशारों पर नाचते थे।

वह हाईकोर्ट का रजिस्ट्रार था। उसकी अपनी ताकत कम न थी। निचले जजों की जान उसकी मुट्ठी में होती थी। तबादले, पदोन्नतियाँ, शिकायतें सब उसके हाथों में से निकलते थे। राई का पहाड़ बनाना या फिर पहाड़ की राई बनाना उसके हाथ में था। रजिस्ट्रार को इनकार करना आसान न था। फिर प्रतापसिंह जैसे धड़ल्लेदार अफसर को।

नीरज चाहता था प्रतापसिंह के साथ फोन पर बात की जाए।

अजय ने नीरज की नादानी पर उसे झिड़का। यह बच्चों वाला खेल न था। पंकज व नीरज अब मुलजिम थे। न्यायपालिका के कार्य में दखल-अन्दाजी आसान काम न था। फूँक-फूँककर हर कदम उठाना था। अफसरों की इज्जत का खयाल उसे सबसे पहले रखना था।

फोन करके मिलने का समय लिया जाए। चण्डीगढ़ जाकर मिला जाए। कोठी की जगह किसी होटल या क्लब में।

मुलाकात के समय का ध्यान रखा जाए। कमरे व खाने का बिल किसी और के नाम कटाया जाए।

अजय अनुभव के आधार पर जजों को मिलते समय ध्यान रखने योग्य सावधानियों से आगाह कर रहा था।

अजय यह सब इसलिए कह रहा था क्योंकि ऐसी ही एक गलती के कारण उसका एक रिश्तेदार नौकरी से हाथ धो बैठा था।

अजय के साले के साढ़ू नौहरिया राम को एक कत्ल के केस का फैसला करना था। दोनों पार्टियाँ करोड़पति थीं। पैसों से ब्रीफकेस भरकर घूम रही थीं। जज उम्रभर ईमानदार रहा था। रिटायरमेण्ट की तारीख नजदीक आ रही थी। दोषी वैसे भी बरी करने थे। उनकी ओर से पचास लाख की पेशकश आ चुकी थी। दस-बीस और बढ़ सकते थे। बिचौलिये का काम एक साथी जज कर रहा था। मामला पूरी तरह से गुप्त रखा जा रहा था। साथी जज की केवल एक ही शर्त थी। नौहरिया राम या उसकी पत्नी एक बार आसामी से मिल लें। 'पैसे आ गये' कह दें। इस तरह होने से तीनों पक्षों के दामन पाक रहने थे। किसी पर किसी को शंका नहीं रहनी थी।

मोटी रकम का लालच जज त्याग न सका। साठ लाख में उसने हाँ कर दी।

जज का छोटा भाई फरीदाबाद रहता था। वहाँ एक तीन तारा होटल में कमरा बुक किया गया। जज ने सोचा था, वहाँ तक कौन कमबख्त पीछा करेगा।

आसामी को कौन-सा सपना आ रहा था कि पीछा हो रहा था। उन्होंने होटल

के मैनेजर के पास होटल आने का मकसद जज को मिलना लिखा दिया।

मुलाकात हुई।

बिल पार्टी को अदा करना था। कर दिया।

विरोधी पक्ष ने खोज निकाल ली।

बाकी सब सबूत जज के पक्ष में थे। केस कमजोर था। दोषियों को बरी करना जायज था। लेकिन जज ने मुलजिमों के साथ होटल में मुलाकात क्यों की? कमरे व खाने का बिल मुलजिम पक्ष ने क्यों अदा किया? नौहरिया राम के पास इन दोषों का कोई स्पष्टीकरण न था।

"किसी जज से काम लेना है तो ध्यान से लिया जाए। यह न हो कि अपने साथ-साथ दोस्त अफसरों का भी नुकसान हो जाए।"

अजय के मशवरे के अनुसार प्रतापसिंह के साथ फोन पर बात हुई।

चण्डीगढ़ जाने की जिम्मेदारी अजय व पंकज ने ली। अजय को चीफ जस्टिस का प्राइवेट सेक्रेटरी भी जानता था। उसने अजय के कई फँसे हुए काम किये थे। उसके साथ भी मुलाकात की जाएगी।

नीरज व विनय पीछे रहकर पुलिस को सँभालेंगे।

अगले दिन फिर मिलने की योजना तैयार कर, वे सब विदा हो गये।

बीस

प्रताप सिंह को उन्हें पाँच बजे मिलना था।

खुल्ला समय उनके पास था। कुछ वस्तुएँ उन्होंने यहीं से खरीद लीं। दो गर्म सूट, चार अरस्टोक्रेट के कमीज, जज के लिए। दो बनारसी साड़ियाँ, मैडम के लिए। स्कॉच, ड्राई-फ्रूट तथा छोटा-मोटा और सामान चण्डीगढ़ से खरीदना था। बॉर्डर पर बहुत चेकिंग थी। बुरे दिनों में मुसीबत जबरदस्ती गले पड़ती है। और फिर वहाँ शराब सस्ती थी।

प्राइवेट सेक्रेटरी के लिए दो कमीज, एक ट्रैक सूट तथा उसकी पत्नी के लिए रेशमी साड़ी गाड़ी में रख लिये। व्हिस्की व फ्रूट वहीं से खरीदना तय हुआ।

शहर पहुँचकर उन्होंने प्रतापसिंह को फोन किया। वे साहब से क्लब में मिलना चाहते थे। लेकिन साहब ने उन्हें घर आने का निमन्त्रण दिया।

बिना पूछ-ताछ किये नौकर ने उन्हें कार सहित भीतर आने दिया।

उन्हें सत्कार सहित ड्राइंग रूम में बैठाया गया।

सूट व साड़ियों वाले डिब्बे उन्होंने हाथों में पकड़ लिये। स्कॉच वाला डिब्बा व और छोटा-बड़ा सामान ड्राइवर ने उठा लिया। सूट व साड़ियों वाले डिब्बे सोफे के बीच पड़े शीशे के टेबल पर रख दिये। स्कॉच वाला डिब्बा एक कोने में रखकर बाकी सामान उसके साथ लगा दिया।

नौकर तुरन्त ठण्डा पानी ले आया। प्यास बुझाकर वे साहब की प्रतीक्षा करने लगे।

सफेद कुर्ते-पाजामे में लिपटे एक मरियल-से शरीर ने आराम से ड्राइंग रूम में प्रवेश किया। दोनों अतिथियों के साथ दोनों हाथ मिलाकर उसने भरपूर अतिथि-सत्कार किया। घर आये सामान पर साहब की दृष्टि पड़ते ही नौकर हरकत में आ गया। उसने पहले मेज पर पड़े डिब्बे उठाकर भीतर पहुँचाये। फिर स्कॉच व ड्राई-फ्रूट वाले भी।

स्कॉच के डिब्बे पर 'टीचर' ब्राण्ड वाला लेवल देखकर साहिब के चेहरे पर जो हल्की-सी खुशी की चमक उभरी, वह सभी को राहत देने वाली थी।

पंकज और साथियों के मन में आशा की जोत जलने लगी।

"इतना कष्ट करने की क्या जरूरत थी!"

आये तोहफों पर सन्तोष प्रकट करते हुए साहिब ने औपचारिक धन्यवाद किया।

"सर, हम कौन-सा कोई चीज बाहर से लाये हैं! यह मेरा दोस्त अजय है। इनका एक्सपोर्ट का काम है। साऊथ गया था, तब साड़ियाँ ले आया था।"

पंकज ने प्रत्युत्तर दिया।

कुछ देर दोनों पक्षों में खामोशी रही।

प्रतापसिंह सोच रहा था कि बेटा अब पिता के नक्शे-कदम पर चलने लगा होगा। आतंकवाद के दौरान लोगों का ध्यान कोठी-प्लॉटों की खरीद की ओर कम हो गया था। अब हालात सामान्य थे। शायद इसने नयी कॉलोनी बनाने की योजना तैयार की हो। प्रतापसिंह को कोई प्लॉट देना चाहता हो।

"कैसे चल रहा है काम-धन्धा? मोहनलाल के बाद कोई नयी कॉलोनी नहीं काटी?"

"नहीं सर, यह काम हमने डैडी के होते ही बन्द कर दिया था। पूडा वाले तंग करते थे। उनकी शर्तें कठोर थीं। दो पेट्रोलपम्प शहर के बीचों-बीच मिल गये थे। एक गैस एजेंसी है। खन्ना शहर में घी व मैदे की मिल हाथ लगी थी। वहाँ छोटा भाई नीरज बैठता है। साइकिल पार्ट्स बनाने की एक फैक्टरी है। एक रोलिंग मिल में हिस्सा है। वहीं से फुर्सत नहीं मिलती।"

"अच्छी बात है! ड्रिंक लेते हो?" प्रतापसिंह ने औपचारिकतावश पूछा।

"ले तो लेते हैं। लेकिन आज नहीं। कभी फिर सही।" मन की घबराहट पंकज

को चैन नहीं लेने दे रही थी। वह झटपट काम की बात पर आना चाहता था।

"रामू, कोल्ड ले आओ।" नर्म सोफे पर बैठा प्रतापसिंह करवटें बदल रहा था। उसे जल्दी थी। वह चाहता था काम की बात करें व खाली हों।

"किसी ब्याह-शादी पर आये थे क्या?" आखिर साहब ने स्वयं ही असली मुद्दे को छुआ।

"नहीं सर। हमें आपकी सहायता की जरूरत पड़ गयी।"

"हाँ, हाँ बोलो। मैं किस काम में आपकी मदद कर सकता हूँ।"

किस काम की आशा है? प्रतापसिंह का मुरझाने जा रहा चेहरा फिर ताजगी पकड़ने लगा। शायद इन्हें हाईकोर्ट के किसी जज तक काम होगा। इसलिए उन्हें प्रतापसिंह की सहायता की आवश्यकता थी। प्रतापसिंह अन्दाज लगाने लगा।

"आप जानते हो सर, डैडी ने कॉलोनियों के धन्धे में मेरे चाचा को भी हिस्सेदार बनाया था। कई बेनामी प्लॉट उसके नाम खड़े थे। डैडी की मृत्यु के बाद उसका मन बेईमान हो गया। एक प्लॉट को लेकर हमारा दीवानी मुकदमा चल पड़ा।"

"वह आपके खिलाफ हो गया। आपको हाईकोर्ट से 'बन्दी' लेनी है? बस इतना-सा काम है?" प्रतापसिंह बेकार की भूमिका में नहीं पड़ना चाहता था। वह सीधा मुद्दे पर आना चाहता था।

"नहीं सर। यह बात नहीं। आपने समाचार-पत्रों में पढ़ा होगा। मायानगर में एक डकैती पड़ी थी। वह मेरे चाचा के घर ही हुई थी। चाचा के लड़के का कत्ल हो गया। मेरे चाचा का एक साला वकील है। केस कालाकच्छा गिरोह के खिलाफ दर्ज हुआ। लेकिन वकील खुन्नस निकालना चाहता है। उसने पुलिस को लालच देकर हमारा नाम साजिश में उलझा दिया है।"

पंकज अपनी समस्या प्रतापसिंह के सामने रखने लगा।

"इनकी अग्रिम जमानत की अर्जी सेशन कोर्ट में लगी है। यदि आपकी कृपा-दृष्टि हो जाए तो यह ख़्वार होने से बच जाएँगे। जो भी खर्च होगा, हम करेंगे।"

अगली बात करते पंकज झिझक रहा था। उसकी इस समस्या का निदान अजय ने किया।

प्रतापसिंह का दिमाग कम्प्यूटर की तरह लाभ-हानि क्लिक करने लगा।

मामला अग्रिम जमानत का था। मुकदमा कत्ल, डकैती व बलात्कार का! इनमें से एक भी दोष लगा हो, अग्रिम जमानत नहीं होती। तीनों दोष एक साथ लगे हों, फिर कौन माई का लाल है जो अग्रिम जमानत मंजूर कर दे! घटना ताजा थी। दोषी पकड़े जा चुके थे। पंकज वगैरह का सम्बन्ध घटना के साथ जोड़ने के लिए पुलिस ने पक्के सबूत हासिल कर लिये थे। प्रेस बदनाम कर रहा था। हकूमत अपनी चमड़ी बचाने के चक्कर में लगी थी। कार्य असम्भव था।

दूसरी ओर, यह आसामी मोटी थी। एक-दो लाख यहाँ से बन सकता था।

कोई रास्ता तलाशने की नीयत से प्रतापसिंह ने मायानगर में कार्यरत जजों की सूची को बाँचा। सेशन जज कानून का अधिक पारंगत न था, लेकिन था पूरा ईमानदार। ऐसे आदमी को सिफारिश करने का कोई लाभ न था। प्रतापसिंह को मुफ्त में काम नहीं लेना था। ये कौन उसकी मौसी के बेटे थे। आम आसामी थी। सारे पैसे वह अकेला हजम नहीं करना चाहता था। यह तो बदनामी वाली बात थी। हिस्सा-पत्ती ठीक रहता है। लेकिन लेने-देने व हिस्सा-पत्ती की कोई सम्भावना नहीं थी।

साधूसिंह को छोड़कर, अतिरिक्त सेशन जज उसके काबू आ सकते थे। साधूसिंह नाम का ही नहीं, स्वभाव से भी साधू ही था। न उसने कभी पैसा लिया, न लेता था। न उसकी कोई जाँच चलती थी। न उसे अच्छे-बुरे स्टेशन की चिन्ता थी। डर के मारे कोई उसके पास सिफारिश न करता, न कराता। न ही वह किसी की मानता था। कोई भूला-भटका सिफारिश कर भी दे तो वह पार्टी की भरी कचहरी में बेइज्जती कर देता था। यह कहकर मुकदमा उलट कर देता था कि उसने जज तक पहुँच की है। उसका भरोसा न था कि कहीं मिसल में सिफारिशी का नाम लिखकर उसके लिए मुसीबत ही न खड़ी कर दे।

कुछ समय से मायानगर के वकीलों के प्रधान ने, रिश्वत के विरुद्ध मुहिम छेड़ रखा थी। एक सेशन जज को मजबूर होकर पेंशन लेनी पड़ी थी। शर्म के मारे वह रात में ही अपना सामान उठाकर चला गया था। एक अतिरिक्त सेशन जज को अपनी काली करतूतों का स्पष्टीकरण देना मुश्किल हो रहा था। उसे अपने पद-च्युत होने के साथ-साथ जेल यात्रा भी नजर आ रही थी। ट्रांसफर पर संगरूर जाने के बाद दो मास के भीतर ही उसकी मृत्यु हो गयी। रिकार्ड व परिवार के लोगों के कथनानुसार उसे दिल का दौरा पड़ा था। वैसे सबको मालूम था, उसने आत्मघात किया था।

वकीलों की इस सरगर्मी के कारण मायानगर में चुनिन्दा जज लगाये जा रहे थे। साधूसिंह उनमें से एक था।

शेष जज ईमानदारी की परिधि में तो आते थे, लेकिन साधूसिंह की भाँति अड़ियल नहीं थे। कभी-कभार सोच-समझकर दाँव लगा लेते थे। पंजाब भर का आधा उद्योग इसी शहर में था। हजारों मुकदमे ऐसे चलते, जिनमें एक पक्ष सरकार होती थी। बिजली की चोरी, इन्कम टैक्स की चोरी। सरकारी प्लॉटों की अलाटमैण्ट। महीने-बीस दिन में सरकार जमीदारों की जमीन 'ऑकपाइ' करती रहती थी। जमीन की कीमत, कौड़ियों के भाव दी जाती थी। कीमत बढ़ाने के मुकदमे चलते रहते थे। यदि जज जमीन की कीमत बाजार से आधी भी तय कर दे, तो भी जमींदारों का

मुआवजा करोड़ों में बढ़ जाता था। ऐसे केसों में यदि जज कचहरी में बैठकर भी पैसे ले लेता तो भी कोई नहीं बोलता था। सरकार का पक्ष ले रहे सरकारी अधिकारी पहले ही मालिकों से घी-खिचड़ी हुए रहते थे। जज की शिकायत कौन करेगा?

ऐसे छुपे हुए कार्य अभी भी मायानगर में होते रहते थे। अपने कृत्यों पर पर्दा डालने के लिए जज हाईकोर्ट का चक्कर लगाते थे। उन्हें प्रतापसिंह तक अपना स्वार्थ रहता था। वे रजिस्ट्रार को इनकार नहीं कर सकते थे। उनमें से किसी के पास भी सिफारिश की जा सकती थी।

प्रतापसिंह जज के साथ-साथ उन बिन्दुओं को भी तलाश रहा था जिनके आधार पर अग्रिम जमानत मंजूर हो सकती थी।

पर्चे में दोषियों का नाम नहीं आया था। लेकिन मुद्दई पक्ष के साथ पंकज परिवार की दुश्मनी हो रही थी। ठेकेदार व पंकज इत्यादि में तैयार की गयी साजिश के सबूत मिसल पर आ चुके थे। जज कुछ दिनों की पेशगी जमानत दे सकता था। यदि फिर पुलिस मदद करे तथा पुलिस हिरासत की माँग न करे तो जज पक्की जमानत कर सकता था।

फिर प्रतापसिंह ने स्वयं को फैसला करनेवाले जज की कुर्सी पर आसीन किया। सोचा कि यदि फैसला उसे स्वयं करना हो, तो वह क्या निर्णय करेगा?

साधारण परिस्थितियों में प्रतापसिंह अग्रिम जमानत करने का जोखिम उठा सकता था, लेकिन इस मुकदमे के हालात साधारण न थे।

दोषीपक्ष अमीर था। अग्रिम जमानत यदि बिना रिश्वत लिये भी कर दी जाए तो भी जज की ओर उँगली उठती। मीडिया पीछे पड़ा हुआ था। बार के प्रधान का खुफिया तन्त्र सरकार के खुफिया विभाग से अधिक तेज था। उसे पाताल में जा कर ली गयी रिश्वत की गन्ध आ जाती थी। जज के लिए खतरा ही खतरा था।

प्रतापसिंह यह कार्य कर सकने में समर्थ न था। जो कार्य वह स्वयं नहीं कर सकता, उसकी दूसरे के पास सिफारिश क्यों करे?

सब ऊँच-नीच सोच-विचार कर प्रतापसिंह परिणाम पर पहुँचा कि मायानगर का कोई भी जज पेशगी जमानत मंजूर नहीं कर सकता। इसलिए अभी सिफारिश करने का कोई लाभ नहीं था।

दूसरी ओर हाथ आयी आसामी को भी नहीं गँवाया जा सकता था। अग्रिम जमानत न मंजूर होने के हुकुम की अपील हाईकोर्ट में होनी थी। हाईकोर्ट उच्च अदालत थी। कोई हाईकोर्ट के जज की परछाई की ओर भी नहीं देख सकता। आवाज उठाने वाले पर मान-हानि का दोष लगाकर उसे जेल भेजा जा सकता है। हाईकोर्ट में से प्रतापसिंह जैसा चाहे, आदेश करा सकता है। उस समय तक पार्टी, प्रतापसिंह के हाथ में रहनी चाहिए।

"तू मेरे बेटों जैसा है। मैं तुझे गलत राय नहीं दे सकता। तेरा पैसा बर्बाद नहीं करा सकता। स्वर्ग में बैठा मेरा भाई क्या सोचेगा? मायानगर में तेरा काम नहीं बनेगा।"

"मैं विश्वास दिलाता हूँ कि हाईकोर्ट में से पहली पेशी पर बन्दी ले दूँगा। अगली पेशी पर बेशक मुख्यमन्त्री जोर लगा ले, जमानत मंजूर होकर ही रहेगी। हाईकोर्ट में अपनी चलेगी। अर्जी किस जज के पास लगानी है, इसका फैसला मुझे करना है। हम अपने मित्र जज के पास भेजेंगे। फिर पास बैठकर फैसला कराएँगे। बस चार-पाँच दिन की बात है। छिप-छिपाकर वनवास काट लो।"

"अंकल, हम आशा लेकर आये थे। दो पेटियाँ, तीन पेटियाँ, जो भी कहोगे खर्च कर देंगे। प्लीज, हमारा काम करो।"

अजय को लगा मसला पैसों के खर्च की आड़ में अटका हुआ है। जज शायद पैसे वाली घुण्डी खोलने से झिझक रहा था। यह घुण्डी खोलने के लिए अजय ने पेटियों की बात शुरू की थी।

तीन लाख की पेशकश होने पर प्रतापसिंह ने एक बार फिर दिमाग पर बोझ डाला। लेकिन परिणाम कोई नहीं आ रहा था।

"प्रश्न पैसों का नहीं। यह काम वहाँ कोई नहीं कर सकता। लेकिन यहीं से होगा। मेरे हाथ से होगा। फिर तुम मुझे फोन करना। बताना अर्जी किस जज के पास गयी है। कोशिश करके देख लेंगे।"

प्रतापसिंह ने गिराई हुई कमान, फिर सँभाली। रकम मोटी थी। शायद किसी जज का सिर फिर जाए।

"सेशन जज को कहकर देख लो। अर्जी आपके किसी जानकार के पास भेज दे।" अजय अभी हथियार गिराने के मूड में नहीं था।

कोई लाभ नहीं। बल्कि उसे शंका ही होगी। जहाँ भी लगाता है, लगाने दो।

"ठीक है सर! यदि वहाँ बात न बनी तो यहाँ तो आप सँभाल लोगे न?" पंकज ने प्रतापसिंह से पक्का वादा लेने की नीयत से पूछा।

"सौ फीसदी गारण्टी है। बेटा! यहाँ तेरे अंकल का राज है। मैं तो गले में पड़ रहे फाँसी के फन्दे उतरवा दूँ। यह तो है ही जमानत।"

कोठी से निकलते पंकज का धैर्य गिरने लगा। जो काम प्रतापसिंह से नहीं हुआ, वह किसी और से क्या होगा? उसे लगा जेल-यात्रा निश्चित है।

यह सेल-टैक्स की पेशी नहीं है। कत्ल का मामला है। बहुत धक्के खाने पड़ेंगे। नन्दलाल के कहने के अनुसार सब्र रख। अच्छे पक्ष की ओर देख। साहब ने हाईकोर्ट में से जमानत कराने की जिम्मेदारी ले ली है। यह कम बात है? अपने साथ झूठा वादा नहीं किया। यह उनका बड़प्पन है।

अजय, पंकज को निराशा की खाई में से निकालने की कोशिश करने लगा।

इक्कीस

पंकज का मन उदास था। वह मायानगर लौट जाना चाहता था। जो कार्य एक रजिस्ट्रार नहीं कर सका, उसे तीसरे दर्जे का कर्मचारी कैसे करवा देगा?

अजय हिम्मत हारने वाला नहीं था। उसे क्लैरिकल स्टाफ पर भरोसा था। जो काम प्रधानमन्त्री नहीं कर सकते, उनके रसोइये करा देते हैं। अजय लक्ष्मण सिंह को कई बार परख चुका था। कई कठिन कार्य उसके माध्यम से हुए थे।

लक्ष्मण सिंह को फोन न किया होता तो और बात थी। समय लेकर, न जाना बेवकूफी थी। केस कौन-सा अभी खत्म हो रहा था। पता नहीं कितने वर्ष लटकने वाला था। कई बार उन्हें हाईकोर्ट आना पड़ेगा। छोटे-मोटे कार्यों के लिए इसी को काम आना था।

ऐसा कुछ समझाकर अजय, पंकज को सेक्रेटरी के क्वार्टर की ओर ले गया।

नहा-धोकर सेक्रेटरी पहले ही तैयार बैठा था। अँधेरा छाने लगा था। उसका शराब पीने का समय निकलता जा रहा था। उससे और इन्तजार नहीं हो रहा था।

लक्ष्मणसिंह का घर छोटा था, कुनबा बड़ा। बहू-बेटियों वाले घर में शराब पीने से शर्म आती थी। बाहर पीना महँगा सौदा था। वह मुर्गे का शौकीन था। घर में मीट नहीं बनता था।

अजय जैसी आसामी की उसे बेसब्री से प्रतीक्षा हो रही थी। माहौल को खुशमिजाज बनाने के लिए उसने अपने पड़ोसी भोगल को तैयार कर लिया। मुफ्त में वह गंगा नहा लेगा।

अजय के पास घर बैठकर चाय पीने का समय न था। उन्होंने सेक्रेटरी को गली में से ही साथ ले लिया।

''जिधर जाना है, उधर का रास्ता ड्राइवर को बताते चलो।'' गाड़ी में बैठते ही अजय ने सेक्रेटरी को अपनी मन-पसन्द जगह जाने की स्वीकृति दे दी।

भोगल पुराने अड्डे 'जमींदार ढाबा' पर जाना चाहता था। वहाँ खारा, अण्डा, मीट आदि सब सस्ता मिलता था। बैठने का किराया भी नहीं लिया जाता।

भोगल के भोलेपन पर लक्ष्मण को तरस आया। भोगल शिक्षा विभाग का कर्मचारी था। उसकी आसामी की पहुँच 'जमींदार ढाबा' तक ही थी।

अब वह हाईकोर्ट के चीफ जस्टिस के प्राइवेट सेक्रेटरी के साथ जा रहा था। मायानगर जैसे शहर की अमीर आसामी उनके साथ थी। आज वे किसी आलीशान होटल की एयर कण्डीशन बार में बैठकर जश्न मनाएँगे।

गाड़ी को उसने तीन तारा होटल के रास्ते घुमा दिया।

"चार पैग पीटर-स्काट। पहले एक चिकन रोस्टड। फिर एक चिली चिकन। दो प्लेट फिश। बोन-लैस।" टेबल के गिर्द बैठते ही सेक्रेटरी ने वेटर को ऑर्डर नोट कराया। फिर अजय के राजधानी आने का कारण पूछा।

"कत्ल केस के मुलजिम की अग्रिम जमानत। सेशन जज तक सिफारिश।" काम सुनकर सेक्रेटरी के रंग में भंग पड़ गया।

लक्ष्मणसिंह ने सोचा था, अजय को हाईकोर्ट में कोई वकील करना होगा। किसी पुराने मुकदमे की नकल लेनी होगी। दोनों कामों में से उसे कमाई होनी थी। वकील हिस्सा देता। नकल वह अपने रौब से तैयार करा लेता। क्लर्क के नाम की फीस भी अपनी जेब में चली जाएगी।

मायानगर में कार्यरत जजों की कोई शिकायत चीफ के पास न आयी थी। इसलिए उन्हें लक्ष्मणसिंह की आवश्यकता न पड़ी थी।

सेक्रेटरी ने अजय की पहले जिन दो कार्यों में मदद की थी, वे दोनों जज रिश्वतखोरी की दलदल में गहरे धँसे हुए थे। उनकी शिकायतें चीफ के पास आती रहती थीं। महीने भर में कम से कम एक चक्कर उनका हाईकोर्ट का लगता था। चीफ से मिलने से पहले वे सेक्रेटरी से मिलते थे। होने वाली कार्रवाई की जानकारी लेते थे। साहिब के मूड तथा शिकायत की गम्भीरता का पता करते थे। वे इस सेवा के कारण सेक्रेटरी का अहसान मानते थे। उसके कहने पर छोटे-मोटे काम कर देते थे।

आज वाला काम होने वाला नहीं था। पैग पर पैग चढ़ाता व हड्डियाँ नोंच रहा सेक्रेटरी सोच रहा था बिना अपना प्रभाव गँवाये कैसे वह इस मुसीबत से निकले?

पंकज ने ड्रिंक नहीं ली। मानसिक तनाव के कारण उसे जम्हाइयाँ आ रही थीं। उसका सारा शरीर दर्द कर रहा था। गला सूख रहा था। चार-पाँच कोक भी उसकी प्यास न बुझा सके।

अजय पंकज की बेचैनी समझ रहा था। वह जल्दी निष्कर्ष निकालकर लौटना चाहता था।

सेक्रेटरी खामोश था। वह चार पैग खींच चुका था। मुर्गे व मछली की कई प्लेटें आ, जा चुकी थीं।

"हमारा कुछ बनेगा?" खाने-पीने से सेक्रेटरी की वृत्ति भंग करने के लिए, अजय ने खीझकर पूछा।

सेक्रेटरी को थोड़ा-थोड़ा सरूर होने लगा। पेट में गये मसालेदार चिकन ने पेट में अफारा लाना शुरू कर दिया। चिकन व सोडा की गैस ने उसके पेट को फुटबाल की तरह फुला दिया। उसकी बेल्ट पेट से खिसककर कमर के पास आ गयी। तरी के धब्बों ने उसकी कमीज पर अण्डमान निकोबार का नक्शा उकेर दिया। पेट के भीतर दबायी हुई कमीज आधी बाहर आ गयी।

सेक्रेटरी को मालूम था, वह आज का काम नहीं कर सकता। बीच में इनकार करके महफिल को मुलतवी भी नहीं करना चाहता था। वह जल्दी-जल्दी अपना कोटा पूरा कर रहा था।

अजय के खुश्क व्यवहार पर सेक्रेटरी को अपने आप पर शर्म आयी। दो घूँट शराब के लिए उसका अपमान हो रहा था। उसने डोलते मन को सँभाला। ऐसा सब होता रहता था। वह गप्प मारकर अजय को बहलाना चाहता था। लेकिन अजय के पास मोबाइल फोन था। तुरन्त उसे जज को फोन मिलाकर सेक्रेटरी को पकड़ा देना था।

"आप चिन्ता न करें। सुबह कोठी जाकर मैं चीफ से फोन कराऊँगा। यदि वे झिझक गये, मैं बीबीजी के पैर पकड़ लूँगा। बीबीजी मुझे खाली नहीं लौटा सकतीं। बीबी जी का कहना जज साहिब नहीं लौटा सकते। ऐसे ही होगा अपना काम।"

लगातार दो बड़े पैग डकारने के कारण उसे नहीं मालूम था कि वह क्या बोल गया।

पंकज सेक्रेटरी की बातों से खफा हो रहा था।

पंकज ने बहुत व्यापार किये थे। सैकड़ों अफसरों के साथ उसकी ऐसी बैठकें हुईं थीं। वह भाँप गया था, सेक्रेटरी की झोली में दाने नहीं हैं। सेक्रेटरी अपना पेट भर रहा था। सेक्रेटरी का यही व्यवहार उसे चिढ़ा रहा था।

किसी और काम से आये होते तो पंकज अजय को बाँह से पकड़कर उठा लेता। वे सेक्रेटरी को होटल में ही छोड़कर मायानगर चले जाते। अब वह फौजदारी मुकदमे में फँसा हुआ था। नाराज हुआ कोई भी अफसर महँगा पड़ सकता है। ऐसा आदमी कुछ सँवार तो नहीं सकता, बिगाड़ जरूर सकता था। इसी भय से वह सेक्रेटरी के नखरे सहन करता रहा।

सेक्रेटरी चाहता था, खाना खाया जाए। बच्चों के लिए रस-मलाई घर ले जाए।

"सेक्रेटरी साहिब, आप आऊट हो गये। यह लो आख़िरी पैग, और चलो।"

सेक्रेटरी के वेटर को खाने का ऑर्डर लिखाने से पहले ही, अजय ने मेज पर पड़ा आखिरी गिलास उसके हाथ में थमाकर, अपना फैसला सुना दिया।

सेक्रेटरी चुप हो गया। शराब भीतर उँडेली व गुस्सा प्रकट करता हुआ उठ गया।

पंकज ने काउण्टर पर जाकर बिल अदा किया।

भोगल ने सहारा देकर सेक्रेटरी को गाड़ी तक पहुँचाया।

पीछे नीरज के फोन आ रहे थे। आधी रात हो चुकी थी। ऐसे हालात में उसका घर से बाहर रहना ठीक नहीं।

सेक्रेटरी का परिवार क्वार्टर से बाहर खड़ा उसका इन्तजार कर रहा था।

सेक्रेटरी व भोगल के गाड़ी से उतरते ही, उन्होंने गाड़ी मायानगर की ओर दौड़ा दी।

बाईस

सिंगला वकील की शेष सब बातें ठीक थीं। परन्तु मेलू दोधी वाली बात उसे जँच नहीं रही थी।

नीरज परिवार मायानगर के चुनिन्दा उद्योगपतियों में से एक था। वे आठ-दस करोड़ की जायदाद के मालिक थे। शहर में उनकी हर तरह से अच्छी साख थी। राजनीतिक लोग सुबह-शाम उनके कार्यालय में चक्कर लगाते थे। चुनाव में प्रत्येक पार्टी उनसे चन्दा ले जाती थी। मायानगर में बैठे सब, और चण्डीगढ़ में बैठे आधे अफसर उनके परिचित थे। मोहनलाल में यही विशेष गुण था। जिस अफसर के साथ उसकी मुलाकात हो गयी, उसके साथ जब तक घरेलू सम्पर्क नहीं बनाता, तब तक चैन नहीं थी। अफसरों की ब्याह-शादियों के अवसर पर वह खुलकर खर्च करता था। आई.ए.एस. अफसरों की शादियों में वह एक लाख रुपये का शगुन डालता था। पी. सी.एस. अफसरों को पचास हजार का। सर्दियों में दो जर्सियाँ साहब के लिए 'मोनटी-कारलो' की तथा एक पशमीने की शाल मैडम के लिए लेकर वह स्वयं चण्डीगढ़ जाता था। मायानगर की हौजरी का सामान दुनियाभर में निर्यात होता था। किसी अफसर को अधिक खरीददारी करनी हो तो वह उसे मायानगर आने का निमन्त्रण दे देता था। अफसर व उनके परिवार कई-कई दिन मायानगर उनके घर मेहमान बनकर रहते थे। मौज-मस्ती होती थी। कई अफसरों के बच्चे नीरज-पंकज के साथ-साथ खेलते रहे थे। बच्चों के आपसी सम्बन्ध माँ-बाप से भी गहरे थे।

मेलू राम की जगह वे किसी राजनीतिक नेता को अफसर से फोन कराएँगे। बाद में कोठी जाकर फीस दे आएँगे। पहले भी वे अपने काम इसी तरह करवाते थे।

एम.पी. साहब परसों दिल्ली गये थे। शायद वापिस लौट आये हों। शायद उनकी पुलिस कप्तान से भी बात हो चुकी हो। हो सकता है, उन्होंने दिल्ली से ही गृहमन्त्री से फोन करा दिया हो। वे इस तरह करने का वादा करके गये थे। वादा वे पूरा करते थे। लोगों के साथ लाख झूठे वादे करते हों, लेकिन उनके साथ सदा ही वादा निभाया था।

दो-एक वर्ष से उनके सम्बन्ध पारिवारिक हो गये थे। उनके व्यापारिक सम्बन्ध भी मजबूत हो गये थे।

मोहनलाल ने पहले, लगा-लगाया पेट्रोल पम्प खरीदा था। उसकी ज्यादा कीमत अदा करनी पड़ी थी। एक वर्ष पम्प चलाकर ही मोहनलाल को इस धन्धे की बारीकियाँ, और मोटे मुनाफे की समझ आ गयी।

यदि पम्प सीधा पेट्रोलियम मन्त्री से, और जमीन पंजाब सरकार से अलॉट हो जाए, तो पम्प सोना उगल सकता था।

बाबूजी पहली बार एम.पी. बने थे। केन्द्र में उनकी सरकार पहली बार बनी थी। इसलिए बाबूजी को न तो अपनी शक्तियों का ज्यादा पता था, न ही काम कराने का मुहावरा था।

एम.पी. को मिलनेवाले कोटे का पहले मोहनलाल ने स्वयं अध्ययन किया। फिर उनके बारे में बाबूजी को जानकारी दी। जब बाबूजी को समझ आयी कि उनके पास हनुमान की तरह छलाँग लगाकर महा-समुन्दर पार करने की क्षमता है, तो उन्होंने अपनी सारी ताकत मोहनलाल की ओर झोंक दी। बाबूजी के दो बार फोन करने से यदि दोनों परिवारों की पीढ़ियों का भला होता है तो इसमें बाबूजी को क्या एतराज हो सकता था।

पेट्रोल पम्प के एक वर्ष का हिसाब-किताब जब मोहनलाल ने बाबूजी को दिखाया तो उनकी आँखें खुल गयीं। उन्होंने तुरन्त पैट्रोलियम मन्त्री से बात की। जब तक नया पेट्रोल पम्प मंजूर नहीं हो गया, वे चैन से नहीं बैठे।

पेट्रोल पम्प तो अलाट हो गया। लेकिन लगाया कहाँ जाए?

पहले दिन से ही मोहनलाल की नजरें शहर की छाती पर पड़े एक खाली प्लॉट पर लगी हुई थीं। यदि पम्प यहाँ लग जाए तो बिक्री दस गुना अधिक हो सकती थी। यह प्लॉट मिलता भी माटी के मोल था। बाजार के भाव प्लॉट खरीदकर पम्प लगाया तो पम्प की आमदनी से रकम का ब्याज भी पूरा नहीं होगा।

अफसरों को चोगा डालकर इस प्लॉट की अलाटमेण्ट का जुगाड़ शुरू किया। जो जैसे खुश हुआ, उसे वैसे खुश किया। पैसे वाले को पैसा। शबाब वाले को शबाब। दो करोड़ का प्लॉट उसने दास लाख रुपये में नब्बे वर्षीय पट्टे पर लिखवा लिया।

उस प्लॉट के आस-पास सरकारी क्वार्टर थे। पैट्रोल पम्प लगने से उनके घरों में प्रदूषण फैलना था। ड्राइवर गुण्डागर्दी करेंगे। कारों, बसों व ट्रकों की भीड़ के कारण जाम लगेंगे। धूल के कारण उनके क्वार्टरों का रंग-रोगन मद्धम पड़ने लगेगा। पर्दे, शीशे व फर्नीचर बेकार हो जाएँगे। क्वार्टरों वालों ने इस अलाटमेण्ट का डटकर विरोध करना शुरू कर दिया।

क्वार्टरों में रहते बाबुओं ने इकरारनामों की नकलें मिसलों में से निकलवा लीं। उन्होंने पेट्रोल पम्प के मालिकों व अफसरों की मिली-भगत के सबूत प्रेस के हवाले कर दिये। प्रेस ने नमक-मिर्च लगाकर उसे स्कैण्डल बना दिया। सरकार के विरोधी पक्ष ने क्वार्टर वालों की पीठ थपथपा दी। एक भूतपूर्व मन्त्री ने पैट्रोलपम्प वाली जगह धरना शुरू कर दिया। 'पेट्रोलपम्प उनकी लाश पर बनेगा'—यह ऐलान भी कर दिया।

अफसरों के हाथों के तोते उड़ने लगे। वे अपना-अपना बचाव सोचने लगे। अलाटमेण्ट कैंसिल करने की योजना बनने लगी।

मसला ठण्डा करने के लिए मोहनलाल ने हाईकोर्ट का सहारा लिया। अदालत ने 'जैसे थे' का आदेश जारी कर दिया। वह आदेश मोहनलाल की इच्छा के अनुसार हुआ। सरकार के हाथ बँध गये थे। अलाटमेण्ट कैंसिल होते-होते रह गयी। पम्प चलने से बन्द हो गया। इससे लोगों के मन को तसल्ली हो गयी।

वर्ष भर में मोहनलाल ने दोनों पक्षों को ठण्डा कर लिया।

पूर्वमन्त्री के साथ समझौता हो गया।

मोहल्लेवालों से वादा किया। पम्प कारों व ट्रकों के लिए नहीं लग रहा था। केवल स्कूटर-मोटरसाइकिलों में पेट्रोल भरने वाला था। बल्कि इससे कॉलोनी वालों को आराम हो जाएगा। कोई गुण्डागर्दी नहीं होगी।

एक तरफ मोहनलाल को एक शॉपिंग काम्प्लेक्स खोलना था। कॉलोनी वालों को सस्ता व ताजा माल मिलेगा। कॉलोनी वालों को पम्प आबाद होने से नुकसान नहीं, लाभ ही होना था।

चुपके से रिट का फैसला करा लिया। रातों-रात पम्प चालू हो गया।

पहले-पहल पम्प दो-पहिया वाहनों के लिए चालू हुआ। ऐसा हाईकोर्ट के आदेश के अनुसार हुआ। छः माह के बाद कारों में भी पेट्रोल पड़ने लगा। फिर डीजल आ गया। बसें व ट्रक आने लगे। साथ वाली जगह में वर्कशॉप बन गयी। दुकानें खुल गयीं। लोगों को जहाँ मुश्किल थी, वहीं आराम भी था। बात बीच में ही दब गयी।

पम्प की कामयाबी के बाद चुपचाप बाबूजी ने मायानगर के लिए तीन गैस एजेंसियाँ भी मंजूर करवा लीं। शेष दो एजेंसियों को मन्त्रालय ने किस कुएँ में गिराया, इससे बाबूजी को कोई लेना-देना नहीं था। जो एजेंसी पिछड़ी श्रेणियों के लिए आरक्षित थी, वही असल में बाबूजी के लिए आरक्षित हुई। जिस भी आदमी के नाम पर बाबूजी ने उँगली रखी, उसी के नाम अलॉट हो गयी।

इन दो कामों से बाबूजी का भविष्य सुरक्षित हो गया। इस आर्थिक सुरक्षा के कारण बाबूजी मोहनलाल के देनदार थे। अब पंकज इन सम्बन्धों को और प्रगाढ़ कर रहा था।

वैश्वीकरण के इस दौर में बहुत-सी विभिन्न देशों की कम्पनियाँ भारत में पाँव टिकाने की कोशिश कर रही थीं। केन्द्रीय सरकार विदेशी निवेश को उत्साहित कर रही थी। उद्योगमन्त्री अपना प्रतिनिधि मण्डल लेकर विदेशों के दौरों पर रहते। कुछ देशों का चक्कर तो बाबूजी भी उनके साथ लगा आये थे। भीतर ही भीतर बाबूजी जापान की एक कम्पनी से विचार-विमर्श कर रहे थे। कम्पनी को यदि खुली रियायतें मिल जाएँ तो इधर कम्पनी मोटर-साइकिलों का भारी उद्योग लगाने के बारे में सोच सकती थी। बाबूजी की सेवाओं के एवज में कम्पनी के कुछ शेयर उन्हें दिये जा सकते थे। बाबूजी स्वयं हिस्सेदार नहीं बन सकते थे। न उनके पास इतनी पूँजी थी। अपनी जगह उन्होंने पंकज के नाम की पेशकश रखी थी। बात आखिरी दौर में चल रही थी। इसलिए बाबूजी का एक पाँव देहली में होता और एक मायानगर में।

जर्मनी से एक पेशकश एक विदेशी मित्र के माध्यम से पंकज के पास आयी थी। भारतीय फौज अपनी तोपों के बहुत से कल-पुर्जे अमरीका से खरीदती थी। जर्मनी की यह कम्पनी वही पुर्जे भारत में बनाने में समर्थ थी। भारत के सुरक्षा मन्त्रालय में यदि पहुँच हो जाए तो कम्पनी पंकज के साथ हिस्सेदारी करके कार्य शुरू कर सकती थी। बाबूजी इस प्रोजेक्ट को सिरे चढ़ा दिये जाने के लिए प्रयत्नशील थे। यहाँ से 'सोने की खान' हाथ लग सकती थी।

ऐसे प्रगाढ़ सम्बन्ध होते हुए मुसीबत आने पर बाबूजी पंकज परिवार को पीठ कैसे दिखा सकते थे?

पूरे मान के साथ नीरज ने बाबूजी के साथ राबता कायम किया था।

कोठी से पता चला, वे दिल्ली से ही वापस नहीं आये। दिल्ली से पता चला, वे कार्यकारिणी की मीटिंग में शामिल होने के लिए बंगलौर चले गये। मोबाइल फोन वहाँ काम नहीं कर रहा था। दूसरा फोन मिलाया। घण्टी बज रही थी, कोई उठा नहीं रहा था।

बाबूजी न हों तो न सही। चेयरमैन साहब तो मायानगर में थे। उनकी बाबूजी से ज्यादा चलती थी।

वे चेयरमैन से सम्पर्क करने लगे।

तेईस

चेयरमैन साहब तीन दिन से मायानगर में डेरा डाले बैठे थे। पार्टी वर्करों का कैम्प लगा हुआ था। इन्तजाम की सारी जिम्मेदारी उन्हीं के कन्धों पर थी।

चेयरमैन ने उन्हें कैम्प में बुला लिया। उनके कैम्प से बाहर जाने पर पाबन्दी थी। उनके बाहर जाने से पार्टी अनुशासन भंग होता था। कैम्प की कार्रवाई में रुकावट पड़ती थी।

चेयरमैन साहब ने नीरज को एक ड्यूटी सौंप दी। आते वक्त कैडिटों के लिए वह दो पेटी सेब व पाँच किलो लड्डू लेता आये। सायं की रिफरेशमेण्ट मोहन परिवार की ओर से होनी चाहिए थी।

दो वस्तुएँ अधिक लेकर वे तुरन्त कैम्प में पहुँच गये।

कैडिटों वाली वेशभूषा में देखकर कोई भी नहीं कह सकता था कि यह निक्कर-बनियान वाला आदमी दो बार विधायक रह चुका था तथा अब खादी बोर्ड जैसी संस्था का चेयरमैन था। वह किसी स्कूल का ड्रिल मास्टर लगता था।

साथ आये सामान को रसोई में भिजवाकर वे उन्हें अपने कार्यालय में ले गये। कार्यालय में फोन भी था, फोन करनेवाला निजी-सहायक भी।

कैम्प वाले दिनों जन-साधारण का उनसे मेल-मिलाप बन्द था। लेकिन नीरज वगैरा साधारण जनता न थे। वे पार्टी के फाइनेंसर थे। अब पार्टी सत्ता में थी। किसी को भी फोन करके चन्दा मँगवाया जा सकता था। पंकज के पिता उस समय कैम्पों का सारा खर्चा बर्दाश्त किया करते थे, जब लोग पार्टी का नाम लेने से डरते थे। जब पार्टी विरोधी पक्ष में थी तथा चेयरमैन को बस, ट्रक या राशन-पानी की आवश्यकता होती थी, मोहनलाल चिड़िया के हाथ आये सन्देश पर भी आदेश की पूरी पालना करता था।

पार्टी मोहनलाल व उसके अहसानों को कभी नहीं भूल सकती, उसने सर्व हितकारी स्कूल खोलने के लिए लागत मूल्य पर पार्टी को प्लॉट दिया था। यही नहीं, स्कूल चालू करने के लिए दो कमरे भी अपने खर्चे से बना दिये थे। अपने पिताजी की स्मृति में गरीब होशियार बच्चों के लिए उसने छात्रवृत्ति भी शुरू की थी।

बेटे दो कदम आगे चल रहे थे। मोहनलाल की स्मृति में उन्होंने स्कूल में ऐसेम्बली हॉल बनवा दिया। छात्रवृत्तियों की संख्या दोगुनी कर दी।

पार्टी व चेयरमैन इस परिवार के ऋणी थे।

कैम्प के दौरान चेयरमैन बहुत कम लोगों से मिला था। इसलिए वह नगर की ताजा स्थिति से वाकिफ नहीं था। समाचार-पत्रों में उसने एक परिवार के घर पड़ी

डकैती के बारे में पढ़ा था। वह परिवार नीरज के चाचा का था, यह जानकर चेयरमैन को दुःख हुआ। दुःखी परिवार की प्रत्येक मदद करने के लिए वह तैयार था।

जब नीरज ने डकैती की साजिश में अपना नाम शामिल होने के बारे में पुलिस को हुई शंका की बात की, तो चेयरमैन का चेहरा पीला पड़ने लगा। उसकी जुबान सूख गयी। उसे लगने लगा जैसे वह स्वयं साजिश में शामिल होने जा रहा था।

चेयरमैन का मन घबराने लगा। अच्छा हुआ, ज्यादा लोगों को अभी उनकी चेयरमैन के साथ हुई मुलाकात का पता नहीं लगा। आज तक चेयरमैन का दामन साफ रहा था। कहीं उस पर कातिलों की मदद करने का दोष न लग जाए। वह इसी बात से चिन्तातुर था।

''बोलो, मैं क्या सेवा कर सकता हूँ! मेरी क्लास का समय होने वाला है।'' घड़ी के डायल पर नजर मारकर चेयरमैन ने अपनी बेचैनी प्रकट की।

''बाबूजी बंगलौर गये हुए हैं। आप पुलिस कप्तान को फोन कर दें। कह दें हम बेकसूर हैं। पुलिस हमें परेशान न करे।''

''फोन की क्या आवश्यकता है? ऐसी सिफारिशें फोन पर नहीं हुआ करतीं। ऐसे काम पास बैठकर करवाने पड़ते हैं। आज कप्तान को कैम्प में आना है, कैडिटों को सम्बोधित करने के लिए। उसी समय बात करूँगा। निश्चिन्त रहें। किसी के साथ धक्का नहीं होगा।''

कहता हुआ चेयरमैन कुर्सी से उठ गया।

''चाय पीकर जाना। ...जाओ बेटा, मेहमानों के लिए दो कप चाय लेकर आओ। कुछ खाने के लिए भी लेते आना।''

कार्यालय में आये एक कैडिट को चाय लाने का आदेश देकर वह तेज चाल से क्लास की ओर चल दिये।

चेयरमैन की बेरुखी पर नीरज का चेहरा उतर गया। उसे पहली बार महसूस हुआ कि वह घोर संकट में था। अपने भी बेगाने होते जा रहे थे।

क्रोध व घबराहट के कारण बिना चाय की प्रतीक्षा किये वे उठकर कैम्प से बाहर आ गये।

''मुझे लगता है बाबूजी जान-बूझकर बंगलौर चले गये। इस पाखण्डी का व्यवहार देख लिया? तीन रोज पहले सारा दिन मेरे दफ्तर में बैठा रहा था। इसी कैम्प के लिए चन्दा लेने आया था। अब जैसे हम अछूत हो गये। लगता है जेलयात्रा करनी पड़ेगी।''

डर के कारण काँपता नीरज मन का गुस्सा निकाल रहा था।

''अरे कुछ नहीं होता। पैसे से सब ठीक हो जाएगा। यह बनियों की पार्टी है। कारोबार के लिए ठीक है। लड़ाई-झगड़े वाले काम से डरते हैं। आप चिन्ता न करें।

शाम तक हम कोई न कोई रास्ता ढूँढ़ लेंगे।''

घबराहट, बेचैनी व डर के कारण उलटे रास्ते चल रहे नीरज को बाँह से पकड़कर ठीक रास्ते पर लाते हुए विनय ने उसे समझाने की कोशिश की थी।

चौबीस

जगह-जगह भटकने के बाद नीरज व औरों को सिंगला की नसीहत याद आयी। कचहरियों के मामले अपनी तरह के थे। इन्हें सुलझाने का भेद वकीलों को ही पता था। शायद इसीलिए वकीलों की एक अलग जमात बनाई गयी।

वकील की राय पर विचार करते हुए, उन्होंने गाड़ी मेलू डेयरी वाले की ओर घुमा दी।

मेलू दूध वाला है कौन? मेलू के पास जाने से पहले उसका अतीत जानने के लिए उन्होंने कई फोन घुमाये।

बचपन से ही मेलू को पहलवानी का शौक था। उन दिनों जो पुलिस का मुखिया था, कभी पहलवानी करता रहा था। स्थिति सुधारने के लिए उसने पहलवानों को पुलिस में भर्ती कर लिया। कसरत के लिए प्रत्येक पुलिस लाइन में अखाड़ा बना दिया। बराबर के पहलवानों के साथ जोर-आजमाइश करने के लिए मेलू भी अखाड़े में जाने लगा। किसी पुलिस वाले का रैंक इन्सपेक्टर, किसी का डिप्टी होता। सब उसके दोस्त बनने लगे थे।

शुद्ध दूध पहलवान की प्राथमिकता है। मायानगर में शुद्ध दूध का अभाव था। पहलवानों के जोर देने पर मेलू राम ने अपने तबेले में भैंस रख ली।

मेलू स्वयं पहलवान था। शुद्ध दूध की कद्र जानता था। दूध में मिलावट करना उसके लिए हराम जैसा था। इस शुद्धता ने एक ओर उसका कारोबार चोटी पर पहुँचा दिया, दूसरी ओर उसके पुलिस-मित्रों का घेरा बढ़ा दिया।

ऑफिसर पहले उसके दूध पर विश्वास करते थे। फिर उसकी जुबान पर विश्वास करने लगे। वह जो भी कहता, सच कहता। कोई छुपाव नहीं, कोई हेरा-फेरी नहीं।

इसीलिए पहले वहाँ मेलू का काम होता था।

मेलू को वैसे तो दूध वाला कहते थे। लेकिन उसका स्टैण्डर्ड, मिल्क प्लाण्ट के मालिकों से कम नहीं था।

उसके सारे दफ्तर में काला शीशा लगा हुआ था। अल्युमीनियम के फ्रेम में जड़ा

हुआ आधुनिक फर्नीचर था। दफ्तर में दो फोन, टी.वी. सेट और फ्रिज भी था।

सफेद कुर्ते-पाजामे में बैठे मेलूराम के चेहरे पर रौनक खेल रही थी। पाँच तोले का कड़ा, सोने की चैन वाली घड़ी, चारों अँगुलियों में नग-जड़ी तोले-तोले की अँगूठियाँ व गले में संगली-सी चैन, गोरे रंग पर जँच रही थी। एक छोटा-सा मोबाइल उसने हाथ में पकड़ लिया।

मेलू ने नीरज का ऐसे स्वागत किया मानो युगों से परिचित हो।

सिंगला वकील का नाम लेते ही वह नीरज के आने का कारण समझ गया। लगा, सिंगला का फोन आ चुका था।

अपने स्वभाव के अनुसार मेलू ने सीधी बात शुरू कर दी।

अपना दस हजार पकड़कर उसने बड़े से खीसे में डाल दिया।

कप्तान की माँग कितनी है? इसका पता बात करने के बाद ही चल सकता था।

मेलू ने अपने मोबाइल फोन पर कप्तान से बात की। फोन का मकसद बताया।

कप्तान किसी अहम मीटिंग में हिस्सा लेने चण्डीगढ़ जा रहा था। या तो अभी आ जाओ, ''या फिर कल मिलना।''

अभी मिलने में भलाई थी।

नीरज का कप्तान की कोठी जाना उचित नहीं था। विनय कोठी जा सकता था।

''कुछ साथ भी लेकर आये हो।'' कोठी जाने से पहले मेलू ने उन्हें कुरेदा।

''आधी पेटी है।''

''आधी से क्या बनेगा? कम से कम एक तो पूरी करो। चलो कोई बात नहीं। रास्ते में पकड़ लेना। रकम की आपके यहाँ कौन-सी कमी है।''

मेलू ने मामला गुप्त रखने की नीयत से नीरज की गाड़ी अपने गैराज में लगा दी।

अपनी काले शीशों वाली 'एस्टीम' कार निकाली। दोनों को बीच बैठाकर कप्तान की ओर चल दिये।

नीरज को मदान की कोठी उतारा। पचास हजार मदान से पकड़ा। निश्चित समय से पाँच मिनट पहले वे कप्तान की कोठी पहुँच गये।

कप्तान ने सारी कहानी दो मिनट में खत्म कर दी। घटना नीरज व पंकज की शह पर घटी थी। ठेकेदार व उसके भतीजे ने सारी कहानी टेप करा दी थी। सबूत के तौर पर टेप के कुछ हिस्से कप्तान ने उन्हें सुनाये। बहुत से ठोस सबूत पुलिस के हाथ लग चुके थे। कुछ सबूतों की जानकारी उसने विनय को भी दी। यदि वह चाहे तो नीरज से प्रमाणित करवा ले।

विनय ने नीरज के साथ फोन पर बात की। अब क्या किया जाए?

नीरज फोन पर खुलकर रोने लगा। कप्तान जो कह रहा था, सत्य था। किसी

न किसी तरह पीछा छुड़ाया जाए।

पाँच लाख में सौदा तय हो गया। कल तक सारी रकम मेलू के पास पहुँच जाए।

बदले में कप्तान भविष्य में उनकी डटकर मदद करेगा। बहुत से सबूत मिटा दिये जाएँगे। नीरज के पसन्दीदा गवाह रखे जाएँगे। गवाही के समय वे मुकर जाएँगे। थाने का रिकार्ड ऐसे लिखा जाएगा कि उनके पक्ष में रहेगा। प्रत्येक दस्तावेज की फोटो कापी उन्हें मिलती रहेगी।

कप्तान ने एक शर्त भी रखी।

मामला प्रत्येक बड़े अफसर से लेकर मुख्यमन्त्री तक के ध्यान में था। उन तक सम्पर्क, पार्टी को स्वयं करना था।

ऊपर से दबाव पड़ने पर लोगों की आँखें पोंछने के लिए पुलिस को थोड़ी हलचल करनी पड़ सकती है।

एक सुझाव भी था।

प्रेस को साथ में करने की आवश्यकता थी। भविष्य में कप्तान प्रेस को गुमराह करने की कोशिश करेगा। तथ्य तोड़-मरोड़कर पेश करेगा। हर रोज बयान बदलेगा। दोषी, अखबारों की कटिंग सँभालकर रखें। मुकदमे की सुनवाई के समय वे इनके काम आएँगी।

वैसे कप्तान का अपने विभाग के उच्च अधिकारियों के साथ सम्पर्क था। बात पहुँच से बाहर होती नजर आयी तो अधिकारियों को रोक लेगा।

''बाकी फिर देखी जाएगी।'' अब जाओ, अग्रिम जमानत की कोशिश करो।

''अग्रिम जमानत होने तक पुलिस सब्र करेगी। आपको गिरफ्तार नहीं करेगी।''

पच्चीस

सेशन जज ने वही किया, जिसका उन्हें भय था।

सुनवाई के लिए अग्रिम जमानत की अर्जी साधूसिंह के पास भेज दी।

साधूसिंह तक पहुँच करना खाला जी का बाड़ा नहीं था। पैसा-धेला तो क्या लेना, वह किसी के घर का पानी तक नहीं पीता था। विनय ने साधूसिंह के घर काम करते अर्दली से खोज की थी। वह कहता था, साधूसिंह का घर किसी साधू-महात्मा की कुटिया जैसा लगता था। न कार, न ए.सी.। बाबा आदम के समय का पुराना स्कूटर। सोफा व पलँग शायद शादी के वक्त का था। ड्राइंग रूम किसी क्लर्क की

बैठक जैसा था। न गलीचा, न बड़े-बड़े शो पीस। न मीट खाता था, न व्हिस्की पीता। सादा खाना, सादा पहनावा।

पैसा-धेला बेशक उसने नहीं बनाया। लेकिन अपनी सन्तान का भविष्य उज्ज्वल बना दिया था। बड़ी बेटी पंजाबी विश्वविद्यालय में प्राध्यापिका थी। दामाद हृदयरोग विशेषज्ञ। छोटा बेटा दिल्ली आई.आई.टी. में इलैक्ट्रॉनिक्स में इंजीनियरिंग की डिग्री कर रहा था। उसकी शख्सियत देखकर स्विटजरलैण्ड की एक बहुराष्ट्रीय कम्पनी ने उसे अभी से अपने यहाँ ऑफर दी थी। उसकी पढ़ाई का सारा खर्च कम्पनी उठा रही थी। जेब खर्च के पाँच हजार रुपये हर माह अलग से दे रही थी।

बड़ा बेटा सबसे लायक था। उसने पहली कोशिश में आई.ए.एस की परीक्षा पास कर ली थी। काडर पंजाब का मिला था। लेकिन उसे नौकरी के निमन्त्रण-पत्र की जगह परमात्मा का निमन्त्रण आ गया। एक सड़क हादसे में जख्मी होकर वह साधूसिंह को धोखा दे गया।

बेटे की इस असमय मौत ने साधूसिंह की जिन्दगी बदल दी। पहले वह साधारण जजों जैसा जज ही था। थोड़ी-बहुत ऊँच-नीच कर देता था।

कुदरत की यह बेइन्साफी साधूसिंह से बर्दाश्त नहीं हुई। दिन-रात यही सोचता कि उसे इतनी बड़ी सजा क्यों मिली? एक दिन उसे अपने भीतर से इस सवाल का उत्तर मिला—"अब पता चला, बेइन्साफी क्या होती है? तू इन्साफ की कुर्सी पर बैठा है। लोग तुझे दूसरा परमात्मा मानते हैं। क्या तू सभी फैसले इन्साफ की तराजू में तोलकर करता है?" साधूसिंह इन प्रश्नों के उत्तर 'हाँ' में नहीं दे सका था।

उसी दिन से साधूसिंह ने हाथ में ली इन्साफ की तराजू को पूरे जोर से कस कर पकड़ लिया। अब दुनिया की कोई भी ताकत तराजू के किसी पलड़े को अपनी ओर नहीं झुका सकती थी। उसकी तराजू वही तोलती, जिसका कोई हकदार था।

लोहे के इस जज के पास पंकज की अर्जी कैसे लग गयी? इस प्रश्न का उत्तर जानने के लिए वे नन्दलाल के पास गये। नन्दलाल ने इसी काम के लिए उनसे दस हजार रुपया लिया था।

"भोले बादशाहो! यह तो ठीक हो गया है। देख नहीं रहे समाचार-पत्रों ने आग लगा रखी है। हड़ताल, धरने हो रहे हैं। ऐसी परिस्थितियों में किसी कमजोर जज की हिम्मत नहीं कि वह मेरिट के आधार पर फैसला कर दे। अपना पक्ष मजबूत है। यदि कोई अपने पक्ष में कुछ कर सकता है तो वह साधूसिंह ही है। मैंने सब ठीक कराया है।"

नन्दलाल अपने ऊपर बात नहीं आने दे रहा था।

पहले नन्दलाल कहता था, अर्जी साधूसिंह के पास न लगे। अब कह रहा था यह कार्य उसी ने कराया था। यह क्या गोरखधन्धा था? अजय को समझ नहीं आ रहा था।

वैसे उन्हें नन्दलाल की बात वज़नदार भी लगी। अभी पैसे लेकर काम करने की किसी जज की हिम्मत नहीं थी। मुकदमे के गुण-अवगुण के आधार पर कुछ आशा बँध सकती थी।

बहस दोपहर बाद होने वाली थी।

आगे क्या होगा? क्या किया जाए? साधूसिंह तक पहुँच हो सकती थी या नहीं?

प्रश्नों के उत्तर ढूँढ़ने के लिए विनय व अजय, सिंगला के पास चले गये।

''यह जज ईमानदार भी है और कानून का जानकार भी। वही फैसला देगा जो कानून के अनुसार होगा। सिफारिश वाला पंगा मत लेना। काम उलटा पड़ जाएगा।''

दो टूक फैसला सुनाने में सिंगला को अधिक विचारने की आवश्यकता नहीं पड़ी।

''दोपहर के बाद क्या होगा?''

''बहस होगी। दूसरा पक्ष अभी पेश नहीं हो सकता। हमारी बहस सुनकर जज को जो ठीक लगेगा, फैसला देगा।''

''अपने केस में कितनी जान है?''

''रिपोर्ट में अपना नाम नहीं है। न ही रिपोर्ट में दर्ज है कि डकैती हमारो शह पर पड़ी है। इसलिए मुद्दई पक्ष कमजोर है। हमारी उनके साथ दुश्मनी है। हमारे आपस में मुकदमे चलते हैं। इसलिए हमें फँसाया गया है। यह नुक्ता हमारे पक्ष में है।''

''अपने विरोध में क्या जाता है?''

''कानून हमारे विरोध में नहीं है। शहर में जो शोर हो रहा है, हमारे विरोध में है। जज सब पढ़ते-सुनते हैं। मीडिया से प्रभावित होते हैं।''

सिंगला अपने सायलों को अँधेरे में नहीं रखना चाहता था। इसलिए स्थिति स्पष्ट कर रहा था।

''अब हमें क्या करना चाहिए?''

''केवल प्रतीक्षा! बाकी फैसले के बाद बैठकर सोचेंगे।''

बाद दोपहर बहस हुई।

साधूसिंह बड़े धैर्य से बहस सुनता रहा। बाबूजी ने जो भी नुक्ते उठाये, साधूसिंह उन्हें नोट करता रहा।

बाबूजी ने जब कहा कि दोषियों का नाम रिपोर्ट में नहीं है, तो साधूसिंह ने ''समाचार-पत्रों में तो है,'' कहकर टोक दिया।

बाबूजी साधूसिंह की इस गैर-कानूनी टिप्पणी पर खीझ उठे।

''जज मिसल से बाहर नहीं जा सकता।'' नन्दलाल ऊपरी अदालतों के हवाले दे-देकर साधूसिंह की धारणा बदलने की कोशिश करने लगा।

"मैं मिसल से बाहर जाऊँगा। इन फैसलों को नहीं मानूँगा।"

साधूसिंह पर इस बहस का कोई असर नहीं हुआ। वह अपने नुक्ते पर अड़ा हुआ था।

नन्दलाल उससे बहस ही कर सकता था। वही उसने की। जज यदि कानून नहीं मानता, तो नन्दलाल पत्थर तो मार नहीं सकता। वह खामोश हो गया।

साधूसिंह में यही नुक्स था। जहाँ कानून कमजोर-सा पड़ता और मुलजिम कमजोरी का लाभ उठाने लगता, साधूसिंह वहाँ चट्टान बन अड़ जाता। वह अपना तर्क देकर नया कानून गढ़ सकता था। सफाई पक्ष वाले हाईकोर्ट के चक्कर काटते घूमते रहें।

यही सब वह अब कह रहा था।

रिपोर्ट दर्ज हुए छः दिन हो चुके। इन छः दिनों में पुलिस को सैकड़ों नये सबूत मिल चुके थे। जज सबूतों को नजरअन्दाज करने के लिए आँखों पर पट्टी क्यों बाँधे? वह अपनी आँखें व कान खोलकर रखेगा। यदि अपने साधनों के माध्यम से उसे किसी तथ्य का पता चलेगा तो सच पर पहुँचने के लिए उस तथ्य का प्रयोग करेगा ही। कानून चाहे जो कहता रहे।

साधूसिंह अकेली रिपोर्ट को आधार मानकर फैसला नहीं कर सकता था। पूरी सच्चाई जानने के लिए उसे पूरी मिसल की जरूरत थी।

सरकारी वकील को आदेश हुआ। कल वह तैयार होकर आये व अपना पक्ष पेश करे।

कोई अन्तरिम फैसला नहीं। कल सीधा अन्तिम फैसला किया जाएगा।

छब्बीस

होश में आते ही नेहा को पल्लवी के घर बेचैनी होने लगी।

इस घटना से पहले नेहा अपने घर कम, पल्लवी के घर अधिक रहती थी। पल्लवी की मम्मी कॉलेज में प्रोफेसर थी। उसके पिता टेलीफोन एक्सचेंज में इंजीनियर थे। सुबह से शाम तक वे घर से बाहर रहते थे।

पल्लवी अधिकतर घर में अकेली रहती थी। घर के शान्त माहौल का दोनों खूब फायदा उठातीं।

दोनों सहेलियाँ 'सहयोग संस्था' की युवा शक्ति इकाई की, सक्रिय कार्यकर्ता थीं। संस्था की अधिकतर कार्रवाईयों की जिम्मेदारी युवा शक्ति के कन्धों पर थी।

पल्लवी के घर बैठकर वे इन जिम्मेदारियों को निपटाने की योजनाएँ बनाती रहतीं।

'सहयोग संस्था' की स्थापना माता कल्याणी जी ने की थी। उनका दावा था कि वह भगवान शिव की आदि शक्ति माँ पार्वती का अवतार थीं। उनका अवतार जन-कल्याण के लिए हुआ था। उनका कहना था कि गर्भ के 75 दिन के बाद जीव में आत्मिक शक्ति का प्रवेश होता है। यह शक्ति मानव के तालु द्वारा प्रवेश करती थी। शरीर के सातों केन्द्रों में से होकर उन केन्द्रों द्वारा संचालित अंगों को क्रियाशील करती थी। बाकी बची शक्ति आखिरी मूलाधार चक्कर में कुण्डली लगाकर बैठ जाती है। योग साधना द्वारा इस सुप्त शक्ति को जागृत किया जा सकता था। जागृत शक्ति मूलाधार चक्कर से उठकर तालु की ओर उत्थान करती थी। इस उत्थान के दौरान वह बीच में आते चक्करों को शक्ति प्रदान करती थी। नयी शक्ति प्राप्त करके अंग फिर शक्तिशाली हो जाते थे। आत्मा का अपने मूल स्रोत परमात्मा से सम्पर्क में, मानव को परमानन्द प्राप्त होता था। रूहानी पुंज उसके चेहरे पर सूर्य की तरह चमकने लगता था।

धार्मिक ग्रन्थों के अनुसार कुण्डलिनी शक्ति का जागरण घोर कठिन तपस्या व कठिन योग साधना के बाद होता है। मिथकानुसार बहुत कम ऋषियों को इस सिद्धि की प्राप्ति हुई थी।

माताजी ने अपनी कुण्डलिनी का जागरण तो किया ही था उन्होंने औरों की कुण्डलिनी शक्ति को जागृत करने का भी रास्ता निकाल दिया था। उनका योग कोई छल-फरेब नहीं था। माताजी के अनुयायियों को कुण्डलिनी जागृत होने का अनुभव अपनी अँगुलियों व हथेलियों पर होता था। योग साधना के दौरान अँगुलियों और हथेलियों में से ठण्डी तरंगें निकलती थीं। जैसे-जैसे कुण्डलिनी-माँ का उत्थान होता, वैसे-वैसे तरंगों की ठण्डक बढ़ती जाती थी।

इस प्रत्यक्ष प्रमाण के कारण संस्था में तेजी से विस्तार हो रहा था।

नेहा को यह लगन पल्लवी से लगी थी।

और पल्लवी को दिल्ली रहते अपने मामाजी से।

हर वर्ष ग्रीष्मावकाश बिताने के लिए पल्लवी ननिहाल जाती। गत वर्ष मामाजी ने उसे थियेटरों व डिजनीलैण्ड की जगह माताजी के आश्रम की सैर करायी थी। उन दिनों माताजी दिल्ली आयी हुई थीं। ध्यान-शिविर उनकी अपनी देख-रेख में चल रहा था। मामा जी का पूरा परिवार लगन के साथ शिविर में व्यस्त था।

इन दिनों इस पुरातन भारतीय परम्परा को सुरजीत करने की कोशिश जोर-शोर से चल रही थी। ध्यान-साधना लोगों को आकर्षित कर रही थी। नये-नये साधू नयी संस्थाओं की स्थापना कर, लोगों को योग-साधना के लिए प्रेरित कर रहे थे।

समाचार-पत्रों में मुफ्त में लग रहे ध्यान शिविरों के बड़े-बड़े इश्तिहार प्रकाशित हो रहे थे। टेलीविजन पर योगी महात्मा व उन किस्मत वाले लोगों के साक्षात्कार आ रहे थे, जिन्होंने योग-साधना द्वारा हैरान करने वाले लाभ प्राप्त किये थे।

पल्लवी योग साधना के रहस्यों को जानने के लिए लालायित थी। मायानगर में ऐसी कई संस्थाओं की चर्चा थी। लेकिन पढ़ाई की व्यस्तताओं व साथी की कमी के कारण वह अभी तक इस ज्ञान से कोरी चली आ रही थी।

अवसर मिलते ही पल्लवी ने अपना तन व मन योग-साधना में लगा दिया।

लोग सच कहते हैं। ध्यान साधना में अलौकिक शक्ति थी। ध्यान की प्रत्येक बैठक के बाद पल्लवी को अपने-आप में बदलाव महसूस होता। प्रत्येक स्तर से वह ऊपर उठ रही थी।

इस बार दिल्ली से लौटी पल्लवी पहले जैसी न थी। सहेलियाँ उसमें आये परिवर्तन को महसूस कर रही थीं। पहले की भाँति उसका स्वभाव चिड़चिड़ा न रहा था। अब वह शरारतें करके अध्यापक व विद्यार्थियों की वृत्ति भंग न करती थी। उसकी नजर ब्लैक-बोर्ड पर जमी रहती। लेक्चर उसे समझ आने लगे थे। घरेलू-परीक्षाओं में उसकी स्थिति में सुधार हुआ था। वह चंचल व मिलनसार हो गयी थी। उसकी सहेलियों का घेरा बढ़ गया। पहले की भाँति कैण्टीन में बैठकर डोसे-बरगर ही नहीं खाती थी। पुस्तकालय में बैठकर वह सहेलियों को योग-आसन व ध्यान लगाने की विधि व उसकी उपयोगिता समझाती थी।

खेल-खेल में नेहा ने पल्लवी से ध्यान लगाना सीख लिया। उसे भी ध्यान में किसी अलौकिक शक्ति का अस्तित्व महसूस होने लगा। जो परिवर्तन पल्लवी में आये, वही नेहा स्वयं में महसूस करने लगी।

'सहयोग संस्था' की इकाई तीन वर्ष से मायानगर में चल रही थी। एक अध्यापक व उसकी पत्नी ने माताजी के सन्देश को घर-घर पहुँचाने का बीड़ा उठा रखा था। प्रत्येक रविवार वह अपने घर कुण्डलिनी जागृत करने का अभ्यास कराते थे। लेकिन वे लोगों को प्रभावित करने में सफल न हो रहे थे। सहयोगियों की संख्या दस-बारह से अधिक न थी। दो नये आते, तो तीन पुराने छोड़ भी जाते थे। निराश हो चुका संचालक बार-बार माताजी से विनती कर रहा था। माताजी अपने चरण-स्पर्श से मायानगर की धरती को पावन करें। वहाँ की जनता को आशीर्वाद दें। माताजी उसे टाल रही थीं। उन्हें सही समय की प्रतीक्षा थी।

पिछले शिविर के दौरान उन्होंने अपने भगत की पीठ थपथपायी थी। अब 'सहयोग' का मायानगर में बढ़ने-फूलने का समय था।

माताजी ने पल्लवी को आशीर्वाद दिया, वह मायानगर में युवा शक्ति का गठन करे।

युवा शक्ति का गठन होते ही संस्था में नया जोश भर गया। संस्था दिन-रात उन्नति करने लगी।

पहले युवा लड़कियों ने संस्था में प्रवेश लिया। उनसे प्रेरित होकर उनके माता-पिता आने लगे। माता-पिता आगे फिर अपने परिचितों को लाने लगे।

पहले सत्संग संस्था के जनक कहे जाने वाले अध्यापक के घर में ही होता था। भार बँटवाने के लिए यह जिम्मेदारी सहयोगियों ने परस्पर बाँट ली। प्रत्येक रविवार को नये सदस्य के घर में सत्संग होने लगा। इसका एक लाभ हुआ कि सदस्यों के पड़ौसी संस्था से जुड़ने लगे।

कुछ वकीलों, इंजीनियरों व उद्योगपतियों के 'सहयोग' में शामिल होने से आर्थिक कमी दूर हो गयी।

सहयोगियों की सदस्यता दिन-प्रतिदिन बढ़ती जा रही थी। सदस्यों के घर सत्संग के लिए छोटे पड़ने लगे। अपने निजी आश्रम की आवश्यकता महसूस होने लगी।

आश्रम का विचार आते ही दानियों ने दान के ढेर लगा दिये। देखते ही देखते आश्रम का निर्माण हो गया।

सहयोगियों को आशा थी, यह सब माताजी के आशीर्वाद से ही हो रहा था। नहीं तो पापियों की इस नगरी में कोई भिखारी को पाँच पैसे तक नहीं देता था।

आश्रम की देख-रेख की जिम्मेदारी युवाशक्ति के हाथ में थी। और युवाशक्ति पल्लवी व नेहा के हाथ में।

सामूहिक सहयोग रविवार को होता। मूर्ति स्थापना से लेकर चाय-पानी तक की सेवा की जिम्मेदारी उनके सिर होती। हँसती-उछलती, चिड़ियों की भाँति चहचहाती वे माहौल को रंगीन बनाये रखती थीं।

संस्था के कार्य में व्यस्त दिनभर वे इकट्ठी रहतीं। अलग होकर उन्हें एक-दूसरी की याद सताने लगती। वे स्वयं को दो शरीर व एक आत्मा कहने लगी थीं।

अब जब नेहा का शरीर जख्मी हुआ, पल्लवी की आत्मा अधूरी रह गयी।

नेहा के परिवार पर पड़ा संकट, अकेले उस परिवार का संकट नहीं था। सारे सहयोग परिवार पर पड़ा संकट था।

थाने, कचहरी, अस्पताल प्रत्येक जगह सहयोगियों ने उनके लिए दौड़-धूप की थी।

यह एक सहयोगी परिवार ही था जो नेहा को अपनी छाती से सटाकर बैठा था। यह परिवार नेहा पर कोई अहसान नहीं कर रहा था। यह माताजी का फरमान था। सारे सहयोगी माताजी के बेटे-बेटियाँ थे। परस्पर बहन-भाई। परिवार के एक सदस्य का कष्ट, परिवार का कष्ट था।

पल्लवी का परिवार माताजी के उपदेश को क्रियात्मक रूप दे रहा था।

सत्ताईस

यूनिवर्सिटी में हड़ताल चल रही थी। इसलिए पल्लवी घर रहती। पल्लवी की मम्मी का कॉलेज भी बन्द था। हाजरी लगाकर वह घर लौट आती थी। पल्लवी के पापा की ड्यूटी का कोई निश्चित समय नहीं था। मशीनरी में कोई खराबी आ जाने पर उसे रात को भी बुला लिया जाता था। इस दिक्कत से बचने के लिए उसने पाँच दिन का अवकाश ले लिया। जब तक नेहा अच्छी तरह सँभल नहीं जाती, वह घर रहकर उसकी देख-भाल करेगा।

पहले दो दिन नेहा ने न कुछ खाया, न पीया। कमल को याद करती वह आँसू बहाती रही। अपने शरीर पर पड़े निशान देखकर लाल-पीली होती रही। माँ-बाप की दुर्दशा सुन-सुनकर तड़पती रही।

पल्लवी के परिवार के सभी सदस्य उस पर झुके हुए थे। माताजी के उपदेश में से हवाले दे-देकर वे उसे समझाने की कोशिश कर रहे थे।

अब नेहा को सब उपदेश झूठे लगते। कभी-कभी उसे माताजी भी झूठी लगती थीं।

ध्यान-साधना शुरू करने से पहले व बाद में, प्रत्येक सहयोगी एक बन्धन लिया करता था। इस क्रिया के दौरान वह सात बार माताजी से अपने शरीर के सातों चक्रों की सुरक्षा की माँग करता था। माताजी इस प्रार्थना को स्वीकार करके सहयोगी को सुरक्षा प्रदान करती थीं। इस सुरक्षा को माताजी ने दुर्गा कवच का नाम दिया था। इस कवच की ओर दुनिया की कोई भी बुरी ताकत नजर नहीं डाल सकती थी। नेहा ने इस प्रार्थना में कुछ बढ़ोतरी की थी। अपनी सुरक्षा के बाद वह अपने परिवार की सुरक्षा की माँग करती थी। फिर समस्त विश्व की। वह माताजी से पूछ रही थी, उसकी लाड़ली बेटी का कवच शीशे की भाँति क्यों टूट गया? उसके भाई को सुरक्षा क्यों नहीं मिली? उसके परिवार को किस पाप की सजा दी गयी थी? माताजी ख़ामोश थीं।

सहयोगियों की एक और धारणा थी। माताजी सहयोगी के प्रत्येक प्रश्न का उत्तर देती थीं। प्रश्न मन में धारण करके कार्यों में व्यस्त हो जाओ। देर-सवेर माताजी स्वयं उस प्रश्न का उत्तर सुझा देती थीं। पहले इस धारणा का प्रचार पल्लवी करती थी। फिर नेहा करती रही। वह झूठा प्रचार नहीं करती थी। उसे तो प्रश्नों का उत्तर मिलता रहा था।

अब वह बारम्बार माताजी से प्रश्न पूछ रही थी। लेकिन उसे उत्तर नहीं मिल पा रहा था।

माताजी की इस खामोशी पर नेहा को कमल की याद आने लगती।

वह कहता था प्रश्नों के उत्तर कोई अलौकिक शक्ति नहीं देती। कोई व्यक्ति मन में पैदा हुई शंकाओं का समाधान एकाग्र मन होकर सोचने लगे, तो दिमाग भीतर संचित ज्ञान भण्डार के आधार पर उत्तर सुझा देता है। कोई इन उत्तरों को आत्मा की आवाज कह ले, या माताजी की ओर से दिया आदेश, कोई फर्क नहीं पड़ता। दुर्गा-कवच की धारणा को भी वह मनोवैज्ञानिक चालाकी कहता था। प्रार्थना व्यक्ति को विश्वास दिलाती है कि वह सुरक्षित है। बस, वह निडर हो जाता है। दुर्गा कवच डालकर चलनेवाले व्यक्ति के लाभ-हानियाँ भी उतने ही होते हैं, जितने साधारण आदमी के।

पल्लवी के कहने पर नेहा ने एक-दो बार ध्यान लगाने की चेष्टा की। उसकी हथेलियों में से निकली ठण्डी तरंगें गायब थीं।

जब उसे गुस्सा आता, पूरे शरीर में से सेक आने लगता था। उसके शरीर में से गर्म लहरें निकलने लगतीं। माताजी कहती थीं—गर्म हवाएँ बुरी आत्माओं में से निकलती हैं।

तो क्या नेहा रात ही रात बुरी आत्मा बन गयी?

नेहा के साथ जो घटित हुआ, उसमें नेहा का कसूर न था। जो कुछ भी हुआ, उसकी इच्छा के विपरीत हुआ। अयाचित घटना की सजा उसे क्यों दी जा रही थी? माताजी तो सर्वज्ञ थीं। उन्हें नेहा को बुरी आत्मा बनने से रोकना चाहिए था।

जैसे ही वह माताजी की किसी धारणा पर एतराज करतीं, उसे कमल की याद आ जाती थी।

वह अकसर कहता, नेहा शान्त माहौल में पली-बढ़ी थी। दुःख-तकलीफ कभी उसके पास फटके तक न थे। उसकी हर बात पूरी होती। नेहा ने सुख ही सुख देखे थे। उसे तंगी व तकलीफ का कोई अनुभव न था। यही स्थिति पल्लवी की थी। इसलिए उनके मन शान्त थे। मन शान्त हों तभी शरीर शान्त रहते हैं। शान्त तन में से ठण्डक ही निकलती थी। अभ्यास व मजबूत इच्छा-शक्ति के कारण शरीर में से ठण्डी तरंगों का अनुभव अलौकिक बात नहीं थी।

तो क्या नेहा के शरीर की ठण्डक को उसकी बेचैनी ने हर लिया था?

कमल ठीक था या माताजी? उसे कुछ भी समझ नहीं आ रहा था।

उसे तो अपनी आध्यात्मिक शक्ति खो जाने का गम था।

अट्ठाईस

नेहा ने अपने मन की शंकाओं को छुपाकर नहीं रखा। पल्लवी व उसके माता-पिता के साथ उसने इन शंकाओं पर चर्चा की थी।

नेहा का स्वयं से उठा विश्वास पल्लवी के माता-पिता के लिए चिन्ता का विषय था।

नेहा जिस अन्धे कुएँ में जा गिरी, उसमें से कोई उसे बाहर निकाल सकता था, तो उसके धार्मिक विश्वासों में वापसी ही।

नेहा को रास्ते पर लाने के लिए पल्लवी के माता-पिता ने प्रयत्न तेज कर दिये।

पल्लवी ने केन्द्र के प्रधान से बात की। इस रविवार को कमल की आत्मा की शान्ति व परिवार की कुशलक्षेम के लिए सामूहिक प्रार्थना की जाए।

सहयोग सामूहिक प्रार्थना को महत्त्व देता था। सभी सहयोगियों की ओर से की गयी प्रार्थना, माता-पिता को तुरन्त स्वीकार हो जाती थी। जब किसी सहयोगी की निजी प्रार्थना स्वीकार नहीं होती थी, तो सारे सहयोगी इकट्ठे होकर माताजी को पुकारते थे। ऐसी कई सामूहिक प्रार्थनाओं के बाद कई लोगों के घर पुत्ररत्न पैदा हुए। कई लोगों के बेटे-बेटियों की शादी हो गयी थीं।

नेहा संस्था की सक्रिय सदस्या थी। मुसीबत के समय उसकी सहायता होनी ही चाहिए।

प्रधान को इस प्रार्थना पर एतराज न था। इस तरह की चर्चा वह पहले भी कर चुका था।

कुछ सहयोगियों को नेहा के अपवित्र होने के बाद केन्द्र में आने पर एतराज था। इस तरह केन्द्र की पवित्रता भंग होती थी। प्रधान ऐसे रूढ़िवादी सहयोगियों को समझाने का यत्न कर रहा था। उसे सफलता मिलने की पूरी आशा थी।

पल्लवी ने युवाशक्ति के एक-एक सदस्य से बात की। उनके लिए नेहा सीता की तरह पवित्र थी।

पल्लवी के माता-पिता ने अपने परिचित सहयोगियों की राय ली। वे पहले ही नेहा के परिवार की भलाई के लिए सुबह-शाम प्रार्थनाएँ करते थे। सामूहिक प्रार्थना होनी ही चाहिए। सभी की एक राय थी।

आश्रम में जाने को नेहा का दिल नहीं कर रहा था।

वह केन्द्र में गयी तो प्रत्येक सहयोगी उसके पास आएगा। घटना की जानकारी पूछकर उसके दिल के जख्मों को फिर दुःखाने लगेगा।

पल्लवी ने जोर डाला। उसके माता-पिता ने समझाया। माहौल बदल जाएगा।

मन और हो जाएगा। ध्यान परमात्मा की ओर लगेगा। खोयी हुई आध्यात्मिक शक्ति फिर से प्राप्त होगी।

नेहा आश्रम में सबसे पहले पहुँचा करती थी। अपनी निगरानी में दरियों-गलीचों की सफाई कराती। डोली बनाकर माताजी की मूर्ति की स्थापना करती थी। फूलों व अगरबत्तियों से सारे हॉल की सजावट करती थी। आखिरी सदस्य के आश्रम में रहने तक मृगी की भाँति उछलती-कूदती रहती थी।

वह चुपके से एक कोने में जाकर बैठ गयी।

नेहा को आशा थी कि कार्रवाई चला रही संचालिका, काफी देर बाद आने पर, उसका स्वागत करेगी। केन्द्र की यह प्रथा भी थी।

पहली पंक्ति संचालक, भजन-मण्डली व आरती त्रिवेणी के लिए सुरक्षित थी। नेहा आरती वाली त्रिवेणी की स्थायी सदस्या थी। सत्संग के अन्त में माताजी की आरती उतारी जाती थी। आरती तीन औरतों द्वारा उतारी जाती थी। आरती में शामिल होने वाली औरत स्वयं को भाग्यशाली मानती थी। आरती विधि के अनुसार होती थी। यह विधि नेहा निभाती थी। शेष दो औरतें संगत में से होती थीं। नेहा के पीछे लगकर आरती करती थीं।

नेहा को आशा थी, स्वागत के बाद संचालिका उसे प्रथम पंक्ति में बैठने के लिए बुलाएगी। उसकी आरती वाली त्रिवेणी की स्थायी सदस्यता बहाल की जाएगी।

नेहा को बैठे आधा घण्टा बीत गया। संचालिका ने उसे बैठे हुए देख लिया था। पल्लवी पहली पंक्ति में बैठी थी। वह कई बार संचालिका के कान में खुसर-फुसर कर चुकी थी। लेकिन संचालिका की ओर से कोई सक्रियता नहीं दिखाई गयी।

सब कुछ भुलाकर नेहा ने ध्यान लगाने का यत्न किया।

आँखें बन्द होते ही विनाश का वही महादृश्य नेहा के आगे सुरजीत होने लगा। एक राक्षस उसका चीरहरण कर रहा था। दूसरा कमल को तसीहे देकर मार रहा था। तीसरा उसकी माँ को घसीट रहा था। चौथा उसके पिता की हत्या कर रहा था। चारों ओर खून था। बर्बादी थी, और क्रन्दन था।

आँसू भरी आँखों को नेहा ने तुरन्त खोल लिया।

पल्लवी व उसके माता-पिता के दबाव डालने के बावजूद न नेहा को पहली पंक्ति में बैठाया गया, न ही उसके परिवार के लिए सामूहिक प्रार्थना की गयी।

संचालिका अपने ध्यान को आज्ञा चक्र पर केन्द्रित कर रही थी। ध्यान केन्द्रित करके उन्हें माताजी के पास प्रार्थना करनी थी। उनके गुस्से व अहंकार को हर लिया जाए। माताजी का दावा था, इस भावना के पैदा होते ही सहयोगी का गुस्सा काफूर हो जाता है। दिमाग ठण्डा हो जाता है।

नेहा को आरती के लिए न बुलाया गया तो उसका आज्ञा चक्र गुस्से से सुलगने

लगा। उसकी हथेलियों में से सेक निकलने लगा। सभी सहयोगी उसे अहंकारी व पाखण्डी लगे। किसी ने भी उसकी जख्मी भावनाओं को पुचकारने का यत्न न किया था। बल्कि जान-बूझकर उसे नजरअन्दाज किया गया था।

आरती आरम्भ होने से पहले ही वह उठकर चल दी।

तरस व नफरत-भरी सैकड़ों आँखों का सामना करने की उसकी हिम्मत नहीं थी।

पल्लवी व सहयोगी ध्यान में मग्न थे। किसी को भी नेहा के बाहर जाने का पता न चला।

पल्लवी के घर जाकर नेहा को क्या करना था!

जब सहयोग ही उसे नहीं अपना रहा, और कौन उसे अपनाएगा?

वह इस जिल्लत-भरी जिन्दगी से मौत को तरजीह देने लगी।

नेहा ने अपना मुँह रेलवे लाइन की ओर कर लिया।

मायानगर की रेलवे लाइनों पर कोई न कोई गाड़ी आती-जाती रहती थी।

रास्ते में उसे कई बार भ्रम हुआ। जैसे कमल उसका पीछा कर रहा था। उसे आवाजें लगा रहा था।

हर बार वह पीछे की ओर देखती। कहीं कुछ न था।

"धृतराष्ट्र अन्धा था। यह उसकी मजबूरी थी। लेकिन आँखें होते हुए भी आँखों पर पट्टी बाँधने की गान्धारी की क्या मजबूरी थी?"

एक बार कमल ने नेहा से यही प्रश्न पूछा था।

फिर स्वयं ही उसने उत्तर दिया। यह गान्धारी का अपने कर्तव्यों से पलायन था। यदि वह आँखें खोलकर रखती तो कभी महाभारत न होता।

कमल आज फिर जैसे उससे यही प्रश्न पूछ रहा था।

कमल को कत्ल कर दिया गया। यह कमल की मजबूरी थी। नेहा जीवित होते हुए भी क्यों मर रही थी? यदि वह मर गयी, पीछे एक और महाभारत हो जाएगा। उनके माता-पिता भटककर मर जाएँगे। कमल के कातिल बरी हो जाएँगे।

नेहा ने स्वयं को सँभाला। उसने अपनी आँखों पर बँधी पट्टी खोल दी। मन ही मन उसने कमल से वायदा किया। वह हर कीमत पर अपना फ़र्ज़ अदा करेगी।

नेहा ने दिशा बदली। वह दयानन्द अस्पताल की ओर चल दी।

उनतीस

वेद सात दिन बेहोश रहा था।

तीन दिन से वह होश में था। होश में रहकर भी वह बेहोशी में था। उसके दोनों हाथों, बाँहों, पैरों व टाँगों पर पलस्तर था। तारें जबड़े को खुलने नहीं दे रही थीं। न वह बोल सकता था न लिखकर समझा सकता था।

होश में आने के बाद वह देर तक रोता रहा। इन तीन दिनों में कमल, नीलम या नेहा कोई भी उसका हाल पूछने नहीं आया। कमल के बारे में उससे छुपाया गया था। रामनाथ हजार बार कहता रहे सब ठीक था, लेकिन वेद समझ रहा था कि कुछ भी ठीक नहीं है।

पहली बार नेहा उसके सामने आयी तो उसकी गंगा-यमुना ही बह चली। न वह नेहा का सिर पलोस सकता था, न उसे छाती से लगा सकता था। वह केवल आँसू बहा सकता था, और नीर बहा भी रहा था।

डॉक्टरों की सलाह तथा अपनी पीड़ा की परवाह किये बिना, वेद ने कमल की हालत जानने के लिए अपना मुँह खोल दिया।

कमल का नाम वेद की जुबान पर आते ही नेहा की चीखें निकल गयीं।

वह समझ गया। ऊँचे-ऊँचे चिल्लाने लगा।

वेद के जबड़े में से खून बहने लगा। थोड़ी जुड़ी हड्डी के टूट जाने की आशंका बढ़ गयी। लेकिन बिना परवाह किये वेद खुलकर कमल के लिए रोता रहा। जोर से रोने के कारण जैसे उसकी खून वाली नाड़ियाँ सुन्न हो गयीं। बहता खून, या हो रहा दर्द, उसे महसूस नहीं हो रहा था।

वेद को बेकाबू देखकर नर्स बेहोशी का टीका लगा गयी।

कुछ देर तड़पकर उसका तन-मन शान्त हो गया।

वेद के इस रुदन ने उसकी सेहत का कबाड़ा कर दिया। जख्मों में इन्फैक्शन हो गया। तारें मांस में धँस गयीं। जुड़ी हड्डियाँ फिर अलग-अलग हो गयीं।

छुट्टी मिलने की सम्भावना दो सप्ताह के लिए और आगे बढ़ गयी।

तीस

पुलिस ने पंकज वगैरह को अग्रिम जमानत के फैसले तक न पकड़ने का भरोसा दिया था। पुलिस अपने वादे पर कायम थी।

लेकिन मुलजिम कोई जोखिम नहीं उठा रहे थे। वे पुलिस की नजर से बचने के लिए घण्टे-घण्टे के बाद जगह बदल रहे थे।

नन्दलाल ने भी उन्हें भरोसा दिया। कानून दिखाकर, बहस करके, उसे चार-पाँच दिन के लिए अग्रिम जमानत मंजूर करा लेनी थी। मुलजिमों को पुलिस के पास जाकर तफ़तीश में शामिल होने, तथा पुलिस की शंका दूर करने का आदेश करा सकता था। एक बार वे तफ़तीश में शामिल हो गये तो उनकी पक्की जमानत कोई नहीं रोक सकता।

पंकज वगैरह नंग-मनंग तो थे नहीं कि शहर छोड़कर भाग जाएँगे। करोड़पति थे। जब पुलिस को उनकी जरूरत ही नहीं थी, फिर उन्हें जेलों में बन्द रखने का मतलब? मुकदमे की सुनवाई के दौरान अदालत में हाजिर रहने के लिए वे विश्वसनीय जमानत देने को तैयार थे। जो भी फैसला होगा, सिर माथे। सजा हुई, जेल जाएँगे। इज्जतदार आदमियों को बिना मतलब जेल में बन्द नहीं रखा जा सकता। कानून यही कहता है।

नन्दलाल की इस हौसलाअफजाई के मद्देनजर दोषी जाँच में शामिल होने की योजना बना रहे थे। पुलिस तुरन्त तफ़तीश में उन्हें शामिल करने के लिए सहमत हो चुकी थी। पूछताछ-जाँच में किसी को कोई दिक्कत न हो, इसलिए पुलिस की ओर से एक सुझाव आया। वैसे यह कानून है कि पूछताछ के दौरान दोषी एक डॉक्टर व एक वकील को अपने साथ रख सकता है। पुलिस को इस कानून का पालन करने में एतराज न था। परन्तु हालात को ध्यान में रखते हुए यदि अदालत से नये आदेश करा लिये जाएँ, तो ठीक रहेगा। पत्रकार हड़काये हुए घूम रहे थे। कोई भरोसा नहीं पूछताछ के दौरान कैमरे लेकर आ जाएँ। उनकी उपस्थिति में पुलिस को सख्ती करनी पड़ सकती है। डॉक्टरों व वकीलों की उपस्थिति में पुलिस को नर्म रहना था। पत्रकार भी न्यायालय के आदेश का उल्लंघन नहीं कर सकते। पूछताछ निर्विघ्न हो जानी थी।

पंकज सिविल सर्जन को भरोसे में लेने की कोशिश कर रहा था। कौन-सा डॉक्टर नियुक्त किया जाए, उसके नाम का सुझाव दे रहा था।

लेकिन अर्जी साधूसिंह के कार्यालय में लगने से अग्रिम जमानत के एक दिन के लिए टलने की खबर ने सभी के सिर में सौ घड़े पानी डाल दिया।

नये सिरे से नयी योजनाएँ गढ़ी जाने लगीं।

अजय को नन्दलाल की ओर दौड़ाया गया। विनय को सिंगला की ओर।

नन्दलाल ने अपने सुझाव अजय को बता दिये। सिंगला का कुछ काम बाकी था। वह लगभग घण्टे तक उनके पास पहुँच रहा था।

सिंगला के आने से पहले यार-दोस्त आपस में विचार-विमर्श करने लगे।

नन्दलाल के अलावा प्रत्येक यही कह रहा था कि साधूसिंह सगे बाप का कहना नहीं मानता। लेकिन नन्दलाल जोर दे रहा था कि साधूसिंह तक पहुँच की जाए। उसने सिफारिशियों के नाम भी बताये थे।

एक सिफारिश, पटियाला से साधूसिंह के समधी की थी।

दूसरी भटिण्डा से उसके साला साहिब की।

नन्दलाल ने यह भी दावा किया था कि ये नाम सुनें-सुनाये नहीं। इन सिफारिशों को नन्दलाल परख चुका था। लोगों को क्या पता, भीतर ही भीतर क्या होता था? समझदार जज एकाध केस में पैसे लेता है। उसी में से साल भर का खर्च निकल जाता है। पंकज का केस साल भर का खर्च निकालनेवाले केसों की परिधि में आता था।

नन्दलाल जोर दे रहा था। दोनों में से किसी एक रिश्तेदार को पकड़ लो।

साधूसिंह के रिश्तेदारों तक पहुँच की जाए या नहीं। इस चक्र में से निकलने के लिए सिंगला की प्रतीक्षा होने लगी।

अब तक सिंगला के विचार अधिक वजनदार सिद्ध हुए। वह जो भी कहता, सच निकलता था। बाबू पैसे भी बटोर रहा था, कुछ पल्ले भी नहीं पड़ रहा था।

तारीख नजदीक थी। समय कम था। उन्हें कई जगह पहुँच करनी थी।

सिंगला के पहुँचते ही उन्होंने प्रश्नों की झड़ी लगा दी।

सिंगला सोच-विचार कर उत्तर दे रहा था। एक ओर उसे नन्दलाल की चालाकियों को नंगा करना था, दूसरी ओर अपनी चमड़ी बचाकर रखनी थी।

नन्दलाल साधूसिंह तक पहुँच करने का सुझाव क्यों दे रहा था, यह सिंगला अच्छी तरह जानता था। साधूसिंह तक पहुँच होनेवाली नहीं थी। टक्करें मार-मारकर पार्टी अपने-आप पीछे हट जाएगी। बाद में अर्जी के नामंजूर होने पर नन्दलाल को यह कहकर पीछा छुड़ा लेना था कि अब मैं क्या करूँ? सिफारिशों के बिना ऐसे काम नहीं हो सकते। यदि पार्टी ने डोर नन्दलाल के ऊपर गिरा दी तो उसकी पाँचों अँगुलियाँ घी में हो जाएँगी। अपने आदमी के द्वारा सिफारिश कराने के बहाने वह अच्छी रकम ऐंठ लेगा।

अकेला नन्दलाल ही इस तरह नहीं कर रहा था। अपनी साख़ बनाये रखने के लिए हरेक वकील को ऐसा करना पड़ता है। सिंगला स्वयं इस सिद्धान्त का खूब प्रयोग करता था।

लेकिन अब उसे अपनी वकालत चमकाने के लिए अपने धन्धे का 'गुप्त-गुर' नंगा करना पड़ रहा था।

दाँतों तले जीभ देकर सिंगला ने नन्दलाल के मनसूबे स्पष्ट किये।

तुरन्त सिंगला को अपनी कमी मारने लगी। कहीं सिफारिश ठीक ही न हो। सिंगला के कहने से वे सिफारिश तक पहुँच ही न कर लें। काम उलटा होना ही था। कहीं सिंगला पर बात न आ जाए।

सोच-विचार करके सिंगला ने मध्य मार्ग अपनाया।

''पटियाला या भटिण्डा भागने की आवश्यकता नहीं। मेरे कई मित्र वहाँ वकालत कर रहे हैं। यहीं बैठे हम उनसे पता कर लेते हैं। आपके बहुत से रिश्तेदार वहाँ होंगे। उन्हें सन्देश दे दो, कोई जानकारी निकालें। यदि बात बनती नजर आएगी, हम जा आएँगे।''

''यह ठीक है। मेरी मौसी पंजाबी बाग पटियाला में रहती है। साधूसिंह के समधी की कोठी का नम्बर सतहत्तर है, उनका सत्तर। सब एक-दूसरे को जानते होंगे।'' अजय ने अपना परिचय निकाला।

''भटिण्डा में मेरे तायाजी हैं। पॉवर कॉलोनी के बाहर उनका कपड़े का शो-रूम है। सारी कॉलोनी वहाँ से कपड़ा खरीदती है। वह सारी जाँच कर लेंगे।'' विनय ने अपनी जानकारी बतायी।

''आप अपने-अपने रिश्तेदारों को फोन करो। उन्हें कह दो एक घण्टे तक रिपोर्ट करें। कुछ बनता है या नहीं। उतनी देर हम आगे की कार्रवाई के बारे में सोचते हैं।''

सिंगला को अपनी योजना के सफल होने पर खुशी थी।

''बताओ और किस-किस तक पहुँच करनी है?'' रिश्तेदारों को फोन करा कर, पंकज ने अगली कार्रवाई के बारे में पूछा।

''जज के बाद आवश्यकता पड़ेगी सरकारी वकील की। पुलिस हमने गाँठ ली। यही बड़े खर्चे हैं। बाकी तो सौ-पचास की मार है। कोई चिन्ता वाली बात नहीं।''

''सरकारी वकील से कौन बात करे?''

''मैं खुद करूँगा। मेरा दोस्त है। आपके सामने होगी बात।''

''देना-लेना क्या होगा?''

''अभी दो-तीन हजार देंगे। बाकी जैसा भी मौका होगा, विचार लेंगे।''

सिंगला जान-बूझकर कम खर्च गिना रहा था। उसे मालूम था, बाबूजी ने सरकारी वकील का कम से कम दस हजार माँगा होगा। वह उसे देगा तो हजार-पन्द्रह सौ ही। शेष वह स्वयं खा जाएगा। शायद वह अब तक सरकारी वकील के लिए पैसे माँग चुका हो। सिंगला ने पहले यह प्रश्न जान-बूझकर नहीं पूछा था। अब इस बारे में पूछने का उचित अवसर था।

"बाबूजी के साथ सरकारी वकील से सम्बन्धित कोई बात हुई?"

"हूँ, हुई थी। वे कह रहे थे सरकारी वकील को दस हजार देना पड़ेगा। पाँच-पाँच सौ नायब कोर्टों का। एक-एक हजार थानेदार व मुंशी का।"

बाबूजी व सिंगला के रेटों में इतना बड़ा अन्तर देख अजय खीझने लगा।

"बाबूजी मेरे उस्ताद हैं। उनकी बुराई करना गुस्ताखी है। लेकिन आप मेरे सायल हैं। आपके हितों की रक्षा मेरा कानूनी फर्ज है। मैं एक बार फिर कह रहा हूँ, बाबूजी की लूट से बचो। सरकारी वकील के नाम पर ले लेगा दस हजार, देगा एक हजार। सरकारी वकील को सब पता होता है। कौन-सी पार्टी कितने पैसे देने लायक है। डर के मारे वह बाबूजी को उलाहना तो देगा नहीं। उलटी बहस करके होश ठिकाने कर देगा। पैसे अपने हाथ से दो। किसी पर विश्वास न करो।"

"आपकी बात सही है। पहले भी देख चुके हैं। अब आपकी बात पर अमल करेंगे। जब किसी अफसर के नाम पर पैसे माँगेगा, कह देंगे सिंगला ने बात कर ली है।"

"वह बहुत समझदार आदमी है। एक-दो बार जवाब मिला तो अपनी कमजोरी भाँप जाएगा। फिर आपकी ओर मुँह नहीं करेगा।"

कामयाबी पर सिंगला ने मन ही मन अपनी पीठ थपथपाते हुए कहा।

बात छोटे-बड़े नुक्तों पर चल रही थी। इसी दौरान बाहर से फोन आने लगे।

पहले पटियाला से फोन आया। सतहत्तर नम्बर कोठी तहसीलदार की थी। नन्दलाल गलत कह रहा था। न वह शराबी था, न कबाबी। पचहत्तर वर्ष की आयु थी उसकी। सारा दिन पाठ करते हुए बिताता था। रिश्वत उसने कभी अपने समय में नहीं ली थी। सन्तुष्ट आत्मा थी। बेटे की लाख रुपया मासिक की प्रैक्टिस थी। बहू-रानी प्रोफेसर थी। परिवार सुखी था। उसे पैसे की भूख नहीं थी।

फिर भी शंका मिटाने के लिए वे तहसीलदार के पास जाकर आये थे। तहसीलदार के साथ उनकी बीस वर्ष से आत्मीयता थी। तहसीलदार ने हाथ जोड़कर माफी माँग ली थी। साधूसिंह धर्मराज के फर्ज अदा कर रहा था। वह साधूसिंह के कार्यों में दखल नहीं दे सकता था।

कुछ समय बाद भटिण्डा से भी रिपोर्ट आ गयी।

साधूसिंह का साला उनका ग्राहक था। वे साले को अच्छी तरह जानते थे। उन्हें पहले से ही साधूसिंह की रिश्तेदारी का ज्ञान था। रिश्तेदारों ने साले के घर जाकर बात की। न उसका दिल इनकार करने को करता था, न मायानगर आने को। उसने शाम तक सोचने का वक्त लिया था।

वैसे उन्होंने पड़ोस से जाँच-पड़ताल कर ली थी। पड़ोसी बता रहे थे, 'पहले भी लोग कई बार यहाँ आये हैं। वह लालची स्वभाव का आदमी है। चीज-वस्तु लेकर

अपने पास रख लेता है। कोठी का चक्कर लगाकर लौट आता है। जज उसकी ज़रा भी नहीं सुनता। बाद में कई पार्टियों के साथ उसका झगड़ा हुआ है। उसके साथ बात करने का कोई लाभ नहीं।

इन रिपोर्टों के साथ सिंगला की साख़ और भी जम गयी।

अन्तिम फैसला लिया गया।

साधूसिंह का नाम तक नहीं लिया जाएगा। दूसरों तक पहुँच करने में कोई कमी नहीं छोड़ी जाएगी।

किससे क्या लेन-देन करना है, आगे से यह सारा काम सिंगला सँभालेगा।

इकतीस

सरकारी वकील की सेवा का प्रबन्ध होटल 'सिटी हार्ट' में किया गया था। पंकज ने उनके लिए एक कमरा आरक्षित रख दिया था।

शाम गहराते ही एक गाड़ी पहले सिंगला के घर गयी। फिर उन्होंने सतिन्दर सिंह को साथ लिया।

रास्ते में सिंगला ने सरकारी वकील के साथ सिग्नल मिलाये। आसामी मोटी थी। मोटी फीस मिलनी थी। पहले सिंगला तीसरा हिस्सा लेता था। आज उसका आधा हिस्सा लेने का इरादा था।

सरकारी वकील की एक शर्त थी। नन्दलाल उसे दस हजार की पेशकश कर चुका था। सिंगला जो भी अधिक दिलाएगा, उसका आधा हिस्सा होगा।

नन्दलाल की ओर से नहले पर दहला देखकर सिंगला हैरान रह गया। गुरु चेले को मात दे गया था। बाजी हाथ से जाती देखकर उसने सरकारी वकील को अँगुली लगा दी।

''बहुत झूठ बोल गया है। वह पार्टी से दस हजार माँग रहा था। आपके किसी सरकारी वकील ने पार्टी को सलाह दी थी कि हजार से ज्यादा नहीं देना। पार्टी को मुझपर विश्वास है। मैंने उनकी खिंचाई की। मैंने कहा एक हजार तो नायब कोर्ट नहीं लेता। यह तो बड़ा सरकारी वकील है। क्लास वन ऑफिसर है। जज उससे पूछकर फैसला करता है। एक और दबका दिया। कहा कि सरकारी वकील जो मुद्दई का वकील होता है। मुद्दई से यदि चौथा हिस्सा भी फीस मिल जाए, वह उसे तरजीह देता है। मुद्दई पक्ष सरकारी वकील के पीछे-पीछे घूम रहा है। सरकारी वकील को

एक पक्ष के साथ बात करनी है। दोनों पक्षों से तो नहीं हथियाना। फिर कहीं जाकर बात बनी है। हम मुफ्त में हिस्सा नहीं माँगते। हमें भी बहुत मगज-खपाई करनी पड़ती है। पार्टी को लाइन पर लाना पड़ता है।''

मुलजिम पार्टी को एक घण्टा ठहरकर बुलाया गया था। उन्हें किसी और का इन्तजार करने की जरूरत नहीं थी।

पहला पैग सतिन्दर को पकड़ाते, सिंगला अपनी वकालत स्वयं करने लगा।

''आप वकील लोग बड़े गुरू होते हैं। आपके गोरख-धन्धे मेरे पल्ले नहीं पड़ते। बाबा, जैसे मर्जी कर लेना।''

सतिन्दर ने दूसरा पैग लेते ही अपने हथियार गिरा दिये।

''तू दस हजार माँगना। मैं पाँच कहूँगा। जहाँ भी टिके टिका लेंगे। लड्डू भुर रहा है। सभी मुँह मीठा कर लेंगे। सोने की मुर्गी है। एक-एक करके अण्डे खाएँगे। अगली पेशी पर फिर झाड़ लेंगे।

सिंगला सरकारी वकील के साथ मिलने के लिए दूसरा पैग बनाने लगा।

''जैसे भी कहेगा, कर लेंगे।''

''नमकहराम न हो। इसकी कोई तरकीब सोचो! क्या लगता है? अर्जी मंजूर हो जाएगी?''

''खाक मंजूर हो जाएगी। इतना गम्भीर मामला है। यह जज मुद्दई का पक्षधर है।''

''फिर हम कौन से मुँह से दस हजार माँगें?''

''हमें अपने काम की फीस लेनी है। खामोश रहने की। बाकी जो मैं कर सकता हूँ, करने के लिए तैयार हूँ।''

''खामोश आपको अदालत में होना है। यहाँ खुलकर बोलो। आप पुराने सरकारी वकील हैं। जमानत मंजूर कराने का कोई ढंग सोचो।''

''एक हल हो सकता है। साधूसिंह ने कहा है मिसल पढ़कर फैसला करेंगे। यदि कल मिसल न आयी, वह फैसला कर देगा। जुबानी वह लाख कहता रहे, लेकिन फैसला करते समय वह मिसल से बाहर नहीं जाएगा। रिपोर्ट में उनका नाम नहीं है। खबरों के आधार पर तो जमानत रद्द होने से रही। अर्जी मंजूर नहीं करेगा तो और क्या करेगा?''

सतिन्दर के इस सुझाव से सिंगला का मन गुलाब की तरह खिल गया। सरकारी वकील को दी जा रही फीस का मोल वसूल हो गया।

''एक बार अग्रिम जमानत स्वीकार हो जाए, फिर हम सँभाल लेंगे। उतनी देर तक मिसल पेश नहीं करेंगे, जब तक जाँच में शामिल हो पुलिस के हाथ खड़े नहीं करा देते। जब पुलिस कहेगी इनकी जाँच पूरी है, तो जज किस आधार पर जमानत

रद्द करेगा?"

"मिसल को कैसे रोका जाए? दूसरी ओर एक वकील पैरवी कर रहा है। यह उसका निजी केस है। सभी कानूनी दाँव-पेंच जानता है। मुझे पता लगा है उसने नायब कोर्ट से नोटिस कटवाकर थाने भिजवा दिया है।"

"थाने में प्रबन्ध कर लो। पहले बता देते, मैं नोटिस रोक लेता। वह वकील सारा दिन मेरे सिरहाने बैठा रहा। रोता रहा। मुझे तरस आ गया। मैंने नोटिस उसी को पकड़ा दिया। अभी कुछ नहीं बिगड़ा। मिसल रोको। जमानत मंजूर कराने का यही ढंग है।"

"हमारा यह काम करो। तफतीशी को फीस दिला देते हैं। मिसल रोको। थाने फोन करो।"

"मुझे छोटे-छोटे कामों में न घसीटो। तफतीशी एक हजार रुपया लेता है। आपने दे दिया तो मिसल नहीं आएगी। उन्होंने दे दिया तो आ जाएगी। कहीं काम रुकने लगेगा तो मैं फोन कर दूँगा।"

"ठीक है। हम वकील हैं। हमारा काम कचहरी तक है। पार्टी की पुलिस से सीधी बात है। उन्हें राय दे देते हैं। इसका प्रबन्ध वे स्वयं करें।"

जमानत कराने के सभी पक्षों पर चर्चा हो चुकी थी। शराब ने असर दिखाना शुरू कर दिया था।

वहाँ बैठे रहने का कोई मकसद न था।

सरकारी वकील जल्दी करने लगा। पंकज के लेट होने पर खीझने लगा।

पंकज कहीं व्यस्त हो गया। उसकी जगह नीरज व विनय आ गये।

नीरज के सामने सिंगला व सरकारी वकील के मध्य तैयार की गयी योजना एक बार फिर दोहरायी गयी।

नीरज ने स्वयं सरकारी वकील की जेब में रुपये डाले।

जो सिंगला ने कहा, दोनों पक्षों ने स्वीकार कर लिया।

होटल में ठहरकर समय बर्बाद करने की आवश्यकता न थी। नीरज तुरन्त मेलू राम के पास जाए। तैयार की गयी योजना के अनुसार मिसल को कचहरी आने से रुकवाए।

बत्तीस

मिसल को रोकना मेलू के बायें हाथ का खेल था। मेलू ने कप्तान से सीधी बात की। कप्तान ने मुख्य अफसर को समझाया।

इस मुकदमे के एक दोषी के चण्डीगढ़ छुपे होने की मुखबरी मिसल में दर्ज की जाए। नरेन्द्रनाथ की निगरानी में एक पुलिस पार्टी तैयार की जाए। रेड के लिए उस पार्टी की रवानगी चण्डीगढ़ डाली जाए। अदालत में एक प्रार्थना-पत्र भेजा जाए। उसमें लिखा जाए, अदालत का आदेश लेट पहुँचा था। हवलदार, मिसल सहित बाहर जा चुका था। और, नयी तारीख दी जाए।

कप्तान से करवाकर मेलू ने मुख्य अफसर को फोन कराया। वह नरेन्द्रनाथ को मेलू की ओर भेज दे।

मेलू ने नरेन्द्रनाथ के लिए एक हजार रुपये पकड़ लिये। दो बोतलें व्हिस्की की मँगा लीं। पिला-पिलाकर वह शराबी को टुन्न कर देगा। दो दिन वह बेहोश रहेगा। मिसल वह कैसे ले जाएगा? मेलू उसे स्वयं चलने लायक रहने ही नहीं देगा।

प्रार्थना-पत्र समय पर नहीं पहुँचना चाहिए। यदि यह समय पर पहुँच गया तो साधूसिंह अर्जी मंजूर कर लेगा। बिना कोई आदेश सुनाए अगली तारीख दे देगा।

यह मसला भी मेलू ने हल कर दिया।

मुंशी के हाथ से सन्देश लिखवाकर मुख्य अफसर के रीडर को दिया गया। सन्देश जज को कब पकड़ाना है, अच्छी तरह समझाया गया।

मेलू ने रीडर को भी डेयरी में बुला लिया। उसकी फीस उसे दी गयी। सेवा-पानी के लिए उसे नरेन्द्रनाथ के साथ बैठाया गया।

रीडर को थोड़ी-सी चुस्ती से काम लेना था। कुछ देर इधर-उधर घूमना था। जब इस केस की सुनवाई हो जाए, तभी पगला-सा बनकर प्रार्थना-पत्र सरकारी वकील को पकड़ाना था। सरकारी वकील से क्षमा माँग ले। फाटक बन्द होने के कारण वह लेट हो गया। कुछ झिड़कियाँ सरकारी वकील से पड़ेंगी। उन्हें सहन कर ले।

पुलिस विभाग को मेलूराम ने सँभाल लिया। मेलूराम भी आखिर हिदायतें स्वयं कहाँ दे रहा था। वह वही करवा रहा था, जो पुलिस कप्तान चाहता था।

तैंतीस

पंकज वगैरह के प्रार्थना-पत्र की सुनवाई सबसे पहले होनी थी।

कचहरी में आज इसी केस की चर्चा थी।

पंकज वगैरह के मित्र व रिश्तेदार सुबह नौ बजे से ही कचहरी पहुँचना शुरू हो चुके थे। तीस-चालीस बड़ी गाड़ियों ने पार्किंग वाली सारी जगह घेर ली थी। पचास-साठ मोटे-ताजे सेठ, हाथों में मोबाइल फोन पकड़े, इधर-उधर घूम रहे थे। कभी भीड़ नन्दलाल के पास जुड़ जाती, कभी सिंगला के इर्द-गिर्द। पंकज का साला मेहमानों को कोका-कोला दे रहा था। अजय का नौकर चाय वाली केतली व बिस्कुट उठाये घूम रहा था। पैरवी करने आये समर्थकों के चेहरों पर तनाव की कोई रेखा न थी। हँसी-मजाक व खाना-पीना चल रहा था। पिकनिक जैसा माहौल था।

दूसरा पक्ष सरकारी वकील के दफ्तर के आगे तैनात था।

रामनाथ सरकारी वकील के दफ्तर में बैठा मिसल की प्रतीक्षा कर रहा था।

बाहर खड़े युवाओं में कुछ पत्रकार थे। कुछ कमल के दोस्त। कुछ नीलम के मायके की ओर से आये रिश्तेदार। इस पक्ष के सभी समर्थक थके-टूटे, हारे-से महसूस कर रहे थे।

थानेदार को मिसल सहित साढ़े नौ बजे सरकारी वकील के दफ्तर पहुँच जाना चाहिए था। मिसल पौने दस बजे तक भी न पहुँची, तो सतिन्दर सिंह ने रामनाथ को सचेत किया। फोन करके थाने से पता किया जाए। देरी का कारण पूछा जाए।

थाने वाले पाँवों पर पानी नहीं पड़ने दे रहे थे। मुंशी के अलावा थाने में कोई नहीं था। मिसल कहाँ है? इस बारे में मुंशी को कुछ भी पता न था।

ठीक दस बजे अदालत की कार्रवाई शुरू हो गयी।

सरकारी वकील ने मजबूरी प्रकट की। थाने से मिसल नहीं आयी थी। कुछ देर प्रतीक्षा की जाए।

प्रतीक्षा करना साधूसिंह का सिद्धान्त नहीं था। मिसल समय पर पहुँचनी चाहिए थी, या सरकारी वकील को एक-पक्षीय आदेश सुनने के लिए तैयार रहना चाहिए।

मामला गम्भीर था। उसे शंका हुई। मुलजिम पार्टी उसकी सख्ती का नाजायज लाभ उठा रही थी। मिसल को जान-बूझकर लेट कराया जा रहा था।

इन्साफ के मद्देनजर, साधूसिंह ने अपना सिद्धान्त तोड़ दिया।

सरकारी वकील की सख्त ताड़ना हुई। वह स्वयं थाने फोन करके पता करे कि मिसल क्यों नहीं पहुँची?

बहस ग्यारह बजे तक टाल दी गयी।

जब मिसल ग्यारह बजे भी न आयी तो साधूसिंह के पास बहस सुनने के अलावा और कोई चारा न था। और आगे तारीख देकर वह स्वयं को मुद्दई पक्ष के साथ नहीं जोड़ सकता था।

नन्दलाल की ओर से कल वाली बहस दोहरायी गयी। नियमानुसार नन्दलाल के बाद सरकारी वकील को बहस करने का अवसर दिया गया। सरकारी वकील के पास मिसल न थी। मिसल के बिना बहस नहीं हो सकती थी। बहस के लिए उसे तारीख चाहिए।

रामनाथ बहस करना चाहता था। वह मृतक का मामा था और मुद्दई पक्ष का वकील। दोनों कारणों से बहस करने का उसका अधिकार था।

सफाई पक्ष के वकील उसे गिद्धों की भाँति पड़ रहे थे। कानून की पुस्तकों के ढेर उन्होंने जज के आगे रख दिये। यह सरकार का केस था। सरकार का पक्ष लेने के लिए सरकारी वकील उपस्थित था। मुद्दई पक्ष के वकील को बोलने का अधिकार न था। सुप्रीम कोर्ट ने एक बार नहीं, सौ बार इस नियम का समर्थन किया।

साधूसिंह रामनाथ को सुनने के लिए तैयार था। लेकिन उसके पास भी पेश करने के लिए रिपोर्ट के अलावा और कुछ न था। रिपोर्ट, नन्दलाल पढ़कर सुना चुका था। रामनाथ को शेष जो भी बताना था, जज उसे फैसले का आधार नहीं बना सकता था। इसलिए रामनाथ का बोलना न बोलना, एक समान था।

पुलिस की इस गैर-जिम्मेदाराना हरकत पर सख्त नाराजगी प्रकट की गयी। अपनी नाराजगी प्रकट करने के लिए मायानगर के डी.आई.जी. को विशेष पत्र लिखवाया। मुख्य अफसर के विरुद्ध विभागीय कार्रवाई की सिफारिश की गयी। अगली पेशी पर मिसल पेश हो, या कप्तान स्वयं पेश हो!

अगली पेशी तीन दिन बाद थी। तब तक दोषियों की अग्रिम जमानत स्वीकार की गयी।

"ले भई, पहली बाजी मैंने जिता दी। अब अपनी नम्रता के साथ जाँच में शामिल हो जाओ। पुलिस जो भी पूछना चाहती है, बता दो। जो भी रिकार्ड माँगती है, दे दो। फिर देखो, अगली पेशी पर किस तरह मैं जमानत स्थायी करवाता हूँ।"

कचहरी से बाहर निकलकर, अपने गिर्द जुड़ी भीड़ को सम्बोधित करते हुए नन्दलाल ने अपनी तारीफ स्वयं ही करनी शुरू कर दी।

"जाँच में शामिल होते समय, वकीलों को साथ ले जाना। एक दोषी अपने साथ एक वकील ले जा सकता है। दो वकील ले जाना। पुलिस पर दबाव बना रहेगा। सिंगला को सारे केस की जानकारी है। इसे जरूर ले जाना। थाने जाने की फीस अलग होती है। सिंगला को दे देना।"

नन्दलाल को हिदायतें करते-करते कचहरी के अर्दली, गनमैन, रीडर, स्टेनो, उन्हें

घेरकर खड़े हो गये। झुक-झुककर सलाम करने लगे। मुबारकें देने लगे।

"दे दो इन्हें भी पचास-पचास।"

अजय ने तुरन्त पचास-पचास के नोटों की झड़ी लगा दी।

"एक बात और। किसी पत्रकार को पकड़कर समाचार लगवा दो। समाचार-पत्र जो जहर उगल रहे हैं, उन्हें उत्तर मिल जाएगा।"

नन्दलाल को दूसरी कचहरी से सन्देश आ चुका था। कचहरी की ओर जाते-जाते वह निर्देश देता गया।

"प्रेस उनकी ओर है। अपना समाचार कौन लगाएगा।" नन्दलाल के साथ-साथ चल रहे अजय ने शंका प्रकट की।

"तू पंजाब केसरी वाले छिन्दे के पास चला जा। मेरा नाम ले देना। पाँच सौ का नोट पकड़ा देना। देखना, खबर कैसे लगती है, बड़ी सुर्खियों में।"

समाचार की तलब सायलों को कम, नन्दलाल को ज्यादा थी।

हिन्द समाचार ग्रुप के अखबारों को शहरी लोग पढ़ते थे। छिन्दा तथ्यों की चर्चा कम, नन्दलाल की योग्यता की प्रशंसा अधिक करेगा। चर्चा मायानगर निवासियों को प्रभावित करेगी। प्रभावित हुए लोग जरूरत पड़ने पर नन्दलाल की तरफ आ सकते थे।

नन्दलाल का धन्यवाद करके अजय ने पहले पंकज को खुशखबरी सुनायी। अब छुपकर रहने की आवश्यकता न थी। पंकज़ कचहरी के सामने ढाबे पर बैठा था। सूचना मिलते ही वह कचहरी में आ गया।

अग्रिम जमानत का आदेश जेब में डालकर नीरज व विनय मेलू की डेयरी की ओर चल दिये। वह कप्तान से बात करें। उन्हें जाँच में शामिल किया जाए। वे स्थायी जमानत करवा के निश्चिन्त हो जाएँ।

पंकज दोस्तों-मित्रों को लेकर फैक्टरी की ओर चल दिया। कई दिनों से दोस्त मानसिक तनाव में थे। जश्न होना चाहिए।

चौंतीस

अग्रिम जमानत स्वीकार होने का समाचार सुनकर मेलू खुशी से झूम उठा। झट फ्रिज में से बोतल निकाल ली।

सोफी रहना नीरज वगैरह की मजबूरी थी। उन्हें थाने जाकर जाँच में शामिल होना था। बयान दर्ज कराना था।

पार्टी का आयोजन फैक्टरी में हो रहा था। पार्टी में शामिल होने के लिए उन्होंने मेलू को निमन्त्रण दिया।

लेकिन इससे पहले उनके मन से जाँच में शामिल होने का बोझ उतर जाना चाहिए था।

यह न्यायालय का आदेश था। पुलिस को इस आदेश का पालन करना ही था। सारी पुलिस मुलजिमों के साथ थी। फिर चिन्ता वाली क्या बात थी।

मेलू ने कप्तान को फोन किया। वह जाँच अधिकारी को आदेश करें। जाँच अधिकारी मिसल का घर पूरा करे। ऐसी जिमनी लिखे जिसे पढ़कर जज उनकी जमानत स्वीकार करने के लिए विवश हो जाए।

ऐसा करने में कप्तान को कोई एतराज नहीं था। हाँ, एक दिक्कत पेश आ रही थी।

जज की ओर से भेजा गया शिकायत-पत्र डी.आई.जी. के पास पहुँच चुका था। मिसल कचहरी क्यों नहीं पहुँची? इस बात से वह चिढ़ रहा था। मिसल उसने अपने पास मँगवा ली थी। कप्तान क़ी खिंचाई हो चुकी थी। डी.आई.जी. को विश्वास में लेना जरूरी था।

मेलू ने कप्तान की लाचारी नीरज को समझायी।

"डी.आई.जी. से बात करनी है तो करो। जो देना है, दो। बस पीछा छुड़ाओ।"

नीरज मसला लटकाने के पक्ष में नहीं था।

मेलू ने डी.आई.जी. से सम्पर्क किया। मीटिंग तय हो गयी। सहायता का मूल्य दो पेटियाँ चुकाया गया।

दोषी अभी चुप करके बैठे रहें। पेशी से एक दिन पहले डी.आई.जी., जाँच अधिकारी तथा दोषियों को अपनी कोठी बुलाएगा। अपनी उपस्थिति में जिमनी लिखवाएगा। अपने हस्ताक्षर भी करेगा। तभी दोषियों का काम बनेगा।

डी.आई.जी. से शाबाशी लेकर सारी मण्डली फैक्टरी पहुँच गयी। नयी खुशखबरी ने जश्न में नयी जान फूँक दी।

देर रात तक जश्न चलता रहा।

पैंतीस

पंकज व नीरज कई दिनों के गृह-त्याग के बाद पहली बार घर सोये।

सोने से पहले उन्होंने घर वालों को सख्त निर्देश दिये थे। उन्हें कच्ची नींद में न उठाया जाए।

लेकिन फौजदारी मुकदमों में फँसे लोग भी कभी चैन की नींद सो सकते हैं!

उन्हें सोये अभी तीन घण्टे नहीं हुए थे कि सिंगला के फोन पर फोन आने लगे।

पंजाबी से लेकर अँग्रेजी तक के सब समाचार-पत्रों ने खबरें प्रकाशित की थीं। सिंगला व सरकारी वकील बीच में घसीटा गया था। सिंगला, सतिन्दर सिंह व नीरज की 'सिटी हार्ट' होटल के बाहर खिंची ग्रुप फोटो हरेक समाचार-पत्र में प्रकाशित थी। सिंगला द्वारा सरकारी वकील को उसकी कोठी से लेकर आने से कोठी वापस छोड़ने तक का पूर्ण विवरण समाचारों में था। सिंगला का भला क्या बिगड़ता! वह प्राइवेट वकील था। सरकारी वकील की मिली-भगत सिद्ध हो जाने पर उसकी नौकरी को खतरा था। सतिन्दर सिंह बार-बार फोन कर रहा था।

यही नहीं! मेलू व नरेन्द्रनाथ की खबर भी नमक-मिर्च लगाकर प्रकाशित की गयी थी। नशे की स्थिति में उसे मेलू की डेयरी में लेटा दिखाया गया था कि हवलदार कहीं नहीं गया, मायानगर में उपस्थित था। दोषियों को लाभ पहुँचाने के लिए उसके बाहर जाने का ड्रामा रचा गया था।

नरेन्द्र के सन्देश आ रहे थे। उसने मिसल कप्तान के कहने पर रोक ली थी। उसे सस्पेण्ड होने से बचाया जाए।

पुलिस की इस ज्यादती के विरोध में जुलूस, धरने व हड़ताल का आह्वान किया गया था।

सारा मायानगर जाग चुका था। पंकज वगैरह सो रहे थे। उन्हें भी जाग जाना चाहिए।

जब बार-बार फोन करने पर भी किसी ने फोन न उठाया, तो मजबूरीवश सिंगला स्वयं उनकी कोठी जा पहुँचा।

दो समाचार-पत्र सिंगला के घर आते थे। बाकी उसने रास्ते में खरीद लिये। समाचार-पत्रों में छपने के लिए जैसे आज कुछ और था ही नहीं। सभी समाचार-पत्रों ने इसी मिली-भगत को चटखारे ले-लेकर प्रकाशित किया था।

कई दिनों के बाद दोनों भाई तनावमुक्त हुए थे। देर रात तक वे पीते रहे। अब आसानी से उनकी आँख नहीं खुल सकती थी।

अचानक सिंगला को घर में देखकर उनके होश उड़ गये। दोनों को पसीना छूटने लगा। ब्लड-प्रेशर अस्थिर होने लगा। हृदय की धड़कनें तेज हो गयीं।

घबराये हुए वे विचार-विमर्श के लिए बेडरूम में ही बैठ गये।

सिंगला ने एक-एक करके सब समाचार-पत्र उनके आगे रख दिये। किस समाचार का किस पर क्या प्रभाव पड़ेगा, विस्तार से जानकारी दी। सरकारी वकील व हवलदार के होनेवाले नुकसान का जिक्र किया।

सरकारी वकील व हवलदार की पंकज इत्यादि को कोई चिन्ता न थी। किये गये काम के उन्हें पैसे मिले थे। लाभ-हानि के वह स्वयं जिम्मेदार थे।

सिंगला इस तर्क से सहमत न था। सरकारी वकील का नुकसान पंकज वगैरह का नुकसान था। अब यदि उनका बचाव कर लिया गया तो अफसरों में भरोसा बना रहेगा। नहीं तो फिर आगे से अफसर मदद करने से पीछे हट जाएँगे। अफसर के मूड का क्या भरोसा! यदि एक बार इज्जत खराब हो गयी, फिर कोई नोटों की बोरियों पर भी धार नहीं मारेगा। प्रत्येक अफसर सख्त होता पेशाब को चला जाएगा।

नरेन्द्रनाथ का अधिक नुकसान होने वाला नहीं था। उसके विरुद्ध कप्तान को कार्रवाई करनी थी।

चिन्ता सरकारी वकील की थी।

अजय का एक आई.ए.एस. जीजा गृह-सचिव रह चुका था। सतिन्दर सिंह का विभाग गृह-सचिव के अधीन था। उसकी पहले वाले विभाग में जानकारी होगी ही।

अजय को जगाया गया। काम समझाया गया।

कुछ देर बाद उसका फोन आ गया। सरकारी वकील निश्चिन्त रहें। थोड़ी-बहुत डाँट ऊपर से हो सकती थी।

सरकारी वकील की ओर से निश्चिन्त होकर वे अपने बचाव की स्कीमें खोजने लगे।

छत्तीस

अनशन-धरनों की किसी को चिन्ता नहीं थी। ऐसे केसों में धरने चलते रहते हैं। पहले दिन भीड़ पाँच-सात सौ होती थी। दूसरे दिन दो-तीन सौ। सप्ताह भर के बाद संख्या पचास-साठ पर आ जाती थी। फिर घर के सदस्य ही रह जाते। महीने-बीस दिन में सब खिलौने बिखर जाते थे। पैरवी करने वाला एकाध ही रह जाता। इस केस में भी ऐसे ही हो रहा था। तमाशबीनों की संख्या दिन-प्रतिदिन कम होती जा रही थी।

जो चमक शेष थी, वह प्रेस की मेहरबानी के कारण थी। अनशन-धरनों के समाचार बड़े सुनियोजित ढंग से प्रकाशित किये जा रहे थे। नारा लगाने वाले प्रत्येक

व्यक्ति की तस्वीर किसी न किसी अखबार में छप रही थी। अपनी तस्वीर समाचार-पत्र में छपवाने की ललक में लोग बढ़-चढ़कर अनशन व धरनों में भाग ले रहे थे।

सिंगला का विचार था कि यदि प्रेस खामोश हो जाए तो समस्याएँ हल हो जाएँ।

प्रेस ही काबू में नहीं आ रहा था। प्रेस-क्लब का सचिव नेहा का प्रेमी था। उनकी सगाई होने वाली थी। इस घटना के साथ 'निज' जुड़ा हुआ था। उसकी भावनाओं को ठेस लगी। उसका दिल इन्साफ की पुकार कर रहा था। सभी पत्रकार तन-मन से उसका साथ दे रहे थे। आशिकों को रोक पाना दरियायों के बहाव को मोड़ पाने के समान असम्भव था।

सागर का नेहा से मोह-भंग हो जाना चाहिए था। यह ठीक था कि रिपोर्ट में नेहा के साथ हुए बलात्कार का जिक्र न था। इस तथ्य को एक सोची-समझी चाल के तहत छुपाया गया था। हर जुबान पर इस बलात्कार की चर्चा थी। कई समाचार-पत्रों ने पहले दिन समाचारों में बलात्कार का जिक्र किया था। सागर के मन में नेहा की अपवित्रता का जहर घोल दिया जाना चाहिए। उसे झूठ से नाता तोड़ने के लिए प्रेरित किया जाए।

जब तक यह योजना पूरी नहीं होती, तब तक पत्रकारों का पीछा छोड़कर सीधे सम्पादकों से सम्पर्क स्थापित किया जाए। कुछ इश्तिहार तुरन्त समाचार-पत्रों को दिए जाएँ। बड़े इश्तिहारों का वादा भी किया जाए।

समाचार-पत्रों की संख्या दो-चार तो थी नहीं कि खरीद लिये जाते। तीस-चालीस समाचार-पत्र मायानगर में आते थे। इश्तिहारों की दरें ऊँची थीं। अँग्रेजी समाचार-पत्रों तक में इश्तिहार देना मुश्किल था। बड़े इश्तिहार के बारे में तो सोचा भी नहीं जा सकता था।

समस्या से निपटने के लिए उद्योगपतियों को एक-जुट हो जाना चाहिए था। मायानगर में हजारों उद्योग ऐसे थे, जिनके बड़े इश्तिहार समाचार-पत्रों में छपते थे। उन्हें अपनी पब्लिसिटी-एजेंसियों के द्वारा समाचार-पत्रों पर दबाव डालना चाहिए। ज्यादा नहीं तो पंकज वगैरह के अपने व अपने सम्बन्धियों के इश्तिहार इस योजना के तहत दिये जाने चाहिए। समाचार-पत्र बड़ा हो या छोटा, इश्तिहार के बिना किसी का गुजारा नहीं। लाचारीवश समाचार-पत्रों को उनके साथ समझौता करना ही पड़ेगा।

सिंगला का सुझाव वज़नदार था। पंकज अपने साथियों के साथ इस विषय पर बात करेगा। और नहीं तो समाचारों का स्वर तो मद्धम पड़ेगा। कभी-कभी उनका पक्ष भी छप जाया करेगा।

सभी पत्रकार सागर से सहमत नहीं हो सकते थे। प्रत्येक संस्था में विरोधी पक्ष

भी होता है। विरोधी पक्ष की पहचान की जाए। तोहफे देकर तथा पार्टियों में बुला कर उस पक्ष से लाभ उठाया जाए।

विद्यार्थी एकता में 'खोरा' लगाया जाए। यह बन्दर-उम्र होती है। जिस भी काम के पीछे पड़ गये, बस पड़ गये। अच्छे-बुरे परिणाम की नहीं। उनके माता-पिता परेशान थे। परीक्षाएँ सिर पर थीं। अनशन लम्बे हो गये तो बच्चों का साल बर्बाद हो जाएगा। अनशनकारी छात्रों के माता-पिता पुलिस पर दबाव बना रहे कि दोषियों को शीघ्र गिरफ्तार करो।

यूनिवर्सिटी के अधिकारियों से बातचीत की जाए। परीक्षाओं की डेट-शीट नोटिस बोर्ड पर लगायी जाए। परीक्षाएँ सिर पर आ जाने के कारण आधे छात्र अपने-अपने कमरों में बन्द हो जाएँगे। शेष उन्हें न देख, बिखर जाएँगे। माँ-बाप उन्हें अनशनों का पीछा छोड़ पढ़ने के लिए प्रेरित करेंगे।

परिचित माँ-बाप से सम्पर्क किया जाए। उनके द्वारा बच्चों को सीधे रास्ते डालने की कोशिश की जाए।

सिंगला के सभी सुझाव मूल्यवान थे। पुलिस पर बढ़ते दबाव को कम करने के लिए इन हथकण्डों की आवश्यकता थी। लेकिन इन सुझावों को क्रियात्मक रूप देने के लिए समय लगना था। उनके सामने फौरी समस्या अग्रिम जमानत मंजूर कराने व पुलिस से पीछा छुड़ाने की थी। पहले इसी पर विचार किया जाए।

अग्रिम जमानत तब मंजूर होती यदि दोषी जाँच में शामिल हो सकते। एक बार जाँच में शामिल हो गये तो कोई चिन्ता न थी। इस आधार पर पहले तो साधूसिंह से ही जमानत लेनी थी। यदि उसने इनकार कर दिया तो उच्च न्यायालय से जमानत कहीं न गयी थी।

लेकिन पंकज खतरा मान रहा था। बदले हुए हालातों में पुलिस उन्हें जाँच में शामिल न करेगी।

"क्यों नहीं शामिल करेगी? अदालत का आदेश हमारे पास है। यदि कप्तान या डी.आई.जी. मदद करे तो जाँच में शामिल होने में कोई रुकावट नहीं।" सिंगला ने कहा, "मेलू से सम्पर्क करके उसके माध्यम से पता किया जाए कि पुलिस छप रहे समाचारों को गम्भीरता से ले भी रही है या नहीं!"

पुलिस कप्तान ने चौबीस घण्टे के भीतर-भीतर दो दोषियों को पकड़कर मुख्यमन्त्री का विश्वास जीत लिया। एक-दो भाषाओं के पत्रों में वह कप्तान की इस कार्य के लिए प्रशंसा भी कर चुका था। मुख्यमन्त्री चल रही जाँच से सन्तुष्ट थे। कप्तान को किसी ओर से खतरा न था।

पुलिस अधिकारियों को इन समाचारों की अधिक चिन्ता नहीं होनी चाहिए। अपने अधिकारियों को विश्वास में लेकर वे हाथियोंवाली मस्त चाल में चलते रह सकते थे।

मेलू का मोबाइल फोन बन्द था। घर फोन किया, पता चला अखाड़े में गया है। अखाड़े से पता चला डेयरी चला गया है। डेयरी वालों ने पहले कहा, "बात कराते हैं।" फिर पूछा, "कौन बोल रहा है?" पंकज का नाम फोन सुननेवाले ने आगे बताया। आगे उसे जवाब मिला, "कह दे, बाहर गये हैं, कल मिलेंगे।"

मेलू की इस हरकत के संकेत स्पष्ट थे। अफसर इन समाचारों से खफ़ा थे। किसी किस्म की मदद की सम्भावना नहीं थी।

चिन्तावाली कोई बात न थी। अभी दो दिन शेष थे। दो दिनों में दिल्ली फतेह हो सकती थी। यह क्या मामला था?

सिंगला ने पंकज वगैरह का धैर्य बँधाया।

अभी अँधेरा था। सभी अफसर सो रहे थे। दिन चढ़ने पर फिर प्रयत्न किये जाएँगे।

कुछ भी हो। वे अग्रिम जमानत हासिल करके ही रहेंगे।

सैंतीस

अग्रिम जमानत की अर्जी पर आज अन्तिम सुनवाई थी।

आज भी अर्जी पहले नम्बर पर लगी थी। लेकिन इस बार हालात पहले से विपरीत थे।

पहला मुख्य अधिकारी लाइन हाजिर कर दिया गया। नया मुख्य अधिकारी मिसल को एक घण्टा पहले ही ले आया था। उसने केस के संक्षिप्त हालात जुबानी याद कर रखे थे। सरकारी वकील की सहूलियत के लिए उसने एक लिखित नोट तैयार कर लिया। अहम गवाहों व दस्तावेजों पर उसने फ्लैग लगा दिये।

पहले वाले सरकारी वकील को निचली अदालत में स्थानान्तरित कर दिया गया था। नया सरकारी वकील पूरी तैयारी करके आया। कल रामनाथ उससे मिला था। आधे घण्टे का समय निकालकर उसने रामनाथ की ओर से सुझाये गये प्रत्येक बिन्दु को सुना व समझा था। अहम फैसलों की नकलें वह घर से लेकर आया था। इन फैसलों के आधार पर अर्जी को रद्द कराने की कोशिश की जानी थी।

इस बार सरकारी वकील के ऑफिस के बाहर जमा भीड़ के चेहरों पर रौनक व उत्साह था।

सिंगला नये सरकारी वकील को मिलने के लिए छटपटा रहा था। नौ बजे तक

किसी को मालूम नहीं था कि अदालत में किस सरकारी वकील को जाना है। जब सुदर्शन कुमार इस मिसल के तथ्य नोट करने लगा तो पता चला आज उसकी बारी थी।

यह सरकारी वकील था तो जूनियर, लेकिन काम औरों से अधिक जानता था। अधिक लालची भी न था। जो मिल गया, ले लेता था। उसमें एक और गुण था। पैसे ले लिए तो काम कराने की पूरी कोशिश करता। काम का माहिर था। किसी न किसी रास्ते से काम करा लेता। अपने इन गुणों के कारण वकीलों व साइलों में उसे आदर प्राप्त था।

पहले वाले सरकारी वकील के साथ सरेआम घूमकर सिंगला गलती कर चुका था। अब वह गलती दोहराना नहीं चाहता था।

वह नये सरकारी वकील से कैसे बात करे?

सोच-विचार कर सिंगला ने जुगत भिड़ायी। अपने मुंशी द्वारा नायब कोर्ट के हाथ दस हजार की गड्डी पकड़ायी। जैसे-तैसे वह सुदर्शन को मुद्दई की चंगुल में से निकाले व सिंगला का सन्देश पहुँचाए।

सभी काम छोड़कर नायब कोर्ट, सरकारी वकील के कार्यालय के आगे जाकर खड़ा हो गया।

नायब कोर्ट की फीस सौ रुपये थी। अब उसकी जेब में एक हजार पड़ा था। नायब कोर्ट को अपनी फीस हजम करने की जल्दी थी। वह फीस मिलने की सूचना सरकारी वकील के कान में डाले व अपनी जिम्मेदारी से फारिग हो जाए। आगे सरकारी वकील जाने या सिंगला जाने।

कोशिश करके नायब कोर्ट कई बार सरकारी वकील के पास गया। बात करने की कोशिश की। इशारे किये। लेकिन रामनाथ उसे एक पल के लिए भी अकेला नहीं छोड़ रहा था।

देखते-देखते दस बजने में पाँच मिनट रह गये। सरकारी वकील के लिए अदालत जाने का समय हो गया था।

ठीक दस बजे पहली आवाज लगनी थी।

"चलो जनाब! दस बजने वाले हैं।" जब रामनाथ ने सरकारी वकील के पास से उठने का नाम न लिया तो नायब कोर्ट ने समय याद करा कर उसे उठाने की कोशिश की।

"हूँ, चल! मिसलें सँभाल। ये किताबें भी उठा ले।"

मिसलें व किताबें नायब कोर्ट के सुपुर्द करके, सुदर्शन उठ गया।

सुदर्शन तेज चलने का आदी था। नायब कोर्ट को उसकी इस आदत का पता था।

उसी रफ्तार से नायब कोर्ट ने सरकारी वकील के कदम से कदम मिलाना शुरू कर दिया।

रामनाथ बहुत पीछे रह चुका था।

दायें-बायें देखकर नायब कोर्ट ने सुदर्शन के कान में खुसर-फुसर की।

''जनाब, सिंगला ने दस हजार भेजा है। मेरी जेब में हैं। कह रहा है मदद कर देना।''

''तू मुझे मरवाएगा। पहले सरकारी वकील का पता नहीं क्या बनेगा। मुद्दइयों के जासूस सी.आई.ए. से कम नहीं हैं। पकड़े जाएँगे। कल अपनी खबर छप जाएगी।''

सुदर्शन जोखिम लेने को तैयार न था।

''कुछ नहीं होगा जनाब। मैं सँभाल लूँगा।''

''तू एक बात कर। पहले उनके साथ बात खोल ले। हमें थोड़ी-बहुत बहस करनी पड़ेगी। दूसरी शर्त यह कि काम बने या न बने, हमें फीस रख लेनी है।''

''यह मैंने समझा दिया है। वे आपकी बहस से डरते हैं। कह रहे हैं, ज्यादा ऊँची मत बोलना। हल्की-हल्की बहस करना। किताबें कम पेश करना।''

''फिर ठीक है। देख लेंगे।''

सुदर्शन के हाँ करने पर नायब कोर्ट ने चैन की साँस ली। फिर मुलजिम पक्ष ने भी।

सरकारी वकील के अदालत में घुसते ही खुसर-फुसर शुरू हो गयी।

जज के दायीं ओर सरकारी पक्ष खड़ा था, बायीं ओर विपक्ष।

जज के सामने पन्द्रह कुर्सियाँ पड़ी थीं, जिनके ऊपर मुकदमे की बहस करने आये अन्य वकील बैठे थे। कुर्सियों के पीछे बेंच थीं जो आम जनता के लिए थीं। इन बेंचों पर पंकज के समर्थकों ने कब्जा कर रखा था। मुद्दई पक्ष के समर्थक सरकारी वकील के पीछे, खाली जगह में खड़े हो गये।

कुछ पत्रकार भी थे। वे हाथों में नोट बुक पकड़े किसी ऐसी जगह खड़े होने की कोशिश कर रहे थे, जहाँ से दोनों पक्षों की बहस सुनी जा सके।

आज स्कूलों में छुट्टी थी। कई दिनों से इस केस के किस्से अखबारों में छप रहे थे। आज होने वाली अन्तिम बहस की खबर पहले पृष्ठ पर लगी थी। जिद करके कुछ बच्चे माता-पिता के साथ कचहरी आ गये थे। टी.वी. पर आते नाटकों-फिल्मों में वे अदालत के सीन अकसर देखते थे। मिनटों में ही वकील केस की दिशा बदल देते थे। आज वे वकीलों की नोंक-झोंक असल केस में, देखना चाहते थे।

बड़ों ने बच्चों का सत्कार किया। उन्हें सबसे आगे खड़े होकर देखने-सुनने का अवसर दिया।

सरकारी वकील के बहस शुरू करते ही चारों ओर सन्नाटा छा गया। सबने साँसें रोक लीं। सरकारी वकील पता नहीं किस-किस रहस्य से पर्दा उठाने जा रहा था।

सरकारी वकील ने पहले वेद व मोहन के परिवारों की पृष्ठभूमि के बारे में जानकारी दी। उनका असली शहर कौन-सा था। वे मायानगर कब व क्यों आये? उनमें क्या-क्या साझा था तथा अब किस बात के कारण झगड़ा बढ़ा था।

फिर उसने घटना का विवरण दिया। किस समय कोठी में कौन-कौन उपस्थित था? किस-किस हथियार से कहाँ-कहाँ चोट की। कौन-कौन-सा सामान लूटा। कौन-कौन-सा मुलजिम कब-कब पकड़ा। उससे लूट का कौन-कौन-सा सामान बरामद हुआ।

सरकारी वकील यह सब मिसल में से पढ़कर सुना रहा था। उसका अटक-अटककर पढ़ना सभी को अखर रहा था।

चार-पाँच मिनटों के बाद दर्शकों में छायी खामोशी टूटने लगी। बच्चों में सबसे अधिक बेचैनी थी। वे आपस में खुसर-फुसर करने लगे। यह सब तो उन्होंने अखबार में ही पढ़ रखा था। सरकारी वकील कौन-सी नयी बात बताने लगा था। वे एक-दूसरे से पूछने लगे।

"पापा, क्या बहस यही होती है?" एक बच्चा, जो ज्यादा ऊब गया था, पापा से पूछ रहा था।

"चुप!" डाँटकर पापा ने बच्चे को चुप करा दिया। बच्चा था। उसे नहीं मालूम था कि अदालत की कार्रवाई पर अँगुली उठाना अदालत की तौहीन समझी जाती है। इस गुस्ताखी के लिए सजा हो सकती है।

बच्चा सहम गया। चुप करके बहस का अगला हिस्सा समझने की कोशिश करने लगा।

सरकारी वकील का स्वर ऊँचा उठने लगा। उसमें गुस्सा शामिल होने लगा।

वह पंकज व नीरज को फटकारने लगा। पंकज वगैरह की ओर से ठेकेदार को दी गयी सुपारी तथा मोबाइल फोन पर तैयार की गयी साजिश के विवरण देने लगा। पंकज की फैक्टरियों के रजिस्टर व उसमें दर्ज इन्द्राज जज को दिखाने लगा।

आखिर में उसने ठेकेदार व उसके भतीजे पण्डित के इकबालिया बयान पढ़कर सुनाये।

फिर उसने अदालत से माँग की। तफतीश अधूरी थी। पूछ-ताछ के दौरान दोषियों ने पुलिस का साथ नहीं दिया था। जब तक पुलिस हिरासत में दोषियों से पूछ-ताछ नहीं होती, तब तक अँधेरे में साजिशों को उजागर नहीं किया जा सकता।

दोषी पक्ष अमीर था। बाहर रहकर वह पैसे से गवाहों को खरीद लेगा। जो खरीदे नहीं जा सकते, उन्हें डरा या मरवा देगा। गवाहियाँ हो जाने तक उनका जेल

में रहना जरूरी था।

बहस खत्म करने के बाद सरकारी वकील ने रामनाथ को बोलने की स्वीकृति दी। वह चाहे तो स्थिति को अधिक स्पष्ट कर सकता था।

रामनाथ के पास ज्यादा कहने के लिए कुछ न था। उसने इनकार में सिर हिला दिया।

"फिल्मों वाले सवाल-जवाब तो हुए नहीं।" एक बच्चे ने दूसरे से पूछा। दूसरे ने यही प्रश्न अपने पापा के पास रखा, जो अकसर कचहरी आता-जाता था।

"यहाँ ऐसे ही होता है। फिल्मों में झूठ-मूठ होता है। सिर न खाओ। चुप करके सुनते रहो। नहीं तो बाहर चले जाओ।"

पापा को किसी अर्दली से पड़नेवाली झिड़की का डर था। अर्दली की झिड़की से पहले ही उसने बच्चों को झिड़क दिया।

चुप्पी साधकर बच्चे आदेश का पालन करने लगे।

बाबू नन्दलाल ने भी अपनी बहस दोनों परिवारों की पृष्ठभूमि से शुरू की लेकिन नन्दलाल का यह पृष्ठभूमि बताने का मकसद सरकारी वकील से अलग था।

यह मोहनलाल का अपने भाई के प्रति प्यार व स्नेह था। जिसने एक क्लर्क से उसे करोड़पति बनाया। कोई बदनीयत होती तो पहले ही विभीषण की तरह उसे सोने की लंका से बाहर किया होता। चाचा-भतीजों में मुकदमेबाजी साधारण किस्म की थी। मायानगर में ऐसा कौन-सा परिवार है जिसकी जायदाद को लेकर मुकदमेबाजी न चल रही हो। दस लाख का प्लॉट पंकज वगैरह के लिए अधिक अहमियत नहीं रखता। इस मुकदमे के बावजूद दोनों परिवारों में सुख-दुःख की साझ थी। त्यौहारों पर आना-जाना था। वेद बयान देने के काबिल होता तो वह कभी भी भतीजों को मुकदमे में न घसीटता। उसका रिश्तेदार एक सोची-समझी चाल के तहत अमीर परिवार को मुकदमे में घसीट रहा था। मकसद साफ था। पैसा बटोरना।

करोड़पति भाइयों से पैसे बटोरने के लिए पुलिस ने जो सबूत गढ़े हैं, कोई मायने नहीं रखते। दो-चार नहीं, हजारों रॉड प्रतिदिन दोषियों की फैक्टरियों में बनते हैं। पचास रुपये प्रति रॉड उनकी कीमत है। सारा बाजार रॉडों से भरा पड़ा है। जिस दुकान से चाहें खरीद लें। क्या सबूत है कि यह रॉड पंकज ने ठेकेदार को दिया। कोई पागल से पागल आदमी भी जुर्म करते समय ट्रेड मार्क वाले हथियारों का इस्तेमाल नहीं करेगा। ये लड़के बड़ी-बड़ी डिग्रियाँ हासिल किये बैठे हैं। इतनी बड़ी बेवकूफी करनेवाले नहीं हैं। मौके पर प्राप्त बैगों जैसे हजारों बैग पंकज वगैरह ने अपने वर्करों में बाँटे हैं। वेद के घर भी गये हैं। यह कैसे दावा किया जा सकता है कि बरामद हुए बैग नीरज ने ही ठेकेदार को दिये! ठेकेदार, पुलिस हिरासत में था, पुलिस उसकी डायरी में जो चाहे लिखवा सकती है। पुलिस ने लिखा लिया। मोबाइल नम्बर पंकज

का है ही नहीं। कैश कार्ड वाला फोन था। जो मर्जी बाजार से खरीद ले। किस आधार पर कहा जा सकता है कि मोबाइल फोन नीरज का था? सब झूठ है। साजिश है।

दोनों दोषी जाँच में शामिल हो चुके हैं। पुलिस के प्रत्येक प्रश्न का उत्तर दे चुके थे। जो इन्हें मालूम था, बता दिया गया। मुकदमे की सुनवाई कई वर्ष होनी थी। शंका के आधार पर शिक्षित युवाओं को जेल में नहीं डाला जा सकता। कानून जेल की जगह बेल (जमानत) की पक्षधर है।

नन्दलाल की तकरीर में कुछ दम था। अदालत में खड़े लोग उसे ध्यान से सुन रहे थे। अधिकतर लोग मन ही मन उससे सहमत हो रहे थे। इतने अमीर लोग जेल भेज दिये गये तो उनका व्यापार तबाह हो जाएगा। इज्जत माटी में मिल जाएगी। ये किसी को मुँह दिखाने लायक नहीं रहेंगे। जेल में इनसे एक रात भी न काटी जाएगी। एयर कण्डीशन में सोने वालों को मच्छरों में नींद कैसे आएगी? ये बीमार हो जाएँगे, पागल हो जाएँगे। साल भर जेल में रहकर यदि बरी हुए तो क्या लाभ? नन्दलाल की दलील सही थी अन्तिम फैसले तक उन्हें बाहर रहना चाहिए था।

"बाबूजी, गेट कीपर ने अपने रजिस्टर में एण्ट्री की है। उस बारे में आप क्या कहना चाहेंगे?" बहस को बीच में ही रोककर साधूसिंह ने प्रश्न उठाया।

यही एक बिन्दु था जिसके बारे में नन्दलाल के पास कोई उचित उत्तर न था। वह मन में सरकारी वकील का धन्यवाद कर रहा था कि यह सबूत जज के ध्यान में नहीं लाया गया। अब जज ने दुखती रग पर हाथ रख दिया, कुछ तो कहना ही था।

गेट कीपर को दो दिन नाजायज हिरासत में रखा गया। डरा-धमकाकर उससे रजिस्टर में कटिंग करवाई गयी थी।

"पुलिस को इतना कुछ करने की क्या आवश्यकता थी? चलो, कोई बात नहीं। कुछ और कहना है?" नन्दलाल की दलील जज ने मुस्कुराकर नकार दी।

जज की मुस्कुराहट नन्दलाल के सीने में कटार की तरह धँस गयी। वह जज की नीयत भाँप गया। असली मुद्दे से ध्यान बँटाने के लिए उसने बहस की दिशा ही बदल दी।

"घटना वाले दिन मुलजिम दिल्ली बैठे थे। शहर का एम.पी. उनके साथ था। केन्द्रीय मन्त्री के घर उनकी उपस्थिति दर्ज थी। अन्तर्राष्ट्रीय मान्यता प्राप्त अस्पताल में उनके टेस्ट हुए थे। रिकार्ड अर्जी के साथ लगाया गया था। घटना की साजिश गढ़ी गयी होती तो मुलजिमों का दिल धड़क रहा होता। ब्लड-प्रेशर बढ़ा होता। लेकिन वे नार्मल थे। जब उन्होंने साजिश गढ़ी ही नहीं, तो उन पर असर कैसे होना था।"

"यदि वे नार्मल थे फिर अस्पताल क्यों गये? टेस्टों में बीमारी का नामो-निशान

नहीं है। फिर ये टेस्ट क्यों करवाये गये? शहर से गैर-हाजिरी के पक्के सबूत गढ़ने के लिए? किसी सयाने वकील के सिखाये-पढ़ाये लगते हैं।''

साधूसिंह ने एक बार फिर नन्दलाल की दलीलों को काटा। माहौल को हल्का करने के लिए साजिश में किसी वकील के शामिल होने की चुस्की ली। इशारा नन्दलाल की ओर था।

इशारा समझकर शेष वकील मुस्कुरा पड़े।

नन्दलाल के चेहरे के रंग बदलने लगे।

''ये कौन घटना में सीधे शामिल थे। साजिश के मुलजिम थे। साजिश गढ़ कर कहीं भी जा सकते हैं। मेडिकल टेस्ट, एम.पी. का साथ, आपकी मदद नहीं कर रहे बल्कि सबूत आपके प्रतिकूल जा रहे हैं।''

जो बहस सरकारी वकील को करनी चाहिए थी, साधूसिंह कर रहा था।

जज की ओर से उठाये जा रहे नुक्तों पर, सरकारी वकील को खामोशी हो रही थी। जज उसकी नीयत पर शंका कर रहा था। वैसे वह खुश हो रहा था। वह मुकदमे की कहानी बताकर खामोश हो गया। जो बहस अब जज कर रहा था, वह उसे करनी चाहिए थी। लेकिन उसने की नहीं। ऐसा करके उसने दस हजार हजम कर लिया। पार्टी अब उसे उलाहना नहीं दे सकती।

जज ने स्वयं नुक्ते उठाकर उसकी मुश्किल आसान कर दी। फैसला क्या होना है, स्पष्ट नजर आ रहा था। अर्जी रद्द हो जाने से सरकारी वकील की 'बल्ले-बल्ले' हो जानी थी। उसके दोनों हाथों में लड्डू थे।

''मैं कुछ फैसले लेकर आया हूँ, हुजूर! आज्ञा हो तो पेश करूं।'' नन्दलाल के कहने पर, जूनियर वकील किताबें उठा-उठाकर उसे पकड़ाने लगे।

''रहने दो। सॉरी! मेरी राय में यह अग्रिम जमानत वाला केस नहीं। पुलिस को जाँच पूरी कर लेने दो।''

कहकर जज ने तुरन्त फैसला सुना दिया।

अड़तीस

''ऐसे डरपोक जज से इन्साफ की आशा बेवकूफी है। बड़े ईमानदार, बदनामी से डरते अमीर आदमियों को उनका बनता हक भी नहीं देते। यह सरासर बेइन्साफी है।''

कचहरी से बाहर आ रहा नन्दलाल उलटे आदेशों का कारण जज की ईमानदारी

को ठहरा रहा था।

"घबराना नहीं बेटा, ऊपर बहुत अदालतें हैं। वे अखबारों की खबरों से नहीं डरतीं। हम अपील करेंगे।"

बिना किसी से पूछे नन्दलाल ने अपनी जेब से मोबाइल फोन निकाला। और हाईकोर्ट के सीनियर एडवोकेट सुन्दरसिंह का नम्बर मिलाने लगा।

मैं सुन्दरसिंह को फोन कर रहा हूँ। वह फौजदारी का सीनियर वकील है। हमारी कानून की किताबें उठाकर देखो। आधे से अधिक फैसलों पर उसका नाम छपा है। यदि उसका वकालतनामा लग जाए तो समझो काम हो गया। मैं उसे पहले ही बाँध लूँगा। कहीं विरोधी पक्ष पहले ही उसे अपना वकील न कर ले।"

दूसरी ओर घण्टी बज रही थी। कोई लाइन पर नहीं आ रहा था। इसी समय नन्दलाल, एक बार फिर सुन्दरसिंह के गुण गिनाने लगा।

"पहली सरकार में वह एडवोकेट जनरल था। हाईकोर्ट के कई जज उसकी सिफारिश पर भरती हुए थे। जब सरकार बदलेगी वह स्वयं हाईकोर्ट का जज बन जाएगा। वहाँ जजों और वकीलों के दल बने हुए हैं। कोई किसी का सहपाठी है, कोई गुरु-भाई। कोई किसी का भतीजा है, कोई भांजा। जज मुँह देख-देखकर टीका करते हैं। यदि वकील अपने दल का हो तो उसके सायल को फाँसी के फन्दे से भी लौटा लाते हैं। वकील विरोधी दल का हो तो उसके दस साल पहले बरी हुए सायल को भी, कैद कोठरी में वापस ला फेंकते हैं। अपने वकील में यह खूबी है कि वह सभी दलों से बनाकर रखता है। अच्छी पार्टियों के केस लेता है। हर किस्म के जज से हर ढंग से, अपना काम कराता है।"

नन्दलाल की बातें सुन, अजय व साथियों के दिलों की धड़कनें तेज हो गयीं। कहीं ऐसा वकील हाथ से न निकल जाए। उनका मन वकील को जल्दी बुक कर लेने के लिए आतुर होने लगा।

प्रतीक्षा की घड़ियाँ खत्म हुईं। सुन्दरसिंह ने फोन उठा लिया था।

"हाँ भाई, हमारे यहाँ एक जज है साधूसिंह। नाम का ही साधू है। वैसे पूरा पाखण्डी है। मेरी अग्रिम जमानत की अर्जी इसलिए रद्द कर दी क्योंकि मेरी पार्टी अमीर है।....ये मेरे अपने बन्दे हैं। इनका काम हर हालत में करना है। सायं तक तेरे पास आ रहे हैं। समझना, मैं आ गया। ज्यादा इन्तजार न कराना। झट फारिग कर देना। फीस जायज लेना। काम हर हालत में होना चाहिए। आपको अपने असर रसूख का भी प्रयोग करना है। पार्टी भरोसेवाली है। कोई भी बात बाहर नहीं निकलेगी। यह मेरी गारण्टी है।"

सुन्दरसिंह के पास पंकज वगैरह की सिफारिश करके नन्दलाल ने एक विजिटिंग कार्ड जेब से निकाला। अजय को पकड़ाते हुए उसकी समस्या को आसान करने

लगा।

“सुन्दरसिंह ने बताया है कि जिन दो जजों का बेंच अब सुनवाई कर रहा है वे उसके लँगोटिया यार हैं। इस बेंच के जज दो दिन के बाद बदल जाएँगे। आगे आने वाले जज बहुत बुरे हैं। कार्य कराने का यही सुनहरा अवसर है। आज ही दौड़ जाओ।”

हर ढंग प्रयोग करके नन्दलाल यह यकीन बनाना चाहता था कि आसामी सुन्दरसिंह के पास पहुँचे और वह भी शीघ्रातिशीघ्र। सुन्दरसिंह पचपन हजार फीस लेगा। आधे का बैंक ड्राफ्ट नन्दलाल को घर बैठे पहुँच जाएगा। जितनी कमाई नन्दलाल को वकालत से थी उतनी ही हाईकोर्ट के वकीलों से मिलते हिस्से की। यहाँ मुकदमा कई वर्ष तक चलता था। बहुत सिर-खपाई होती थी। वहाँ से फीस फोन घुमाने मात्र से आ जाती।

“मैं अपना जूनियर साथ भेज दूँगा। आपको हरेक कार्य में आसानी रहेगी।”

नन्दलाल आसामी के इधर-उधर हो जाने की सम्भावना पर रोक लगाना चाहता था।

“मैं हूँ बाबूजी, मैं आदेश की नकल तैयार करा रहा हूँ। नकल तैयार होते ही चण्डीगढ़ को चल देंगे।”

पंकज के दो अन्य समर्थकों को आदेश की बारीकियों से अवगत करा रहे सिंगला का एक कान नन्दलाल की बातों की ओर था। वह नन्दलाल की रमजें समझ रहा था। बातों-बातों में उसने सुन्दरसिंह को इशारा कर दिया कि पार्टी अमीर है। फीस ठोक कर ले। साथ यह भी समझा दिया कि जजों के नाम पर भी फीस ली जा सकती है। साथ में जूनियर को भेजकर सिंगला की रोटी पर लात लगायी जा रही थी।

सिंगला कौन-सा कम था। वह नन्दलाल का ही चेला था। बाजी हाथ से जाती देख, उसने टाँग अड़ा दी।

“चलो ठीक है। कोई दिक्कत आए, मुझे फोन कर लेना। फीस कम करा देंगे।”

दूसरी अदालत जाने से पहले नन्दलाल ने सिंगला की पीठ थपथपायी। क्या इशारा था, सिंगला को समझ न आया।

तैयार होने के लिए नकल को कई हाथों में से होकर गुजरना था। स्टेनो इसे टाइप करेगा। जज गलतियाँ ठीक करेगा। स्टेनो दोबारा आदेश को टाइप करेगा। फिर उस पर जज के हस्ताक्षर होंगे। जज के हस्ताक्षरों के बाद मिसल रीडर के पास जाएगी। वह मिसल रजिस्टर में चढ़ाकर अहलमद के पास भेज देगा। अहलमद अपने रजिस्टर में चढ़ाकर नकल, क्लर्क के पास भेज देगा। कॉपी-क्लर्क नकल तैयार

करेगा। उसी नकल पर रीडर के हस्ताक्षर होंगे। अर्दली मोहरें लगाएगा। फिर कॉपी क्लर्क अपने रजिस्टर में दर्ज करके नकल वकील के सुपुर्द करेगा।

यदि इस कार्रवाई को स्वाभाविक तौर पर होने दिया जाए तो नकल मिलने को एक मास लग सकता था। सिंगला को आदेश की नकल घण्टे भर में चाहिए थी। पार्टी के किसी और बिचौलिया के हाथ चढ़ जाने का खतरा नन्दलाल को था, उससे भी अधिक खतरा सिंगला को था। सिंगला झटपट चण्डीगढ़ के रास्ते चल पड़ना चाहता था।

इन सभी कामों की बँधी फीस पचास रुपये प्रति अहलकार थी। नन्दलाल को नकल तैयार करवानी होती तो रेट दोगुना, तीनगुना लगते। अधिक वह स्वयं रखता, अहलकारों को कम देता।

सिंगला की नजर पाँच सौ की जगह, पचास हजार पर थी।

"अभी दो बजे हैं। हम चार बजे से पहले नहीं चल सकते। न ही चलने का कोई लाभ है। वकीलों से हम सात बजे के बाद मिलेंगे। घर आकर वे दो घण्टे आराम करते हैं फिर दफ्तर बैठते हैं। चार, साढ़े चार चलेंगे। अभी दो घण्टे कोई और काम कर लो। चार बजे मुझे ले लेना। मैं नकल तैयार करा रहा हूँ।"

सिंगला बिना कहे ही पंकज वगैरह के साथ चण्डीगढ़ जाने को तैयार हो गया।

पार्टी के साथ अभी चण्डीगढ़ किये जाने वाले वकील के बारे में बात करने का कोई लाभ न था। रास्ते में सिंगला उनके साथ होगा ही। दो घण्टों के दौरान सिंगला आसामी को सुन्दरसिंह की खुरली से मोड़कर किसी और के कीले जा बाँधेगा।

डोरे पड़ गये तो सिंगला का बीस हजार खरा। न पड़े, तो मौज मेला ही सही।

सिंगला के मन में लड्डू फूट रहे थे।

साधूसिंह के अर्दली को सिंगला ने अपने पास बुलाया। उसकी पीठ थपथपायी।

"ले छोटे भाई, तेरे होते मेरी पीठ नहीं लगनी चाहिए। आदेश की नकल मुझे चार बजे मिल जाए, बस।"

"मैं पहले ही तैयार करा दूँगा जनाब! चिन्ता न करें।"

सिंगला के घुटनों की ओर झुकता अर्दली आदेश पालन का यकीन दिलाने लगा।

"ऐसे करो...स्टेनो, रीडर...कुल बने पाँच...इसे पाँच सौ...नहीं, छह सौ दे दो...। वह सबको, स्वयं दे देगा।"

अजय को पास बुलाकर सिंगला ने अर्दली को छः सौ रुपये देने का आदेश सुनाया।

"ले, अब काम तुझे स्वयं करने हैं। आदेश ठीक समय पर मेरे केबिन में पहुँच जाना चाहिए।"

पहले सिंगला ने अर्दली को सचेत किया।

फिर अर्दली की ताकतों के बारे में जानकारी देने लगा, "इस अर्दली को सभी अहलकारों के हाथों पर सरसों जमा देना है। उतनी देर इसे उनके सिर पर खड़ा रहना है, जब तक काम नहीं होता। जज के पास इसे बार-बार जाना है। सबसे पहले इसे इसी आदेश पर हस्ताक्षर कराना है। बस, आदेश की कॉपी अपने पास पहुँची समझो।"

चार बजे इकट्ठे होने का कार्यक्रम बनाकर वे बिछुड़ गये।

उनतालीस

पहले वे इधर-उधर की बातें करते रहे।

जब चण्डीगढ़ की दूरी आधी रह गयी तो सिंगला ने अपने मतलब की बात शुरू कर दी।

"हमें सीधा सुन्दरसिंह के पास जाना है या किसी और वकील के बारे में विचार करना है?"

"जैसा आप ठीक समझें। हमें तो काम से मतलब है।"

अभी तक पंकज, अजय व सतीश ने नन्दलाल के सुझाव पर ही अमल करने का मन बना रखा था। यदि सिंगला कहीं और भी जाना चाहता, तो उस नाम पर भी विचार किया जा सकता है।

कई सीनियर वकील अजय के परिचित थे। सतीश का एक रिश्तेदार मैजिस्ट्रेट था। उसका ससुर नामी वकील था। अकसर उसका नाम समाचार-पत्रों में छपता रहता था। दोनों अपने परिचित वकीलों के पास जाना तो चाहते थे, लेकिन भीतर से डर भी रहे थे। कार्य अहम था। कहीं निचली अदालत की तरह काम न बना तो उनके सिर बदनामी फटेगी। जहाँ सिंगला चाहे, वहीं जाना चाहिए था।

"बड़ा वकील करने का यह अर्थ नहीं कि हर स्थिति में काम हो जाएगा। काम का होना कई बातों पर निर्भर करता है। यदि केस में दम हो फिर तो मेरे जैसा नया वकील भी केस जीत लेता है। नहीं तो बाबू नन्दलाल जैसे डेढ़ लाख लेनेवाले भी हार जाते हैं।

"सुन्दरसिंह समझदार है। इसमें कोई शक नहीं। उसका जजों के साथ उठना-बैठना भी है। लेकिन केस ज्यादा होने के कारण उसके पास काम की ओर ध्यान देने का समय नहीं है। हाईकोर्ट में तीस अदालतें हैं। प्रत्येक अदालत में उसके

दो-तीन केस लगे होते हैं। एक अनार सौ बीमार। प्रत्येक सायल उसे अपनी अदालत की ओर खींचता है। जिस अदालत में फँस गया, फँस गया। शेष केस मेरे जैसे जूनियर वकील ही करते हैं।

"बाबूजी ने बेशक फोन कर दिया है, खुला समय देना। आप देख लेना, उसके पास बात करने का समय तक न होगा। मुश्किल से एक-दो मिनट देगा। वह भी फीस तय करने तक। फिर कहेगा, केस मेरे जूनियर को समझा दो। जूनियर, जूनियर ही होता है। हाईकोर्ट में सारा मूल्य अर्जी की ड्राफ्टिंग का होता है। जजों का मन अर्जी पढ़कर बन जाता है। एक बार मन बना, तो बदलना मुश्किल हो जाता है। इन साहिब के पास अर्जी लिखा देने तक का समय नहीं है। जूनियर वकीलों को मोटे-मोटे नुक्ते बता देता है। शेष नमक-मिर्च वे स्वयं लगाते हैं। बीसियों नुक्ते उनसे रह जाते हैं। यदि काम छोटे वकील को ही करना है तो फीस बड़े वकील की क्यों दी जाए?"

सिंगला ने सुन्दरसिंह की कमियाँ गिनाना शुरू कर दिया।

"आपने बाबूजी को फोन करते सुना? उन्होंने कई पंगे खड़े कर दिये। कह दिया कि पार्टी अमीर है। अब सुन्दरसिंह लाख रुपया फीस माँगेगा। अड़ियल स्वभाव का आदमी है। जो एक बार मुँह से निकल गया, उससे एक पैसा कम नहीं लेगा। फिर बोल दिया, जज से बात कर लेना। जज के नाम पर जो माँग लिया, देना पड़ेगा। पहले वह कुछ नहीं बताएगा। अपनी फीस लेकर फिर जज की फीस बताएगा। जरा-सा इनकार किया, लिफाफा फेंक देगा। उसे दी गयी फीस कुएँ में जाएगी।"

सुन्दरसिंह के बाद सिंगला, नन्दलाल की चुगलियाँ करने लगा।

"अभी अपना कुछ नहीं बिगड़ा। उसके बराबर का कोई और वकील देख लें।"

अजय ने सिंगला की हाँ में हाँ मिला दी। नन्दलाल को वकील उसी ने किया था। उसकी कारगुजारी इतनी अच्छी न थी। फजूल खर्च करा के उसने अजय की बदनामी करा दी। यदि सुन्दरसिंह ने भी ऐसे ही किया, तो अजय की और बदनामी होगी। वह अपने माथे पर कलंक का और टीका नहीं लगवाना चाहता था।

"अपना केस अधिक पेचीदा नहीं है। निचली अदालत में हमारी जमानत अखबारों ने नहीं होने दी। हाईकोर्ट में ऐसे दबाव नहीं चलते। पहली पेशी पर महीने-डेढ़ महीने के लिए जमानत मंजूर हो जाएगी। इतने में रिश्तेदारों को बीच में डालकर समझौता कर लेंगे। चार पैसे खर्च करके पुलिस से जाँच करा लेंगे। निर्दोष साबित हो जाएँगे। बड़े वकील को क्या करना है!"

"आपके विचार के अनुसार किस वकील के पास जाना चाहिए?" सतीश कुछ वकीलों को जानता था। सिंगला उनमें से किसी का भी नाम ले, तो उन्हें मुश्किल न थी।

“मैंने उस्ताद जगजीतसिंह को कई बार परखकर देखा है। वह लॉ कॉलेज में प्रोफेसर रहा है। कानून पर उसकी पकड़ है। एक-एक नुक्ता अलग-अलग करके रख देता है। प्रोफेसरी छोड़कर वकालत शुरू की तो कुछ दिनों में ही चमक गये। मुख्यमन्त्री के खूब नजदीक है। वह उसे एडवोकेट जनरल लगा रहे थे, उन्होंने जवाब दे दिया। बोले, नौकरी नहीं करनी। हाईकोर्ट के आधे सरकारी वकील इनके शागिर्द हैं। उस्ताद के सामने बोलते उनकी घिग्गी बँध जाती है।

“उस तक अपना पूरा जोर है। अर्जी की ड्राफ्टिंग स्वयं करेगा। फीस में अड़-कड़ नहीं करेगा। मेरा खयाल है कम से कम उसकी राय लेनी चाहिए। वह न जँचा तो सुन्दरसिंह के पास आ जाएँगे।”

चण्डीगढ़ प्रवेश करने से पहले, सिंगला केस तैयार कर लेना चाहता था।

“फिर गाड़ी घुमाएँ प्रोफेसर साहिब की ओर?”

प्रोफेसर की कोठी की ओर गाड़ी घुमाने से पहले सिंगला ने पंकज से पूछा।

डेढ़ घण्टे के इस सफर के दौरान पंकज खामोश रहा था। साथ बैठे दोस्त क्या बात कर रहे थे, उसे कुछ मालूम न था। वह तो अचेत-सा हो गया था जैसे। बुरे-बुरे खयालों में उलझा हुआ था। कभी लगता जैसे पुलिस उसे गिरफ्तार कर रही थी। कभी उसे लगता जैसे हथकड़ी लगाकर उसे सभी बाजारों में से घुमाया जा रहा था। कभी उसे फिल्मों के सीन याद आते थे। कभी फिल्म के हीरो की भाँति सफेद कपड़े पहने चक्की पीस रहा था, पत्थर तोड़ रहा था।

“किस प्रोफेसर की ओर?” अर्ध-चेतन अवस्था में विचर रहे पंकज को कुछ मालूम न था कि वे किस प्रोफेसर की बात कर रहे हैं।”

“वकील सुन्दरसिंह को करना है या जगजीतसिंह को?”

दोनों वकीलों के गुणों-अवगुणों से अवगत कराकर सतीश ने फैसला पंकज पर छोड़ते हुए पूछा।

“सबसे पहले हमें प्रतापसिंह अंकल की ओर जाना है। चलने से पहले मेरी उनसे बात हुई थी। वह कह रहे थे, कार्रवाई मुझसे पूछकर करना। वे हमारी प्रतीक्षा कर रहे होंगे। पहले हम उधर चलते हैं। फिर कोई फैसला करेंगे।”

अजय व सतीश के मन से बोझ उतर गया, सिंगला का मन उदास हो गया। उसकी योजना धरी रह गयी।

चालीस

रास्ते में ही प्रतापसिंह का फोन आ गया। वासुदेवा वकील की कोठी में वह उनकी प्रतीक्षा कर रहा था।

वासुदेवा ने गर्मजोशी से उनका स्वागत किया।

प्रतापसिंह दूसरी मंजिल पर, गेस्ट हाउस में उनकी प्रतीक्षा कर रहा था। पंकज को साहब के पास पहुँचाया गया।

सबके पास समय की कमी थी। शेष साथियों को वासुदेवा के दफ्तर में बिठाया गया। जब तक साहिब और पंकज के बीच बातचीत हो, तब तक सिंगला वासुदेवा को केस समझाए। अर्जी लिखने में उसकी मदद करे।

प्रतापसिंह जिस कमरे में था, वहाँ छः लोगों के बैठने की जगह थी। दो-दो सीटों वाले दो सोफे आमने-सामने थे। बीच में एक टेबल था। साइडों पर पुराने जमाने की शीशम की कुर्सियाँ पड़ी थीं। कमरे में इतनी कम रोशनी थी कि मुश्किल से एक-दूसरे के चेहरों की पहचान हो सके।

सेण्टर टेबल पर पड़े सामान से लगा, व्हिस्की का दौर चल रहा था।

प्रतापसिंह ने उठकर पंकज का स्वागत किया। साथ वाली कुर्सी पर बिठाया। स्वयं पैग बनाकर उसे पेश किया।

"मुझे अफसोस है कि हम सेशन कोर्ट में सफल नहीं हो सके। मैंने पूरी कोशिश की, लेकिन किसी ने पैर न लगने दिये।"

प्रतापसिंह ने निचली अदालत की असफलता पर अफसोस प्रकट किया।

"बस, अब आपको सँभालना है।"

पंकज ने प्रतापसिंह के घुटने को हाथ लगाकर मिन्नत की।

"फिकर न करो बेटे। देखना अब हम कैसे चक्की घुमाएँगे। जमानतें सुनने वाले बेंच में जो दो जज हैं, दोनों मेरे मित्र हैं। हम उन दोनों को यहाँ बुला सकते हैं। काम हो जाने पर तेरे साथ पिलाएँगे।"

"हमारी डोर अब आपके हाथ में है।"

"यह बताओ, कोई वकील तो नहीं किया?"

"नहीं सर! आपसे पूछे बिना कैसे करते?"

"गुड! हम वासुदेवा को वकील करेंगे। यह लॉ मिनिस्टर का भांजा है। इसकी बुआ का देवर सुप्रीम कोर्ट का जज है। दोनों, महीने-दो महीने में यहाँ चक्कर लगाते हैं। जज इशारा समझ जाते हैं। किसी की बाहर जाने की हिम्मत नहीं पड़ती। इस वकील के साथ मेरी खुली बात है। प्रत्येक वकील को हम भीतर की बात नहीं बता

सकते। मैं साल भर के भीतर हाईकोर्ट का जज बन जाऊँगा। अधिक वकीलों के साथ खुल जाओ तो ब्लैकमेल करते हैं। यह वकील हर तरह से ठीक रहेगा।"

"जैसे आपकी आज्ञा।"

"हम यहाँ अधिक देर तक नहीं बैठ सकते। यहाँ कई जज इससे मिलने आते हैं। आठ बजे मुझे क्लब जाना है। मेरा, तुम्हारे जजों से समय तय किया हुआ है। हमें उन्हें अधिक इन्तजार नहीं कराना। वासुदेवा को काम समझा दिया है। काम होना है मेरी सिफारिश से, या तेरी माया से। फिर हम बहुत बड़े वकीलों के घर क्यों भरें?"

"ठीक कह रहे हो सर!"

"कितने रुपयों का प्रबन्ध करके आये हो?"

अपना पैग खत्म करके, दूसरा पैग तैयार करते प्रतापसिंह ने पंकज से पूछा।

"एक पेटी मेरे पास है। पैसे की कोई चिन्ता नहीं। यहाँ मेरे कई रिश्तेदार हैं।"

"पैसे बहुत हैं। आज का काम चल जाएगा। पचपन हजार हम वासुदेवा को देंगे, सब मिलाकर। मुंशी, टाइपिस्ट, सब मिलाकर, इतने पैसे पकड़ा देना। अधिक माँगें तो कह देना, साहब का यही हुक्म है।"

"जैसा आपका हुक्म!"

"आगे क्या विचार है ? जजों से मिलना है?"

"ज़ैसा ठीक समझें। हमें मतलब काम तक है। जैसे भी होता है, वैसे करा दो।"

"देखो, बेंच में दो जज बैठते हैं। जूनियर जज से मेरी बहुत बनती है। उसे मैं जो भी दूँगा, ले लेगा। हम एक पेटी देंगे। सीनियर के साथ वह स्वयं बात करेगा। ज्यादा से ज्यादा एक पेटी सीनियर ले लेगा। यही कम से कम फीस है।"

"कोई बात नहीं सर। आप अधिक खर्च नहीं करवाएँगे सर, हमें पता है। काम हो जाएगा न, सर?"

"यह कौन-सा कामों में से काम है। मैंने ऐसे-ऐसे काम करा दिये, जिनके बारे में कोई सोच नहीं सकता। आपके शहर में फिरोजपुर रोड पर बने हैं दस-पन्द्रह मैरेज पैलेस। उनके नजदीक मिलिटरी की छावनी है। छावनी में गोली-बारूद का फौजी भण्डार है। अरबों रुपये उसकी कीमत है। एक तीली लग जाए तो सारी छावनी मिनट में भस्म हो जाए। करोड़ों-अरबों का नुकसान अलग से। सिविल अफसरों ने पैसे लेकर मैरिज पैलेस बनवा दिये। पत्रकारों ने अपनी खाद्य-खुराक के लिए मसला प्रेस में उठा दिया। बोले, मिलिटरी नियमों का उल्लंघन हुआ है। पैलेस असला-भण्डार की एक किलोमीटर की परिधि में आते हैं। मालिकों को चिन्ता हो गयी। सरकार पीछे पड़ गयी तो करोड़ों का नुकसान हो जाएगा। पैलेस वालों ने सिविल अधिकारियों तक पहुँच की। दी गयी रिश्वत को याद कराया। लेकिन अफसर क्या

करें? देश की रक्षा का प्रश्न था। वे कोई मदद नहीं कर सकते थे। पैलेस मालिकों की बुरी किस्मत। राजस्थान के एक ऐसे ही भण्डार को आग लग गयी। मायानगर के डिपो की सुरक्षा का मामला और तूल पकड़ गया। अफसर, पैलेस गिराने की तैयारी करने लगे। किसी ने पैलेस वालों को मेरी जानकारी दे दी। मैंने साँठ-गाँठ की। जजों से मैरिज पैलेस गिराने पर पाबन्दी लगवा दी। आज तक सरकार पैलेसों के पास से नहीं गुजर सकी। दो-तीन वर्ष तक मैं सुनवाई नहीं होने दूँगा। इतने में बात ठण्डी हो जाएगी। मैंने तो मिलिटरी बाँध कर रख दी। यह भी कोई काम है?''

''फिर ठीक है सर! मुझे मंजूर है।''

''ये दो पेटियाँ कब तक पहुँच जाएँगी?''

''जब कहो।''

''कल सायं तक पहुँचा देना। परसों सुनवाई होगी। देखना किस तरह अग्रिम जमानत मंजूर होती है, दूसरे पक्ष को सुने बिना ही।''

''पहुँच जाएँगी सर ...अब आप कौन से क्लब चल रहे हैं?''

''पहले हम अपना मतलब निकाल लें। फिर तुम्हारी भी मुलाकात करा दूँगा। जल्दी करो।''

''मेरा ऐसा मतलब नहीं, सर। मैं पूछ रहा था कि मैं बिल अदा कर देता।''

''क्यों शर्मिन्दा कर रहा है? तेरा अंकल बिल अदा करने के काबिल भी नहीं?''

''आपका खर्च होता रहता है। आप यह रख लें।'' साधूसिंह के अहसान का बदला चुकाने के लिए पंकज ने पचास हजार वाली एक गड्डी उसके आगे रख दी।

''कोई बात नहीं ...इसे रहने दे।'' कहते हुए प्रतापसिंह ने गड्डी पहले सोफे के नीचे रख दी। फिर कुछ देर बाद जेब में डाल ली।

नोट सँभालकर प्रतापसिंह ने एक-एक बड़ा पैग बनाया।

''अच्छा, यह बता पुलिस की ओर से कोई मदद मिल रही है या नहीं?'' कुछ देर खामोश रहकर प्रतापसिंह ने अगली बात शुरू की।

''कोई खास नहीं।''

''आप पहले जमानत करा लें। फिर मैं यह इन्तजाम कर दूँगा। क्राइम ब्रांच का आई.जी. मेरा यार है। वकील से आज ही अर्जी टाइप कराते हैं। अर्जी मैं पुलिस मुखी से, उसके नाम मार्क करा लूँगा। उससे जाँच कराकर आपको केस में से निकलवा दूँगा।''

''ऐसे भी हो जाता है?''

प्रतापसिंह जो कह रहा था, उस पर पंकज को विश्वास नहीं हो रहा था।

''सब हो जाता है। पैसे में बहुत ताकत है। कानून इसका गुलाम है। देख आगे-आगे होता क्या है?''

सरूर में आया प्रतापसिंह वादे पर वादा करने लगा।

"आई.जी. क्राईम कौन है?"

"वह मेरा खास मित्र है। जब मैं अमृतसर में मैजिस्ट्रेट था, तब वह भर्ती होकर ए.एस.पी. लगा था। हम दोनों कुँवारे थे। ऑफिसर होस्टल में रहते थे। फिर हम पटियाला में इकट्ठे हो गये। वह पुलिस कप्तान था, और मैं अतिरिक्त सेशन जज। हमने फिर इकट्ठे मौज की। अच्छे-बुरे सब काम किये। बहुत आदमी उसके कहने पर सजा-बरी किये। उसने मेरे कहने पर बहुत बन्दे अन्दर किये। आज तक यारी कायम है। स्वभाव का लालची है, परन्तु कलम का पक्का है। जो वादा कर लिया पूरा करके दम लेता है, बेशक सूरज उधर से चढ़ने लगे।"

पंकज का दूसरा बोझ भी हल्का हो गया। उसे लगा प्रतापसिंह के रूप में उसे गीदड़ सिंगी मिल गयी है। उसका संकट टलनेवाला है।

तीसरा पैग खत्म होते ही नीचे से वासुदेवा की बेल आ गयी। कागज-पत्र तैयार हो चुके थे। पंकज आये, हस्ताक्षर करे, और फारिग हो जाए।

"फिर आप मुझे कब मिलोगे बाकी पेमेण्ट के साथ? इस ससुरे रिश्वत के धन्धे में उधार नहीं चलता। हरेक पेशगी माँगता है।"

नीचे जाने के लिए वह उठ खड़ा हुआ। उसे पक्का करने की नीयत से प्रतापसिंह ने उसे परखकर देखा।

"सुबह दस बजे से पहले।"

"बढ़िया। कल पैसे पहुँचा देंगे। परसों आदेश ले लेंगे।"

नीचे उतर रहे पंकज को शराब से ज्यादा प्रतापसिंह की बातों का नशा था।

इकतालीस

अन्तिम अरदास की रस्में खत्म होते ही रामनाथ की समस्याएँ कई गुना बढ़ चुकी थीं।

कमल के दोस्त, नेहा की सहेलियाँ, उनके माता-पिता बिल्कुल नाता तोड़ गये। पहले दोनों बच्चों के दोस्तों की कतारें अस्पताल में आती थीं। घण्टों बैठ, वे बीमारों की सेवा करते थे। माता-पिता रामनाथ की बाहरी दौड़-धूप में साथ देते थे। किसी की डॉक्टर तक पहुँच थी, किसी की एस.पी. तक। दर-दर की ठोकरें खाने की आवश्यकता न थी। वे घर बैठे फोन द्वारा सूचना मँगवा देते थे।

भोग के साथ ही इन सहूलियतों का भी भोग पड़ गया।

अब कुशल-क्षेम पूछने कोई ही आता था। अधिकतर लोग अवकाश के दिन आते। मायानगर निवासी रात के समय चक्कर लगा जाते। सोचते थे सैर हो जाएगी, साथ ही कुशल-क्षेम पूछने की औपचारिकता भी हो जाएगी।

भोग का अर्थ था, जा चुके के साथ सम्बन्धों की समाप्ति। शायद यही सोच कर कमल के दोस्तों ने, उसके वारिसों से नाता तोड़ लिया था। नेहा की सहेलियों के हाउस टेस्ट शुरू हो गये थे। वे पढ़ने में व्यस्त हो गयीं। फोन पर हाल-चाल पूछ कर गुजारा कर लेती थीं।

बाहर के रिश्तेदारों का अपने काम-धन्धे में व्यस्त होना स्वाभाविक था। मरीजों की स्थिति स्थिर होती जा रही थी। बीमारियाँ लम्बी थीं। उनके प्रतिदिन के चक्करों से मरीजों को तो लाभ नहीं होता था लेकिन ऊपर वालों को बिना मतलब कष्ट होता था। मायानगर के रिवाज उलटे थे। खबर लेने वालों की मेहमानों की तरह सेवा करनी पड़ती थी। चाय या कॉफी बड़ों के लिए। कोल्ड ड्रिंक्स, चिप्स या चॉकलेट बच्चों के लिए। पूरी एहतियात करने पर भी सौ का नोट उड़ जाता। ऐसे तर्क देकर वे मायानगर आना छोड़ चुके थे।

ऐसी सोच ही मायानगर रहते हमदर्दों की थी। अपने-अपने फोन नम्बर देकर तथा आवश्यकता पड़ने पर तुरन्त हाजिर होने का वादा करके, वे अपने-अपने घर बैठ चुके थे।

कुछ दिनों बाद अपनों में भी बेचैनी बढ़ने लगी।

पल्लवी के घर पाँच दिन से खाली बैठी सुषमा, उकताने लगी।

पल्लवी व उसके माता-पिता नेहा पर जान कुरबान कर रहे थे। जैसे तर्क देकर वे सुषमा को समझा रहे थे, वैसे तर्क न सुषमा ने पढ़े और न ही सुने थे। कौमार्य भंग होने पर सन्तप्त होने को वे उस समय की पुरानी जागीरदारी सोच कह रहे थे, जब औरत पूरी तरह गुलाम थी। यदि नेहा की मजबूरी के कारण सागर उसे त्याग रहा था, तो वह पिछड़ी हुई सोच का मालिक था। ऐसी सोच के मालिक को नेहा को स्वयं ही त्याग देना चाहिए था। एक ही आदमी से बँधे रहने व उम्रभर इश्क निभाने का रिवाज अब पुराना हो चुका था। आजकल की लड़कियाँ इश्क एक से करती हैं, शादी दूसरे से, और सन्तान तीसरे से पैदा करती हैं। नेहा शिक्षित लड़की थी। अपने पाँवों पर खड़ी होने लायक थी। उसके लिए और बहुत वर थे।

कमल की मृत्यु से परिवार को अपूरणीय क्षति हुई थी। लेकिन मरनेवाले के साथ मरा तो नहीं जाता। नेहा को धैर्य रखना चाहिए। माता-पिता को धैर्य बँधवाने में मदद करनी चाहिए। नेहा को अपनी नयी जिम्मेदारियों को समझना चाहिए और उन्हें निभाने के लिए स्वयं को तैयार करना चाहिए।

कातिलों से बदला लेने के लिए अब स्वयं को हथियार उठाने की जरूरत न थी। दोषियों को सजा देने के लिए अदालतें थीं। मुकदमे का सारा दारोमदार नेहा पर था। वह तगड़ी होकर कानूनी लड़ाई लड़े व मुलजिमों को फाँसी के फन्दे तक पहुँचाए।

उनकी बातों का नेहा पर असर हो रहा था। दिन-ब-दिन वह सँभल रही थी।

एक प्रोफेसर व इंजीनियर के होते हुए, नेहा को सुषमा-सी प्राथमिक शिक्षिका की कोई आवश्यकता न थी।

काम करने के लिए घर में दो नौकर थे। सुषमा के लिए घर में कोई काम नहीं था। न पल्लवी घर आये मेहमानों को काम करने देती थी।

खाली बैठी सुषमा को महसूस होने लगा, मानो वह पल्लवी के घर में बोझ थी।

अकुलायी हुई सुषमा ने एक दिन के लिए ससुराल का चक्कर लगा आने की स्वीकृति ले ली। उसे नीलम के घर पड़ी डकैती की सूचना अचानक मिली थी। घर का सामान जहाँ था, वहीं छोड़कर वह मायानगर की ओर चल दी थी। उसका पति बालकिशन मस्त-मौला था। उसे घर की चिन्ता न थी। बालकिशन की लापरवाही के कारण घर की स्थिति और बिगड़ चुकी होगी। वह अपने घर को सँभाल पाएगी। साथ ही स्कूल जाकर छुट्टी मंजूर करा आएगी। अन्तिम क्रिया की रस्मों तक आगे छुट्टी भी ले आएगी।

अस्पताल में अधिक आदमियों की आवश्यकता नहीं थी। सुषमा के साथ बालकिशन भी तैयार हो गया। जब किसी आदमी को ड्यूटी बदलनी हो, उसे फोन कर दिया जाए। वह ऊपरवालों को आराम कराने आ जाएगा।

एक दिन के लिए कहकर गयी सुषमा कई दिनों तक नहीं लौटी तो सीमा का मन भी पीछा छुड़ाने को करने लगा।

सीमा व सुजाता नीलम को सँभाल रही थीं। किसी को आई.सी.यू. में जाने की आज्ञा न थी। लेकिन जब कभी रात-बिरात नीलम को दौरा पड़ता, वह यूनिट की नर्सों के काबू में न आती थी। नीलम के काँपते शरीर को काबू करने के लिए दो-तीन औरतों की जरूरत पड़ती थी। थोड़ी-सी लापरवाही से शरीर पर लगी नलियाँ उखड़ सकती थीं। और उखड़ी नलियाँ जानलेवा सिद्ध हो सकती थीं।

मरीज की स्थिति को ध्यान में रखते हुए डॉक्टरों ने दो औरतों को यूनिट में दाखिल होने की स्वीकृति दे रखी थी।

जब तक नीलम आई.सी.यू. में रही, तब तक उसे सीमा व सुजाता की आवश्यकता पड़ती ही रही।

जब से उसे जनरल वार्ड में बदल दिया गया, उसके दौरे बन्द थे। न तो उसे कोई आवाज सुनाई देती थी, न ही इशारा समझ आता था। वह एक जिन्दा लाश थी।

दस दिनों से सीमा अस्पतालों के फर्शों पर सोती आ रही थी। जनरल वार्ड के फ्लश गन्दे रहते थे। उसका पेट कभी भी अच्छी तरह साफ नहीं हुआ था। स्नान किये बिना वह कभी रही नहीं। यहाँ स्नान किये दो-दो दिन गुजर जाते। उसे अपने शरीर व वस्त्रों से बदबू आने लगती। सीमा को नीम की दातून करने की आदत थी। यह आदत छूट जाने के कारण दिन भर उसका मुँह कड़वा रहता था। कोई चीज स्वाद नहीं लगती थी। उसकी साँसों से दुर्गन्ध आने लगी। रात को घण्टा-डेढ़ घण्टा मुश्किल से नींद आती थी। उनींदा रहने के कारण उसका सिर भारी रहने लगा था। भूख कम हो गयी। बासी व तन्दूर की रोटियाँ खा-खा कर उसके पेट में गैस बनने लगी।

सीमा का शरीर आराम चाहता था। घर जाकर यदि उसने आराम न किया तो वह स्वयं खाट सँभाल सकती थी।

ऊपरवालों की परेशानी को देखते, एक बार रामनाथ ने मन बनाया नीलम के लिए स्पेशल कमरा ले लिया जाए। नीलम को आराम रहेगा, साथ ही ऊपरवालों को उठने-बैठने, नहाने-धोने की सुविधा भी रहेगी।

लेकिन जब अस्पताल के कैशियर ने स्पेशल कमरों के खर्चे की लिस्ट हाथ में दी तो वह खर्चे देख हैरान रह गया। जनरल वार्ड का एक बिस्तर का किराया सौ रुपये था। स्पेशल कमरे का पाँच सौ रुपये। यहाँ डॉक्टर के एक चक्कर की फीस सौ रुपये थी, वहाँ बारह सौ रुपये। किसी दानी ने मरीजों की सहूलियत के लिए जनरल वार्ड में एक टेलीफोन लगवा दिया था। मरीजों के वारिस वहाँ से मुफ्त में फोन कर सकते थे। स्पेशल कमरे में एक फोन का खर्चा पाँच सौ पड़ता था।

उस समय सीमा ने रामनाथ को स्पेशल कमरा लेने से रोक दिया। नीलम के लिए गर्मी-सर्दी समान थी। वह जनरल वार्ड में हो या स्पेशल में, उसे फर्क नहीं था।

ऊपरवाले जैसे-तैसे दिन काट रहे थे। इतना खर्चा करने की कोई आवश्यकता नहीं थी।

आज जनरल वार्ड में दिन गुजारने उसे कठिन लग रहे थे।

बीमारी पहले ही हाथ धोकर उनके पीछे पड़ रही थी। नयी मुसीबत से बचने के लिए उन्होंने सीमा को राय दी। वह नीलम की कोठी चली जाए। अब वहाँ अधिक समय संगीता रहती थी। कोठी में करने के लिए कोई काम न था। सफाई व रोटी बनाने के लिए माई काम करती थी। उनका काम अफसोस करने आये लोगों के पास बैठना, और कथा करते पण्डितों की आवश्यकताएँ पूरी करना था।

कोठी जाने की बात सुनते सीमा को झुनझुनी चढ़ गयी। कोठी के बारे में सोचते ही एक भयानक दृश्य उसकी आँखों के आगे उभरने लगा। पहले जब कभी वह नीलम को मिलने इस कोठी में आयी तो पूरे परिवार ने उस पर प्रत्येक खुशी

न्यौछावर की थी। उसने नीलम के परिवार को इस घर में हँसते-खेलते, उछलता-कूदता व शरारतें करते देखा था। बदले हालात में उसका एक मिनट के लिए भी वहाँ रहना मुश्किल था। कोठी से तो वह अस्पताल में ही अच्छी थी।

नीलम के लिए ऊपर के आदमी का होना न होना, एक जैसा था। उसे ग्लूकोज लगा हुआ था। दवा व खुराक इसी द्वारा दिये जाते। यह कार्य नर्स का था। ग्लूकोज खत्म होने पर नयी बोतल लगवाने का कार्य साथ वाले मरीज के वारिस भी कर सकते थे। बीमार बेटी को अस्पताल बैठने का कोई लाभ न था। कुछ दिन आराम करने के लिए सीमा को ससुराल भेज दिया गया।

उस दिन गयी सीमा, सुषमा की भाँति भोग पर ही आयी। भोग पर भी किसी ने रहकर मदद की बात न चलायी। सब आम सम्बन्धियों की भाँति सुबह आये, सायं को लौट गये।

रामनाथ को अपनी बहनों के ससुराल लौट जाने पर गिला न था। वे पढ़ी-लिखी होकर भी ससुराल की कठपुतलियाँ थीं। उन्हें ससुराल वाले तंग करते होंगे। अपने घर उजाड़कर वे दूसरों के घर नहीं बसा सकती थीं। जितना समय साथ दे सकती थीं, दिया। उन पर कोई उलाहना नहीं।

लेकिन जब सगे भाई मुँह पर माटी मलने लगे, उस समय रामनाथ का मन चीख उठा।

कमल के फूल गंगा में प्रवाह करने के बाद अश्विनी को शहर भेज दिया गया। उसकी पत्नी अनीता गर्भवती थी। आठवाँ मास चल रहा था। चलने-फिरने में कठिनाई हो रही थी। गर्भ में पल रहे बच्चे के मानसिक विकास पर असर पड़ रहा था। रामनाथ व मंगतराम मायानगर में थे। पीछे घर सँभालनेवाला भी चाहिए था। अनीता शहर रहकर सारे काम देख रही थी। अश्विनी, एक दिन छोड़कर शहर में चक्कर लगा आता था। तीनों घरों की आवश्यकताएँ पूरी कर आता।

अनीता पहले ही शहर में थी। भोग के बाद अश्विनी ने भी मायानगर आना छोड़ दिया।

एक-दो बार आकर मंगतराम बहाने बनाने लगा। उसका विभाग युद्ध स्तर पर मुख्यमन्त्री की साली के गाँव को बिजली की नयी लाइन डाल रहा था। बाबे की साल गिरह पर गाँव को रोशन करने का बहाना ही था। साल गिरह नजदीक आ रही थी, खम्भे अभी दूर थे। विभाग ने सभी मुलाजिमों के अवकाश बन्द कर दिये। जो पहले अवकाश पर चल रहे थे, उन्हें ड्यूटी पर बुला लिया था। मंगत की पहले लम्बे अवकाश के कारण जवाब-तलवी तो नहीं हुई, बुड़-बुड़ जरूर हुई। कई बार उसे रात को भी ड्यूटी देनी होती थी। घर में अकेले बच्चे डर जाते थे। इस बहाने उसने सुजाता को भी शहर बुला लिया।

अश्विनी के पास कोई बहाना न था। वह स्टेनो था। टाइप सभी बाबू जानते थे। पहले कभी उसने लम्बा अवकाश लिया भी नहीं। और फिर ऐसे दुःख के समय कोई अफसर अवकाश को इनकार भी नहीं करता। रामनाथ कई पंचायतों का वकील भी था। उसकी बी.डी.पी.ओ. के साथ अच्छी जान-पहचान थी। वह सिफारिश करके उसका अवकाश स्वीकृत करा सकता था।

रामनाथ ने जब अश्विनी को मायानगर रहने के लिए कहा तो, उसने यही कहकर पीछा छुड़वाया, "आप यहाँ हैं तो सही। सारे परिवार को क्या करना है? जब आपको शहर जाना हो, बता देना। मैं यहाँ आ जाऊँगा।"

बयालीस

रामनाथ सुशिक्षित भाइयों को कैसे समझाए, उसे भी अपने बच्चों का पालन-पोषण करना है।

अश्विनी व उसकी पत्नी सरकारी मुलाजिम हैं। उनके वेतन स्थायी थे। अनीता को छः मास का प्रसूति अवकाश मिल जाना था। अवकाश बढ़कर एक वर्ष हो जाएगा। घर बैठे ही उसे पूरा वेतन व इलाज का खर्चा मिल जाना था।

रामनाथ की दुकानदारी थी। वकालत के धन्धे में मुकाबला चल रहा था। वकील की एक दिन भी गैरहाजिरी उसके खिलौने बिखेर देती थी। रामनाथ बीस दिन से काम छोड़े बैठा था।

भोग तक बात और थी। उस दिन तक उसे हर तरफ से सहयोग मिला था।

सायल खामोश थे। सोचते थे वकील पर भीड़ पड़ी है। दो-चार दिन केस इधर-उधर हो गया, कोई बात नहीं।

लेकिन जब भोग के बाद भी हफ्ताभर शहर न गया तो सायलों में हाहाकार मच गयी। लोग अपना-अपना दुःख-दर्द लेकर मायानगर आने लगे।

किसी का रिश्तेदार जेल में सड़ रहा था। वकील के उपस्थित न होने के कारण जमानत स्वीकार नहीं हो रही थी।

किसी के मुश्किल से मनाकर लाये गवाह बिना गवाही दिये लौट गये। गवाहों पर हुए बड़े खर्च की सायल को चिन्ता नहीं थी। दुःख इस बात का था कि अगली पेशी तक विरोधी पक्ष गवाहों को मुकरा सकता था।

कइयों को जज गुस्से हो रहे थे। केस बहस पर लग चुका था। अगली पेशी पर

यदि वकील ने बहस न की तो वह विरोधी पक्ष के वकील की बहस सुनकर फैसला कर देगा। बहस करने रामनाथ आएगा या नहीं? सायल यही पूछने आया था।

सायलों के शिकवे जायज थे।

पिछले बीस दिनों में रामनाथ केवल एक दिन कचहरी गया था। उसने अकेले ही जज के चैम्बर में जा करके अपनी लाचारी व्यक्त की थी। प्रत्येक जज ने उसके साथ हमदर्दी प्रकट की थी। पूर्ण सहयोग का भरोसा दिया था।

रामनाथ के केस निपटाने की जिम्मेदारी केहरसिंह ने अपने जिम्मे ली थी। उसने रामनाथ को भरोसा दिलाया था। जहाँ मिल सकी, अगली पेशी ले ली जाएगी। जहाँ गुजारा न चला, जरूरी गवाही करा दी जाएगी। थोड़ी-बहुत बहस कर ली जाएगी। बड़ी बहस को टालने के लिए कोई न कोई अर्जी-पत्र अड़ा दिया जाएगा। रामनाथ के सायल को गिला करने का अवसर नहीं दिया जाएगा।

बदले में रामनाथ ने केहरसिंह को छूट दी थी। बाद में जो कोई नया केस आएगा केहरसिंह को उसमें से आधा मिलेगा। प्राथमिक कार्रवाई केहरसिंह करेगा। बाद में रामनाथ केस सँभाल लेगा।

शहर का एक-एक वकील उसके दुःख में भागीदार था। 'बार' की ओर से कमल की मृत्यु पर शोक प्रकट किया गया। दुःखी परिवार के साथ हमदर्दी प्रकट करने के लिए प्रस्ताव पास किया गया था। प्रस्ताव की नकल उसे मायानगर पहुँचाई गयी थी। दूसरे प्रस्ताव द्वारा सरकार से असल दोषियों के शीघ्र पकड़े जाने की माँग की गयी थी। रामनाथ को बार की ओर से भरोसा दिलाया गया था। 'बार' का प्रत्येक सदस्य मायानगर जाकर मुकदमे की पैरवी करने को तैयार था।

लग रहा था कमल के भोग के साथ, इन वादों का भी भोग पड़ गया था।

जज सायलों को धमकाने लगे। अगली पेशी पर वकील की हाजरी माँग रहे थे।

केहरसिंह ने केस भुगताने व बहस करने की फीस माँगनी शुरू कर दी।

विपक्ष के वकील बिना भुगते ही अपने गवाहों का खर्च माँग रहे थे।

और तो और रामनाथ का अपना मुंशी गद्दारी करने लगा था। वह रामनाथ के नये सायलों को केहरसिंह की जगह सुरिन्दरमोहन के पास ले जाने लगा था। केहरसिंह से उसे केवल मुंशियाना मिलता था। सुरिन्दर मोहन फीस में से तीसरा हिस्सा देता था।

यह गिला केहरसिंह ने किया था और सुरिन्दरमोहन के पास फँसे कुछ सायलों ने भी।

लेकिन कड़वा घूँट भरे बिना रामनाथ कुछ न कर सकता था। मुंशी दस वर्ष से उसके पास काम कर रहा था। वह सभी सायलों का भेदी था। वह प्रत्येक मुकदमे की कमजोरी जानता था। अधिक डाँट-डपट की तो वह सारा काम-धाम किसी और

वकील के तख्ते पर ले जाएगा।

बीस दिन बाहर रहने के कारण रामनाथ का काम आधा रह गया था। नये केस आने बन्द हो गये। पुराने बिखर रहे थे। इस धन्धे में हाजिर ही कीमती था।

उसी का दाम था जो हर वक्त तैनात है।

कुछ वकीलों ने रामनाथ की छतरी पर बैठे कबूतरों को वहाँ से उड़ाकर अपनी छतरी पर बैठाने के लिए तरह-तरह की अफवाहें फैलानी शुरू कर दी थीं।

कोई कह रहा था रामनाथ वकालत छोड़ गया है। वह मायानगर रहकर अपनी बहन की जायदाद सँभालेगा। जीजाजी का कारोबार देखेगा।

रामनाथ को विश्वास था। कुछ लोगों ने तो उसे 'मर गया' तक कह दिया होगा।

रामनाथ के अपने काम की तो ऐसी-तैसी हो ही रही थी। उसे लगता था संगीता के लिए भी मुसीबत खड़ी होने वाली थी। उसके स्कूल से बार-बार फोन आ रहे थे। वह गणित पढ़ाती थी। उसका विषय महत्त्वपूर्ण था। उसकी कक्षाओं का सिलेबस पीछे रह गया था। पढ़े-लिखे माता-पिता प्रिंसिपल के पास शिकायत कर रहे थे। उनके बच्चों का क्या बनेगा? लम्बी गैरहाजरी संगीता के शहर से तबादले का कारण बन सकती थी।

पन्द्रह वर्ष गाँवों के स्कूलों की खाक छानने के बाद उसे मुश्किल से शहरी स्कूल मिला था। गाँवों में लगे अध्यापक शहर आने के अवसर की तलाश में रहते थे। कई अध्यापक प्रिंसिपल तक पहुँच चुके थे। यदि प्रिंसिपल सहमति प्रकट करे तो वे संगीता की जगह अपना स्थानान्तरण करा लें। अभी तक तो प्रिंसिपल मौका सँभालती आ रही थी। अधिक अनुपस्थिति उसके वश से बाहर हो सकती थी। संगीता कुछ दिनों के लिए ड्यूटी पर उपस्थित हो जाए। मामला ठण्डा पड़ते ही दोबारा, चाहे तो अवकाश ले सकती है।

रामनाथ के बच्चे शिकायत कर रहे थे। बेटियों का अधिकतर समय खाना बनाने, कपड़े धोने में निकल जाता था। उनकी पढ़ाई का नुकसान हो रहा था।

भाइयों के सहयोग के बिना रामनाथ कोई प्रबन्ध करे भी तो कैसे?

तैंतालीस

रामनाथ को इधर घर की समस्याएँ तंग कर रही थीं, उधर पुलिस शिकंजा कस रही

थी।

कुछ दिनों से मुख्य अफसर का रीडर पीछे पड़ रहा था। किसी और पुलिस अफसर को फीस नहीं दी, न सही। फोटोग्राफर का बिल तो अदा करो। पैसे न मिलने के कारण वह फोटो रोक लेगा। घटना वाली जगह का स्केली नक्शा तैयार होना था। नक्शानवीस का प्रबन्ध करो।

ये सब काम पुलिस के थे। पुलिस लाइन में इस काम के लिए फोटोग्राफर व नक्शानवीस तैनात थे। लेकिन इन्हें अफसरों की बीवियों की फोटो खींचने व कोठियों के नक्शे बनाने से फुर्सत मिले, तभी तो वे फर्ज अदा करें।

बाहर के फोटोग्राफर व नक्शानवीस पुलिस के चहेते थे। मुँहमाँगी फीस वसूल करते थे। फँसे आदमी को सब सहना पड़ता था।

पाँच-चार सौ के लिए रामनाथ भी पुलिस को नाराज नहीं कर सकता था। दिल पर पत्थर रखकर उसने बिल अदा कर दिये।

मुख्य अफसर के रीडर से पीछा छुड़ाया तो डिप्टी रीडर ने पकड़ लिया। डिप्टी रामनाथ को आफिस में बुला रहा था।

रामनाथ दो दिन बाद डिप्टी के कार्यालय गया। हर बार वह किसी जरूरी कार्य के बहाने कार्यालय से खिसका होता था।

तीसरी बार डिप्टी स्वयं अस्पताल में आ टपका—"हमें सूचना मिली है। कुछ दोषी अपने गाँव की गाड़ी में सवार हो गये हैं। माल खुर्द-बुर्द करने से पहले हमें उन्हें दबोचना है।"

मरीजों की कुशल-क्षेम पूछने की औपचारिकता निभाकर डिप्टी ने मूल बिन्दु को छुआ।

रामनाथ तुरन्त डिप्टी के अस्पताल आने का कारण समझ गया। उसका पहली बार पुलिस से वास्ता पड़ा था। लेकिन फौजदारी वकील होने के कारण उसे पुलिस के काम करने के तरीकों का पूरा ज्ञान था।

अब डिप्टी उसे बिहार जाने के लिए कहेगा। वह नहीं जा सकता तो किसी और आदमी की माँग करेगा। बहाना होगा दोषियों की पहचान और उनसे पकड़े गये माल की पहचान कराना।

असल मकसद सफर के दौरान पुलिस की सेवा कराना ही होगा।

रामनाथ ने कुछ दिन पहले अखबारों में पढ़ा था। मायानगर के एक उद्योगपति ने अपनी बेटी का दहेज बरामद कराने के लिए पुलिस पार्टी को मुम्बई ले जाने के लिए हवाई जहाज से यात्रा करा दी थी।

अपने प्रश्न का उत्तर पता होते हुए भी रामनाथ ने डिप्टी से प्रश्न किया।

"जनाब, मैं क्या मदद कर सकता हूँ?"

"हमारे साथ चलिए। आप वकील हैं। तफतीश में हमारी रहनुमाई करना। बिहार के वकीलों-मैजिस्ट्रेटों से निपटना।"

"क्षमा करें। दोनों मरीजों की स्थिति नाजुक है। लड़की भी ठीक नहीं।"

"आप नहीं जा सकते तो कोई और आदमी भेज दो।"

"मैं किसी को मनाने की कोशिश करता हूँ।"

"कुछ नहीं कर सकते तो एक गाड़ी का प्रबन्ध ही कर दो। कप्तान साहिब जल्दी कर रहे हैं कि पुलिस पार्टी जल्दी भेजो। माल ठिकाने लगने के बाद पुलिस गयी न गयी, एक जैसी है।"

रामनाथ डिप्टी की चाल समझ रहा था। वह माल बरामद करने के बहाने गाड़ी का खर्चा बटोरना चाहता था।

दोषी इतने पागल न थे कि डकैती डालकर गाँव की ओर दौड़ें। पागल से पागल मुलजिम को भी पता होता है कि पुलिस सबसे पहले उनके घरों पर छापा मारती है।

मुलजिम बिहारी थे। उनके बिहार की ओर जाने में भी कोई तुक न थी। वहाँ कौन-सी उनकी कोठियाँ बन रही थीं। पता नहीं कोई झुग्गी-झोंपड़ी भी होगी या नहीं?

किसी दोषी के उसके गाँव से पकड़े जाने की कोई सम्भावना न थी। साथ गये आदमी को क्या पता चलना था कि पकड़ा गया दोषी असली है या किसी बेकसूर को फँसाया जा रहा है। कोई पकड़ा भी गया तो माल बरामद नहीं होना था। कुछ माल मिल भी गया उसे पुलिस खुर्द-बुर्द कर देगी। फैसले तक बरामद माल थाने-कचहरी के मालखाने में आराम करेगा। कपड़े गल जाएँगे। सोने को सौ हाथों में से गुजरते पीतल में बदल जाना है।

असली दोषी पकड़ लिये जाएँ तो भी रामनाथ आदि के कलेजे में ठण्ड न पड़ती। वे तो भाड़े के टट्टू थे। उनके असली दोषी तो नीरज व पंकज थे। पुलिस उनकी ओर देख ही नहीं रही थी।

बिहार जाने के नफे-नुकसान के साथ-साथ रामनाथ पुलिस से पीछा छुड़ाने के ढंग भी सोच रहा था।

"कौन-सी गाड़ी ठीक रहेगी?"

"उधर मारुति तो न चलेगी। टाटासूमो ले जानी पड़ेगी। एक तो मजबूत है दूसरे डीजल पर होने से खर्च कम पड़ेगा।

डिप्टी टाटा सूमो के लाभ समझाने लगा।

मन ही मन रामनाथ टाटा सूमो के खर्च का अन्दाजा लगाने लगा।

सूमोवाले ने यदि एक हजार रुपये दिहाड़ी का माँग लिया तो सात-आठ दिनों का सात-आठ हजार था। चार-पाँच हजार का तेल लगना था। पुलिसवालों की सेवा

अलग से। खर्च बीस हजार तक पहुँचता नजर आ रहा था।

"मैं शाम को आ रहा हूँ आपके ऑफिस, राय करके बताएँगे।" कहते हुए रामनाथ ने विदा होने की नीयत से डिप्टी के साथ हाथ मिलाया।

"वकील साहिब, ज्यादा सोचने की जरूरत नहीं है। आदमी व गाड़ी दोनों का प्रबन्ध करो। पैसेंजर गाड़ी में जाकर मुलजिम नहीं पकड़े जाएँगे।"

वकील पाँवों पर पानी नहीं पड़ने दे रहा था। रामनाथ की चालाकी पर ख़ीझ रहे डिप्टी ने बात स्पष्ट की।

पुलिस की ओर से वेद परिवार के लिए खड़ी की गयी यह नयी समस्या थी। बिहार भेजने के लिए उनके पास आदमी कहाँ था? आदमी तो उनके पास रामनाथ की जगह अस्पताल में खड़ा करने के लिए न था। पाँच दिनों से वह अपने शहर का चक्कर लगा आने को तरस रहा था।

पैसा तो इलाज के लिए कम पड़ रहा था। अस्पताल के कैशियर का मुँह हर समय दैत्य की तरह खुला रहता था। नेहा के खातों में सारा जमा पैसा इस दैत्य ने निगल लिया था। वह सूमो गाड़ी भेजकर पुलिस के मनोरंजन का प्रबन्ध करने की स्थिति में नहीं था।

रामनाथ ने मध्य-मार्ग अपनाया।

न वह आदमी भेजेगा, न सूमो। पुलिस को थोड़ा-बहुत खर्चा दे देगा। यही पुलिस चाह रही थी।

जब रामनाथ शाम के वादे पर पूरा न उतरा तो रात को डिप्टी का रीडर अस्पताल में आ धमका।

रामनाथ ने दो हजार रुपये रीडर के हाथ पर रख दिये।

इतनी कम रकम देखकर रीडर आग-बबूला हो गया। पैसे लौटाकर उसने राभनाथ की जेब में डाल दिये।

वापस लौटने से पहले रीडर से फोन पर बात की।

डिप्टी ने रीडर को समझाया। अफसर का आदेश था। पुलिस पार्टी को बिहार जाना ही पड़ेगा। जो मिलता है ले आओ।

रकम रीडर वापिस कर चुका था। अब वापिस कैसे माँगे?

डिप्टी ने यह मामला सुलझाया।

रामनाथ के साथ फोन पर बात हुई। बेवकूफी पर रीडर को झिड़की पड़ी।

डिप्टी रामनाथ की मजबूरी समझ रहा था। रामनाथ पुलिस की मजबूरी भी तो समझे।

प्रसन्नचित्त वह जो देना चाहे, दे दे। पुलिस को खुशी-खुशी मंजूर था।

चवालीस

डिप्टी से पीछा छूटा तो जाँच अफसर के सन्देश आने लगे।

ठेकेदार व पण्डित को गिरफ्तार हुए बीस-बाईस दिन हो रहे थे। अभी तक जाँच अफसर ने गवाहों द्वारा उनकी शिनाख्त नहीं करायी थी। कानून के अनुसार यह शिनाख्त दोषियों की गिरफ्तारी के तुरन्त बाद होनी चाहिए थी। देरी के कारण केस कमजोर हो रहा था। इस कमजोरी के लिए तफतीशी-जाँच-अफसर को जिम्मेदार ठहराया जा रहा था। कप्तान की ओर से उसे तीन 'कारण बताओ' नोटिस जारी हो चुके थे। जाँच अफसर मुफ्त में अपना रिकार्ड खराब कराने के चक्कर में नहीं था।

जाँच अफसर कह रहा था कि नेहा अब अच्छी-भली थी। वह पुलिस के साथ जेल में जाकर शिनाख्त परेड में हिस्सा ले। दस-पन्द्रह आदमियों में मिले-खड़े पण्डित व ठेकेदार को पहचाने। फिर बताए, पुलिस की ओर से पकड़े गये दोषी सही हैं, या गलत। यदि वे असल मुलजिम थे तो उनमें से कमल का कत्ल किसने किया? वेद को चोटें किसने मारीं। नीलम का सिर किसने फोड़ा था?

कानूनी नजरिये से जाँचकर्ता व अधिकारी अपनी जगह सही थे। शिनाख्त परेड जल्दी से जल्दी होनी चाहिए। लेकिन शिनाख्त परेड से टलना रामनाथ की मजबूरी थी। नेहा के ताजा जख्मों को वह नमक वाले चाकू से कुरेदना नहीं चाहता था।

नेहा देखने को अच्छी-भली लगती थी। लेकिन उसका मन बुझा हुआ था। रामनाथ उसे कई बार कोठी में चक्कर लगा आने को कह चुका था। कोठी की सफाई हो चुकी थी। पाठ-पूजा हो चुकी थी। सामान अपनी-अपनी जगह लगा दिया गया था। कब तक अस्पताल में बैठी रहेगी। मन तगड़ा करके एक न एक दिन कोठी जाना ही था।

कोठी का जिक्र आते ही नेहा काँप उठती। उसकी आँखों से गंगा-यमुना बहने लगती थीं।

दस दिनों से वह अस्पताल की सराय के कमरे में पीव पड़े कुत्ते की भाँति निर्जीव-सी पड़ी थी। कभी-कभी पल्लवी या उसकी मम्मी उसे अपने घर ले जातीं कुछ देर के लिए मन बहल जाता। अस्पताल आकर फिर वही राम-रौला। गुमसुम वह एकटक दीवारों की ओर निहारती रहती।

जो लड़की अपने घर की ओर मुँह करने से घबरा रही थी, उसको कातिलों व बलात्कारियों के आगे कैसे खड़ा किया जा सकता था? भाड़ में जाए कानून व इन्साफ। कानून का पेट भरने के लिए वह अल्हड़ छोकरी की भावनाओं का कत्ल नहीं होने देगा।

सोच-विचार कर रामनाथ ने जाँच अफसर से पिण्ड छुड़ा लिया। अभी नेहा शिनाख्त परेड में हिस्सा लेने के काबिल नहीं थी।

कोई साधारण आदमी शिनाख्त परेड में हिस्सा लेने से इनकार करता तो जाँच अधिकारी को कारण समझ आ सकता था। एक फौजदारी वकील शिनाख्त परेड से इनकार करके केस को कमजोर करे, यह उसकी समझ में नहीं आ रहा था।

"मैं मिसल में नोट देने लगा हूँ। चश्मदीद गवाह मुलजिमों की शिनाख्त करने से इनकार कर रहा है। इसका नतीजा मालूम है? मुझे उलाहना न देना।"

खीझ रहे जाँच अधिकारी ने मन की भड़ास निकाली।

"शिनाख्त परेड से कौन-सी दोषियों को सजा हो जाएगी? केस कमियों से भरा पड़ा, कमजोर है। कानून दोषियों के पक्ष में भुगतता है। मैं मासूम छोकरी को जलती आग में नहीं झोंक सकता।"

उसी अन्दाज में रामनाथ ने अपनी भड़ास निकाली।

चिढ़े हुए जाँच अधिकारी ने मुँह फुला लिया। इसके बाद उसने रामनाथ के साथ सीधे मुँह बात नहीं की।

पैंतालीस

प्रतापसिंह के इशारे पर काम पलक झपकते ही होने लगा।

उच्च न्यायालय की ओर से दोनों भाइयों की गिरफ्तारी पर पन्द्रह दिन की रोक लगा दी गयी।

पंकज वगैरह की अर्जी पर पुलिस मुखी ने अपना आदेश जारी किया। आई. जी. क्राइम को स्वयं पड़ताल करने के आदेश दिये।

प्रतापसिंह ने पंकज व आई.जी. को एक-दूसरे के सामने बैठाकर बात करा दी। लेन-देन पंकज के हाथों से हुआ।

आई.जी. ने छाती ठोककर भरोसा दिलाया। जितनी जाँच होनी थी, हो चुकी। आगे से जाँच ठप्प। अब जो भी जाँच होगी, पंकज के पक्ष में होगी। हाईकोर्ट की अगली पेशी से पहले-पहले उन्हें निर्दोष घोषित कर दिया जाएगा। इसी रिपोर्ट के आधार पर उनकी कच्ची जमानत पक्की में बदल जाएगी।

आई.जी. ने पुलिस मुखी के आदेशों का पालन करते हुए मिसल जिला पुलिस से अपने ऑफिस में मँगवा ली।

पड़ताल के पहले दिन, अब तक हुई जाँच में शामिल हुए गवाहों को दोबारा बुलाया गया। आई.जी. ने स्वयं उन द्वारा आँखों देखी घटना के बारे में पूछ-ताछ की।

दूसरे दिन जाँच अधिकारी, मुंशी व मुख्य अधिकारी को बुलाया गया। पकड़े गये माल की जाँच हुई।

अगले सप्ताह मुलजिमों की ओर से अपनी सफाई में पेश किये जानेवाले गवाहों के बयान कलम-बद्ध किये जाने का कार्यक्रम बनाया।

बीच के दिनों में आई.जी. साहिब ने अवसर देखने का ऐलान कर दिया। उसका मकसद मायानगर जाकर मुद्दई पक्ष के लोगों के मूड का जायजा लेना था। उसे छोटी-सी प्रेस-कान्फ्रेंस बुलाकर, मुलजिमों के बेकसूर होने का इशारा करना था। अगले दिनों में लोगों की ओर से इस बयान पर क्या प्रतिक्रिया होती है? इसका जायजा लेना था। प्रतिक्रिया के अनुसार ही अगली कार्रवाई होनी थी।

लेकिन गिरफ्तारी पर लगी पाबन्दी व आई.जी. की ओर से आरम्भ की गयी पड़ताल का स्वाद जल्दी ही किरकिरा होने लगा। पुलिस कप्तान व डी.आई.जी. के उलाहने आने लगे। इतनी जल्दी पड़ताल कराकर वे गर्म आग में मुँह मारने लगे थे। उनके साथ-साथ अधिकारियों का भी नुकसान होना था, जिन्होंने उनकी मदद की थी। मद्धम हुई आग फिर भड़क सकती थी।

अफसरों के भय से सम्बन्धित पंकज ने प्रतापसिंह से बात की।

"आप चुप करके बैठे रहें। आई.जी. की रिपोर्ट आ लेने दें। मैं स्वयं पुलिस मुखी से सहमति लूँगा। रिपोर्ट पेश करके हाईकोर्ट की मोहर लगवा दूँगा, फिर कोई क्या करेगा?"

प्रतापसिंह पाँवों पर पानी नहीं पड़ने दे रहा था।

प्रतापसिंह की राय के विपरीत वे चल नहीं सकते थे। अब तक प्रतापसिंह ने जो कहा था, करके दिखा दिया था। उसकी पहुँच की कोई सीमा न थी। पुलिस मुखी व आई.जी. के साथ वह ऐसे बातें करता, जैसे वे क्लर्क हों। जो भी वह करेगा, ठीक करेगा। यह सोचकर उन्होंने अपने डगमगाते धैर्य को टिकाया।

शीघ्र ही आई.जी. के तेवर ढीले पड़ने लगे।

पहले उसने तीन दिन के लिए दौरा आगे बढ़ाया। फिर दौरा रद्द कर दिया। सफाई के गवाहों के बयान अनिश्चित समय के लिए आगे बढ़ा दिये गये।

सप्ताहभर बाद मिसल वापिस थाने में आ गयी। बहाना था कि स्थानीय पुलिस जाँच में बाधा डाल रही थी। अभी कुछ दोषियों को पकड़ना, माल बरामद करना शेष था। पकड़े जा चुके दोषियों के रिमाण्ड में बढ़ोतरी करानी थी। अधिक समय तक मिसल को चण्डीगढ़ नहीं रखा जा सकता था।

थाने में मिसल लौट आने के कारण, पंकज वगैरा को झटका लगा। जरूर दाल

में कुछ काला है।

सच जानने के लिए पंकज ने आई.जी. के साथ राबता कायम किया। आई.जी. ने उन्हें झिड़का तो नहीं, लेकिन पहले वाला अपनत्व भी नहीं दिखाया।

घबराये हुए पंकज ने प्रतापसिंह के साथ सम्पर्क किया। बहुत रकम खर्च हो चुकी थी। काम बनता नजर नहीं आ रहा था। कम से कम उन्हें पता तो चले कि आई.जी. को कौन-सा साँप सूँघ गया।

प्रतापसिंह ने आई.जी. से बात की। रुकावट कहाँ थी? प्रतापसिंह से कहीं फोन कराने की आवश्यकता थी तो वह तैयार था।

आई.जी. ने जब अपना पाला बदलने का भेद खोलना शुरू किया तो प्रतापसिंह के पाँवों के नीचे से जमीन खिसकने लगी।

आई.जी. को मुख्यमन्त्री की ओर से झिड़कियाँ मिली थीं। किसी घर के भेदी ने लंका को आग लगायी थी। मुख्यमन्त्री को कप्तान, डी.आई.जी. से लेकर आई.जी. तक पहुँची रकमों की जानकारी मिल चुकी थी। मुख्यमन्त्री ने धमकी दी थी कि यदि सच न निकाला तो जाँच सी.बी.आई. को दे दी जाएगी। पुलिस व मुलजिमों की मिली-भगत की जाँच भी सी.बी.आई. करेगी।

"कहीं मेरा जिक्र तो नहीं आया?"

प्रतापसिंह को अपना डर खाने लगा। यदि आई.जी. तक पहुँची रिश्वत प्रकट हो गयी है तो दिलानेवालों का नाम भी रोशन हुआ होगा।

"नहीं, मेरा खयाल है आपकी मध्यस्थता का किसी को पता नहीं। भविष्य में आपको बचकर रहना चाहिए।"

आई.जी. के विश्वास दिलाने पर प्रतापसिंह को कुछ राहत महसूस हुई। वह पूरी तसल्ली करने के लिए और गहराई में जाने लगा।

"फोन आपको मुख्यमन्त्री ने किया था या किसी सचिव ने?"

"पहले सी.एम. साहब स्वयं बात करना चाहते थे। मैं फोन पर आया, वे मीटिंग पर चले गये। मेरी बात मुख्य सचिव से हुई। वह मेरा मित्र है। हम दो बार इकट्ठे रहे हैं। एक बार मैं पटियाला में कप्तान था तथा वह ए.डी.सी.। दूसरी बार मैं फिरोजपुर डी.आई.जी. था, वह डी.सी.।"

"हो सकता है मुख्य सचिव ने अपनी ओर से ही डराया हो? मोटी आसामी की जानकारी कहीं से मिल गयी हो? वह भी बहती गंगा में हाथ धो लेना चाहता हो।"

"नहीं, मेरे साथ वह ऐसा नहीं कर सकता। उसी के सहारे मैं इस पोस्ट पर बैठा हूँ। बहुत बार लोगों ने इस पोस्ट पर लगने की कोशिश की है। हर बार वही बचाता आ रहा है। कोई इच्छा होती, वह सीधा कह देता। कोई तो गड़बड़ है।"

"फिर अब क्या कर रहे हो?"

“करना क्या है? चुप बैठे हैं। अच्छी जगह पोस्टिंग है। छोटा-सा प्रदेश है। मेरे जैसे अठारह आई.जी. हैं। तीन-चार को छोड़कर शेष सभी किनारे लग रहे हैं। फील्ड में ही आना चाहते हैं। अवसर विचारते रहते हैं। कब कोई गलती करे, कि उसकी कुर्सी हथियायी जाए। भाई मेरे, मुझे कोई जोखिम नहीं उठाना। जान-बूझकर गलती नहीं करनी। यदि वे आपके मित्र हैं तो रकम लौटा देते हैं। मैं मुख्यमन्त्री को नाराज नहीं कर सकता।”

“इतनी घबरानेवाली बात क्या है? रकम वापिस क्यों करनी है? वे कौन-सा अपने साले लगते हैं। व्यापारी हैं। चीज खरीद रहे हैं। आवश्यकता पड़ी तो आये हैं। मैं स्वयं उन्हें खामोश करा दूँगा। कोई जोखिम लेने की जरूरत नहीं।”

“आपको मेरी एक राय है। इस काम में से अपना हाथ खींच लो। अधिक सामने आकर काम न करो। हमारी खींचतान तो ऐसे ही चलती है। आपका अधिक नुकसान हो जाएगा। हाईकोर्ट जानेवाले हो।”

आई.जी. के इस सुझाव पर प्रतापसिंह को लगा जैसे उसका नाम शिकायत में बोल रहा था। आई.जी. जान-बूझकर प्रतापसिंह से छुपा रहा था।

“कहीं खुफिया विभाग ने मुख्यमन्त्री के कान तो नहीं भरे? उस ब्रांच से चेक करना था।”

प्रतापसिंह बिना कमजोरी दिखाये तह तक जाना चाहता था।

“वह सब मैं देख चुका हूँ। चुगली हमारी किसी भी ब्रांच से नहीं हुई। सूचना निजी स्रोत से मिली है।”

“चलो मैं निकालता हूँ खोज। आप ध्यान रखना। मेरा नाम आता नजर आए तो बता देना। मैं रोक लूँगा ...पार्टी को समझा देता हूँ। वह मुख्यमन्त्री को शान्त करे।”

दोनों मित्रों ने एक-दूसरे के बचाव का भरोसा दिलाया।

प्रतापसिंह ने आई.जी. से जो साफ-साफ सुना था, इशारों द्वारा पंकज को सुना दिया।

“किसी ने भेद बाहर निकाल दिया है। अब राजनीतिक पहुँच की आवश्यकता है। सेण्टर से फोन बज रहे हैं। मुख्यमन्त्री पर राजनीतिक दबाव बन रहा है। वह आई.जी. पर दूध का दूध, पानी का पानी बताने को दबाव बना रहा है। आई.जी. पानी को दूध कैसे बना दे? अपनी जानकारी के कारण उसने मामला लटका दिया है। आप मुख्यमन्त्री को ठण्डा करें। वह दोबारा मिसल मँगवाकर अपना काम कर देगा।”

आई.जी. की लाचारी बताकर प्रतापसिंह उन्हें अपने बारे में चौकस करने लगा।

“दोनों पक्ष एक ही परिवार के मेम्बर हैं। रिश्तेदार व भाईचारा साझा है।

आई.जी. का अनुमान है कि आपका हमदर्द बनकर घूम रहा कोई आदमी दूसरे लोगों को भेद बता रहा है। जो बात आपके और मेरे बीच में हुई, वह मुख्यमन्त्री तक कैसे पहुँच गयी? इस बात को गहराई से सोचो। कहीं मेरी पगड़ी को हाथ न पड़ जाए। आगे से मेरे साथ कम से कम सम्पर्क करें। फोन तो बिल्कुल न करना। पता नहीं कब, कौन बातचीत टेप कर ले। कोई जरूरत पड़े वासुदेवा से सम्पर्क कर लेना। वह स्वयं मुझसे सम्पर्क कर लेगा। मेरा नाम बीच में आ गया तो आपके हाईकोर्ट के सब काम बीच में रह जाएँगे।''

''सर, आपकी पहुँच बहुत है। मुख्यमन्त्री का कोई ठोस आदमी ढूँढ़ दो।''

पंकज प्रतापसिंह की भरपूर जानकारी का लाभ उठाना चाहता था।

''मेरा परिचय अधिकारी वर्ग तक है। उनसे जो मर्जी करा लूँ। अधिकारी आखिर तक साथ देते हैं। राजनीतिक लोगों का कोई भरोसा नहीं। आज एक के साथ, कल दूसरे के साथ। दोनों पक्षों से पैसे लेते हैं। अपने पर बनती नजर आए तो पानी अधिकारियों की ओर बहा देते हैं। जब गद्दी से उतरते हैं, सौ-सौ स्कैण्डलों में फँसते हैं। राजनैतिक लोग आपस में घी-खिचड़ी हो जाते हैं। अधिकारी मुकदमे भुगतते मर मिटते हैं। आपका मामला टेढ़ा है। राजनीतिक आदमियों से काम राजनीतिक आदमियों द्वारा ही लो। मेरा कहीं दाँव लगा तो मैं स्वयं फोन करके आपको बता दूँगा।''

प्रतापसिंह पंकज वगैरह की पहुँच मुख्यमन्त्री तक करा सकता था। लेकिन शिकायत से डर रहा था। अपने मन ही मन वह मन्नतें मान रहा था। इस बार वह बेदाग निकल जाए। आगे से तरक्की होने तक गीले गोबर पर भी पाँव न रखेगा। नयी मुसीबत गले डालने का प्रश्न ही नहीं उठता।

पंकज उसके लिए वैसे भी आम की चूसी जा चुकी गुठली की तरह था। प्रतापसिंह इज्जत बचाकर उसकी जितनी मदद कर सकता था, कर चुका था। अच्छी रकम हाथ लग चुकी थी। अफसरों के साथ लेन-देन करा देने का यही लाभ था। जो दिया, पकड़कर रख लिया। कोई जाँच-पड़ताल नहीं। कितना लिया, किस द्वारा लिया। काम हुआ, सब हजम।

प्रतापसिंह की हाईकोर्ट तक पहुँच थी या फिर पुलिस तक। वह दोनों जगह कोशिश कर चुका था। और कहीं भी मध्यस्थता की गुंजायश न थी।

कहीं हो भी, वह तब भी नहीं करेंगे। लालच बुरी बला थी।

यही सोचकर प्रतापसिंह ने पंकज वगैरह से आखिरी बार हाथ मिलाया।

छियालीस

मुख्यमन्त्री तक पहुँच कर पाना कठिन न था। समस्या थी तो घर के भेद बाहर जाने की। लंका में रह रहे विभीषण की।

यह समस्या नयी नहीं थी। पहले दिन से ही पेश आ रही थी। पहले मेलू द्वारा कप्तान के साथ हुए सम्पर्क के समाचार अखबारों में छपे। अब आई.जी. के साथ पक रही खिचड़ी जाहिर हो गयी।

यदि ऐसे ही होता रहा तो उनका खर्च भी करोड़ों तक पहुँच जाएगा। उन्हें जेल भी जाना पड़ेगा।

सबसे पहले घर के भेदी को ढूँढ़ना जरूरी है।

पंकज न किसी रिश्तेदार की मदद ले रहा था, न किसी साझे दोस्त की। सारी कार्रवाई के दौरान उसके साथ विनय रहा, या फिर अजय। वे उसके अपने दोस्त थे। वेद या कमल का वे नाम तक नहीं जानते थे। सतीश उसका साला था। उसे ज़ीजा प्यारा था, या जीजा के दुश्मन?

पंकज के सब समर्थक व्यापारी थे। व्यापार में करोड़ों के कारोबार दो नम्बर में होते हैं। कामयाब व्यापारी वही है जो करोड़ों का घाटा सहन कर ले, लेकिन भेद बाहर न जाने दे।

शंका की दूसरी सूई सिंगला की ओर इंगित करती थी।

सिंगला पंकज की पारिवारिक परिधि में से न था। न ही वह हानि-लाभ हजम कर सकने वाला व्यापारी था।

वह वकील था। वकीलों को अपने सायलों के सभी अच्छे-बुरे कर्मों का पता होता है। वकील को सायल के सारे भेद अपनी छाती में दफन रखने पड़ते हैं। एक वकील का हाजमा कमजोर नहीं हो सकता।

फिर भेद निकला कहाँ से?

समस्या सदा के लिए खत्म होनी चाहिए। यदि सिंगला पर शंका हो उठी, तो दूर करनी चाहिए। वकील के साथ उन्हें हर बिन्दु पर विचार करना पड़ेगा। वकील से भेद छुपाकर मुकदमा नहीं जीता जा सकता।

यदि कसूरवार हुआ तो अपने आप पैरवी छोड़ देगा। कोताही करता होगा तो आगे से सावधान हो जाएगा। बेकसूर हुआ, तो स्पष्टीकरण देगा।

“न कानून वकील को अपने सायल के भेद बाहर निकालने की इजाजत देता है न मर्यादा। विपक्ष के लोगों से साँठ-गाँठ करने की जुर्रत वही वकील कर सकता है, जो अपने पैरों को तलाक देता हो। वकील के सब दोष माफ हो सकते हैं लेकिन

विपक्ष के लोगों से साँठ-गाँठ करनेवाला काला टीका सदा-सदा उसके माथे में चिपकता रहता है। मुझे अभी बहुत मंजिलें तय करनी हैं।"

इस उत्तर के साथ सिंगला ने एक सुझाव भी दिया।

"ड्राइवरों से सावधान रहें। रास्ते में वे सारी बातचीत सुनते रहते हैं। नशे में टुन्न होकर सब बक देते हैं। मैंने कई बार ऐसे भेद ड्राइवरों से निकाले हैं।"

सिंगला ने एक बार फिर उनका मन मोह लिया। उसकी शंका जायज लग रही थी।

पंकज वगैरह ने फैसला किया। आगे से वे जब भी मुकदमे के सिलसिले में बाहर जाएँगे, गाड़ी स्वयं चलाएँगे।

न रहेगा बाँस, न बजेगी बाँसुरी।

सैंतालीस

ड्राइवरों के गले समस्या डाल, सिंगला ने अपना पिण्ड तो बचा लिया लेकिन इस बार लपटें सिंगला द्वारा लगायी तीली के कारण निकली थीं। यह अलग बात थी कि आग जान-बूझकर नहीं लगायी थी। फुर्सत में चार वकील इकट्ठे होते हैं तो उनकी बातचीत का विषय नये मुकदमों से सम्बन्धित होता है। किस केस में किस वकील ने कितनी ठगी मारी? किस वकील ने किस जज के नाम पर कितने पैसे लिये? किस जज ने किस पार्टी से, किसके माध्यम से कितने पैसे लिये? पुलिस ने किसके कहने पर जिमनियाँ बदलीं? गवाही मुकराने के कितने पैसे लिये?

ऐसी ही गप-शप के दौरान एक पुलिस कप्तान की ईमानदारी का किस्सा छिड़ गया। पुलिस पक्षीय एक वकील पुलिस कप्तान की ईमानदारी के सोहले गाने लगा। दूसरा वकील कप्तान की ओर से मुकदमे दर्ज करने व दर्ज मुकदमों को कैंसिल करवाने के बदले वसूल की जाती रकम के सबूत देने लगा।

कप्तान पक्षीय वकील की दलील को काटने के लिए सिंगला ने ठोस सबूत के तौर पर इस मुकदमे के तथ्य पेश कर दिये।

कप्तान पक्षीय वकील अपना-सा मुँह लेकर चलता बना।

लेकिन बघेल सिंह पक्षीय वकील ने यह बात अपने कान में डाल ली।

वकील व विधायक कई दिनों से किसी ठोस सबूत की तलाश में थे। कप्तान के विरोध में विधायक की सुनवाई नहीं हो रही थी। मुख्यमन्त्री किसी ठोस सबूत की माँग कर रहा था। कप्तान अब जाल में फँसा था।

वकील तुरन्त विधायक की कोठी पहुँच गया। कप्तान से बदला लेने का यह बढ़िया अवसर था।

वकील का एक रिश्तेदार पुलिस ने एक झूठे केस में फँसा रखा था। रिश्तेदार का कसूर था कि उसने एक बै-नामे पर गवाही डाल दी थी। गवाही उसने ठीक डाली थी। प्लॉट बेचने वाला उसका दोस्त था। उसने अपने दोस्त की शिनाख्त की थी। दोस्त के पास मालिक की ओर से उसके पक्ष में दिया मुख्त्यारनामा था। उस मुख्त्यारनामे की नकल सबूत के तौर पर बैनामे के साथ लगायी गयी थी। बाद में पता चला कि मुख्त्यारनामा जाली था। इसमें गवाह का क्या कसूर? न कानूनी तौर पर वह मुलजिम था, न ही असल में उसे जालसाजी के बारे में पता था। वकील विधायक पर जोर डाल रहा था वह कप्तान को कहकर बेकसूर घोषित कराए। विधायक कई बार सिफारिश कर चुका था। लेकिन कप्तान टाल-मटोल कर रहा था।

वकील को कप्तान पर अधिक गुस्सा इसलिए था कि पुलिस ने बैनामे के दूसरे गवाह को बेकसूर घोषित कर दिया था। मुख्त्यारनामे के गवाहों को पुलिस ने बुलवाया तक न था। जबकि गलत आदमी को तसदीक करके जाली मुख्त्यारनामा तैयार कराने में उनका हाथ था।

वकील को बघेलसिंह पर गुस्सा था कि वह जोर नहीं लगा रहा। विधायक को कप्तान पर गुस्सा था कि वह उसका जायज काम नहीं करता।

कप्तान से बदला लेने का यह बढ़िया अवसर था।

वैसे भी पार्टी तगड़ी थी। अफसर झोलियाँ भर रहे थे। वे टाँग अड़ाएँगे तो गुड़ की भेली में से रोड़ी उनके हाथ भी लग सकती थी।

सबूत मिलते ही विधायक व वकील चण्डीगढ़ का रास्ता तय करने लगे। चलते हुए उन्होंने समाचारों की कतरनें साथ ले लीं, जिनमें सरकारी वकील व थानेदार के मुलजिमों के साथ साँठ-गाँठ के समाचार थे।

मुख्यमन्त्री कुछ मिनट पहले कोठी से निकल चुका था। वे मिलने से रह गये।

मुख्यमन्त्री का राजनीतिक सचिव विधायक का दोस्त था। विधायक ने सचिव को कहानी समझा दी। कप्तान द्वारा मोटी रकम हजम करना सच था। 'डी.आई.जी. ने दस लाख लिया है' यह चर्चा आम थी। सचिव ने यदि थोड़ा-सा झटका दे दिया तो पार्टी अच्छी-खासी रकम दे देगी।

सचिव ने बघेलसिंह के सामने कप्तान से केस के बारे में पूछ लिया। साथ ही चल रही चर्चा के बारे में बता दिया।

कप्तान ने बताया मिसल आई.जी. क्राइम के पास पहुँची हुई है। यह भी पता चला कि दोषियों ने अपने बेगुनाह होने की अर्जी दी थी। आई.जी. उसी की जाँच कर रहा था।

आई.जी. तक मिसल आने का मतलब था, दोषियों को दोष-मुक्त घोषित करना। सचिव को आई.जी. की सब कारगुजारियों का पता था। वह नोटों के बोरे भर रहा था। पहले कभी वह सचिव के काबू न आया था। अब डाँट पिलायी जा सकती थी।

राजनीतिक सचिव की प्रधान-सचिव से एक बात थी। आई.जी. का रैंक बड़ा था। उसे डाँट प्रधान-सचिव से लगवायी गयी। दो लाख रिश्वत लेने की कहानी अपने आप गढ़ ली गयी।

आई.जी. कहीं सीधा मुख्यमन्त्री को स्पष्टीकरण ही न देने लग जाए। इसलिए प्रधान-सचिव ने बघेलसिंह की शिकायत मुख्यमन्त्री के कानों में डाल दी।

बघेलसिंह पार्टी के नाराज गुट से सम्बन्धित था। यह गुट दिन-ब-दिन शक्तिशाली होता जा रहा था। इस गुट में सेंध लगाना आवश्यक था।

विधायक को खुश करने के लिए मुख्यमन्त्री ने तुरन्त कार्रवाई करने का आदेश दे दिया। प्रधान-सचिव को स्थिति पर नजर रखने व सुबह-शाम सूचित करने की हिदायत दी गयी।

उनका उल्लू सिद्ध हो गया। आई.जी. को दस्त लग गये।

सी.एम. हाउस आकर सचिवों के पास हाजिरी भरी, मिन्नतें कीं। आगे से संकेत मात्र से कार्य करने का वायदा किया।

सिंगला की एक दहाड़ ने राई का पहाड़ बना दिया।

केस पुलिस के हाथ से निकलकर मुख्यमन्त्री की कोठी पहुँच गया।

अड़तालीस

पंकज के डैडी ठीक कहा करते थे , ''अफसर व नेता अच्छे वक्त में साथ देते हैं, भीड़ पड़ जाए तो पूँछ दबाकर भाग खड़े होते हैं।''

पंकज वगैरह के साथ ऐसे ही हो रहा था। जिन अफसरों के उन्होंने घर भरे थे, दिल खोलकर तोहफे दिये थे, वे उन्हें पहचानने से इनकार कर रहे थे। जिन नेताओं को दिल खोलकर चन्दे दिये थे, समय-कुसमय जिनके साथ खड़े थे, वे अब उनके फोन सुनने को भी तैयार न थे।

मुख्यमन्त्री तक पहुँच किसके माध्यम से की जाए? यह विचार करने के लिए रिश्तेदार इकट्ठे हुए बैठे थे। एम.पी. पीठ दिखा चुका था। मारे भय के बीस दिन से वह मायानगर में नहीं आया। मायानगर से तीन विधायक चुने गये थे। दो विरोधी

पक्ष के। जो सत्ताधारी पक्ष का था, उसके बारे में चर्चा थी कि मुख्यमन्त्री उसकी सुनता तक नहीं। वह पार्टी के नाराज-पक्ष के साथ जुड़ा बैठा है।

पंकज के साले के साढू का बाप मुख्यमन्त्री के इलाके में काफी असर-रसूक रखता था। उसका पुश्तैनी कार्य आढ़त का था। दो शैलर व तीन भट्ठे भी थे। पहले दिन से ही हाथ खुला था। समाज-सेवक कहलाने का उसे शौक था। इलाके में आँखों का कैम्प लगा हो, गरीब लड़कियों की शादी हो, वह खुले-दिल से दान देता। उसके दान को मुख्य रखते हुए प्रत्येक संस्था ने उसे कोई न कोई पद दिया हुआ था। राजनीति में उसे दिलचस्पी न थी। लेकिन यदि कोई राजनीतिक पार्टी किसी जलसा-जलूस के लिए ट्रक या लेबर माँगने आ जाती, तो वह जवाब नहीं देता था। अकाली, कांग्रेसी उसके लिए सब बराबर थे।

उसकी इसी सेवा के कारण इलाके के प्रत्येक बड़े नेता के साथ उसका अच्छा परिचय था। कभी-कभी वह अपने शैलर पर कोई छोटा-बड़ा समारोह रखकर, राजनीतिक नेताओं को बुलाने का शौक पूरा कर लेता था।

उसकी गृहस्थी ठीक चल रही थी। अपने निजी कार्यों के लिए उसे राजनीतिक आदमियों के पीछे भागने की आवश्यकता न थी। किसी साझे कार्य के लिए यदि वह किसी मन्त्री के पास जाता तो कभी खाली हाथ नहीं लौटता था।

यह मुख्यमन्त्री पहले चौधरी के गाँव का सरपंच रह चुका था। जब वह विधायक बना, चौधरी ने उसके पास अपना आना-जाना बनाये रखा। मुख्यमन्त्री बन कर भी वह चौधरी की पहचान भूला नहीं था। भरी भीड़ में वह चौधरी को नाम ले कर आवाज लगाता था। पहले उसका कार्य करता था।

सतीश का मत था, चौधरी की मदद लेनी चाहिए।

मलबे की छाती पर बसा चौधरी का इलाका मायानगर की जिल्लत से बचा हुआ था। वहाँ के लोग अभी भी भोले-भाले थे, तथा हरेक कार्य में से राजनीतिक लाभ नहीं लेते थे।

कार्य हो बेशक न हो, लेकिन चौधरी के जाने से यह पता अवश्य लग जाएगा कि मुख्यमन्त्री की मुद्दई पक्ष में कितनी रुचि है। उसे खामोश करने के लिए किस स्तर का रसूख व कितनी माया की आवश्यकता है।

रिश्तेदारों को चौधरी की मदद की आवश्यकता है। यह सुनकर चौधरी फूल कर कुप्पा हो गया। उसने पाँव में जूती तक न डाली। झट मायानगर की ओर दौड़ लिया।.

मुख्यमन्त्री के अमले में चौधरी का नाम उसके खास आदमियों में दर्ज था। थोड़ी-सी औपचारिकता के बाद उसे मुख्यमन्त्री के दरबार में भेज दिया गया।

मन्त्रियों, विधायकों को निपटाकर मुख्यमन्त्री ने चौधरी से उसके आने का

कारण पूछा।

मुख्यमन्त्री का हैलीकाप्टर पहुँच चुका था। वह उड़ने के लिए तैयार था। चौधरी गागर में सागर भरकर अपनी बात कह दे।

चौधरी ने जब पंकज वगैरह के बेकसूर होने की बात कही तो मुख्यमन्त्री का चेहरा लाल हो गया। लेकिन अपने गुस्से को भीतर ही भीतर पी गया। कोई और वर्कर होता तो, मुख्यमन्त्री भरी महफिल में उसकी बेइज्जती करके अपने इन्साफपसन्द मुख्यमन्त्री होने का सबूत देता। लेकिन चौधरी भोला पंछी था। मायानगर के कुबेर उसे अपनी बातों में फँसाकर ले आये थे।

मुख्यमन्त्री ने अपने राजनीतिक सचिव को इशारा किया। चौधरी को साथ वाले कमरे में ले जाए। बात एकान्त में करने योग्य थी।

एक-दो और निवेदन सुनकर मुख्यमन्त्री ने शेष निवेदकों को अपने सचिवों के पीछे लगा दिया। स्वयं चौधरी को साथ लेकर अपने निजी कक्ष में चला गया।

''चौधरी साहिब, आप आये हैं। धन्यवाद। लेकिन आपके रिश्तेदारों ने काम बुरा किया है। सभी तथ्यों की तहकीकात मैंने कर ली है। दूसरा जुर्म यह कि अफसरों को बड़ी रकमें भेंट कर उन्हें खरीद लिया है। सरकार की बदनामी हो रही है। यदि लड़के साथ आये हैं तो बेशक सामने बुलाकर पूछ लो। केस झूठा हुआ तो मैं उन्हें बरी कर दूँगा।''

''यह बात है तो मुझे क्षमा करें। मुझसे बोले, हम बेकसूर हैं। मैं तो इसीलिए आ गया हूँ। यदि वे कसूरवार हैं तो बेशक फाँसी लगा दो। फिर मेरी कोई सिफारिश नहीं।''

चौधरी ऐसे स्पष्टीकरण देने लगा जैसे वह स्वयं मुलजिम हो।

''क्षमा वाली कौन-सी बात है? आप आये हैं तो खाली हाथ तो नहीं जाने देंगे। कुछ न कुछ तो करेंगे। मीटिंग का समय हो गया है। मुझे जाना है। आप मेरे पी. ए. से मिल लें। वह आपको सीधे रास्ते पर डाल देगा। मैं उसे कहे जाता हूँ। मेरी ओर से जहाँ भी कहोगे, फोन कर देगा।''

चौधरी का हाथ अपने पी.ए. को पकड़ाकर मुख्यमन्त्री स्वयं जहाज में चढ़ गया।

मुख्यमन्त्री के जाते ही सारी भीड़ छिटक गयी। खाली हुआ पी.ए. चौधरी को अपने दफ्तर में ले गया। पी.ए. को मुकदमे की, तथ्यों की, मुख्यमन्त्री से भी अधिक जानकारी थी। वह एक-एक घटना का विवरण देने लगा।

''मैं गलतियाँ पता करने नहीं आया। यह बता, हमारा पीछा कैसे छूटेगा?''

पी.ए. उन्हीं के इलाके का था। चौधरी का परिचित था। इसलिए वह बिना भूमिका बाँधे पी.ए. से हल पूछने लगा।

''आप का कार्य होगा। मुख्यमन्त्रीजी इशारा कर गये हैं। लेकिन हमें ढंग से

चलना होगा। पार्टी ने नयी नीति बनायी है। सभी कार्य इलाके के विधायक की सिफारिश द्वारा आएँ। चुनाव सिर पर हैं। विधायक शिकायत करते हैं, अफसर उनकी परवाह नहीं करते। वे लोगों से दूर रहे हैं। उनका शिकवा है कि यदि इलैक्शन हार गये तो फिर न कहना कि सरकार गिर गयी। आप बघेलसिंह को मिल लें। मैं फोन कर देता हूँ। वह स्वयं बिगड़ी बात सँभाल लेगा। सभी अफसरों की ताड़ना भी कर देगा।''

पी.ए. ने विधायक को फोन किया। चौधरी साहिब के आने की सूचना दी। जो कार्य लेकर आ रहे हैं, वह मुख्यमन्त्री का है। वे जैसे कहें, वैसे कर दें।

गेट तक छोड़ने आये चौधरी को सचिव ने एक हिदायत दी।

''लड़के नये-नये फँसे हैं। गलत आदमियों के हाथ चढ़ रहे हैं। कहना अब हाथ भींच लें। जहाँ भी जरूरत होगी एम.एल.ए. साहिब स्वयं बता देंगे।''

पूर्व नियोजित योजना के तहत पी.ए. ने चौधरी को बघेलसिंह की अँगुली पकड़ा दी।

वापिस लौट रहे चौधरी को समझ नहीं आ रहा था उसका काम हुआ है, या उसे जवाब मिला है?

उनचास

चौधरी ने जो रिपोर्ट लाकर दी, उससे स्पष्ट हो चुका था कि इस सारे फसाद की जड़ बघेलसिंह था।

कुछ दिनों से उसकी गतिविधियों में अजीब-सा परिवर्तन आ गया था।

घटना के दस दिनों के बाद उसे दुःखी परिवार के साथ हमदर्दी हो आयी थी। वह अस्पताल जाकर दोनों घायलों की कुशल-क्षेम पूछकर आया था। वह कमल के 'भोग' पर भी उपस्थित था। पत्रकारों को बुला-बुलाकर भड़कीले भाषण दे रहा था। पुलिस की नालायकी को कोस रहा था। कप्तान की ताड़ना कर रहा था। कह रहा था कि यदि असली मुजरिम सामने न आए तो मुख्यमन्त्री पर जोर देकर वह तफतीश सी.बी.आई. के सुपुर्द करा देगा। जगह-जगह पुलिस में व्याप्त भ्रष्टाचार का जिक्र कर रहा था।

लोगों में आम चर्चा थी कि बघेलसिंह मुख्यमन्त्री समर्थक विधायकों में से नहीं था। उसकी गिनती जत्थेदार पक्ष के विधायकों में होती थी। इसलिए उसकी अच्छाई मुख्यमन्त्री को पसन्द न थी। मुख्यमन्त्री ने भीतर ही भीतर अफसरों को हिदायतें

जारी कर रखी थीं कि उसे अधिक मुँह न लगाया जाए।

अब मुख्यमन्त्री को पता नहीं क्या नेह जाग गया। इस केस की सारी बागडोर उसने बघेलसिंह के सुपुर्द कर दी लगती थी।

पुलिस कप्तान मुख्यमन्त्री का खास आदमी था। लोगों में आम चर्चा थी। वह 'शहजादे' का सहपाठी था। इस रिश्ते के बिना पर वह मैडम के पास भी हाजरी भरता था। बघेलसिंह इन दिनों इसी कप्तान की माटी पीट रहा था। मुख्यमन्त्री खामोश था। यह क्या राजनीति थी? पंकज वगैरह की समझ में नहीं आ रहा था।

मुख्यमन्त्री के सचिव ने आदेश दिया था। उसी विधायक से मिलने के लिए कहा था, मुख्यमन्त्री जिसकी शक्ल देखना भी पसन्द नहीं करता था।

बघेलसिंह को खामोश करना उनके बायें हाथ का खेल था। वह उनका परिचित था। बीसियों बार उनके ऑफिस आया था। फण्ड लेकर गया था। ईंट उठाने मात्र से उसकी सिफारिश मिल जानी थी।

लेकिन उनके ये विचार गलत साबित हुए। विधायक साँड़ की भाँति बिफर रहा था। सीधे मुँह बात नहीं करता था।

अकड़ना जायज था। उसे अपनी राजनीतिक स्थिति का ज्ञान था। वह अपने राजनीतिक गुरु के प्रति वफादार था। गुरु, मुख्यमन्त्री से सींग फँसाये बैठा था। किसी भी समय पार्टी दो हिस्सों में बँट सकती थी। मुख्यमन्त्री ने विपक्षी विधायकों के पंख काट रखे थे। बघेलसिंह की हैसियत जीरो हो रही थी। वह लोगों से टूट रहा था। लोग मुख्यमन्त्री पक्ष के नेताओं से जुड़ रहे थे।

बघेलसिंह का राजनीतिक भविष्य खतरे में था। यदि पार्टी के दो टुकड़े न हुए तो मुख्यमन्त्री उसका टिकटवाला पत्ता काट देगा। यदि पार्टी बच रही, उसे टिकट भी मिल गया, फिर भी उसके जीतने की सम्भावना नहीं थी। असुरक्षित महसूस कर रहा बघेलसिंह असर-रसूख बनाने की जगह पैसा बनाने की ओर ध्यान दे रहा था। दोनों अवस्थाओं में पैसे की आवश्यकता थी। टिकट न मिला तो अगले पाँच वर्ष आराम से निकालने के लिए पैसा चाहिए था। फिर पता नहीं कभी हुकूमत में आने का अवसर मिले या नहीं।

इसी सोच के तहत बघेलसिंह ने एक तगड़ी मछली अपने जाल में फँसायी थी।

जब से इस केस की गीदड़सिंगी बघेलसिंह के हाथ लगी, उसके दिन बदलने लगे थे।

बघेलसिंह की ओर से शुरू की गयी जंग का सबसे अधिक खतरा कप्तान मान रहा था। उसने तुरन्त लटकते आ रहे सभी कार्य पूरे कर दिये। वकील के रिश्तेदार को निर्दोष घोषित कर दिया। उसके हलके में मर्जी का एस.एच.ओ. लगा दिया।

डी.आई.जी. के साथ बघेलसिंह ने सीधा पंगा नहीं लिया। लेकिन डी.आई.जी.

अपनी कमजोरी भाँप रहा था। वह बघेलसिंह को अदब से कुर्सी देने लगा।

मुख्यमन्त्री की कोठी में रिश्ते सुधरने शुरू हो चुके थे। प्रधान-सचिव व राजनीतिक सचिव उसके कार्यों को प्राथमिकता देने लगे। दोनों अफसरों के साथ उसने भेद साझा कर लिया। छिट-पुट काम सचिव अपने हस्ताक्षरों से करा देते। बघेलसिंह ने उनके घरों में तोहफे भेजने शुरू कर दिये। पारिवारिक साझ बना ली।

इस आसामी से सभी को अच्छी रकम मिलने की आशा थी। यही आशा उनके नये रिश्ते की जड़ थी।

बघेलसिंह दूर की सोच रहा था। इस पार्टी के माध्यम से वह मुख्यमन्त्री को खुश करना चाहता था। बस थोड़ी-सी सख्ती व थोड़े सब्र की आवश्यकता थी।

इसी नीति के तहत वह पंकज की सिफारिशें ठुकरा रहा था।

कई दिन की दौड़-धूप व मिन्नतों के बाद मुश्किल से बघेलसिंह ने उन्हें मुलाकात का समय दिया।

पहली मुलाकात में बहुत से गिले-शिकवों पर विचार-चर्चा चली। दोनों पक्षों की ओर से उन शिकवों को दूर करने का आश्वासन दिया गया।

तीसरी मुलाकात में असली मुद्‌दे पर विचार किया गया।

"चुनाव सिर पर है। ऐसी खौफनाक घटना के कारण मुख्यमन्त्री की इस शहर से लेकर विदेशों तक बदनामी हो रही है। ऊपर से पुलिस ने मुँह काला कर लिया। वे किसी को मुँह दिखाने लायक नहीं रहे। तब से इस शहर में पाँव नहीं रखा। सभी प्रोग्राम कैंसिल कर दिये। कहते हैं तब आऊँगा, जब सारे मुजरिम पकड़े जाएँगे। आपको पता ही है वे असली मुलजिम किन्हें कहते हैं।"

"मुलजिम कौन हैं? यह बात छोड़ो। बताओ पिण्ड कितने में छूटेगा? कितना पार्टी 'फण्ड' हमारे जिम्मे लगेगा?"

अजय को बघेलसिंह की रहस्यमयी बातों से चिढ़ लग रही थी। मुँह से कुछ और ही न निकल जाए इसलिए वह सीधा असली मुद्‌दे पर आ गया।

"पार्टी फण्ड देना पड़ेगा। कितना देना पड़ेगा, यह तो प्रधानजी ही बताएँगे।"

फण्ड तय करने के लिए अगली मुलाकात अगले दिन पर रखी गयी।

"कितना फण्ड लिया जाए?" इस मुद्‌दे पर विधायक व सचिवों में मतभेद चल रहा था।

विधायक को पंकज वगैरह की आर्थिक स्थिति का ज्ञान था। वह एक करोड़ फण्ड के तौर पर लेना चाहता था। यह रकम वे आराम से दे देंगे। उनके सभी रिश्तेदार करोड़पति थे। दस-दस लाख रुपया डाला तो भी एक करोड़ रुपया बन जाएगा। फिर वे कातिल थे। जेल नजर आ रही थी। बीस-पच्चीस लाख वे पहले ही खर्च चुके थे। लेकिन परनाला वहीं का वहीं था। यह पार्टी फण्ड देकर उनके हाथ

थोक का सौदा लग रहा था। मुख्यमन्त्री के एक ही झटके से शेष जोंकों को उतर जाना था।

सचिव को यह रकम बड़ी लग रही थी। लोग करोड़ों का फण्ड देते थे, लेकिन तब, जब वे कई करोड़ रुपया पार्टी के कारण ही कमाये होते थे। टैक्स चोरी करके या कोटा लगवाकर। यहाँ मामला दूसरा था। आज वे यह रकम दे देंगे। चुनाव के समय विपक्ष को बताकर चुनावी-मुद्दा बना देंगे। बीस लाख काफी था। प्रधान सचिव का यही मत था।

बीस लाख लेकर नंगी क्या नहाएगी क्या निचोड़ेगी? उनके अपने हिस्से तो लाख-लाख से अधिक कुछ न पड़ेगा।

आखिर फैसला शहजादे पर छोड़ा गया। वे केन्द्र सरकार में औद्योगिक मन्त्री रह चुके थे। उस समय उन्हें मायानगर के गहरे समुद्र में छुपे पड़े अनमोल हीरों का ज्ञान हुआ था। मायानगर की आधी पार्टियाँ निजी तौर पर उनसे परिचित थीं। वे जो तय करेंगे सबको मंजूर होगा।

सभी स्थितियों का जायजा लेकर शहजादे ने बघेलसिंह के साथ सहमति प्रकट की। मायानगर के एक प्लॉट की कीमत कई बार एक करोड़ रुपये बनती थी। यहाँ की कई पार्टियाँ करोड़ों रुपये इन्कम टैक्स अदा करती थीं। ये मुलजिम कई फर्मों के मालिक थे। कई कॉलोनियाँ बना चुके थे। किसी कोने में पड़े प्लॉट को बेचकर ये इतनी रकम का प्रबन्ध कर लेंगे। बार रखकर देखो! सहन कर गये तो ठीक। नहीं फिर निहंगों वाली रियायतें दे दी जाएँगी।

बघेलसिंह ने पार्टी की ओर से लिया फैसला पंकज को सुना दिया।

सोचने व पैसे का प्रबन्ध करने के लिए दो दिन का समय दिया गया।

एक करोड़ की माँग पंकज परिवार पर गाज की भाँति गिरी। पन्द्रह दिनों से वह इस मुसीबत में फँसे हुए थे। कारोबार बन्द पड़ा था। सारा काम मुलाजिमों के भरोसे चल रहा था। पता नहीं घाटा पड़ रहा था या लाभ हो रहा था। बीस लाख वे अबतक दे चुके थे। आज तक उन्होंने पैसा खुशी-खुशी दिया था। लगता था यह अन्तिम पड़ाव था। इधर-उधर व बैंकों में पड़ी रकम खत्म हो चुकी थी। आगे से भुगतान के लिए पैसा किसी से पकड़ना पड़ेगा। ऊपर से मार ऐसी कि अब तक खर्च किया गया पैसा गुड़-गोबर बन चुका था।

रिश्तेदारों व दोस्त-मित्रों के साथ फिर से विचार-विमर्श होने लगे।

कुछ समझदार आदमियों ने विचार दिये—

"मुसीबत आयी है तो नुकसान करके ही जाएगी। पैसा देकर पीछा छुड़ा लो। परमात्मा ने बहुत कुछ दिया है। पैसा ऐसी मुसीबतें निपटाने के लिए ही होता है। महीने-दो महीने के लिए जेल जाना पड़ गया तो व्यापार ठप्प हो जाएगा। मिलों पे

ताले लग जाएँगे। काम आप दोनों के हाथ में है। दोनों ही केस में फँसे हैं। जेल जाना पड़ा तो सारा सर्कल टूट जाएगा। कई बार टूटे सर्कल फर्मों को दीवालिये बना देते हैं। पीछा छुड़ा लेने में ही अच्छाई है।''

गर्म दल इस राय से सहमत न था। उनका विचार था कि यह कोई गारण्टी नहीं कि यहाँ पैसा देने से जान सदा के लिए छूट ही जाएगी। फिर कोई साँप अपना फन उठा लेगा। अभी केन्द्र सरकार पड़ी थी। अदालतें पड़ी थीं।

चुनाव होनेवाले थे। सरकार बदल जाएगी। नया मुख्यमन्त्री कहेगा, अब मेरे दरबार में पेश होओ। खतरा दोनों तरफ से था।

कई लोगों को माँगी गयी रकम पर एतराज था। उन्हें लग रहा था बघेलसिंह ने अपने आप ही रकम तय कर ली थी। यदि यह रकम स्वयं मुख्यमन्त्री माँग रहा था तो उसके साथ सीधी बात करनी चाहिए। उसके बहुत से बिचौलिये मायानगर में बैठे थे। किसी और के माध्यम से बात करके जायज रकम दे देनी चाहिए।

केन्द्र तक पहुँच की जाए। कोई केन्द्रीय मन्त्री पकड़ लिया जाए। किसी न किसी तरह बघेलसिंह से पीछा छुड़ा लिया जाए।

जो कुछ भी करना था दो-तीन दिन के भीतर हो जाना चाहिए। हाईकोर्ट की पेशी नजदीक आ रही थी। उससे पहले आई.जी. की रिपोर्ट तैयार होनी चाहिए।

ऐसा न हो सका तो गिरफ्तारी पर लगी पाबन्दी वाला आदेश रद्द हो जाएगा। गिरफ्तारी वाली तलवार फिर सिर पर आ लटकेगी।

सबको मालूम था, मायानगर में कई ऐसे परिवार थे जिनकी मुख्यमन्त्री के बेडरूम तक सीधी पहुँच थी। जब कभी मुख्यमन्त्री मायानगर आता उनमें से किसी एक घर में ठहरता था। किसी ऐसे परिवार की मदद ली जा सकती है।

अजय मायानगर के 'चैम्बर आफ कॉमर्स' का सरगर्म सदस्य था। चैम्बर के प्रधान का मुख्यमन्त्री से सीधा परिचय था। हुक्मरान पार्टी को जब भी पैसे की जरूरत होती, सन्देश सीधा प्रधान के पास पहुँचता था। प्रधान अपने सदस्यों को बुलाता। पहुँच अनुसार माँग करता। रकम मुख्यमन्त्री की कोठी पहुँच जाती थी। किसी के कान पर जूँ तक न रेंगती थी।

बदले में इशारे मात्र से प्रधान के काम हो जाते थे।

प्रधान के साथ बात हुई। उसने चुटकी में कार्य करा देने का भरोसा देकर मुख्यमन्त्री से फोन मिलाया।

''प्रधानजी, यह कोई लायसेंस, कोटे वाला मामला नहीं है। कत्ल का संगीन मामला है।''

यह पहली बार थी, जब मुख्यमन्त्री प्रधान के साथ ऐसे कठोर शब्दों में बोला था। प्रधान के चेहरे का एक रंग उतरने व दूसरा चढ़ने लगा।

"मुझे समय दो। मुझे चण्डीगढ़ आकर बात करनी है।"

"इस लॉ एण्ड ऑर्डर वाले मामले पर कोई बात नहीं हो सकती। वैसे आपके लिए दिन-रात दरवाजे खुले हैं।"

प्रधान ने वही उत्तर अजय को सुना दिया। मामला गम्भीर होने के कारण मुख्यमन्त्री के वश से बाहर था।

धालीवाल टिम्बर स्टोर वाले के साथ बात शुरू की। उसने पहले ही सिर घुमा दिया। वह मुख्यमन्त्री के साथ अपने सम्बन्धों का लाभ अच्छे कामों के लिए उठाता था। कत्ल, डकैती जैसे घटिया कामों के लिए नहीं।

सभी ओर से मिल रहे कोरे जवाब से लग रहा था बघेलसिंह ने मुख्यमन्त्री के सिर में कोई टोना कर दिया। मुख्यमन्त्री उसी जादू के असर में बोल रहा था।

वह एक करोड़ देने को तैयार होने लगे। लेकिन एक भय डराने लगा। एक करोड़ देते ही कहीं पाँच करोड़ की माँग उठ गयी, फिर क्या करेंगे?

अगले खतरे को ध्यान में रखकर दोस्तों-मित्रों ने राय बनायी। बात बीस लाख से शुरू की जाए। मुश्किल से पंकज तीस दे सकता था। रिश्तेदारों की मदद से चालीस तक पहुँच सकते थे। अधिकतम सीमा पचास लाख थी।

बघेलसिंह दस लाख से अधिक रियायत करने को तैयार न था। वह पंकज वगैरह के आँसुओं को मगरमच्छ वाले आँसू बता रहा था। उन्होंने कैसी अनहोनी घटना को अन्जाम दिया था। यह उन्हें ही मालूम होना चाहिए। हो सकता है इस रियायत के पीछे भी उसे झिड़कियाँ खानी पड़ें।

वह पंकज वगैरह को मशवरा दे रहा था। वे माया से कुछ अधिक ही लगाव दिखा रहे थे। उनकी किसी एक फर्म के एक वर्ष के मुनाफे से पीछा छूट सकता था।

बघेलसिंह टस से मस नहीं हो रहा था। उसे समाचार मिल रहे थे। मुख्यमन्त्री प्रत्येक सिफारिशी को कोरा जवाब दे रहा था।

मुख्यमन्त्री की ओर से बघेलसिंह को सम्पूर्ण अधिकार थे। वह जहाँ चाहे सौदा तय कर सकता था।

बघेलसिंह इन अधिकारों का प्रयोग खुलकर कर रहा था।

"लगा लो बेटा जोर, पानी आखिर पुल के नीचे से ही बहना है।" मन ही मन वह पंकज वगैरह पर खुश हो रहा था।

सोच-सोचकर पंकज वगैरह पागल हो रहे थे। मसाल किसी किनारे न लग रहा था।

उधर हाईकोर्ट की पेशी नजदीक आ रही थी। वकील का सन्देश आ रहा था। वह एडवोकेट जनरल के साथ बात करना चाह रहा था।

किसी फैसले पर पहुँचने से पहले उन्होंने वासुदेवा से विचार-विमर्श करना ठीक

समझा। यदि वैसे ही अग्रिम जमानत मंजूर हो जाए फिर इतनी रकम गँवाने का क्या लाभ?

पार्टी फण्ड का रेट सुनकर वासुदेवा हैरान रह गया।

हम यहाँ सभी को पैसे दिये बैठे हैं। सौ प्रतिशत अपनी जमानत मंजूर हो जाएगी। अग्रिम जमानत होने से पुलिस व जेल वाले झंझट से छुटकारा मिल जाएगा। मुकदमा चलते-चलते कई वर्ष बीत जाएँगे। कई सरकारें बदल जाएँगी। पाँच-दस लाख की बात होती तो मैं भी सहमति दे देता। इतनी बड़ी रकम देने को मैं भी सहमति नहीं दे सकता।''

''यदि जमानत न हुई तो?''

''कैसे नहीं होगी? पैसे नहीं दिये! जज अपने साथ। सरकारी वकील अपने साथ। पुलिस अपनी मुट्ठी में। जमानत रोकेगा कौन?''

''बुरे के घर तक सोचकर चलना चाहिए। यदि न हुई तो?''

''न हुई तो सुप्रीम कोर्ट जाएँगे। वहाँ अपनी यहाँ से ज्यादा चलती है। वह अदालत मुख्य-मन्त्रियों को भी जेल भेज देती है। प्रधानमन्त्री तक को दिन में तारे दिखा देती है।''

''आप अन्तिम फैसला करें। हमें कुछ भी नहीं सूझ रहा। जो कहोगे, वही करेंगे।''

''मेरी राय स्पष्ट है। पहाड़ के नीचे आने की आवश्यकता नहीं। सहता-सहता देने में हर्ज नहीं। जमानत के आदेश तक देख लो। आवश्यकता पड़ी तो देख लेंगे।''

''अंकल प्रतापसिंह मिल सकते हैं?''

''वे बाहर हैं। चिन्ता न करें। उनकी भी यही राय रहेगी।''

''वासुदेवा की बातों से उनका मन टिक गया। उन्होंने फैसला कर लिया। हाईकोर्ट के फैसले तक वे बघेलसिंह को टरकाते रहेंगे।

पचास

पिछले हफ्ते से किसी ने भी अस्पताल में चक्कर न लगाया था। मरीजों की देख-रेख के लिए रामनाथ था। संगीता थी या फिर नेहा।

घटना को एक मास बीत रहा था। दुःख भरे दिनों का एक-एक पल कई-कई युगों के समान लम्बा था। फिर भी रामनाथ को पता चलता था, कब दिन उदय होता व कब अस्त हो जाता था।

रामनाथ स्वयं को आलसी व्यक्ति मानता था। सुबह लेट उठना। धीरे-धीरे नहाना-धोना। काम पर देरी से जाना। कभी शहर से बाहर जाना पड़ जाए तो उसके पिस्सू पड़ जाते। जहाँ तक हो सकता वह घर से बाहर जाने से टलता था। दूसरी जगह न उसे नींद आती, न ही खाना-पीना ठीक बैठता। सुबह उठते ही उसे कब्ज हो जाती थी। हफ्ता भर दवा खाकर पेट मुश्किल से ठीक जगह आता था।

पिछले एक मास से सब कुछ उसके स्वभाव के उलट हुआ था। वह दिन-रात चकरी की भाँति घूम रहा था। एक पल वह अस्पताल होता, दूसरे पल थाने। तीसरे कचहरी में तो चौथे पल कोठी। न खाने का खयाल था न सोने का। जब जो मिला निगल लिया। जहाँ अवसर मिला झपकी ले ली।

दो-चार रातों को छोड़कर शेष रातें रामनाथ ने अस्पताल में व्यतीत की थीं। दोनों मरीज जनरल वार्ड में थे। मरीजों के वारिसों को उनके पास वार्डों में सोने की इजाजत नहीं थी। प्रत्येक मरीज के बेड के पास एक ढाई फुट लम्बा, पौना फुट चौड़ा बेंच था। दिन में यह बेंच हाल पूछने आये रिश्तेदारों के काम आता, रात को रामनाथ की कमर सीधी करने के।

कभी कोई रिश्तेदार रात कटवाने आ जाता तो रामनाथ अस्पताल के बरामदे में सो रहे मरीजों के वारिसों के पास अपनी दरी बिछा लेता। अस्पताल में जल रही लाइटें, मरीजों व उनके वारिसों का शोर पहले-पहल उसे तंग करते थे। रात-रात भर नींद नहीं आती थी। गलती से कहीं आँख लग भी जाती तो कोई न कोई नर्स उसे आ झँझोड़ती। कभी वेद की करवट बदलनी होती, कभी गीले-भीगे कपड़े बदलने होते। एक बार कच्ची नींद उठने के बाद उसे कभी नींद नहीं आती थी। करवटें बदलता हुआ वह नीरज व पंकज पर कुढ़ता रहता। उन्हें जेल भिजवाने की योजनाएँ बनाता रहता।

रामनाथ ने कहीं पढ़ा था कि मानव के भीतर असीम शक्ति का स्रोत है। आवश्यकता पड़ने पर ये शक्तियाँ खुद ही जागृत हो उठती हैं। जागृत शक्तियाँ मानव से अद्भुत कार्य करा देती हैं।

यह कथन रामनाथ पर खरा उतर रहा था। इस एक मास में उसे न बुखार चढ़ा, न कब्ज हुई थी। न ही सीढ़ियाँ चढ़ते वक्त कभी साँस फूला था। न ही घुटनों में दर्द हुआ। वह टिटहरी की भाँति घूमता रहता था।

भाइयों के साथ छोड़ जाने के कारण उसकी भीतरी शक्तियाँ जैसे फिर से सो गयी थीं। अब अकेले बैठे रामनाथ का दिल घबराने लगता था। चौपट हो रहे धन्धे की चिन्ता दिन-रात सता रही थी। वकालत में स्थापित होने के लिए रामनाथ ने दस वर्ष तक कठिन तपस्या की थी। पटवारियों, सरपंचों, कामरेडों व राजनीतिक नेताओं की मुट्ठी-चम्पी करके उसने मुश्किल से रोटी खाने लायक काम चलाया था। फिर

से लाइन में आने के लिए उसे पता नहीं कितने वर्ष और लगें?

रामनाथ व संगीता ने मिलकर मुश्किल से बच्चों के भविष्य का मुँह-माथा सँवारा। बेटा बी.ए. के अन्तिम वर्ष में था। यदि नम्बर कम रह गये तो उसे पंजाब के किसी लॉ कॉलेज में दाखिला नहीं मिलेगा। पंजाब से बाहर जाकर तो पढ़ाई का नुकसान होना था, दूसरे खर्च दुगुना हो जाना था। उससे छोटी बेटी एम.बी.बी.एस. में दाखिला लेने की आशा बाँधे बैठी थी। कॉलेज की पढ़ाई के साथ-साथ उसे कम्पीटिशन की तैयारी के लिए कई जगह ट्यूशन के लिए जाना पड़ता था। सबसे छोटी बेटी दसवीं में थी। उसका भविष्य भी इसी कक्षा में से प्राप्त किये अंकों पर निर्भर करता था। उनके मायानगर रहने के कारण तीनों बच्चों का भविष्य धुँधला होता जा रहा था।

संगीता की बदली किसी दूर गाँव में हो गयी तो उनके घर की सारी व्यवस्था उलट-पुलट हो जाएगी।

अकेला बैठा रामनाथ जल्दी से जल्दी अपने शहर लौट जाने के लिए बेचैन हो जाता।

कुछ दिनों से दोनों मरीजों की स्थिति स्थिर बनी हुई थी। यदि कुछ दिन कोई गड़बड़ न हुई तो उन्हें अस्पताल से छुट्टी हो सकती थी।

आशा की यह किरण रामनाथ के बुझ रहे मन को रोशन कर रही थी।

लेकिन नीलम के वार्ड में पड़े मरीजों के वारिस रामनाथ से उलटा सोच रहे थे।

नीलम के दौरे बन्द थे। लेकिन बेहोशी कायम थी। उसकी हालत पन्द्रह दिन पहले जैसी थी। नीलम को जितना स्वस्थ होना था, हो चुकी थी। अस्पताल में उसे रखने का कोई लाभ न था। आठ घण्टों बाद उसकी ग्लूकोज वाली बोतल बदली जाती थी। नर्सें दिन में तीन-तीन बार दवा देतीं। यह काम किसी नर्स को घर बुलाकर भी हो सकता था।

इसी तरह के कई मरीज साल भर से इसी वार्ड में पड़े थे। डॉक्टर तब तक छुट्टी नहीं देंगे, जब तक माँगी न जाए। प्राइवेट अस्पताल था। फीसों में से डॉक्टरों-नर्सों को कमीशन मिलता था। कोई अपने रोजगार को धता क्यों बताएगा?

यही विचार वेद के हमदर्दों का था। उसके जबड़े वाली तार खुल चुकी थी। दर्द कम हो चुका था। वह थोड़ा-बहुत बोलने लगा था। तरल पदार्थ लेने लगा था। पलस्तर छः सप्ताह के बाद खुलना था। आवश्यकता पड़ी तो दोबारा लग सकता था। पिछले दस-बारह दिनों में डॉक्टरों ने भला क्या किया था? डॉक्टर दिन में एक बार आता था। हॉल पूछकर लौट जाता था।

"क्यों अस्पताल में लुट रहे हो? घर जाओ। काम सँभालो। पन्द्रह दिनों के बाद एक्सरे कराकर दिखा जाया करो।"

रामनाथ को लोगों की राय ठीक लगी। डॉक्टर उनको उल्लू बना रहा था। मरीज छुट्टी के काबिल थे।

छुट्टी रामनाथ की आवश्यकता भी थी।

डॉक्टरों के साथ विचार किया, वे अपने विचार देने लगे।

नीलम की स्थिति में तेजी से सुधार हो रहा था। डॉक्टरों को आशा थी कि दो-चार दिन में वह इशारे समझने लगेगी। चमचा होंठों पर लगाने से मुँह खोलने लगेगी। इतना-सा सुधार होते ही अस्पताल से छुट्टी दे दी जाएगी।

अभी छुट्टी करने से सुधरी स्थिति भी बिगड़ सकती थी। एक बार की कोताही नीलम के दिमाग को सदा के लिए सुन्न कर सकती थी। डॉक्टर स्वयं छुट्टी नहीं दे सकते। उनकी राय से उलट ही मरीज को ले जाया जा सकता था।

यही राय, वेद के डॉक्टर की थी। मरीज की आयु ज्यादा थी। हड्डी जुड़ने में देर लग रही थी। हड्डी कच्ची थी। जख्म ताजा थे। घर जाकर देख-रेख में कोई कमी रह गयी तो जख्मों में पस पड़ सकती है। प्लेटें खिसक सकती हैं। हड्डियाँ गलत जगह जुड़ सकती थीं। मरीज बार-बार ऑपरेशन करा सकने की स्थिति में नहीं था। छः सप्ताह बाद स्कैन कराकर एक-एक हड्डी का जायजा लिया जाना था। अब तक सब अच्छा था। इसी तरह चलता रहा तो छः सप्ताह बाद छुट्टी हो जानी थी।

घर तक पहुँचते, खाट बदलते, उठते-बैठते, हड्डियों को खतरा ही खतरा था।

डॉक्टरों की राय ने रामनाथ की घर जाने की योजनाओं को धूमिल कर दिया था।

वह मन मारकर बैठ गया।

"जल्दी क्यों करते हो? जहाँ इतने दिन काटे हैं वहीं चार दिन और सही। बाद में पछताओगे। बहन-बेटी का काम है।"

संगीता ने रामनाथ का धैर्य बँधवाने की कोशिश की।

"और हम कर भी क्या सकते हैं?"

रामनाथ आह भरने के सिवा कुछ नहीं कर सकता था।

उसने यही किया।

इक्यावन

शतरंज के खिलाड़ियों की तरह दोनों पक्षों ने अपनी-अपनी चाल चलनी शुरू कर दी। एक ओर व्यापारिक चालें थीं, दूसरी ओर राजनीतिक हथकण्डे।

पंकज वगैरह बघेलसिंह के साथ चल रही बात को लटकाने लगे। अपनी समझ में वे अग्रिम जमानत के सभी प्रबन्ध कर ही आये थे। सरकारी वकील ने उनकी पीठ थपथपायी थी। वासुदेवा अपनी छाती ठोक रहा था। अग्रिम जमानत में अब कोई कमी शेष न थी।

बघेलसिंह राजनीति का मँजा हुआ खिलाड़ी था। वह पंकज के इरादे भाँप गया। अपनी जिद पूरी करने के लिए हाईकोर्ट से अग्रिम जमानत की अर्जी रद्द कराना आवश्यक था।

भीतर ही भीतर बघेलसिंह अर्जी रद्द कराने के प्रबन्ध करने लगा।

सबसे पहले उसने विपक्ष के विधायक से बात की। बघेलसिंह हुक्मरान पार्टी का विधायक था। वह सरकार के विरोध में नहीं चल सकता था। विपक्ष का विधायक एक प्रेस कान्फ्रेंस बुलाकर सरकार पर हमला करे। पुलिस व मुलजिमों की मिली-भगत के किस्सों का पर्दाफाश करे। असल मुलजिमों को पकड़ने व कटघरे में खड़ा करने की माँग करे। माँग न माने जाने की स्थिति में लोकहित पिटीशन के द्वारा मुकदमे की जाँच सी.बी.आई. के सुपुर्द करने, अनशन करने, व मरणव्रत रखने की धमकी। प्रेस कान्फ्रेंस को जोरदार व सनसनीखेज बनाने के लिए बघेलसिंह ने विधायक को कुछ ऐसे सबूत दिये जिनसे पुलिस की पोल खुलती थी। विधायक को न अनशन करने की आवश्यकता, न हड़ताल करने की। मुख्यमन्त्री द्वारा शेष मसला वह स्वयं निपटा लेगा।

समाचारों में रहना राजनीतिक लोगों की मजबूरी है। अन्धा क्या चाहे दो आँखें! बिरादरी को खुश करने के लिए विधायक तुरन्त कान्फ्रेंस करने के लिए तैयार हो गया।

पत्रकार कीट-पतंगों की भाँति इकट्ठे हो गये। सुर्खियाँ तलाशना उनकी मजबूरी थी।

अगले दिन सचित्र समाचार छप गये।

कुछ दिनों से ठण्डे पड़े मसलों में फिर से चिनगारी लगा दी।

बघेलसिंह ने मुख्यमन्त्री के कार्यालय में फोन घुमाये।

"विपक्ष की धमकियों का लाभ उठाया जाए। पुलिस कप्तान की खिंचाई करके मिसल की कमियाँ दूर की जाएँ। हाईकोर्ट में से अर्जी रद्द कराने की उसकी व्यक्तिगत जिम्मेदारी लगायी जाए।

ऐसा ही हुआ।

उस हवलदार को एक बार फिर सस्पेण्ड किया गया जो कचहरी जाने की जगह मेलू की डेयरी में जाकर शराबी हो गया था। उसे चार दिनों बाद ही बहाल क्यों किया गया? यह स्पष्टीकरण कप्तान से माँगा गया।

इतने से झटके के साथ पुलिस हरकत में आ गयी। मिसल पूरी कराने के लिए कप्तान दिलचस्पी लेने लगा।

पहले अपने रीडर के द्वारा उसने मिसल जिला अटार्नी के पास भेजी। वह उस मिसल को जाँचे, कमियाँ दूर करे।

जिला अटार्नी ने ऐसे ही किया। पंकज वगैरह के विरुद्ध जो कुछ मिसल पर लाया जा सकता था, ले आया। झूठे-सच्चे गवाह खड़े करके उनके बयान लिखे। किसी को साजिश गढ़ते, किसी को पंकज द्वारा ठेकेदार को पैसे देते दिखाया गया।

मिसल की गम्भीरता को समझते हुए जिला अटार्नी ने मरा हुआ साँप अपने गले से उतारना उचित समझा। मिसल पूरी करके उसने कप्तान को मशवरा दिया। बहस किसी एडवोकेट जनरल ने करनी थी। उसकी तसल्ली कराना जरूरी था।

अब मिसल एडवोकेट जनरल के पास ले जाओ। बाकी कमी उससे पूछकर दूर करो। मिसल के साथ किसी जिम्मेदार अफसर को भेजो। तुरन्त कुछ नहीं होनेवाला।

कप्तान को जिला अटार्नी का यह मसवरा कीमती लगा। तुरन्त इस पर कार्रवाई हुई।

एडवोकेट जनरल के साथ बात करना रीडर के वश की बात न थी। एक एस. पी. की ड्यूटी लगायी गयी। विचार-विमर्श एस.पी. करेगा। एक जिला अटार्नी कप्तान के ऑफिस में तैनात था। उससे विनती की गयी। वह भी साथ चला जाए। जरूरी नुक्ते समझ आये। वापस आकर कमियाँ दूर कर दे। साथ गये अफसर ए. जी. के कानों में फूँक मार आये। मुख्यमन्त्रीजी इस अर्जी को रद्द कराने के इच्छुक हैं। ऐसा न हो एडवोकेट जनरल पहले ही कहीं साँठ-गाँठ कर ले। अतः उसे सावधान कर आए।

पुलिस को काम पर लगाकर बघेलसिंह एडवोकेट जनरल के गिर्द हो गया।

मुख्यमन्त्री की ओर से ए.जी. को हिदायत जारी करा दी।

एडवोकेट जनरल बेंच में बैठे जजों से निजी सम्पर्क कायम करे। बेंच का सीनियर जज इसी सरकार का लगाया हुआ था। उससे विनती की जाए। सरकार की इज्जत दाँव पर थी। जज को ही इस इज्जत को बहाल करना था। यदि जज अहसान-फरामोशी करता नजर आए तो एडवोकेट जनरल खुफिया विभाग से मिली सूचना का जिक्र कर दे। खुफिया विभाग के पास यह सबूत तो नहीं थे कि किसके माध्यम से कितनी रकम गयी है। लेकिन सूचना पक्की थी कि कोठी में रकम पहुँच

चुकी थी। सरकार के साथ जज को अपनी इज्जत का भी खयाल रखना चाहिए था।

शेष कमी पुलिस कप्तान को दूर करनी थी।

उसे पेशी से एक दिन पहले बड़ी प्रेस कान्फ्रेंस करके प्रेस विज्ञप्ति जारी करनी थी। शेष रहते तीनों मुलजिमों की बिहार से की गयी गिरफ्तारी की घोषणा करनी थी। साथ ही उनकी ओर से दिये गये बयानों के टेप पत्रकारों को सुनाने थे। इन बयानों में दोषियों द्वारा सारी जिम्मेदारी पंकज वगैरह के सिर मढ़नी थी।

पंकज के कुछ ही वर्षों में करोड़ों की जायदाद इकट्ठी करने की पोल भी खोलनी थी। इस जायदाद के इकट्ठे होने का कारण उनका अण्डर-वर्ल्ड से सम्बन्धित होना बताना था। इस जायदाद की जाँच के लिए कमीशन के गठन की योजना की घोषणा होनी थी। पुलिस डी.आई.जी. का यह बयान अँग्रेजी अखबारों के प्रथम पृष्ठ पर प्रकाशित होना था। जज अँग्रेजी भाषा के अखबार पढ़ते हैं। सुबह ही उनकी नजर इस समाचार पर पड़ेगी। इस खबर से जजों के मन पर असर करना था।

बघेलसिंह इससे भी आगे की सोचकर बैठा था।

वह पंकज वगैरह को सुप्रीम कोर्ट तक नहीं जाने देगा। अर्जी के खारिज होते ही पुलिस उन्हें दबोच लेगी।

डी.आई.जी. के आदेश पर एक विशेष पुलिस पार्टी तैयार की गयी। इस पार्टी को मोबाइल फोन, कारें व आधुनिक सहूलियतें दी गयीं। दो दिन पहले ही पार्टी साये की तरह पंकज व नीरज का पीछा करने लगी।

डी.आई.जी. की इस पार्टी को विशेष आदेश था। अर्जी खारिज होते ही इस पार्टी को सूचित किया जाएगा। मुलजिम किसी अफसर के घर छिपे हुए हों, या किसी राजनीतिक नेता के घर। बिना परवाह उन्हें गिरफ्तार किया जाएगा। गिरफ्तारी के समय खींचातानी धौल-धप्पा करना पड़े तो चलेगा।

व्यापारिक चालें राजनीतिक चालों के आगे मात खा गयीं।

पंकज-नीरज को ऐसे गिरफ्तार करने की योजनाएँ बन रही थीं, इसका खयाल भी उन्हें तो क्या होगा? तेज-तर्रार वासुदेवा को भी न था।

वासुदेवा को अर्जी मंजूर होने की सौ फीसदी आशा थी। अर्जी नामंजूर भी हो गयी, तो उसने तुरन्त अर्जी सुप्रीम कोर्ट में लगाने का प्रबन्ध कर रखा था। पंकज के देहली पहुँचते ही उसके हस्ताक्षर हो जाने थे। अर्जी दायर हो जानी थी।

अर्जी पर बहस सुबह हो चुकी थी। फैसला दोपहर बाद होना था।

पहले वासुदेवा को अर्जी खारिज होने की सूचना मिली थी। अगले ही पल पंकज के गिरफ्तार होने की। पुलिस ने उसे देहली के रास्ते में ही दबोच लिया था।

वासुदेवा को अपनी गलती का अहसास हुआ। उसे स्वयं पर इतना भरोसा नहीं

करना चाहिए था। उसे मुलजिमों को सरेआम घूमने नहीं देना चाहिए था। छुप-छुपा कर दिल्ली जाने का मशविरा देना चाहिए था।

लेकिन अब चिड़ियों द्वारा खेत चुग लिए जाने के बाद पछताने का कोई लाभ न था।

बावन

नीरज को पुलिस चील की भाँति झपटकर ले जाएगी, वह किसी की सोच में ही नहीं था।

विनय की फैक्टरी से फोन आया था। पुलिस दो जिप्सियों में आयी। नीरज को एक काले शीशों वाली कार में धक्के से गिराकर ले गयी। फैक्टरी के मैनेजर ने बहुत मिन्नत की। बताया जाए पुलिस किस स्टाफ की थी। लेकिन पुलिस ने कोई भेद नहीं दिया।

नीरज की पत्नी ने झट चारों ओर फोन घुमा दिये। सभी रिश्तेदारों-मित्रों को कोठी पहुँचने की विनती थी।

पंकज की पत्नी ने मोबाइल द्वारा पंकज से सम्पर्क करने की कोशिश की। घण्टी बजी। लेकिन फोन नहीं चला। दूसरी बार फोन मिलाया। टेप चलने लगी। ''फोन बन्द है।''

नीलू का दिल धड़कने लगा। पंकज के फोन पर घर का नम्बर आ गया। उसे पता लग चुका था कि फोन घर से ही आया था। फिर उसने फोन सुनने की जगह बन्द क्यों कर दिया? लगता था वह संकट में है।

कहीं उसे भी गिरफ्तार न कर लिया हो? नीलू के मन से आवाज आयी।

शंका दूर करने के लिए नीलू ने पंकज के साथ गये दोस्तों के फोन मिलाये। सभी फोन एक ही रट लगा रहे थे, ''फोन रेंज से बाहर है।''

सभी कहाँ गये? नीलू बेचैन हो उठी।

सन्देश मिलते ही रिश्तेदार-मित्र कोठी पहुँचने लगे। कोठी के आगे गाड़ियों की भीड़ जुट गयी। आ रहे लोगों के हाथों में अपने-अपने फोन थे। प्रत्येक अपने-अपने साधन से सम्पर्क करके स्थिति की जानकारी लेने की कोशिश करने लगा।

'धीर कंस्ट्रक्शन कम्पनी' का मालिक देवराज धीर डी.आई.जी. का लँगोटिया यार था। उसने आते ही उसकी कोठी में फोन मिलाया। उत्तर आया, ''साहब शहर से बाहर हैं।'' धीर ने रीडर से बात की। नीरज को किस पुलिसिये ने पकड़ा था?

अब वह कहाँ था? उसने प्रश्नों की झड़ी लगा दी।

रीडर को मालूम था धीर व डी.आई.जी. पगड़ी बदल भाई हैं। साहब ने कभी धीर को किसी काम से इनकार नहीं किया। उनकी ओर से रीडर को भी आदेश था कि साहिब की गैर हाजरी में भी धीर को कभी आवश्यकता पड़े तो साहब का नाम लेकर उसका काम करा देना।

रीडर ने कसम खायी। उसे कुछ भी मालूम न था। उनके कार्यालय की ओर से नीरज को पकड़ने का कोई आदेश नहीं दिया गया। न ही उसकी गिरफ्तारी सम्बन्धी डी.आई.जी. के कार्यालय को कोई सूचना मिली थी।

डॉक्टर चावला ने पुलिस कप्तान को फोन किया। वह कप्तान का दोस्त भी था और फैमिली डॉक्टर भी। कप्तान के सभी रोगों का उसे ज्ञान था। वे हमराज थे। एक-दूसरे की कमियों को जानते थे। चावला कप्तान के उन विशेष मित्रों में से एक था, जिन्हें कप्तान के गुप्त मोबाइल फोन नम्बर का पता था। कप्तान का यह फोन बेडरूम में भी खुला रहता था। बाथरूम में भी।

आज पहली बार फोन बन्द होने के संकेत आ रहे थे।

यह शुभ शगुन नहीं था। अफसरों का इस तरह टलना खतरे का संकेत था। मतलब साफ था। केस उनके हाथों से निकल चुका था। वे मदद करने में असमर्थ थे। डर के मारे मुँह छुपा रहे थे।

मददगारों की गिनती तेजी से बढ़ने लगी। प्रत्येक पाँच मिनट में दस मददगार कोठी पहुँचने लगे। बाहर के रिश्तेदारों के वापिसी फोन आने लगे। कोई मायानगर की ओर चल पड़ा, कोई नजदीक आ गया।

नीरज की गिरफ्तारी की खबर सुनकर सिंगला भी कोठी आ गया। उसके सायलों को उसकी मदद की आवश्यकता पड़ सकती थी।

"यह क्या हुआ?" सिंगला के कोठी में प्रवेश करते ही सारी भीड़ कानूनी स्थिति जानने के लिए उसके गिर्द जुड़ गयी।

"मेरा विचार है हाईकोर्ट से अपनी अर्जी रद्द हो गयी। पुलिस ने फौरी कार्रवाई करके नीरज को पकड़ लिया।"

"सही पता किस तरह लगे?"

"अपने वकील को चण्डीगढ़ फोन करो।"

घर के किसी सदस्य के पास न वकील के नाम का पता था, न फोन नम्बर का। वे बाहर क्या करते थे, इस बात का जिक्र वे कभी घर में नहीं करते थे। वकील का नाम व फोन नम्बर कहाँ से पता किया जाए?

सिंगला को अपनी गलती का अहसास हुआ। उनका वकील वासुदेवा था। वकील करने के लिए जाते समय वह उनके साथ गया था। वासुदेवा का कार्ड सिंगला

की जेब में था।

सिंगला ने वासुदेवा को फोन किया।

सिंगला की चिन्ता ठीक निकली। जमानत की अर्जी खारिज हो चुकी थी। अपील करने के लिए पंकज दिल्ली जा रहा था। पुलिस उनका पीछा कर रही थी। रास्ते में दोस्तों के साथ उसे दबोच लिया गया। वासुदेवा को पंकज के एक दोस्त का फोन आया था। इससे पहले कि वासुदेवा पूरी सूचना प्राप्त करता, दोस्त का फोन कट गया। बाद में न उधर से फोन आया, न वासुदेवा का फोन मिला। वासुदेवा का विचार था, पुलिस ने उनके फोन पकड़ लिये थे।

''अब पंकज कहाँ हो सकता है?'' डॉक्टर चावला ने कानूनी नजरिये से सिंगला से पूछा।

''दो स्थितियाँ हो सकती हैं। पहली यह कि पंकज को जिस मजिस्ट्रेट की सीमा में पकड़ा है, उसके सामने पेश करें। राहदारी हिरासत प्राप्त करें। लेकिन पुलिस ऐसा करेगी नहीं। हो सकता है वे पंकज को एक-दो दिन ठहरकर पेश करें। या पहले किसी उच्च अधिकारी के सामने पेश करें। वैसे नब्बे फीसदी सम्भावना है कि उसे मायानगर लेकर आएँगे। मिसल को पूरा करके दोनों भाइयों को अदालत में पेश किया जाएगा।''

इस दौरान पंकज का ससुर लाला परमानन्द अपने साथियों सहित कोठी पहुँच गया। वह नोटों से भरे दो अटैचीकेस साथ लेकर आया था। आते ही सबसे पहले उसनें दोनों अटैचीकेस अपनी बेटी के हवाले किये।

''चिन्ता न कर बेटी। मैं पैसा पानी की भाँति बहा दूँगा। सरकार हिलाकर रख दूँगा। देखना शाम तक जँवाई बाबू घर आ जाएँगे।''

सबसे पहले लालाजी ने आँखें फैलाये खड़ी बेटी को छाती से लगाया। फिर नीलू का सिर पलोसा।

लालाजी का साढ़ू अभी-अभी सेशन जज रिटायर हुआ था। वह चण्डीगढ़ रहता था। उसे फोन कर दिया गया था। वह पहुँचने ही वाला था। उसके आते ही कानूनी कार्रवाई शुरू हो जाएगी।

नीरज की ससुराल अम्बाला में थी। ससुर सरदारी लाल इन्कम टैक्स कमिश्नर था। उसकी पोस्टिंग कोलकाता की थी। उससे सम्पर्क हो चुका था। वह हवाई कम्पनियों से सम्पर्क साध रहा था। सीट मिलते ही मायानगर की ओर उड़ान भर लेगा।

मायानगर का इन्कमटैक्स कमिश्नर मेहता उसका बैच-मेट था। सरदारी लाल ने उसे फोन कर दिया था। मेहता साहिब ने अपने प्रयत्न आरम्भ कर दिये। पुलिस की भाँति इन्कमटैक्स वालों से सारी दुनिया डरती है। उसे शीघ्र ही कोई सुराग मिलने

की सम्भावना थी।

शाम तक रिश्तेदार तो दूर-दूर से घर पहुँच गये। लेकिन दोनों भाइयों का कोई सुराग न मिला। मन्त्री, डी.आई.जी., कप्तान, डॉक्टर। जहाँ तक जिसकी पहुँच थी, कोशिश करके देख लिया था। लेकिन कहीं से कोई इशारा तक न मिला।

जब समस्या हल होने पर आयी तो एक मामूली व्यक्ति से ही हल हो गयी।

सिंगला का मुंशी किसी काम से जिला अटार्नी के ऑफिस गया था। रीडर से पता चला साहिब नीलों रेस्ट हाउस में बैठे मिसल तैयार करा रहे हैं। कौन-सी मिसल? इस पर रीडर ने स्वयं ही बता दिया।

पंकज व नीरज को गिरफ्तार किया जा चुका था। पुलिस रिमाण्ड प्राप्त करने के लिए अर्जी तैयार करा रहे हैं। कोई कानूनी कमी न रह जाए इसलिए कप्तान जिला अटार्नी को साथ लिये बैठा था।

कोठी में सैकड़ों आदमी इकट्ठे हो चुके थे। खूब शोर हो रहा था। प्रत्येक अपना मशविरा दे रहा था। हर कोई अपना प्रभाव दिखा रहा था। कोई अफसरी का, कोई पैसे का।

सिंगला मिल चुकी सूचना साझी करे तो किसके साथ?

इतने में शोर हुआ। सेशन जज साहिब आ गये। सारी भीड़ उनके गिर्द जमा हो गयी। तरह-तरह के प्रश्न होने लगे।

किशोरीलाल को जैसे ही थोड़ी-सी फुरसत मिली, सिंगला ने तुरन्त उनसे सम्पर्क साधा। अपना परिचय देकर प्राप्त हुई सूचना के सम्बन्ध में बताया।

"मिसल तैयार हो रही है।" समाचार सुनकर किशोरीलाल को थोड़ी राहत महसूस हुई। मतलब स्पष्ट था। देर-सबेर उन्हें अदालत में पेश किया जाना था।

गम्भीर विचार-विमर्श के लिए किशोरीलाल, सिंगला व परमानन्द को एक ओर ले गया।

"अँधेरा होने को है। आपका क्या विचार है कि पुलिस अब उन्हें मजिस्ट्रेट के सामने पेश करेगी?"

किशोरीलाल पैंतीस वर्ष से यही काम करता आया था। उसे सिंगला से कई गुना अनुभव था। लेकिन अपने केस के बारे में उसे सही अनुमान नहीं लग रहा था।

"सम्भव कुछ भी है। लेकिन ऐसा होना नहीं चाहिए। आज वे गिरफ्तारी दिखाएँगे। कल पेश करेंगे, मुझे ऐसे लगता है। कोई मजिस्ट्रेट रात को कोई कार्रवाई नहीं करेगा। आपको अरोड़ा मजिस्ट्रेट की कहानी पता ही होगी।"

सिंगला यह नतीजा अरोड़ा मजिस्ट्रेट के साथ घटित घटना के आधार पर निकाल रहा था।

अरोड़ा मजिस्ट्रेट ने पंकज जैसे एक अमीरजादे की जमानत रात के बारह बजे

मंजूर कर ली थी। विपक्ष ने उसकी शिकायत कर दी। रात में अदालत लगाने की आफत क्या थी? जज को अपना पक्ष स्पष्ट करने के लिए कोई रास्ता न मिला। नौकरी से उसकी छुट्टी हो गयी।

"यानी कि सुबह ही पेश करेंगे।" किशोरीलाल ने अनुमान लगाया। इसी में पंकज-नीरज की भलाई थी। किशोरीलाल वगैरह को बहुत से प्रबन्ध करने थे। इन कामों के लिए उन्हें खुला समय मिल जाना था। सबसे पहले उन्हें मजिस्ट्रेट तक पहुँच करनी थी। दोषियों को पुलिस रिमाण्ड न दिया जाए। सरकारी वकील से मिलना था। वह अपना स्वर मद्धम रखे। डॉक्टरों के साथ सम्पर्क करना था। पुलिस रिमाण्ड मिल गया तो मुलजिमों को बीमार घोषित कर अस्पताल दाखिल कर लें। जेल अधीक्षक को मिलना था। उससे भी क्लास लेनी थी। जेल के अस्पताल में बेड खाली रखने थे। बहुत से फ्रण्ट पर लड़ना था।

किशोरीलाल का इनके साथ मशविरा चल ही रहा था कि मेहता साहिब का फोन आ गया। उसका कप्तान साहिब से सम्पर्क हो चुका था। लड़के ससुराल थे। किसी ने किसी को कुछ नहीं कहा था। चण्डीगढ़ से आयी विशेष पुलिस पार्टी ने उन्हें गिरफ्तार किया था। दोषियों को स्थानीय पुलिस के हवाले करके पार्टी जा चुकी थी। पूछ-ताछ व लिखना-पढ़ना करीब-करीब पूरा हो चुका था। लगभग एक घण्टे के बाद उन्हें सी.आई.ए. स्टाफ में ले आएँगे।

कप्तान ने मेहता को विश्वास दिलाया था। लड़कों को रात के वक्त रेस्ट हाउस में रखा जाएगा। कोई तकलीफ नहीं होने दी जाएगी।

उन्हें अदालत में कल पेश किया जाएगा।

सुनकर सबकी धड़कन सामान्य हो गयी।

तिरेपन

बघेलसिंह अपनी कोठी में बैठा स्थिति पर नजर रखे हुए था।

पंकज-नीरज के सैकड़ों मददगार मायानगर पहुँच चुके थे। उनमें कुछ राजनीतिक व्यक्ति थे। कुछ अफसर व कुछ धनाढ्य। प्रत्येक अपना रसूख प्रयोग कर रहा था।

बघेलसिंह को सूचना मिली। एक आई.ए.एस. अधिकारी ने होम सेक्रेटरी से जिला अटार्नी को फोन कराया था। जिला अटार्नी ने सिफारिश की कद्र की थी। उसने उस इलाका मजिस्ट्रेट के पेश होनेवाले सरकारी वकील को अपनी कोठी

बुलाकर डाँट लगायी थी।

"बहस इस ढंग से हो कि जज को लगे जाँच पूरी है। मुलजिमों का पुलिस हिरासत में जाना बेकार है।"

एक रिटायर सेशन जज व दो मजिस्ट्रेट विनय के साले के कारखाने में बैठे थे। रात को वे तीनों मायानगर के मजिस्ट्रेट को क्लब में मिलेंगे। शुगल-मेले के साथ-साथ सिफारिश होगी। दोषियों का पुलिस रिमाण्ड नहीं देना। यही जोर दिया जाएगा।

स्वास्थ्य विभाग के निदेशक का सिविल सर्जन को फोन आ चुका था।

डॉक्टरी मुआयने के वक्त वह अपने कार्यालय में मौजूद रहे। मुआयने के बाद दोनों दोषियों को किसी गम्भीर बीमारी का शिकार बताकर उन्हें तुरन्त डॉक्टरी सहायता की सिफारिश की जाए। आपातूस्थिति बताकर उन्हें अस्पताल में दाखिल कर लिया जाए।

सिविल अस्पताल के हृदय रोग माहिर डॉक्टर मेहरा, डॉक्टर चावला का दोस्त था। डॉ. मेहरा ने डॉ. चावला को सौ फीसदी काम हो जाने का विश्वास दिलाया था। ऐसा कार्य तो वह कैण्टीन के ठेकेदार के कहने से कर देते थे। वह तो शहर का प्रसिद्ध डॉक्टर था।

बघेलसिंह की सूचना के अनुसार सिफारिशी जेल का चक्कर लगा आया था। किसी कारणवश सिविल अस्पताल में दाखिल होने की योजना पूरी न हो सके तो लड़कों को जेल के अस्पताल में दाखिल कराना था। डॉक्टर ने पहले पड़े दो मरीजों की छुट्टी करके दो बेड खाली करा लिये थे। लड़कों के स्वागत के लिए वह तैयार था।

बघेलसिंह को भेदी ने यह सूचना दी थी कि खाली सिफारिशें नहीं हो रही हैं। पद के अनुसार बन्द लिफाफे व तोहफे पहुँच रहे हैं।

सबसे बुरी खबर यह थी कि दोषियों के साथ शाही-मेहमानों-सा व्यवहार हो रहा था। संगीन जुर्म करनेवालों को जेल की जगह रेस्ट हाउस में ठहराया गया था। अफसरों ने उन्हें अपने साथ खाना खिलाया था तथा सोने के लिए गद्दों वाले बिस्तरे दिये थे।

यदि पंकज-नीरज को सहूलतें इसी भाँति मिलती रहीं व सबकुछ उनकी योजना के अनुसार हो गया तो बघेलसिंह को पौण्ड कहाँ से मिलेंगे?

उसे उलटा चक्कर घुमाना चाहिए।

पंकज-नीरज की खिंचाई के पीछे बघेलसिंह का हाथ था। यह अब कोई छुपी बात नहीं थी। मुख्यमन्त्री की कोठी से कप्तान को कई बार फोन आ चुका था। बघेलसिंह जो चाहे, उसे मुख्यमन्त्री का आदेश समझकर पूरा किया जाए। पिछली

बार पी.ए. कप्तान को झिड़क रहा था, ''बार-बार फोन करने की नौबत क्यों आ रही है? अब कमी रही तो फोन की जगह तबादले का आदेश आएगा।''

नयी मिली ताकतों के अनुसार वह कप्तान के साथ रौब से बात कर सकता था। सबसे पहले उसी की खिंचाई होनी चाहिए।

आधा घण्टा बघेलसिंह फोन घुमाता रहा। कप्तान कहाँ है कुछ पता न चला। प्रत्येक जगह से एक ही उत्तर आता, ''साहिब, विशेष कार्य में व्यस्त हैं।''

थक-हारकर बघेलसिंह को सी.एम. हाउस का सहारा लेना पड़ा। कप्तान से बोलो, बघेलसिंह से बात करे।

सी.एम. हाउस के आदेशों का पालन हुआ। तुरन्त कप्तान का फोन आ गया।

पहले बघेलसिंह ने कप्तान की ऐसी-तैसी की।

''कोई बुरी घटना घट जाए तो लोग आपके साथ कहाँ सम्पर्क करें? आप छुपकर शराब पीने बैठ जाते हैं। मुलजिम सीना फुलाये गुण्डागर्दी करते घूमते हैं।''

'सॉरी' कहकर कप्तान ने स्पष्टीकरण दिया। वह पंकज-नीरज की मिसल तैयार करा रहा था। सिफारिशें आ रही थीं। इसलिए फोन बन्द था।

बघेलसिंह जिस बिन्दु पर बात करना चाह रहा था, उसने उसे स्वयं छू लिया। बघेलसिंह की समस्या आसान हो गयी।

''सिफारिशें आपने मान भी लीं। रेस्ट हाउस में बैठकर उनके साथ व्हिस्की पी रहे हैं। उनके साथ आम दोषियों वाला व्यवहार क्यों नहीं करते? उन्हें हवालात में बन्द क्यों नहीं करते? कानून सबके लिए बराबर है। ये राजनीतिक कैदी भी नहीं हैं। कत्ल, डकैती के मुलजिम हैं। इन्हें हवालात की हवा लगेगी तो चार और अमीरजादों को कान होंगे। नहीं तो उलटा सिगनल जाएगा। सरकार की बदनामी हो रही है। अमीरों की पक्षधर का धब्बा लग रहा है। उन्हें सही जगह करो।''

''लिखत-पढ़त हो रही थी। पूछ-ताछ चल रही थी। कुछ सिक्योरिटी के वास्ते उन्हें रेस्ट हाउस में रखा था। सुबह होते ही उन्हें हवालात में बन्द कर देंगे।''

''सिक्योरिटी को खतरा पैदा करनेवाले वे कौन पंजवाड़ ग्रुप के अतिवादी हैं कि थाने पर हमला करा देंगे। सिक्योरिटी को कोई खतरा नहीं। सुबह के सूर्य के दर्शन उन्हें हवालात में होने चाहिए।''

''ऐसा ही होगा।''

''एक बात और। कल को उन्हें जहाजों जैसी काले शीशे वाली गाड़ियों में बैठाकर कचहरी न लेकर जाना। पैदल तो न लाना, सरकारी गाड़ियाँ अवश्य हों। हथकड़ी लगाकर लाना। लोगों को अमीरजादों के काले कारनामों का पता तो चले। पुलिस रिमाण्ड पूरा लेना। पता चला है वे सरकारी वकीलों व जजों को मिल रहे हैं। किसी की परवाह मत करना। उन अफसरों को मैं देख लूँगा।''

शेष अफसरों को कैसे नकेल डाली जाए? कप्तान को विश्वास में लेकर बघेलसिंह आगे सोचने लगा।

चौवन

मुकदमेबाजी में मजिस्ट्रेट, जिला अटार्नी या सिविल सर्जन जैसे अफसरों की जरूरत पड़ती है, इस बात पर बघेलसिंह ने कभी सोचा तक न था।

इनमें से किसी अफसर के साथ उसका परिचय नहीं था।

असल में उसे अफसरों के साथ परिचय करने का अवसर ही नहीं मिला था।

वह पहली बार विधायक बना था। उसे टिकट जत्थेदार के कोटे से मिली थी। जत्थेदार की सिफारिश पर पाँच विधायकों को मन्त्री पद मिला था। उनमें से तीन नये थे।

बघेलसिंह को भी नयी ताकत का नशा था। पहले वर्ष वह हवा में उड़ता रहा। उसकी सारी ताकत थाने, तहसील से काम कराने में लगी रही। इससे ऊपर भी अधिकारी थे। जब तक उसे अहसास होने लगा, जत्थेदार और मुख्यमन्त्री में खटपट हो गयी।

मुख्यमन्त्री के इशारे पर डिप्टी-कमिश्नर व एस.पी. को मुँह दूसरी ओर करना ही था। तहसीलदार तक ने सलाम करना बन्द कर दिया। मायानगर के लोग दूरद्रष्टा हैं। तुरन्त वक्त की नजाकता भाँप गये। बघेलसिंह की कोठी में उल्लू बोलने लगे। महीने भर में मुश्किल से पाँच-सात प्रार्थना-पत्र सिफारिश के लिए आते थे। बेशर्मी धारण करके ही वह विचार रहा था। इज्जत कोई न थी।

ऐसी परिस्थितियों में अफसरों के साथ दाल गले भी तो कैसे? काम न करने की स्थिति में किसी को डाँट पिलायी जाए तो किस बलबूते पर?

यह बटेर पता नहीं कैसे पाँव तले आ गया। इसी बटेर के कारण मुख्यमन्त्री उस पर दयावान हो गया था। केन्द्र तक की सिफारिशों को ठुकराकर मुख्यमन्त्री बघेलसिंह के साथ चट्टान की तरह अटल खड़ा था। कभी-कभी बघेलसिंह को मुख्यमन्त्री की नीयत पर शंका होती। कहीं वह बघेलसिंह को किसी माया-जाल में तो नहीं फाँस रहा? कहीं उसके राजनीतिक भविष्य को तबाह करने का षड्यन्त्र तो नहीं चला रहा? अब उसकी लड़ाई जिस मंजिल पर पहुँच चुकी थी, उससे पीछे वह लौट नहीं सकता था। जो होगा, देखा जाएगा। सोचकर वह अकेला आगे बढ़ता जा रहा था।

अमीरजादों के पंख कतरना इतना आसान न था, जितना बघेलसिंह समझ रहा था।

पंकज के समर्थक सारे मायानगर में जाल की तरह फैल गये थे। प्रत्येक अफसर तक पहुँच हो चुकी थी। लेकिन बघेलसिंह इनमें से किसी भी अफसर के साथ सीधी बात तक नहीं कर सकता था। वे उसका कहा मानें या न मानें, गारण्टी नहीं थी।

उनके कान मुख्यमन्त्री से भी खिंचवाये जाएँ।

बघेलसिंह ने थाने से पता किया। मालूम हुआ मुलजिमों को बाद दोपहर अदालत में पेश किया जाएगा।

दोपहर होने में अभी वक्त था। केवल डेढ़ घण्टे में उसे चण्डीगढ़ पहुँच जाना था। सभी काम कराकर, मुलजिमों के पेश होने तक उसे वापस आ जाना था।

दफ्तर में पहुँचते ही बघेलसिंह ने राजनीतिक सचिव को दबोच लिया।

"यदि मुलजिमों की योजनाएँ सिरे चढ़ गयीं तो मेरी इज्जत मिट्टी में मिल जाएगी। हमें दो पैसे तक न मिलेंगे। मुलजिमों का एक-दो दिन हवालात में रहना जरूरी है।"

बघेलसिंह ने राजनीतिक सचिव को समझाया।

फिर बघेलसिंह जिस-जिस अफसर का नाम बोलता गया, राजनीतिक सचिव उसी को फोन करता रहा।

आगे से सकारात्मक प्रतिक्रिया आने लगी।

सिविल सर्जन हौसलेवाला अफसर था। वह मुख्यमन्त्री के इलाके का था। मुख्यमन्त्री की कलम से वह मायानगर में नौकरी कर रहा था। पी.ए. के साथ उसके निजी सम्बन्ध थे।

सिविल सर्जन पर दबाव बना था। उसने स्थिति की व्याख्या की—

"पहले हमारे डायरेक्टर का फोन आया। फिर स्वास्थ्य-मन्त्री का फोन आ गया। सिफारिश चालू नहीं थी। मन्त्रीजी ने स्वयं बात की थी, आदेश दिया था। दोषी उनके रिश्तेदार थे। हर स्थिति में उनकी मदद होनी चाहिए। अब आप अपनी सिफारिश के बारे में बताएँ। यदि आदेश मुख्यमन्त्री जी की ओर से है, फिर मुझे मन्त्री की परवाह नहीं। यदि काम आपका है, फिर उसी नजर से विचार करें।"

"मैं अपने स्तर पर कुछ नहीं कह रहा। मुख्यमन्त्री साहब का आदेश सुना रहा हूँ। कुछ देर प्रतीक्षा करो। मैं मुख्यमन्त्री साहब से स्वास्थ्य मन्त्री को फोन करवा रहा हूँ। आपको स्वास्थ्य मन्त्री का फोन आएगा। वही कहेगा कार्रवाई सच के आधार पर हो। निष्पक्ष हो। फिर ठीक है?"

"फिर बाँदी किसकी और गहने किसके? मैं बीमार दोषियों को घुड़-दौड़ करते दिखा दूँगा।"

सिविल सर्जन की ओर से निश्चिन्त होकर वे जिला अटार्नी को फोन घुमाने लगे।

जिला अटार्नी में सिविल सर्जन वाली जुर्रत न थी। उसके पास फोन गृह-सचिव ने किया था। जिला अटार्नी उसके मातहत था। सिफारिश जोरदार थी। उसने कहा था, दोषियों क़ी पुलिस हिरासत, गृह-सचिव की पुलिस हिरासत थी। काम करा कर उसे गृह-सचिव को फोन करना था।

मुख्यमन्त्री के पी.ए. का फोन सुनकर जिला अटार्नी की जान दो पुड़ों में फँस गयी। एक ओर गृहसचिव। यदि उसका काम न हुआ तो वह जिला अटार्नी को गुरदासपुर भेज देगा। मुश्किल से वह मायानगर आया था। यहाँ माया की बारिश होती थी। गुरदासपुर! वहाँ तो खुश्की ही खुश्की थी।

दूसरी ओर स्वयं मुख्यमन्त्री था। गृहसचिव से भी ऊपर। सिफारिश यहाँ से भी जोरदार हो रही थी। मुख्यमन्त्री का पद बड़ा था ही। इधर से सिफारिश भी मुद्‌दई पक्ष की हो रही थी। मुद्‌दई पक्ष की ओर होना उसका कर्तव्य भी था।

एक बार जिला अटार्नी के मन में आया, वह पी.ए. के पास सारी स्थिति स्पष्ट कर दे।

मुख्यमन्त्री ने यदि गृहसचिव की ताड़ना कर दी, तो फिर गृहसचिव को अधिक गुस्सा आना ही है। कहेगा, काम करता न करता मुख्यमन्त्री के पास शिकायत तो न करता।

यह सोचकर वह खामोश रहा।

आदेशों की तामील करने का वादा करना ही उचित था। यही उसने किया।

"हर स्थिति में दोषियों का रिमाण्ड मिलेगा। मैं अभी सेशन जज साहब से मिलता हूँ। उनसे मजिस्ट्रेट को कहलाता हूँ।"

इतना-सा होमवर्क करके बघेलसिंह परिणाम की प्रतीक्षा करने लगा।

पचपन

जिला अटार्नी चिन्तातुर था। वह किस रास्ते निकले, कुछ समझ नहीं आ रहा था।

मुलजिम पक्ष के लोग प्रत्येक सम्बन्धित अफसर तक सम्पर्क कर चुके थे। पहुँच व्यवस्थित ढंग से की गयी थी। हर उस अफसर से कहलाया गया था, जिसके हाथ में उसकी नब्ज थी। जजों को किसी मन्त्री या सचिव की कोई परवाह न थी। उन्हें वही करना था जो उनके उच्चाधिकारी कहते। किसी ने किसी जज की झेंप में आकर

यदि पुलिस रिमाण्ड की माँग ठुकरा दी तो जिला अटार्नी को लेने के देने पड़ जाएँगे।

"इस अफसर का न्याय-पालिका से कोई सम्बन्ध नहीं है।" यह दोष लगाकर उसकी छुट्टी कर देंगे।

सोच-विचार करते-करते उसे एक रास्ता मिला। उसे सेशन जज के पास जाकर मन की भड़ास निकाल लेनी चाहिए। इस तरह साँप भी मर जाएगा, लाठी भी बच जाएगी। वह कसम खाने लायक हो जाता कि उसने सेशन जज तक पहुँच की थी। मुलजिम उसके ऊपर से सिफारिश करा जाए तो वह क्या करे?

फिर वह डर गया। मुलजिम पक्ष ने सेशन जज तक भी पहुँच की थी। जिला अटार्नी की भाँति सेशन जज भी मुश्किल में फँसा हुआ होगा। अपनी जान बचाने के लिए यदि उसने मुलजिम पक्ष के पास जिला अटार्नी के आने का जिक्र कर दिया, तो मुलजिम जूता उतार लेंगे। पैसे भी ले लिये। ऊपर से सिफारिशें कर रहा था।

"सेशन जज बड़ा अफसर है। वह इतना कच्चा नहीं कि अफसरों की चुगलियाँ करता घूमे।"

मन को समझाकर जिला अटार्नी सेशन जज की कोठी में जा पहुँचा।

सेशन जज भी इसी दुविधा में था। उसे अब तक हाईकोर्ट के दो जजों के फोन आ चुके थे। हैरानी की बात यह थी कि उनमें से एक वह जज था जिसने स्वयं उनकी अग्रिम जमानत की अर्जी रद्द की थी। जब वह हाथी-सी कुर्सी पर बैठकर दोषियों की मदद नहीं कर सका, तो चींटियों से क्या आशा कर रहा था?

इलाका मजिस्ट्रेट अपना रोना रोकर गया था। वह नया भर्ती हुआ था। उसे लालच भी दिया जा रहा था तथा दबी जुबान से धमकी भी। वह सेशन जज से मार्गदर्शन लेने आया था।

सेशन जज स्वयं त्रिशंकु की स्थिति में था। जिला अटार्नी को धैर्य कैसे बँधवाए?

सोच-विचार करके सेशन जज ने जिला अटार्नी को मशविरा दिया—

"आप स्वयं मिसल की जाँच-पड़ताल करो। कोई कमी नजर आती हो, तो दूर कराओ। पुलिस रिमाण्ड की अर्जी स्वयं लिखवाओ। पुलिस रिमाण्ड का ठोस आधार तैयार करो। स्वयं बहस करो। कुछ यत्न मैं करूँगा। हम सब मुसीबत में से निकलने की कोशिश करेंगे।"

सेशन जज की शेष बातें तो ठीक थीं लेकिन स्वयं बहस करनेवाली बात ने उसे चक्कर में फँसा दिया। इस तरह करने से जिला अटार्नी को हर स्थिति में मार पड़नी थी। पुलिस रिमाण्ड मिला तो गृहसचिव नाराज होगा। एड़ियाँ उठा-उठाकर बहस करने की क्या आवश्यकता थी?

पुलिस रिमाण्ड न मिला तो बघेलसिंह घेर लेगा।

वह स्वयं बहस करने का जोखिम नहीं उठाएगा। सम्बन्धित सरकारी वकील को ही कचहरी भेजेगा। कोई कमी रही तो उसे बलि का बकरा बनाया जाएगा।

सेशन जज के पास सिफारिश करने का फर्ज अदा करके जिला अटार्नी अपने ऑफिस में आ बैठा।

वह आने वाले बुरे वक्त के लिए स्वयं को तैयार करने लगा।

छप्पन

सूर्य की पहली किरण के साथ ही बघेलसिंह के परिश्रम के परिणाम आने लगे।

सुबह-सवेरे ही पुलिस ने दोनों भाइयों को रेस्ट हाउस में से उठाकर हवालात में बन्द कर दिया।

हवालात का स्वाद अच्छी तरह चखाने के लिए पाँच-छः पूर्बियों व दो-तीन चोरों को उनके साथ बन्द कर दिया।

हवालातियों के मैलभरे कपड़ों व बदन से बदबू आ रही थी। ऐसे लगता था जैसे पीव पड़ा कुत्ता हवालात में बन्द कर दिया हो। पूर्बिये बार-बार जर्दा लगा रहे थे। हवालात के भीतर ही थूक रहे थे। ओक से पानी पीने के कारण घड़े का पानी जगह-जगह बिखर रहा था। वहाँ भिनभिना रही मक्खियों ने माहौल को और घृणित बना दिया था।

हवालात का एक दरवाजा थाने के मुख्य दरवाजे की ओर खुलता था। थाने में आने-जाने वाले प्रत्येक व्यक्ति की नजर हवालातियों पर पड़ती थी। हवालातियों को मुँह छुपाने तक की सहूलत न थी। कोई कितनी देर तक मुँह पर हाथ रखे अपनी पहचान छुपा सकता है।

दोनों भाई मिन्नतें कर रहे थे। उन्हें हवालात में से निकाला जाए। अपने घर फोन करने दिया जाए।

कोई भी उनकी बात सुनने को तैयार न था। थाने में दो पुलिस मुलाजिम उपस्थित थे। एक रात का मुंशी, दूसरा सन्तरी। हवालात की चाबी दोनों में से किसी के पास न थी। वे दोषियों की कोई मदद नहीं कर सकते थे।

सन्तरी को चाय देने आये नौकर को सेठों पर रहम आ गया। धीरे से उसने उनके घर का फोन नम्बर लिया, दुकान पर आकर उनके घर फोन कर दिया।

फोन सुनते ही उनके पक्षधर गुस्से में कुलबुलाते थाने की ओर भागे।

रात में रिश्तेदार सब तरह से प्रबन्ध करके आये थे। अब पुलिस को कौन-सा साँप सूँघ गया?

सन्तरी को अफसरों की सख्त हिदायत थी। थानाध्यक्ष की स्वीकृति के बिना किसी को थाने में न जाने दिया जाए।

कुछ देर तक सन्तरी अपनी ड्यूटी ईमानदारी से निभाता रहा। प्रत्येक आये मुलाकाती को नम्रता सहित थाने के बाहर प्रतीक्षा करने की विनती करता रहा।

धीरे-धीरे स्थिति सन्तरी के वश से बाहर होने लगी। जिस रुतबे के लोग दोषियों से मिलने आ रहे थे, उन्हें अधिक देर तक बाहर रोककर रखना सन्तरी के वश में न था।

सन्तरी को दोनों ओर से खतरा महसूस होने लगा। यदि किसी भूतपूर्व जज या चेयरमैन को उसने थाने न जाने दिया तो सन्तरी सस्पैण्ड हो सकता है। यदि भीतर जाने दिया तो अफसर उसकी पेटी उतार लेंगे।

वह कई बार अफसरों को सूचित कर चुका था, "स्थिति काबू में करने का कष्ट करें।" "बस अभी आये" कहकर अफसर अपना पिण्ड छुड़ा लेते थे।

हौसला करके सन्तरी ने कण्ट्रोल रूम को फोन कर दिया—"थाने के बाहर भीड़ जमा हो चुकी है। थाने पर हमला हो जाने का खतरा है। मैं अकेला स्थिति को काबू में नहीं रख सकता। और फोर्स भेजो।"

कण्ट्रोल रूम ने तुरन्त वायरलेस घुमा दी।

तुरन्त थाना अध्यक्ष थाने में आकर बैठ गया। गेट पर सुरक्षा बढ़ा दी गयी। चार बन्दूकधारी सन्तरी थाने के बाहर गश्त करने लगे।

थाना अध्यक्ष मददगारों को टालता रहा। कानून सबके लिए बराबर था। वह दोषियों को हवालात में से बाहर नहीं निकाल सकता था।

उसने एक सुविधा दी। वकील को ही दोषियों तक जाने दिया।

सिंगला के पास दोषियों के साथ करने के लिए कोई बात न थी। वह कुछ घण्टों तक धैर्य धारण किये रहने का मशविरा देकर बाहर आ गया।

बाहर वालों को बताने के लिए भी सिंगला के पास कुछ न था।

"अभी लड़के सकुशल हैं। कुछ घबराहट कम हुई है। यदि वे किसी न किसी तरह हवालात में से बाहर आ जाएँ, तभी चिन्ता मिटे।"

ऊपर से किसी अफसर ने थानेदार को डाँट पिलायी—

"मुलाकातियों को क्यों रोका जा रहा है? एक-एक करके सबको मिलने दिया जाए।"

आशा के विपरीत मददगारों से मिलकर नीरज-पंकज को राहत कम, बेचैनी ही ज्यादा लगी।

उनके चेहरे मुरझा गये। जमुहाइयाँ आने लगीं। उनके कण्ठ सूख रहे थे। हृदय

की धड़कनें बढ़ रही थीं। बदन में दर्द हो रहा था। दो-तीन बार उबकाई आ चुकी थीं। पंकज का सिर फट रहा था। नीरज का शरीर तप रहा था।

वे मुँह से कुछ नहीं बोल रहे थे।

उनकी नजरें मिन्नतें कर रही थीं—हमें हर कीमत पर यहाँ से निकालें।

सत्तावन

तप रहे रेगिस्तान में पहली बार ठण्डी हवा का झोंका आया।

माताजी ने स्वयं अपने हाथों से सहयोग संस्था में नेहा की पहली स्थिति बहाल की थी।

युवा शक्ति ने अपने प्रबन्धकों को भूल का अहसास कराया था। लाचारीवश प्रबन्धकों को मामला अमरीका में बैठी माताजी के ध्यान में लाना पड़ा। माताजी के आदेश पर संचालक को अस्पताल पहुँचकर नेहा से क्षमा माँगनी पड़ी।

पिछली बैठक में नेहा व उसके परिवार के लिए सामूहिक प्रार्थना हुई थी।

अगली सामूहिक बैठक में शामिल होने के लिए नेहा को माताजी की ओर से निमन्त्रण आया था। सभी सहयोगियों के सामने माताजी को नेहा के साथ फोन पर बात करनी थी, उसे आशीर्वाद देना था।

माताजी किसी सहयोगी के साथ फोन पर बात करें, यह संस्था के इतिहास में पहली बार हो रहा था। इस अनूठे प्रसाद ने नेहा को फूल की भाँति प्रफुल्लित कर दिया। नेहा के सभी गिले-शिकवे दूर हो गये। उसे महसूस होने लगा जैसे उसकी कुण्डलिनी का फिर से उत्थान होने लगा था। पहले वाली आध्यात्मिक शक्ति पुनः उसके भीतर प्रवाहित होने लगी थी।

माताजी ने नेहा को फोन पर उपदेश दिया। वह परमात्मा की रजा में रहे। विधि का लिखा अवतार स्वयं नहीं टालते। यह होनी ऐसे ही घटित होनी थी। नेहा, कमल के लिए आँसू न बहाए। वह माताजी के चरणों में सुरक्षित है। नेहा ध्यान-प्रार्थना में मन लगाए। माता-पिता की सेवा करे। भविष्य में सब ठीक होनेवाला है।

नये जोश से भरी हुई नेहा आश्रम में से सीधी अपनी कोठी गयी। अपने पूजा स्थान को उसने अपने हाथों से साफ किया। माताजी की तस्वीर पर पड़ी धूल को साफ किया।

अगले दिन से माताजी के बोल सत्य सिद्ध होने लगे।

हाईकोर्ट ने पंकज व नीरज की अग्रिम जमानत की अर्जी रद्द कर दी।
पुलिस ने उन्हें तुरन्त दबोच लिया।
अब वे थाने की हवालात में सड़ रहे थे।

अट्ठावन

आमतौर पर मुलजिमों को बारह-साढ़े बारह बजे हवालात से निकाल लिया जाता था। लेकिन नीरज-पंकज को ढाई बजे तक हवालात से बाहर न निकाला गया, तो समर्थकों की बेचैनी बढ़ गयी। देरी आनेवाले बुरे समय का संकेत थी।

रात के समय नीरज-पंकज के समर्थकों को एस.पी. ने विश्वास दिलाया था। दोषियों को बाइज्जत कचहरी में ले जाया जाएगा।

ढाई बजे दोषियों को थाने से बाहर आते देखकर कुछ काले शीशे वाली गाड़ियाँ थाने के गेट के आगे लगने की कोशिश करने लगीं। उनकी ड्यूटी पंकज-नीरज को कचहरी ले जाने की लगी थी।

लेकिन एक भी गाड़ी को गेट के आगे रुकने की आज्ञा न मिली। कारों की जगह सरकारी फोर-व्हीलर आया। मुद्दई पक्ष जोर दे रहा था कि दोषियों को पैदल कचहरी ले जाया जाए। लेकिन पुलिस निष्पक्ष थी। न उन्हें पैदल कचहरी ले जाया जाएगा, न कारों में। सामान्य दोषियों की तरह वह सरकारी गाड़ी में कचहरी जाएँगे।

कमान से निकले तीर की भाँति क्षणों में ही दोषियोंवाली गाड़ी परोक्ष हो गयी।

थाने से कचहरी का रास्ता दो किलोमीटर से अधिक न था। रास्ते में न कोई लाइटों वाला चौक था न ही भीड़-भरा रास्ता। गाड़ी को थाने से निकले घण्टा भर हो चुका था। गाड़ी कहाँ खो गयी?

'कचहरी के बाहर खड़ी भीड़ की चिन्ता बढ़ने लगी।

मार-पीट करके पूछ-ताछ करने के लिए पुलिस उन्हें कहीं सी.आई.ए. स्टाफ तो नहीं ले गयी? हैरान-परेशान हुए दोस्त-मित्र बुरे के घर तक सोचने लगे।

अभी पहली पहेली ही हल न हुई थी कि सिंगला ने अगला बिगुल बजा दिया।

इलाका मजिस्ट्रेट आधे दिन के अवकाश पर चला गया था। ड्यूटी मजिस्ट्रेट सुबह से अवकाश पर था। सेशन जज किसी और को ड्यूटी मजिस्ट्रेट नियुक्त करेगा। फिर दोषियों को अदालत में लेकर आएँगे।

दोषियों के परिश्रम पर पानी फिर गया। उन्होंने दोनों मजिस्ट्रेटों तक पहुँच की

थी। दोनों मजिस्ट्रेट ऐसे पीठ दिखा देंगे, किसी ने सोचा भी न था।

पता नहीं किस मजिस्ट्रेट की ड्यूटी लगे? पता नहीं किस सरकारी वकील से टक्कर हो। तुरन्त उन तक पहुँच कैसे होगी? सिंगला को यही चिन्ता सता रही थी।

लग रहा था ड्रामा किसी नियोजित साजिश के तहत हो रहा था। नये ड्यूटी मजिस्ट्रेट का नाम जान-बूझकर छुपाकर रखा जा रहा था। सबको मजिस्ट्रेट के नाम का पता तभी चला, जब दोषी कचहरी में जा खड़े हुए।

सेशन जज की ओर से की जा रही देरी का लाभ पुलिस ने उठा लिया।

सुप्रीम कोर्ट के नये आदेश आये थे। गिरफ्तारी के तुरन्त बाद दोषियों का मेडिकल करा लिया जाए। इन आदेशों की पालना में दोषियों को सरकारी अस्पताल पहुँचाया गया। सिविल सर्जन की अध्यक्षता में डॉक्टरों के एक बोर्ड का गठन किया गया। दोषियों की प्रत्येक पक्ष से जाँच की गयी। दोनों दोषी शारीरिक व मानसिक तौर पर हृष्ट-पुष्ट थे। उनके शरीर पर किसी प्रकार की चोट का चिह्न न था।

अब दोषियों को अदालत में पेश करने में कोई दिक्कत न थी।

दोषियों के कचहरी पहुँचते ही सेशन जज ने चीफ जुडीशियल मजिस्ट्रेट को ड्यूटी मजिस्ट्रट नियुक्त कर दिया। सबसे सीनियर था और यह मामला सीनियर मजिस्ट्रेट द्वारा विचार करने योग्य ही था।

फिर मजिस्ट्रेट की बारी आयी।

''बहुत-सी जाँच अभी बाकी है। साजिश की गहराई तक जाने के लिए पुलिस को खुला समय चाहिए। पुलिस सात दिन तक उनसे पूछताछ कर सकती है।''

इन दलीलों के आधार पर डॉक्टरी परीक्षण की अर्जी को अस्वीकार करा दिया गया।

उनसठ

सात दिन के पुलिस रिमाण्ड का अर्थ था पूरे सात दिन हवालात नाम के इस नर्क में निवास।

हवालात में गुजारे सात घण्टे उन्हें सात युगों के समान लगे। उस समय उनके मन में आशा की ज्योति जगती थी। बाहर बैठे उनके रिश्तेदार किसी भी समय उन्हें आजाद करा सकते थे। नाक बन्द करके साँस रोककर उन्होंने पीड़ा सहन कर ली। अब इस हवालात में सात मिनट भी रह सकना उन्हें भारी था।

अदालत से बाहर आते ही दोनों भाइयों के सब्र के बाँध टूट गये। यारों-दोस्तों

को वह चेहरे पर बनावटी मुस्कुराहट लाकर मिलते रहे। लेकिन जब ससुर आगे आये, वे गले लिपटकर सिसक पड़े।

परमानन्द व सरदारीलाल को स्वयं को सँभालने में देर लगी। उन्होंने अपने मन पत्थर से सख्त कर लिये। यदि वही धैर्य गिरा बैठे तो इन बच्चों को धैर्य कौन देगा?

इससे पहले कि फोटोग्राफर रोते हुए दोषियों की फोटो खींचते, कमिश्नर ने इसी मकसद के लिए लाये हुए तौलिये से दोनों के चेहरे ढँक दिये।

दूसरी ओर से दोषियों को फाँसी लगाने के नारे गूँजने लगे।

स्थिति बिगड़ती देखकर पुलिस ने दोषियों को सगे-सम्बन्धियों की भीड़ में से निकाला, और जिप्सी में बैठाकर भाग लिये।

कमिश्नर को समझ नहीं आ रही थी। किसी भी अफसर ने उनकी सिफारिश को क्यों नहीं माना था?

वेद वगैरह में इतना दम न था। वेद अस्पताल में पड़ा था। रामनाथ बाहर का आदमी था। मायानगर में से वह इतना समर्थन नहीं जुटा सकता था। इस कार्रवाई के पीछे कोई तीसरी शक्ति काम कर रही थी। इस तीसरी शक्ति को जाने बिना मसला हल नहीं हो सकता था।

कमिश्नर आज ही मायानगर आया था। परमानन्द कल से यहीं बैठा था। उसे हालात की जानकारी होनी चाहिए।

परमानन्द को लेकर कमिश्नर अनैक्सी में जा बैठा।

परमानन्द की स्थिति कमिश्नर वाली ही थी। सारी उम्र में उसे इतनी नामोशी कभी न मिली थी।

दोनों रिश्तेदारों की एक नुक्ते पर राय साझी थी। इस साजिश के पीछे कौन बड़ी शक्ति काम कर रही थी। यह ताकत किसी विरोधी व्यापारी की हो सकती थी, या पैसे बटोरने वाले किसी ब्लैक-मेलर की। कोई व्यापारी छोटी-मोटी रंजिश निकालने के लिए इतना बड़ा हंगामा खड़ा नहीं कर सकता। चाल किसी ब्लैक-मेलर की ही थी।

"यह ब्लैक मेलर कौन हो सकता है?"

कुछ देर दोनों रिश्तेदार सोच के घोड़े दौड़ाते रहे। जब कुछ हाथ न लगा तो वे सिर पकड़कर बैठ गये।

"धैर्य हारनेवाली कौन-सी बात है? चलकर रिश्तेदारों से पूछ लेते हैं। उन्हें सब कुछ पता होगा।"

मसला सुलझाने के लिए वे थाने की ओर चल दिये।

बघेलसिंह वाली कहानी के बिना पंकज-नीरज को कुछ भी मालूम न था। और किसी के साथ न उनकी कोई नाराजगी थी, न कभी किसी ने कोई धमकी दी थी।

"घर में आग बघेलसिंह द्वारा ही लगायी हुई थी।"

कहानी सुनते ही कमिश्नर ने पहेली सुलझा ली।

एक करोड़ का मामला था। यह कैसे यकीनी बनाया जाए कि बघेलसिंह के खामोश होते ही आग मद्धम पड़ जाएगी?

"हम अपने सिफारिशियों के पास चलते हैं। कोई तो बताएगा ही कि किसने उसके हाथ बाँध रखे हैं?"

परमानन्द के मोटे दिमाग ने बारीक बात की।

सभी सिफारिशियों ने एक ही नाम लिया, मुख्यमन्त्री!

मुख्यमन्त्री। लेकिन उसे अँगुली कौन लगा रहा था?

इस प्रश्न का उत्तर कप्तान ने दिया।

"बघेलसिंह को नथनी डालो। शेष स्वयमेव गाँठ लिये जाएँगे।"

कप्तान ने उनकी एक और मदद की। बघेलसिंह के साथ उनकी मुलाकात तय करा दी।

दोनों समधियों को आयी इस मुसीबत की खबर अचानक मिली थी। दौड़ते हुए उनके हाथ घर पड़ी जितनी नगदी लगी, उठा लाये। फिर भी कमिश्नर के ब्रीफ केस में दस लाख था तथा परमानन्द के पास पन्द्रह।

बातचीत शुरू करने के लिए इतनी रकम बहुत थी। आवश्यकता पड़ने पर वे घण्टे भर में कई करोड़ इकट्ठा कर सकते थे।

दोनों रिश्तेदारों ने हाथ मिलाये। अपनी बेटी के सुहाग के लिए वे करोड़ों खर्च कर सकते थे। वे एक और एक ग्यारह हो चुके थे। पैसा पानी की तरह बहा सकते थे।

बघेलसिंह के साथ हाथ मिलाने से पहले किशोरीलाल को साथ ले लिया गया। मामला कानूनी था। उनके विचार-विमर्श की आवश्यकता पड़ सकती थी।

सेशन जज की राय के अनुसार कानूनी कार्रवाई को कई पड़ावों में से गुजरना था। काम को तीन हिस्सों में बाँट लेना चाहिए था। तीस लाख की पहली किस्त आज अदा की जा सकती थी। इस किस्त के बदले बघेलसिंह कसी हुई डोरियाँ ढीली करेगा। परिणामस्वरूप लड़कों को डॉक्टरों के मशविरे के अनुसार हवालात से निकालकर अस्पताल पहुँचाया जाना था।

दूसरा पड़ाव दोनों भाइयों को उच्च स्तरीय जाँच-पड़ताल के बाद बेकसूर साबित होने पर पूरा होना था। दोषियों के बेकसूर होने की रिपोर्ट अदालत में पहुँचते ही, दूसरी किस्त का भुगतान होना चाहिए था।

तीसरी किस्त शेष दोषियों के बरी होने पर बनती थी। उतनी देर तक सजा होने की तलवार उनके सिर पर लटकती रहनी थी।

पहली दोनों शर्तें बघेलसिंह को स्वीकार थीं। तीसरी पर सख्त नाराजगी थी।

उनकी सरकार के तो गिनती के दिन शेष थे। चुनाव के पश्चात् पता नहीं किसकी सरकार बननी थी। सरकार बदलने के बाद किसी ने वादे नहीं निभाने, यह सबको मालूम था। ऐसे मुकदमे वर्षों तक चलते हैं। मुख्यमन्त्री इतना लम्बा इन्तजार नहीं कर सकते।

शर्तों में थोड़ा परिवर्तन हुआ।

पहली किस्त तीस की जगह चालीस लाख की होनी चाहिए।

दूसरी किस्त दोषियों की शर्त के अनुसार उनके बेकसूर साबित होते ही दे दी जाएगी।

वैसे मुख्यमन्त्री का कार्य यहीं खत्म हो जाता था। अदालती कार्रवाई को दोषियों को स्वयं देखना था। लेकिन कोई सरकारी वकील या कोई पुलिस अफसर टाँग न अड़ाए, इसलिए तीसरी किस्त का भुगतान दोषियों के बाहर आने तक रोका गया।

मरता क्या न करता! कमिश्नर ने सब शर्तें स्वीकार कर लीं।

उनके जमाई बाहर आने चाहिए। वे इसके लिए कोई भी कीमत अदा करने को तैयार थे।

साठ

बघेलसिंह चालीस लाख रुपये की पहली किस्त लेकर चण्डीगढ़ के लिए चल दिया।

उसका इस तरह से मुख्यमन्त्री के साथ पहला रिश्ता था। इस रिश्ते में से उसे अजीब-सी खुशबू आती महसूस हो रही थी।

छोटे-मोटे कामों वाली कुछ अर्जियाँ उसने साथ उठा लीं। एक-दो मुलाजिमों के स्थानान्तरण थे। कुछ ऋण स्वीकार कराने थे। कुछ साझे कार्यों के लिए ग्राण्टें लेनी थीं।

बघेलसिंह ने सोचा था कि तृप्त हुए मुख्यमन्त्री को दो पंक्तियाँ खींच ही देनी हैं। इन अर्जियों में से, इस तरह बघेलसिंह का महीनेभर का खर्चा निकल आएगा।

राजनीतिक सचिव बेचैनी से उसकी प्रतीक्षा कर रहा था।

बघेलसिंह को सीधा मुख्यमन्त्री के निजी कमरे में ले जाया गया।

बघेलसिंह को अधिक इन्तजार भी नहीं करना पड़ा। सभी काम बीच में छोड़कर मुख्यमन्त्री बघेलसिंह के पास आ गया।

"कैसे हैं फिर?" मुख्यमन्त्री को इस मुलाकात के मकसद का पता था। जीत

के अहसास से भरे मुख्यमन्त्री ने कुर्सी पर बैठते ही अपनी राजनीतिक ताकत का अहसास करा दिया।

''आपने तो कमाल कर दिया। मेरी 'बल्ले-बल्ले' हो गयी।'' झुककर पाँवों में हाथ लगाते हुए बघेलसिंह ने इलाके में अपनी बनी इज्जत के कारण मुख्यमन्त्री का धन्यवाद किया।

''बहुत सिफारिशें आयीं। केन्द्र तक हिल रहा था। मैंने किसी की परवाह नहीं की। सोचा छोकरा यूँ ही नाराज हुआ घूम रहा है। पहली बार काम कहा है। छोकरे की इज्जत बनाकर ही दम लूँगा।''

''सच ही आपने मेरी इज्जत बढ़ायी है। यह लो पहली किस्त।''

बघेलसिंह ने नोटों वाला ब्रीफकेस मुख्यमन्त्री की ओर बढ़ाते हुए कहा।

यह पहली बार था कि ब्रीफकेस मुख्यमन्त्री तक आया था। पहले ब्रीफकेस सचिव के पास जमा होते थे। वह अपनी तसल्ली करके, पहुँची रकम की सूचना फोन पर मुख्यमन्त्री को देता था।

इस ब्रीफकेस को जान-बूझकर भीतर मँगाया गया था। इसके पीछे भी एक राज था।

''यह क्या है?''

''चालीस लाख।''

''मैंने क्या करने हैं? रख अपने ही पास। देख अपने बापू की मेहर।''

नयी पीढ़ी मुख्यमन्त्री को 'बापूजी' कहकर सम्बोधित करती थी। एक सहृदय पिता का फ़र्ज़ निभाते हुए मुख्यमन्त्री ने बघेलसिंह की पीठ थपथपाकर ब्रीफकेस उस ओर खिसका दिया।

''मैं अगली किस्त ले लूँगा। यह आपकी अमानत है।''

''नहीं बेटा, नहीं। सब किस्तें तेरी हैं। कोई और हुक्म है तो बोल।''

मुख्यमन्त्री, बघेलसिंह को छप्पर फाड़कर देना चाहता था।

हैरानी व श्रद्धा के कारण बघेलसिंह के मुँह से कोई शब्द ही नहीं निकल रहा था। सूझ नहीं रहा था कुछ। वह मुख्यमन्त्री का धन्यवाद कैसे करे?

फिर मुख्यमन्त्री ने पी.ए. को बुलाया। ब्रीफकेस को बघेलसिंह की गाड़ी में रखकर आने का आदेश दिया।

''हूँ, तू जत्थेदार का पीछा छोड़ दे। उसके पीछे लगकर तुझे कुछ नहीं मिलेगा। इधर रहेगा तो ऐसे गफ्फे मिलते रहेंगे।''

विदा होने से पहले भेदपूर्ण हँसी में हँसकर मुख्यमन्त्री ने इस मेहरबानी का कारण बघेलसिंह को समझाया।

''भूल क्षमा करें। आज से मैं आपके साथ।''

बघेलसिंह एक बार फिर मुख्यमन्त्री के घुटनों की ओर झुका।

मुख्यमन्त्री ने उसे बीच में से ही सँभाल लिया।
पाँवों में पड़ने से पहले ही गले लगा लिया।
मुख्यमन्त्री के इस गले-मिलाप ने उसे पूरी तरह से जकड़ लिया।
अब वह कहीं भी जाने लायक नहीं रह गया था।

द्वितीय भाग

दोषी-आरोपी

इकसठ

बहुत से अखबारों के स्थानीय परिशिष्टों में नीरज-पंकज की बड़ी सुर्खी लगी थी। पुलिस की सख्ती के कारण दोषियों का ब्लड प्रेशर बढ़ गया था। पंकज ने अपनी छाती में दर्द होने की शिकायत की थी। पुलिस को उन्हें आधी रात में सिविल अस्पताल ले जाना पड़ा। डॉक्टरों ने उनकी स्थिति को चिन्ताजनक बताया। दोनों भाई इमरजेंसी वार्ड में पड़े जिन्दगी व मौत के बीच जूझ रहे हैं।

समाचार पढ़ते ही रामनाथ के हाथ काँपने लगे। डॉक्टरों पर गुस्सा आया। अखबारों पर निराशा हुई। यह सब झूठ था।

अमीरजादों के दिल कमजोर होते हैं, यह बात दुनिया जानती है। संकट के समय ब्लड प्रेशर बढ़ना सच हो सकता था। लेकिन जिन्दगी व मौत के बीच लटकनेवाली खबर सौ फीसदी झूठी थी। दोषियों ने यह बहाना हवालात की मुश्किलों से बचने के लिए गढ़ा था। दोषी कानून की उदारता का नाजायज लाभ उठाने की कोशिश कर रहे थे। पैसे के बल पर बुरे समय को अच्छे समय में बदलने की चेष्टा की जा रही थी।

सच क्या है? खोज किस माध्यम से की जाए? रामनाथ सोच के घोड़े दौड़ाने लगा।

रामनाथ अपने शहर में होता तो एक फोन मात्र से उसे पूरी सूचना उपलब्ध हो जाती। मायानगर में वह परदेसी था। यहाँ के डॉक्टरों से उसके पल्ले कुछ न पड़ना था।

उच्च रक्तचाप व दिल की बीमारी मायानगर में आम थी। यहाँ के लोगों के पास धन तो था, लेकिन सकून नहीं था। छोटी-सी मुसीबत पड़ने पर इनके ब्लड-प्रेशर सातवें आसमान पर चढ़ जाते थे। दिल फेल होने लगते थे। मायानगर की पुलिस सेठों को पकड़ने से बहुत डरती थी। पुलिस को कोठी के सामने खड़ी देखकर उन्हें गश पड़ जाते थे। जब तक सेठ पुलिस की हिरासत में रहते, पुलिस की जान मुट्ठी में रहती थी। पता नहीं कब दोषी परमात्मा को प्यारा हो जाए? कब पुलिस पर दोषी की पिटाई कर मार देने का मुकदमा दर्ज हो जाए? अपना पीछा छुड़ाने के लिए पुलिस कदम-कदम पर दोषियों की सेहत की सूचना अदालत को देती रहती थी।

रामनाथ को सही सूचना अदालत से मिल सकती थी। वह अदालत के खुलने की प्रतीक्षा करने लगा।

सरकारी वकील को सारी स्थिति का पता था। डॉक्टरों ने वही बीमारियाँ पकड़ीं, जो खबरों में प्रकाशित थीं। डॉक्टरों ने अदालत को निवेदन किया था। दोनों दोषियों

की जाँच हृदय-विशेषज्ञों से होनी चाहिए। सिविल अस्पताल में आधुनिक सुविधाएँ मौजूद न थीं। दोषियों को पी.जी.आई. चण्डीगढ़ भेजा जाना चाहिए।

दोषियों के वकीलों की ओर से प्रार्थना-पत्र आ गये। उन्होंने आरोपियों को पी. जी.आई. भेजने पर एतराज किया। वह सरकारी अस्पताल था वहाँ सिफारिशों से काम होता था। आम व्यक्ति को वहाँ कोई नहीं पूछता। उनके सायलों का दिल्ली के एस्कार्ट अस्पताल में इलाज चल रहा था। उन्हें दिल्ली भेजा जाना चाहिए। सरकारी खर्च की उन्हें जरूरत नहीं। वे अपने खर्चे पर इलाज कराने को तैयार हैं।

रामनाथ को चाल समझ आ गयी। यह ड्रामा जेल की रोटियों से बचने के लिए किया गया था।

मुद्दई पक्ष को उनकी इस अर्जी का विरोध करना चाहिए। यह सोचकर रामनाथ तुरन्त टाइपिस्ट के पास गया। आरोपियों की अर्जी का जवाब तैयार कराया। जेल की जगह अस्पताल के एयर कण्डीशन कमरों में आराम करने की, दोषियों की यह नयी चाल थी। अभी कल ही डॉक्टरों ने इनका परीक्षण किया था तथा उन्हें हृष्ट-पुष्ट बताया था। दिल की बीमारी रात ही रात में होनेवाली नहीं थी। रामनाथ ने अदालत को सुझाव दिया। अदालत अपने नेतृत्व में डॉक्टरों के विशेष बोर्ड का गठन करे। आधुनिक तकनीक के आधार पर उनसे परीक्षण कराए। उसी परीक्षण के आधार पर फैसला हो।

यह जवाब सरकारी वकील की ओर से दायर होना था। मुद्दई के वकील को कचहरी के काम में टाँग अड़ाने का अधिकार नहीं था।

वह सरकारी वकील को ढूँढ़ने निकला। न अदालत, न दफ्तर में। न कैण्टीन में, न किसी वकील के केबिन में। वह कहीं भी नजर न आ रहा था।

दोषियों के वकील अदालत में खड़े थे। किसी भी समय अर्जी पर सुनवाई हो सकती थी। रामनाथ ने सरकारी वकील के आने तक कार्रवाई रोकने की अर्जी जड़ दी।

इस बार सफाई पक्ष के वकील की जगह मजिस्ट्रेट पीछे पड़ गया। उसे अर्जी देने का कोई अधिकार न था।

“यदि सरकारी वकील जान-बूझकर खिसक जाए तो मैं क्या करूँ?” सरकारी वकील को तलाशकर थक-टूट चुके रुआँसे रामनाथ ने अपनी मजबूरी बतायी।

मजिस्ट्रेट व सरकारी वकील की एक बात थी। मजिस्ट्रेट को आदेश मुद्दई पक्ष के विरोध में करना था। यदि यह आदेश बिना सरकारी वकील को सुने, सुनाया गया तो सरकारी वकील की शिकायत होनी थी। सरकारी वकील का बचाव करना मजिस्ट्रेट का फर्ज था।

सफाई पक्ष भी रामनाथ के मूड को पढ़ गया। सरकारी वकील उनके आदमियों के साथ ही सतलुज क्लब बीयर पीने गया था। आदेश घण्टा पहले हो या बाद में,

सफाई पक्ष को कोई फर्क न पड़ता था। सरकारी वकील के हित का ध्यान रखना उनका नैतिक कर्तव्य था। आदेश उसकी उपस्थिति में ही होना चाहिए था।

''बहस दोपहर बाद सुन लेंगे। तब तक आप सरकारी वकील को तलाशकर ले आओ।''

सफाई पक्ष को जज का आदेश स्वीकार था। बिना कुछ बोले वे सब बाहर आ गये।

दो घण्टे की दौड़-धूप के बाद रामनाथ को पता चला कि सरकारी वकील कहाँ था।

रंग में भंग डालना उचित न था। वह क्लब के गेट के पास खड़े होकर उसकी प्रतीक्षा करने लगा।

सरकारी वकील दोषियों के ताजा खाये नमक का मूल्य चुकाने लगा।

यह मामला दोषियों व मजिस्ट्रेट के मध्य है। दोषी अदालत की हिरासत में हैं। जेल या अस्पताल, इससे सरकार को कोई सरोकार नहीं। मुद्दई पक्ष के हक में बहस करना मेरे लिए उचित नहीं।

''दोषी जेल में हैं या अस्पताल में, इससे हमें फर्क पड़ता है। हवालात व जेल में सख्ती बिना मतलब नहीं होती। इनके पीछे सिद्धान्त काम करता है। यह उपस्थित दोषी को सबक सिखाने व अन्य को डराने के लिए होती है। यदि दोषी अस्पताल में लेटकर लौट आए तो इससे दोषी उत्साहित होंगे। जुर्मों की संख्या में इजाफा होगा। मुद्दइयों के सीने पर साँप लोटेंगे।''

रामनाथ के इस तर्क से भी सरकारी वकील को कोई वास्ता न था। वह सरकार का प्रतिनिधित्व कर रहा था। सरकार मुद्दई व दोषी दोनों पक्षों को एक ही आँख से देखती थी। यदि दोषी बीमार था तो उसका इलाज होना चाहिए। सरकारी वकील बिना कारण अर्जी का विरोध करके मुद्दई पक्षीय होने का दोष अपने सिर नहीं लेना चाहता था।

रामनाथ को लगा घी सीधी अँगुली से निकलनेवाला नहीं—''प्लीज मेरी मदद करें। मैं सेवा करने को तैयार हूँ।''

सरकारी वकील सेवा कराने के मूड में न था।

केस थोड़ा असाधारण था। अखबार इस केस पर नजर रख रहे थे। मुख्यमन्त्री तक, बड़े अफसरों को सूचना जाती थी। एक सरकारी वकील पहले मार खा चुका था।

पैसे लेने में एक और खतरा था। फैसला मुद्दई पक्ष के विरोध में होनेवाला था। फीस देकर भी यदि काम न हुआ तो मुद्दई पक्ष के जख्मों पर नमक छिड़क जाएगा।

रिश्वत ठुकराकर कठोर व्यवहार बनाये रखना भी खतरनाक था।

सोच-समझकर सरकारी वकील ने बदलना शुरू किया।

"मेरी स्थिति समझो, एक ओर मैंने अपने हस्ताक्षरों से डॉक्टरी रिपोर्ट मजिस्ट्रेट के सामने पेश की है। अब उसी अर्जी का विरोध मैं कैसे करूँ? बीच का रास्ता तलाशते हैं। लिखित विरोध नहीं करते। मरीजों को अपनी मर्जी के डॉक्टरों के पास भेजने का सख्त विरोध करते हैं।"

सरकारी वकील ने ऐसा ही किया।

सरकार, दोषियों को जाँच-परीक्षण के लिए हृदय विशेषज्ञ डॉक्टरों के पास, भेजने को तैयार थी। लेकिन डॉक्टर दोषियों की इच्छा के नहीं होंगे। दोषी आज एस्कार्ट जाना चाहते हैं। कल अमरीका जाना चाहेंगे। अदालत को दोषियों की इच्छा के अनुसार नहीं चलना। सरकार के पास विशेषज्ञों की कमी न थी। जाँच सरकारी विशेषज्ञों से होनी चाहिए।

मजिस्ट्रेट ने दोनों पक्षों के अधिकारों की रक्षा की।

सरकारी डॉक्टरों के किरदार शंका के घेरे में आते थे। कल कह रहे थे दोषी ठीक-ठाक हैं। आज कहते हैं, सख्त बीमार हैं। मायानगर में एस्कार्ट अस्पताल के स्तर के कई अस्पताल हैं। इन अस्पतालों के डॉक्टरों को न सरकार का डर था, न पैसे का लालच। उनकी रिपोर्ट पर विश्वास किया जा सकता था।

"दोषियों की जाँच-परीक्षा दयानन्द अस्पताल के पाँच डॉक्टरों से करवायी जाए।"

रामनाथ को इस आदेश पर अधिक एतराज न था।

दयानन्द अस्पताल के डॉक्टरों ने सरकारी डॉक्टरों वाले कारनामे किये हों, रामनाथ ने ऐसा कभी सुना न था।

इन्साफ की आशा में उसने सिर झुकाकर फैसला स्वीकार कर लिया।

बासठ

दयानन्द अस्पताल के विशेषज्ञों की एक ही राय थी। दोनों दोषी सख्त बीमार हैं।

मरीजों के लिए पल-पल सहायक था। उन्हें फिर से सिविल अस्पताल या कहीं अन्य ले जाने में बर्बाद हुआ समय जान-लेवा सिद्ध हो सकता था। डॉक्टर अपने कार्य में कोताही नहीं कर सकते थे। अदालत के किसी आदेश के इन्तजार के बिना ही उन्होंने दोनों दोषियों को इमरजेंसी में दाखिल करके इलाज शुरू कर दिया।

विशेषज्ञ डॉक्टरों की राय को बदलना मजिस्ट्रेट के लिए भी मुश्किल था। उसने

डॉक्टरों की राय से अपनी सहमति प्रकट करते हुए आदेश दिया—

"दोनों दोषियों को स्वस्थ होने तक दयानन्द अस्पताल में ही रखा जाए।"

रामनाथ ने आदेश मंजूर कर लिया। उसे विश्वास था, लाखों रुपये मासिक कमाने वाले डॉक्टरों ने सच ही बोला होगा। एक-दो डॉक्टरों को खरीदा जा सकता था। पाँचों को नहीं।

वह पंकज-नीरज के ठीक होने की प्रतीक्षा करने लगा।

परन्तु सच वह न था, जो रामनाथ सोच रहा था।

इस अस्पताल का प्रबन्ध मायानगर के कुछ उद्योगपतियों के हाथों में था। उद्योगपति इन्कमटैक्स कमिश्नर की कठपुतलियाँ थे। कमिश्नर ने उद्योगपतियों को अपनी अँगुलियों पर नचाया। उद्योगपतियों ने डॉक्टरों को। कमिश्नर डॉक्टरों को भी भभक मार सकता था। लेकिन भभक उसने उचित समय के लिए सँभाल कर रख ली थी।

सोची-समझी चाल के तहत उन्हें एक दिन इमरजेंसी वार्ड में रखा गया। तीन दिन आई.सी.यू. में।

डॉक्टरों के चार दिन के 'कठोर' परिश्रम के बाद उनकी स्थिति में कुछ सुधार हुआ। अब वे जनरल वार्ड में जा सकते थे।

जनरल वार्ड में जाना पंकज-नीरज के लिए उचित न था। इस वार्ड में हर समय तीस से चालीस मरीज दाखिल रहते हैं। इनसे दो-तीन गुना संख्या उनके वारिसों की होती है। वार्ड कबूतरखाना बना रहता है।

दूसरा वे पुलिस हिरासत में थे। पुलिस ने उनके पास बैठकर उन पर नजर रखे हुई थी। यहाँ से उनकी गिरफ्तारी की खबर आग की तरह फैल सकती थी।

उन्हें स्पेशल कमरों में दाखिल होना चाहिए। ये कमरे वार्ड के एक कोने में थे। मरीजों व उनके वारिसों को अपने-अपने कमरे में बैठना था। साथ वाले कमरे में कौन है? इस बात का पता नहीं चलता। उनकी गिरफ्तारी गुप्त रहेगी।

साथ ही स्पेशल कमरे एयरकण्डीशन थे। बीच में ही फ्रिज, किचन, टी.वी.। वारिसों के लिए एक बेड अलग था। पता लेने आनेवाले मेहमानों के लिए कुर्सियाँ थीं। फोन था। घर जैसी सब सुविधाएँ इन कमरों में मौजूद थीं।

दोनों मरीजों ने साथ-साथ लगते दो कमरे बुक करा लिये।

तिरेसठ

पहले दिन थाने की ओर से वर्दीधारी दो सिपाही उनकी निगरानी के लिए आये।

दोनों सिपाही बन्दूकों से लैस थे। पुलिस हिरासत में से भागनेवाले दोषी को गोली मारने का उन्हें अधिकार था। एक वाकी-टाकी सेट उनके पास था। अधिक खतरा हो तो वे थाने में सम्पर्क कर सकते हैं।

दोनों सिपाहियों ने दोनों कमरों के आगे अपनी कुर्सियाँ जमा लीं। ड्यूटी पर डट गये। प्रत्येक आने-जाने वाले की पूछताछ होने लगी।

कोई साधारण कैदी यदि सिविल अस्पताल में दाखिल होता तो पुलिस उस पर पुलिस नियमों की कड़ी पालना करती। उसकी एक टाँग को बेड़ी लगायी जाती है। बेड़ी का संगल चारपाई के साथ बाँधा जाता है। शौच आदि जाने के लिए हर बार सिपाही से इजाजत लेनी पड़ती है।

इन हवालातियों पर यह नियम लागू न था। वकीलों ने सुप्रीम कोर्ट के एक फैसले का हवाला देकर अदालत से आरोपियों को हथकड़ी लगाने पर पाबन्दी लगवा दी थी।

मानव अधिकारों के लिए संघर्ष कर रही एक स्वयं-सेवी संस्था का मत था कि जंजीरें पशुओं को डाली जाती हैं। जंजीरें लगाये जाने से हवालातियों के स्वाभिमान को ठेस पहुँचती है। सुप्रीम कोर्ट इस तर्क से सहमत हुई तथा उसने दोषियों को हथकड़ी लगाने पर पाबन्दी लगा दी।

यदि हवालाती को हथकड़ी नहीं लगायी जा सकती तो फिर बीमार दोषी को बेड़ी किस तरह पहनायी जा सकती है? बेड़ी के साथ दोषी की मानसिकता घायल होती है। बीमार मानसिकता से रोगी के इलाज में बाधा पड़ती है।

बेड़ी से पीछा इस तरह छूट गया। वर्दीवाले सिपाही से पीछा छुड़वाना बाकी था। उनके कमरे के आगे खड़ी पुलिस को देखकर लोग शंका की दृष्टि से देखने लगते थे। पूरे शहर में उनकी चर्चा हो रही थी।

इसका हल पंकज ने ढूँढ़ निकाला।

पूरा दिन सिपाही की भरपूर सेवा हुई। खाने-पीने वाली प्रत्येक वस्तु उन तक पहुँचती रही। सायं को एक-एक बोतल व्हिस्की उनके हाथ में दी गयी। मुर्गे आदि के लिए पाँच-पाँच सौ का नोट उनकी जेबों में डाला गया।

अगले दिन उन्होंने वर्दी उतार दी। खाकी पगड़ी, खाकी पैण्ट व लाल बूट उन्होंने इस ढंग से पहन रखे थे कि वे सिपाही कम तथा बाबू अधिक लग रहे थे।

दोषियों से पूछ-ताछ करने आये तफ़तीशी ने ऊपर से मिले नये आदेशों की भी जानकारी दी।

"अधिक देर तक कमरे के आगे ही न बैठे रहा करो। इधर-उधर घूमकर इर्द-गिर्द भी नजर रखा करो।"

अफसरों के आदेशों का सिपाहियों ने सही अर्थ निकाला।

एक अस्पताल में रहने लगा। एक फरलो मारने लगा।

पुलिस रिमाण्ड खत्म होते ही दोषियों पर नजर रखने की जिम्मेदारी पुलिस से निकलकर जेल अधिकारियों के हाथ आ गयी।

सिपाही थाने में लौट गये। उनकी जगह जेल के जवानों ने सँभाल ली।

ये होम-गार्ड के जवान जेल अधीक्षक के वफादार कर्मचारी थे। ये सरकारी ड्यूटी कम, अफसरों की सेवा अधिक करते थे। भर्ती होने से पहले ये अफसरों के घरों में नौकर थे। इनका काम अब भी पहले वाला ही था। निजी-चाकरी। न इन्हें वर्दी पहननी आती थी, न बन्दूक पकड़नी। पहले ही दिन वे मरीजों से घुल-मिल गये। बाहर-भीतर से सामान लाने, घर से टिफन लाने, कपड़े सूखने डालने तक, वे घर की औरतों की मदद करने लगे। कभी-कभार चाय बनाने व घर आये मेहमानों को चाय-पानी सर्व करने में मदद करने लगे।

दिन-प्रतिदिन बाकी बन्दिशें भी कम होती चली गयीं।

पहले दोषियों को मोबाइल फोन पास में रखने की सुविधा मिली। उनके कमरों में फोन तो थे लेकिन उनके प्रयोग की उचित सुविधा नहीं मिल रही थी। व्यापार के सम्बन्ध में उन्हें हजारों फोन आते थे। प्रत्येक व्यापारी को अस्पताल का फोन नहीं दिया जा सकता था। मोबाइल फोन की सुविधा मिलने से व्यापार चलाने में पेश आ रही दिक्कत दूर हो गयी।

एक कमरे को उन्होंने दफ्तर में परिवर्तित कर दिया। दोनों कमरों की कुर्सियाँ व मेज एक कमरे में कर लिये। इनका बेड दूसरे कमरे में ले गये। मैनेजर, मुनीम व अन्य कर्मचारी इस ऑफिस में बैठने लगे।

व्यापारी लोग काम-धन्धे के सम्बन्ध में फैक्टरी की जगह अस्पताल में आने लगे।

व्यापार फिर पहली रफ्तार में आ गया।

बन्दिशें और कम हुईं। दोनों भाई एक-एक करके बाहर भी चक्कर लगाने लगे। जरूरत पड़ने पर फैक्टरी घूम आते।

रात को भी अधिक सख्ती नहीं रही थी। उनकी पत्नियों को देख-रेख के लिए उनके पास सोने की स्वीकृति मिल गयी।

सिंगला हर शाम चक्कर लगा जाता था। थाना, कचहरी में हुई किसी कार्रवाई की सूचना दे जाता था।

मुद्दई व दोषी एक ही अस्पताल में दाखिल थे। साझे लोगों के द्वारा दोनों को एक-दूसरे की स्थिति की खबर मिलती रहती थी।

रामनाथ, पंकज-नीरज को मिल रही प्रत्येक सुविधा पर विरोध प्रकट करता था। परन्तु सिंगला सरकारी वकील से मिलकर उसकी पेश नहीं देता था। प्रत्येक अर्जी रद्द हो जाती थी।

सिंगला ने एक और खुश-खबरी सुनायी।

विचाराधीन दोषियों के इलाज कराने की जिम्मेदारी सरकार की थी। यदि सरकार अपने अस्पताल में इलाज कराती है तो ठीक। यदि सुविधाओं की कमी के कारण दोषी को किसी प्राइवेट अस्पताल में दाखिल होना पड़ता है, तो सरंकार की जिम्मेदारी है कि वह खर्चा वहन करे। सरकार की जिम्मेदारी लगानेवाला सुप्रीम-कोर्ट का एक फैसला सिंगला ने ढूँढ़ लिया था।

सिंगला ने खर्चा वसूलने की अर्जी अदालत में लगा दी थी। आशा थी कि अगली पेशी पर फैसला उसके पक्ष में हो जाएगा।

पंकज को खर्चे की कोई चिन्ता न थी। अस्पताल में वे ख्वार होने से बचने के लिए आये थे। उनका यह मकसद पूरा हो रहा था।

सिंगला की पैरवी से प्रसन्न होकर पंकज ने बख्शीश की, ''तेरी हिम्मत से सरकारी खजाने में से जो पैसा मिलेगा, वह तेरा।''

उत्साहित होकर सिंगला तन-मन से पैरवी करने लगा।

चौंसठ

प्रत्येक नयी समस्या खड़ी हो जाने पर रामनाथ सोचता था, यह आखिरी समस्या है। इस समस्या को सुलझाकर वह बाहर लौट सकता है। अपने अव्यवस्थित रोजगार व परिवार को फिर से सही रास्ते पर ला सकता है।

लेकिन कुछ भी उसकी सोच के अनुसार नहीं हो रहा था।

मुकदमा दर्ज कराकर उसने सोचा था, उसकी जिम्मेदारी खत्म हो गयी। गवाहों के बयान दर्ज करना, माल बरामद करना, दोषियों को गिरफ्तार करना, फोटो खिंचवाना, नक्शे बनवाना पुलिस की जिम्मेदारी थी।

दो-तीन दिन तक पुलिस ने चुस्ती से काम किया। दो दोषी पकड़े गये। कुछ माल बरामद कर लिया। जैसे ही अँगुली पंकज-नीरज की ओर उठी, पुलिस का चक्का जाम हो गया।

सुबह-सायं थाने जाकर रामनाथ सो रही पुलिस को जगाता। जितनी मिसल वह पास बैठकर लिखा आता, उतनी ही लिखी जाती। उसके थाने से बाहर निकलते ही

मिसल की कार्रवाई ठप्प हो जाती।

कानून के सुराख भरने के लिए पुलिस कदम-कदम पर गवाह माँग रही थी। असल चश्मदीद गवाह तलाश करना पुलिस की जिम्मेदारी थी। पुलिस ये गवाह तलाश भी सकती थी, लेकिन उनसे मुद्दई पक्ष को खतरा था। दोषी उन्हें खरीद भी सकते थे। पुलिस को ऐसे गवाहों की जरूरत थी जो पत्थर की तरह पक्के हों। रामनाथ के इशारे पर नाचें। अपने शहर में रामनाथ ऐसे गवाहों की तलाश आसानी से कर सकता था। यहाँ गवाह पैसे भी ले रहे थे, भरोसा भी न था कि गवाही पक्ष में देंगे भी, या नहीं। फिर भी रामनाथ कड़वा घूँट भरे जा रहा था।

वारदात करनेवाले सारे दोषी पकड़े जा चुके थे। हर रोज कोई न कोई दोषी समस्या खड़ी कर रहा था। किसी की अर्जी आ जाती। शिनाख्त परेड का प्रबन्ध करें। गवाहों से उसकी शिनाख्त करवाएँ। कभी कोई कहता उसकी पत्नी बीमार है, इलाज के लिए उसे दस दिन का अवकाश प्रदान करें।

रामनाथ को प्रत्येक अर्जी का विरोध करने के लिए अदालत जाना पड़ता था। उसके अदालत पहुँचे बिना पत्ता तक नहीं हिल सकता था। हर पड़ाव पर उसे सरकारी वकील की सेवा लेनी-देनी पड़ती थी। कानूनी नुक्ते समझाने पड़ते थे।

पंकज-नीरज के पकड़े जाने के बाद उसने सोचा था अब उसकी खलासी हो जाएगी। जाँच मुकम्मल थी। पाँच-चार दिन में पुलिस चालान पेश कर देगी। चालान पेश हो जाने के बाद अदालती कार्रवाई धीरे-धीरे चलेगी।

दोनों मरीजों की अस्पताल से छुट्टी होनेवाली थी। उनके घर पहुँचते ही रामनाथ के कन्धों से बोझ उतर जाना था। वे धीरे-धीरे ठीक होते रहते।

लेकिन पंकज-नीरज के अस्पताल पहुँचते ही रामनाथ की सिर-दर्दी और भी बढ़ गयी।

एक ओर अदालतें दोषियों को सुविधाओं के तोहफे देने लगी। दूसरी ओर वेद वगैरह का पता करने आने वाले रिश्तेदारों की गिनती बढ़ने लगी।

नीलम अस्पताल की पाँचवीं मंजिल पर थी। वेद पहली मंजिल पर। पंकज-नीरज के कमरे तीसरी मंजिल पर थे। साझे रिश्तेदारों को मुँह पर माटी मल कर वेद से आँख बचाकर जाना मुश्किल हो जाता था। मजबूरीवश अफसोस के लिए वे वेद की ओर आ जाते।

बेटों से मिलने मायादेवी अक्सर अस्पताल आती थी। लेकिन तीसरी मंजिल की जगह पहली मंजिल पर अधिक समय व्यतीत करती थी। सच्चे मन से वेद के साथ दर्द साझा करती थी। कमल को याद करके आँखें नम करती थी। आगोश में लेकर

बार-बार नेहा को प्यार करती थी।

मायादेवी को पता था इस सारी काली करतूत की जड़ पंकज-नीरज हैं। इसलिए वह पंकज-नीरज का न कभी पक्ष लेती थी, न ही समझौते की बात करती थी। भरे मन से वह गुम-सुम आती व उसी तरह खामोशी भरी चली जाती।

सभी रिश्तेदार मायादेवी की तरह नहीं सोचते थे।

अधिकतर साझे रिश्तेदारों का विश्वास था कि लड़के बेकसूर हैं। उन्हें शंका के आधार पर फँसाया गया है। उनकी तमन्ना थी कि लड़के बाहर आ जाएँ। कुछ समझदार लोग अपनी इच्छा अपने मन में ही दबा लेते थे। वे वेद के पास पंकज-नीरज का नाम तक नहीं लेते थे। लेकिन उन लोगों की संख्या अधिक थी, जिन्हें पंकज-नीरज का वेट ज्यादा था। वे मन की बात होठों पर ले आते थे।

यदि एक कहता, ''दिल पर पत्थर रखकर सब कुछ भूल जा। बड़े भाई के बच्चों को नादान समझकर माफ कर दे।''

तो दूसरा बोलता, ''ले-देकर बात खत्म करो। लड़कों को कहकर सभी केस वापिस करा देते हैं। कुछ और चाहिए वह दिला देते हैं। थाने-कचहरी जाकर लोगों के घर क्यों भरते हो? घर की समस्या घर में सुलझाओ।''

मुलाकातियों के ऐसे सुझाव वेद के जख्मों पर मरहम लगाने की जगह नमक छिड़क जाते।

बोलना वेद के लिए वर्जित था। ऐसी बातें सुनकर उसकी आँखों में आँसू उमड़ आते। ये आँसू हजारों प्रश्न पैदा करते थे।

''क्या जवान बेटे की मौत का कोई मूल्य होता है? क्या कुँवारी बेटी की इज्जत कां कोई मूल्य होता है? पैसा व प्लॉट अब मेरे किस काम के?''

जब वेद कोई बात न करता तो चौधरी रामनाथ के गिर्द हो जाते।

रामनाथ भी वेद वाले प्रश्न दोहरा देता।

रामनाथ की बातें चौधरियों को चुभने लगतीं।

''वेद तो शरीफ है। वह हमारा कहना मोड़नेवाला नहीं। लेकिन इस समस्या की जड़ यह वकील है। यह उसका वश नहीं चलने देता।''

पहले चौधरी उसकी पीठ पीछे कोसते थे। अब सामने सुनाने लगे।

जब रिश्तेदारों को समझौता कराने में कामयाबी न मिली तो यह जिम्मेदारी सामाजिक अधिकारियों ने सँभाल ली।

कुछ ऐसे दल, जो शुरू के दिनों में धरने देने, जुलूस निकालने में आगे थे, अब समझौते का सुझाव देने लगे। कुछ पत्रकार अपने अहसानों को याद कराने लगे। नेहा व कमल के दोस्तों के माता-पिता भी लड़ाई को खत्म करने में ही भलाई बताने लगे।

और तो और रामनाथ के सगे भाई भी घर बैठे लड़ाई से थक गये थे। धीमी

आवाज में वे भी पीछा छुड़ाकर घर बैठने का मशविरा देने लगे।

अश्विनी कहता, "पंकज-नीरज अमीर हैं। हम उनका मुकाबला नहीं कर सकते।"

मंगत कहता, "वे पैसे चढ़ाकर बरी हो जाएँगे। बाद में मुँह की खाने से, अभी ले-देकर पीछे हटने में भलाई है।"

समझौते के लिए चारों ओर से पड़ रहे दबाव के कारण सारा परिवार मानसिक दबाव में आने लगा।

नीलम के लिए सब एक-सा था। वेद अपनी कटुता मन ही मन पी जाता था। लेकिन नेहा का बचपन उसे व्याकुल कर रहा था। उसका गुस्सा फिर से दहकने लगा था।

रामनाथ सबके मुँह से उतरता जा रहा था।

पंकज-नीरज की अस्पताल में उपस्थिति ने वेद परिवार का अस्पताल में रहना मुश्किल कर दिया था। उनके शरीरों के जख्म तो ताजा थे ही, मन के जख्म और भी गहरे होने लगे।

अस्पताल अब उनके लिए इलाज वाली जगह नहीं रही थी।

इससे पहले कि कोई मेम्बर मनोचिकित्सा वार्ड में दाखिल हो, उन्हें अस्पताल से छुट्टी लेकर घर चले जाना चाहिए।

डॉक्टर छुट्टी देने के पक्ष में न थे। रामनाथ ने डॉक्टरों की राय के उलट दोनों मरीजों की छुट्टी करा ली।

पूरी तरह ठीक होने में जो कमी शेष थी वह बाद में पूरी होती रहेगी।

तूफान गुजर चुके थे। उनका असर उम्रभर रहना ही था।

पैंसठ

बेशक नीरज-पंकज को अस्पताल में घर जैसी सुविधाएँ प्राप्त थीं, फिर भी बीसेक दिनों में उनका मन बेचैन होने लगा। वे अपने रिश्तेदारों पर दबाव बनाने लगे। पुलिस से बात करो। जज को फोन करो। जो कुछ कोई माँगता है, उसे दे दो। उनके बाहर आने का इन्तजाम करो। नहीं वे सचमुच बीमार हो जाएँगे।

विशेष फीस देकर नन्दलाल को अस्पताल बुलाया गया। उसके आगे मिन्नतें की गयीं कि वह जमानत की अर्जी लगाए। दुनियाभर के कानून को पेश करके अर्जी

मंजूर कराए। सरकार की ओर से अब रास्ता साफ था। किसी जज पर कोई दबाव न था। अब जमानत मंजूर होने में क्या अड़चन थी?

नन्दलाल गर्मागर्म खाने के पक्ष में न था। कानून को दोषियों की इच्छा के अनुसार नहीं चलना था। आई.जी. ने जाँच लगभग पूरी कर ली थी। गवाहों के बयान लिखे जा चुके थे। मौका-मुलाहजा हो चुका था। बस, रिपोर्ट लिखनी शेष थी। नन्दलाल चाहता था, दोषियों को अपनी ओर से अर्जी देने की जगह पुलिस को अर्जी देनी चाहिए कि दोषियों को रिहा कर दिया जाए। उस अर्जी के आधार पर दोषियों को बाहर आना चाहिए।

खुदा न खास्ता यदि अर्जी साधूसिंह जैसे किसी सिरफिरे जज के पास लग गयी व नामंजूर हो गयी तो उनके दोषी होने की अदालत की पक्की मोहर लग जाएगी। यह मोहर आगे जाकर महँगी पड़ेगी।

फिर जमानत वाली अर्जी कौन-सा पहले ही दिन मंजूर हो जानी थी। दस-पन्द्रह दिन इसमें लग जाने थे। उन्हीं दस दिनों में आई.जी. से रिपोर्ट तैयार कराकर पक्का काम करा लेना चाहिए था।

नन्दलाल का एक और मत था। नीरज-पंकज की जमानत मंजूर कराने से पहले किसी एक पूर्बिये की जमानत मंजूर करा लेनी चाहिए।

मुकदमे के मुख्य आरोपी पूर्बिये थे। वे मुख्य आरोपी इसलिए थे क्योंकि जुर्म करने में उनका सीधा हाथ था। उनसे लूट का सामान बरामद हुआ था। पंकज-नीरज पर उन्हें उकसाकर जुर्म कराने का अपराध था। कानून ऐसे दोषियों को दो नम्बर के दोषी मानता था। यदि मुख्य-दोषी की जमानत मंजूर हो जाए तो दो नम्बर के दोषी की जमानत तुरन्त मंजूर हो सकती है।

पाँचों दोषियों में से पंचम की जमानत मंजूर हो जाने के अधिक आसार थे। वह अपनी आयु बेशक तेईस-चौबीस वर्ष बताता था। लेकिन अभी तक दाढ़ी न आने के कारण वह सत्रह-अठारह का लगता था। उसके इस शारीरिक गुण का लाभ उठाया जा सकता था। कानून अठारह वर्ष से कम आयु के किशोर अपराधियों को विशेष सुविधाएँ प्रदान करता था। पहली रियायत यही जमानत वाली थी। ऐसे अपराधी बेशक दुनियाभर के अपराध करने के दोषी हों, इनकी जमानत स्वीकार करना जरूरी था। तर्क है कि किशोर मन अपराधियों को पेशेवर दोषियों के साथ रखकर पक्के मुजरिम नहीं बनाया जा सकता। दूसरा उसे मुजरिम होने पर भी सजा नहीं सुनाई जा सकती। ऐसे अपराधियों को अधिक से अधिक तीन वर्ष तक सुधार घरों में सुधरने का अवसर देना होता है। वह सुधरें या बिगड़ें, बिना इसकी जाँच किये तीन वर्ष बाद उन्हें रिहा करना ही पड़ता है।

पंचम की जमानत मंजूर होने का एक और आधार भी था। पुलिस हिरासत के

दौरान उसकी अच्छी-खासी पिटाई हुई थी। दायीं टाँग की हड्डी टूट गयी थी। उस पर पलस्तर चढ़ा हुआ था। नन्दलाल को पता चला था कि उचित इलाज न होने के कारण उसकी टूटी हड्डी में 'पस' पड़ गयी थी। किसी भी समय टाँग को काटना पड़ सकता है। जेल के डॉक्टरों की लापरवाही व उसकी टाँग बचाने की दुहाई देकर उसे जमानत पर रिहा कराया जा सकता था।

पूर्बिये की आयु छुपाने में आसानी रहनी थी। इनका कोई पता न था कि कहाँ व कब जनमे थे? जन्म प्रमाण-पत्र मिलने से रहा। जन्म तिथि सिद्ध करने के लिए न सफाई पक्ष को कोई सबूत मिलना था न ही मुद्दई पक्ष को। ऐसे झंझट में जज को डॉक्टर की मदद लेनी थी। वह दोषी की हड्डियों का मुआयना करके उसकी उम्र का अन्दाजा लगाएगा। यह टेस्ट पक्का न था। दो-तीन वर्ष का अन्तर आसानी से डाला जा सकता है। डॉक्टर यदि आयु सत्रह व उन्नीस के बीच में लिख दे, लाभ फिर भी दोषी को ही मिलना था। कानून उस आयु को मानता था जिसका लाभ दोषी को मिले।

डॉक्टर, पंकज व नीरज के हाथों में थे। इच्छा के अनुसार रिपोर्ट करा सकते थे। लाचार होकर अदालत जमानत दे देगी।

पंचम पर डकैती के साथ-साथ कमल को कत्ल करने का दोष भी था। वह मुकदमे का मुख्य दोषी था। उसकी जमानत होते ही शेष के लिए जमानत का रास्ता साफ हो जाना था।

सिंगला सीनियर वकील की राय से पूरी तरह सहमत था।

हो सकता था पंचम की जमानत मंजूर होने से पहले ही आई.जी. की रिपोर्ट आ जाए तथा इस रिपोर्ट के आधार पर उनकी तुरन्त रिहाई हो जाए।

फिर भी दूर की सोचकर अभी से हर स्थिति का मुकाबला करने की तैयारी शुरू कर देनी चाहिए। पासा कब पलट जाए, कुछ पता नहीं चलता? चाय की प्याली व होंठों के बीच बहुत अन्तर होता है। यह लोकोक्ति पंकज-नीरज पर कई बार सही सिद्ध हो चुकी थी।

अभी यह मानकर चलना चाहिए कि रिपोर्ट उनके पक्ष में नहीं हो रही। उन्हें मुकदमे की तैयारी साधारण स्थितियों के अनुसार ही करनी चाहिए।

ठेकेदार को छोड़कर बाकी दोषियों का कोई सगा-सम्बन्धी न था। न उन्होंने अपना कोई वकील किया था। फैसले तक बाहर आने के उनके आसार न थे।

पाँचों दोषियों का जेल में रहना पंकज-नीरज के लिए खतरे की घण्टी था।

यदि दोषी जेल में हो तो अदालत को मुकदमा तेजी से चलाना पड़ता। बड़ी अदालतों को दोषियों का जेल में रहना अखरता है। वे निचली अदालतों को झिड़कती रहती हैं। मुकदमे का फैसला शीघ्र करो। यदि दोषी बेकसूर है उसे जल्दी जेल से बाहर निकालो।

वैसे भी साधूसिंह जैसे जज ने मुकदमा तेजी से चलाना शुरू कर दिया तो उसे रोक पाना कठिन हो जाएगा। ताजा मुकदमा यदि सिरे लग जाए तो दोषियों को सजा होती है। गवाहों के मन में गुस्सा होता है। याददाश्त ताजा होती है। मामला लटका हुआ हो तो गवाहों के पक्षधरों का पेशियाँ भुगत-भुगत वकीलों-जजों की झिड़कियाँ सुन-सुन व मुंशियों मुसद्दियों की जेबें भर-भर कर हौसला पश्त हो जाता है। हाथ-पल्ले कुछ पड़ता न देख वे पैरवी छोड़ जाते हैं। जो मिला सो भला, सोच कर चार पैसे लेकर राजीनामा कर लेते हैं।

सिंगला मामला लटकाने का मसाला अभी से इकट्ठा करने में जुट जाना चाहता था।

जितने अधिक दोषी जमानत पर होंगे, मुकदमे को उतना ही लटकाया जा सकता है।

पंकज-नीरज तजुर्वा करके देख चुके थे। यदि अफसर अड़ जाए तो भी नहीं उन्हें पैसा खरीद सकता।

न सिफारिश दबा सकती है।

ऐसे अवसरों पर कानूनी दाँव-पेच ही काम आते हैं।

दूसरे दोषियों की अभी बाहर आने की कोई सम्भावना न थी। कानूनी रणनीति माँग करती थी, कम से कम पंचम को अपने हाथ में कर लेना चाहिए।

जमानत मंजूर कराने से पहले उससे शर्तें तय की जानी चाहिए। बड़ी शर्त एक ही थी। फैसले तक उनके हाथ के नीचे रहना होगा। जरूरत पड़ने पर उसे कभी जेल के भीतर, व कभी बाहर जाना होगा।

विचार-विमर्श के लिए पंचम के साथ मुलाकात की गयी। तुरन्त उसने सभी शर्तें स्वीकार कर लीं।

उसे अपने दोनों हाथों में लड्डू नजर आये। उसे किशोर मान लिया गया तो उसकी पौ बारह। न माना गया तो भी बाहर आकर उसकी टाँग बची रह सकेगी। भीतर रहते हुए किसी भी समय उसकी टाँग काटी जा सकती है।

पंचम की जमानत मंजूर कराने की तैयारियाँ होने लगीं।

छियासठ

इन्साफ के सभी वादे कानून की धज्जियाँ उड़ाकर पंकज-नीरज को सुविधाओं पर सुविधाएँ दी जा रही थीं। रामनाथ की ओर से उन सुविधाओं पर बन्धन लगाने की

सब अर्जियाँ बिना किसी तर्क के रद्द की जा रही थीं।

पहली अर्जी में रामनाथ ने दोषियों को दिल के मरीज घोषित करने के दयानन्द अस्पताल के डॉक्टरों के फैसले को चुनौती दी थी।

पहले ही दिन मजिस्ट्रेट ने उसकी अर्जी नामंजूर कर दी थी। पाँच विशेषज्ञ डॉक्टरों की राय पर शंका करने का कोई ठोस आधार न था।

रामनाथ ने इस फैसले के विरुद्ध सेशन कोर्ट में अपील की। सेशन जज ने दूसरे पक्ष को नोटिस जारी कर दिया। एक मास की तारीख डाल दी। एक-एक मास की कई और तारीखें पड़ सकती थीं। फैसला होने तक उन्हें रिहा हो जाना था। बाद में हुए फैसले का मुद्दई को क्या लाभ?

दूसरी अर्जी में रामनाथ ने दोषियों द्वारा अस्पताल में ही दफ्तर खोल लेने, मोबाइल फोन रखने, खुली मुलाकातें करने, घरों में चक्कर लगाने व पत्नियों का दोषी पतियों के पास सोने पर एतराज किया था। मजिस्ट्रेट ने इन सुविधाओं पर पाबन्दी लगाने की जगह पुलिस के डी.एस.पी. को जाँच करने का आदेश दे दिया। जाँच पूरी करके एक महीने के भीतर रिपोर्ट पेश करने को कहा गया।

इस फैसले के विरोध में रामनाथ की अपील करने की हिम्मत न हुई। परिणाम पहली अपील जैसा ही होना था। यह स्पष्ट नजर आ रहा था।

अदालत के इन एकतरफा फैसलों के कारण रामनाथ का खौल रहा खून ठण्डा न हुआ था कि पंचम को किशोर अपराधी बनाकर जमानत के लिए दी गयी अर्जी ने जलती पर तेल डालने का काम किया।

पंचम के दाढी-मूँछ न थी। इसका कारण उसका किशोर होना न था। असल कारण यह था कि वह नेपाली नस्ल का लगता था। नेपालियों के वैसे तो दाढ़ी-मूँछें आतीं ही नहीं। यदि आएँ भी तो देर से आती हैं। उसका कद, रंग व डील-डौल उसे नेपाली सिद्ध करते थे। पुलिस की पूछताछ के दौरान उसने अपनी आयु चौबीस-पच्चीस वर्ष लिखवायी थी। थी भी इतनी ही।

अब पंचम ने अपनी अर्जी के साथ एक शपथ-पत्र भी लगाया था, जिसमें उसने अपनी आयु सत्रह वर्ष होने का दावा किया था। साथ उसके गाँव के तथाकथित प्रधान का शपथ-पत्र था, जिसमें उसने उसकी आयु सत्रह वर्ष होने को तसदीक किया था।

पंचम की जमानत की अर्जी का नोटिस सरकार को गया था।

सरकार को मुद्दई पक्ष की मदद की जरूरत महसूस नहीं हुई। इसलिए सरकारी वकील ने मुद्दई पक्ष को सूचित करने की कोशिश नहीं की।

रामनाथ ने अपने सूत्रों से इस अर्जी की भनक निकाली थी।

सरकारी मशीनरी के व्यवहार में आयी तब्दीली का आभास रामनाथ को होने

लगा था। इश्क-मुश्क की भाँति दोषी पक्ष की बघेलसिंह के साथ हुई सौदेबाजी की जानकारी धीरे-धीरे जग-जाहिर होने लगी थी।

लोगों को क्राइम ब्रांच की ओर से की जा रही जाँच के परिणाम की भी जानकारी थी। छोटा-बड़ा हर कोई कह रहा था। आई.जी. उन्हें बेगुनाह सिद्ध कर चुका था।

पहले यह सब रामनाथ को अफवाह लगता था। लेकिन अब जाम हो चुकी सरकारी मशीनरी को देखकर उसे अफवाहें सच लगने लगीं।

तब रामनाथ को विशेष दूत द्वारा अदालत में आयी प्रत्येक अर्जी-पत्री की जानकारी दी जाती थी। अब पूछे जाने पर भी उससे तथ्य छुपाने की कोशिश की जाती थी।

रामनाथ के हौसले पस्त होने लगे। उसे विश्वास हो गया कि सरकार अब उसे कोई मदद देनेवाली नहीं।

रामनाथ ने अपने मन से फैसला किया। आगे से वह अपने पापड़ स्वयं बेलेगा।

रामनाथ के शहर में तीन मजिस्ट्रेट व एक जज थे। चार सरकारी वकील तथा पन्द्रह के लगभग अहलकार थे। रामनाथ का सबके साथ उठना-बैठना था।

मायानगर में तो जैसे जजों का मेला लगा हुआ था। एक सेशन जज, पाँच अतिरिक्त सेशन जज, अठारह मजिस्ट्रेट, इतने ही सरकारी वकील। हजारों प्राइवेट वकील, सैकड़ों अहलकार। किसी को भी किसी का लिहाज न था। कोई लिहाज करे तो कितने लोगों का? यहाँ प्रत्येक कार्य पैसे से होता था। किसी को कोई शर्म-संकोच नहीं। सौदा कुर्सी पर बैठे-बैठाये होता था। शरेआम पैसे पकड़े जाते थे। गिनकर जेब में डालते थे। कोई फटा-पुराना हो तो बदलवाते थे।

उसके शहर में ऐसे नहीं होता था। यही घटना यदि उसके शहर में हुई होती तो एक वकील के भांजे के कातिलों का कोई भी वकील न बनता। बल्कि सभी बाद में रामनाथ का साथ देते। सभी अहलकार रामनाथ के काम को अपना काम समझते। पैसा-टका कोई क्या लेता, उलटे जरूरत के कागजों को उसके घर स्वयं पहुँचाते।

यहाँ दस वाला काम सौ में हो रहा था। वह भी पूरी ख्वारी के बाद।

अब तक रामनाथ को प्राइवेट वकील खड़ा करने की जरूरत नहीं पड़ी थी। सरकारी वकील तन-मन से कार्य कर रहे थे।

अब सरकारी अधिकारियों की ओर से चले असहयोग अभियान के कारण उसे प्राइवेट वकील खड़ा करने की जरूरत महसूस होने लगी।

रामनाथ को लॉ पास किये छब्बीस वर्ष हो चुके थे। उसने लॉ रात्रि-कालीन कक्षाओं से पास किया था। दिन में वह नौकरी करता था। उसके बहुत से सहपाठियों

ने डिग्रियाँ तो प्राप्त कर लीं लेकिन घर की मजबूरियों के कारण नौकरियाँ छोड़ने का साहस न हुआ था। परिणाम के तौर पर उसे अपने साथ पढ़ा हुआ एक भी लड़का मायानगर में वकालत करता नजर नहीं आया।

दिन की कक्षाओं में पढ़ते लड़कों को यह फायदा था। उन्हें प्रत्येक शहर में अपने सहपाठी वकालत करते मिल जाते। कई तो मजिस्ट्रेट व सेशन जज तक बने बैठे थे। पुराने सहपाठी मित्रता नहीं भूलते। दौड़कर मिलते थे, दिल से काम करते थे।

रामनाथ अपने शहर के साथी वकीलों से मायानगर के वकीलों के नाम पत्र लेकर आया था।

उन पत्रों के आधार पर रामनाथ ने कुछ वकीलों से सम्पर्क किया। औपचारिकता से अधिक किसी ने पत्रों की कद्र नहीं की। किसी ने रामनाथ की सहायता के लिए अपने जूनियर वकील की ड्यूटी लगा दी तो किसी ने सीनियर मुंशी की।

यदि किसी ने थोड़ा-बहुत साथ दिया तो वह था राजकुमार।

राजकुमार दोषियों की ओर से की जा रही प्रत्येक अदालती कार्रवाई पर नजर रखता था। रामनाथ को उस कार्रवाई की सूचना देता था। रामनाथ उसकी काट ढूँढ़ता था।

रामनाथ को सरकारी वकीलों के साथ वही मिलाता था। अहलकारों से आदेशों की नकलें वही तैयार कराता था। किसको कितने पैसे देने थे, इसका फैसला वही करता था।

रामनाथ महसूस कर रहा था कि जहाँ तक वश चलता, राजकुमार उसका फायदा करता था।

डेढ़ मास की दौड़-धूप के दौरान रामनाथ को पता लग चुका था कि मायानगर के वकीलों की फीसें आसमान छू रही थीं। उसके शहर में बड़े से बड़े वकील की फीस दस हजार रुपया थी। यहाँ दस हजार मुंशियाना बन जाता था। रामनाथ जैसे वकील के पास आने से पहले सायल बीसों वकीलों के तख्तों पर चक्कर लगाता था। तोड़-मरोड़ कर मुश्किल से दो-तीन हजार पल्ले पड़ता। वह भी किश्तों में।

यहाँ का कोई वकील उठकर जा रहे सायल को आवाज नहीं लगाता था। कोई मुंशी उसका पीछा नहीं करता था।

जूनियर वकील नये मॉडलों की कारें लिए घूमते थे। सीनियर वकीलों का क्या कहना? वे मर्सीडीज में घूम रहे थे।

मुकदमा जिस ढंग से मोड़ काट रहा था उससे रामनाथ को किसी सीनियर वकील की जरूरत महसूस हो रही थी। नीरज-पंकज ने चोटी के वकील किये थे।

माहिर वकील का मुकाबला एक माहिर वकील ही कर सकता था।

राजकुमार की मदद से उसने किसी सीनियर वकील से सम्पर्क करने का मन बनाया।

राजकुमार उससे सौ फीसदी सहमत था।

रामनाथ व राजकुमार मिलकर भी इनका मुकाबला नहीं कर सकते थे। जजों को मन-मर्जी के आदेश करने से रोकने के लिए योग्य वकील की जरूरत थी।

सीनियर वकील कानून के माहिर तो थे ही। ये ऊपर तक पहुँच भी रखते थे। ये जजों की चापलूसी भी करते थे, जरूरत पड़ने पर गले भी पड़ जाते थे। अपने नाम से जज की शिकायत करने का साहस रखते थे। यदि उनके साथ कोई सीनियर वकील खड़ा होता तो मजिस्ट्रेट की हिम्मत न पड़ती कि वह दोषियों को मन्त्रियों वाली सुविधाएँ देता।

"परन्तु सीनियर वकीलों की फीस बहुत सुन रहे हैं?"

रामनाथ को अपनी चादर का पता था। अपने पैर चादर तक सीमित रखने के इरादे से उसने पूछा।

"हूँ, फीसें ठोक कर लेते हैं।"

"भाईचारे की कोई रियायत नहीं करते?"

"थोड़ा-बहुत करेंगे।"

"किसके पास चलें?"

"नेमीनाथ के पास चलते हैं। वह फीस माँगकर लेता है। फिर ठगी नहीं करता। न सरकारी वकील के नाम पर लेगा न जज के नाम पर। कभी जरूरत पड़े तो सीधी बात करा देता है। अधिक खर्चा नहीं होने देता। मेरे विचार से वही ठीक रहेगा।"

"करीब कितने पैसे लेगा?"

"बात करके देखते हैं, लालची बिल्कुल नहीं। सच्ची बात मुँह पर कहनेवाला है। रियायत कराएँगे।"

"सायं को कोठी चलेंगे। मैं समय लेकर रखूँगा।"

नेमीनाथ से उन्हें सायं को मिलना था।

सायं को मिलने का वादा करके वे विदा हो गये।

सड़सठ

निश्चित समय पर राजकुमार स्वयं रामनाथ के पास पहुँच गया। उसके स्कूटर के पीछे बैठा रामनाथ राजकुमार की रहम-दिली पर कुर्बान जा रहा था। लोहे के इस शहर में इन्सानियत अभी जिन्दा थी।

नेमीनाथ उनकी प्रतीक्षा कर रहा था।

सायलों की छोटी-सी भीड़ नेमीनाथ की कोठी के आगे बैठी थी। नेमीनाथ ने अभी मिलना शुरू नहीं किया था। प्राथमिकता वकीलों की थी।

''भाई साहिब, आपके साथ बहुत बुरा हुआ। मैं आपका केस लड़ना चाहता हूँ। परन्तु मुझे एक दिक्कत आ रही है। पहले मैं उसे दूर कर लूँ। अपना फैसला मैं कल बताऊँगा। मुझे अपना फोन नम्बर नोट कराओ। मैं स्वयं फोन करूँगा।

दर-दर की ठोकरें खा रहे रामनाथ का कोई सम्पर्क नम्बर न था। उसके पाँव में चक्कर था। कभी वह थाने होता, कभी कचहरी।

''आप मुझे समय बताएँ। उस समय मैं स्वयं आप को फोन कर लूँगा।''

नेमीनाथ ने अपना विजिटिंग कार्ड रामनाथ को दिया। सुबह सात बजे फोन करके वह समय निश्चित कर सकता था।

''आप मुझे बताएँ। मैं इन्हें लेकर उपस्थित हो जाऊँगा।'' राजकुमार ने बीच में ही कहा।

''नहीं, अभी मैं कुछ नहीं बता सकता। सुबह सात बजे पता चलेगा।''

सुबह रामनाथ ने जब फोन मिलाया, नेमीनाथ ने सिर्फ उसे ही घर बुलाया।

''छोटे भाई, मैं बड़ा साफ-स्पष्ट आदमी हूँ। साफ-स्पष्ट काम करता हूँ। मेरी फीस पचपन हजार है। दोस्तों-मित्रों व वकील भाइयों के केस मैं आधी फीस पर करता हूँ। मेरे नियम के अनुसार इसकी फीस बनती है पच्चीस हजार। नियम तोड़कर मैं आपसे पचपन हजार नहीं ले सकता। पच्चीस हजार में से मैं केस लाने वाले वकील को तीसरा हिस्सा नहीं दे सकता। राजकुमार को बीच में से निकालकर सीधी बात करने की गुस्ताखी भी मैं नहीं कर सकता। यह उसके साथ गद्दारी होगी। मैं नये वकील को नाराज भी नहीं कर सकता। ये अच्छा काम देते हैं। इसलिए मैं आपका काम नहीं कर सकता। मेरा आपके साथ एक वादा है। कभी किसी विचार-विमर्श की जरूरत पड़े तो मैं हाजिर हूँ। कभी कोई बहस करनी हो, करा लेना। मुफ्त करूँगा। मेरा एक सुझाव है। किसी वकील के साथ बात करनी हो तो सीधे जाना। आप वकील हैं। आपको वकील के साथ बात करने में झिझक कैसी? किसी से फोन भी करा दिया, अगले को हिस्सा देना पड़ जाएगा। लाचारीवश वकील को अपना रेट बढ़ाना पड़ेगा।''

नेमीनाथ की बातें सुनकर रामनाथ के कान साँय-साँय करने लगे। राजकुमार ने गो-हत्या जैसे केस में से हिस्सा माँगा था। कानों से सुनकर भी उसका मन इस घटना को सच मानने को तैयार न था।

नेमीनाथ की कोठी से निकलते हुए रामनाथ का सिर चकराने लगा। धैर्य पस्त होने लगा। मायानगर में उसे इन्साफ नहीं मिलेगा। उसका भ्रम यकीन में बदलने लगा।

अड़सठ

सारा दिन स्वयं के साथ भटककर रामनाथ ने धैर्य इकट्ठा किया। इस तरह धैर्य हार कर भी नहीं बैठा जा सकता था।

ऊधमसिंह का नाम चोटी के वकीलों में आता था। शाम को वह उसकी कोठी पहुँच गया।

''आपने कचहरी में मेरी फीस का रेट सुन लिया होगा। यदि मुद्दई पक्ष का वकील बनना हो तो मेरी फीस एक लाख रुपये है। यह मेरी नेट फीस है। यदि आपको कमीशन लेना है तो फीस होगी डेढ़ लाख। पचास आपका...एक लाख मेरा।''

''सर, मेरी बहन का घर बर्बाद हो गया। मैं कमीशन लूँगा?''

रामनाथ का मन सुबह से भरा हुआ था। उसके आँसू अपने-आप बह चले।

रामनाथ के इस रुदन व बह चले आँसुओं पर ऊधमसिंह का मन पसीज गया। उसे अपने कठोर व्यवहार पर दुःख हुआ। कमीशन की बात उसे सोच-समझकर करनी चाहिए थी।

लेकिन ऊधमसिंह भी क्या करे? उसका वास्ता ही ऐसे लोगों से पड़ता था। सगे बाप को भी यदि वकील करके देना हो, लोग कमीशन तलाशते हैं।

अभी कल ही उसके पास एक केस आया। चार बेटों का बाप कत्ल केस में फँस गया था। केस लाने वाला बेटा कहने लगा, ''फीस आप पूरी लो। चार भाइयों को बराबर हिस्सा डालकर फीस देनी थी। तीन भाइयों का हिस्सा वकील रख ले। केस लाने वाले भाई का हिस्सा कमीशन में समझ ले।'' वह कपूत साधारण नागरिक था। यह वकील था। क्या पता बाद में हिस्सा माँग बैठे? माँगेगा ही। माँगने की भी जरूरत नहीं। केस पकड़ने वाले वकील का फ़र्ज़ था, अपने आप हिस्सा दे दे। केस लेकर आनेवाले वकील को कई बार हिस्सा तय करने का अवसर नहीं मिलता।

आसामी सिर पर चढ़ी रहती है।

ऐसे कटु अनुभवों के कारण ऊधमसिंह मुँहफट हो गया था। ऊधमसिंह ने अपने कटु शब्दों के लिए क्षमा माँगी। रामनाथ की पीठ थपथपायी। पानी पिलाकर उसे स्थिर किया।

"मैंने ऐसे क्यों कहा, एक किस्सा सुनाता हूँ। एक वकील मेरे पास अपने ताऊ का केस लेकर आया। मैंने सोचा, ताऊ के केस में से तो हिस्सा नहीं लेगा। मैंने फीस कम माँग ली। वह शाम को हिस्सा लेने आ गया। मैंने एतराज किया तो कहने लगा, यदि घोड़ा घास से दोस्ती करेगा तो खाएगा क्या? ताऊ ने जुर्म किया है तो वह स्वयं भुगतेगा। मैं उसके उत्तर पर बड़ा खुश हुआ। मैंने उसे आशीर्वाद दिया। आप तर्क गढ़ने में माहिर हैं—बेटे, कामयाब वकील बनोगे।"

"सर, वे हमारा सारा घर लूटकर ले गये। भांजे के खाते में से सक्सेशन सर्टीफिकेट के बिना पैसा निकल नहीं रहा। बहन बेहोश पड़ी है। जीजाजी के हाथों पर पलस्तर लगा हुआ है। उनके खाते बेकार पड़े हैं। मैं छोटे शहर का साधारण वकील हूँ। अपनी पूरी पूँजी इलाज पर लगा बैठा हूँ। सच जानना कर्ज लेने की नौबत आ गयी है। मैं इतनी फीस नहीं दे सकता।"

"मैं आपकी मजबूरी समझ रहा हूँ। एक लाख से कम मैंने कभी फीस नहीं ली। आपके लिए आधी कर देता हूँ। बीस पहले दे दो। शेष धीरे-धीरे दे देना।"

इतनी रियायत ऊधमसिंह ने पहली बार की थी।

रामनाथ ऊधमसिंह को वकील तो करना चाहता था, परन्तु इतनी फीस देने का फैसला वह अकेला नहीं कर सकता था। उसे वेद के साथ विचार करना चाहिए।

"आपका बहुत-बहुत शुक्रिया। मैं जीजाजी के साथ राय करके बताऊँगा।"

"चल यार, दस हजार और कम दे देना।"

पता नहीं क्यों आज ऊधमसिंह का दिल कुछ ज्यादा ही पसीज गया था।

ऐसी दर्दनाक व भयानक घटना मायानगर में पहली न घटी थी। उसका मन उसे झँझोड़ रहा था। उसे मुद्दई पक्ष की मदद करनी चाहिए। इसी मानसिक दबाव में वह फीस कम करता चला जा रहा था।

"बहुत-बहुत धन्यवाद। मैं कल सायं को आऊँगा। उतनी देर आप दूसरे पक्ष के वकील मत बनना। मेरा इन्तजार करना।"

"यह वादा पक्का। आप मुझे वकील बनाओ या न बनाओ, मैं फिर भी मुलजिमों का वकील नहीं बनूँगा।"

"बहुत-बहुत शुक्रिया।"

"आप ऐसा करो। विकटिम वेलफेयर सोसायटी वालों से मिल लो। केस उनके नियमों की सीमा में आता लग रहा है। मैं भी उनका मेम्बर हूँ। यदि वे मान गये,

आपके कई मसले हल हो जाएँगे।''

रामनाथ के उठने से पहले ऊधम ने मशविरा दिया। पता नहीं क्यों वह रामनाथ को खाली हाथ नहीं लौटने देना चाहता था।

''बहुत अच्छा जनाब।''

निराश होकर लौटते रामनाथ को देखकर ऊधमसिंह के कलेजे में कसक उठी।

''यदि वे मान गये। ठीक। नहीं फिर मेरे पास आ जाना। रास्ता तलाश करेंगे।''

ऊधमसिंह के भीतर से कोई आवाज उठ रही थी। उसके पास परमात्मा का दिया सब कुछ था। पन्द्रह-बीस लाख रुपये मासिक की वकालत थी। जमीन थी। कारें थीं। किसी वस्तु की कमी न थी। फिर वह लालच क्यों कर रहा था? केस उसे मुफ्त लड़ना चाहिए था।

ऊधमसिंह ने भीतर से उठ रही आवाज की कद्र की। उसने फैसला किया। वह मुकदमा मुफ्त लड़ेगा।

परन्तु लाख कोशिश के बावजूद वह यह फैसला रामनाथ को न सुना सका।

शायद इसलिए कि वह मुफ्त केस लड़ने का आदी न था।

उनहत्तर

रामनाथ विक्टिम वेलफेयर सोसायटी की गतिविधियों से परिचित था। करीब छः वर्ष पूर्व इस सोसायटी का गठन इस नगर के चिन्तक युवा वकील हरीशराय ने किया था।

तहसील स्तर से लेकर हाईकोर्ट तक इस सोसायटी की इकाइयों का गठन हुआ था। इस आशय के लिए शहर में आया प्रधान उससे भी मिला था।

अखबारों की सुर्खियों में रहने की भूखी कुछ तथाकथित समाज सेवी संस्थाएँ अपना नाम चमकाने के लिए मुलजिमों के मानवाधिकारों का ढिंढोरा पीटती हैं। ''जेलों को आरामदायक बनाओ। खाना-पीना अच्छा दो। नहाने के लिए खुला पानी व तेल-साबुन दो। खेलों व मनोरंजन का प्रबन्ध करो। डॉक्टरी सुविधाएँ दो। पुनः-स्थापन का प्रबन्ध करो। योगा कराओ। धार्मिक प्रवचन कराओ। घर जाने का अवकाश दो। गरीब आरोपियों को सरकारी खर्च पर वकील करके दो। सजा सुनाने से पहले मिसल पर ठोस सबूतों का होना यकीनी करो।''

सरकारें व अदालतें इन संस्थाओं के दबाव में आकर अपराधियों को सुविधाएँ देती चली जा रही हैं। नहाने के लिए ट्यूबवेल लगा दिये। मनोरंजन के लिए टी.वी.

लगा दिये। खेलों का प्रबन्ध कर दिया। कानूनी सहायता देने के लिए अलग से फण्ड बना दिया। किशोर दोषियों के पक्ष में कानून बन गया। स्त्री-दोषियों को भारी सुविधाएँ मिल गयीं। अदालतों ने दोषियों के पक्ष में कानून बनाने शुरू कर दिये। यदि अदालत को आरोपी के दोषी होने में रत्तीभर सन्देह मिले तो शेष सबूतों को नजरअन्दाज कर उसे बरी कर दिया जाए। दोषियों की मौज बन गयी। सौ में से नब्बे बरी होने लगे।

आरोपी-पक्षीय इस आन्दोलन में दोषियों के हाथों लुट चुके, मार खा चुके लोगों की आह को कोई नहीं सुन रहा। इन पीड़ितों पर दोहरी-तिहरी मार पड़ रही थी। पहले दोषी उनको मानसिक व शारीरिक तौर पर घायल करते थे। फिर अदालतें उन्हें निर्दोष साबित कर उनके घावों को कुरेद देती थीं।

हरीशराय ने इन पीड़ितों के आँसू पोंछने का बीड़ा उठाया था।

उस समय इस शुभ कार्य के लिए रामनाथ को बाहर के वकीलों की ओर से भरपूर सहयोग मिला था। अन्य वकीलों के साथ-साथ रामनाथ ने भी सोसायटी को अपनी सेवाएँ भेंट की थीं।

रामनाथ के शहर में इकाई का गठन हुआ था। इकाई ने पूरे इलाके में अपने उद्देश्यों का प्रचार भी किया था। लेकिन सोसायटी लोगों के दिलों में अपना उचित स्थान न बना सकी।

इसका मुख्य कारण था कि उनके शहर में मायानगर जैसा धक्का नहीं होता था। घटना होने पर पुलिस तुरन्त मुकदमा दर्ज करती थी। तुरन्त सक्रिय हो जाती थी। अग्रिम जमानत सालभर में मुश्किल से एकाध दोषी की ही मंजूर होती थी। शेष केसों में दोषियों की गिरफ्तारी होती थी। पुलिस समय पर चालान तैयार करती थी। अदालतें इन्साफ देती थीं। गिरफ्तार हुए मुलजिम की जमानत नानी याद करा कर होती थी। वकीलों की फीस कम थी। मुद्दई को अपना वकील खड़ा करने में अधिक कठिनाई पेश न आती थी।

मायानगर में स्थिति इससे विपरीत थी। यहाँ मुजरिम व पैसे से सताया हुआ आदमी सूली चढ़ा रहता था। इस नगर में ऐसी संस्था की आवश्यकता थी। इसलिए सोसायटी यहाँ कामयाबी से कार्य कर रही थी।

सोसायटी की ओर से हो रही पैरवी की रिपोर्ट रामनाथ अखबारों में पढ़ता रहता था। केस सोसायटी के हाथों पहुँचते ही पीड़ित अपना दुःख भूल जाता था।

''बस एक बार मेरा केस स्वीकार हो जाए। फिर मेरे मन से बोझ उतर जाए।''

रास्तेभर रामनाथ यही दुआ करता रहा।

गर्म-जोशी से रामनाथ का स्वागत हुआ।

प्रधान रामनाथ को प्रत्येक किस्म की मदद देने के लिए तैयार था। थानेदार से

लेकर राज्य के मुख्यमन्त्री तक उसकी पहुँच थी। प्रधान की बात ध्यान से सुनी जाती थी। उसके सुझाव पर अमल होता था। रामनाथ जहाँ चाहे उसे ले जा सकता था।

रामनाथ को सरकारी मशीनरी पर गिला था। पंकज-नीरज की गिरफ्तारी तक जाँच ठीक चल रही थी। अब सब कुछ दोषियों के पक्ष में हो रहा था।

सारा बोझ रामनाथ के कन्धों पर था। लेकिन अब कन्धे थकावट महसूस कर रहे थे। सोसायटी पीड़ितों की मदद के लिए अपने कन्धे आगे करे।

''केस हाथ में लेने के लिए सोसायटी के अपने कुछ नियम हैं। अभी यह केस हमारी शर्तें पूरी नहीं करता। सभी दोषी पकड़े जा चुके हैं। जेल में हैं। बताओ पीड़ितों से क्या धक्का हो रहा है?''

''छोटे भाई, बहुत धक्का हो रहा है। पंकज व नीरज एक दिन के लिए भी जेल नहीं गये। पहले ही दिन से अस्पताल में दाखिल हुए बैठे हैं। अस्पताल के प्राइवेट कमरे लेकर फाइव-स्टार वाली सुविधाएँ प्राप्त कर रखी हैं। वहीं से बैठे व्यापार चला रहे हैं। जब दिल करता है घर जा आते हैं। पत्नियाँ उनके कमरों में सोती हैं। यह भी कोई पुलिस हिरासत है?''

''आप ठीक कह रहे हैं। लेकिन हैं तो वे हिरासत में ही। मेरे विचार अनुसार कानून ठीक रास्ते पर चल रहा है। थोड़ी-बहुत कमियाँ हर जगह रह जाती हैं।''

प्रधान का यह व्यवहार रामनाथ को नकारात्मक लगा। उसका धैर्य छूटने लगा।

प्रधान के बारे में उसने बहुत सुन रखा था। उसकी निष्पक्षता, दिलेरी व सच पर पहरा देने की आदत हर जगह मशहूर थी। फिर वह इस केस से कतरा क्यों रहा था?

रामनाथ को आशंका हुई। पंकज-नीरज चालाक हैं। कहीं प्रधान तक पहले ही पहुँच न कर गये हों। प्रत्येक रास्ता बन्द करना उन्हें आता था।

''कानून पहले ठीक रास्ते पर चल रहा था। अब ठहर गया है। इसीलिए मैं आपके पास आया हूँ। आई.जी. (क्राइम) पंकज व नीरज को निर्दोष करार दे रहा है। यदि वही निकल गये फिर हमें क्या इन्साफ मिलेगा?''

''यदि वे केस में से निकल गये फिर केस सोसायटी की परिधि में आ जाएगा। फिर हम आपका केस लड़ेंगे।''

प्रधान के इस उत्तर पर रामनाथ मन ही मन शर्मिन्दा होने लगा। वह बिना कारण प्रधान पर शंका कर रहा था। प्रधान ठीक कह रहा था। उनके साथ धक्का अभी हुआ न था। होने जा रहा था।

''जब तीर कमान से निकल गया, फिर क्या करेंगे? यदि सोसायटी साथ दे तो दोषियों को निर्दोष करार दिये जाने से रोका जा सकता है।''

''बोलो, हम किस कानून के तहत यह कार्रवाई करेंगे? अदालत जाँच में

हस्तक्षेप नहीं कर सकती। आपकी नजर में कोई नुक्ता है तो बताओ। आप भी वकील हैं। कानून जानते हैं।''

रामनाथ ने प्रधान के इस प्रश्न का उत्तर ढूँढ़ने के लिए अपने दिमाग को कम्प्यूटर की तरह चलाया। सभी कानून, नियम व उच्च अदालतों के फैसलों पर नजर दौड़ायी। सच ही ऐसा कोई नुक्ता न था।

''उन्हें अपना जोर लगा लेने दो। हम फिर तलब करा लेंगे।''

''जैसी आपकी इच्छा।''

रामनाथ के पास सहमत होने के सिवा कोई चारा न था।

''एक दोषी ने जमानत की अर्जी लगायी है। उसे वकील पंकज ने करके दिया है। वह स्वयं को किशोर बता रहा है। सरकारी वकील मेरे साथ सीधे मुँह बात नहीं करता। जमानत रोकने में मेरी मदद करो।''

''मैं तैयार हूँ। बोलो, क्या मदद चाहिए?''

''सोसायटी की ओर से न सही निजी रूप में आप हमारे वकील बन जाओ।''

''मंजूर है।''

प्रधान की मंजूरी मिलते ही रामनाथ के चेहरे पर जमी उदासी उड़ गयी। चेहरे पर रौनक आ गयी।

''फीस बताने का कष्ट करें।'' धड़कते दिल से रामनाथ ने फीस पूछी। दो वकीलों से वह फीस के रेट सुन चुका था। कहीं प्रधान का भी वही रेट न हो? वह घबरा रहा था।

''कोई फीस नहीं, आपका काम, मेरा काम।''

''नहीं, थोड़ी-बहुत फीस मैं जरूर दूँगा। पुष्पम्-पत्रम्। बताओ।''

''बता देंगे। काम हो लेने दो।''

''फिर भी, पहले बात करना ठीक रहता है।''

''आप अपने शहर में सोसायटी की इकाई खोलना। एक वर्ष तक सारा खर्च अपनी ओर से करना। यही मेरी फीस है।''

''एक वर्ष नहीं। उम्रभर मैं सोसायटी की सेवा करूँगा। सोसायटी का असली उद्देश्य अब समझ में आया है, जब आफत सिर पर आ पड़ी है।''

''बस मेरी फीस आ गयी।''

खड़े होकर प्रधान ने रामनाथ से हाथ मिलाया।

ये हाथ दोस्ती के लिए भी मिले थे और साझे उद्देश्य की पूर्ति के लिए भी।

सत्तर

हरीशराय का वकालत-नामा मिसल के साथ लगते ही सोयी पड़ी सरकार अँगड़ाइयाँ लेने लगी।

जाँच कर रहे वकील ने मिसल एक बार फिर पढ़ी। रह चुकी कमियों को दूर किया।

पिछली पेशी पर पंचम की आयु के बारे में हल्की-सी बहस हुई थी।

वह बिहार का रहनेवाला था। वे कीड़े-मकोड़ों की भाँति जन्मते व मर जाते थे। उनके जन्म-मृत्यु का हिसाब कोई नहीं रखता। पुलिस को उसकी असली जन्मतिथि का कोई ज्ञान न था।

पुलिस ने बिहार जाकर असल जन्मतिथि तलाश करने में कोई दिलचस्पी न दिखायी। सरकार की ओर से एक तरह से उसके शपथ-पत्र को ही मान लिया गया था।

दोषी की आयु के बारे में होनेवाला फैसला एक अहम कार्रवाई था। सरकारी वकील ने इस कार्रवाई को गम्भीरता से न लिया था। ''देख लें'' कहकर अप्रत्यक्ष ढंग से दोषियों के साथ सहमति जतलायी थी।

यदि जज चाहता तो उसी समय पंचम की आयु अठारह वर्ष से कम मानकर जमानत मंजूर कर लेता। परन्तु उसने सरकारी वकील की सहमति को नजरअन्दाज कर दिया था। जज को अपना फर्ज सोच-समझकर निभाना था। उसके फैसले के विरुद्ध हाईकोर्ट में अपील हो सकती थी। जल्दी में किया गया फैसला मुसीबत खड़ी कर सकता था।

इसीलिए जज ने अपनी सन्तुष्टि के लिए दोषी की डॉक्टरी-जाँच कराने का आदेश दिया था।

डॉक्टरों ने उसकी आयु सत्रह से उन्नीस वर्ष के बीच अनुमानित की थी।

आज उसी रिपोर्ट के आधार पर बहस होनी थी।

सफाई पक्ष का वकील पूरी तैयारी करके आया था। जज को पढ़ाने के लिए वह सुप्रीम कोर्ट के फैसलों की एक लम्बी लिस्ट लेकर आया था। उनमें दर्ज था कि आज जैसी दुविधा वाली स्थिति में जज का फर्ज बनता है कि वह दोषी के पक्ष में जा रहे तथ्य को सच माने। शंका का लाभ देकर दोषी को किशोर घोषित करे।

सरकारी वकील के पास इस कानून की कोई काट न थी। न ही उसने काट तलाशने की कोशिश की। अफसरों ने उसे खामोश रहने की ताकीद की थी।

सरकारी वकील ने सोचा था, पिछली बार की तरह ''देख लें'' कहकर वह जज

के मुँह में छिपकली डाल देगा। कोहड़ी बने या कलंकी। जज की इच्छा।

अब हरीशराय के मुद्दई पक्ष के साथ आ खड़े होने के कारण सरकारी वकील को गम्भीर होना पड़ रहा था।

हरीशराय अड़ियल स्वभाव का था। कब किस पर बरस जाए कुछ पता नहीं। आम केसों में सरकारी वकील मुद्दई पक्ष के वकीलों को बहस नहीं करने देते। लेकिन हरीशराय को बहस करने से कोई रोकता न था। कोई रोकने की कोशिश करे तो जज उसे बोलने की स्वीकृति दे देते थे।

जब छुपाये जाने वाले नुक्ते प्राइवेट वकील सामने प्रस्तुत कर देगा तो सरकारी वकील अपनी नालायकी का सबूत क्यों दे? यही सोचकर सरकारी वकील को पूरी बहस करनी पड़ जाती थी।

"आप बहस करें प्रधानजी।"

बहस शुरू होने से पहले ही सरकारी वकील ने अपने सभी अधिकार हरीश को सौंप दिये।

प्रधान से बहस कराकर सरकारी वकील एक तीर से दो शिकार करना चाहता था। जब मुद्दई पक्ष का वकील बहस कर दे तो मुद्दई पक्ष को सरकारी वकील पर कोई गुस्सा-गिला नहीं रहता। जब मुद्दई पक्ष का वकील बहस कर चुके, फिर सरकारी वकील के बोलने के लिए कुछ बाकी नहीं रहता। चुप रहने में आसानी होती है। यह खामोशी दोषियों की तसल्ली कराने में सहायक होती है। सरकारी वकील सीना तानकर कह सकता था–

"मैं एक शब्द नहीं बोला। दूसरे वकील को मैं रोक नहीं सकता। चिन्ता न करें। जज सरकारी वकील की बहस की ओर ध्यान देगा। प्राइवेट वकील की बहस कौन सुनता है।"

प्रधान सरकारी वकील की चाल समझ रहा था।

"आप अपना फर्ज अदा करें। जरूरत पड़ी तो मैं अपना फर्ज अदा करूँगा।"

नहले पर दहला मारते हुए प्रधान ने सरकारी वकील को भरी महफिल में नंगा होने के लिए चुनौती दी।

सरकारी वकील दुविधा में फँस गया। छिपकली उलटा उसी के मुँह में आ फँसी।

'भाड़ में जाएँ दोषी। मुझे अपनी शिकायत नहीं करानी।' सोचकर सरकारी वकील ने बहस शुरू कर दी।

पंचम की आयु अठारह वर्ष से अधिक थी। यह सिद्ध करने के लिए उसने पुलिस मिसल का सहारा लिया। पूछ-ताछ के दौरान उसने अपनी इच्छा के अनुसार जो आयु बतायी थी वह चौबीस वर्ष थी। हवाला देने के लिए उसने मिसल पढ़कर

सुनायी।

डॉक्टर की रिपोर्ट विश्वसनीय न थी। अपनी रिपोर्ट के साथ डॉक्टर ने दोषी के एक्सरे शामिल न किये थे। एक्सरे के बिना यह कैसे माना जा सकता था कि उसकी आयु सत्रह से उन्नीस के बीच है। डॉक्टर से रिपोर्ट पूरी करानी चाहिए।

सरकारी वकील की दोनों दलीलों से जज सहमत होने लगा।

गिरगिट की भाँति रंग बदलते सरकारी वकील को देखकर जज हल्का-हल्का मुस्कुराने लगा।

"प्रधानजी, आपको कुछ कहना है?" सरकारी वकील के बाद जज ने प्रधान को अवसर दिया।

पुलिस ने पंचम की जो पृष्ठभूमि मिसल में दर्ज की थी। उससे लगता था वह लम्बे-चौड़े परिवार में जन्मा था। उसके परिवार के बहुत से सदस्य अभी भी बिहार में रहते थे। बिहार कोई उत्तरी ध्रुव न था कि बिहार जाया न जा सके। शंका दूर होनी चाहिए। किसी थानेदार को भेजकर जन्म प्रमाण-पत्र मँगा लेना चाहिए।

दलील उत्तम थी।

सफाई पक्ष के पास इस दलील पर एतराज करने का कोई कारण न था।

"क्यों पी.पी. साहिब! आपका क्या विचार है? यदि असली जन्म-तिथि मिल जाए। फिर हमें डॉक्टर से क्या लेना है?"

जज ने सरकारी वकील से पूछा।

"ठीक कह रहे हैं जनाब! पन्द्रह-बीस दिन की अगली तारीख दे दो। अभी थानेदार को बिहार जाने वाली गाड़ी चढ़ा देते हैं। अगली तारीख तक लौट आएगा।"

सभी पक्षों की सहमति से बीस दिन की अगली पेशी दी गयी।

थानेदार को जन्म प्रमाण-पत्र तथा डॉक्टरों की एक्सरे फिल्में लेकर आने के आदेश दिये गये।

जन्म तारीख की जानकारी न मिले तो डॉक्टर की रिपोर्ट के आधार पर फैसला लिया जा सकता है।

जज का यही विचार था।

इकहत्तर

अस्पताल से वे डॉक्टरों की राय के विरुद्ध आये थे। फिर भी उन्हें घर आकर राहत

महसूस होने लगी।

घर लौटते ही नीलम की हालत सुधर गयी। चम्मच के साथ दवा उसके गले से नीचे उतरने लगी। ड्रिप उतर गयी। नेहा को अब बार-बार ड्रिप का ध्यान रखने की जरूरत न थी। नेहा को आसानी हो गयी।

रिश्तेदार सुखी हो गये। अस्पताल में रोटी पहुँचाने की समस्या खत्म हो गयी।

वेद रामनाथ व संगीता को घर भेजना चाहता था।

परन्तु यह समस्या किसी तरह हल नहीं हो रही थी।

गिरफ्तारी के बाद सारी सरकारी मशीनरी पंकज-नीरज के पक्ष में भुगतने लगी। वे हर जगह अपनी मर्जी के आदेश कराते जा रहे थे। जेल जाने की जगह वह अस्पताल में दाखिल हो गये। एयर-कण्डीशन कमरों में बैठकर व्यापार चला रहे थे।

रामनाथ इन सुविधाओं को खत्म कराने के लिए जूझ रहा था। अर्जी-पत्र देते हुए उसका दिन कचहरी में निकल जाता था।

किसी न किसी तरह नेहा दिन तो काट लेती थी। रात पड़ते ही उसे भय लगने लगता। कोठी के हर कोने में उसे काले-कलूटे, दैत्य-से पूर्बिये चीरहरण करने की तैयारी करते नजर आते। वे परछाइयाँ कभी पूर्बिये बन जाते। कभी पंकज व नीरज। कभी वे कमल के पेट में छुरा घुसाने लगते। कभी नीलम का सिर फोड़ने लगते।

आँख लगते ही नेहा को भयानक सपने आने लगते। वह हड़बड़ाकर उठ बैठती थी। उसे घण्टा-घण्टा भर डर लगता रहता। फिर देर तक उसकी आँख नहीं लगती थी।

वह संगीता के साथ लिपटकर सोती थी। संगीता सारी रात सिर पर हाथ फेर-फेर कर उसका धैर्य बढ़ाती। संगीता की जगह मायानगर आने के लिए अभी कोई औरत खाली न थी।

लाचारीवश रामनाथ व संगीता मायानगर में टिके हुए थे।

घर आने की खुशी कुछ दिनों के बाद ही पंख लगाकर उड़ने लगी।

घर व अस्पताल की सँभाल में जमीन-आसमान का अन्तर था।

सप्ताह भर ठीक रहकर नीलम को कभी बुखार होने लगा, कभी इन्फेक्शन, कभी कब्ज हो जाती, कभी पेशाब रुक जाता।

चेक करने आया डॉक्टर पाँच सौ ले जाता। टेस्ट के लिए खून लेने आया कम्पाउण्डर तीन सौ ले जाता।

नीलम सँभलती तो वेद की राड्स खिसक जाती। पूरे शरीर में दर्द उठने लगता।

उसे एम्बूलेंस में डालकर अस्पताल ले जाना पड़ता। कभी एक्सरे होते, कभी स्केन।

हिलने-डुलने के कारण सप्ताहभर में जुड़नेवाली हड्डी पन्द्रह दिन की माँग करने

लगती।

डॉक्टर राय देते। मरीजों को अस्पताल में ही दाखिल करा दो।

अस्पताल में उनके दुश्मन बैठे थे। उनके सामने रहने से तो मरना भला था।

भले दिनों की आशा लगाये वे दुःख-दर्द सहन करते जा रहे थे।

बहत्तर

पहले वेद व नीलम को एक ही कमरे में रखा गया था। नीलम को न अपनी होश थी, न इर्द-गिर्द की। वेद के हाथ-पाँव काम नहीं करते थे लेकिन उसे चेतना थी। सब समझ थी। नीलम का टट्टी-पेशाब पर कण्ट्रोल न था। वेद उस पर नजर रखता था। नीलम को जब टट्टी या पेशाब आता था, वह नेहा या संगीता को आवाज लगा देता था। समय पर सफाई हो जाती थी।

लम्बे अर्से से खाट में पड़े रहने के कारण उसे 'बेड-सोर' हो गये। डॉक्टरों की हिदायत थी उसे गीली जगह पड़ने से बचाया जाए। साथ वाली खाट पर वेद की उपस्थिति इस मुश्किल को आसान कर रही थी।

वैसे भी दवा आदि देनेवाला एक ही समय में दोनों की देख-भाल कर लेता था। उसका ज्यादा समय नष्ट नहीं होता था।

कुछ दिनों से नीलम को दूसरे कमरे में डाल दिया गया। पता नहीं कोई दवाई रिएक्शन कर गयी थी या दिमाग की किसी नाड़ी ने काम करना बन्द कर दिया था, कि नीलम को लगे दस्त बन्द होने का नाम नहीं ले रहे थे। पेशाब बूँद-बूँद करके आ रहा था।

सफाईवाला अभी सफाई करके कपड़े बदल ही रहा होता कि नीलम के कपड़े फिर खराब हो जाते। उसके भीतर पता नहीं किस तरह की गन्दगी जमा हो गयी थी। उसकी टट्टी व पेशाब में से बहुत बुरी बदबू आती थी। बदबू सारी कोठी में फैल जाती थी। नीलम वाले कमरे में बैठना दूभर था ही। पूरी कोठी में अटकना भी मुश्किल हो रहा था।

इसी समस्या के कारण नीलम को दूसरे कमरे में बदला गया। डॉक्टर दस्तों पर काबू पाने की पूरी कोशिश कर रहा था। दवा प्रतिदिन बदलकर दी जा रही थी। लेकिन कोई दवा असर न दिखा रही थी।

बदबू ने पहले कपड़े धोनेवाली को भगाया। उसका काम साधारण कपड़े धोना

था। गन्दगी वाले नहीं।

फिर बारी आयी खाना बनानेवाली पण्डितायन की। उसकी शिकायत थी कि उसे अपने कपड़ों के साथ-साथ अपने-आप में से भी बदबू आने लगी है। सोते-जागते-बाहर भीतर, हर जगह बदबू उसका पीछा करती। वेद की कोठी की ओर मुँह करते ही उसे उलटी आने लगती थी। बीबीजी के दस्त ठीक होते ही वह काम पर लौट आएगी। यह विश्वास दिलाकर वह लम्बी छुट्टी पर चली गयी।

मलहम-पट्टी करने आनेवाले कम्पाउण्डर ने शर्त रख दी। उसके कमरे में घुसने से पहले मरीज का बिस्तर, कपड़े व शरीर साफ होना चाहिए। न वह बदबू वाले कमरे में जाएगा, न वह गन्दे शरीर पर पट्टी करेगा।

जमादारिनी अपनी वफादारी निभा तो रही थी लेकिन उसने भी ड्यूटी सुबह-सायं तक सीमित कर दी। बाकी समय के लिए दोगुने-तिगुने वेतन पर कई जमादारिनियों का प्रबन्ध किया गया। लेकिन कमरे में प्रवेश करते ही उन्हें साँप सूँघ जाता था जैसे। बिना दिहाड़ी लिये वे काम छोड़कर भाग जातीं।

परिणाम के तौर पर नीलम को अधिक देर तक गन्दगी में रहना पड़ता।

कभी-कभी मन कड़ा करके संगीता कमरे में आती थी। बहुत बार नेहा को भी धैर्य करना पड़ता। मुँह-सिर बाँधकर हाथों में दस्ताने चढ़ाकर वह ऊँचे-ऊँचे रोती भी रहती और माँ की सफाई भी करती रहती।

हड्डियों की मुट्ठी बन चुकी, गन्दगी के ढेर पर पड़ी नीलम को देखकर नेहा को यकीन न आता था कि यह उसकी माँ है। नीलम हर समय बन-ठन कर रहती थी। परफ्यूम लगाना उसका शौक था।

नीलम की महँगी-महँगी साड़ियाँ, नये फैशन के सूट, नाइटियाँ व गाउन, किसी काम न आ रहे थे।

पहले उसे कमीज-सलवार पहनाया जाता था। जब 'बेड-सोर' हो गये तो कमीज की जगह बनियान व सलवार की जगह काटन के अण्डर-वीयर ने ले ली। मायानगर आकर भी नीलम ने पृष्ठभूमि न छोड़ी थी। न उसने कभी जीन पहनी थी, न टी-शर्ट। नीलम को अंग-प्रदर्शन से चिढ़ थी। वह नेहा को भी स्कर्ट व शर्ट पहनने से रोकती थी। वह कहा करती थी, पर्दा ही औरत का आभूषण है।

बीमारी ने उसके सारे शौक खूँटी पर टँगवा दिये थे।

लाख यत्न करने के बावजूद कपड़े गीले हो जाते। गीले कपड़ों के कारण पहले वाले 'बेड सोर' गहरे हो गये। कुछ नये भी बनने लगे। तन पर पहने कपड़े 'बेड सोर' को नुकसान पहुँचा रहे थे। डॉक्टर ने हिदायत की, नीलम को एक चादर के साथ ढककर रखा जाए। कभी चादर खिसक जाती तो वह अल्फ नंगी हो जाती।

वैसे उसके ढके या नंगे बदन में विशेष अन्तर नहीं था। उसके शरीर का मांस

लटक गया था। वक्ष मांस के लोथड़े बन गया था। बाँहें व रानें पट्टियों के निशानों के कारण भद्‌दे हो रहे थे। आँखों पर काले धब्बे पड़ गये थे। झाइयों के कारण चेहरा चितकबरा हो गया था। बिखरे बालोंवाली यह जिन्दा लाश कोई भूतनी लगती थी। देखने वाला अब उसके नंगे शरीर में से काम-तृप्ति न कर सकता था।

छोटे-बड़े जीजों, देवरों-जेठों व आशिकमिजाजी अड़ोसी-पड़ोसियों की लाड़ली नीलम अब किसी को भी अच्छी न लगती थी। उसके स्पर्श को तरसनेवाले, उसकी मुस्कान को माननेवाले आशिकाना रिश्तेदार फोन पर ही कुशल-क्षेम पूछकर काम चला लेते थे। एक बार कमरे में घुसकर बेगानी-सी नजर डालकर, कमरे से बाहर की ओर भाग निकलते।

डॉक्टर कह रहे थे, नीलम की स्थिति सुधर रही है। लेकिन नेहा को कोई सुधार नजर नहीं आता था। न तो नीलम के किसी अंग ने हरकत की थी, न ही उसने कभी आँख झपकायी थी। न कभी भूख जतलायी, न कभी प्यास का इजहार किया था। नेहा को लगता था उसकी चेतना को कण्ट्रोल करनेवाला उसके दिमाग का हिस्सा शून्य हो चुका है। ऐसी अनेक जिन्दा-लाशें घरों में वीरान, उपेक्षित पड़ी देखी थीं। यह दिमाग की चोट थी। ठीक होकर भी किसी अंग का नुकसान कर सकती थी। याददाश्त जा सकती थी। कोई नुकसान हो गया तो नीलम का क्या बनेगा? वह किसके सहारे दिन काटेगी?

नीलम की दयनीय स्थिति देखकर कभी-कभी नेहा की सोच धोखा खाने लगती थी। इससे अच्छा तो है कि वह सदा के लिए आँखें मूँद ले।

अब लग रहा था नीलम सदा के लिए आँखें बन्द करने की तैयारी कर रही थी। यदि दस्त एक-दो दिन और चलते रहे तो उसके भीतर से पानी खत्म हो जाएगा। पानी के खत्म होते ही उसके प्राणों का हिसाब-किताब पूरा हो जाएगा।

लेकिन तिल-तिल खत्म होती जा रही माँ को देखते रहने के सिवा नेहा कुछ कर भी तो नहीं सकती थी।

तिहत्तर

जब मायानगर के एलोपैथी के डॉक्टर थक गये तो रामनाथ अपने शहर की ओर भागा। होम्योपैथी के डॉक्टर मंगला की पहली खुराक ने तो नीलम पर असर नहीं

दिखाया। शायद वह दस्तों पर काबू कर ले।

दस्तों की बात सुनकर डॉक्टर मंगला को खुशी हुई। उसने रामनाथ को बधाई दी। दस्त तो दवाई के असर करने की निशानी थी। दवाई नीलम के शरीर में से गन्द निकाल रही थी। दो-तीन दिनों के बाद दस्त अपने आप बन्द हो जाएँगे। फिर नीलम ठीक होनेवाली थी।

ऐसे ही हुआ। पौने दो महीने कोमा में रहने के बाद उसने आँख झपकी। फिर टाँगें-बाँहें हिलाने लगी। च्यूँटी काटने पर दर्द महसूस करने लगी। नाम लेकर आवाज लगाने पर उसके चेहरे के हाव-भाव बदलने लगे।

डॉक्टर मंगला ने भरोसा दिलाया। सेहत में अभी और बहुत सुधार होगा। शीघ्र ही वह उठने-बैठने लगेगी। बात समझने-समझाने लगेगी।

डॉक्टर व सगे-सम्बन्धी नीलम की सेहत में सुधार से खुश थे। परन्तु नेहा को कोई खुशी न थी।

सिर में रॉड लगते ही नीलम गहरी नींद सो गयी थी। उसे क्या मालूम था उसका हँसता-खेलता घर-परिवार कब्रिस्तान बन चुका है। और उसका छः फुट दो इंच लम्बा छैल-छबीला बेटा अब अपने 'रायल-इन-फील्ड' मोटर-साइकिल पर बैठकर गलियों में चक्कर नहीं काटता। न ही कमल के दोस्त झुण्डों के झुण्ड अब रसोई में घुसते हैं। न अब छत पर वर्जिश होती है। न कमल के कमरे में सारी-सारी रात टेबल लैम्प जलता है। अब नीलम को रातों में बार-बार उठकर उसे पढ़ाई बन्द करके सोने के लिए हिदायत करने के लिए तंग होने की जरूरत नहीं थी।

उस बेचारी को यह भी पता ना था कि उसका पति अब सारा-सारा दिन घर से बाहर रहने की शिकायत नहीं होने देता। अब वह सारा दिन घर ही रहता था। न अब वह दोस्तों में बैठकर शराब पीता था। न घर में मांस-मछली लाता था। वह अब सारा दिन उसकी खाट के साथ खाट बिछाये, भीष्म-पितामह की भाँति पलस्तर में बँधा उसके चेहरे की ओर देखता रहता था।

नीलम को तो अब यह भी मालूम न था कि 'फैशनों की मारी' कहलानेवाली वह स्वयं गन्दगी का ढेर बनी पड़ी है। न वह अब सुबह-सायं सूट-साड़ियाँ बदलती थी, न ही घण्टे-घण्टे बाद मेक-अप करती थी। 'बेड-सोर' ने उसका शरीर कुष्ठ रोगी जैसा बना दिया था।

नीलम बीमार थी। उसकी पहचान खत्म होना स्वाभाविक था।

अब तो हृष्ट-पुष्ट नेहा की पहचान मिट रही थी। गुलाब की भाँति महकने-खिलने वाली नेहा कँटीली झाड़ी बन चुकी थी।

भूतनी बनी नेहा को, अब नींद से जाग रही अपनी माँ को अपना ही परिचय देना पड़ेगा।

नेहा नहीं चाहती थी कि उसकी माँ की स्मरण-शक्ति वापिस आए। वह चाहती थी कि वह दुःखों की व्याख्या सुने बिना ही दुनिया से चलती बने।

ऐसे विचार उसके मन में तब उठते जब वह अपनी नर्क बनी जिन्दगी पर विचार करती।

इज्जत के साथ-साथ सब गँवा चुकी नेहा ने स्वयं कई बार मौत चाही थी। परन्तु मौत की आज्ञा नहीं मिल रही थी। हर बार लाचार माता-पिता की हालत व कमल के कातिलों को फाँसी लगवाने की पुकार उसके आड़े आ जाती।

यह जीना भी कोई जीना था। वह दिन में कई-कई बार मरती थी।

बलात्कारियों ने नेहा के अंगों को आरे की तरह चीरा था। आज तक न आरा चलने से रुका था, न ही उनकी बू ने उसका पीछा छोड़ा था। यह उसकी पहली मौत थी।

पूरे बीस दिन तक, फिल्मों में होते बलात्कार के सीन उसकी आँखों के आगे नाचते रहे थे। ऐसे हादसों के बाद फिल्मी नायिकाएँ अक्सर माँ बन जाती थीं। कहीं वह भी तो माँ नहीं बन रही? यह विचार मन में आते ही उसकी आत्मा काँप उठती। उस समय नेहा को अपनी माँ की याद सबसे ज्यादा सताती थी। यदि नीलम ठीक होती, नेहा को चिन्ता न होती। माँ-बेटी का पर्दा साझा होता है। अब वह दिल की गाँठ किसके पास खोले। मामी के पास? सहेली के पास? या किसी टीचर के पास? सब मुँह पर हमदर्दी का स्वाँग भरते। बाद में ढोल पीटते। शुक्र करके नेहा ने वह दिन चुना, जब उसे इस कलंक से बचे रहने का इशारा मिला।

नेहा का मामा वकील था। रपट दर्ज कराते समय उसने नेहा के साथ हुए बलात्कार की बात को छुपा लिया था। डॉक्टर का मुँह बाँध दिया था। लेकिन लोगों ने पता नहीं कहाँ से जासूसी कर ली। जगह-जगह उसकी चर्चा हो रही थी। नेहा को कुलटा कहा जा रहा था। यह उसकी दूसरी मौत थी।

उम्रभर साथ निभाने का वादा करनेवाले सागर को भी नेहा के भीतर से पूर्बिये की बू आ रही थी। गर्मजोशी से हाथ पकड़ने की बात तो एक ओर रही, वह एक बार भी अफसोस प्रकट करने नेहा के पास न आया था। यह उसकी तीसरी मौत थी।

कितनी मौतों की खबर नेहा अपनी माँ को सुनाएगी।

अच्छा होता, बार-बार मरने की जगह वह एक बार ही मर जाए।

चौहत्तर

रामनाथ अधिकतर समय घर से बाहर रहता।

एक-एक करके सभी नौकर खिसक गये थे। संगीता को ऊपर के कामों से फुरसत न मिलती थी।

नेहा मरीजों के सिरहाने बैठकर उनकी आवश्यकताएँ पूरी करती थी।

इन दिनों दीपनगर में आम चर्चा थी कि पंकज-नीरज ने अपने बेकसूर होने के बारे में पुलिस को जो अर्जी दी थी, वह स्वीकार होनेवाली है।

इस चर्चा ने नेहा के भीतर माताजी के आशीर्वाद के साथ अंकुरित आत्म-विश्वास के बीज को फिर सुखा दिया। ध्यान में उसकी एकाग्रता न होती थी।

मरीजों के सिरहाने बैठी नेहा को बुरे-बुरे खयाल आने लगते थे।

उसकी आँखों के आगे उसके चचेरे भाई आ जाते। कभी उनके चेहरे राक्षसों जैसे लगते तो कभी कातिल पूर्बियों जैसे। कभी वे बच्चों की भाँति चिढ़ाने लगते। कभी वासनात्मक नजरों से निहारने लगते।

कभी जीता-जागता कमल नजर आने लगता। वह नेहा को समझाने लगता– ''बच कर रहना। पूर्बिये फिर आएँगे।''

घर की दीवारें उसे डराने लगतीं। पड़ोसियों के गेट की आवाज़ से भी उसे आनेवाले डकैतों की दस्तक महसूस होती। रात का सन्नाटा खाने को आता।

कभी उसे महसूस होता, कमल के साथ उसे भी कत्ल कर दिया गया था। कमल ने अपनी जान बहन की इज्जत बचाते हुए गँवायी थी। इसलिए उसे स्वर्ग नसीब हुआ। परन्तु नेहा मरने से पहले ही अपवित्र हो गयी थी। इसलिए उसके लिए स्वर्ग निषिद्ध था। वह भूत बनकर भटक रही थी।

जहाँ नेहा इस वक्त विचर रही थी, वह उनकी कोठी न थी। यह तो कोई भूत बँगला था। यह बँगला दिन-रात अँधेरे में डूबा रहता था। उसके कमरे बदबू से भरे थे। इस बँगले के निवासी सारा दिन आहें भरते रहते थे। यही भूत बँगले की निशानियाँ होती हैं।

मरने से पहले नेहा जिस कोठी में रहती थी, वह तो स्वर्ग थी। वहाँ उसका भाई कमल रहता था। उसे लम्बे कद, सुराही जैसी गर्दन, गोरे रंग व गठीले शरीर का वरदान मिला हुआ था। माँ ने कमल का लाड़ला नाम भीम रखा था। अपने कमल को महाभारत का भीम बनाने के प्रयत्न माँ ने उसके बचपन से ही आरम्भ कर दिये थे। बी.ए. में नीलम ने मनोविज्ञान पढ़ा था। इसलिए कमल के खिलौनों व पुस्तकों का चुनाव सोच-विचार के साथ होता था। थोड़ा बड़ा होने पर उसे हेल्थ-क्लब का

मेम्बर बना दिया गया। तैराकी के लिए स्वीमिंग-पूल जाने लगा था। कॉलेज प्रवेश पाने तक उस पर बॉडी-बिल्डर बनने का भूत-सवार करा दिया गया था। यह छैल-छबीला छोकरा स्कूल, कॉलेज व फिर यूनिवर्सिटी के साथ-साथ गली-मोहल्ले में भी सम्मान की दृष्टि से देखा जाता था। इस भूत बँगले में कमल की तस्वीर तक न थी।

नेहा का घर सारी रात रंग-बिरंगी रोशनियों से जगमगाता रहता था। गेट से लेकर पोर्च, गैराज, लॉन व लॉबी तक की लाइटें रात में तो जलती ही थीं, कई बार दिन में भी जलती रह जाती थीं। सारा दिन उनके घर संगीत गूँजता रहता था। कभी कमल के डैक पर पॉप संगीत गूँजता, कभी नेहा के कमरे से भजनों की धुनें आनन्द बरसाती थीं।

बाद दोपहर नीलम की किटी-पार्टी पर तितलियों-सी औरतों की हँसी रंग बिखेरती थी। शाम को कमल के दोस्त घण्टों गलियों के मोड़ों पर खड़े हँसते-खिलखिलाते रहते। रात को वेद की महफिल जुड़ती थी।

नेहा की अपनी सहेलियों की लम्बी पंक्ति थी। सारा दिन वह सहयोग की चर्चा और इसे बढ़ाने-फैलाने में व्यस्त रहती थी। कभी फुरसत मिलती तो ध्यान में लीन कुण्डलिनी जागृत करने का अभ्यास करती।

इस बँगले में न वह नेहा नजर आती थी, न यहाँ माताजी का गुणगान होता था। यहाँ सभी एक-दूसरे को कोसते व फटकारते थे।

नेहा के घर में बहू-बेटियों की इज्जत सुरक्षित थी।

नेहा को आज भी उस दिन की याद है जब उसके पीछे आ रहे एक लड़के को कमल ने शंका के आधार पर ही रोक लिया था। एक मुक्के से ही उसके नाक से खून बह चला था। नेहा को उसने बहन कहकर मुश्किल से पीछा छुड़ाया था।

इस भूत बँगले से बाहर निकलना नेहा के लिए वर्जित था। लड़के तो कटाक्ष करते ही थे, अब तो रेहड़ी-छाबड़ी वाले भी उससे मजाक करना अधिकार समझते थे।

चार दिन पहले तीसरी कोठी में रहते पिंचू ने उसे सड़क पर रोककर हाल-चाल पूछने की हिम्मत दिखायी थी। नेहा के चुप-चाप किनारा करने पर पिंचू ने अपनी बेइज्जती महसूस की थी। बदला लेने के लिए उसने कटाक्ष किया था–

"हम पूर्बियों से तो बुरे नहीं हैं।"

एक बार नेहा का हाथ जूती की ओर भी बढ़ा था। दिल किया था, बाल पकड़कर ताड़-ताड़ चेहरा लाल कर दे। अपने लम्बे नाखूनों से उसकी आँखें नोच ले।

उसका खौल रहा खून आँखों में ठहरने की जगह दिमाग में चढ़ गया। वह पागलों की तरह सहमकर पीछे हट गयी थी। अब कमल उसकी पीठ पर न था।

भीगी बिल्ली की भाँति नेहा घर आकर दुबक गयी थी।

उस दिन के बाद नेहा ने अपने इर्द-गिर्द लक्ष्मण-रेखा खींच ली। कोठी से बाहर जाना उसका काम न था।

और घर में कैद हुई नेहा पागलपन के करीब पहुँच रही थी।

नेहा उस भूत-बँगले से पीछा छुड़ाने के लिए तड़प रही थी। कभी वह वेद के आगे अनुनय करती, कभी रामनाथ के आगे।

"मामाजी, मेरा इस कोठी में दिल नहीं लगता। यादें पीछा नहीं छोड़तीं। अब हम इतने बड़े घर का क्या करेंगे? दो कमरे बहुत हैं। मेहरबानी करके इस मोहल्ले, इस कॉलोनी से मेरा पीछा छुड़ाओ।"

दोनों नेहा से सहमत थे। माहौल बदलना ही चाहिए।

लेकिन अभी इससे भी गम्भीर समस्याएँ सीना ताने खड़ी थीं। उनसे पीछा छूटे तो इस घर को बेचा जाए। और नया घर खरीदा जाए।

वे वादा करके, नेहा को टालने से ज्यादा कुछ नहीं कर सकते थे।

पचहत्तर

दो मास से मायानगर में फँसी संगीता अब यहाँ से भागने का बहाना तलाश रही थी।

सुबह-शाम वह रामनाथ के साथ झगड़ती थी।

रामनाथ की आमदनी बन्द हो चुकी थी। दोबारा काम चलाने के लिए सालों-साल फिर से परिश्रम करना पड़ेगा।

संगीता की छुट्टी समाप्त हो चुकी थी। अब वह बिना-वेतन छुट्टी पर थी। प्रिंसिपल का आशीर्वाद न रहता तो अब तक उसका तबादला दूर के किसी गाँव में हो गया होता। संगीता मन लगाकर बच्चों को पढ़ाती। उसका परिणाम नब्बे प्रतिशत से अधिक रहता था। गणित जैसे कठिन विषय में अधिकतर बच्चे पहले दर्जे में पास होते। लम्बी अनुपस्थिति का उलाहना लेकर आ रहे माता-पिता को प्रिंसिपल मुश्किल से समझा-बुझाकर वापिस करती थी। जिला शिक्षा अधिकारी प्रिंसिपल का कहना मानता था। उससे स्वीकृति लेकर प्रिंसिपल ने पी.टी.ए. फण्ड में से अस्थाई तौर पर एक गणित अध्यापक नियुक्त कर दिया था। अध्यापक नया था। न बच्चे उससे खुश थे, न माता-पिता। उसकी जगह कोई स्थायी अध्यापक किसी समय भी अपने आदेश करा सकता था।

घर को आर्थिक तंगी से बचाने के लिए संगीता के लिए ड्यूटी ज्वाइन कर लेना जरूरी था।

बच्चों की परीक्षाएँ सिर पर थीं। हाउस-टेस्ट बताते थे कि बच्चे पढ़ाई में पिछड़ गये हैं। उन्हें परिश्रम कराने के लिए संगीता का अपने घर रहना जरूरी था।

संगीता को एक और भी गिला था। सारी जिम्मेदारी उसी के परिवार पर क्यों डाली गयी थी? और रिश्तेदार भी हैं। मेहमानों की भाँति आते थे। आधा-पौना घण्टा बैंठकर लौट जाते थे। कोई बाजार से घर का सामान लेने आया। चलते-चलते इधर भी औपचारिकता पूरी कर गया। कोई किसी दफ्तर में से काम कराने आया, ऐसा कह कर आया।

संगीता रामनाथ पर जोर डाल रही थी। नीलम सभी भाइयों की बहन है। रामनाथ वकील था। वह थाने-कचहरी का काम अकेला देखे, इसमें उसे कोई एतराज न था। घर की देखभाल के लिए रामनाथ की भाभियाँ बराबर की ड्यूटी दें। पन्द्रह-पन्द्रह दिन बाँटने हैं, बाँट लें। महीना बाँटना है, तो भी बाँट लें।

रामनाथ उसे समझाता आ रहा था। वे बड़े थे। उनके बच्चे स्वयं को सँभालने के लायक थे। बाकी भाई छोटे थे। सरकारी मुलाजिम थे। उन्हें छुट्टी लेने में कठिनाई पेश आती थी। उनके बच्चे छोटे थे। न उन्हें घर में छोड़ा जा सकता था न यहाँ लाया जा सकता था। नीलम का घर तबाह हो चुका था। थोड़ा-बहुत नुकसान सभी का होना था। आग का सेक दूर-दूर तक मार करता है।

संगीता का गिला दूर करने के लिए रामनाथ ने हफ्ते में तीन दिन शहर जाना शुरू कर दिया। जजों को विनती करके अपने केस सोमवार, बुधवार व शुक्रवार को रखा लिये।

कभी वह रात को भी रह आता और बच्चों की समस्याएँ हल कर आता।

रामनाथ दूसरे भाइयों पर जोर डालने लगा। यदि वे हफ्ता भी कटा दें, रामनाथ का बोझ हल्का हो जाए।

अश्विनी पर रामनाथ की बातों का असर हुआ। वह शनिवार व रविवार की छुट्टियाँ मायानगर लगाने के लिए मान गया।

अश्विनी के दो दिन आधी-आधी दिहाड़ी आने से संगीता का मसला हल न हुआ। वह आता था, बहन या बहनोई के सिरहाने बैठ जाता था। एक-दो बार दवाई दे देता। बाकी समय अखबार पढ़कर या घड़ी देख-देखकर वक्त गुजारता। तीनेक बजे उसे बेचैनी हो जाती। चारेक बजे वह वापिसी बस पकड़ लेता।

एक दिन अनीता को साथ लाया। फिर उसने शक्ल न दिखायी। संगीता को कोई रसोई से पिण्ड छुड़ा देनेवाला चाहिए था। सारा-सारा दिन वह बावर्चियों की भाँति रसोई में खड़ी रहती थी। कभी खिचड़ी, कभी दलिया, कभी दूध, कभी चाय।

कभी मरीजों के लिए आहार, कभी मेहमानों के लिए चाय-पानी। सारा दिन पानी में रहने के कारण उसके हाथ गलने लगे थे। एड़ियाँ फट गयी थीं। कमर में दर्द रहने लगा था। खटिया पकड़ने में उसको भी अधिक दिन नहीं लग रहे थे।

जिस दिन से संगीता को पंकज-नीरज के बेकसूर साबित होने की सम्भावनाओं का पता चला था, उस दिन से उसका पारा चढ़ा हुआ था।

वह एक वकील की पत्नी थी। रामनाथ के साथ होती बातों के कारण उसे कुछ कानूनी नुक्तों का ज्ञान था। दोषियों के बेकसूर साबित होने का अर्थ था मुद्दई पक्ष पर मुसीबतों का पहाड़ टूटना। पुलिस की जिम्मेदारी दोषियों के विरुद्ध सबूत इकट्ठे करने की लग जाए तो मुद्दई पक्ष को दोहरी लड़ाई लड़नी होती है। पहली पुलिस की ओर से दोषियों के पक्ष में सबूतों के किले गिराने की। दूसरी निहत्थे होकर दोषियों के विरुद्ध इकट्ठे करने की लड़ाई।

वेद परिवार के लिए यह लड़ाई और भी कठिन थी। मुद्दई पक्ष का एक भी मेम्बर सलामत न था। कोई अपनी जान बचाने के लिए बीमारी से लड़ रहा था, कोई बिगड़े मानसिक सन्तुलन को सँभालने के लिए। बेगाने लोग कब तक सीना तानकर उनके लिए खड़े हो सकते हैं। सीना तानकर खड़े रिश्तेदारों के पैरों के नीचे से जमीन खिसकनी शुरू हो चुकी थी। संगीता स्वयं मैदान छोड़कर भागने को तैयार थी। साथ ही वह रामनाथ को भी भगा ले जाना चाहती थी। जब तक मुद्दई लोग कानून की जंग लड़ने योग्य होंगे, तब तक महाभारत समाप्त हो चुका होगा। कौरव, पाण्डवों के साथ लड़ाई लड़े बिना ही जंग जीतने का ऐलान अपने पक्ष में करा लेंगे।

संगीता अपनी हिम्मत से अधिक अपना फर्ज अदा कर चुकी थी। अपनी सेहत, पति का मानसिक सन्तुलन व बच्चों के भविष्य को दाँव पर लगाकर रिश्तेदारों को बचाने वाली वह कोई सतयुगी नारी न थी।

वह बार-बार रामनाथ पर जोर डाल रही थी। कम से कम उसे ही शहर भेज दिया जाए ताकि घर तो चलने लगे।

रामनाथ ऊपर से अपनी पत्नी को सब्र के लिए प्रेरित कर रहा था, भीतर से वह संगीता से सहमत था।

पहले उसका खयाल था महीने-बीस दिन में सब काम निबट जाएँगे। चालान पेश होने के बाद परेशानियाँ कम हो जाएँगी। महीने-महीने बाद पेशी पड़नी थी। महीने-दो महीने के बाद पेशी भुगतने आने में उसे कोई कठिनाई न थी।

लेकिन अब कानूनी लड़ाई लम्बी हो रही थी। साथ ही गम्भीर भी। हाईकोर्ट के साथ-साथ सुप्रीम कोर्ट के चक्करों की सम्भावना भी बढ़ रही थी। वह वकील था। वकील उससे जायज फीस लेंगे। बड़ी अदालतों के वकीलों की फीसें आसमान छू रही थीं। जायज फीस भी उसे दिवालिया बना देगी। वह जिस पड़ाव पर पहुँच गया था

वहाँ से न आगे बढ़ा जा सकता था, न पीछे ही लौटा जा सकता था।

संगीता के दबाव में आकर वह भाइयों के साथ-साथ बहनों से भी बात कर चुका था। बहनें पराये-वश थीं। लोक-लाज के लिए ही सही, वे कुछ हाथ बँटा गयी थीं।

भाई अपनी मर्जी के मालिक थे। वे शर्म उतारकर बैठे थे।

अश्विनी स्पष्ट शब्दों में कहने लगा था, ''हमें अपनी गृहस्थी भी चलानी है। कब तक हम वहाँ बैठे रहेंगे। अपनी बारी वे स्वयं निपटेंगे।''

मंगतराय कहता था, ''आप वकील हैं। थाने-कचहरी का आपको पता है। मैं वहाँ जाकर क्या करूँगा?''

रामनाथ भाइयों को राय दे सकता था। उनके कर्तव्यों से उन्हें अवगत करा सकता था। इसे निभाने के लिए उन्हें मजबूर नहीं कर सकता था।

ऐसे तर्क देकर रामनाथ संगीता को कुछ देर और धीरज रखने के लिए मनाता आ रहा था। लेकिन अब संगीता के सब्र का प्याला भर चुका था।

''आपको कोई हल तलाशना है तो तलाश लो। यदि मैं कोई कदम उठाऊँगी, फिर बुरा न मनाना।''

यह संगीता का अन्तिम फैसला था।

छिहत्तर

कुछ दिनों से रामनाथ व संगीता में तनाव बढ़ रहा था। इसका संकेत वेद को मिल रहा था।

उनमें बातचीत बन्द थी। इसकी जानकारी वेद को आज ही हुई।

वेद ने दुनिया देखी थी। उनके बीच तनाव के कुछ कारण थे। करीब दो मास से मियाँ-बीवी यहीं फँसे बैठे थे। आमदन बन्द हो चुकी थी। खर्च हैसियत से ज्यादा हो रहा था। परिवार-बच्चे दुःखी थे। संगीता नौकरी-पेशा औरत थी। उसे आराम की जिन्दगी जीने की आदत थी। यहाँ उसे नीलम के गू-मूत से लेकर रसोई में हाथ फूँकने तक के सब काम करने पड़ते थे। ''एक दिन और'', ''एक दिन और'' करते दो महीने बीत गये थे। बीमारी व मुकदमा शैतान की आँत की तरह लम्बे होते जा रहे थे। स्थितियों में शीघ्र सुधार के कोई आसार न थे।

नीलम के दस्तों ने जलती पर तेल डाल दिया। नीलम की देख-रेख प्रायः नेहा ही करती थी लेकिन नेहा को आराम दिलाने के लिए जब रामनाथ सफाई में जुट जाता था, तो शर्म के मारे संगीता को उसके हाथ से कपड़े पकड़ने पड़ते थे। संगीता को रामनाथ से काम कराते दोहरी शर्म आती थी। एक तो बहन की नग्नता भाई के सामने आए, यही शर्म की बात थी। दूसरा पत्नी के होते हुए गन्दगी में हाथ मारे, यह भी शर्म की बात थी। आदमियों को प्रायः ऐसी आदत नहीं होती। औरतें बच्चों का पालन-पोषण करती हैं इसलिए वे इस काम की आदी हो जाती हैं।

अब नीलम सँभल चुकी थी। इशारे समझने व करवट बदलने लगी थी। दस्त भी कई दिनों से बन्द थे। टट्टी-पेशाब आने से पहले उसे पता लगने लगा था। वह इशारे से समझा देती थी।

संगीता के मनमुटाव का कोई और कारण होना चाहिए।

वेद मामले की जड़ तक जाना चाहता था। वैसे उसे मालूम था, कारण ढूँढ़कर भी वह समस्या हल नहीं कर सकेगा।

वेद स्वयं चाहता था, वे घर जाएँ। अपनी गृहस्थी सँभालें। परन्तु उनके जाने से वेद-परिवार की सँभाल करनेवाला कोई न था।

नीलम की जो स्थिति थी वह सबको मालूम थी। वेद स्वयं लाश बना पड़ा था। करवट लेने से लेकर, टट्टी-पेशाब तक के लिए उसे दो आदमियों का सहारा लेना पड़ता था। होश के कारण सेवादारों को अधिक तकलीफ नहीं देता था। प्यास लगने के बावजूद वह पानी नहीं पीता था। अधिक पानी पीएगा तो बार-बार पेशाब आएगा। भूख होने के बावजूद वह भरपेट रोटी न खाता था। अधिक बार टट्टी की हाजत होगी। एक तो स्वयं तंग होगा, दूसरा औरों को भी तंग करेगा। वह नीम की दातून का शौकीन था। दातून न करने के कारण उसका मुँह दिनभर कड़वा रहता था। डॉक्टरों ने उसे नरम दातून करने की सलाह दी थी। परन्तु दातून करने के लिए उसे बैठना पड़ेगा। दातून कौन मुँह में डालेगा? कौन कुल्ला कराएगा? दवा समय पर मिलती रहे, इतनी गनीमत थी। यही सोचकर वेद मुँह की कटुता सहन करता आ रहा था।

यही नहीं, उसने और भी कई समझौते किये थे। नेहा उसे दुनिया की प्रत्येक वस्तु से प्रिय थी। कमल से भी अधिक। कभी बाप, बेटी से टट्टी-पेशाब वाले बर्तन उठवाते हैं? रामनाथ या संगीता को अधिक तकलीफ न हो इसलिए वेद अपने हृदय पर पत्थर रखकर नेहा से ऐसा करा रहा था।

आत्म-ग्लानि से भरे वेद ने कई बार नर्कभरी जिन्दगी से पीछा छुड़ाने के बारे में सोचा। परन्तु उस अभागे को अपनी मर्जी से मरने की भी आजादी न थी। न कुआँ-जोहड़ गन्दा करने के लिए उठकर वह बाहर जा सकता था, न किसी केमिस्ट

की दुकान से जहर खरीद सकता था। कहीं से जहर मिल भी गया तो कोई उसके मुँह में नहीं डालेगा।

एक-दो बार उसने डॉक्टरों-नर्सों से जहरीली दवाइयों के नाम पूछे थे। उसका इरादा भाँपकर वे जहर की जगह उसका धैर्य बढ़ाने लगते। वह अपनी फूल-सी प्यारी बेटी के लिए कुछ सोचे।

वेद ने नेहा के बारे में कब नहीं सोचा था? कमल की कोई फर्माइश टल सकती थी, नेहा के प्रत्येक बोल पर वेद ने फूल चढ़ाये थे।

नेहा तो थी ही किस्मतवाली।

नेहा के पैदा होते ही वे मायानगर में आ बसे थे। यहाँ पैसा बरसात की भाँति बरसा था। अँगूठियों-छल्लों के लिए तरसती नीलम ने हीरों के कई सेट खरीद लिये थे। प्रत्येक किस्म की नयी साड़ी पहले उनकी कोठी में आती थी। बैंकों के फिक्स-डिपॉजिटों व विकास पत्रों की गिनती दिन-प्रतिदिन बढ़ती गयी थी। शहर के मशहूर क्लबों की सदस्यता उन्हें मिल गयी थी। नीलम कई किटी-क्लबों व समाज सेवी संस्थाओं की सदस्या बन गयी।

वेद ने तंगी के दिन देखे थे। अपने शहर में वह आठ सौ रुपये मात्र में गुजारा करता रहा था। बजट बनाकर पैसा खर्च करता था।

अचानक हाथ में आयी माया पर उसे हैरानी होती। लगता, यह सपना था। माया को तिजोरी में बन्द रखने की जगह उसे सुख-सुविधाएँ भोगने का शौक था। प्रतिदिन उसके घर कोई न कोई नयी चीज आती।

वेद की नीयत को फल लगता था। पत्नी सुघड़ता से घर चला रही थी। दोनों बच्चे लायक थे।

नेहा से उसे एक और बात के कारण भी नेह था। कैण्टीनों व पिकनिकों में मस्त रहनेवाली बाल आयु उसने योगा, आत्म-साक्षात् जैसे आध्यात्मिक कामों के सुपुर्द कर दी थी। उम्र की नजाकत व भोलेपन के कारण शीघ्र ही कई मंजिलों को भी छू लिया था।

नेहा के साथ-साथ घर का माहौल भी पवित्र होने लगा था। नेहा की प्रेरणा वश वेद ने पहले मीट-मछली घर लाना बन्द किये। फिर मांस खाना बन्द कर दिया। शराब पीकर घर आते उसे शर्म आने लगी। उसका काम ही ऐसा था। जब तक किसी के साथ बैठकर हम-प्याला न हुआ जाए, तब तक दूसरा अपना राज़ नहीं खोलता। वह दारू साथ के लिए पीता था। नेहा के कहे बिना ही उसने बीमारी पर काबू पाना शुरू कर दिया था। माताजी के सामने कसम खाकर पहले उसने वादा किया, वह दो पैग से अधिक नहीं पीएगा। फिर स्वयं ही एक पैग पर आ गया। धीरे-धीरे वह भी छूट गया।

पहले उसे लगता था शराब के बिना व्यापार में तरक्की नहीं की जा सकती। शराब छोड़कर व्यापार और भी तरक्की करने लगा। "धर्मी-कर्मी आदमी है।" यह कहकर लोग उस पर अधिक विश्वास करने लगे।

इन सब परिवर्तनों का कारण वह नेहा तथा उसकी गुरु-माता कल्याणी को मानता था।

अन्य सहयोगियों की भाँति वेद को भी नेहा में किसी दिव्य-शक्ति की झलक पड़ती थी। वह स्वयं को खुश-किस्मत समझता। उसके घर देवी ने अवतार लिया था। मन ही मन वह इस देवी को प्रणाम किया करता था।

और अब किसी ताड़कासुर ने उसकी सभी दैविक-शक्तियों को हर लिया था। उसे एक शापित जिन्दगी जीनी पड़ रही थी।

दो मास में ही नेहा के चेहरे का नूर पंख लगाकर उड़ चुका था। सदा हँस-मुख रहनेवाला चेहरा रुआँसा बना रहता। उसकी जीन्स, पैण्ट व शर्टें सब अलमारियों में बन्द थीं। कई-कई दिन तक वह सूट नहीं बदलती थी। उसके नाखूनों की पालिश उतर गयी थी। भुजाएँ कमजोर हो चुकी थीं। हाथों पर पीलापन छा गया था।

नेहा के पास बैठने से अब ठण्डी हवाओं का अहसास न होता था। न मन को सुकून मिलता था।

वेद को उससे मोह नहीं रह गया था। दिन में कई-कई बार वह उस पर खीझता रहता। जरा-सी बात पर डाँट देता था।

"दवा लेट हो गयी। पानी बिस्तर पर गिर गया। करवट लेते वक्त हड्डियों में दर्द हो गया। मुँह में खाना अधिक पड़ गया।" जैसे नेहा को डाँटने के लिए उसे किसी बहाने की तलाश रहती थी।

बीमार होने से पहले यदि कभी वह नेहा को डाँटता था तो बाद में गलती का अहसास कर क्षमा माँगता था। अब सौ फीसदी गलती होने के बावजूद उससे क्षमा-याचना न होती थी। मालूम था, यह गलती बार-बार होगी।

पहले-पहल बाप की झिड़कियाँ नेहा की आँखों में आँसू भर देती थीं। धीरे-धीरे जैसे उसकी आँखों में से आँसू सूख गये थे। वह सुन्न-बट्टा बन गयी। किसी डाँट-झिड़क का उस पर असर नहीं होता था। जैसे वह कोई 'रोबोट' बन गयी थी। आदेश की पालना करनेवाली मशीन।

गाय-सी बेटी पर वेद से इसलिए जुल्म हो रहा था ताकि रामनाथ व संगीता को कोई कष्ट न हो।

वह अपने परिवार के बचे एक सहारे को खोना नहीं चाहता था।

जब से पंकज-नीरज के जेल से बाहर आने की अफवाह फैली, पता लेने आने वालों की संख्या शून्य पर आ गयी थी। वेद का भाईचारा सोच रहा था वेद परिवार

तो तबाह हो ही चुका है। चलते पुर्जे पंकज-नीरज से क्यों बिगाड़ी जाए?

पंकज-नीरज के मुकदमे में से निकल जाने से मुकदमा लटक जाना था। एक वर्ष में खत्म होने वाले मुकदमे को दस-पन्द्रह साल लग जाने थे। न वेद परिवार को बेइन्साफी बर्दाशत करनी थी, न पंकज को पैसे की परवाह थी। छोटे-छोटे नुक्तों पर बार-बार अपीलें होनी थीं। कई बार ऊँची अदालतों में लटके फैसले पूरी पीढ़ियों को निगल लेते हैं।

इस चर्चा से नीलम के बहन-भाइयों व जीजे-भाभियों के हौंसले पस्त हो गये। कब तक कोई अपना व्यापार व गृहस्थी छोड़कर यहाँ रहेगा? एक दिन मुँह-मोटा होना ही था। क्यों न पहले ही पीछा छुड़ा लिया जाए।

रिश्तेदारों क़े साथ-साथ दोस्त-मित्र भी जा रहे थे। काम करने वाले हालचाल पूछने से कन्नी कतरा गये कि बाबू किसी काम को ही न कह दे। कोई बेगार ही न डाल दे।

वेद को अपनी इस कमजोरी का पता था।

अपना घर बचाने के लिए उसे दोनों में समझौता कराना चाहिए।

सतहत्तर

मन-मुटाव का कारण तलाशने के लिए वेद ने बातों-बातों में रामनाथ को कुरेदने की कोशिश की। परन्तु रामनाथ ने कोई भेद प्रकट न होने दिया।

कई बार संगीता से भी तकलीफ पूछी। एक-दो दिन घर जाने का सुझाव भी दिया। वह रुआँसी होकर उठ जाती थी। घर जाने की तजबीज वह न मानती थी, न ही ठुकराती थी।

वेद को लग रहा था, मामला घर वापिसी से भी अधिक गम्भीर है।

नेहा सारा दिन संगीता के पास रहती थी। शायद उसे ही किसी बात का पता हो? सोचकर वेद ने मसला नेहा के साथ साझा किया।

''बीमारी व मुकदमे पर पैसा पानी की तरह बह रहा है। सारा पैसा मामाजी का खर्च हो रहा है। मुझे लगता है मामा अपनी कोई चीज रहन रखकर कर्ज उठाना चाहता है, मामी इसका विरोध कर रही है।''

नेहा को जितना मालूम था उसने बता दिया था।

वेद पहले ही इस समस्या के बारे में सोच चुका था। घर में जो आभूषण व नगद

था, वह सब लुट चुका था। पहले दिन से लेकर अब तक सारा खर्च रामनाथ द्वारा हो रहा था। वेद ने रामनाथ से कई बार हिसाब-किताब पूछा था। वह हर बार टाल जाता था।

घर के पैसे का हिसाब-किताब नीलम के पास था। लॉकर व बैंक खाते नीलम व कमल के नाम थे। कुछ प्लॉटों के हिस्से नीलम के नाम थे। कुछ कमल के। नेहा अभी अवयस्क थी। इसलिए नेहा को किसी झंझट में न डाला था। वह बेगाना धन था। बेगाने पुत्र का क्या पता जायदाद वापिस करने में तकलीफ मान जाए? यह सोचकर वेद ने उतना ही पैसा उसके नाम कराया था जितना उसके पास पक्के तौर पर रहना था। यह रकम भी उसने यारों-दोस्तों को ब्याज पर दे रखी थी। बेटी की रकम में बढ़ोतरी हो रही थी।

नेहा के पास जो पैसा था, वह बैंक से निकालकर मामाजी को दे चुकी थी। उसने अपने 'फिक्सड डिपाजिट' कैश करा लिये थे। राष्ट्रीय जमा प्रपत्रों पर ऋण ले लिया था।

कमल मर चुका था। उसकी वारिस उसकी माँ थी। कानूनी तौर पर नीलम जीवित थी। वह होश में न थी। उसकी सहमति के बिना बैंक लॉकर नहीं खुल सकते थे। न बैंक खाते में से पैसा निकल सकता था।

कमल के नाम जो जायदाद थी, पहले नीलम के नाम चढ़ेगी। फिर उसे बेचा जा सकेगा। नीलम के होश में आने तक जायदाद उसके नाम चढ़ी या न चढ़ी एक बराबर थी। कानूनी तौर पर वह जायदाद का सौदा करने लायक न थी।

ऐसी अड़चनों के कारण वे जायदाद के मालिक होते हुए भी उसका लाभ न उठा सकते थे।

वेद को अपनी जेब में चार-पाँच हजार से अधिक रखने की कभी जरूरत न पड़ी थी। शेष सारी पूँजी उसने व्यापार में लगा रखी थी।

देश में चल रही मन्दी का असर मायानगर में सबसे अधिक पड़ा था। प्लॉटों-कोठियों के रेट आसमान से गिरकर जमीन पर आ गये थे। लोग दिया जा चुका बयाना छोड़कर भाग रहे थे।

अच्छे दिनों में वेद ने बहुत कारोबार किया था। अच्छी पैठ होने के कारण प्रत्येक उसका हिस्सेदार बनने के लिए तैयार हो जाता था। जायदाद खरीदने व बेचनेवाले उस पर विश्वास करते थे। न वे बयाना लेते वक्त लिखत-पढ़त में पड़ते थे, न पकड़ाते वक्त। सारा हिसाब-किताब जुबानी चलता था।

वही विश्वास अब वेद को महँगा पड़ रहा था।

दोस्त, दुश्मनों में बदलते जा रहे थे।

लोग वेद के भविष्य को पढ़ चुके थे। उसे बीमारी व मुकदमे ने घेर लिया था।

इनमें से आयी एक आफत ही साँस नहीं लेने देती। उस पर दोनों टूट पड़ी थीं। मुकदमा तगड़ों के साथ चल रहा था। बीमारी भी खतरनाक थी। वेद की स्थिति भट्ठी में पड़े बर्तन जैसी थी। पता न था, अंग सही जुड़ेंगे भी या नहीं। अपंग होने की आशंका थी। यदि वह ठीक हो गया फिर भी एक वर्ष से पहले चलने-फिरने लायक न हो सकेगा। जवान बेटे का सदमा था। बेटों के सदमे जिन्दगी का उद्देश्य बदल देते हैं। काम करने की प्रेरणा समाप्त हो जाती है। मनुष्य की प्रवृत्तियाँ नकारात्मक हो जाती हैं। अब वह पहली स्थिति में आने लायक न था।

वेद के ठीक होने तक सौदे लटकाकर नहीं रखे जा सकते थे। जायदाद का व्यापार सट्टा बाजार जैसा होता है। ग्राहक तेजी में होता है। लेनेवाला भी, बेचनेवाला भी। दलालों की भीड़ ग्राहकों को भूखे शेर की भाँति हड़पने के लिए तैयार खड़ी होती है। समझदार व्यापारी वही है जो मौके का लाभ उठा ले। हिस्सेदारों को वेद के साथ हिस्सेदारी घाटेवाला सौदा लग रहा था।

जो लाभ में चल रहे थे, उन्होंने वेद से बिना पूछे ही सौदे कर दिये। जो घाटे में चल रहे थे, उन्होंने घाटा मानकर, हिसाब-किताब वेद के घर भेज दिया। लेन-देन फिर हो जाएगा।

कुछ ज्यादा ही जल्दी चाहनेवाले अस्पताल के चक्कर लगाने लगे थे। वेद के होश में आते ही वे बहियाँ खोलकर बैठ गये। मानसिक तनाव, परेशानी, भविष्य के प्रति निराशा व शारीरिक कष्ट के कारण वेद जीने की आशा छोड़ बैठा था। बिजनेस, व्यापार की बात उसे जहर-सी लगती थी। दुःखी-परेशान, उसको जैसे हिस्सेदार कहते वह वैसे ही मान लेता। अधिकतर हिस्सों में उसे घाटा सहन करना पड़ा था। कुछेक नाम-मात्र का मुनाफा दिखाकर ईमानदार व हमदर्द होने का दिखावा भी कर गये थे।

उसके ठीक होकर घर लौटने तक प्रतीक्षा करनेवालों में अधिकतर गिनती उन मित्रों की थी, जिनके हाथ में कोई लिखित न होने के कारण चुप रहना मजबूरी थी। दुःखी हुए वेद ने इनकार में सिर हिला दिया तो वे किसकी माँ को मौसी कहेंगे? यही सोचकर वे खामोश थे।

अब जब वह बोलने के लायक हो चुका था, वे प्यार-पुचकारकर अपनी लेनदारी मनवाने आते थे। जब वेद पाई-पाई का हिसाब चुकता करने का वचन देता था तो वे पहली गलती को दोहराने से परहेज करते थे। बदली परिस्थितियों के कारण जुबान की पहलेवाली कीमत नहीं रही थी। ठोस सबूत के तौर पर वे किसी रहन या किसी लिखत की माँग करते। अधिक नहीं तो कोई न कोई रिश्तेदार ज़ामन अवश्य बने।

जिनके साथ लिखत-पढ़त हुई थी, उनके कानूनी नोटिस आने लगे। ऐसे अधिकतर नोटिस उन ग्राहकों की ओर से आ रहे थे जिन्हें वेद ने बयाने पकड़ा रखे थे। प्लॉटों के भाव गिर रहे थे। नया ग्राहक मिलता न था। अपनी जेब से पैसे खर्च

करके रजिस्ट्री कराने की अब उसकी औकात न थी। वे कह रहे थे वह नियत समय के भीतर रजिस्ट्री करा ले, नहीं तो फिर बयाने से हाथ धोने के लिए तैयार रहे।

कमल की मृत्यु, बीमारी व रिश्तेदारों की बेरुखी से अधिक दुःख वेद को इन नोटिसों का होता था। ये नोटिस वही लोग दे रहे थे जो उसी के आसरे अपने पाँवों पर खड़े होने लायक हुए थे।

कुछ दिनों से यह समस्या गम्भीर हो गयी थी। किसी ने यह अफवाह उड़ा दी थी कि वेद का दिवाला निकल रहा है।

लोग घर आकर गालियाँ व धमकियाँ देने लगे। एक-दो तो धमकाने के लिए बदमाशों को साथ ले आये। कुछ शरीफों ने अपने हक बदमाशों को बेच दिये। गिदड़ परवाने ले-लेकर बदमाशों के चाकर वेद की कोठी के आगे चक्कर काटने लगे।

वेद स्वयं को गिद्धों से घिरा महसूस करता था। कोई जैसी भी तजबीज लेकर आ रहा था, वह उसी से सहमत हो जाता था। किसी को किसी प्लॉट का कब्जा करा दिया, किसी को किसी दुकान की हिस्सेदारी छोड़ दी।

वेद का सब कुछ खत्म हो गया था, लेकिन लेनदारों की लिस्ट खत्म न हुई थी।

अठहत्तर

इस सबके बावजूद वेद को मालूम था कि नीलम के लॉकरों में बहुत-सा सोना-चाँदी व नगदी पड़ा है। एक ही लॉकर से सब कर्ज उतर जाएगा।

इसी निश्चिन्तता के कारण वेद को रामनाथ के साथ हिसाब-किताब करने की जल्दी न हो रही थी।

नौबत रामनाथ के घर फूट पड़ने तक आ जाएगी, इस बारे में वेद को पहले सोचना चाहिए था। कम से कम एक बार खर्च हो रही रकम के वापिस कर देने का भरोसा तो रामनाथ को देना ही चाहिए था। रामनाथ सोचता होगा शायद वेद रकम वापिस करने के मूड में नहीं होगा। रामनाथ वेद का साला था। साले, जीजों पर खर्च करते आये हैं।

वेद को अपनी भूल तुरन्त सुधार लेनी चाहिए।

उसी रात वेद ने रामनाथ को पास बैठाकर अब तक के खर्च का हिसाब माँग लिया।

इस बार वेद ने रामनाथ को बात टालने न दी। रामनाथ का परिवार उसके लिए बर्बाद हो रहा था। वेद के लिए यही बहुत था। हजार-दो हजार की मार सहन हो

सकती है। लाखों के खर्च का हिसाब होना चाहिए।

रामनाथ अब तक चार लाख के नीचे दब चुका था। अधिकतर पैसा बीमारी पर खर्च हुआ था। सभी बिल उसके पास मौजूद थे।

थाने-कचहरी में रामनाथ ने अपने हाथ बाँधकर रखे थे। फिर भी करीब एक लाख खर्च हो गया था। रिश्वत की रसीद नहीं मिलती। रिश्वत की डिटेल देने से वह डर रहा था। पता नहीं वेद को यकीन आएगा या नहीं। उसका मुँह काला हो सकता था।

रामनाथ ने महसूस किया कि वेद को उसके व संगीता के बीच चल रहे द्वन्द्व की भनक लग गयी है। इसीलिए वह रामनाथ को हिसाब देने के लिए मजबूर कर रहा है।

रामनाथ को वेद की यह जिद अच्छी लग रही थी। कम से कम वेद को अब यह तो पता लग जाना था कि रामनाथ अपनी जेब से कितनी राशि खर्च कर चुका है। कुछ खर्च बाकी रिश्तेदारों ने भी किया था। उसे उनके बारे में भी जानकारी होनी चाहिए।

रामनाथ में भी और अधिक आर्थिक बोझ सहन करने की हिम्मत न थी। और पैसा चुकाने के लिए यदि कोई वस्तु रहन होनी चाहिए तो वेद की वस्तु हो। वेद को बीसियों लाभ-हानि हो रहे थे। एक और सही।

मन सख्त करके रामनाथ ने मोटा-मोटा खर्च गिना दिया।

चार लाख का हिसाब सुनकर एक बार तो वेद के पाँवों तले से जमीन खिसक गयी। उसका अनुमान एक लाख के करीब का था।

कुछ देर सुन्न रहने के बाद वेद ने खुद को सँभाला। बिल उसके सामने पड़े थे। कुछ भी गलत न था। यह मोटा खर्च था। और फुटकर खर्चों का उसमें हिसाब न था। वह खर्चा रामनाथ ने अपने खाते में डाल लिया था।

रामनाथ की सेवा-भावना व कुर्बानी के आगे वेद का माथा झुक गया। रामनाथ के अहसान का बदला उसने अपनी आँखें नम करके जतलाया। वह रामनाथ को अपनी छाती से लगाकर उसका धन्यवाद करना चाहता था। लेकिन भुजाओं ने उसका साथ न दिया। उसे होठ फड़फड़ाकर मन की भावना मन में ही दबानी पड़ी।

"तू चिन्ता न कर रामनाथ! मुझे थोड़ा-सा ठीक हो लेने दे। मैं सारा प्रबन्ध कर दूँगा। इतनेभर पैसे तो अपने एक ही लॉकर में से निकल आएँगे। नीलम के पास चार लॉकर हैं। तू कचहरी में से उसके लॉकर खोलने की स्वीकृति ले ले।"

"अभी हमें लॉकर जग जाहिर नहीं करने चाहिए। किसी पार्टी को लॉकरों की जानकारी मिल गयी तो वह सील करा सकती है। मेरे पैसों की चिन्ता न करो। धीरे-धीरे आ जाएँगे। पहले इस तूफान को निकल जाने दें।"

रामनाथ ने लॉकरों के खुलने में पेश आनेवाली समस्या से अवगत कराया।

वेद की ओर से पैसे लौटाने का भरोसा मिलने से रामनाथ के मन पर पड़ा भारी बोझ उतर गया। अभी तक वह सोच रहा था उसका पैसा बेकार में जा रहा है।

अब रामनाथ की दोनों समस्याएँ हल हो गयी थीं। अब वेद को हो चुके खर्च की जानकारी भी मिल गयी थी तथा पैसे वापिस आने के आसार भी बन गये थे।

"आगे से तूने पैसे की चिन्ता नहीं करनी। मैं कर रहा हूँ, इन्तजाम। अब तू जा, आराम से सो जा।"

रामनाथ को सोने के लिए भेजकर वेद को लगा, मियाँ-बीवी में समझौते का रास्ता साफ हो जाएगा।

उन्यासी

"बीस-पचास हजार कहाँ से आएँ?"

पहले उसने अपने मायानगर वाले दोस्तों-मित्रों पर नजर दौड़ायी। उसे एक भी नाम याद न आया जिसने आवश्यकता पड़ने पर पैसे-टके की पेशकश की हो। जो भी आया हिसाब करने आया, बकाया लेने आया।

जब अपने खून ने ही इतना बड़ा दगा कर दिया, फिर बेगानों से किस बात का गिला। यह मायानगरी थी। सभी रिश्ते माया के इर्द-गिर्द घूमते थे।

फिर उसने अपने पुराने शहर के मित्रों पर नजर दौड़ायी। मित्रों का नाम सोच-सोचकर उसका मन गुलाब की भाँति खिलने लगा। बचपन के मित्रों ने अभी तक उसका साथ न छोड़ा था। बुरे दिनों में कोई आया या न आया। लेकिन जिसने भी सुना, दुःखी हुआ। खबर लेने भागे-भागे अस्पताल गये। अब घर आते थे। घण्टा-घण्टा बैठकर आयी मुसीबत का खिले माथे मुकाबला करने के लिए धैर्य बँधवाते थे। वेदों-ग्रन्थों में से उदाहरण दे-देकर अटल सच्चाई का अहसास कराते थे। हर किस्म की मदद का भरोसा देते। कभी भी कोई खाली हाथ न आया था। कोई दूध ले आता कोई केले-सन्तरे। वेद बहुत रोकता था। न वह फल खा सकता था, न ही खाने को मन करता था। लेकिन टलता कोई नहीं था। यह गाँवों का रिवाज था। मायानगर वालों की भाँति वे न छुट्टी वाले दिन आते थे, न ही रात को। पूरा दिन खाली लेकर आते थे। उनका स्नेह व हृदय को छूती बातें वेद के जख्मों को कई-कई दिन ठण्डक प्रदान करती रहतीं।

दोस्तों-मित्रों का यह निश्च्छल स्नेह उसे कई बार आत्म-ग्लानि से भर देता था। पहले कभी ब्याह-शादी पर आये वे वेद को मिलने आ जाया करते थे। तब भी वे बैठकर घण्टा-घण्टा भर बातें करना चाहते थे। उस समय उनके पास बैठे वेद का मन बेचैन हो उठता। वह चाहता था मित्र काम की बात करें तथा चलते बनें।

अब वही बातें उसे घी-सी लगती थीं। उनका घण्टों बैठना अब मिण्टों-सेकिण्डों-सा लगता था।

उसके मित्र अमीर न थे। कोई क्लर्क था, कोई छोटा दुकानदार। वे बड़ी रकम देकर वेद की मदद करने की स्थिति में न थे।

वेद ने हिसाब लगाया। यदि सभी सुदामाओं के सत्तू इकट्ठे कर लिये जाएँ, तो भी रकम दस-पन्द्रह हजार से ऊपर नहीं बढ़ेगी। नंगी क्या नहाएगी क्या निचोड़ेगी। इतने पैसों से तो दस दिन भी व्यतीत न होंगे।

मित्रों को याद करने के बाद उसे अपने शहर की याद सताने लगी। अच्छा होता यदि उसने माया के पीछे भागकर अपना शहर न छोड़ा होता।

उसके मित्र अधिक पैसा नहीं कमा सके, न सही। सुख-शान्ति उनके घर निवास करती थी। उनके निशाने ज्यादा ऊँचे न थे। सौ गज का मकान, अध्यापक या बैंक क्लर्क। यही उनके लिए गनीमत थी। ऐसे ही सपने वे अपने बच्चों के लिए देखते थे। वेद ने बड़े-बड़े सपने देखकर क्या कमाया?

मायानगर में अब उसका क्या रह गया था? सभी सपने मिट्टी के महल की भाँति ढेर हो गये थे। क्यों न वह अब भी अपने शहर लौट जाए? दोस्तों-मित्रों में रहकर उसके दिन कट जाएँगे। दुःख भूल जाएँगे। मायानगर में किसी को फोन करने तक की फुर्सत न थी। पुराने शहर में घर आकर हाल-चाल पूछने का शिष्टाचार अभी जिन्दा था।

वेद पड़े-पड़े अपनी कोठी का जायजा लेने लगा। छः बेडरूम। दस बाथरूम। छः गीजर। चार ए.सी.। खर्च ही खर्च। हजार रुपये महीना सफाई का खर्च। कोठी में रहने वाले रह गये मात्र तीन जीव।

बदली परिस्थितियों के अनुसार वेद परिवार को अब दो बेडरूम वाला घर बहुत था। कोठी तीस लाख तक बिक सकती थी। इतनी रकम के ब्याज से उसका बढ़िया गुजारा चल सकता था।

वैसे भी यह कोठी अब उसे काटने आती थी। कमल व नीलम की परछाइयाँ उसका पीछा करतीं। पिछली यादें उसके जख्मों को कुरेदती थीं।

नेहा भी इस कोठी से ऊब गयी थी। वह भी कई बार इस कोठी से पीछा छुड़ाने की बात कर चुकी थी।

उसे एक और भय सताने लगा। कहीं कोई सिर-फिरा पैसे लेने के बहाने उसकी कोठी पर कब्जा न कर ले। कोई कचहरी से डिग्री लेकर कुर्की न करा दे। अच्छा

हो कोठी बेचकर पैसे हाथ में कर लिये जाएँ।

सुबह उठते ही वेद ने इस चिन्ता की रामनाथ से चर्चा की।

कमल की यादों से तंग आने का बहाना बनाया।

कोठी बेचने की बात सुनकर रामनाथ की आँखें छलक आयीं। वेद परिवार ने बड़ी तमन्ना से यह कोठी तैयार की थी। बड़े शौक से एक-एक चीज इसमें सजायी थी। अभी कोठी मुकम्मल भी न हुई थी कि बेचने की नौबत आ गयी।

कुछ देर खामोश रहकर रामनाथ ने अपने जज्बात पर काबू किया।

''कोठी नीलम के नाम है। उसके हस्ताक्षरों के बिना न बयाना हो सकता है न ही रजिस्ट्री।''

कोठी बेचने में यह कानूनी दिक्कत थी।

''कोठी में ताजा-ताजा दुर्घटना घटी है। जवान लड़के की मृत्यु हुई है। लोग कोठी को अशुभ कहेंगे। कोई कहेगा कोठी में लड़के का भूत घूमता है।''

वहम-भ्रम के चलते कोठी का उचित मूल्य पड़ना दूसरी समस्या थी।

''पुलिस या सफाई पक्ष के वकील कभी भी 'मौका' देखने कोठी आ सकते थे। नये मालिकों को यह बात चुभेगी।''

यह व्यावहारिक समस्या थी।

कोठी के बिकने में मुश्किलें ही मुश्किलें थीं।

पहले वेद व रामनाथ अपने-अपने कार्यों में व्यस्त रहते थे। उनमें खुलकर बातचीत नहीं होती थी।

अब रामनाथ का काफी समय वेद के पास बैठकर व्यतीत होता था। रामनाथ की दलीलें वेद को हैरान कर देती थीं। सच ही, वकीलों को जिन्दगी के प्रत्येक पक्ष का भरपूर ज्ञान होता है। यह अहसास उसे अब हो रहा था।

रामनाथ की दलीलें सौ प्रतिशत सच थीं। और किसी को भ्रम हो या नहीं, दलाल अपना कमीशन बढ़ाने के लिए यह भ्रम जरूर लोगों के मन में डाल देंगे। वेद ने स्वयं कई बार इसी फार्मूले का प्रयोग किया था।

लॉकर खुल नहीं रहे। कोठी बिक नहीं रही। कोई और जायदाद पास है नहीं। फिर गुजारा कैसे होगा? वेद मन ही मन बेचैन हो उठा।

उसका एक फैसला पक्का था। वह चाहे जैसे भी करे, रामनाथ को कुछ पैसे का प्रबन्ध जरूर करके देगा।

''चल ऐसे कर, यह जो फालतू सामान है, इसके बेचने का इन्तजाम कर। हमें अब दो फ्रिज, चार ए.सी., दो सोफा सेट क्या करने हैं? मन भर गया है सब कुछ से।''

''कमल का यह मोटर साइकल भी अब मुझे ज़हर लगता है। इसे मेरी आँखों

के आगे से दूर कर दे। इसे बेच दे। अच्छे पैसे बन........।''

बात पूरी होने से पहले ही वेद की चीखें निकल गयीं। मोटर-साइकल पर बैठे कमल की तस्वीर उसकी आँखों के आगे आ खड़ी हुई। लम्बा-चौड़ा सवा छः फुट का जवान मोटर-साइकल पर बैठा अच्छा लगता था।

पहले कमल के पास स्कूटर था। उस पर बैठा वह लम्बूतरा-सा लगता। उसकी टाँगों की लम्बाई को देखकर वेद ने उसे यह मोटर-साइकल लेकर दिया था।

उसी मोटर-साइकल को आँखों से दूर करने की बात सुनकर कमल मानो वेद से गुस्से हो रहा था। मोटर-साइकल कमल को अपनी जान से भी प्यारा था।

मोटर साइकल हटाने का मतलब था कमल को दिल से निकालना।

वेद के पास और कोई चारा न था। पत्थरदिल बनकर उसे कमल से नाता तोड़ना पड़ रहा है।

कमल के मोटर-साइकल बेचने की तजबीज सुनकर रामनाथ के जिगर में से जैसे किसी ने मुट्ठी भर ली हो। उसका दिल फटने को होने लगा। कमल बड़ा प्यारा बच्चा था। रामनाथ को अपने सब भांजे-भांजियों में से उससे अधिक स्नेह था। मीठा स्वभाव, बातचीत करने का सलीका। बड़ों के लिए इज्जत। सभी का मन मोह लेनेवाला। कमल अमरीका जाने की सोच रहा था। रामनाथ ने उसके सहारे अमरीका की सैर करने का सपना लिया था।

अब उसी बच्चे को भुलाने की कोशिश की जा रही थी। उसकी सीने से लगा रखने वाली यादों को भुलाने की कोशिश की जा रही थी।

''मैं अभी जीवित हूँ। कमल की किसी भी चीज को बेचने का नाम लिया तो मुझसे बुरा कोई न होगा।''

कहता-कहता रामनाथ स्वयं फूट पड़ा।

अपने आपसे बाहर हुआ रामनाथ, वेद के गले लगकर मन का बोझ हल्का करने लगा।

वेद का रोना और भी ऊँचा हो गया।

महीनों से रुके आँसुओं के दरिया दोनों की आँखों से फूट पड़े।

जीजा-साले को खुलकर रोते देखकर संगीता व नेहा के होश उड़ गये।

दोनों को लगा कोई अनहोनी हो गयी।

रोती-चिल्लाती वे नीलम के कमरे की ओर दौड़ीं। उसकी नब्ज ठीक चल रही थी। फिर वे वेद के कमरे की ओर भागीं। जीजा-साले को गले लगकर रोता देखकर वे भी फूट पड़ीं।

पहली बार सारा परिवार इकट्ठे बैठकर रोया था।

अस्सी

कुण्डली देखकर पण्डितों ने बताया था—वेद परिवार पर साढ़े साती चल रही है। बुरे दिन सात वर्ष चलेंगे। ढाई मास जान-माल हर किस्म का नुकसान होना था। 'ढइया' बड़ी गहरी नजर से परिवार की ओर निहार रहा था। ढाई मास के बाद हालात में सुधार होना शुरू होगा।

पण्डितों का कहना सच सिद्ध हो रहा था।

ग्यारह सप्ताह बाद वेद की टाँगों-बाँहों का दोबारा एक्सरे हुआ। डॉक्टरों ने वेद को बधाई दी। हड्डियाँ जुड़ चुकी थीं। एक-दो दिन में एक-एक करके सारे पलस्तर उतर गये। कुछ दिनों की मालिश के बाद सुस्त पड़े पुट्ठे फिर हरकत में आ जाएँगे। फिर वेद को 'वॉकर' के सहारे बाहर-भीतर घूमने की इजाजत मिल जाएगी।

नीलम की सेहत में निरन्तर सुधार चल रहा था। सहारा लेकर वह कुछ देर तक बैठने लगी थी। बात समझने व इशारे से समझाने भी लगी थी। 'कमल' व 'नेहा' जैसे कुछ शब्द बोल लेती थी। हाथों-पाँवों में कुछ जान आ गयी थी। कटोरी व गिलास वह हाथों में पकड़ लेती थी।

कल उसे सहारा देकर चलाया गया था। आज कुछ कदम वह स्वयं चली। डॉक्टरों ने भविष्यवाणी की थी। कुछ दिनों के बाद वह स्वयं को सँभालने के योग्य हो जाएगी।

नीलम के हरकत में आते ही वेद परिवार पर छायी काली घटाएँ छँटने लगीं।

एक बैंक मैनेजर ने वेद के अहसानों का बदला चुकाया। नीलम को अपना अच्छा-बुरा सोचने के योग्य घोषित करके उसने नीलम को अपना लॉकर खोलने की स्वीकृति दे दी। लॉकर में से बीस तोला सोना, आधी किलोग्राम के करीब चाँदी व पचास हजार नगद निकले। नीलम नये नोटों की शौकीन थी। उसने वेद से वादा ले रखा था। नये नोटों की गड्डी यदि वेद के पास आएगी, वह नीलम को मिलेगी। नीलम उस गड्डी को नेहा की शादी के लिए सँभालकर रखेगी। वेद ने अपने इस वादे को हमेशा निभाया था। सोचा था इसी बहाने लड़की की शादी के लिए बचत हो रही है।

शादी की जगह वह रकम बुरे दिनों में काम आने लगी थी।

वेद परिवार के लिए यह आभूषण व नगदी, परमात्मा के वरदान के समान थी।

सोना-चाँदी वेद ने रामनाथ के सुपुर्द कर दिया। इसे बेचकर वह अपना कर्ज उतारे।

शेष पचास हजार से महीना-बीस दिन निकल जाएँगे। तब तक शेष लॉकर भी

खुल जाएँगे। वेद को आशा थी, करीब इतना-सा खजाना उनमें से भी मिल जाएगा। नीलम इन्कम टैक्स वालों से बहुत डरती थी। इसीलिए उसने चार बैंकों में लॉकर लिए थे। थोड़ा-थोड़ा सामान सभी में रखा था।

लक्ष्मी के साथ ही घर में रौनक लौटने लगी। गन्दगी से डरकर भागी नौकरानियाँ काम पर वापिस लौट आयीं। नेहा के कन्धों से सफाई तथा संगीता के सिर से रसोई का बोझ उतर गया। उन्हें पल-दो पल के लिए कमर सीधी करने का अवसर मिलने लगा।

संगीता के सारे गिले-शिकवे दूर हो गये। कभी रामनाथ दो रातें शहर लगा आता। कभी वह मायानगर रह जाता। संगीता बच्चों को मिल आती। सिर पर चढ़ा कर्ज उतरने लगा।

माँ-बाप के स्वस्थ होने के साथ ही नेहा का मन टिकने लगा। उसने अपने पूजा स्थान की साफ-सफाई कर ली। वह अब फिर से ध्यान लगाया करेगी। माताजी ने कृपा की थी। और भी कृपा होगी।

परन्तु वेद परिवार की खुशियों की उम्र अधिक लम्बी न थी।

दो-एक दिन बाद उन्हें मोहल्ले में चलती कानाफूसी की भनक मिली। लोगों में चर्चा थी। पुलिस ने पंकज-नीरज को बेकसूर घोषित कर दिया है। उनके बाहर आने का रास्ता साफ हो गया है।

पंकज के एक पड़ोसी ने इस बात की पुष्टि की।

पुलिस ने स्वयं उन्हें जेल से रिहा करने का प्रार्थना-पत्र दिया था। जब पुलिस उन्हें बाहर लाना चाहती थी तो जज उन्हें कैसे जेल में बन्द रख सकता है? वे बाहर आज आए कि कल आए।

पड़ौसी ने वेद को मशविरा दिया।

"बिना सजा काटे बाहर आने से छोकरों के हौसले बुलन्द हो जाएँगे। ये दोबारा कोई गड़बड़ कर सकते हैं। मेरा इरादा है मामला निपटा ही लें।"

पंकज के पड़ौसी के समाचार व चेतावनी ने वेद परिवार के जख्मों को फिर कुरेद दिया।

बात सुनते ही वेद फिर खाट में गिर गया। उसके जोड़ों में से सेक निकलने लगा। आँखों के आगे तारे टिमटिमाने लगे। सारी घटना एक बार फिर घटित होती नजर आने लगी।

नीलम को जैसे सब-कुछ समझ आ गया था। उसकी खामोश नजरों में से जैसे गंगा-यमुना बह चलीं।

नेहा फिर अपने पूजा-स्थान में जा बैठी। फिर से माताजी के साथ गिले-शिकवे करने लगी।

इक्यासी

हरीश के मुद्दई पक्ष का वकील बन जाने से पंकज-नीरज को लगा था जैसे शक्तिशाली शनि उनके ग्रह में घुस आया है और उसने उनको सुख देने वाले ग्रहों की चक्री घुमा दी थी।

किसी भी समय हरीश से डरते डॉक्टर उन्हें हृष्ट-पुष्ट बताकर अस्पताल से छुट्टी कर सकते थे। अपनी कोठियों में लौटने का जगह उनसे अस्पताल के ये कमरे भी छूट सकते थे।

हरीशराय जिस पक्ष का वकील बनता, उसी की तन-मन से मदद करता। वह अच्छे खानदान से था। कोई भूख-लालच नहीं। करोड़ों की जायदाद का मालिक था।

शुक्र था कि अभी वह निजी रूप में मुद्दई पक्ष की ओर से पेश हुआ था। जब वह निजी रूप में पेश होता था तो अपनी गतिविधियों को अदालती कार्रवाई तक सीमित रखता था।

जब सोसायटी केस अपने हाथ में ले लेती थी तो केस की जड़ तक जाने के लिए सोसायटी स्वयं तफतीश करती थी। सोसायटी के सैकड़ों सदस्य केस के प्रत्येक पक्ष पर नजर रखते थे। सोसायटी की ओर से लड़े जा रहे मुकदमे में किसी अफसर को दोषियों की मदद करने से पहले सौ बार सोचना पड़ता था।

इससे पहले कि सोसायटी मुकदमा अपने हाथ में ले तथा आई.जी. को उन्हें बेकसूर करार देने में कोई अड़चन पेश आए, उन्हें तुरन्त आई.जी. की ओर से रिपोर्ट तैयार करा लेनी चाहिए थी।

आई.जी. पर बघेलसिंह के साथ-साथ प्रतापसिंह अंकल से भी जोर डलवाना चाहिए। सारा काम जल्दी से जल्दी हो जाना चाहिए।

तुरन्त सरदारीलाल को मायानगर बुलाया गया। उसके बिना काम पूरा होनेवाला नहीं था।

बघेलसिंह को किश्त की बनती रकम दी गयी। गाड़ी में बैठाकर उसे चण्डीगढ़ ले जाया गया। मुख्यमन्त्री से आई.जी. को फोन कराया गया।

फिर पुलिस कप्तान पर दबाव डाला गया। दोनों दोषियों के बेकसूर होने की रिपोर्ट वह मजिस्ट्रेट के पास भेजे। मजिस्ट्रेट से दोनों दोषियों को रिहा करने का आदेश कराए।

ऊपर से टनटनाते फोनों व जेबों में पड़ रहे नोटों ने मिसल को चक्की की भाँति घुमा दिया। चौबीस घण्टे के भीतर-भीतर मिसल आई.जी. से चलकर, डी.आई.जी, पुलिस कप्तान, उप पुलिस कप्तान के माध्यम से मुख्य-अफसर तक पहुँच गयी।

मुख्य अफसर को फोन पर फोन आने लगे कि वह रिहाई करा कर रिपोर्ट करे।

अब मुख्य अफसर क्या करे? मिसल उसके पास सायं सात बजे पहुँची। लिखत-पढ़त करते-करते एक घण्टा और लग गया। अदालतें उठ चुकी थीं। जज व सरकारी वकील घरों को जा चुके थे। अब तक कोई सैर के लिए निकल चुका होगा, कोई क्लब के लिए। सबको इस समय एक जगह इकट्ठे कर लेना खालाजी का बाड़ा न था।

मुख्य अफसर के लिए दोषियों की तुरन्त रिहाई मसला हो सकती थी। मजिस्ट्रेट के लिए यह साधारण कार्रवाई थी। जुर्म संगीन थे। रात ही रात में मुलजिमों को बेकसूर घोषित करके कोई मजिस्ट्रेट मरा साँप अपने गले में नहीं डालेगा।

मुख्य अफसर की दलील के साथ कोई सहमत नहीं हो रहा था। उलटा अफसर उस पर दाँत पीस रहे थे। मुख्य अफसर अपने मजिस्ट्रेट को खुश नहीं रखता।

अपने गले पड़ी बला टालने तथा स्वयं को सच्चा साबित करने के लिए मुख्य अफसर ने डिस्चार्ज रिपोर्ट तैयार की। दोषियों व समर्थकों से दो-दो पेटी पीटर स्काट व्हिस्की भी मँगवायी, तथा गाड़ी 'आफिसर कॉलोनी' की ओर दौड़ा दी।

आधी पेटी उसने सरकारी वकील की कोठी पर उतार दी।

व्हिस्की भीतर रखवाता सरकारी वकील डर रहा था। उसे अपने अफसरों की ओर से दोषियों को तुरन्त डिस्चार्ज कराने का आदेश था। व्हिस्की लेने की खबर यदि अफसरों तक पहुँच गयी तो उसे दरिया से पार बदल दिया जाएगा।

''यह मैं अपनी जेब से लेकर आया हूँ जनाब! मुलजिम अपने जैसे छोटे अफसरों के साथ कहाँ बात करते हैं। ऊपर ही ऊपर भागे घूम रहे हैं।''

सरकारी वकील का दिल मजबूत करने के लिए मुख्य अफसर ने बहाना बनाया।

सरकारी वकील ने डिस्चार्ज रिपोर्ट के साथ अपनी सहमति प्रकट की। कागजी कार्रवाई पूरी करके वह मजिस्ट्रेट की कोठी जाने के लिए मुख्य अफसर की गाड़ी में बैठ गया।

मजिस्ट्रेट को भी सिफारिशी फोन आया था। परन्तु उस पर तो जैसे विपरीत असर हुआ था। न वह स्वयं कोठी में उपस्थित था, न ही बच्चे। पता नहीं किधर चला गया था।

मजिस्ट्रेट साहब कहाँ गये हैं? कब वापिस आएँगे? इसका न गनमैन को ज्ञान था न ही नौकर को।

मुख्य अफसर ने कप्तान को सूचित किया।

''प्रतीक्षा करो। काम कराके ही लौटना।'' आगे से आदेश आया।

करीब ग्यारह बजे मजिस्ट्रेट वापिस आया। शराब के नशे में धुत्त था।

मजिस्ट्रेट मुख्य अफसर की कोई बात सुनने को तैयार न था। सरकारी वकील

क्या कह रहा है उसे समझ नहीं आ रहा था।

जबरदस्ती डिस्चार्ज रिपोर्ट पर हस्ताक्षर करा रहे मुख्य अफसर को मजिस्ट्रेट की पत्नी ने रोक लिया।

''अर्जी मुझे दो। ऐसे जबरदस्ती क्यों कर रहे हो? सुबह आना। मैं ऑर्डर करा कर रखूँगी। ले जाना। अब न तो इनसे कुछ लिखा जाएगा, न ही मैं लिखने दूँगी।''

मुख्य अफसर से पकड़कर उसने अर्जी अपने पर्स में डाल ली तथा सहारा देकर मजिस्ट्रेट को कोठी के भीतर ले गयी।

व्हिस्की वाली पेटी भीतर रखवाकर रुआँसे दोनों अफसरों ने अपने-अपने बॉस को ताजा स्थिति से अवगत कराया।

अफसरों के आदेश के अनुसार वे सुबह होते ही मजिस्ट्रेट की कोठी आ धमके।

रात के नशे का मारा मजिस्ट्रेट अभी सो रहा था।

पीटर-स्कॉट की पेटी ने मजिस्ट्रेट की पत्नी पर असर किया था। उसने मजिस्ट्रेट को उठा दिया।

नींद पूरी करके उठा मजिस्ट्रेट होश में था।

''मुझे बुद्धू न बनाओ। थोड़ा-बहुत कानून मुझे आता है। कत्ल के मुकदमे में मुलजिमों को डिस्चार्ज करने का कोई अधिकार मजिस्ट्रेट के पास नहीं होता। आप समझदार सरकारी वकील हैं। आपको सुप्रीम कोर्ट के नये फैसले का पता नहीं?''

रात के समय जबरदस्ती हस्ताक्षर कराने की कोशिश पर खीझे मजिस्ट्रेट ने पहले अपना गुस्सा उतारा।

''पता तो है जनाब! हमारे अफसर भी तो मानें। उन्होंने खिंचाई कर रखी है। जैसे मर्जी करो। रिपोर्ट मंजूर करा कर लाओ।''

एक ही स्वर में दोनों अफसरों ने स्पष्टीकरण दिया।

''मुझे भी बहुत से फोन आ चुके हैं। पुलिस कप्तान का भी, जिला अटार्नी का भी। मैंने सबको समझा दिया है। अब आप आराम से जाओ। आपको कोई कुछ नहीं कहेगा।''

मजिस्ट्रेट को ताजी आयी पेटी की झेंप थी। वह नरमी से पेश आने लगा।

''कोई और रास्ता बताओ। आप कानून पढ़ते रहते हो।''

सरकारी वकील ने मजिस्ट्रेट से मार्गदर्शन माँगा।

''रास्ता सीधा है। डिस्चार्ज कराने का पंगा न लो। सेशन जज को मंजूरी देने से पहले मुद्दई पक्ष को बुलाना पड़ेगा। मुद्दई को समन जाने से शोर मच जाएगा। काम लटक जाएगा। चुप करके दोषियों से सेशन कोर्ट में अर्जी लगवा दो। उत्तर में उन्हें बेकसूर मानो। फिर बताओ कौन-सा जज जमानत मंजूर करने से इनकार कर सकता है। एक बार जमानत कराकर बाहर आ जाएँ। डिस्चार्ज रिपोर्ट फिर मंजूर होती रहेगी।''

जज की राय दोनों को पसन्द आयी।

बनायी गयी योजना के अनुसार सेशन कोर्ट में जमानत की अर्जी लगायी गयी। जमानत का आधार आई.जी. की ओर से उन्हें बेकसूर पाया जाना बनाया गया।

बिना कसूर किसी को जेल में रखना जुर्म है।

सेशन जज की ओर से दोपहर तक स्थिति स्पष्ट करने का आदेश दिया गया।

दोपहर बाद मुख्य अफसर के साथ-साथ उप-कप्तान उपस्थित हुआ। गजटेड अफसर ने दोनों दोषियों के बेकसूर होने की ताईद की।

तुरन्त अर्जी स्वीकार हो गयी।

घण्टेभर में दोनों दोषी अपने घर पहुँच गये।

बयासी

वेद परिवार की ओर से निश्चिन्त होकर रामनाथ पहले तिनका-तिनका हुआ अपना घर सँभाला। फिर पिछड़े काम को लाइन पर लाने की कोशिश करने लगा।

उसकी बहुत-सी मिसलें अधूरी पड़ी थीं। मिन्नत करके उसने अदालत के क्लर्क को देर तक बैठने के लिए मनाया।

क्लर्क शराब पीता रहा। रामनाथ मिसलों के मुआयने करता रहा।

काम निपटाने के लालच के कारण उसे घड़ी देखने का ध्यान ही न रहा। घर लौटते रामनाथ को आठ बज गये।

आगे रुआँसी शक्लें बनाये बच्चे दरवाजे में खड़े थे। रामनाथ के भीतर आते ही वे उससे लिपटकर ऊँचे-ऊँचे रोने लगे।

रामनाथ का माथा ठनका। लगता था उन्होंने कोई बुरी खबर सुनी थी। अब वही खबर रामनाथ के सुनने की बारी थी।

तुरन्त उसने अपने खयाल को दुरुस्त किया। यह उसका भ्रम था। पीछे वेद, नीलम व नेहा सब सकुशल थे। तुरन्त किसी की सेहत को कोई खतरा न था।

"बच्चो, देरी से आने के कारण मुझे क्षमा कर दो। परन्तु यह मेरी लाचारी थी। यदि मैं फोन करने दूर निकल जाता तो क्लर्क अलमारी को ताला लगाकर घर को चल देता। मेरा काम अधूरा रह जाता।"

रामनाथ ने अपनी गलती मानी। अपनी मजबूरी भी बतायी।

रामनाथ को लगा, माता-पिता की लम्बी गैरहाजिरी के कारण बच्चों के दिल

कमजोर पड़ गये हैं। उन्हें राई भी पहाड़ नजर आने लगी।

रामनाथ समय पर घर आने का आदी था। लेट होता तो वह समय पर फोन कर देता। आज उससे गलती हुई थी। इसीलिए बच्चे परेशान थे।

रामनाथ की गैरहाजिरी के कारण बच्चों से अधिक उनकी मम्मी परेशान थी। तीन घण्टों से बार-बार उसके फोन आ रहे थे। रामनाथ के घर न लौटने के कारण संगीता को लग रहा था, दुश्मनों ने उसे घर लौटने के काबिल ही नहीं छोड़ा होगा। बच्चे माँ के कहने पर जगह-जगह फोन घुमाकर थक चुके थे। उनका पापा किसी के भी घर न था। बच्चों ने शहर का चप्पा-चप्पा छान मारा। उनके पिता को किसी ने नहीं देखा था। प्रत्येक फोन के बाद संगीता और अधिक परेशान हो उठती थी।

कुछ देर से फोन बन्द था। बच्चे मम्मी व पापा दोनों के लिए परेशान थे।

संगीता की चिन्ता जायज थी। बुरे दिनों में बुरे डरावने खयाल आना स्वाभाविक था।

पत्नी की चिन्ता दूर करने के लिए रामनाथ ने संगीता को फोन किया।

बच्चों की भाँति संगीता भी जोर-जोर से रोने लगी।

संगीता ने जो खबर सुनायी वह सुन्न कर देने वाली थी।

पुलिस ने दोनों भाइयों को बेकसूर साबित करके रिपोर्ट अदालत में पेश कर दी थी। अदालत ने अर्जी स्वीकार करके उन्हें रिहा कर दिया है।

दोषियों के घर शादी जैसा जश्न चल रहा है।

कोई शराबी बार-बार संगीता को फोन कर रहा था।

''क्यों, करा ली बहनोइयों को सजा?''

फिर कहता–

''अपने वकील को सँभाल कर रखना।''

संगीता डर रही थी। दुश्मनों के हाथ लम्बे थे। उनके आदमियों ने कहीं रामनाथ के शहर में अनहोनी को अंजाम न दे दिया हो?

संगीता को हमदर्द लोगों से सूचनाएँ मिल रही थीं। पंकज पार्टी की आँखों में रामनाथ सबसे ज्यादा किरकिरी बना हुआ था। रामनाथ यदि मुकदमे की पैरवी न करता तो पुलिस को उन पर शंका नहीं होती। यदि शंका की कोई छोटी-मोटी बदली उठती भी तो उसे वे पैसे की आँच से उड़ा देते। उनकी बर्बादी की जड़ रामनाथ था।

पंकज के समर्थकों को पूरा भरोसा था। रामनाथ टाँग न अड़ाता तो वेद ने कब का समझौता कर लिया होता।

पंकज के दोस्त रामनाथ को सीधे सन्देश भेज रहे थे। पंकज को और नुकसान हुआ तो रामनाथ को सबक सिखाया जा सकता था।

संगीता डर रही थी। जेल से छूटकर दुश्मनों के हौसले बुलन्द हो रहे थे। कुछ

भी कर सकते थे।

संगीता की बातें सुनकर एक बार तो रामनाथ भी काँप गया। उसे अपनी मौत सामने नजर आने लगी। पहले भाड़े के टट्टुओं द्वारा वेद परिवार पर हमला करवाया जा चुका था। केवल दस लाख की बात थी। रामनाथ उनके लिए महँगा साबित हो रहा था। रामनाथ को दूर हटाने के लिए वे उसे किसी बस या ट्रक के नीचे कुचल सकते थे।

पंकज के वकीलों ने उसे समझाया होगा। यह न समझना कि आप पक्के बरी हो गये। अभी तलवार सिर पर लटक रही है। अदालत उन्हें तलब करके मुकदमा चला सकती थी। सबूत यदि मिसल पर आ गये तो सजा भी हो सकती है। यदि पूरी तरह निश्चिन्त होना है तो एक झटका और मारो। मिसल पर सबूत लाने वाले का नामो-निशान ही मिटा दो।

रामनाथ स्वयं अपने सायलों को कई बार ऐसी राय दे चुका था। मुद्दई की ओर से पैरवी करनेवाला अधिक खतरनाक होता है। पैरवी करनेवाले को दोषी बमाकर पर्चे में उलझा लो। अपना पीछा छुड़ाते-छुड़ाते वह स्वयं मुद्दई को भूल जाएगा।

यह फार्मूला रामनाथ पर भी प्रयोग किया जा सकता था।

रामनाथ को पहली बार अपनी जान का खतरा महसूस हुआ। यदि ये इतने खतरनाक केस तथा इतने ठोस सबूतों के होने पर भी स्वयं को बेकसूर घोषित करा सकते हैं, तो रामनाथ जैसा जहरीला काँटा निकालने के लिए कुछ भी कर सकते हैं।

रामनाथ के आगे संगीता पहले भी कई बार हाथ जोड़ चुकी थी। अपनी व परिवार की सुरक्षा के लिए वह लड़ाई में से एक ओर हो जाए। अन्य कौन-सा रिश्तेदार नहीं है। और कोई भी दुश्मनों की आँखों में नहीं रड़कता। रामनाथ को क्या चट्टी पड़ी है?

दूसरों ने मुँह पर मिट्टी मल ली तो मल लें। रामनाथ अपना जमीर नहीं बेच सकता था। समझौता करना है या नहीं। इसका फैसला वेद व नीलम को करना था। अभी बीमारी व दुःख ने उनकी मत मार रखी थी। वे आजाद सोच से बात करने के योग्य न थे। ज़ब वे इस योग्य हो जाएँगे, रामनाथ एक तरफ हो जाएगा। तब तक वह अपना फर्ज अदा करता रहेगा।

रामनाथ को मालूम था, दुश्मनों का पलड़ा भारी है। उन्होंने सोने के बट्टे डाल-डालकर सूई को अपनी ओर झुका लिया था। रामनाथ सच की लड़ाई लड़ रहा था। वह कायरों की भाँति पीछे हटकर दोषियों को बरी होने में सहायक नहीं हो सकता था। कल को रामनाथ या उसकी बहन को पश्चात्ताप तो नहीं होगा कि वे अपने मासूम बच्चे के कत्ल या अनमोल बेटी की लड़ाई नहीं लड़े। रामनाथ ने दूसरों की जिन्दगी व इज्जत से खिलवाड़ करने वाले पंकज पार्टी की जिन्दगी नर्क बना दी

थी। उन्हें हवालात की हवा खिला दी थी। रामनाथ मन की तसल्ली के लिए लड़ रहा था। लड़कर हारना हार नहीं। इन्साफ के लिए लड़ते हुए यदि वह मर भी जाए, उसे परवाह नहीं थी।

रामनाथ ने अपना मन संगीता के सामने खोलकर रख दिया। उसे अच्छी तरह से समझा दिया। आगे से वह उसके रास्ते का पत्थर न बने। वह पीछे हटने वाला न था।

संगीता ने फिर चेतावनी दी। वह अकेला न आए। अपनी बन्दूक साथ लेकर आए। दो-तीन दोस्तों को साथ लेकर आए। पागल गुण्डों का कोई भरोसा न था। रात को नीलम के घर पर हमला ही न कर दें।

संगीता की इस राय को रामनाथ ने सहर्ष स्वीकार कर लिया। उसने बन्दूक निकाली। कारतूस भरे। साथ ही दोस्तों को फोन किये। अपना-अपना असला लेकर आ जाओ।

तिरासी

रास्ते में दोस्त हर पहलू पर सोचने लगे।

पंकज-नीरज से अधिक घबराने की जरूरत न थी। वे पेशेवर मुजरिम न थे। पहले ही उनकी घीसी हो चुकी थी। मुश्किल से वे बाहर आये थे। दोबारा पंगा लेने से पहले हजार बार सोचेंगे। उनके रिश्तेदार अमीर अवश्य थे। परन्तु वे दोबारा उन्हें ऐसे संगीन जुर्म करने की राय कभी न देंगे।

अब वेद परिवार का मायानगर में रहना ठीक न था। मुकदमा लटक गया था। पहले नीरज वगैरा को तलब कराने की कार्रवाई होनी थी। पंकज-नीरज कटघरे में खड़े होने से बचने की हर कोशिश करेंगे। अपीलें ऊपर तक जाएँगी।

मायानगर में चलती का नाम गाड़ी था। हफ्ता-हफ्ता पड़ोसी उनके घर पाँव तक न रखते थे। यहाँ अकेले बैठा परिवार पागल हो जाएगा।

क्यों न वेद परिवार को शहर ले आए? दोनों परिवारों में कोई तनाव खड़ा न हो, इसलिए मकान अलग ले लिया जाए।

वेद व नेहा पहले ही मायानगर से विमुख हो चुके थे। यह सुझाव उन्हें बहुत रास आएगा।

परन्तु वेद रामनाथ के शहर की जगह अपनी जन्म-भूमि जाना चाहता था। वहाँ

पुराना घर था, दोस्त-मित्र थे। वहाँ समय को आसानी से धकेला जा सकेगा।

वेद का अपने शहर में रह पाना इतना आसान न था। पूरे परिवार को डॉक्टरी सहूलियत की आवश्यकता थी। नेहा को अपना साथ चाहिए था।

वेद के शहर में अब पहले वाली बातें नहीं रहीं। यारों-दोस्तों का महीने-बीस दिन में अस्पताल या घर चक्कर लग जाना और बात थी। प्रतिदिन कन्धों पर उठाकर अस्पताल ले जाना दूसरी बात थी।

सिर पर मुकदमा खड़ा था। अपनों से ही खतरा था।

वेद की फैसला करने की शक्ति नष्ट हो चुकी थी। रामनाथ जो सोच रहा था, वह ठीक होगा। सोचते और कहते हुए वेद ने हाँ कर दी।

"बस मायानगर से पीछा छुड़ाओ। फिर बेशक नर्क में गिरा दो।"

रात में उन्होंने जरूरी सामान बाँध लिया।

सुबह मायानगर को अलविदा कह दी।

चौरासी

थाने से रामनाथ को सन्देश आ रहे थे। पहले मुजरिम को गिरफ्तार हुए नब्बे दिन होने को हैं। नब्बे दिन बाद उसकी जमानत हो जानी थी। मुद्दई पक्ष का कोई प्रतिनिधि मायानगरी में आए। जाँचकर्ता सरकारी वकील से मिलकर मुकदमे की त्रुटियाँ दूर करवाए। पहले सन्देश फोन पर आया।

रामनाथ ने ध्यान दिया। चालान पास करवाने का अर्थ था सरकारी वकीलों की जेबें भरना। पुलिस मुख्य अभियुक्तों को मुकदमे में से निकाल चुकी थी। उसके मन में रोष था। शेष मुलजिमों के खिलाफ जितने सबूत मिसल पर आ सकते थे, सब आ चुके थे। सरकारी वकीलों से अपनी चाँद पिटवाने का कोई लाभ उसे नजर नहीं आ रहा था।

रामनाथ का थाने के सन्देशों पर ध्यान न देने का एक और कारण था। अब नब्बे दिन के अन्दर पुलिस को चालान पेश करना ही था। लापरवाही की स्थिति में सम्बन्धित पुलिस अधिकारी की जवाब-तलबी होनी थी। अपनी ख्वारी से बचने के लिए थानेदार सरकारी वकील की सेवा भी मुद्दई पक्ष से करवाना चाहता था। अपनी गाँठ थानेदार आप खोले। रामनाथ को क्या पड़ी कि उस पर ध्यान दे।

दूसरी बार सन्देश सिपाही के हाथ आया। पहला मुख्याधिकारी बदल चुका था।

जान-बूझकर वह मुकदमे में कई कमियाँ छोड़ गया था। कमियाँ दूर न होने की सूरत में दोषी मुक्त हो जाएँगे। अवसर चूक जाने पर मुख्य अधिकारी को दोष न दिया जाए।

सही चालान पेश करना पुलिस की जिम्मेदारी थी। रह गयी कमियों को निकालना सरकारी वकील का फर्ज था। सरकारी वकील फर्ज अदायगी के दाम लेता था। रामनाथ किसी मुद्दई पक्ष की पैरवी के लिए वकील नियुक्त होता था तो वह अपने सायल को सरकारी वकील से मिलने की सलाह देता था। अपनी फीस लेकर सरकारी वकील-मिसल रामनाथ के आगे रख देता था। रामनाथ मिसल की कड़ी जाँच करता। जो कमियाँ वह पकड़ता, सरकारी वकील पूरी करवा देता। सायल के खर्चे, पैसे फिजूल नहीं जाते थे। बहुत कमियाँ दूर होने पर मुकदमे का मुँह-सिर नजर आने लगता था। दूसरों को सलाह देने वाला एक वकील खुद सरकारी वकील को मिलने से कतरा रहा था।

सन्देश लेकर आनेवाले सिपाही से उसने होनेवाले खर्च का अनुमान ले लिया था। मजिस्ट्रेट के सरकारी वकील के तीन हजार, एडीशनल सेशन जज के सरकारी वकील के दो हजार, और जिला अटारनी के लिए पाँच हजार रुपये माँगे थे। दो-तीन हजार और लगने थे।

दस-पन्द्रह हजार के खर्च से डरता रामनाथ मायानगर की ओर मुँह नहीं कर रहा था। उसके अपने शहर में इस काम पर दो हजार से अधिक नहीं लगता था। तीन सौ छोटे सरकारी वकील का, पाँच सौ एडीशनल सरकारी वकील के, और एक हजार जिला अटारनी का। रामनाथ इतनी रकम खर्च करने की स्थिति में नहीं था, न ही मूड में। मायानगरी जाने की बजाय उसने हरीशराय के मुंशी की ड्यूटी लगा दी थी कि वह अहलकारों से सम्पर्क बनाये रखे। नब्बे दिन पूरे होने पर चालान पेश न किये जाने पर उसे सूचित करे।

मुंशी हर शाम रामनाथ को मिलकर सूचित करता। चालान पास तक नहीं करवाया गया था, पेश करना तो दूर रहा। फिर मुंशी ने सूचित किया, नब्बे दिन के बाद दोषियों ने जमानतें मंजूर करवाने के लिए अर्जियाँ लगानी शुरू कर दीं।

ठेकेदार को सबसे पहले गिरफ्तार किया गया था। पुलिस ने उसको सात दिन के पुलिस रिमाण्ड में ले लिया था। वह सात दिन बाद जेल गया था। नब्बे दिन की गिनती जेल जाने वाले दिन से होनी थी। अतः उसकी अर्जी पर छः दिन की तारीख डाली गयी थी।

पण्डित को पकड़ा बाद में गया, जेल पहले भेज दिया गया था। बाकी तीन दोषियों से उसने सम्पर्क किया था। वह अपने साथी दोषियों के अते-पते बता रहा था। वहाँ से वे पकड़े नहीं गये थे। सच उगलवाने के लिए पुलिस ने उस पर ज्यादा

शिकंजा कस दिया था। वह मौत के करीब जा लगा। मजिस्ट्रेट ने उसका और पुलिस रिमाण्ड नहीं दिया। उसे सीधा जेल भेज दिया था।

उसकी जेल हिरासत के नब्बे दिन पूरे होते ही उसकी जमानत हो गयी। वेद परिवार से पुलिस की यह दूसरी ज्यादती थी।

पहली ज्यादती तब हुई, जब बिना मुद्दई पक्ष को सुने मुख्य दोषियों को बेकसूर कह दिया गया था।

निश्चित अवधि में चालान पेश न होने के कारण अब पुलिस दोषियों की जमानत के लिए रास्ता साफ कर रही थी। पंकज वगैरा पैसे और जोर वाले थे। वे सीधे तौर पर जुर्म में शामिल नहीं थे। उनसे पुलिस की हमदर्दी समझ आती थी। इन अपराधी लोगों के साथ पुलिस नर्मी से क्यों पेश आ रही थी? रामनाथ को समझ नहीं आ रहा था।

रामनाथ को अपनी लापरवाही पर अफसोस हुआ। जब ओखली में सिर आ ही चुका था तो मूसलों से क्या डरना? उसे सरकारी वकीलों का मुँह भरना चाहिए था।

अभी कुछ नहीं बिगड़ा था। वह घर से मायानगरी वाली बस पर चढ़ गया। भरा भराया सबसे पहले वह प्रधान से मिला। पुलिस की ज्यादती में अब कोई कसर बाकी नहीं थी। दो दोषियों को मुकदमे में से निकाल दिया गया था। बाकियों की जमानत करवायी जा रही थी। बाहर आते ही वे भाग जाएँगे। मुकदमा ठण्डे बस्ते में चला जाएगा। सोसायटी ने पहले ही फैसला ले लिया था। इस मुकदमे के पीड़ितों को और पीड़ित नहीं होने दिया जाएगा।

सोसायटी की ओर से पैरवी मंजूर करने से रामनाथ के मन से बोझ उतर गया। अब इन्साफ मिलेगा। उसके अन्तर से आवाज उठने लगी।

अगली कार्रवाई सोसायटी को करनी थी। पुलिस को समय पर सही चालान पेश करने के लिए सोसायटी को मजबूर करना था। यह दबाव अदालत से डाला जाए। ऐस या किसी दूसरे ढंग से इसका फैसला प्रधान को करना था।

इसका अर्थ रामनाथ का बेफिक्र होकर घर बैठ जाना नहीं था। उसे अपनी ओर से यत्न करते रहना चाहिए।

घर से वह सरकारी वकीलों को मिलने का निश्चय करके आया था। रामनाथ ने सिविल लाइन थाने से सम्बन्धित सरकारी वकीलों के बारे में जिससे भी बात की, सबने एक ही राय दी। मजिस्ट्रेट का सरकारी वकील पता नहीं किस स्कूल का पढ़ा हुआ था। वह कानून की ए.बी.सी. नहीं जानता था। ऐसे पेचीदा केस की घुण्डी पकड़ना उसके वश में नहीं था। वह चापलूसी और शराब पीने-पिलाने का चैम्पियन था। अपनी इसी काबलियत के कारण ही वह मायानगरी में टिका हुआ था। वह मुकदमे का न कुछ सँवार सकता था न बिगाड़। सो उस पर पैसे खर्चने का कोई लाभ नहीं था।

जिला अटारनी उसका दूसरा पक्ष था। वह अपने काम का जानकार था पर उसे अपने इल्म पर घमण्ड था। वह मुख्यमन्त्री के परिवार और अपने विभाग के मन्त्री का अपने आपको चहेता कहता था। ब्याह-शादियों और जिमनी चुनाव पर उन्हें ब्रीफकेस भेजना वह अपना फर्ज समझता था। मन्त्री के छोटे से छोटे काम की उसकी फीस पचास हजार से शुरू होती थी। इस केस में वह मुलजिमों की सरेआम मदद कर रहा था। फीस वह मुद्दइयों से लेगा, मदद फिर भी मुजरिमों की करेगा। कम फीस मिलने पर मुँह भी सुजा कर रखेगा। इससे खाल खिंचवाने का कोई लाभ नहीं।

रामनाथ की खुशकिस्मती कि सिविल लाइन थाने का उप जिला अटारनी भला-मानस था। वह सब तरह से ठीक था। कामकाज में माहिर और पक्ष भी सदा मुद्दई का लेता था।

उसे मिलकर सारे मसले हल हो जाने थे। छोटे सरकारी वकील से रह गयी त्रुटियाँ उसकी पकड़ में आ जाती थीं और उसकी पकड़ी त्रुटियों को जिला अटारनी रद्द नहीं कर सकता। एक तीर से कई शिकार हो जाने थे।

लोगों की बात मानकर रामनाथ ने धर्मसिंह से सम्पर्क किया। जबरदस्ती उसकी जेब में दो हजार रुपये ठूँसने का यत्न किया। धर्मसिंह ने पैसे लेने से पहले अपनी स्थिति स्पष्ट कर दी।

''मैं एक बात स्पष्ट कर दूँ, हमारा जिला अटारनी बड़ा बद है। काम से उसे पैसा अधिक प्यारा है। जब पैसे उसकी जेब में आ जाएँ, वह चालान सीधे पास कर देता है। मेरे जैसे को भी बीच से निकाल देता है। ए.पी.पी. उससे डरते हैं। थानेदार तो आसामी को साथ लेकर उसके पास पहुँच जाते हैं। सौदा तय करके वह झट दस्तखत मार देता है। इसलिए यह जरूरी नहीं कि चालान मुझ तक आए। पैसे अभी अपने पास रखो। काम करके ले लूँगा।''

''ठेकेदार की रिहाई में पाँच दिन रहते हैं। मुझे लगता है कि पुलिस ने अभी कुछ नहीं किया होगा। जो गवाह चाहिए, खड़े करवाओ। पंकज वगैरा को हम तलब करेंगे। वे तभी तलब होंगे यदि मिसल पर कुछ होगा।''

''मेरी ओर से बेफिक्र रहो। जब मिसल मेरे पास आएगी, मैं फोन कर दूँगा। प्रधानजी को बुलाकर देख लेंगे कि क्या करना बाकी है?''

जाने से पहले रामनाथ ने एक बार फिर धर्मसिंह को पैसे देने का यत्न किया।

''आप वकील भाई हो, केस के मुद्दई हो, आपकी मदद करना मेरा फर्ज है।''

''नहीं, रखो...आपने कौन-सा माँगे हैं। मैं खुशी से दे रहा हूँ। बस, मिसल अच्छी तरह बाँध दो।''

रामनाथ सरकारी वकील के आगे ऐसे गिड़गिड़ाया, जैसे अनपढ़-गँवार हो।

पचासी

पहले मुख्याधिकारी को मुख्यमन्त्री की सुरक्षा के लिए विशेष बटालियन में बदल दिया गया। उसके स्थान पर बन्तसिंह को थाने का मुख्य अधिकारी लगाया गया था।

बन्तसिंह को चार्ज में मिली मिसलों में कमल कत्ल केस सबसे अहम केस था। इस केस के बारे में अफसरों से अकसर पूछताछ होती थी। समझदार अफसर वही होता है, जो ऐसे केसों के तथ्य अपनी टिप्स पर रखे। ऊपर से 'किन्तु-परन्तु' होते ही गढ़ा-गढ़ाया जवाब सुना सके। उस्तादों से सीखे इस गुर के अनुसार बन्तसिंह ने जब तथ्यों की खोजबीन की, तो उस पर घड़ों पानी पड़ गया। नब्बे दिन के अन्दर चालान पेश न होने के कारण एक दोषी की जमानत हो चुकी थी। दूसरों की दो-चार दिन में जमानत हो जानी थी। इस लापरवाही का जिम्मेवार नये अधिकारी को ही ठहराया जाना था।

बन्तसिंह को चार्ज लिये तीन दिन हो गये थे। वह अपने रीडर पर हैरान था। रीडर अभी तक यह नुक्ता उसके ध्यान में नहीं ला सका था।

मुंशी भी खामोश था। उसे चीख-चीखकर बताना चाहिए था कि चालान लेट हो रहा है।

इस मुकदमे की जाँच मुख्य अफसर के हाथ में थी। हर लिखत-पढ़त पर उसी के हस्ताक्षर होते। लिखत-पढ़त रीडर करता था। मुख्य अफसर केवल हस्ताक्षर करता था। बन्तसिंह ने कुछ दिन तक पहले मुख्य अफसर के रीडर को अपने साथ रख लिया। उसे मालूम था कि वह लिखत-पढ़त का माहिर है। उसकी इसी महारत की वजह से वह उसे अपने साथ रखता था। वह जहाँ बदलकर जाता, साथ इस रीडर को भी बदलवाकर ले जाता था। पहला मुख्य अफसर अच्छा दण्ड पेलता था। पैसा भी खूब बटोरता था। उसने सारे मायानगर में मुखबिरों का जाल बिछा रखा था। दिल्ली दक्खन में छिपे मुलजिमों को भी खोज निकालता था। पर लिखत-पढ़त में अनाड़ी था। गवाही देने गये को जज और सरकारी वकील टूट-टूट पड़ रहे थे। लिखा-पढ़ी के झंझट से बचने के लिए वह इस हवलदार को हमेशा अपने साथ रखता था।

अब मुख्य अफसर का तबादला मुख्यमन्त्री की सुरक्षा बटालियन में हुआ था। वहाँ किसी अफसर को सहायक रखने की इजाजत नहीं थी। अतः उसका रीडर पीछे रह गया। पीछे रहने में एक फायदा था। अधूरी मिसलें रीडर पूरी कर लेगा। सब पोल ढँके रह जाएँगे।

बन्तसिंह भी जिससे मिसलें पूरी करवा रहा था, उस नये रीडर से यह सब काम

काबू नहीं हो पा रहा था।

बन्तसिंह को रीडर पर उसकी लापरवाही के लिए गुस्सा आ रहा था। लगा कि रीडर उसे बेवकूफ बना रहा है। जान-बूझकर उसे फँसाना चाहता है। बन्तसिंह ने सुन रखा था कि पहले दो मुख्य अफसरों ने इस केस में भरपेट पैसा डकारा था। रीडर को मुजरिमों के साथ रियायत मंजूर थी। वह पहले मुख्य अफसर के साथ वफादारी निभा रहा था।

बन्तसिंह पहले मुख्य अफसर की तरह रीडर पर निर्भर रहनेवाला नहीं था। यह जतलाने के लिए उसने रीडर को सबके सामने बुलाकर खरी-खोटी सुनायी। आगे रीडर भी कहाँ कम था। उसने झट नहले पे दहला ठोक दिया, "जनाब, मैं दो बार मुद्दइयों को सन्देशा भेज चुका हूँ कि आकर चालान पास करवा लें। एक बार मैंने फोन किया, एक बार सिपाही भेजा। कोई आया नहीं तो मैं क्या करूँ। तीन सरकारी वकीलों को चालान चैक करना है। जिला अटारनी सन्तोखासिंह का स्वभाव तो आपको मालूम ही है। मनचाही फीस न मिले तो उसका ब्लड प्रेशर बढ़ जाता है। कप्तान को चिट्ठी लिखने की धमकी देता है। गाली-गलौज अलग से करता है। चक्कर अलग मुफ्त के। मुद्दई पक्ष की पैरवी एक वकील कर रहा है। वकील-सरकारी वकीलों को कुछ भी दे, न दे हमें क्या! यही सोचकर मैंने सन्देश भेजा था।"

रीडर का खयाल था कि उसकी होशियारी पर मुख्य अफसर तारीफ करेगा पर बात उलटी पड़ गयी।

"ओ मेरे खसम! तू ये बता कि मुद्दई किस बात के पैसे दे? उनके असल मुजरिम जो लड़ाई की जड़ थे, वे तो हमने बेकसूर करार दे दिये। मुद्दई उन्हें बेकसूर किये जाने की फीस दे? फीस बेकसूर करार दिये मुलजिमों से दिलवानी थी, तू किस बात से सयाना बन रहा है....मेरी समझ में नहीं आता।"

"मुलजिमों को बुला कर मरना है जनाब! अफसरों का हुक्म है कि उनकी ओर कोई झाँकेगा भी नहीं। उनके घर के आगे से जो भी गुजर जाए, वे झट अफसरों को फोन कर देते हैं। मेरे जैसों की ऐसी-तैसी हो जाती है। चालान तो मैं घण्टे भर में पास करवा लूँगा...आप रास्ता बताओ।"

"यदि यही बात थी, मुझे बताना था। मैं अफसरों से बात करता, वे पंकज से या जिला अटारनी से बात करते। अफसरों ने उन्हें बेकसूर निकाला है तो वही अपने आप चालान पास करवाते। इस बार मैं छोड़ रहा हूँ, फिर ऐसी कोताही हुई तो रपट डाल के लाइन हाजिर करा दूँगा।"

"बेहतर जनाब!" कहकर रीडर ने पीछा छुड़ाया।

"आप मुलजिमों को सन्देशा भेजो, मैं स्वयं अफसरों से बात कर लूँगा। मैं

समझा दूँगा, हाथी गुजर गया। अब पीछे पूँछ रह गयी है...इसके लिए हाथ पीछे क्यों खींचते हो। वे न माने तो कुछ और उपाय देखेंगे। हमें पड़ताल शुरू नहीं करानी।"

मुलजिमों ने बेकसूर साबित होने के लिये खुला पैसा खर्च किया था। इसकी भनक बन्तसिंह को थाने के मुलाजिमों से मिल गयी थी। बन्तसिंह पहले वाले अफसरों से जल रहा था। नोट वे बनाकर चले गये, बेगार मेरे सिर डाल गये। मन ही मन बन्तसिंह ने फैसला किया कि जो होना है होता रहे, वह अपनी जेब से पैसे खर्च करके चालान पास नहीं करवाएगा।

रीडर के दखल देने पर पंकज और बन्तसिंह की गुप्त स्थान पर मीटिंग हुई।

इसमें कुछ शर्ते तय की गयीं।

मुलजिमों की ओर से मुख्य अफसर को तीस हजार रुपया दिया गया। इस शर्त पर कि दस दिन के लिए चालान को अदालत में जाने से रोका जाए। तब तक ठेकेदार की जमानत हो जाएगी। उसके छूट जाने से मुकदमे की सुनवाई पंकज के पक्ष में हो जाएगी।

मुख्य अफसर की भी एक शर्त थी। यह काम अकेले उसके वश का नहीं था। देर करने के लिए अन्य अफसरों की सहमति जरूरी थी। यह काम पंकज का था। पंकज की एक और शर्त थी कि पहले वाले मुख्य अफसर ने मिसल पर बहुत सबूत नहीं बढ़ाये थे, मिसल कोरी थी। कोरी ही रहनी चाहिए।

बन्तसिंह को यह मंजूर था। नुक्ताचीनी सरकारी वकीलों को करनी थी। वे चुप रहें तो मुख्य अफसर को सबूत इकट्ठे करने की जहमत अपने आप टल जाती। सरकारी वकीलों की कलम रोकने के लिए मुख्य अफसर को पंकज की सहायता की जरूरत थी।

पंकज चाहे तो सरकारी वकीलों से सीधी बात कर ले। पर ऐसे उनका खर्चा ज्यादा होगा। पुलिस के माध्यम से पैसे कम लगते। पंकज को बन्तसिंह का यही सुझाव था।

पंकज खर्चा करने को तैयार था। जब इतना सब झेल लिया तो इस जरा से खर्च से क्या हाथ खींचना...ये भी होने दो।

इस सौदे के अनुसार कप्तान ने मिसल अपने दफ्तर में मँगवा ली। कारण था कप्तान का मिसल मुआयना करना। चालान तैयार होनेवाला था। जाँच पर नजर सानी करना उसका फ़र्ज़ था।

बन्तसिंह भी घाट-घाट का पानी पिये हुए था। पुलिस कप्तान के इस हुक्म की रोजनामचे में रिपोर्ट दर्ज की गयी। इसकी नकल तैयार करके अपने पास रख ली।

अब चालान पेश होने में देरी की जिम्मेवारी कप्तान की थी।

हाथों पर हाथ रखकर बन्तसिंह अगली कार्रवाई का इन्तजार करने लगा।

छियासी

बन्तसिंह के सुख के दिन बहुत थोड़े निकले।

पहले दोषी की जमानत मंजूर होते ही मुख्य अफसर की पगड़ी तक हाथ लपकने लगे।

मुद्दई की ओर से चीफ जस्टिस से लेकर प्रधानमन्त्री तक को इस बेइन्साफी के टेलीग्राम दिये गये। रामनाथ के शहर से एक छोटी-सी खबर हिन्दी और पंजाबी के अखबारों में छपी।

इस छोटे से बवण्डर की किसी ने परवाह न की। जाँच के लिए इन सब तारों को घूम-धाम कर कप्तान के पास आना है। सारी कार्रवाई कप्तान साहब के आदेशानुसार हुई थी। रस्मी पड़ताल होकर शिकायत रद्दी की टोकरी के हवाले हो जाएगी।

खतरे की घण्टी तब बजी जब हरीशराय का बयान अँग्रेजी अखबारों ने बड़ी सुर्खियों में छापा। प्रधान ने पंकज वगैरा के विरुद्ध मिसल पर ठोस सबूत होने पर भी उन्हें बेकसूर कहते हुए चालान निश्चित अवधि तक पेश नहीं करके संगीन अपराधियों की जमानत करवाने में पुलिस की मिलीभगत की कड़े शब्दों में निन्दा की थी। केस की जाँच सी.बी.आई. द्वारा करवाने की भी माँग की थी। इसके साथ उसने इस अन्याय के कारण केस की पैरवी सोसायटी की ओर से करवाने का ऐलान किया।

प्रधान के इस बयान ने पंकज भाइयों सहित इस मामले से दूर-दराज से जुड़े दूसरे कई लोगों की नींदें हराम कर दीं।

पंकज भाइयों को अपनी जमानतें रद्द होती नजर आने लगीं। उनके वकीलों ने सलाह दी, ठेकेदार जाए भाड़ में। आप अपनी जान बचाओ।

सोसायटी का सारे पंजाब में दबदबा था। तहसील स्तर से हाईकोर्ट तक इसकी इकाइयाँ थीं। सोसायटी की दलीलों को कोर्ट ध्यान से सुनती थी। सब जानते थे कि पंकज वगैरह वैसे ही बाहर आये हैं। सोसायटी ने यदि रिट दायर करके जाँच सी.बी.आई. के हवाले कर दी तो इस मामले के साथ-साथ उन पर और कई केस दर्ज हो जाएँगे। पुलिस अफसरों और सियासी नेताओं का भविष्य भी दाँव पर लग जाएगा।

यदि चालान लेट हो गया तो सोसायटी फिर जाँच करा सकती थी। सोसायटी जाँच अधिकारी के साथ मिलकर अपने हक में चालान भुगता सकती थी।

पहली जाँच रद्द होकर नयी जाँच में उन्हें फिर दोषी ठहराया जा सकता था।

पंकज के वकीलों का मत था कि चालान जल्द से जल्द अदालत में पेश करवाया जाए। मामला सुनवाई के अधीन होने से कुछ बचाव हो सकता था। तारों और खबरों से डरे कप्तान ने फाइल तुरन्त थाने भिजवा दी। साथ ही अपने रीडर को हिदायत दी। मिसल कप्तान के दफ्तर तलब करने का कोई सबूत रिकार्ड पर न रहे।

इससे पहले कि कोई बड़ा अफसर चालान देरी से पेश किये जाने की कप्तान से पूछताछ करे, कप्तान ने मुख्य अधिकारी को इस कोताही का 'कारण बताओ नोटिस' जारी कर दिया।

"बन्तसिंह तेरी पहली गलती मैं सँभाल लूँगा। अब कोई और दोषी बाहर न आए। चालान तुरन्त पेश करके पीछा छुड़ा।"

चालान जारी करने के बाद कप्तान ने बन्तसिंह की पीठ थपथपायी।

सतासी

ठेकेदार को जेल गये आज निन्यानबेवाँ दिन था।

चौबीस घण्टे के अन्दर यदि चालान मजिस्ट्रेट की अदालत में पेश हो जाए तो उसकी जमानत की अर्जी रद्द हो सकती थी।

बदले हालात के अनुसार बन्तसिंह ने एक बार फिर मिसल की। जाँच की सारी तफ़तीश पहले अफसरों द्वारा हुई थी। पर चालान पर हस्ताक्षर तो मौजूदा अफसर के होने थे। बेशक रिपोर्ट पहले हुई जाँच के आधार पर लिखी गयी थी पर हस्ताक्षर करनेवाले अधिकारी की जिम्मेवारी बराबर की बनती थी।

जिम्मेवारी सँभालने से पहले बन्तसिंह ने सारे प्रमाणों पर विचार किया। गवाहों के बयानों, फर्दों और जिमनियों पर नजर घुमायी। मिसल में कुछ भी नहीं था। इस तरह यदि चालान तैयार कर दिया जाए तो दोषियों के विरुद्ध चोरी का माल बरामद होने का मामूली-सा जुर्म साबित होता था। कत्ल की साजिश या कत्ल करने का कोई सबूत मिसल पर नहीं चढ़ाया गया था। मौजूदा सबूतों के आधार पर कत्ल और डकैती का चालान तैयार करके बन्तसिंह द्वारा हस्ताक्षर करना खतरे से खाली नहीं था।

सारी मिसल दोबारा लिखने का बन्तसिंह के पास न वक्त था और न कोई अधिकार। सारी मिसल पर पहले मुख्य अफसरों के हस्ताक्षर थे। दोबारा मुख्य अफसर के दस्तखत लेने के लिए उन्हें बुलाना पड़ता। पता चला कि पहला मुख्य

अफसर मुख्यमन्त्री के साथ कलकता में घूम रहा है।

हवाई जहाज से भी वह समय से मायानगर नहीं आ सकता था। पर इससे बन्तसिंह को क्या! अपनी खराब तफ़तीश के लिए पहला अधिकारी जिम्मेवार था। जो बन्तसिंह के बस में था वह करने को तैयार था।

बन्तसिंह का भला इसी में था कि कब्र में से मुर्दा निकालने की बजाय, चालान तोड़-मरोड़ कर पेश कर दिया जाए।

पंकज मुख्य अफसर को ढूँढ़ रहा था और मुख्य अफसर पंकज को। दोनों चालान पेश करवाने को उतावले हो रहे थे।

पहली शर्तें रद्द कर दी गयीं। नयी शर्तों के अन्तर्गत निचले दो सरकारी वकीलों को बन्तसिंह सँभालेगा। जिला अटार्नी की तसल्ली पंकज को करवानी थी। उसे सँभालना बन्तसिंह के बस में नहीं था। वह बड़ा मुँह खोलता था और उसकी जुबान कड़वी थी।

छोटे सरकारी वकीलों पर बन्तसिंह को तीस हजार रुपया खर्च होता नजर आता था। सिंगला ने पंकज को ए.पी.पी. की फीस एक हजार रुपये और धर्मसिंह की फीस दो हजार रुपये बतायी थी। बन्तसिंह ने ए.पी.पी. के लिए पाँच हजार रुपये और धर्मसिंह के लिए पन्द्रह हजार माँगा था।

समय कंजूसी का नहीं था, और न ही बहस का। अब तो गले पड़ी नयी बला को किसी भी तरह उतारना था। पंकज एकदम बन्तसिंह से सहमत हो गया। बन्तसिंह ने पंकज को सन्तोखसिंह से सम्पर्क साधने को दौड़ाया कि वह उसे पैसे दे। विधायक से फोन करवाए या मुख्यमन्त्री से। बन्तसिंह को इससे कोई मतलब न था।

बीस हजार रुपये जेब में डालकर वह स्वयं छोटे वकीलों का प्रबन्ध करने लगा।

बन्तसिंह ने ठेके से दो व्हिस्की की बोतलें बेगार में मँगवायीं। शेरे पंजाब ढाबे के मालिक को फोन किया। उसका रीडर एक-दो अफसरों के साथ खाना खाने आएगा। ऊपर का कमरा साफ करा दिया जाए। उनकी सेवा में कोई कमी न रहे।

दारू दप्पे का प्रबन्ध करके उसने अपने रीडर को पास बुलाया। नये मिले दो हजार रुपये में से दो सौ उसे थमाकर हिदायतें दीं।

"पी.पी. साहिब को पहले ढाबे पर ले जाना। जब वे चार पैग लगा लें तो पाँच सौ रुपये के दो नोट उसकी जेब में डाल देना। आप न पीने लग जाना। जब तक वे शराबी हों उनकी मीमो लिख लेना। नोट देते ही मीमो पर हस्ताक्षर करा लेना। सारा काम मुकम्मल करके फिर उठने देना। हजार में न मानें तो दो सौ रुपये और दे देना। दो हजार तेरे पास हैं बाकी बचे तेरे।"

"बेहतर जनाब!" ....बोतलें और नोट सँभालता हुआ लाली खिला जा रहा था।

"पर साहिब, उप जिला अटारनी का क्या करोगे? उसे मुद्दई पक्ष मिलकर गया है। उसके कई फोन आ चुके हैं। पूछ रहा था, चालान तैयार हुआ या नहीं। वह चालान आसानी से पास नहीं करेगा। शराब के चालान में वह सौ नुक्स निकाल देता है। यह कत्ल केस है। यह चालान वह बीस बार पढ़ेगा। उसके पास आपको खुद जाना होगा।"

धर्मसिंह का डर लाली को खाये जा रहा था। वह लालच में आनेवाला नहीं है। अपना काम वह नौ-बर-नौ रखता है। इसी से वह किसी अफसर का डर नहीं मानता। अफसर के आगे छाती ठोककर बात कर लेता है। सारी मिसल लाली के हाथ से तैयार हुई। अफसरों ने जैसे कहा था, उसने उसी तरह लिखा था। अब जज चाहे मुद्दई का सगा बाप ही क्यों न हो, वह मुलजिमों को चोरी के जुर्म से ज्यादा सजा नहीं दे सकेगा।

पुलिस के इस प्रोग्राम को धर्मसिंह अपनी फाइल में लिख देगा। बाद में उसकी वही टिप्पणी, दोषियों के बरी हो जाने पर, अफसरों की नालायकी का आधार बनेगी।

"अरे...तू पहली सीढ़ी तो चढ़, धर्मसिंह को मैं स्वयं देख लूँगा। वैसे इसका एक हल है। जिला अटारनी के नये हुक्मों के अनुसार चालान उसके पास ले जाना जरूरी भी नहीं। थोड़ा-सा टुकड़ा बड़ा डाल दो, वह चालान सीधे पास कर देता है। धर्मसिंह वाली फीस उसे देकर धर्मसिंह वाले झंझट से बचो।" ...अपना सामान सँभालते हुए रीडर ने अपना अनुभव उसके साथ साझा किया।

"पंकज को भेजा है डी.ए. की ओर। देखते हैं क्या रिपोर्ट लाता है। उसके अनुसार सोचेंगे। अभी तू जा। फिर मुझे भी डी.ए. की ओर जाना है।"

बन्तसिंह को रीडर का मशविरा उचित लगा। धर्मसिंह वाला दो हजार डी.ए. को देकर, धर्मसिंह की ख्वारी से बचना ठीक रहेगा।

पंकज से मिली रकम में से दो हजार उसने एक लिफाफे में डाले। पंकज अपनी ओर से डी.ए. को जो मर्जी दे। यह पैकेट बन्तसिंह की ओर से उसे नजराना होगा।

अठासी

पिछले एक महीने से पंकज का सन्तोख से वास्ता पड़ा था। वह उसकी रग-रग से वाकिफ हो चुका था।

सन्तोखसिंह कई बार उनके घर और फैक्टरी में आ चुका था। कोटियाँ, स्वैटर

और कम्बल वह अपने व अपने अफसरों के लिए यहाँ से ले जा चुका था। बड़ी गाड़ी का वह शौकीन था। कई बार बड़ी गाड़ी उसे शिमला घुमा लायी थी।

सन्तोखसिंह हजार बार पंकज को बोल चुका था कि अब तो वह उसके पारिवारिक सदस्य जैसा हो गया है। पर पंकज को लगता था कि बिना पैसा खाये वह उनका काम करने वाला नहीं।

पंकज ने अपने कई दोस्तों के काम उससे भारी फीस दिलवाकर करवाये थे। कभी उसकी फीस कम लगती थी तो वह कोई न कोई बेगार डाल देता। दोस्तों के मामले में तो पंकज कई बहाने कर लेता था–'मन्दा चल रहा है...बेचारा गरीब है...फैक्टरी बन्द पड़ी है' पर अपने बारे में क्या कहे। पंकज की रग-रग से वह वाकिफ था। नकद न ले तो कोई बड़ी बेगार ही डाल दे। मामला फिर वही कि दाढ़ी से मूँछ लम्बी हो जाए। यही सोचकर पंकज ने नकद फीस देना उचित समझा।

पंकज से फीस तय करते समय दलालों की तरह कमीबेशी नहीं देखी जानी थी। सच भी तो है 'नाई अपना सिर मुडाये तो कैसे?'

समझदारी करके उसने सिंगला को बीच में लिया। जब भी उसे परखा गया, सिंगला ने हर बार पंकज का फायदा किया था।

वही बात हुई। सन्तोखसिंह ने पुलिस की रिपोर्ट पर अपनी सहमति की कीमत पचास हजार माँगी। सिंगला को सन्तोखसिंह के इतना मुँह खोलने पर हैरानी हुई थी। उसने पंकज से सम्बन्धों की याद दिलायी। कहा, "पहले कई बार वह उसे भरपूर फीस दे चुके हैं। जब कभी उनका काम न हुआ तो भी उन्होंने फीस वापिस करने की बात नहीं छेड़ी। वे दिन-रात उसकी बेगारें करते रहते हैं। उनके नमक का मोल भी तो कुछ होना चाहिए।"

"बहुत ज्यादा बात है तो दस हजार कम दिलवा देना।" सन्तोखसिंह ने पंकज की सेवा का मूल्य दस हजार रुपये डाला।

जब सिंगला ने और नीचे आने पर जोर डाला तो सन्तोखसिंह ने अपनी मजबूरियों पर एक अच्छा-खासा भाषण दे डाला।

"मुझे मुख्यमन्त्री से लेकर अपने विभाग के चपरासी तक की बेगारें करनी पड़ती हैं। मायानगर हौजरी का घर है। किसी न किसी अफसर का परिवार खरीदारी के लिए निकला रहता है। ओसवाल-जैसे बड़े घराने भी मेरे-जैसों की परवाह नहीं करते। करें भी क्यों? मायानगरी में हजार तरह के अफसर हैं। इन्कमटैक्स, सेल टैक्स अफसरों को माल मुफ्त उठवाने लगें तो कब के लुट जाएँ। वे अफसरों का मान करते हैं, बीस प्रतिशत छूट देते हैं। बाकी का बिल अफसर सन्तोखसिंह को थमा देते हैं। दो कोटियाँ खरीदने आया अफसर कार भरकर माल ले जाता है। ऊपर का अमला ही खुदा बना रहता है। कोई बीबी को कहकर कोटी मँगा लेता है, कोई लोई।

बेगार डालना अफसरों का जन्मसिद्ध अधिकार है। मेरे हिस्से तो बदनामी ही आती है। ऊपर की मलाई तो ऊपर वाले ही उतार ले जाते हैं।''

''आपकी बात ठीक है। अपने आदमी हैं। नित्य काम आते हैं। अब इनकी चमड़ी तो नहीं उतारनी।''

''सिंगला, मुझे तेरी बात समझ नहीं आती। तू क्या कर रहा है। दानी दान करे, तेरा पेट क्यों दुःखे।''

सिंगला की जिद पर सन्तोखसिंह खीझ उठा।

''मैं वकील हूँ। मेरा पहला फर्ज सायल के हितों का ध्यान रखना है।''

''इसमें तेरा हित है। जितने ज्यादा दिलाएगा उतने ज्यादा मिलेंगे।''

''मेरा अपना स्वार्थ दूसरे नम्बर पर है।''

सिंगला बिना मतलब यूँ ही सन्तोखसिंह को फीस दिलवाने के पक्ष में नहीं था। उसे मालूम था कि दोषियों को एक आई.जी. रैंक के अधिकारी ने मुकदमे में से निकाला था। उन्हें फिर आई.जी. या उससे ऊपर रैंक का अधिकारी मुलजिम बना सकता था। सन्तोखसिंह उनके खिलाफ जो चाहे लिखता रहे, उसे कौन सही मानेगा?

''पैसे तो मैं ज्यादा दिला देता हूँ। पर यह कहो कि हम उनका क्या फायदा कर रहे हैं?''

''तू मुझे ज्यादा कानून न पढ़ा, ये बोल कि कितनी चोट सह लेंगे?''

सन्तोखसिंह को अपनी औकात पता थी उसे चुप रहने में ही भलाई नजर आयी।

''पाँच हजार।''

''इतने तो मेरा ए.पी.पी. नहीं लेता, इसमें से दो तेरा। मेरे पल्ले तो तीन ही पड़ा।''

''मैं आपका फायदा करा रहा हूँ। पंकज कहता था ऊपर से फोन करा देता हूँ। मैंने समझाया हर जगह फोन नहीं काम करते, तब जाकर पाँच हजार देने पर माना है।''

सिंगला ने सन्तोखसिंह के चढ़े पारे को नीचे लाने के लिए पहला तीर छोड़ा।

सन्तोखसिंह समझ गया कि सिंगला फीस दिलाने के मूड में नहीं है। वह उसकी दुखती रग पर हाथ रख रहा था। सबको पता था कि पंकज साथियों का मुख्यमन्त्री से, चालान पेश करने तक का सौदा हुआ है। उसके अनुसार पंकज को जल्दी चालान पास कराने के लिए किसी का भी फोन आ सकता था।

''ऊपर के फोन से मैं नहीं डरता। सब अफसरों की बेगारें करता हूँ। उन्हें भी पता है कि बेगारें वेतन में से नहीं निकलतीं। वैसे मैं आपकी एक मान लेता हूँ, पंकज को आप बीस तक में मनाओ, दस आप रख लेना।''

''कोशिश करके देख लेते हैं। कहीं बटेर हाथों से न निकल जाए।''

सिंगला ने दूसरा तीर छोड़ा–

''फिर मुफ्त ही कर देता हूँ।''

''मुफ्त क्यों करना है। पार्टी का भी तो दिल देखो, जो बिना मतलब पाँच हजार निकालकर दे रही है।''

''चलो जैसे आपकी मर्जी वैसे ही कर लेते हैं। पंकज को मेरा सन्देश देना कि मुझे जल्दी मिले।''

''जनाब जी, समझदार बनो। सोसायटी ने केस अपने हाथ में लिया है। पंकज के साथ आपको किसी ने देख लिया, तो मेरे व सलिन्द्र वाली हालत हो जाएगी। छप गयी थी न हमारी फोटो अखबारों में।''

सन्तोखसिंह को पंकज के पीछे से उतारने के लिए सिंगला ने आखिरी तीर छोड़ा।

बन्त के द्वारा सन्तोखसिंह पंकज का वाकिफ बना था। सिंगला का तोरी-फुल्का बन्द हो गया था। मुलजिमों के सारे केस कराने का ठेका सन्तोखसिंह ने ले लिया था। जैसे वह सरकारी वकील न हो मुलजिमों का दलाल हो।

''सच कहते हैं लोग कि बनियों की कौम बड़ी समझदार होती है। यह बात मेरे दिमाग में नहीं आयी। आप उन्हें डाँटना, न वो मुझे मिलें, न फोन करें।''

सिंगला के सारे तीर निशाने पर लगे।

सौदा तय करके सिंगला ने पंकज को फोन किया। पंकज ने बन्तसिंह को।

बन्तसिंह ने झट सन्तोखसिंह से मिलने का टाइम ले लिया।

नवासी

जिला अटारनी ने बन्तसिंह को पाँच बजे के बाद बुलाया।

लेन-देन करनेवालों को बन्तसिंह इसी समय बुलाता था। दफ्तर के कलर्क व स्टेनो छुट्टी करके घर चल देते। अदालत से सन्देश आने का खटका भी खत्म हो चुका होता। खुलकर बात करने को उसके पास फुर्सत ही फुर्सत होती। आखिरी बन्दे के दफ्तर से निकलते ही बन्तसिंह ने जा सलूट मारा। ''आ भई बन्तसिंह! कहाँ रहते हो, आजकल दर्शन ही नहीं होते।''

"पहले साहब पुलिस लाइन में धक्के खाते थे। मत्थे लगने लायक ही नहीं थे। अब मिलना हुआ करेगा।"

"मिलते रहा करो भाई। याद है हम रोपड़ में इकट्ठे हुआ करते थे। यहाँ भी हमें वैसे ही दिन काटने हैं। यहाँ कैसे आना हुआ?"

"एक मरा साँप गले पड़ गया। आपसे उतरवाना है।"

कमल कत्ल केस जिला अटारनी के सामने रखकर बन्तसिंह ने नकली खुशामद की।

"यदि तू इसे मरा साँप कह रहा है तो जिन्दा साँप पता नहीं कैसा होगा? सारी पुलिस ने हाथ रँग लिये।"

"दंगे होंगे हुजूर। यहाँ तो गुरु की कसम, जो मुझे किसी ने दुअन्नी भी दिखाई हो।"

"आप पुलिस वाले इसी तरह हर एक केस में कहते हो। अच्छा रो मत। अब यह बता कि निचले अफसरों से चालान पेश करवाया कि नहीं?"

बन्तसिंह के घिसे-पिटे बहानों से सन्तोखसिंह चिढ़ गया।

"ए.पी.पी. से पास करवा लिया?"

"कौन है ए.पी.पी. आपका?"

"महिन्द्रसिंह।"

उसने खाक चैक किया होगा चालान...जैसे ले गये होंगे, उसके पास वैसे ही अपने साइन ठोक दिये होंगे।" महिन्द्रसिंह का नाम सुनते ही सन्तोखसिंह का क्रोध बढ़ गया। अब सारी सिरखपाई फिर उसे करनी पड़ेगी।

"उप जिला अटारनी कौन है आपका?"

"धर्मसिंह। उसे बहुत ढूँढ़ा-तलाशा पर वह नहीं मिला। कल नब्बे दिन पूरे होने वाले हैं। पहले हमारे अफसर कहते थे चालान पेश नहीं करना। अब कहते हैं कि अभी पेश करो। आप उनको छोड़ो, आप ही कृपा करो।"

धर्मसिंह का नाम सुनकर सन्तोखसिंह को राहत हुई। धर्मसिंह ने चालान का एक-एक अक्षर पढ़कर अपनी टिप्पणी दर्ज की होगी। इससे सन्तोखसिंह को दोहरा लाभ होगा।

धर्मसिंह की खोज-पड़ताल के बाद सन्तोखसिंह को ज्यादा मेहनत नहीं करनी पड़ती थी। दूसरा, वह बन्तसिंह को चक्कर में डाले रखेगा।

"सरकार की नयी हिदायतों के अनुसार कत्ल केस जिला अटारनी के पास होना जरूरी था। इस मुकदमे के काफी खर्च होने के कारण कहीं कोई कमी रह गयी तो मुझे जवाब देना मुश्किल हो जाएगा। मैं कोई रिस्क नहीं लूँगा। सीधे चालान पास नहीं करना। हिदायतों का पालन करो।

"जनाब, उस पर खर्चा क्यों करवा रहे हैं? उसकी फीस आप खुद ही लें।" ना

कहते हुए बन्तसिंह ने पहले से तैयार किया पैकेट जिला अटारनी की मेज पर रख दिया।

"क्या है इसमें?"

सन्तोखसिंह पुलिस की बातों का जानकार था। बन्द लिफाफे देखने में भारी लगते हैं, अन्दर से दस-दस के नोट निकलते हैं। "पूरे दो हजार हैं। ये मैं अपनी ओर से दे रहा हूँ।"

'बड़ा आया अपनी ओर से देनेवाला' मन ही मन सन्तोखसिंह को बन्तसिंह की इस फड़ पर चिढ़ हुई।

"बस? इतना बड़ा केस है...इतनी मोटी असामी है। फीस दो हजार?"

"क्या आपसे मिलकर नहीं गये? कहते थे आपसे मिल चुके हैं।"

"खाक मिल चुके हैं, साथ वकील को ले आये। वह अपना हिस्सा माँग रहा है।" सन्तोखसिंह अपना गुबार निकालने लगा।

"जनाब! हमें क्या पता कि असलियत क्या है? मुझे कहने लगे कि हमारी साहब के साथ सहमति है। घर में भी आना-जाना है। मुझे क्या पता था कि बीच में वकील भी डाल लेंगे। वरना मैं सीधी बात न करवाता।"

"अब क्या बिगड़ गया है, अब करा दे बात.....डरा दे सालों को। कह दे कि वकील की नहीं मानी।"

"सोच लो। कहकर मुकरना अच्छा नहीं लगेगा, वकील अलग खफा होगा," बन्तसिंह व्यंग्य करने लगा।

"आप अपना उठा लो दो हजार और इसे फीस के रूप में धर्मसिंह को दे दो। चालान चेक करवाओ। मैं हुक्म कर देता हूँ। वह चालान चेक करके वापिस करेगा, मैं सारा बोझ अपने सिर क्यों लूँ, क़ाम आखिर कायदे के अनुसार क्यों न हो?"

दोनों ओर से अच्छी फीस न मिलने पर सन्तोखसिंह अब बनते काम में टाँग अड़ाने लगा।

"उसे निकाल दो बीच से। मुझे कप्तान साहब ने कहकर भेजा है। उनकी ओर से भी विनती है। कहो तो फोन पर बात करा दूँ।"

नब्बे दिन पूरे होने की मजबूरी। कप्तान की दखलअन्दाजी। सन्तोखसिंह के पास घुटने टेकने के सिवा कोई चारा न था।

लिफाफे को जेब में डालकर वह मिसल पढ़ने लगा।

"कमाल है...अभी तक मुलजिमों के बयान नहीं लिये गये। किस गवाह के बयान में आया है कि कत्ल उसके सामने हुआ है? लड़की कहाँ कहती है कि किस दोषी ने उसके साथ बलात्कार किया है? वेद भी चुप है। जिस मुजरिम ने उसे चोट मारी उसके बयान में कहीं जिकर नहीं?"

"तोड़-मरोड़ कर किया है। पहले जाँच अधिकारी ने कुछ नहीं किया। तीन

महीने बाद यदि मैं बयान लिखूँ तो उसकी कोई अहमियत नहीं। जैसे है उसी तरह रहने दो आप।''

''मैंने देख लिया। बिना पढ़े यह चालान पास होनेवाला नहीं है। रख दो...मैं इसे पढ़ लूँ।'' सन्तोखसिंह केस को लटकाने की हर कोशिश कर रहा था।

''मैं बाहर बैठा हूँ। आप पढ़ लें।'' बन्तसिंह उसी होशियारी के साथ उसे जाँचने की कोशिश कर रहा था।

''अरे भाई। मैं कोई कम्प्यूटर हूँ...मिसल पढ़कर समझूँगा। जो मेरे पल्ले पड़ा। तेरे पल्ले भी डालूँगा।''

''आप ज्यादा नुक्ताचीनी छोड़ोजी। मिसल पढ़ लो। मैं शाम को कोठी पर आऊँगा। महाराजा होटल में चलेंगे। काफी दिन हो गये हैं। इकट्ठे बैठे हुए। थोड़ा जश्न मनाएँगे।''

''शाम का प्रोग्राम किसी और के साथ है, आप सवेरे मिसल ले जाना।'' सन्तोखसिंह दो घूँट दारू में डूबने वाला नहीं।

बन्तसिंह सन्तोखसिंह को काबू करने में असफल रहा। हारकर उसने तेवर ढीले करने शुरू कर दिये।

''जनाब-मेरे साथ खुलकर बात करो। मैं मुलजिमों को डाँट देता हूँ। बताओ कितने दे गये हैं कितने और चाहिए?''

''पाँच मिला है...कम से कम पन्द्रह और मिलें।''

''मैं करता हूँ बात...पर मुझे चालान आज पास करवाना है।''

''बात करके बता क्या कहते हैं? यदि वे पन्द्रह देते हैं तो हम अभी बैठ जाते हैं।'' सन्तोखसिंह उतावली करने लगा। बन्तसिंह ने फोन से मुलजिमों को थाने बुलाया।

''आप कमियाँ निकालो। मैं उनसे फीस ले आता हूँ।''

''उन्हें आपके दफ्तर में बुलाना खतरनाक है।''

दस मिनट बाद बन्तसिंह का फोन आया, ''फीस मिल गयी है। महाराजा होटल से बोल रहा हूँ। आपका इन्तजार कर रहा हूँ।''

पन्द्रह हजार के नोट। साथ में थ्री स्टार होटल में बैठने का बुलावा।

सन्तोखसिंह का अंग-अंग खिल उठा।

नब्बे

पहला पैग अन्दर जाते ही सन्तोखसिंह की थकान उतर गयी। दूसरे पैग ने उसे ताजा कर दिया।

पन्द्रह हजार के नोटों ने उसके दिमाग की खिड़कियाँ खोल दीं। कम्प्यूटर की तरह वह मुकदमे की कमियाँ पकड़ने लगा।

यहाँ बन्तसिंह का कोई काम नहीं था। सन्तोखसिंह खामियाँ पकड़ेगा। रीडर दूर। बन्तसिंह को कबाब में हड्डी नहीं बनना चाहिए था।

बन्तसिंह ने होटल के मैनेजर को हिदायत की। इस खर्च को बेगार न समझा जाए। बिल का भुगतान पंकज करेगा। खानपान आने में कंजूसी नहीं होगी।

साहब का फोन आने के बहाने बन्तसिंह खिसक गया।

चलने से पहले उसने रीडर को हिदायत की। यदि चालान से पहले हस्ताक्षर हो जाएँ तो ठीक, नहीं तो जब सन्तोखसिंह खाने का ऑर्डर लिखवाए, रीडर बन्तसिंह को फोन कर दे। वह लौटकर खुद ही चालान पास करवा लेगा।

"पंकज और नीरज को साजिश के अधीन गिरफ्तार किया गया था। साजिश भला किस गवाह ने सुनी थी? वह बयान कहाँ है? मुझे मिल नहीं रहा।"

बन्तसिंह के चले जाने पर छूट महसूस करते हुए सन्तोखसिंह ने पहला बिन्दु उठाया।

"वे बेकसूर साबित हो गये थे। अफसरों ने वह बयान उतरवा दिया। उस बयान की अब कोई जरूरत नहीं थी।"

"बहुत जरूरत है।" पुलिस रिमाण्ड लेते समय उस बयान का जिक्र प्रार्थना-पत्र (अर्जी) में किया गया था।

"मुद्दई पक्ष कहेगा कि पुलिस ने वह बयान इधर-उधर कर दिया है। मिसल बदल दी है। पहला बयान यदि हो तो लगाओ, नहीं तो नया लिखवाओ।"

"किस गवाह का बयान लिखूँ जनाब?"

"जिसका पहले लिखा था। कहानी असल लगनी चाहिए। साजिश फैक्टरी में गढ़ी गयी दिखाओ। उनके मुनीम को गवाह बनाओ। साजिशें सात दरवाजों में बन्द होकर, खास लोगों में बैठकर बनायी गयीं।"

"ठीक है जनाब लिख देता हूँ।"

"तुम उसका बयान लिखो। मैं मिसल आगे पढ़ता हूँ।"

"गवाहों से मुजरिमों की शिनाख्त नहीं करवायी?"

"नहीं जनाब, एक गवाह अभी तक बेहोश है। दूसरे के जबड़े की हड्डी टूटी हुई है। न बोलता है, न चल-फिर सकता है। लड़की को न तो घरवाले मुजरिमों के

सामने करना चाहते थे, और न ही डॉक्टर के सामने। शिनाख्ती परेड कैसे होती?''

''इस मजबूरी का जिक्र जिमनी में किया है? नहीं किया, तो अब करो। कल मुद्दई पक्ष कहेगा कि हमें किसी ने बुलाया नहीं। हम तो शिनाख्त के लिए तैयार थे।''

बाद में तफ़्तीशी को अदालत में गवाही (सहादत) देने गये को पीछा छुड़ाना मुश्किल हो जाएगा।

''लो जनाब।''

''इस खामी को दूर करने के लिए ऐसे गवाह बनाओ, जिसके सामने दोषियों ने अपना जुर्म कबूल किया हो। अर्थात् गैर अदालती इकबालिया बयान लिखो।''

वेद और नेहा के ततीमे बयान लिखो। इनमें मुजरिमों के नाम और हुलिया लिखो। पंचम को कमल की हत्या करते हुए दिखाओ। दीना को बलात्कार करते दिखाओ। ठेकेदार नीलम के चोटें लगाए और कालिया, वेद के पण्डित से लूट-खसूट करवाओ।''

''इस तरह दोषियों की हानि होगी। हमारे अधिकारी नाराज होंगे। यदि गवाह इसी तरह गवाही दे गये तो?''

''किसी की हानि होती है, होती रहे। मैं कच्चा चालान पास नहीं करूँगा। अफसरों को पंकज और नीरज की हिदायत मंजूर है। उसका हल हमारे पास है। गवाह उनकी इच्छा के दिखाओ जो उनके कहने पर अदालत में मुकर जाएँ, ऐसा करने से साँप भी मर जाएगा, और लाठी भी नहीं टूटेगी। हम कह सकेंगे मिसल पर सबूत लाये गये थे। गवाह ही मुकर गये तो हम क्या करें।''

''जनाब का दिमाग कमाल का है। मैंने कई सयाने थानेदारों के साथ काम किया है। आप जैसी होशियारी पहली बार देखी है। खूब सफाई से मिसल तैयार की है, सबके पौ-बारह हो रहे हैं।''

''चापलूसी मत करो। काम करो।'' आधी रात तक सन्तोखसिंह कमियाँ ढूँढ़ता रहा। रीडर उन्हें दूर करता रहा।

कुछ गवाह रीडर ने अपनी इच्छा से डाल दिये। गवाही के समय वह उनकी कीमत वसूल करेगा। रीडर कहेगा तो वे गवाही देंगे। कहेगा तो मुकर भी जाएँगे।

सबके उल्लू सीधे होते ही चालान पास हो गया।

इक्यानबे

चालान अदालत में पेश होते ही सोसायटी की इकाइयाँ हरकत में आ गयीं। सोसायटी का शक्तिशाली प्रचार विभाग, वकील सुरेन्द्रनाथ की देख-रेख में काम करता था। वह एल-एल.एम. था। फौजदारी न्याय प्रबन्ध पर उसने खोज की थी। उसके खोजपत्र देश के प्रसिद्ध अखबारों-रसालों में छपते थे। वह पंजाब पुलिस अकादमी का विजिटिंग प्रोफेसर था। उसे अदालतों और पुलिस विभाग के काम का गहरा अध्ययन था। बहस वार्ताओं के लिए उसे रेडियो, टेलीविजन पर बुलाया जाता था। कानून के मुलजिमों के हक में, भुगतान के रुझान से वह दुःखी लोगों के हक में आवाज बुलन्द करता था।

यह विभाग मुकदमे की त्रुटियों के साथ-साथ इससे सम्बन्धित हर अधिकारी की गतिविधियों पर नजर रखता था। अफसरों की कोताहियों को मीडिया के माध्यम से लोगों के सामने लाता था। इस तरह मुकदमे के छिपे पहलू जजों के सामने आते थे। अखबारों से मिली जानकारी जजों को प्रभावित करती थी। प्रभावित मन वाले जज यही फैसला करने को प्रेरित होते थे। यही इस सेल का उद्‌देश्य भी था।

मुकदमे के कानूनी नुक्तों की जाँच करना लीगल सेल का काम था। यह सेल फौजदारी के माहिर तीन वकीलों द्वारा चलाया जाता था। ऊधमसिंह सेल का संरक्षक था। उसकी योग्यता की धाक दिल्ली तक थी। वैसे उसकी फीस एक लाख रुपये थी। पर सोसायटी का काम वह मुफ्त करता था।

ऊधमसिंह ने अपने चेलों को सक्रिय किया। वे एक-एक गवाह का बयान पढ़ें। जिमनियों का अध्ययन करें। डॉक्टरी रिपोर्टों की जाँच करें। कमियाँ पकड़ें और उसे उनकी जानकारी दें।

सोसायटी की निष्काम सेवा ने कई सामाजिक सेवा संस्थाओं और समाजसेवकों को प्रेरित किया। कुछ सेवामुक्त पुलिस अधिकारी, माल अफसर, हस्ताक्षर माहिर डॉक्टर और प्राइवेट जासूसों ने भी अपनी सेवाएँ सोसायटी को अर्पित की हुई थीं। जहाँ पुलिस की पहुँच नहीं थी, वहाँ ये पहुँच जाते थे। इस सेल का नाम पैरवी सेल था।

आर्थिक सहायता के लिए कई क्लब हाजिर थे। लॉयन रोटरी क्लब ने अपनी निश्चित सहायता राशि बाँध रखी थी। भगतसिंह क्लब और नेहरू क्लब वक्त पड़ने पर बड़ी राशि लेकर हाजिर हो जाते थे।

मुंशी, टाइपिस्ट, स्टेनो, क्लर्क भी पीछे नहीं थे। अपनी-अपनी ताकत के अनुसार वे योगदान कर रहे थे।

इन इकाइयों के काम में समानता रखने के लिए एक तालमेल कमेटी थी। इसकी देख-रेख हरीशराय के पास थी।

मुकदमा सोसायटी के हाथ में आते ही नतीजे सामने आने शुरू हो गये। पंचम की जमानत अर्जी की सुनवाई से पहले ही पैरवी सेल ने अपनी रिपोर्ट पेश कर दी।

पंचम का गाँव वह नहीं था, जो पुलिस कह रही थी। न ही उसके पाँच भाई थे, न तीन बहनें। उसकी माँ का नाम भी वह न था, जो मिसल में दर्ज था। वह सीतामढ़ी का रहनेवाला था। बचपन में ही उसके माँ-बाप बाढ़ में बह गये थे। धक्के खाता वह पंजाब पहुँच गया। पाँच साल से मायानगर में रह रहा था। छोटे-छोटे जुर्म करता, वह डाके डालने लगा था। पहले भी उस पर कई मामले थे। पुलिस ने उसे बिहार से नहीं, इसी नगर से पकड़ा था। उसकी उम्र 24-25 साल थी। अपने पाले से डरती पुलिस ने मिसल में दर्ज उसकी उम्र, जन्म तिथि और गाँव की जाँच नहीं की थी। अगली पेशी में न डॉक्टर को आना था न पुलिस को रिपोर्ट पेश करनी थी। डॉक्टर ने पंकज के साथ लगकर झूठी रिपोर्ट तैयार कर ली थी। जान-बूझकर उसने डॉक्टरी रिपोर्ट के साथ एक्स-रे फिल्म प्रिण्ट नहीं लगाये थे। अब वह पेश होने से डर रहा था।

ऐसा ही हुआ। मुख्य अफसर ने अर्जी भेजी। जरूरी व्यस्तता के कारण वह बिहार नहीं जा सका। और पेशी दी जाए। डॉक्टर ने अपनी विवशता जाहिर की। उसे पटियाला के सेशन जज ने गवाही के लिए बुलाया था। इस केस को जल्दी निपटाने के आदेश कोर्ट की तरफ से बार-बार आ रहे थे। उसका पटियाला जाना जरूरी था। उसे पेशी की जरूरत थी।

सफाई पक्ष मानो जानता था।

वे अर्जी पर बहस करने से टल गये। इसके कई कारण थे। पहला कारण था कि बदले हालात में, पंचम को अठारह साल से कम उम्र का साबित करना कठिन था। दूसरा कारण, उसकी टूटी टाँग की हालत खराब होना। हड्डी जुड़ नहीं रही थी, पीप काबू नहीं हो रही थी। टाँग कभी भी काटी जा सकती थी। जेल में टाँग कटवाने का खर्चा सरकार का होना था। बाहर आकर इलाज का खर्चा पंकज को करना था, जो लाख तक जा सकता था। उसे जमानत पर रिहा करवाना महँगा पड़ सकता था। तीसरा कारण था, पण्डित की जमानत मंजूर हो चुकी थी। उससे एक लाख रुपये की जमानती लेने वाले दो व्यक्ति माँगे गये थे। यह भी शर्त थी कि दोनों जामिनी पंजाबी हों। उनकी जायदाद तहसीलदार की ओर से तसदीक हो। ऐसे जमानती पण्डित को नहीं मिल रहे थे। उसे बाहर आने के लिए पंकज की शरण में आना ही था। पण्डित ने सब शर्तें मान लीं, जो पंकज के सामने रखी थीं। फिर नयी खीर

पकाने के बजाये, पकी-पकायी क्यों न खायी जाए। पंचम को किशोर घोषित होने से रोकना सोसायटी की पहली जीत थी।

बानबे

सोसायटी का मुख्य काम मुकदमे को तेजी से चलाना था। जितने गवाह तेजी से भुगतेंगे, उतने अच्छे परिणाम सामने आएँगे।

इस नीति के अन्तर्गत सोसायटी ने अपनी गतिविधियाँ तेज कर दीं। ढीले पड़े मीडिया को फिर से तेज किया गया। मुकदमे की हर अदालती कार्रवाई की रिपोर्ट टिप्पणी सहित हर छोटे-बड़े अखबार में छपने लगी। इन रिपोर्टों का असर अफसरों पर होने लगा। सफाई पक्ष को व्यर्थ की तारीख लेने में दिक्कतें आने लगीं।

कोई साधारण मुकदमा होता तो वकील दोषियों को चालान की नकलें अधूरी होने के बहाने तारीखें ही लिये जाते। नकल पूरी करने के लिए जज सरकारी वकील को हुक्म देता। सरकारी वकील आगे गेंद मुख्य अफसर की ओर लुढ़का देता। मुख्य अफसर किसी हवलदार की ड्यूटी लगा देता। हवलदार सौ-दो-सौ जेब से खर्चने की बजाय आगे तारीख ले लेता। अगली पेशी पर नया हवलदार आता। यही दोहराई फिर चलती। सौ-दो सौ रुपये के खर्चे से बचने का कारण था पेशी पर पेशी पड़ते चले जाना। आखिर हारकर जज सफाई पक्ष के वकीलों को नकलें अपने खर्च पर तैयार करने की अपील करता। मामला लटकाने की गरज से उसका हुक्म मानने का अहसान करता। नकल माँगने की बात बीच में ही छोड़ देता।

यूँ इस केस में वही हुआ। पहली पेशी में ही जज ने सफाई पक्ष के वकीलों को घेर लिया। उतनी देर उन्हें बाहर ही बैठने दिया, जब तक मुख्य अफसर ने नकलें पूरी नहीं कर लीं।

अगली कार्रवाई मजिस्ट्रेट की ओर से चालान सेशन जज के सुपुर्द करने की थी। साधारण केस की सूरत में मजिस्ट्रेट हुक्म लिखते ही तीन पेशियाँ बिता देता। हुक्म लिखवाने में उसे मिसल पढ़नी पड़ती। चार पृष्ठों का हुक्म लिखाना पड़ता। इतनी हिम्मत बटोरने में तो जज को दो-तीन महीने लग जाते।

इस केस में यूँ नहीं हुआ। मजिस्ट्रेट को पता था, उसने ढील की तो अखबार में सुर्खी लग जाएगी। 'मजिस्ट्रेट की लापरवाही से चार मुलजिम दो महीने की फालतू कैद काटने पर मजबूर।'—इस खबर से मजिस्ट्रेट की खिंचाई हो जाती।

डरते मजिस्ट्रेट ने मुकदमा सेशन जज की ओर कर दिया। सेशन जज भी अखबार पढ़ता था। उसे पता था कि आज की कार्रवाई की रिपोर्ट अखबार में छपेगी। आगे तारीख डालने पर नुक्ताचीनी होगी। मुकदमा किस एडीशनल सेशन जज के पास भेजा जाए यह सोचने के लिए जज को तीन तारीखें भी डालने की हिम्मत न पड़ी। मुकदमा पेचदार था। पहली पेशी में यह साधूसिंह के हवाले हो गया। अपना दामन बचाकर यदि कोई जज इन्साफ कर सकता था तो केवल साधूसिंह ही था।

साधूसिंह ने जरा भी ढील न दिखायी। सफाई पक्ष को यदि दोषियों पर लगे दोषों से कोई एतराज था तो वे अगली पेशी पर बहस करें। बहस की तैयारी के लिए एक हफ्ते का समय दिया गया।

साधारण केस की स्थिति में यह बहस कई पेशियों तक लटकती। कभी सीनियर वकील कहीं व्यस्त होता, कभी वकील की किताबें उपलब्ध न होतीं। जज को भी जल्दी नहीं थी। उसकी अदालत में सात-आठ साल पुराने मामले चल रहे थे। हाईकोर्ट पुराने केसों का फैसला जल्दी करने पर जोर देता था। फैसलों के विलम्ब के बारे में अदालत सरकारी जजों से पूछती थी।

तिरानबे

अगली पेशी पर नेहा का बयान होना था। अपने बयान में नेहा आपबीती जज को सुनाएगी।

सफाई पक्ष उसे झूठा साबित करने के लिए उस पर प्रश्नों की झड़ी लगाएगी, जिसे कानूनी भाषा में जिरह कहते हैं।

जिरह में कौन-कौन से प्रश्न पूछे जा सकते थे। उनका क्या उत्तर हो। इस बारे में नेहा को सोसायटी के वकीलों की ओर से समझाया जाएगा।

''यदि आँखों देखी ही को बयान करना था तो उसमें समझने-समझाने को क्या था?''

इसके उत्तर में मामा ने नुक़्ते में भेद की बात समझायी थी।

''फौजदारी कानून दोषियों को निर्दोष मानकर चलता है। उन्हें दोषी साबित करने के लिए मुद्दई पक्ष को ठोस सबूत पेश करने पड़ते हैं। ठोस सबूतों का मतलब वे तथ्य, जिनसे दोषी सौ फीसदी मुजरिम साबित होता हो। कहानी शक वाली लगे

तो इसका लाभ दोषियों को मिलता है। शक के आधार पर उसे बरी कर दिया जाता है।''

अपनी बात स्पष्ट करने के लिए मामा ने एक और उदाहरण दिया। चार दोषियों ने एक आदमी को लाठियों से मार दिया। डॉक्टर की राय में मौत सिर पर लगी चोट से हुई थी। जिरह के दौरान गवाह ये बताने में चूक गये कि सिर में चोट किसने मारी थी। अदालत को कातिल पहचानना मुश्किल हो गया। शक के आधार पर चारों दोषी बरी हो गये। यदि ये गवाह किसी अच्छे वकील के पढ़ाये हुए होते तो झट बोल देते कि मृतक का सिर नत्थासिंह ने फाड़ा था। इतना कहनेभर से नत्थासिंह को उम्र कैद हो जाती। कानून की इस जरूरत को पूरा करने के लिए मुद्दई पक्ष को सच में झूठ मिलाना पड़ता है। कहानी को कानूनी नुक़्तों के अनुसार ढालना पड़ता है।

इसलिए नेहा को बयान समझाना जरूरी था।

बयान, ठोस सबूत, सच में झूठ की मिलावट...नेहा के कुछ पल्ले नहीं पड़ रहा था।

जब पुलिस ने तोड़-मरोड़कर लिखे नेहा के बयान उसे याद करने के लिए दिये, उसे मामा की कही बातें समझ आने लगीं।

जो घटना नेहा के परिवार के साथ घटी, वह यूँ थी—आधी रात का समय। अपने कमरे में सो रही नेहा बेसुध पड़ी थी। कमल अपने कमरे में था। मम्मी-पापा अपने बेडरूम में थे। पहले क्या हुआ, नेहा को कुछ पता न था। उसे तब पता चला जब एक युवक अचानक उसके बेड पर आ चढ़ा। कमरे की बत्ती बन्द थी। युवक के हाथ में पकड़ी टॉर्च की रोशनी नेहा की आँखों में पड़ रही थी। नाइटी पहने नेहा पर युवक बिजली की तरह टूट पड़ा। टॉर्च एक ओर फेंककर अपने हाथ से उसने नेहा का मुँह बन्द कर दिया। दूसरे हाथ से उसके कपड़े खींचकर फाड़ दिये। फिल्मों में दिखाये जानेवाले बलात्कार जैसा कुछ नहीं हुआ। नेहा को न भागने का अवसर मिला, न टेबल लैम्प या कुर्सी से बलात्कारी पर हमला करने का। जूडो-कराटे की थोड़ी-बहुत जानकारी भी बलात्कारी को अपने से दूर हटाने में काम न आयी। वह पहाड़-सा नेहा पर जमकर बैठ गया और नेहा से भीगे पंखों वाली चिड़िया की तरह फड़फड़ाने के सिवा कुछ नहीं बन पाया।

इतने में बाहर से कमल के भागे आने की आहट सुनाई दी। कमल ने कमरे में दाखिल होते ही बिजली का स्विच ऑन किया। अचानक हुई रोशनी से बलात्कारी बौखला गया। उसने नेहा को छोड़ कमल पर हमला कर दिया।

नेहा के बेड से उठकर सँभलने से पहले ही वे गुत्थमगुत्था हुए लॉबी में पहुँच गये। इसी बीच एक नकाबपोश ने चाकू के दो वार कमल के पेट पर कर दिये। कमल वहीं ढेर हो गया।

नेहा स्वयं को सँभाले या कमल को, या कातिलों का पीछा करे...उसे कुछ सूझ नहीं रहा था।

नकाबपोश वेद और नीलम को लॉबी में लाये। उनसे जेवर और नकदी की माँग करने लगे। मार-पीट से उन्हें पेटी, अलमारियों के ताले खोलने पर मजबूर करने लगे।

दौड़कर नेहा उनकी ओर हुई तो एक नकाबपोश ने उसके पेट पर चोट मारी। वह बेहोश हो गयी। फिर उसे पता ही नहीं कि क्या हुआ?

बाद में टूटी कड़ी को वेद ने जोड़ा था।—"चार नकाबपोश जाने कैसे कोठी में दाखिल हुए। एक नेहा के कमरे के सामने खड़ा हो गया, दूसरा कमल के कमरे के सामने। दो नकाबपोशों ने नीलम और वेद को जगाया। उनसे जेवर और कैश माँगा। बचाव की कोई सूरत नहीं थी। जो कुछ घर में था, उन्होंने चोरों के हवाले कर दिया। चोरों को शायद उम्मीद से कुछ कम माल मिला था। वे और माँगने लगे। न मिलने पर मारपीट करने लगे।

इसी दौरान नेहा के कमरे के आगे खड़े नकाबपोश को जाने क्या सूझी। वह नेहा के कमरे में चला गया। आगे जो हुआ नेहा को पता था।"

बिजली की कौंध-सी इस घटना के दौरान नेहा को नकाबपोशों की उम्र, हुलिया, बोली आदि का कुछ भी पता न लग सका, उसे एक ही बात याद थी वह थी बलात्कारी में से आ रही बू, उसका भार...और उसकी जकड़न...

मामा का कहना था कि नेहा की ओर से यूँ बयान किया गया सच दोषियों को सजा दिलाने के लिए काफी नहीं है। ऐसे तो कमल के कातिल की भी पहचान न हो पाएगी और न ही नीलम और वेद को चोट पहुँचानेवालों का पता चल पाएगा। न नेहा को किसी दोषी का एडरेस पता था, न हुलिया। अदालत के पास इन्साफ का तराजू था। उसके लिए दोनों पक्ष समान थे। महज शक के आधार पर बद से बद को भी सजा नहीं दी जा सकती।

इसी शक को दूर करने के लिए पुलिस ने नेहा के बयान को तोड़ा-मरोड़ा था।

जब पर्चा काटा गया, नेहा बेसुध थी। पुलिस को कार्रवाई मुकम्मल करने की जल्दी थी। जरूरत पर नेहा का बयान लिख लिया गया।

बाद में हालात बदल गये। दोषी गिरफ्तार हो गये। माल बरामद हो गया। नेहा को होश आ गया। घटना का वृत्तान्त मिल गया था।

बदले हालात के अनुसार पुलिस ने पर्चे में दर्ज बयान, असलियत और कानून की जरूरतों के अनुसार तालमेल बिठाने के लिए नये बयान गढ़ लिये थे। नेहा को जिस नये बयान को याद करने के लिए कहा गया, वह इस प्रकार था—

घटनावाली रात सारा परिवार अपने-अपने कमरों में सो रहा था। चार आदमी दीवार फाँदकर कोठी में दाखिल हो गये। आहट सुनकर नेहा की आँख खुल गयी।

आहट किसकी है...अधसोई हालत में वह जाँचने लगी। उसने देखा, दो आदमी नीलम और वेद के कमरे में उनसे सेफ और अलमारी की चाबी माँग रहे थे। वेद ने अलमारी में रखा सोना और कैश उनके हवाले कर दिया। सामान जेबों में भरकर वे और जेवर माँगने लगे। वेद ने मजबूरी जाहिर की तो वे उनके साथ मारपीट करने लगे। नीलम के सिर में रॉड मारनेवाले का नाम पण्डित और वेद की टाँगें तोड़ने वाले का नाम कालिया था। माँ-बाप को बचाने नेहा अन्दर कमरे में आयी। उसके कमरे की बत्ती जलते ही दरवाजे के आगे खड़ा एक दोषी उसके कमरे में आ घुसा। वह दीना था, जिसने चाकू दिखाकर नेहा को चुप करा दिया। जबरदस्ती उसने नेहा के साथ मुँह काला किया। छटपटाती नेहा से टेबल लैम्प मेज से नीचे गिर गया। इस आवाज से कमल जाग गया। वह नेहा के कमरे की ओर दौड़ा। उसके कमरे के आगे खड़े पंचम ने उसे दबोच लिया। नेहा के देखते-देखते उसके पेट पर चाकू मार दिये। वह वहीं ढेर हो गया। ठेकेदार नामक दोषी ने उन्हें कहा कि सामान उठाकर भाग चलो। जाते-जाते वे नेहा के पेट में तीन घूँसे भी मार गये। वह बेहोश हो गयी।

इसी दौरान दोषियों ने आपस में बातें की थीं। वे बातचीत से पूर्बिया लोग लगते थे। बातचीत के दौरान उन्होंने एक-दूसरे का नाम भी लिया। इससे नेहा ने उनके नाम, कद, हुलिये और उम्र आदि याद कर लिये थे। जिसकी जानकारी उसने बाद में पुलिस को दी थी।

इस मुख्य बयान के अलावा कुछ छोटे बयान भी लिखे गये। कहीं नेहा का थाने जाकर दोषियों से बरामद सामान की शिनाख्त का जिक्र था, कहीं घटना के समय दोषियों के पहने कपड़ों की शिनाख्त करने की बात थी।

इन बयानों में दर्ज कुछ भी नेहा के साथ ऐसा नहीं घटा था। इसीलिए बयान याद करने में उसे कठिनाई हो रही थी।

''मामाजी मुझसे इतना बड़ा झूठ नहीं बोला जाएगा।'' झुँझलायी नेहा ने मामा के सामने अपनी विवशता जतलायी।

''बोलना तो पड़ेगा बेटी! हमारे कानून की यही ट्रैजडी है। सच बोलने से दोषी छूट जाते हैं।''

दुविधाग्रस्त नेहा के पास चुप रहने के सिवा और कोई चारा नहीं बचा।

चौरानबे

लाख यत्न करने पर भी नेहा को बयान याद नहीं हो रहा था।

बयान नहीं उसे समूची घटना याद करने के लिए कहा जा रहा था। घटना के स्मरण मात्र से ही उसे कँपकँपी छूट जाती थी। दिमाग फटने लगता। सारा शरीर बदबू से भर जाता। उसे अपने वजूद और शरीर से नफरत होने लगती थी।

उसकी इज्जत लूटी गयी थी। साथ ही उसका भविष्य भी लुट गया था। नेहा का शहर छूट गया था। उसका प्रेमी उसे छोड़ गया था। अब उसके पल्ले कोई दुहाजू...चार बच्चों का बाप...कोई अपाहिज या कोई मन्दबुद्धि पड़ सकता था। कोई गरजमन्द पहले उसे चूम-चाटकर स्वीकार करेगा, बाद में बलात्कार की घटना याद दिला-दिलाकर आहत करता रहेगा।

बयान याद करते ही उसे कमल के पेट पर चाकुओं का मारा जाना याद आता। कमल की करुण चीखें उसके कान फाड़ने लगतीं। उसे स्वयं पर अफसोस होता। कमल की मौत की जिम्मेवार वह स्वयं को मानने लगती। न वह पैदा होती, न कोई उसकी इज्जत लूटता। न कमल मुकाबला करता, न उसकी हत्या होती।

अब सिवाय कमल के, पूरे परिवार का जीवन नर्क बन गया था। माँ-बाप के जीवन का उद्‌देश्य ही खत्म हो गया था। अब वेद कारोबार, भागदौड़ और कमाई किसके लिए करेगा?

अब नेहा बिन भाई के बहन थी। ऐसी लड़कियों के साथ कोई नाता नहीं जोड़ना चाहता। माँ-बाप सदा कहाँ बैठे रहेंगे? माँ-बाप के बाद बेटियों का मायके से नाता छूट जाता है। नेहा वैसे भी अब अच्छे वर-घर के काबिल नहीं रही थी। कमल की कमी उसके जख्मों पर नमक छिड़कती थी।

वेद अब चलने-फिरने तो लगा था पर उसके जोड़ों में अब चौबीस घण्टे दर्द रहता था। खाने-पीने में भी कठिनाई थी। काम-काज ठप्प था। पहले कमाया पैसा कुएँ में पड़ गया। नया कारोबार करने का उसमें उत्साह नहीं बचा था। पैसे की कमी ने पहले ही बुरा हाल कर रखा था। अब घर बैठकर सिवा खीझने के और कुछ नहीं रह गया था।

नीलम उठने-बैठने लायक हो गयी थी। दिमागी चोट के कारण उसे अब अधिक कुछ याद नहीं रहता था। कभी-कभी कमल की मौत उसे आहत करती। उसे याद करके वह पुरानी बूढ़ियों की तरह विलाप करती। नेहा के बलात्कार को याद करके वह उसे आलिंगन में लेकर रोने लगती। यूँ ही उसका सिर सहलाती...बार-बार बेटी को चूमती।

कभी बेसुध-सी कमल के देर तक घर न आने का कारण पूछती। नेहा के कालिज न जाने की वजह पूछती। कार कौन ले गया है? मोटर साइकल कहाँ है... तूने ये सादे कपड़े क्यों पहने हैं?'

ये सब पूछ-पूछकर नीलम नेहा को फूट-फूटकर रोने पर मजबूर कर देती। नीलम अब एक जिन्दा लाश की तरह थी। डॉक्टरों का कहना था कि उसकी हालत में दस-पन्द्रह प्रतिशत से अधिक सुधार की सम्भावना नहीं थी।

वैसे नीलम अच्छी दिखती थी। अपनी नित्य क्रिया खुद साध लेती थी। वह दिन-प्रतिदिन बुढ़ापे की ओर सरक रही थी। वेद की काया कमजोर हो रही थी। उससे आपा नहीं सँभल पा रहा था। नेहा के बाद इन दोनों को कौन सँभालेगा। यही सोच-सोचकर नेहा की हालत पागलों-जैसी होने लगती।

ननिहाल जाकर माहौल कुछ बदला था। नया अड़ोस-पड़ोस...नये रिश्तेदार, मामे-मामियाँ, उनके बच्चे, शाम को कोई न कोई उनके घर आकर उसे समझा जाता—"अब तुझे ही कमल की जगह लेनी है। अपने उजड़े परिवार को सँभालना है। जमाना आगे निकल चुका है। पराये मर्दों से सम्बन्ध अब पहले जितने एतराज योग्य नहीं रहे। तेरे जैसी पढ़ी-लिखी लड़की का रिश्ता लोग माँगकर ले लेंगे। तू अपने आप को सँभाल। अतीत को भूल जा।"

पर मामा नेहा को अतीत भूलने नहीं देता था। वह नेहा को घटना की हर बारीकी याद करने को विवश कर रहा था।

जब नेहा को फुर्सत मिलती, वह रामनाथ की लायब्रेरी में जा बैठती। कानून गवाहों से झूठ क्यों बुलवाता है? इस पहेली को सुलझाने के लिए पहले हुए फैसलों का अध्ययन करने लगती। ये किताबें पढ़-पढ़कर बड़ा वकील बनने के सपने बुनने लगती। कभी उसे लगता कि काला कोट पहने वह धुआँधार बहस कर रही है। कभी लगता वह धड़ाधड़ कातिलों और बलात्कारियों को सजा क़रवा रही है।

पर अपना बयान याद करती नेहा को पसीने छूटने लगते। जैसे-जैसे गवाही की तारीख निकट आ रही थी, उसकी भूख मर रही थी। मन उखड़ता जा रहा था। चादर ओढ़कर वह लेट जाती। घण्टों लेटी छत को घूरती रहती। छत पर कत्ल, लूट और बलात्कार के दृश्य उभरने लगते। ये सब देखकर उसका मन चीख-चीखकर रोना चाहता।

पेशी में अब अधिक दिन नहीं बचे थे। तब तक तो वह पागल हो जाएगी। बयान याद करती नेहा को लगने लगता।

"मामाजी, क्या बयान दिये बिना नहीं चलेगा?" वह रामनाथ के साथ अपनी झुँझलाहट साझी करती।

"बयान पढ़ते हुए मुझे टेंशन होने लगती है। मेरा मन रोने को होता है। असल

घटना याद आने लगती है। जो फालतू जोड़ा हुआ है उसका एक-एक अक्षर दोषियों के नाम उलट-पलट कर देता है। कोई इतना कुछ कैसे याद रख सकता है?"

"तेरी बात अपनी जगह सही है। पर कानून तो अन्धा और निष्ठुर है। वह यही माँग रहा है।"

"कभी ऐसे जज को चोट किसी ने नहीं मारी होगी। वरना वह ऐसी माँग क्यों करता?"

"राजधानी में काले शीशों वाली गाड़ियों में घूमते और एयरकण्डीशण्ड दफ्तरों में बैठे जजों को आम जनता के दुःखों से क्या वास्ता? उन्हें मुजरिम के मानवाधिकारों का खयाल तो रहता है, पर मुद्दई के दुःखों को ये क्या जानें?"

"आप कहते हो मैंने बलात्कार वाली बात छुपा ली है, पर मेरे बयान में इसका जिक्र है।"

नेहा को बताया गया था कि बलात्कार वाली घटना को बदनामी के डर से छुपा लिया गया है। पर नेहा के बयान में इसका जिक्र डाल दिया गया। बलात्कार दीने ने किया था। झुँझलायी नेहा मामा से स्पष्टीकरण तलब कर रही थी।

अपनी डॉक्टरी रिपोर्ट देखो...डॉक्टर ने साफ लिखा है कि लड़की पाक है। पर्चे में बलात्कार का जिक्र नहीं। बाद में पुलिस ने इसे क्यों घुसेड़ दिया?"

"मामा! फिर ये मेरा बयान किस तरह हुआ। बयान लिखने से पहले पुलिस ने मुझसे पूछा क्यों नहीं?"

"पुलिसवाले खुद बयान लिख लेते हैं। इन्हें पूछनेवाला कौन है? गवाह कचहरी में जाकर फँस जाता है। पुलिस द्वारा खुद लिखे बयान को सही मानें तो घटनाक्रम ही बदल जाता है। न मानें तो बयान संशोधित हुआ कह दिया जाता है। दोनों ओर दोषी को लाभ होता है। क्या किया जाए। पुलिस को कानून ने अन्धे अधिकार दे रखे हैं।"

"अब मुझे बताओ, मैं क्या बयान दूँ। ये और भी ऊट-पटाँग-सा लिखा है।"

महानगर में परवरिश पाने के कारण नेहा खुले विचारों की थी। स्त्री-पुरुष के रिश्तों के बारे में वह मामा के साथ खुलकर बोल सकती थी, फिर भी बयानों में दर्ज कुछ तथ्यों के बारे में बात करने में वह झिझक रही थी।

मामा भी धरती में धँसा जा रहा था। बिटिया-सी भांजी को बलात्कार की बारीकियाँ समझाते उसे शर्म आ रही थी।

नेहा का इशारा पुलिस की ओर से कब्जे में लिए उसके अण्डरवीयर पर लगे खून के धब्बे के बारे में था। और बेडशीट और दोषी के कपड़ों पर वीर्य के निशान होने के बारे में था।

"दोषी छूटता है तो छूट जाए, हम इस गवाही से मुकर जाएँगे। मैं तेरे भविष्य

को कलंकित नहीं होने दूँगा।''

नेहा का इशारा समझकर रामनाथ उसे सान्त्वना देने लगता।

बाद में पुलिस दोषियों की ओर हो गयी। कौन-सा किसी ने कुछ हमसे पूछकर लिखा है? जो जी आया लिख लिया।

''अब मैं सच बोलूँ कि झूठ?''

''मैं क्या बताऊँ! कानून हमें न सच बोलने देता है, न झूठ। सच बोलेंगे तो तथ्य कानून की गढ़ी-गढ़ायी परिभाषा में फिट नहीं बैठते। दोषी बरी हो जाएँगे। एक झूठ बोला तो उसे छिपाने के लिए सौ और झूठ बोलने पड़ेंगे। झूठ पकड़ा जाएगा। हमारी कहानी शकी कहलाएगी। फायदा फिर दोषियों को होगा।''

''मतलब कि दोषियों को सजा किसी तरह भी नहीं होगी?''

''होगी क्यों नहीं। हम कराकर रहेंगे। हम सच और झूठ का ऐसा मसाला बनाएँगे कि सच में से झूठ पकड़ना मुश्किल हो जाएगा। तू अभी केवल अपना बयान याद कर। फिर मैं तुझे जिरह समझाऊँगा। फिर तुझे ऊधमसिंह जिरह समझाएँगे। वे काफी तुजर्बेकार हैं, उसके बाद सफाई पक्ष के वकील तुझे एक प्रश्न में भी उलझा नहीं पाएँगे।''

रामनाथ नेहा का मनोबल ऊँचा करने का यत्न करने लगा। ''गवाह अपना बयान आप दे। दोषी की ओर से सवाल उसका वकील पूछे। ये बहुत अन्याय है। नाबराबरी है। मुद्दई से सवाल दोषी पूछे या मुद्दई की ओर से जवाब उसका वकील दे। फिर तो बात बने।''

सफाई पक्ष की ओर से बलात्कार की पीड़ित लड़की से कैसे-कैसे प्रश्न पूछे जाते हैं। उसके कुछ नमूने नेहा को मामा की मिसलों में से मिले थे, ऐसे घिनौने प्रश्नों का उत्तर वह क्या देगी, यही सोचकर नेहा घबरा रही थी। इस घबराहट का उत्तर मामा के पास भी घिसा-पिटा था—''कानून दोषियों के हक में चलता है।''

''फिर ऐसे कानून को बदल क्यों नहीं दिया जाता?''

''बदले कौन? बदलनेवाले खुद मुजरिम हैं। यही खामियाँ तो उन्हें रास आती हैं। लोगों से अधिक उन्हें अपनी चिन्ता है।''

नेहा चुप रही। आगे उसके पास न कुछ पूछने को बचा था और न रामनाथ के पास कुछ बताने को।

पंचानबे

नेहा का बयान शुक्रवार को होना था। घर बैठी वह अपने बयान याद कर रही थी। जिरह में होने वाले प्रश्नोत्तर के बीच तालमेल बैठा रही थी।

इतवार को उसे मायानगरी बुलाया गया। सोसायटी के वकीलों की ओर से उसकी तैयारी का जायजा लिया जाना था। कमी-बेशी को दूर किया जाना था।

रामनाथ इन दिनों अपने किसी केस में उलझा हुआ था। यह बलात्कार का केस था। कुछ दिनों से वह गवाहों के बयानों और कानून की किताबों में उलझा हुआ था। लगता था उससे बहस तैयार नहीं हो रही थी।

नेहा को ऐसा मुकदमा पढ़ना अच्छा लगता था। मामा को केस में डूबा देख, वह तथ्य जानने को उतावली हो उठी।

एक रात उसने मिसल पढ़नी शुरू कर दी।

"खेतों में घास-फूस उठाने गयी शिन्दो के साथ हरबंस ने जबरी मुँह काला किया था। लड़की छोटी जाति से थी, और लड़का जमींदारों का। गाँव में घटित यह पहली घटना नहीं थी। ऐसे होता ही था। जमीनों की तरह कम्मियों की बहू-बेटियों को भी जमींदार अपनी मिलकियत समझते रहे हैं। जब चाहते, उन्हें उपभोग कर लेते थे।

पहले लड़कों की झाड़-ताड़ से मामले को, गाँव में ही निबटा लिया जाता था। इस बारे में सरपंच से लेकर पुलिस तक ने मामला रफा-दफा करने का यत्न किया। माफी के साथ-साथ मुआवजे की भी पेशकश हुई। पर गाँव में नयी बनी खेत मजदूर सभा ने एक न चलने दी।

जलसे-जलूसों से डरती पुलिस को पर्चा दाखिल करना पड़ा। झुँझलायी पुलिस ने दोषी की मदद करनी शुरू कर दी। कुँवारी लड़की को उन्होंने पेशेवर औरत बना दिया। डॉक्टर ने पुलिस की कार्रवाई पर मुहर लगा दी। उसने लड़की को सम्भोग करने की आदी बता दिया।

रामनाथ हरबंस का वकील था। उसने जिरह के समय शिन्दों से जो सवाल पूछे, वे बलात्कार से अधिक शर्मनाक और दर्दनाक थे।

प्रश्नोत्तर पढ़ती नेहा को लगा जैसे वह अदालत में खड़ी हो और उससे जिरह हो रही हो।

नेहा को अपने मामा पर गुस्सा आया कि अपनी बेटी जैसी शिन्दो को उसने भरी अदालत में नंगा किया था। यह कोई पूछनेवाली बात थी कि उसने सबसे पहले किसके साथ सम्भोग किया था? डॉक्टर का कहना था कि उसका शील भंग बहुत

पहले हो चुका था। मामा ने पूछा था कि उसने यह शील भंग सबसे पहले किससे करवाया? दोषी ने शिन्दो को निर्वस्त्र कैसे किया? खींचातानी में कपड़े क्यों नहीं फटे? सलवार का नाड़ा टूटा या नहीं? बिना नाड़ा के उसने सलवार कैसे पहनी? उसका अण्डरवीयर किसने उतारा? उसके ब्रेजर की हूक टूटी या नहीं? उसे जमीन पर लिटाया गया या खाट पर? खाट पर कोई चादर बिछी थी या नहीं? शरीर पर निशान क्यों नहीं पड़े? शिन्दो ने हरबंस के मुँह पर झरीटें क्यों न मारीं? सम्भोग क्रिया कितनी देर चली? कपड़े पहले किसने पहने? अण्डरवीयर पर खून क्यों न लगा? दोषी ने उसे चूमा-चाटा तो शिन्दो ने उसे दाँत क्यों न मारे? छातियाँ दबायी गयीं? शिन्दो चुपचाप सब क्यों बर्दाश्त करती रही?

फिर मामा ने शिन्दो पर आरोप लगाये। शिन्दो के अपने मोहल्ले में 'धीरे' के साथ सम्बन्ध थे। हरबंस ने शिन्दो को कई बार उसके साथ मुँह काला करते हुए रँगे हाथों पकड़ा था। इसी कारण उसे हरबंस से चिढ़ थी।

जवाब देती शिन्दो का क्या हाल हुआ होगा? नेहा यह महसूस कर सकती थी। शिन्दो से एक वकील ने सवाल पूछे थे। नेहा से पाँच वकील सवाल पूछेंगे। मायानगरी के चुस्त वकील नेहा की कई गुणा दुर्गति करेंगे। शिन्दो वाली मिसल पढ़ने के बाद नेहा को अदालत एक कौरव सभा मालूम पड़ने लगी। वह अपने होनेवाले चीरहरण से आतंकित होने लगी।

''मामाजी, आपने मुझे कभी इस तरह के प्रश्न तो बताये ही नहीं कि मुझसे ये सब भी पूछा जाएगा और न ही आपने इनके उत्तरों की कभी मुझसे चर्चा की।''

मिसल में आये ऊटपटाँग प्रश्नों से घबरायी नेहा ने मामा को जा घेरा। शर्म और ग्लानि की दशा में मामा के चेहरे पर से पसीना टपकने लगा। उसे ख्वाब में भी खयाल न था कि नेहा शिन्दो वाली फाइल भी पढ़ लेगी। रामनाथ की ओर से की गयी बहस पर चिन्ता करेगी।

रामनाथ को अपने आपसे और अपने व्यवसाय से घृणा होने लगी। कानून का अध्ययन करते उन्हें सिखाया गया था कि उनका काम किसी पार्टी का पक्ष लेना न होकर सच्चाई को उजागर करना था, वास्तव में सबकुछ विपरीत हो रहा था। वकील का एक ही काम था कि किसी भी तरह अपने पक्ष को बचाया जाए। मुकदमा जीतने के लिए सच्चाई को छिपाया ही नहीं, उसे तोड़-मरोड़कर अपने हक में भी बनाया जा रहा था।

अपने आप पर पीड़ा ढोकर रामनाथ को मालूम हुआ कि मुद्दई पक्ष की पीड़ा क्या होती है? बहस की तैयारी करते समय उसे शिन्दो में दो नेहा नजर आने लगीं, बलात्कारी हरबंश को निर्दोष साबित करते रामनाथ को उसकी अन्तरात्मा लानतें भेजने लगी। उसकी ओर से चलती कानूनी चालों से हरबंस बरी हो जाएगा। सब

कुछ लुटा चुकी शिन्दो और नेहा जैसी अबलाओं के हिस्से इन्साफ की जगह उम्रभर का रोना और आहें ही आनी थीं।

रामनाथ हरबंस के हक में बहस करे या मिसल वापिस उसे थमा दे? कुछ दिनों से रामनाथ पसोपेश में जूझ रहा था।

रामनाथ के एक मुकदमा छोड़ देने से समस्या हल होनेवाली नहीं थी। उसकी जगह कोई और वकील हरबंस को बचा लेगा। उसे बरी करा देगा। पर कभी तो किसी को इन्साफ के पक्ष में होने की पहल करनी ही होगी। यह सोचकर वह इस झूठ के पुलिन्दे को ठुकरा देना चाहता था।

इसी मानसिक दुविधा में उससे बहस तैयार नहीं हो पा रही थी। नेहा के प्रश्न ने उसके आन्तरिक ज्वार-भाटे को और उछाल दिया।

कभी दुश्शासन बनकर रामनाथ ने शिन्दो के चीरहरण का मजा लिया था। अब वही काम कोई और वकील उसकी बेटी नेहा के साथ करेगा। भीष्म पितामह की तरह मजबूर रामनाथ की आत्मा छटपटाकर रह गयी।

"मैं तुझे क्या समझाता। मैं तो खुद शर्म में डूबा जा रहा था। हम सब वकील तेरे जैसी कितनी ही शिन्दो और नेहा जैसियों के गुनहगार हैं। बेटी मुझे माफ कर दो।"

कहते हुए रामनाथ बच्चों की तरह रोने लगा। आँखों से बह रहे आँसू उसके मन की मलिनता को धोने लगे।

छियानबे

शहर में आकर वेद का परिवार कुछ सँभलने लगा।

नीलम की पीड़ा घर के काम भुला देती। वेद ने कुछ मित्र बना लिये थे। उनके पास बैठ अपना दुःख साझा करने लगा। नेहा मामा-मामियों और उनके बच्चों के साथ लगी रहती। कभी कानून की किताबें पढ़ती, कानून की कलाबाजियाँ समझती। अपने मन की कटुता से कुछ राहत पाने लगी।

रामनाथ को लगा इस सबके बीच हालात जल्द ही सामान्य हो जाएँगे।

गवाही की तैयारी करते नेहा उखड़ने लगी थी। रामनाथ उसकी बेचैनी का कारण समझता था। यादों के ताजा होने से उसके मन की शान्त सतह विचलित हो रही थी।

रामनाथ का पूरा जोर था कि किसी भी तरह इस बार नेहा का बयान हो जाए, ताकि अतीत के गठबन्धन से छुटकारा हो सके। वह भविष्य के साथ संघर्ष करने योग्य हो सके।

पर सब कुछ इन्सान की मर्जी का थोड़े ही हो जाता है। शनिवार को मायानगरी से सन्देश आ गया, इतवार को आने की जरूरत नहीं।

पिछली बार सरकारी वकील से गलती हो गयी थी, मुकदमे को उसने गहराई से नहीं बाँचा था। साधारण केसों की तरह परचा दाखिल करवानेवाले गवाह को पहले बुला लिया गया। इस मुकदमे के हालात दूसरी तरह के थे। पंकज और नीरज वारदात में सीधे क्रियाशील न थे। उन पर तो साजिश रचकर जुर्म करवाने का दोष था। नेहा को इस साजिश का कुछ पता न था। मिसल के अनुसार साजिश पंकज के मुनीम की मौजूदगी में गढ़ी गयी थी। सो पंकज, नीरज का जुर्म साबित करने के लिए पहले मुनीम की गवाही होनी चाहिए थी। गेटकीपर ने ठेकेदार को फैक्टरी में आते देखा था। उसके फैक्टरी में जाने की ऐण्टरी गेटकीपर के रजिस्टर में थी। रजिस्टर पर ठेकेदार के हस्ताक्षर भी थे। ठेकेदार की पंकज से हुई मुलाकात गेटकीपर को सिद्ध करनी थी। फैक्टरी में से वारदात करने के लिए ठेकेदार को दो बैग और लोहे के रॉड दिये गये थे। इसकी ऐण्टरी भी स्टोरकीपर ने रजिस्टर में की थी। ये रॉड और बैग मौका-ए-वारदात से बरामद हुए थे। ये सबूत स्टोरकीपर को देने थे। ठेकेदार ने घटना वाले दिन और इससे कुछ दिन पहले दोनो भाइयों से मोबाइल फोन पर बात भी की थी। ये बातचीत घटना को अंजाम देने सम्बन्धी हुई। मोबाइल फोन कम्पनी के मुलाजिम की गवाही, नेहा के बयान से पहले होनी चाहिए थी।

सरकारी वकील की इस गलती के कारण अगली पेशी पर कोई कार्रवाई नहीं हो सकेगी। पहले साजिश साबित करनेवाले गवाहों को बुलाया जाएगा। फिर पंकज-नीरज मुलजिम बनते हैं कि नहीं, इस मुद्‌दे पर बहस होगी। यदि जज मुद्‌दई पक्ष से सहमत हुआ तो पंकज-नीरज को अदालत में पेश होने का हुक्म होगा। वे लोग हाईकोर्ट में अपील करेंगे। पता नहीं कितने साल मुकदमा हाईकोर्ट में लटका रहेगा।

फिर कहीं नेहा के गवाही देने की बारी आएगी। उस समय तक नेहा सारी गवाही भूल चुकी होगी। अभी उसके मन पर बोझ डालने का कोई लाभ नहीं था।

प्रधान के इस सन्देश से रामनाथ को सरकारी वकील की बजाय खुद पर अधिक गिला हुआ। सरकारी वकील सरकारी मुलाजिम था। गलतियाँ करने का उसका अधिकार था। उसकी पगार पर इन गलतियों का कोई असर नहीं था। पर रामनाथ ने कोताही क्यों की? यदि उसने पहले ही ध्यान से मिसल पढ़कर गलती पकड़ ली होती तो नेहा को इस फालतू की पीड़ा से बचाया जा सकता था। हो गया, सो हुआ। फिर ऐसी गलती न हो, इस गर्ज से रामनाथ ने मिसल का एक-एक अक्षर ध्यान से

पढ़ा। हरेक भला-बुरा नुक्ता जाँचा-विचारा।

मिसल पढ़कर रामनाथ का दिल धक से रह गया। सारी मिसल कमजोरियों के साथ भरी हुई थी। वेद, नीलम, नेहा के सिवा सारे गवाह पंकज-नीरज से पूछकर रखे गये थे। गेटकीपर, स्टोरकीपर, मुनीम, पंकज के टुकड़ों पर पलनेवाले मुलाजिम भला उनके विरुद्ध कैसे मुँह खोलेंगे?

इनकी गवाही के बिना मिसल पर पंकज, नीरज के विरुद्ध कोई सबूत नहीं आ सकता था, जिसके आधार पर उन्हें मुजरिम करार दिया जा सके।

रामनाथ को लगने लगा कि उसके विरुद्ध गहरी साजिश हुई है। दोनों भाई पक्के तौर पर मुकदमे में से निकल चुके थे।

रामनाथ को अपनी कंजूसी और कोताही पर पछतावा होने लगा। औरों को वह सरकारी वकील को मिलकर खामियाँ दूर करवाने की सलाह देता था। खुद ही इस ओर से आलस कर गया।

यदि वह पुलिस की बात मानकर सरकारी वकील से मिला होता तो मुकदमे का यह हाल न होता।

वैसे यह कोई साधारण मुकदमा न था। मामला पुलिस प्रमुख तक विचारा जा चुका था। कई अफसरों की मिसल पर टिप्पणी आ चुकी थी। मिसल में फेरबदल करना सरकारी वकील के वश में नहीं था। और न ही थानेदार के। पैसे खर्च के भी वही होना था जो हुआ पड़ा था। अपने पक्ष में तर्क गढ़कर रामनाथ ने अपने प्रति अपनी ग्लानि को मन से दूर किया।

स्टोरकीपर और गेटकीपर मुकदमे के अहम गवाह थे। उनकी जगह किसी दूसरे को नहीं लाया जा सकता था। मुनीम की जगह कोई और गवाह खड़ा किया जा सकता था। वह गवाह मायानगर का होना चाहिए था। रामनाथ का मायानगर की चिड़िया तक से परिचय न था। यदि पुलिस सम्मन की बात मानकर मुनीम की जगह कोई दूसरा गवाह तलब करती, तो रामनाथ शहर के रईसों के खिलाफ गवाही दे सकनेवाला कहाँ से ढूँढ़ता। उस गवाह की आँखें भी पैसे की चमक से चुँधिया जाएँगी। अदालत में आकर वह वही कहेगा, जो अब मुनीम कहेगा।

मुनीम के सामने साजिश नहीं हुई थी। मुनीम को बिना बताये, पुलिस ने उसका बयान दर्ज कर लिया था। उसे झूठ बोलने पर मजबूर नहीं किया जा सकता था। परन्तु जो गवाह सच्चे थे उनसे तो सच कहलवाया जा सकता था। रामनाथ को लगता था कि न स्टोरकीपर को सच बोलना है, न गेटकीपर को।

इन गवाहों से सच कैसे उगलवाया जाए। रामनाथ से यही उलझन सुलझ नहीं रही थी।

पेशी डलवाकर रामनाथ प्रधान की ओर हो लिया। ''यही रोना है। जज डींगें

हाँकते हैं कि हम दूध और पानी का सही निर्णय करते हैं। पर असलियत क्या है—मुकदमे की सारी बागडोर तो गवाहों के हाथ में है। वे कह दें कि जुर्म उनके सामने हुआ तो दोषी को सजा। वे सामने हो रहे जुर्म से आँखें मूँद लें—तो मुलजिम बरी। गवाह की लगाम किसी के हाथ में नहीं है। उसके सच या झूठ बोलने पर कोई जोर नहीं, किसी तरह पड़ताल नहीं।

प्रधान रामनाथ से सहमत था। गवाह कुछ भी कह सकते थे। मुद्‌दई पक्ष को नुकसान पहुँचा सकते थे।

''पर कसूर गवाहों का नहीं, इस ढाँचे का है। विज्ञान चाँद की छाती पर पैर रखकर मंगल तक जा पहुँचा है। लेकिन भारतीय कानून अठारह सौ बहत्तर के कानून से पीछा नहीं छुड़ा सका कि हर जुर्म को साबित करने को चश्मदीद गवाह जरूरी है। वैज्ञानिक युक्तियों के कारण चश्मदीद गवाह को तो मुजरिम पास फटकने नहीं देते। बन्द अन्धे कमरों में हुई साजिशों के चश्मदीद गवाह कहाँ से आएँगे। कानून की खानापूर्ति के लिए झूठे गवाह खड़े किये जाएँगे। झूठ-बेपेंदे का लोटा...सन्दिग्ध सारी कहानी लगेगी। सन्देह का लाभ मुजरिम के हक में जाएगा। मुद्‌दई देखता रह जाएगा। इसी अन्याय के खिलाफ तो हमारी जंग है।''

प्रधान अकेले रामनाथ की नहीं, समूची समस्या के हल के लिए जूझ रहा था।

''कानून जाने कब अपनी चाल बदलेगा। हमें अपनी समस्या को आज सुलझाना है।''

रामनाथ को प्रधान की स्वप्नमयी बातों में अधिक रुचि नहीं थी। उसे अपनी चिन्ता खा रही थी। ''यदि हम इस ढाँचे को आमूल-चूल बदलने का यत्न करेंगे तो एक दिन अवश्य यह बदलेगा। पहले आवाज एक मुकदमे में उठेगी, देखादेखी फिर सबमें वही स्वर गूँजेगा। फिर यही स्वर कचहरी से निकलकर सड़कों पर आ जाएगा। फिर कहीं सरकार के कानों पर जूँ सरकेगी। तख्त डोलेंगे। फिर कहीं नये कानून बनेंगे।''

''हम तब तक इन्तजार नहीं कर सकते, अपनी पेशी में महज एक महीने का समय है। हमें अभी कोई न कोई इन्तजाम करना होगा।''

रामनाथ ने प्रधान को फिर इस मुकदमे की ओर मोड़ा।

''आप घबराओ नहीं। हम इस मुकदमे के एक-एक गवाह को मिलकर उसकी आत्मा को झँझोड़ेंगे। अदालतों में शपथ महज रस्म होती है। हम खुद धर्म-ग्रन्थ लेकर गवाहों के घरों तक जाएँगे। उन पर हाथ रखवाकर सच बोलने की शपथ करवाएँगे, मुझे यकीन है हमें सफलता अवश्य मिलेगी।''

''यदि पैसे ने धार्मिक भावना को दबा लिया तो...?''

''फिर वैज्ञानिक ढंग अपनाएँगे। स्टोरकीपर और गेटकीपर के हस्ताक्षरों के नमूने

हमें सैकड़ों मिल जाएँगे। उनका मिलान रजिस्टरों के साथ कराएँगे। ठेकेदार के हस्ताक्षर मिसल पर करवाएँगे। जब माहिर उन लिखतों का मिलान सच करार देंगे फिर गवाह भला कैसे मुकर पाएँगे।''

''अदालत हमें माहिर बुलाने की इजाजत नहीं देगी। जब लिखनेवाले खुद मौजूद होंगे, तो दूसरे दर्जे की गवाही की इजाजत कौन देगा?''

''इजाजत हम लेके रहेंगे। नहीं मिलेगी तो संघर्ष करेंगे।''

''मुनीम का क्या होगा?''

''उसे हम नहीं छेड़ेंगे, उसे सच बोलने की छूट होगी। आप अपने स्तर पर गवाहों को मिलो। उन्हें सच बोलने की प्रेरणा दो। शायद ऐसे ही कुछ हाथ लग जाए।''

''मैं कोशिश कर चुका हूँ। उनकी फैक्टरी किले जैसी है। मालिकों की इजाजत के बिना वहाँ परिन्दा भी पर नहीं मार सकता। मेरा गवाहों से मिल पाना असम्भव है।''

''हमें हिम्मत नहीं हारनी है। यत्नशील रहना हमारा फर्ज है। फैक्टरी में जाने के बजाय उनके घर जाओ। उनके रिश्तेदारों के माध्यम से उन्हें मिलो। आप अपने यत्न करो। सोसायटी अपने यत्न करेगी। उम्मीद है कोई हल जरूर निकलेगा।''

''जैसे आपकी मर्जी।''

''आप कल आकर रीडर से सम्मन तैयार करवा लो। मैं कप्तान साहिब को कह कर मुख्य अफसर पर जोर डलवाऊँगा। गवाहों के बयान जिस जाँचकर्ता ने लिखे हैं वह उससे सच बुलवाए। मुलजिमों के प्रेशर से गवाहों को बचाए।''

प्रधान से विचार-विमर्श करके रामनाथ को राहत महसूस हुई।

उसे लगा कुछ न कुछ उनके पक्ष में जरूर होगा।

सत्तानबे

खाया हुआ नमक पुलिस इतनी जल्दी हराम कर देगी...पंकज ने नहीं सोचा था।

पहले मुकदमे के बारे में जरा-सी भी हलचल होती तो उसे किसी न किसी से उसकी जानकारी पहुँचा दी जाती थी। मुंशी की कोशिश होती कि सबसे पहले वह सूचना देकर इनाम का हकदार बने। रीडर उससे अधिक उतावला होता, मुख्य अधिकारी भी पीछे न रहता। एक-दो बार तो कप्तान ने खुद उसे मँडरा रहे खतरे

से अवगत किया।

इस बार सारी कार्रवाई गुपचुप हुई थी। अगली तारीख में महीना बाकी था। पंकज ने सोचा था गवाहों के सम्मन दो-चार दिन पहले आएँगे। पहले इसी तरह होता था। सम्मन लानेवाला सिपाही सीधा उनकी फैक्टरी में पहुँचता। सौ-दो सौ लेकर उनकी मर्जी पूछता। उसके अनुसार जिस गवाह के सम्मन तामील करवाने को कहे जाते, केवल वही होते। शेष आने-बहाने वापस कर दिये जाते थे।

वकीलों ने पंकज को सलाह दे रखी थी कि पेशी से सप्ताह भर पहले गवाहों को गाँव भेज दिया जाए। मुनीम की तामील करवा दी जाए। उसकी गवाही जबानी थी। उसे इस पेशी पर मुकर जाने को कहा जाए। बाकी गवाहों को रिकार्ड के मुताबिक गवाही देनी थी। उन्हें मुकराना मुश्किल था। सोच-विचार कर किसी और पेशी पर उन्हें भुगता लिया जाएगा। सब योजनाएँ धरी-धराई रह गयीं।

पेशी से अगले दिन पुलिस ने चारों गवाहों के सम्मन करवा लिये। तामील करवाने मुख्य अफसर खुद गया। पूरे परिवार के सामने उसने गवाहों को फटकार लगायी।

''सच बोलना है—जो किसी भी लालच में झूठ बोले, तो नतीजे बुरे होंगे। गवाही देने जरूर जाना। न आए तो गिरफ्तारी वारण्ट निकलेंगे। कुछ दिन जेल भी होगी।''

मुख्य अधिकारी की इस धमकी का गवाहों पर असर हुआ। वे डरे बैठे थे। पंकज ने लाख समझाया कि ये महज बन्दरघुड़की थी। पर उनके मन से डर नहीं गया।

मुख्य अधिकारी ने सोच-समझकर धमकी दी। इस बारे में कोई कानूनी दाँव-पेच नहीं चल सकता था।

हैरानी की बात और थी कि सच्चे गवाहों का झूठ बोलने से डरना जायज था, पर मुनीम पर किसी ने कोई पाबन्दी नहीं लगायी। सबको पता था कि उसके सामने किसी ने कोई साजिश नहीं गढ़ी। वह सच बोलने से टल रहा था।

गवाह मिसल मुताबिक गवाही दे जाए तो पंकज का तो भट्ठा ही बैठ जाएगा।

पंकज ने मुख्य अधिकारी से इस शाप का कारण पूछा। उसने गेंद कप्तान के पाले में सरका दी। हुक्म मुख्यमन्त्री का था, पर आया था पुलिस मुखिया के माध्यम से।

पुलिस मुखिया तक पंकज की सीधी पहुँच नहीं थी। उसने बघेलसिंह से बात की।

अब उनसे क्या गुस्ताखी हो गयी। वादे के अनुसार पूरी रकम विधायक के पास पहुँच चुकी थी। अब मुख्यमन्त्री नाराज क्यों था? कोई नयी बेगार हो तो वह उसके लिए भी तैयार था। उन्हें फिर कुएँ में क्यों धकेला जा रहा था।

बघेलसिंह ने कसम खाकर कहा कि उसे इस पूरी कार्रवाई की कोई जानकारी नहीं। वह तो कब से इस मुकदमे से नाता तोड़ चुका था। मुख्यमन्त्री की तरफ से कोई इशारा हुआ हो तो वह पूछकर बता देगा।

बघेलसिंह ने बताया कि मुख्यमन्त्री की ओर से कोई इशारा नहीं था। स्थानीय पुलिस, सोसायटी के डर से ये सब कर रही थी। अफसर जाँच के दौरान बड़ी गलतियाँ कर बैठे थे। उन्हें अपना पाला मार रहा था। वे डर के मारे प्रधान के इशारों पर नाच रहे थे।

यह अदालत का मामला था। इसमें मुख्यमन्त्री दखल नहीं दे सकता था। चुनाव सिर पर थे। वह सोसायटी की नाराजगी से मीडिया को अपने विरुद्ध आग उगलने का मौका नहीं देना चाहते थे।

पंकज ने फिर वकीलों से सलाह की। उन्हें खतरे की घण्टी साफ सुनाई दी। सब से अहम गवाह मुनीम था। पुलिस ने उसे भी सच बोलने के लिए कहा था। सच से टलकर वह शरारत कर रहा था। कानून के किसी भेदी ने उसकी गवाही की अहमियत समझा दी थी। वह सच बोलने का मोल माँग रहा था। उसकी नब्ज को जानो। उचित लेना-देना करके उसका मुँह बन्द करो।

स्टोरकीपर और गेटकीपर डरे हुए थे। इसे ध्यान में रखा जाए। रजिस्टरों में एण्टरी उनके हाथों से हुई थी। ये उनसे मनवा लिया जाए, जो लेख से मुकर जाए तो अदालत लेख माहिरों से जाँच करवाएगी। माहिरों को लिखत उनकी कलम से होना मानना ही पड़ेगा। इससे माहिरों की गवाही महत्त्वपूर्ण हो जाएगी। ये गवाहों और मुलजिमों के लिए खतरनाक था।

पंकज के बचाव के लिए गवाहों से स्पष्टीकरण लिया जाए। ये एण्टरियाँ पुलिस ने उन्हें डराकर थाने में बैठाकर करवायी थीं। न वे किसी ठेकेदार को जानते थे और न ही वह कभी उनकी फैक्टरी में आया था। ऐसे बयानों से साँप भी मर जाता और लाठी भी बच जाती। मुनीम की घुण्डी खोली जाए, जब तक पूरी तसल्ली न हो, उसे अदालत में पेश होने से रोका जाए।

सारे गवाह पाँच-छः साल से उनके पास नौकर थे। उन्हें मालिक के नमक की शर्म थी। उनके विरुद्ध गवाही देने की उनमें जुरअत न थी।

परन्तु गवाही के वक्त पंकज अदालत में नहीं रहेगा। यह कानूनी दिक्कत उनके विरुद्ध थी।

बहरहाल पंकज और नीरज दोषी नहीं थे। इसलिए वे अदालती कार्रवाई में हिस्सा नहीं ले सकते थे। गवाह उनके विरुद्ध उनकी गैर-मौजूदगी में भुगतने थे।

साधूसिंह कायदा-कानून जानता है। वह कानून का सख्ती से पालन करेगा। इन गवाहों की गवाही पंकज या फिर ठेकेदार के विरुद्ध थी। बाकी वकीलों को इन

गवाहों के बयानों पर जिरह नहीं करने देनी थी। ठेकेदार का वकील अनजान था। उससे पंकज तो क्या, ठेकेदार का पक्ष भी नहीं निभना था।

इस बाधा के दो हल थे। ठेकेदार के लिए अच्छा वकील कराया जाए। पर ठेकेदार सहमत नहीं था। वह पंकज पर यकीन नहीं करता था। वे उसे फँसाकर आप निकल चुके थे। अब उसे अपने वकील पर ही यकीन था।

दूसरा रास्ता था कि ठेकेदार के वकील की तैयारी करवा दी जाए, यही किया गया।

पेशी वाले दिन चारों में से तीन गवाह पेश किये गये। उन पर सोसायटी वालों ने जाने क्या जादू कर दिया कि अदालत जाते ही उनकी याददाश्त कमजोर होने लगी। पंकज का समझाया एक नुक्ता भी उन्हें याद न रहा।

गीता की कसम लेते ही उनकी टाँगें काँपने लगीं। वे झूठ बोलना भूल गये।

सरकारी वकील ने दो-तीन प्रश्न ही किये। क्या तुम ठेकेदार को पहचानते हो? क्या वह कभी तुम्हारी फैक्टरी में आया है? क्या तुमने उसके आने को रजिस्टर में दर्ज किया? वह फैक्टरी से क्या-क्या लेकर गया? उसका जिक्र कहीं स्टोर रजिस्टर में हुआ?

गवाह भैंसे की तरह हाँ में सिर हिलाते रहे। ठेकेदार के वकील को जज ने ज्यादा जिरह की इजाजत नहीं दी। इन्हें फिर एक बार गवाही देने आना था। फिर उसे उनसे खुली जिरह का समय मिलेगा।

मुनीम का लड़का उसकी जगह आया। वह बीमार था। दस्त-मरोड़ों की तकलीफ से पीड़ित होने का मेडीकल सर्टीफिकेट लाया था।

मुनीम की चालाकी से साधूसिंह का पारा और चढ़ गया, ''परसों मुनीम को पेश करो, नहीं तो उसे सचमुच के मरोड़ लग जाएँगे जेल जाकर।''

साधूसिंह ने लड़के को धमकाया और साथ ही डॉक्टर को नोटिस जारी किया कि मुनीम की बीमारी का रिकार्ड लेकर वह खुद हाजिर हो।

अट्ठानबे

तीन दिन की पेशी। जज का तेजी से मुकदमा चलाना पंकज के लिए चिन्ता का विषय हो गया।

उन्होंने तो अखबारों में पढ़ा था कि फौजदारी केस सालों तक चलते हैं, तीन साल की सजा वाले जुर्मों में दोषियों को बारह-बारह साल जेल में बीत जाते हैं।

उनके मुकदमों की सुनवाई इतने पर भी पूरी नहीं होती थी। ऊँची अदालतें छोटी अदालतों को डाँटती रहतीं कि मुकदमा जल्दी निपटाओ। मुकदमे फिर भी लटकते रहते हैं।

यहाँ उलटा हो रहा था। मुलजिम लटकाना चाहते थे, जज जल्दी निपटाना चाहता था।

पूरा जोर लगाने पर भी पहले दो गवाह उनकी मर्जी से उलट भुगते थे। मुनीम अन्दर जाकर क्या कहेगा, महीनेभर की सिरखपाई पर भी वे उसका भेद न पा सके थे।

पंकज के गुप्तचर मुनीम पर नजर रखे हुए थे। उन्होंने उसे खबर दी कि अभी तक सोसायटी वालों ने उससे सम्पर्क नहीं किया।

एक अहम गवाह से मुद्दई पक्ष ने सम्पर्क न किया हो, पंकज यह मानने को तैयार न था। न ही उसका वकील उसे मान रहा था। सबको शक था कि मुद्दई ने मुनीम से कोई गुप्त समझौता किया था। इसीलिए खामोश था। पंकज के साथ इसीलिए वह कोई वादा करने को तैयार नहीं था।

पंकज के वकीलों ने उसे सलाह दी कि गवाही होने तक उसे प्यार से अपने पक्ष में रखा जाए। उसका हर नाज़-नखरा बरदाश्त किया जाए।

पंकज पहले ही होशियारी कर रहा था। जिस दिन से पुलिस ने उसे गवाह रखा था, तभी से उसकी सेवा जँवाई राजा जैसी हो रही थी। मुनीम को भी अपने विशेष दर्जे का अहसास हो गया था। अपने लटके काम करवाने का यही मौका था।

काफी देर से वह अपने दामाद के लिए किश्तों पर एक प्लॉट माँग रहा था। पंकज से, वह किश्त-ब्याज की राशि से कम देना चाहता था। पंकज अब तक उसे टालता रहा था। पर अब जैसे ही उसने अपनी माँग दोहरायी, पंकज ना नहीं कर सका।

किश्तें पूरी होने से पहले ही उसने उसे रजिस्ट्री करा दी।

"तेरा दामाद हमारा भी तो कुछ है ना। उसे बोल कि बाकी रकम के दो कमरे बना ले। रहने लायक जगह हो जाएगी।" पचास हजार की छूट देते पंकज ने मुनीम को सलाह दी थी। पंकज के साले के ससुराल की साइकल बनाने की फैक्टरी थी। उनके साइकलों की मण्डी में काफी माँग थी। गाँव की दुकानोंवाले भी दो-तीन साइकलें रोज बेच देते थे। मुनीम का बड़ा लड़का साइकल मरम्मत की दुकान करता था। मुनीम कई बार उसकी मिन्नतें कर चुका था कि उसे एजैंसी दिलवा दे तो उसके वारे-न्यारे हो जाएँ।

एजेंसी वे मिनिस्टर के कहने पर भी नहीं देते थे। एजेंसी का मतलब था, तीस-चालीस हजार की महीने की कमाई। पंकज ने कभी रिश्तेदारों के आगे ऐसा सवाल

नहीं रखा था।

अब मुनीम यह माँग भी दोहराने लगा था। पंकज ने अपनी पत्नी से बात करके उसे मुनीम की गवाही की अहमियत समझायी। मायके से मुनीम के बेटे के लिए एजेंसी की सिफारिश करवायी।

इस पर भी मुनीम का पेट नहीं भर रहा था। वह रोज कोई न कोई नयी स्कीम गढ़ लेता था। वकीलों की सलाह पर पंकज हर रोज कड़वे घूँट भरता चला जा रहा था। अगली पेशी दो दिन बाद होनी थी। मुनीम इन दो दिनों का भरपूर लाभ ले रहा था। उसे पता था कि गवाही होते ही उसकी नौकरी से छुट्टी होनेवाली है।

पंकज का दिल धड़क रहा था कि मुनीम कहीं सब लाभ लेकर फिर उनके खिलाफ ही गवाही न भुगता दे? पंकज का डर फिजूल था। मुनीम लालची था पर बेवफा नहीं था। अदालत में वह बेधड़क मालिकों के साथ खड़ा हुआ, ''उसके सामने कभी किसी ने कोई साजिश नहीं गढ़ी।''

पंकज ने चैन की साँस ली।

निन्यानबे

पंकज के सुख के साँस की गिनती दस तक भी नहीं पहुँची थी कि जज ने उनकी जान फिर से सुखा डाली।

''क्यों पी.पी. साहिब, पंकज वगैरा को तलब करने की अर्जी देनी है?''

मुनीम की गवाही निपटते ही जज ने सरकारी वकील से पूछा। दर्शक दीर्घा में बैठे पंकज पर यह सवाल बम की तरह पड़ा। उसे बताया गया था कि सरकारी वकील पहली पेशी पर ही उन्हें तलब करने की दर्खास्त नहीं देगा। कुछ दिनों का समय माँगेगा। फिर अगली पेशी पर जरूरत के अनुसार दर्खास्त दी जाएगी। दर्खास्त के जवाब हेतु भी वकील टाइम लेगा। बहस करते-करते कई पेशियाँ निकल जाएँगी। जिला अटारनी ने पंकज को विश्वास दिलाया था कि यथासम्भव दर्खास्त टाली जाएगी। इस लायक सबूत मिसल में नहीं थे। मुनीम अपने बयान से मुकर गया था। स्टोरकीपर और गेटकीपर ठेकेदार के फैक्टरी में आने को साबित करते थे, साजिश गढ़ने को नहीं! ठेकेदार मजदूरों का नेता था, लेबर का ठेकेदार था। अपने आदमियों से मिलने फैक्टरी आता-जाता रहता था। मालिक अपने कर्मियों को उपहार के तौर पर बैग देते थे, किसी वर्कर का ठेकेदार को अपना बैग देना क्या बड़ी बात हो सकती है? बैग की कीमत पन्द्रह-बीस रुपये थी। मालिक ठेकेदार को भी ये उपहार स्वरूप

दे सकता था। बैग के आधार पर साजिश साबित नहीं हो सकती थी। आई.जी. जैसा उच्च अधिकारी पंकज वगैरा को बेकसूर कह चुका था। उस समय भी उन गवाहों के बयान मिसल पर आ चुके थे। आई.जी. ने इन गवाहियों से सहमत न होते हुए पंकज वगैरा को बेकसूर करार दिया। सरकारी वकीलों ने आई.जी. की रिपोर्ट के साथ सहमति प्रकट की थी। उनका अपनी रिपोर्ट के विरुद्ध जाने का प्रश्न ही नहीं उठता था।

जिला अटारनी ने यह यकीन दिलाया था। अपने सरकारी वकील को उसने इस विषय में यकीन दिलाया था, इस आशय के निर्देश भी दिये थे कि वे अगली पेशी से पहले मिलकर तसल्ली कर लें।

पर साधूसिंह ने पंकज वगैरह को सरकारी वकील से मिलने का मौका ही न दिया।

''जी जनाब...'' सरकारी वकील और प्रधान ने इकट्ठे ही कहा।

''लाओ फिर...''

''दर्खास्त अभी तैयार करनी है जनाब। छोटी-सी तारीख डाल दो।''

जिला अटारनी के निर्देशानुसार सरकारी वकील ने पेशी माँगी। ''दर्खास्त मैंने तैयार कर रखी है।''

कहकर प्रधान ने लिफाफे में से दर्खास्त निकालकर सरकारी वकील के सामने रख दी।

''करोगे इस पर हस्ताक्षर?''

अचानक सामने आन पड़ी दर्खास्त को देखकर भौंचक से सरकारी वकील से प्रधान ने व्यंग्य से पूछा। सख्त रवैया से प्रधान सरकारी वकील को जतलाना चाहता था कि उसे अफसरों और मुलजिमों की मिलीभगत का पता था।

''क्यों नहीं...'' बुझे मन से सरकारी वकील ने दर्खास्त पर अपने दस्तखत झरीट दिये।

''हमें इसकी नकल दे दो। हम बहस करेंगे।'' मुलजिमों के वकील नकल माँगने लगे।

''ये दर्खास्त अदालत और पंकज वगैरा के बीच है। उन दोषियों के आप वकील नहीं हो। आपको इस पर बहस करने का अधिकार नहीं।''

सफाई पक्ष की विनती जज ने ठुकरा दी।

झट सरकारी वकील की दर्खास्त मंजूर हो गयी। पंकज और नीरज को दोषी ठहराया गया। अगली पेशी पर पेश होने का हुक्म सुनाया गया।

सौ

तीन महीनों में पूरी होनेवाली कार्रवाई को साधूसिंह ने तीन दिनों में निपटा दिया।

पंकज केस को लटकाकर मुद्दइयों को बहकाना और गवाहों को भगाना चाहता था।

यदि साधूसिंह इसी तरह केस के पीछे लगा रहा, तो उनको सलाखों के पीछे पहुँचने में देर नहीं लगेगी।

किसी न किसी तरह इस तेजी को रोकना होगा। इसके लिए दो तरीके थे।

पहला—जज पर पक्षपाती होने का दोष लगाकर केस अदालत से बदला जाए—यह सरासर चाँद पर थूकने जैसा था। हाईकोर्ट के जज इस दर्खास्त को परे उछाल फेंकेंगे। दूसरा तरीका—साधूसिंह के हुक्म के बिना हाईकोर्ट में अपील करना।

पर्चे में उनका नाम नहीं था। साजिश का मुख्य गवाह अदालत में मुकर चुका था। पुलिस के मुख्य अधिकारी उन्हें बेकसूर कह चुके थे। इन कारणों से अपील मंजूर होने की सम्भावना थी।

यदि ऐसा हो गया फिर पासा सीधा ही समझो। पहली पेशी मंजूर न हुई तो सुनवाई के लिए रख ली जाएगी। उनका मतलब हल हो जाता है। अपील के हाईकोर्ट जाने से, निचली अदालत में सुनवाई पर खुद-ब-खुद पाबन्दी लग जाती।

हाईकोर्ट में एक बार फँसा केस बीस-बीस साल के लिए फँसा ही समझो। वहाँ जब तक अपील की बारी आएगी तब तक नीलम और वेद मर-मरा चुके होंगे। नेहा किसी पागलखाने में बैठी होगी। साधूसिंह रिटायर होकर किसी छोटे शहर में वकालत कर रहा होगा। न्यायपालिका का वकार दिन-प्रतिदिन रसातल की ओर जा रहा होगा। अब सरकारी वकील मुलजिमों से काम करवाने के लिए उनके पीछे दलाल भेजते हैं। तब तक यही काम जज सँभाल चुके होंगे। पंकज-जैसों की फिर चांदी होगी। ऐसे सब्जबाग दिखाकर वकीलों ने पंकज से हाईकोर्ट में अपील करवा दी। एक ओर साधूसिंह शनि बनकर उन पर मँडराने लगा। सोसायटी राहू बनकर उन्हें बुरे घर दिखलाने लगी। सोसायटी की हाईकोर्ट वाली इकाई पहले ही बिल्ली-जैसी घात लगाये बैठी थी। पहली पेशी में ही उसने अपने पंजे गड़ा लिए।

अपील सुनवाई के लिए मंजूर तो हो गयी पर न मिसल तलब हुई और न ही सुनवाई पर पाबन्दी लगी। उलटा लेने के देने पड़ गये। अपील का फैसला होते ही साधूसिंह ने मुकदमे को गरम हलुवे-सा लिया।

गवाहियों के लिए एक महीने की तारीख डाली गयी। सुनवाई लगातार दो दिन रखी गयी थी। पहले दिन नेहा, वेद, नीलम। दूसरे दिन बाकी गवाहों को बुलाया गया।

पंकज एड़ी-चोटी का जोर लगा ले, मुकदमा छः महीने से ज्यादा नहीं लटक सकेगा। वह एक साल लटकाना चाहता था तब तक साधूसिंह बदल जाएगा। उसके साथ ही उनकी ग्रह दशा बदलकर साढ़े साती टल जानी थी।

बाबू नन्दलाल ने पंकज को सान्त्वना देते हुए कहा था। ''हम बैठे हैं पुत्तर... एक साल क्या दस साल तक मुकदमा चलता रहेगा, लटकाना तो हमारे अपने हाथ में है।''

''ये तो आप हर बार कहते रहे हैं। पहाड़ खुदवा देते हो, नीचे से एक चुहिया भी नहीं निकलती।''

''क्या करें भाई—हर बार हमारा वास्ता कड़े लोगों से आन पड़ता है। पहले बघेलसिंह था। अब सोसायटी बीच में आ गयी है। कोई नहीं, तीन-चार साल मुकदमा लटकाना मेरी गारण्टी।''

''ऐसा क्या जादू कर दोगे?''

''असल पहलवान अपना दाव नहीं बताया करते। मेरे पास कई नुक्ते हैं। अपना एक मुलजिम बाहर है। यदि सारे ही बाहर होते तो दस साल आराम से निकल जाते। फिर भी तू एक मुलजिम की ओर से शरारती वकील खड़ा कर दे। जज के साथ पंगा लेने के लिए।''

''कोई हमारे कहे जज से पंगा क्यों लेगा?''

''अपनी फीस के लिए। यहाँ ऐसे वकीलों की कमी नहीं है। डराने-धमकाने के लिए यदि जज से लड़ना पड़े, वे झट लठ दिखा देते हैं। साधूसिंह पर यही फार्मूला लगाना होगा। नहीं तो छः महीने के अन्दर सजा पक्की समझो।''

''हमें नहीं पता, एक वकील करो या पाँच। हमारा इस बला से पीछा छुड़वाओ।''

एक बात और बताओ। जिस मुलजिम की हमने जमानत करवायी थी, वह तेरे हाथ में तो है न, जरूरत पड़ने पर पाँच-सात दिन के लिए जेल जाने के लिए मान जाएगा?''

''वह पूरी तरह मेरे हाथ में है। एक दोस्त की फैक्टरी में उसे छोड़ रखा है। फैक्टरी में चौबीसों घण्टे सिक्योरिटी का पहरा है। बाहर वह नहीं जा सकता। चार पैसे देने से वह अपने कहे पर बन्दा मारने के लिए भी राजी हो जाएगा।''

''फिर देख मेरा कमाल, साधूसिंह दो दिनों में गवाहियाँ खत्म करने को फिरता है। मैं गवाहियाँ शुरू ही नहीं होने दूँगा। आवाज पड़ते ही पेशी लगवा दूँगा। खाली बैठा जज मक्खियाँ मारता रहेगा।''

नन्दलाल डींग पर डींग हाँके जा रहा था। पंकज का मन अब इन झूठी तसल्लियों से खुश होना छोड़ चुका था।

एक सौ एक

नीलम चलने-फिरने लायक हो गयी थी। लेकिन उसकी याददाश्त में कोई सुधार न था। यहाँ तक कि वह हफ्ते के दिनों के नाम भी क्रम से नहीं बोल सकती थी। परिवार के सदस्यों के नाम उसे भूल जाते थे। एक बार नहाने के बाद वह भूल जाती थी। फिर दोबारा नहा लेती थी।

ऐसी याददाश्त वाले को गवाह के तौर पर कैसे भुगताया जाए। कोरे सच से कानून की तसल्ली नहीं होनी थी। सच को कानूनी रंग देना जरूरी था। तथ्यों की तोड़-मरोड़ होनी थी। मुख्य कहानी में से कई छोटी कहानियों की काट-छाँट होनी थी। नीलम से तो अधूरी घटना भी बयान नहीं हो पानी थी। जिरह का सामना करने की तो बात ही छोड़ो।

इसलिए मुद्दई पक्ष ने फैसला किया, उसकी गवाही कटवा दी जाए। नेहा को तीन महीने पहले बयान याद करवाया गया था।

पहली मेहनत के बाद जरा से यत्न से वह तोते की तरह रट लेगी।

वेद पढ़ा-लिखा था। दोषियों के नाम, उनके हुलिए, जुर्म उसे समझा दिये गये थे।

जैसे-जैसे तारीख आ रही थी, बयानों में मजबूरी की जगह पतलापन आ रहा था।

रामनाथ इसका कारण जानता था कि उनकी व्यग्रता बढ़ रही है। कमल की याद उन्हें सताने लगी थी। दोनों के कमरों की लाइटें सारी-सारी रात जलती रहतीं। वे करवटें बदलते रहते थे।

वेद ने अपनी वेदना मन में छुपा ली थी। कमल के कातिलों से बदला लेने के इरादे ने उसे दृढ़ता दी। कभी-कभी वह कम्पोज की गोलियों का सहारा लेने लगा था।

नेहा से अपनी बेचैनी छुपाना मुश्किल हो रहा था। कई बार वह प्रधान को कह चुकी थी कि वह अपने पर बीती को भूल जाना चाहती है। अपने भाई के कातिलों और अपनी अस्मत के लुटेरों के आगे खड़े होने से वह डरती है। किसी के पास भी नेहा की समस्या का समाधान नहीं था। कानून की माँग पूरी करनी ही थी।

रामनाथ के साथ सोसायटी का भी जोर लगा हुआ था। गवाह अगली पेशी में हर हाल में निपट जाएँ। साधूसिंह-जैसा जज उनके मुकदमे की सुनवाई कर रहा था। वे एक पल भी खोना नहीं चाहते थे।

सोसायटी के वकीलों ने गवाहों की तैयारी में दिन-रात एक कर रखा था। गवाहों की याददाश्त पहले जूनियर वकील परखते थे, फिर सीनियर वकील। छोटी-मोटी

त्रुटियों को छोड़ बाकी सब अच्छा था।

पूरी तसल्ली के बाद गवाहों को कचहरी लाया गया। जज के कुर्सी पर बैठते ही उन्हें गवाहों की सूची दी गयी। नन्दलाल और सिंगला सबसे पहले आये थे। ठेकेदार के वकील का मुंशी आया था। उसने अपने वकील का सन्देश दिया। अदालत अपनी कार्रवाई कर ले। वह जिरह बाद में आकर कर लेगा। पण्डित ने अपना वकील बदल लिया था। अब चौधरी उसका वकील था। समय पर आकर चौधरी ने अपना वकालतनामा पेश किया। कार्रवाई में भाग लेने को वह तैयार था।

कालिया को भारी पड़ी हुई थी। उसका वकील राह नहीं दे रहा था। मोटी फीस माँग रहा था। कालिया के पास फूटी कौड़ी भी नहीं थी।

कार्रवाई में विघ्न पड़ने से जज को गुस्सा आने लगा। "पहले फीस नहीं दी थी?"

"पता नहीं साहब, घरवालों ने उससे बात की थी।" कालिया ने नन्दलाल द्वारा समझाया गया उत्तर दोहरा दिया।

"अब घरवाले कहाँ हैं?"

"पता नहीं साहब। कोई पीछे नहीं आया।"

जज के अगले प्रश्न का उत्तर भी कालिया को समझा दिया गया था। "चल ग्यारह बजे तक अपने वकील को मनाकर ले आ। नहीं तो बिना वकील के मैं गवाही लिख दूँगा। और तुझे सजा हो सकती है।" जज ने कालिया को धमकी दी। जज की इस धमकी का कालिया पर कोई असर न हुआ। नन्दलाल ने उसे समझा रखा था कि ये कत्ल जैसे संगीन जुर्म का मुकदमा है। मुलजिम के वकील के न आने पर फैसला नहीं हो सकता। वह जज की बन्दरघुड़की से न डरे। कालिया का वकील गैर हाजिर करके उन्हें आज की पेशी लेनी थी।

"जी साहब!" कहकर कालिया बाहर निकल आया।

ग्यारह बजने में अभी पौना घण्टा बाकी था। "जनाब हम जरा और काम देख आएँ। ग्यारह बजे हम हाजिर हो जाएँगे।" नन्दलाल ने इजाजत माँगी। मुश्किल से इकट्ठे हुए गवाहों को जज बिखेरना नहीं चाहता था। पर बिना मतलब उन्हें रोका भी नहीं जा सकता था। मजबूरी में उसे हाँ में सिर हिलाना पड़ा। वकीलों के साथ गवाहों को भी घूमने-फिरने की इजाजत मिल गयी।

सवेरे से नेहा गहन मानसिक तनाव में थी। दिमाग भारी और याददाश्त साथ छोड़ती जा रही थी। मुलजिमों के नाम, हुलिये, चोट मारने के लिए प्रयुक्त हथियार सबके विषय में वह भूल रही थी। बार-बार उसे प्यास लग रही थी।

कचहरी में दूर तक पानी का कोई इन्तजाम न था। प्यास बुझाने के लिए सबको रेहड़ी वालों की लूट का शिकार होना पड़ रहा था। सोडा वाटर प्यास और भड़काते थे।

इस समस्या को समझते हुए रामनाथ ने पानी की केनी साथ रखी हुई थी। छुट्टी मिलते ही नेहा गाड़ी की ओर दौड़ी। प्यास बुझाये बिना गवाही दे पाना मुश्किल था।

एक सौ दो

ग्यारह बजे भी बात वहीं की वहीं थी।

कालिया के वकील की जगह उसका सन्देश आया था। वह कालिया का वकील न था।

कुलदीपसिंह की इस बेरुखी ने साधूसिंह के तन-बदन में आग लगा दी। यदि उसे कालिया की पैरवी नहीं करनी थी, तो अदालत को पहले सूचित करना चाहिए था। अदालत कोई और प्रबन्ध करती। मौके पर दौड़ना अपने फर्ज के प्रति कोताही थी।

''अब वह कालिया का वकील क्यों नहीं रहा?'' अपना पक्ष रखने के लिए उसे अदालत में उपस्थित होने का आदेश सुनाया गया। उपस्थिति को सुनिश्चित करने के लिए अर्दली के हाथ सन्देश भेजा गया था।

करीब घण्टेभर के बाद वकील की जगह उसका मुंशी आ गया। कुलदीपसिंह बड़े जज की अदालत में कत्ल केस कर रहा था। गवाही दोपहर तक चलनी थी। वह बाद दोपहर पेश हो सकता था। जब वह कालिया का वकील ही न था, कालिया की पैरवी के लिए उसकी प्रतीक्षा करना बेकार था।

साधूसिंह का पारा और चढ़ गया। वह मुंशी पर गुस्सा होने लगा।

''इस गरीब पर गुस्सा न उतारो। उसने जो कहा, सुना दिया। मुफ्त में उससे दिमाग खपाने की क्या जरूरत है! अगली तारीख दो। काम निपटे।''

नन्दलाल ने साधूसिंह को अपनी गलती का अहसास कराने के लिए व्यंग्य कसा।

''तारीख नहीं पड़ेगी। गवाह लिखे जाएँगे। कालिया को बहस का अवसर बाद में दे दिया जाएगा।''

जज का पारा ठण्डा नहीं हो रहा था। नन्दलाल के कटाक्ष की उसे परवाह न थी।

"जनाब कानून का पालन करने के लिए मशहूर हैं। मुलजिम के वकील की गैरहाजिरी में गवाह भुगताकर आप नियमों का उल्लंघन नहीं कर रहे?" उसने अपने तरकस में से पहला तीर छोड़ा।

"एक मुलजिम का वकील हाजिर नहीं, क्या हुआ? छः मुलजिमों के वकील तो हाजिर हैं। सातवें मुलजिम के साथ कोई धक्का नहीं हो रहा।"

साधूसिंह ने अपनी कार्रवाई को ठीक ठहराते हुए स्पष्टीकरण दिया।

"नियम नियम है। एक दोषी का पक्ष लेने के लिए दूसरे दोषी को क्या जरूरत है? एक मुलजिम का नुकसान दूसरे के लिए लाभ सिद्ध हो सकता है। मेरा विचार है कि कानून की पालना होनी चाहिए।"

चौधरी अपने नुक्ते पर अड़ने लगा।

"आप मुझे सहयोग दो। अगली तारीख देने से अदालत के दो कीमती दिन बर्बाद हो जाएँगे। मैं यह सब सहन नहीं कर सकता।"

"अब आप वकीलों का समय बर्बाद कर रहे हैं। पहले छः वकील ग्यारह बजे हाजिर हुए। फिर बारह बजे। अब कहोगे बाद दोपहर आना। बाद दोपहर अगली तारीख दे दोगे। हमारा समय कीमती समय नहीं क्या?"

चौधरी के चढ़ते तेवर देखकर साधूसिंह के पास झुकने के सिवा कोई चारा न था। हाईकोर्ट के नियम चौधरी वाली बोली बोलते थे। कार्रवाई मुलजिम के वकील की उपस्थिति में होनी चाहिए थी। मुलजिम वकील नहीं कर सकता तो उसे सरकारी खर्च पर वकील करके दो। साधूसिंह नियमों के उल्लंघन से झिझकने लगा।

"जैसे आपकी मर्जी। आप बाद दोपहर आ जाना। देखते हैं ऊँट किस करवट बैठता है।"

ठण्डे पड़े जज ने एक बार फिर कार्रवाई को टाला।

बाद दोपहर कुलदीपसिंह ने जज के आदेशों की पालना की।

"आपके अपने सायल व अदालत के प्रति कुछ नैतिक कर्तव्य भी हैं। पैसा ही सब कुछ नहीं होता।"

कुलदीपसिंह के भीतर आते ही साधूसिंह अपनी नाराजगी प्रकट करने लगा।

"पैसे का सवाल कहाँ है जनाब? मैंने आज तक इससे एक कौड़ी नहीं ली।"

"फिर और क्या समस्या है?"

"कोई समस्या नहीं। मैं कभी इसका वकील बना ही नहीं। एक बार इसकी ओर से कोई मुझे वकील करने आया था। फीस पूछकर लौट गया। आज तक वापस नहीं आया। बोलो, मैं इसका वकील कैसे बन गया?"

"इस केस में आपकी हाजिरी कैसे लग रही है?"

"इस बारे में मैं क्या कह सकता हूँ? जनाब के पास कई पेशियाँ पड़ चुकी हैं। बताओ मैं किस पेशी पर हाजिर हुआ? जिस तरह आपने मेरी हाजिरी डाल ली, इसी तरह दूसरी अदालतों ने डाल ली।"

साधूसिंह को अपनी गलती का आभास हुआ। कुलदीपसिंह कभी भी उसके आगे पेश नहीं हुआ था। पिछले आदेशों के आधार पर उसकी हाजिरी लग रही थी।

"अब इसके वकील बन जाओ। आपको सरकार की ओर से इसका वकील बना देते हैं।"

झेंपते हुए जज ने दाँव बदला।

"यह मुकदमा बहुत परिश्रम माँगता है। सरकार परिश्रम की उचित फीस नहीं दे सकती।"

"दिला देंगे। बताओ कितनी फीस है आपकी?"

"मैं सीनियर एडवोकेट हूँ। मेरी फीस लाखों में है। सरकार से पचपन हजार ले लूँगा। "

"मैं इतनी ही फीस की सिफारिश कर दूँगा। आपको इसका वकील नियुक्त किया जाता है। आज एक गवाह लिख लेते हैं। बेचारी लड़की को फारिग कर दो। शेष कल लिख लेंगे।"

"अभी? कत्ल, डकैती के केस में झटपट जिरह? मुझे पैसे का लालच नहीं है जनाब! मुकदमा देना है तो समय भी दो। मैं अपने सायल के साथ इन्साफ कर सकूँ।"

"छः वकील और हैं। आपकी उपस्थिति जाब्ता पूरा करने के लिए है।"

"मैं जाब्ता पूरा करने वाला वकील नहीं हूँ। मुकदमा पकड़ लिया तो पूरी मेहनत करूँगा। अभी इस वक्त मेरे पास इस केस का एक पृष्ठ भी नहीं है। मिसल लूँगा। सायल से पूछताछ करूँगा। अपने नोटिस तैयार करूँगा। फिर जिरह हो सकेगी। जाब्ता पूरा करना है तो किसी नये लड़के को पकड़ लो। साथ ही उसका जेब खर्च भी निकल आएगा।"

कुलदीपसिंह ने मुलजिम का वकील बनने की शर्त रखी।

साधूसिंह की समस्या जस की तस कायम थी। वह गवाही लिखना चाहता था। परन्तु लग रहा था, सभी वकील केस लटकाने का इरादा करके आये थे।

"कल के बारे में क्या विचार है?"

"कल बहुत काम है। एक मिनट की भी फुर्सत नहीं है।" अपनी डायरी देख कर कुलदीपसिंह ने लाचारी व्यक्त की।

"गवाहों की ब्रीफ लिख लेते हैं। बहस कल कर लेना। कोई कार्रवाई तो हो।

मेरा सारा दिन बर्बाद हो गया।''

''जनाब! मुझे इस केस की रत्ती भर जानकारी नहीं है। वकील 'चीफ' के समय भी तैयार होना चाहिए।''

वकील किसी भी तरह मान नहीं रहा था।

कुलदीपसिंह को कालिया का वकील, नन्दलाल ने किया था। फीस पंकज ने दी थी। कुलदीपसिंह मिली फीस की कीमत अदा कर रहा था। सुबह नन्दलाल ने उसे हिदायत की थी। आज गवाह नहीं भुगतने चाहिए। यदि साधूसिंह जज था तो कुलदीपसिंह नामवर वकील था। बातों में जज उसे मात नहीं दे सकता था। बड़ी होशियारी के साथ कुलदीपसिंह जज की प्रत्येक तजवीज रद्द कर रहा था।

साधूसिंह ने भाँप लिया। सभी वकील, एक ही थाली के चट्टे-बट्टे हैं। मेंढकों की भाँति सभी एक ही राग अलाप रहे थे। इकट्ठे होकर उन्होंने अभिमन्यु की भाँति उसे चक्रव्यूह में फँसा लिया था।

गवाही टाल देने के सिवा कोई चारा न था।

''चलो, अगले हफ्ते देखो, कौन-सी तारीख ठीक बैठती है?''

सभी वकील अपनी-अपनी डायरियाँ देखने लगे।

''पाँच तारीख! ठीक है?''

''नहीं जनाब! यह सारा महीना बुक है।'' अपनी डायरी जज के आगे रखकर नन्दलाल ने मजबूरी प्रकट की।

''सभी गवाह आये बैठे हैं। महीने का कोई मतलब नहीं। मैं भी किसी का उत्तरदायी हूँ। आठ दिन से ज्यादा पेशी नहीं पड़ेगी।''

''क्यों जनाब, इस केस में विशेष दिलचस्पी है? बड़ी जल्दी निपटाने पर लगे हो?''

जब साधूसिंह एक मास से अधिक पेशी देता नजर न आया तो चौधरी ने अपने फर्ज निभाने शुरू कर दिये।

''क्या मतलब?''

''जनाब की अदालत में सैकड़ों मुकदमे ऐसे हैं जो पाँच वर्ष से अधिक समय से लटके हैं। हाईकोर्ट कहती है पहले उन्हें निपटाओ। जनाब उन केसों की ओर तो ध्यान नहीं दे रहे। इस केस में अभी पहली पेशी है। जनाब बहुत जल्दी करने लगे हैं। मैंने तो पूछा है?''

चौधरी को जज का आत्म-बल गिराने के लिए ही वकील किया गया था। इसी आशय से चौधरी ने साधूसिंह की ओर दूसरा तीर छोड़ा।

समझदारी में चौधरी को मध्यम वकीलों में गिना जाता था। परन्तु अपने अड़ियल स्वभाव व सच्ची बात मुँह पर कह देने के कारण उससे ज्यादातर काम

वापस चला जाता था। मुँहफट होने के कारण जज उसके साथ खुन्दक खाने लगते थे। मुकदमे खिलाफ कर देते थे। मायानगर के सायल वकील के प्रत्येक गुण-अवगुण पर नजर रखते थे। पंगेबाज वकील से उन्होंने अपने केस का भट्ठा तो नहीं बिठवाना था। उसके सायलों का घेरा सिकुड़ गया। अब उसके पास वही सायल आता था जिसे जज के साथ टक्कर लेनी होती थी।

उसका वकालतनामा आते ही जज समझ जाता था। सायल का मूड भाँप लेता था।

साधूसिंह भी उसकी चाल समझ गया।

चौधरी ने कटाक्ष मन्द भावना से नहीं किया, लेकिन वह गलत भी न था।

साधूसिंह ने स्वनिरीक्षण किया। सच ही वह अपने निष्पक्षता के फर्ज से भटक रहा था। उसका झुकाव मुद्दइयों की ओर हो रहा था। वह जज था। जज भावुक नहीं हो सकता। उसे मन तगड़ा करके नियमों की पालना करनी चाहिए।

साधूसिंह ने भूल को सुधारा।

''बताओ, आपको कब फुर्सत है? पहले हम इस केस को पुराना कर लेते हैं। जब गवाह पेशियाँ भुगत-भुगत कर थक गये, तथा कचहरी आना बन्द हो गये, तब इस केस को शुरू कर लेंगे।''

बुझे मन से साधूसिंह बुदबुदाने लगा।

''मैं अगले महीने की बीस के बाद खाली हूँ।''

''मतलब डेढ़ महीने की तारीख चाहिए।''

''जी जनाब।''

''ठीक है। तेईस व चौबीस को आ जाओ।''

कहकर खीझ चुके जज ने फाइल नीचे फेंक दी।

बाहर आकर नन्दलाल ने चौधरी को जीत की बधाई दी।

''देखो मेरी चाल। हम सात मुलजिम हैं। यही चाल सात बार चल सकते हैं।''

''घबराओ नहीं। मेरी अगली चाल इससे भी अधिक खतरनाक होगी। जज के हाथ छः माह के लिए बँध जाएँगे।''

पंकज को राहत महसूस हुई।

नन्दलाल ने पहली बार अपना वचन पूरा किया।

एक सौ तीन

पहली पेशी के लिए अकेली नेहा को गवाही के लिए तैयार किया गया था। तब से लेकर आज तक वह सहज नहीं हुई थी।

इस बार नेहा के साथ वेद की भी बारी थी।

बयान स्मरण करते-करते वेद घटनाओं में इतना गहरा फँस गया कि उसे बाहर निकालना कठिन हो गया था। पहले उसे कमल की मृत्यु का इतना दुःख न था। शायद ऐसा नशे व नींद की दवाइयों के कारण था। अब वह महसूस कर रहा था जैसे कमल की मृत्यु आज ही हुई हो।

वेद ने घर से निकलना बन्द कर दिया। वह दिन-रात कमल की चर्चा जारी रखने लगा। सारा दिन नीलम के साथ उसकी बातें करता रहता। पहले रो लेता फिर नीलम को रुला देता। उसने खाना-पीना छोड़ दिया। कई-कई दिन नहाता ही न था। मैले कपड़े बदलता न था। दवाई नहीं लेता था। कहता, "मुझे ठीक होकर क्या लेना है?"

माँ-बाप की स्थिति से नेहा अनभिज्ञ न थी। कभी वह माँ की गोद में बैठकर रोने लगती। कभी बाप के गले लगकर।

पिछली पेशी के समय नेहा की मुलाकात बलात्कार के एक केस में गवाही देने आयी एक लड़की के साथ हुई थी।

पन्द्रह वर्ष की आयु में श्रुति पड़ोस के लड़के के साथ आँखें चार करने की गलती कर बैठी थी। नादान उम्र ने एक गलती और करा दी। लड़के की बातों में आकर वह घर से दौड़ गयी।

दुःखी माँ-बाप ने पीछा किया। दस दिनों के भीतर पुलिस ने उन्हें दबोच लिया।

पुलिस पर जोर डलवाकर माँ-बाप ने लड़के को हवालात में बन्द करा दिया। झूठे बयान दिलाकर बलात्कार का केस दर्ज करा दिया।

श्रुति की शादी कोलकाता कर दी। सोचा था, लड़की के कारनामे की खबर इतनी दूर नहीं जाएगी।

तीन वर्ष तक कामयाबी मिलती रही। जिन्दगी खुशी-खुशी व्यतीत होती रही। श्रुति की गोद में दो बच्चे खेलने लगे।

फिर काले बादल मँडराने लगे। केस पुराना होते ही पुलिस द्वारा खिंचाई होने लगी।

डर चुकी पुलिस ने लड़की का अता-पता ढूँढ़ निकाला।

माँ-बाप ने मिन्नत-तरला किया। वे स्वयं लड़की को कचहरी में पेश कर देंगे।

जमानत-जुर्माने लेकर मुश्किल से पुलिस ने कोलकाता जाना छोड़ा।

बहाना बनाकर श्रुति को मायके लेकर आये। कचहरी में पेश किया गया।

पहली पेशी पर ही वकीलों की हड़ताल हो गयी। दूसरी पेशी पर जज छुट्टी पर चला गया।

तीसरी पेशी पर बिल्ली बोरी में से बाहर निकल आयी। ससुरालवालों को शंका हो गयी। हर महीने बहू मायके जाती है। खैर नहीं। तीसरी बार जँवाई राजा भी साथ चल दिया। परछाई की भाँति श्रुति के पीछे लग गया।

चोरी पकड़ी गयी। जँवाई लड़की को मायके बैठा गया। ठीक है, वे गरीब थे। लड़के की उम्र बड़ी थी। लेकिन घर इज्जतदार था। उन्हें घर से भागी बहू नहीं चाहिए थी।

श्रुति नेहा के पास बैठी रोती रही। न वह घर की रही, न घाट की।

श्रुति के दुःखड़े याद करके नेहा रोने लगती थी। श्रुति स्वयं घर से भागी थी। उसने गलती की थी। नेहा के साथ तो जबरदस्ती हुई थी। नेहा किस कसूर की सजा भुगतेगी? उसका पति कभी उसे दिल से प्यार नहीं कर सकेगा। उम्र भर देवरानी-जेठानी उस पर ताने कसेंगी। बड़े होकर बच्चे उससे नफरत करेंगे। यह कलंक 'मड़ियों' (श्मशानों) तक उसका पीछा करेगा।

रामनाथ नेहा के प्रश्नों के उत्तर देकर थक चुका था। उसके भाषण का असर कुछ देर के लिए होता था। रामनाथ के घर से निकलते ही उदासी उसे आ घेरती थी।

इन समस्याओं का एक ही हल था। गवाही जल्दी से जल्दी निपटा दी जाए।

रामनाथ को जब भी फुर्सत मिलती, वह मायानगर जानेवाली बस पर चढ़ जाता। प्रधान के पास बैठकर अपना दुःखड़ा रोने लगता।

"हमने पिछली पेशियों पर गवाह भुगताने का हर यत्न किया। वकील मक्कारी कर गये। हम क्या कर सकते हैं?"

प्रधान रामनाथ की मजबूरी समझता था। परन्तु कानूनी कमजोरियों के आगे वह बेवश था।

"जज के पास सिफारिश तब करे, यदि वह गवाह टाल रहा हो। वह स्वयं गवाह लिखने के लिए एड़ी-चोटी का जोर लगाये बैठा है। साधूसिंह मुद्दइयों के दर्द को समझता है। उसके पास जाकर हम क्या कहेंगे?"

"वकीलों को विनती करके देख लें? मैं एक-एक को जाकर मिल लेता हूँ। भाईचारे का वास्ता डालूँगा।"

"कोई लाभ नहीं होगा। वकील अपने सायल के साथ वफादारी करेंगे। वे साधूसिंह से डरते हैं। वे साधूसिंह के स्थानान्तरण तक केस लटकाना चाहते हैं।"

"फिर तो करीब एक वर्ष लग जाएगा। तब तक तो मेरी भांजी व बहनोई पागल हो जाएँगे। इतनी देर तक वे मानसिक तनाव में नहीं रह सकते।"

"आप वकील हो। कानूनी दाँव-पेच जानते हो। हमें परिस्थितियों का सामना करना पड़ेगा। मैं आपको यकीन दिलाता हूँ। कानून की बुनियादी कमजोरियों को छोड़कर, किसी और कारण से मुकदमा एक दिन भी नहीं लटकेगा। आप स्वयं हिम्मत हारे बैठे हो। पहले आप स्वयं को सँभालो। फिर अपने रिश्तेदारों को सँभालो। संघर्ष करो। सोसायटी आपके साथ है।"

प्रधान कई दिनों से इस अवसर की तलाश में था। अवसर देखकर उसने रामनाथ के बिगड़े मानसिक सन्तुलन का अहसास कराया।

उसका बार-बार मायानगर आना, बार-बार एक ही नुक्ते को छूना, ये अच्छे लक्षण नहीं थे।

रामनाथ प्रधान का इशारा भाँप गया।

एकान्त में बैठकर उसने स्वनिरीक्षण किया। बहन व बहनोई के दुःख ने उसकी मानसिकता को प्रभावित किया था। जज के पास सिफारिश करना, विरोधी पक्ष के वकीलों तक पहुँच करना, जल्दी गवाह भुगताने की रट लगाये रखना, ये पागलपन की ओर बढ़ने की निशानियाँ ही तो थीं।

रामनाथ के मन में आया, यदि उसमें मुकदमा लड़ने की हिम्मत नहीं रही तो उसे पीछे हट जाना चाहिए। अभी कुछ नहीं बिगड़ा। समझौते की पेशकशें आ रही थीं।

रामनाथ सँभला। नहीं, वह समझौता नहीं करेगा। वह अपना कर्म करेगा। नतीजा कुछ भी निकले, इसकी परवाह नहीं करेगा।

एक सौ चार

प्रधान के कटु शब्द रामनाथ की काया कल्प करने लगे।

असफलताओं से हताश होकर पागलपन की ओर बढ़ने की जगह वह समस्याओं को सुलझाने में दत्तचित्त लगा।

घटित वारदातों, घटनाओं की भयानकता, लम्बी बीमारी, धुँधला भविष्य व चौबीसों घण्टों की रिक्तता उन कारणों में से कुछेक जिन्होंने वेद परिवार के हौसले पस्त किये थे। गवाही भुगतने में विरोधियों की ओर से डाली जा रही अड़चनें जलती

पर तेल डाल रही थीं।

समस्या के हल के लिए रामनाथ ने अपने शहर के मनोचिकित्सक की राय ली। उसने सौ बीमारियों का एक ही इलाज बताया। परिवार को सकारात्मक कार्यों में व्यस्त रखो।

इन परिस्थितियों में परिवार को किस काम में व्यस्त किया जाए? प्रश्न के उत्तर के लिए अभी तक मनोचिकित्सक भी उलझा हुआ था।

परन्तु जब समस्या सुलझने में आयी तो पल में ही सुलझ गयी।

रामनाथ का सहपाठी पण्डित परमानन्द तीन वर्ष से अमरीका गया हुआ था। धार्मिक फलसफे को वैज्ञानिक दृष्टिकोण से बाँचने व प्रचारित करने में वह माहिर था। उसके गुरु की उस पर विशेष कृपा थी। शिक्षित अमरीकनों को यदि कोई सीधे रास्ते डाल सकता था तो वह परमानन्द ही था। इसीलिए गुरुजी ने अपने केन्द्र का अध्यक्ष बनाकर उसे अमरीका भेजा था। परमानन्द अपने गुरुजी की आशाओं पर पूरा उतर रहा था।

अपने अमरीकन शिष्यों को भारत-दर्शन कराने के लिए वह तीन मास के लिए देश में आया था। इधर आते ही उसे रामनाथ पर मुसीबतों के टूटे पहाड़ का समाचार मिला। सभी काम छोड़कर रामनाथ के साथ दुःख बाँटने उसके घर आया। दवा-बूटी व मनो-चिकित्सक उपाय इन बीमारों का कुछ भी नहीं सँवार सकते। उन पर परमानन्द का जादू चल सकता था।

व्यस्तताओं के लिए उन्हें पाठ-पूजा व भजन-बन्दगी चाहिए थी। मानसिक तनाव घटाने के लिए 'ध्यान-योग' था। स्वर्गीय कमल से मोह-तन्द्रा तोड़ने के लिए गरुड़ पुराण की कथा व गीता उपदेश की आवश्यकता थी।

अगले ही दिन घर में हवन-पूजा व कथा होने लगी। हवन सामग्री व धूपदीप से घर महकने लगा। शंख, घण्टियाँ व खरतालें कानों में अमृत घोलने लगीं। भजन-कीर्तन से मन की भटकन शान्त होने लगी।

दोनों वक्त होती कथा विचलित मनों को यथार्थ के साथ टकराने का बल प्रदान करने लगी। मौत के अटल होने व सांसारिक रिश्तों के अस्थाई होने की सच्चाई समझ आने लगी। मानव के हाथ में कुछ नहीं। न जन्म उसकी इच्छा से होता है न ही मृत्यु उससे पूछकर आती है। मानव केवल कर्ता है। करने-कराने वाला परमात्मा ही है। परमात्मा सबका भला चाहता है। उसकी रजा में रहने में ही सुख है। यह सत्य मन की गहराइयों में बैठने लगा।

महाभारत की भाँति उसके साथ कपट हुआ था। उनके निहत्थे अभिमन्यु का कत्ल हुआ था। युद्ध उन पर थोपा गया था। उन्होंने हक-सच की लड़ाई छाती तानकर लड़नी थी। बिना अच्छे-बुरे परिणाम की चिन्ता किये उन्हें गवाहोंवाले कटघरे

में खड़ा होना था। निष्काम कर्म का फल मीठा होना था।

परमानन्द के परिश्रम को फल लगने लगा।

वेद परिवार बिना किसी डर-भय के गवाही देने चला था। गवाही का एक-एक अक्षर उन्हें याद था।

परन्तु मायानगर की सीमा में घुसते ही रामनाथ का दिल धड़कने लगा। भीतर से आवाज आने लगी। गवाही आज भी नहीं होगी। नन्दलाल कोई नयी चाल चलेगा।

डगमगाते मन से वे अदालत के आगे जा खड़े हुए।

रामनाथ ने सबसे पहले अदालत के नोटिस बोर्ड पर लटक रही आज के केसों की लिस्ट पर नजर दौड़ायी। पिछली पेशी के लिए जज ने केवल दो केस रखे थे। उनमें से अहम केस उन्हीं का था। आज स्थिति वह नहीं थी। आज सुने जानेवाले केसों की लिस्ट बहुत लम्बी थी।

सुनवाई के लिए लगे केसों की गिनती देखकर रामनाथ की शंका यकीन में बदलती नजर आने लगी। हो सकता है जज को भी अपने भीतर से रामनाथ वाली आवाज सुनाई दी हो। इस केस की सुनवाई टल जाने पर वह खाली न बैठना चाहता हो। इसीलिए उसने अपना दिन व्यस्तताभरा रखा हो।

रामनाथ के दिमाग में विचार कौंधने लगे। मुलजिम पक्ष कहीं हाईकोर्ट से बन्दी न ले आया हो? कहीं वकीलों ने हड़ताल न कर दी हो? कोई जज, मन्त्री या वकील ही न मर गया हो? अचानक अवकाश घोषित न हो गया हो? मुलजिम पक्ष का कोई वकील अपनी किसी मजबूरी के बहाने तारीख आगे डालने की विनती न कर गया हो?

कोई कारण था जिससे जज ने सुने जानेवाले मुकदमों की गिनती इतनी लम्बी रखी थी।

रीडर से मिलकर रामनाथ को तसल्ली हुई। ऐसी कोई बात न थी। शेष मुकदमों में थोड़ी-बहुत कार्रवाई शेष थी। सारा काम एक घण्टे में निपट जाना था।

साढ़े दस बजते ही मुलजिमों के वकील एक-एक करके कचहरी आने लगे। सभी वकीलों की संख्या पूरी होने पर रामनाथ ने चैन की साँस ली।

ग्यारह बजे कमल कत्ल केस को आवाज पड़ी।

जेल में बन्द चारों दोषियों को, सिपाही अदालत में ले आये। वकीलों की कुर्सियों के पीछे रखे बेंचों पर बैठे पंकज व नीरज उनके पास जा खड़े हुए।

पण्डित जमानत पर था। वह अभी तक भीतर नहीं आया था।

कुछ मिनटों के लिए कचहरी में खामोशी छा गयी। सबकी नजरें कचहरी के प्रवेश द्वार पर गयीं। धड़कते हृदय से जज, अहलकार, वकील, गवाह व शेष मुलजिम

पण्डित की प्रतीक्षा करने लगे।

"आपका दोषी आज कचहरी आया है? आपको बाहर मिला है?"

साधूसिंह स्थिति भाँप चुका था। फिर भी स्थिति स्पष्ट करने के लिए उसने चौधरी से पूछा।

"पता नहीं जनाब! मैं घर से सीधा कचहरी में आ गया। कुछ देर प्रतीक्षा करनी होगी। लेट होने का कोई विशेष कारण होगा।"

"हूँ, हमें उस लाट साहिब की प्रतीक्षा करनी होगी। हाईकोर्ट के आदेश जो हुए, उसका ध्यान रखना। जब आये बता देना। मैं गवाही शुरू कर दूँगा।"

इस बार साधूसिंह मन को समझाकर आया था। मुकदमा जो भी मोड़ ले, वह गुस्सा नहीं करेगा। फैसला जज के नहीं, दोषी के हाथ में था। साधूसिंह ने जरा-सी भी तेजी पकड़ी तो शरारती वकील उसे झिड़क सकता है। जज की अपनी मजबूरियाँ थीं। उसने मनमानी की तो दोषी दो पैसे के कार्ड पर शिकायत लिखकर हाईकोर्ट को भेज देगा। किसी जज ने तुरन्त अपना अमला लेकर पड़ताल के लिए आ जाना था। साधूसिंह की खिंचाई होगी। इस केस को सामान्य केसों की भाँति क्यों नहीं लिया जाता? साधूसिंह इस केस को सामान्य केस नहीं समझता था। इस केस में एक ही समय में कई संगीन जुर्म थे। मुद्दई परिवार पूरी तरह से बर्बाद हो चुका था। उनके घावों को तुरन्त मरहम-पट्टी की आवश्यकता थी। दोषियों को शीघ्रातिशीघ्र सजा होनी चाहिए। तभी उनके मन को सकून मिलना था। साधूसिंह यही करना चाहता था। यह उसका कर्तव्य भी था। लेकिन दोषियों के वकीलों को साधूसिंह का यह दृष्टिकोण पसन्द न था। कानूनी कला-बाजियों का वे भरपूर आनन्द उठा रहे थे। पिछली पेशी पर एक तो वे गवाह लौटाने में कामयाब हो गये। मामूली से दोषी के लिए लाखों रुपये फीस लेने वाला वकील करा गये।

साधूसिंह की तीक्ष्ण बुद्धि भाँप गयी। पण्डित को जान-बूझकर गैर-हाजिर किया गया था। मकसद स्पष्ट था। साधूसिंह को दो-तीन पेशियाँ दोषी की गिरफ्तारी के लिए डालनी पड़ेंगी। प्रत्येक पेशी कम से कम पन्द्रह दिन बाद होनी थी। पण्डित दोषियों की किसी किलानुमा फैक्टरी में छुपा होगा। पुलिस उस तक पहुँच नहीं सकेगी। हारकर अदालत उसे इश्तिहारी मुजरिम करार देगी। कार्रवाई को पूरी करने में दो-तीन महीने और लग जाएँगे। साधूसिंह पूरा जोर लगा ले, फिर भी गवाहियाँ कम से कम छः मास तक लटक जानी थीं।

दोषी फिर कोई और रुकावट खड़ी कर देंगे। फैसला तब होगा जब दोषियों की इच्छा होगी। मुद्दई पक्ष की क्या चलनी थी? जज की भी पेश नहीं चल रही थी।

यही सोचकर साधूसिंह ठण्डे दिमाग से काम ले रहा था।

घण्टेभर बाद साधूसिंह ने फिर अपने अर्दली से आवाज लगवायी। अर्दली पहले

ही दोषी पर नजर रख रहा था। वह अभी तक उसे नजर नहीं आया था।

"मेरा खयाल है दोषी जान-बूझकर गैर-हाजिर हुआ है। अब उसके आने की कोई सम्भावना नहीं है। गवाहों को अभी भेज देते हैं। जरूरत पड़ी तो बाद दोपहर बुला लेंगे।"

बुझे मन से साधूसिंह ने मुँह लटकाकर खड़े रामनाथ को अगली कार्रवाई समझायी।

रामनाथ को भीतर बैठकर क्या करना था? गवाहों के साथ वह भी बाहर आ गया।

अदालत का समय समाप्त होने तक कई बार दोषी को पुकारने की कार्रवाई दोहरायी गयी। न उसे हाजिर होना था, न हाजिर हुआ।

साधूसिंह ने परेशानी के लिए गवाहों से क्षमा माँगी।

सफाई पक्ष ने एक ही अवसर से छः मास का समय ले लिया था। बड़ी चालाकी से उन्होंने फैसला नये जज के आने तक टाल लिया।

दोबारा गवाहियों की पेशी कब लगेगी?

गवाहों से रियायत की गयी। उन्हें तब तक अदालत आने से छूट दी गयी।

खाली हाथ लौट रहे रामनाथ को एक बार फिर पहली चिन्ता सताने लगी।

एक सौ पाँच

पण्डित को गैर-हाज़िर करते समय नन्दलाल ने हिसाब लगाया था। उसे इश्तिहारी मुजरिम बनते-बनते एक वर्ष लग जाएगा।

मुकदमे को दोबारा गवाही पर लाने से पहले अदालत को बीसियों कार्रवाइयों में से गुजरना पड़ेगा। पण्डित के जमानती को तलब किया जाना था। दोषी को पेश करने के दो-तीन अवसर दिये जाएँगे। फिर गिरफ्तारी वारण्ट तैयार होंगे। वारण्टों की तामील के लिए पुलिस ने उसकी छिपनगाहों पर छापे मारने थे। थक-हारकर उन्हें रिपोर्ट करनी थी। "पण्डित के मिलने के कोई आसार नहीं।" फिर पण्डित को इश्तिहार के माध्यम से सूचित किया जाना था। इस इश्तिहार को पण्डित के दरवाजे पर चिपकाने के लिए सिपाही को बिहार जाना पड़ेगा। फिर कार्रवाई मुकम्मल होगी।

नन्दलाल यदि प्रत्येक कार्रवाई में एक-एक रोड़ा अटकाये तो दोगुना समय लगना था। कभी जामन की तामील रोकनी थी, कभी बिहार जाते सिपाही को रास्ते

में रोक लेना था। कभी वारण्ट खो जाने थे, कभी इश्तिहार।

परन्तु पण्डित को भगौड़ा करार दिये जाने वाली कार्रवाई में नन्दलाल की एक नहीं चली। एक तो जज वकीलों की चालाकी पर खीझा हुआ था। उसे मालूम था दोषी को जान-बूझकर गैर-हाजिर किया गया है। दूसरा सोसायटी किसी कागज को रुकने नहीं दे रही थी। तीसरा यह कार्रवाई गैर-हाजिर दोषी व जज के बीच में चल रही थी। नन्दलाल को इस कार्रवाई में हस्तक्षेप करने का कोई अधिकार न था।

एक वर्ष में खत्म होनेवाली कार्रवाई चार मास में ख़त्म हो गयी।

साधूसिंह के अभी भी चार मास शेष थे। वह चाहे तो इतने समय में ही दोषियों को फाँसी चढ़ा दे।

मुकदमे के दो बार गवाहियों पर आ जाने के कारण, पंकज-नीरज को चिन्ता सताने लगी।

नन्दलाल का तरकश इतना गरीब न था। लेकिन जज को बिना मतलब खिझाना भी अच्छा न था। शेष चारों दोषी जेल में बन्द थे। पंकज या नीरज में से यदि किसी को गैर हाजिर किया गया तो उन्हें कुछ दिनों के लिए जेल की हवा खानी पड़ सकती है। कई बार एक-दो दिन के लिए भीतर गया दोषी फैसले तक बाहर आने को तरसता रह जाता है। नन्दलाल कोई जोखिम उठाने को तैयार न था। मुकदमा लटकाने के बहुत अवसर आने थे। तीस गवाहों को गवाही देने आना था। नन्दलाल कभी डॉक्टर से अर्जी भिजवा देगा। वह इमरजेंसी मरीजों को देख रहा था। उसका अदालत आना सम्भव नहीं था। कभी वह थानेदार से वायरलेस करा देगा। वहाँ मुख्यमन्त्री की सुरक्षा ज्यादा महत्त्वपूर्ण थी। फिर दोषियों को सफाई का अवसर मिलता। सफाई में उन्होंने एस्कार्ट अस्पताल के डॉक्टर व एम.पी. को भुगताना था। ऐसे अहम व्यक्ति सफाई पक्ष के जोर देने पर नहीं आते। स्वयं तो वे कब आते।

चार मास निकाल देना नन्दलाल के लिए मुश्किल न था?

यदि कोई भी वश न चला तो नन्दलाल ब्रह्म-अस्त्र निकाल लेगा। पण्डित को इसी अवसर के लिए इश्तिहारी मुजरिम बनाया गया था। फैसलेवाले दिन उसे अदालत में पेश किया जाना था। उसके पेश होते ही साँप-सीढ़ी के खेल की भाँति निन्यानबे के अंक पर पहुँची गोटी फिर जीरो पर आ गिरती। पहले गवाह से लेकर सारी कार्रवाई फिर दोहरायी जानी थी।

नन्दलाल की गारण्टी थी। फैसला साधूसिंह की कलम से नहीं होगा। क्या गारण्टी थी कि साधूसिंह की जगह आनेवाला जज साधूसिंह जैसा नहीं होगा। बहुत से जज हैं जो पैसे के जाल में नहीं फँसते। कइयों को अमीर मुजरिमों को बरी करते समय होनेवाली बदनामी से डर लगता था। डर-डर में वे पंकज-नीरज को सजा सुना देंगे। जुर्म की संगीनता को देखते हुए अपने नैतिक कर्तव्य के तहत उन्हें फाँसी पर

लटका सकते थे।

इच्छित जज लाने के लिए अभी से प्रयत्न आरम्भ करने जरूरी थे।

नन्दलाल की नजर में कुछ ऐसे जज थे, जो ऊपर से ईमानदार नजर आते थे। लेकिन भीतर से काले नाग थे। वे पैसे लेते थे लेकिन समय विचारकर। पका हुआ फल खाते थे। मिसल का पेट भी भरते थे, तथा अपना भी। ऐसे जजों को पंकज-नीरज को बरी करते वक्त कोई दिक्कत नहीं आएगी। केस कमियों से भरा पड़ा था। यदि उनमें से कोई जज साधूसिंह की जगह आ गया तो फैसला नन्दलाल की इच्छा के अनुसार ही होना था।

लेकिन इच्छित जज आएगा कैसे? मायानगर में तो किसी चपरासी की बदली करानी कठिन हो जाती है। यह एडिशनल जज की नियुक्ति का मामला था।

इसका हल भी नन्दलाल के पास था।

हाईकोर्ट के सबसे सीनियर जज हजारीलाल की तरक्की होनेवाली थी। उसका रिकार्ड बढ़िया न था। रिकार्ड तो उसकी तरक्की में रोड़ा नहीं बन रहा था। लेकिन उसे इसी हाईकोर्ट का चीफ जस्टिस बनने से रोक रहा था। हजारीलाल अपने घर में रहकर सरदारी करना चाहता था। इन दिनों वह भूतपूर्व एम.पी. शुक्ला साहिब की कोठी के चक्कर काट रहा था। भूतपूर्व एम.पी. स्वयं केन्द्र में विधि मन्त्री रहा था। वर्तमान केन्द्रीय विधि मन्त्री उसकी पार्टी का था, साथ ही सहपाठी भी था। शुक्ला हजारीलाल का काम करा सकता था। इस बात का नन्दलाल को पता था। अहसान तले दबा चीफ शुक्ला के इशारे पर नाचेगा। दूर की सोचकर पंकज वगैरा को अभी से शुक्ला के पीछे लग जाना चाहिए। अपने व रिश्तेदारों के केस अभी से शुक्ला को भेजने शुरू कर देने चाहिए। फिर नन्दलाल जाने, उसका काम जाने।

नयी योजना के तहत वकीलों ने फैसला किया। अब साधूसिंह से डरने की आवश्यकता नहीं। पूरा जोर लगाकर भी वह मुकदमे को फैसले तक नहीं ले जा सकता।

नया जज आने तक मुकदमा फैसले के लिए तैयार होना चाहिए। नये जज के कार्य की शुरूआत उन्हें बरी करने से होनी चाहिए।

यही सोचकर सफाई पक्ष अगली पेशी पर गवाह भुगताने की तैयारी करने लगे।

एक सौ छः

सफाई पक्ष की चालों से मुद्दई पक्ष तो दुःखी होता ही था, जज भी स्वयं को निहत्था महसूस कर रहा था।

अपना पूरा जोर लगाकर उसने दोषी को भगौड़ा घोषित कर देने की कार्रवाई चार मास में खत्म की थी। परन्तु उसे अगली कार्रवाई शुरू होने की जरा-सी भी उम्मीद न थी।

पहले पेशियों पर गवाहों की भीड़ हाजिर होती रही थी। गवाहों को बैरंग लौटाकर उसे शर्म महसूस होती थी।

मुकदमे की गत-स्थिति ध्यान में रखकर जज ने इस बार सुनवाई दो दिन की नहीं रखी थी। सुनवाई के लिए एक दिन खाली रखा था। पहले की भाँति सभी गवाह भी तलब नहीं किये थे। केवल चश्मदीद गवाह ही बुलाये गये थे।

दोषियों पर कत्ल के साथ-साथ बलात्कार का भी आरोप था। बलात्कार केस की सुनवाई करते समय साधूसिंह को बुखार चढ़ने लगता था। वह स्वयं को कौरव सभा का मुखिया महसूस करने लगता था। एक मासूम लड़की को शब्दबाणों से निर्वस्त्र करना था। मर्यादा में बँधे जज को न चाहते हुए भी मूक दर्शक बनकर रह जाना था।

पण्डित परमानन्द ने नेहा को मायानगर की ओर चलने से पहले छोटा-सा उपदेश दिया था। अदालत उसके लिए कुरुक्षेत्र का मैदान था। नेहा को होते चीर-हरण से डरकर, रहम की पुकार नहीं करनी है। उसे अर्जुन बनकर गवाही वाले तीर कौरवों की ओर फेंकने थे। तीर मुजरिमों के लिए फाँसी का फन्दा बनेंगे।

नेहा ने गवाही के साथ-साथ पण्डितजी के उपदेश को रट्टा लगा रखा था। अवसर मिलते ही उसे अपने भाई के कातिलों पर रानी झाँसी बनकर झपटना था। बलात्कार का आरोप होने के कारण अदालत की कार्यवाही बन्द कमरे में होनी थी। जज, सरकारी वकील, गवाह, दोषी व दोषियों के वकीलों के सिवा और किसी को अदालत में खड़े होने की इजाजत नहीं होगी।

आवाज लगने पर नेहा गवाहोंवाले कटघरे में जा खड़ी हुई।

जज को गवाही शुरू होने का विश्वास नहीं था।

तसल्ली करने के लिए उसने वकीलों से पूछा—

"गवाही शुरू करें?"

"जी जनाब!" सभी वकीलों ने एक आवाज में कहा।

कहने के लिए सुनवाई बन्द कमरे में हो रही थी। परन्तु अदालत तमाशबीनों

से भरी हुई थी। छः दोषी व उनके छः वकील एक ओर खड़े हो जाते हैं। सीनियर वकीलों की सहायता के लिए दो जूनियर वकील व तीन मुंशियों को भीतर रहने की स्वीकृति मिल गयी। मुजरिम पक्ष के कुल मिलाकर सत्रह आदमी खड़े थे।

मुद्‌दई पक्ष का पलड़ा हल्का था। सरकारी वकील व हरीशराय मुद्‌दई पक्ष के वकील थे। रामनाथ स्वयं बाहर चला गया। उसकी बेटी-सी कोमल भांजी को छः वकीलों की जिरह के चाबुकों जैसे वार सहने पड़ेंगे। कुछ सवाल असभ्य व भद्‌दे होंगे। रामनाथ की उपस्थिति में उसे ऐसे प्रश्नों के उत्तर देने में परेशानी होगी।

सरकारी वकील की मदद के लिए एक नायब कोर्ट था, जो मिसल के साथ-साथ पेश होने वाले माल-मुकदमे को सँभाल रहा था।

गवाही शुरू होने से पहले नेहा को सच बोलने के लिए धर्म की कसम खिलायी गयी।

कसम खाकर नेहा घटना का विवरण देने लगी।

''दीप नगर की गली नम्बर तीन में उनका मकान था। छोटा-सा परिवार। खुशियों भरे दिन व्यतीत हो रहे थे। कमल यूनिवर्सिटी से एम.बी.ए. की पढ़ाई कर रहा था।''

कमल का नाम जुबान पर आते ही नेहा का गला रुँध गया। जुबान बन्द हो गयी। आँखें नम हो गयीं। कुछ देर के लिए वह घबरायी। तुरन्त उसे पण्डित परमानन्द का सन्देश स्मरण हो आया। डोलना नहीं। घबराना नहीं। भावुक नहीं होना। भाई को याद कर-करके रोने के लिए सारी उम्र बाकी है। अदालत में उसे याद करके नहीं रोना। किसी कमजोरी का सबूत नहीं देना।

नेहा की आवाज थथलाने से वकीलों में हो रही खुसर-फुसर एकदम ठहर गयी। चारों ओर सन्नाटा छा गया।

''और आप एम.ए. इंग्लिश कर रही थीं...आगे चलो।''

जज ने अधूरे वाक्य को पूरा करके रुकी गवाही को चालू किया।

जज का गवाह को इस प्रकार उत्साहित करना गैर-कानूनी था। इस नुक्ते को दोनों पक्ष जानते थे।

हरीश को लगा था जज के इस पक्षपातपूर्ण व्यवहार पर सफाई पक्ष के वकील की ओर से तूफान खड़ा किया जानेवाला है। परन्तु नेहा के रुँध आये गले ने सब पर असर किया था। किसी ओर से कोई एतराज नहीं उठा था।

जज द्वारा उत्साहित करने पर नेहा ने स्वयं को सँभाला।

बयान के अगले हिस्से में कमल का जिक्र नहीं था। आधी रात का समय होने व अपने-अपने कमरे में सोने का जिक्र था। दोषियों के धोखे के साथ उनकी कोठी में प्रवेश करने की कहानी सुनाते हुए उसे कोई कठिनाई नहीं हुई।

जब उसने कमल के पेट में पंचम की ओर से छुरा मारे जाने की बात शुरू की तो वह अपने भीतर रुके आँसुओं को नहीं रोक पायी।

"मेरे भैया के पेट में छुरा..." कहती हुई नेहा चिल्ला उठी।

रोती हुई नेहा को देखकर सफाई पक्ष सहित सभी वकीलों व मुंशियों की आँखें नम हो आयीं।

"बेटी धैर्य रखो।...बेटा, लड़की को पानी पिलाओ।"

घबरायी नेहा पर सबसे पहले नन्दलाल को तरस आया।

गवाह के सँभल जाने तक कार्रवाई कुछ देर के लिए ठहर गयी।

मन की भड़ास निकल जाने के कारण व दो गिलास ठण्डा पानी पीने से, नेहा कुछ ठीक महसूस करने लगी।

कुछ देर आराम करके उसने स्वयं ही कार्रवाई शुरू की।

कमल से सम्बन्धित दोष का बयान जज ने स्वयं पूरा कर लिया। चाहिए यह था, कि जो गवाह बोलता, जज लिखवाता। लेकिन गमगीन माहौल ने सफाई पक्ष के वकीलों को अपने अधिकार भुला दिये थे।

पण्डितजी द्वारा नीलम, कालिया द्वारा वेद को चोट मारने, दीना द्वारा उसके साथ खींचातानी करने, ठेकेदार द्वारा डकैती के लिए साथियों को आदेश देने तथा फिर सबके द्वारा मिलकर लूट की कहानी नेहा ने बिना झिझक सुना दी थी।

"बट एबाउट रेप?" नेहा ने दीना द्वारा उसके साथ किये रेप का जिक्र नहीं किया था। स्पष्टीकरण लेने के लिए जज ने सरकारी वकील से पूछा।

"इट वाज नॉट कमिटेड।" जज के प्रश्न का उत्तर नेहा ने स्वयं दे दिया।

इससे पहले कि नेहा एक-एक मुलजिम की ओर इंगित करके बताये कि कालिया कौन है? पण्डित कौन है? एक कार्रवाई और होनी थी।

जाँच के दौरान पुलिस को कुछ खास सबूत मिले थे। कुछ चीजें मौका-ए-वारदात से मिली थीं। जो दोषियों का उपस्थित होना सिद्ध करती थीं। कुछ वस्तुएँ दोषियों से प्राप्त हुई थीं जो घटना में सम्मिलित होने को सिद्ध करती थीं। नेहा को इन वस्तुओं की पहचान करनी थी।

सबसे पहले कमल के खून के साथ लथपथ कपड़ों का पार्सल खोला गया। पोस्ट-मार्टम करते समय डॉक्टर ने यह कपड़े अपने कब्जे में ले लिये थे। टेस्ट के लिए उन्हें केमिकल एग्जामिनर के पास भेजा गया। घूमते-घुमाते ये कपड़े वापिस अदालत में पहुँच चुके थे।

जज के आदेश पर दूसरा पैकेट खोला गया। इसमें से खून से सना एक छुरा निकला, जो कमल के पेट में मारा गया था। जाते समय पंचम इस छुरे को अपने साथ ले गया था। बाद में पुलिस ने मार-पीट करके उससे बरामद करा लिया था।

पार्सलों के खुलते ही सीलन व खून की बू कमरे में फैल गयी। कुछ वकीलों ने अपने-अपने नाक-मुँह पर रूमाल रख लिये। कुछ ने साँस रोक लिये।

औरों के लिए कमल के बदबू से भरे कपड़े घृणित वस्तु हो सकते थे। परन्तु नेहा के लिए यह अमूल्य धरोहर थे।

कुर्ता-पाजामा सामने आते ही जीता-जागता कमल उसकी आँखों के सामने आ गया।

कमल के पिछले जन्म-दिवस पर नेहा ने यह कुर्ता-पाजामा उसे गिफ्ट में दिया था। इसी कुर्ते-पाजामे में कमल राजकुमारों-सा लगता था।

कुर्ता-पाजामा, कमल, छुरा व खून एक चक्रवात-सा बनकर नेहा के सिर में चढ़ने लगा। कमल के पेट में धँसता छुरा। खून की फौहार। बाहर निकलती अँतड़ियाँ व छटपटाता कमल नेहा के सामने घूमने लगा।

नेहा की आँखों के आगे तारे मँडराने लगे। टाँगें उसका बोझ सहने से असमर्थता प्रकट करने लगीं। नेहा को लगा वह गिरने लगी है।

फिर शोर हो गया, ''सँभालो! सँभालो! लड़की बेहोश हो गयी।''

प्रधान ने आगे होकर नेहा को सँभाला। उसे अदालत में एक बेंच पर लेटा दिया गया।

उसे सँभालने के लिए रामनाथ को भीतर बुलाया गया।

कचहरी में एक बार फिर सन्नाटा छा गया।

मुँह व आँखों पर पानी के छींटे मारकर नेहा को होश में लाया गया।

आगे गवाही जारी रखी जाए या नहीं! इसके लिए प्रधान से विचार-विमर्श किया गया।

हरीश भी यही सोच रहा था।

गवाही को आगे टालना खतरे से खाली न था। सौ पापड़ बेलकर वकीलों को काबू किया गया था। एक दिन ऐसे होना ही था। गवाही पूरी कराकर लड़की को भारमुक्त किया जाए।

गवाही ज्यादा नहीं रहती। केवल मुजरिमों की शिनाख्त होनी थी। नेहा न भी सँभली तो जिरह के लिए पेशी ले ली जाएगी।

होश आ जाने पर रामनाथ ने एक बार फिर तसल्ली की। गवाही से अधिक महत्त्वपूर्ण नेहा की सेहत थी।

परन्तु नेहा पूरी तरह सँभल चुकी थी। उसे प्रत्येक दोषी का नाम व शक्ल पूरी तरह याद थे।

''बेटी, तू पूरी तरह से ठीक तो है न? यदि मन उदास है तो और पेशी डाल देते हैं। कोई मजबूरी नहीं।'' साधूसिंह ने नेहा को अपने पास बुलाकर पूछा।

"मैं बिल्कुल ठीक हूँ सर! आप गवाही शुरू करें।"

"बड़ी समझदार बेटी है।" जज ने नेहा का धैर्य बढ़ाया।

"सर, अब गुड़िया का बयान पूरा कर लें। जिरह बाद दोपहर कर लेंगे।"

हरीश के इस सुझाव से दोनों पक्ष सहमत हो गये।

बयान पूरा करने के लिए नेहा फिर पहली जगह पर आकर खड़ी हो गयी।

मुकदमे की अहम कार्रवाई शुरू होनेवाली थी। यदि नेहा ने दोषियों की पहचान कर ली, तो उन्हें सजा हो सकती थी। यदि पहचान न हुई तो उन्हें कत्ल व डकैती के दोषों से बरी हो जाना था। चोरी का माल बरामद होने का जुर्म रह जाना था। इस जुर्म की अधिकाधिक सजा तीन वर्ष थी। आधी वे बिता चुके थे। बाकी कैदियों को मिलती छूट के कारण माफ हो जानी थी। फैसला होते ही उन्हें बाहर आ जाना था।

शिनाख्त की कार्रवाई शुरू होते ही सभी पक्ष चौकस हो गये।

नन्दलाल ने मुजरिमों को कोई गुप्त इशारा किया। सिर हिलाकर मुलजिमों ने इशारा समझने का अहसास करा दिया।

लाचारीवश नेहा ने मुलजिमों की ओर नजर दौड़ाई। दो उसके चचेरे भाई थे। कमल को कत्ल कराने वाले, नेहा को निर्वस्त्र करानेवाले। चाची-चाचा को अपंग बनाने वाले। पूरे परिवार को राजा से रंक बनाने वाले।

कहर भरा दृष्टिपात करके नेहा आगे बढ़ी।

आगे कुछ और ही गोलमाल था। चार की जगह छः मुलजिम खड़े थे। छः के छः मुलजिमों की शक्लें एक जैसी लगती थीं। दो मुलजिमों के कुर्ते-पाजामे सफेद थे शेष के हल्के नीले। सभी के गलों में केसरी अँगोछे, सिरों पर चैकदार परने (साझा) बाँध रखे थे। दाढ़ी-मूँछें भी एक-सी।

चार की जगह छः मुलजिम कैसे हो गये? नेहा ने अपनी दुविधा दूर करने के लिए वकील की ओर निहारा। परन्तु हरीश को अपने सायल की मदद करने का कोई अधिकार नहीं था। वह तो गवाह से इतना भी नहीं पूछ सकता था कि उसे क्या दुविधा है? वह केवल सफाई पक्ष के गैर-कानूनी प्रश्नों पर एतराज कर सकता था।

प्रधान ने नेहा की समस्या सुलझाने के लिए जज की ओर देखा।

साधूसिंह नेहा की समस्या समझ चुका था। सफाई पक्ष के वकीलों ने शरारत की थी। मुंशियों के बहाने दो ऐसे व्यक्तियों को भीतर ले आये थे, जिनकी शक्लें मुलजिमों से मिलती-जुलती थीं। गवाह को भ्रमित करने के लिए उन्हें कपड़े भी मुलजिमों जैसे पहना दिये थे।

"मुंशीजी, आप मुजरिमों के पास खड़े क्या कर रहे हो? एक तरफ हो जाओ।"

जज के आदेश पर सफाई पक्ष को सख्त एतराज था।

गवाह पहली बार मुजरिमों की शिनाख्त कर रहा था। नियम अनुसार यह शिनाख्त दोषियों को पकड़े जाने के तुरन्त बाद होनी चाहिए थी। अब तक मुजरिम बीसियों बार अदालत में पेश हो चुके थे। गवाह उन्हें सैकड़ों बार देख चुके थे। एक मुजरिम की टाँग काटी जा चुकी थी। उसकी शिनाख्त और भी आसान हो गयी थी। मुजरिमों को इन्साफ चाहिए था। उन्हें निष्पक्ष शिनाख्त कराने का अधिकार था। यदि गवाहों की सही पहचान थी तो उन्हें छः में से चार पहचानने में क्या हर्ज था?

परन्तु जज को एतराज था। यदि मुजरिमों की शिनाख्त परेड करानी थी तो उन्हें बाकायदा इस बारे में जज को अर्जी देनी चाहिए थी। जज की इजाजत लेनी चाहिए थी। स्वयं ही ऐसा करके मुजरिम पक्ष ने अदालती कार्रवाई में विघ्न डाला था। गवाह व अदालत को गुमराह किया था। अदालत की मानहानि करने के दोष में उन पर, जज कार्रवाई कर सकता था।

कुछ देर दोनों पक्षों की ओर से कानूनी नुक्तों पर बहस चलती रही।

आखिर जज ने आदेश दिया—"मुंशियों को बाहर भेजो।"

नेहा की समस्या अभी हल नहीं हुई थी। उसे चारों में से प्रत्येक की अलग-अलग पहचान करनी थी। यह कार्य उसके लिए आसान नहीं था।

नेहा को चारों दोषी एक-से नजर आने लगे। जब दोषी उसे दिखाये गये थे, तब ठेकेदार बड़ी आयु का लगता था। उसकी दाढ़ी मौलवी कट थी। कुछ बाल सफेद भी थे। उसने मूँछें रखी हुई थीं। शेष दोषी शेव करते थे। आज सबकी दाढ़ी-मूँछ एक जैसी थीं। सबके बाल काले थे। अब उससे ठेकेदार की पहचान नहीं हो पा रही थी। कालिया के सिर के बाल छोटे होते थे। आज सभी दोषियों के सिर के बाल छोटे थे। उसने एक कान में नत्ती डाली हुई थी, शेष के कान खाली थे। आज सबने नत्तियाँ डाल रखी थीं। पंचम का रंग बाकियों से काला था। आज नेहा से कम व अधिक काले रंग की पहचान नहीं हो पा रही थी। जैसे सभी ने अपने शरीर पर कालिख पोत ली थी। दीना की पहचान नेहा उसकी फटी हुई पैण्ट व कमीज से करती। प्रत्येक पेशी पर वह इन्हीं कपड़ों में आता था। परन्तु आज उसने कपड़े बदल रखे थे।

और तो और, आज तो नेहा को कमल के कातिल पंचम की भी पहचान नहीं हो रही थी। वह भी बैसाखियों की जगह नकली टाँग लगवाकर आया था।

"बोल बेटी, कौन-सा दोषी कौन है?"

सफाई पक्ष असमजंस में पड़े गवाह की घबराहट का लाभ उठाना चाहता था।

नेहा की रटाई उसे धोखा दे गयी थी। सफाई पक्ष के वकील उसे उलझाने में सफल हो चुके थे।

रट्ट का पीछा छोड़कर नेहा ने अपनी याददाश्त पर जोर देना शुरू किया। नेहा

को बताया गया था, यह वारदात इन्हीं दोषियों ने की थी। की भी वैसे ही थी, जैसे उसके बयान में लिखा गया था। फिर नेहा को क्या घबराहट थी? नेहा को दोषी अपनी ज्ञान-इन्द्रियों के आधार पर पहचानने चाहिए।

दीना ने उसके साथ बलात्कार किया था। उसकी बदबू उसके रोम-रोम में बसी हुई थी। वह इस बू को मीलों से पहचान सकती थी।

अदालत की स्वीकृति लेकर वह अकेले-अकेले दोषी के पास से गुजरी। तुरन्त दीना उसकी पकड़ में आ गया।

कमल का खून उसकी आँखों के आगे हुआ था। कातिल के हाथ साधारण न थे। हाथी के पाँवों-से हाथ व अँगुलियाँ सपोलियों जैसी थीं। वह दिमाग पर जोर देकर हाथों की पहचान कर सकती थी।

मन एकाग्र करने के लिए नेहा ने आँखें बन्द कर लीं। माताजी की सिखलायी विधि के अनुसार अपना सारा ध्यान आज्ञा केन्द्र पर जमाकर सोचा। फिल्म की रील की भाँति सारी घटना दिमाग में दोहरायी। हाथों पर आकर उसने रील रोक ली।

नेहा के कहने पर सभी दोषियों के हाथ उसके आगे निकलवाये गये। पंचम के वही हाथ थे, जिन्होंने वेद परिवार का संसार उजाड़ा था।

पंचम की सही शिनाख्त ने नेहा का धैर्य बढ़ाया।

शेष बचते दो दोषियों में से उसे ठेकेदार की पहचान करनी थी। चौथे दोषी की पहचान आप ही हो जानी थी।

ठेकेदार ने दाढ़ी, मूँछें मुँडवाकर व मेकअप कराकर उम्र तो छुपा ली थी। परन्तु बढ़े हुए पेट को कहाँ छिपाता?

ठेकेदार के बढ़े हुए पेट ने उसे फँसा दिया।

तीन दोषियों की पहचान होते ही नेहा का दिमाग चुस्ती पकड़ने लगा।

उसने दोषियों के कानों को ध्यान से जाँचा। कालिया बचपन से ही मुर्की (नेत्ती) डालता था। उसके कान की मोरी बड़ी होनी चाहिए। दूसरे दोषियों के कानों के सूराख नये होंगे या ऐक्टरों की भाँति नक़ली नत्तियाँ डाली होंगी।

उसका अन्दाजा ठीक निकला।

असली दोषी के कान का सूराख बड़ा था।

शिनाख्त की कार्रवाई पूरी होते ही अदालत की कार्रवाई दोपहर तक के लिए रोक दी गयी।

एक सौ सात

ठेकेदार को छोड़कर शेष सब दोषियों को वकील पंकज ने ही दिये। इसलिए नन्दलाल की अगुवाई में कार्य करना उनका फर्ज था।

ठेकेदार की स्थिति अलग थी। उसके पास खर्च करने के लिए चार पैसे थे। पहले दिन से ही उसने अपना वकील स्वयं किया था। न ठेकेदार को पंकज पर भरोसा था, न ही उसका वकील नन्दलाल की बात मानता था। वे अपनी डफली स्वयं बजा रहे थे।

दो दिन से सफाई पक्ष के वकीलों को नन्दलाल अपनी-अपनी जिरह समझा रहा था।

मुकदमा शुरू से ही कमजोर था। रिपोर्ट दर्ज करानेवाले ने रिपोर्ट में न दोषियों के नाम-पते लिखाये थे न हुलिया। किसी विशेष शिनाख्ती पहचान का भी कहीं जिक्र न था। बाद में शिनाख्ती परेड कराकर इस कमी को दूर किया जा सकता था। पुलिस ने ऐसा नहीं किया। अब यदि गवाह अदालत में आकर दोषियों को पहचान ले तो अदालत इसे कोई महत्त्व नहीं देगी। इसलिए सफाई पक्ष के वकीलों को ज्यादा तैयारी करने की आवश्यकता न थी।

दीना पर बलात्कार का दोष था। इस दोष में भी अधिक दम न था। न रिपोर्ट में इसका जिक्र था, न ही डॉक्टर इसकी पुष्टि करता था। पुलिस ने नेहा के एक मास बाद लिखे एक बयान में इसका जिक्र किया था। देर बाद लगे दोष को भी अदालत अधिक महत्त्व नहीं देती।

रहती कमी नेहा ने पूरी कर दी। उसने स्वयं ही दीना को बलात्कार के केस से बरी कर दिया।

निश्चिन्त हुए नन्दलाल ने बाकी वकीलों को पीछे कर दिया। सभी वकीलों की ओर से जिरह करने की कमान स्वयं सँभाल ली।

"हाँ बेटी, पुलिस ने तेरा बयान कितनी बार लिखा था?"

"तीन बार।" नेहा को इस प्रश्न का यही उत्तर समझाया गया था।

पहला बयान अस्पताल में हुआ था, जिसके आधार पर रिपोर्ट दर्ज की गयी थी।

दूसरा बयान पल्लवी के घर हुआ, जिसमें उसने दोषियों के नाम, हथियारों व किये गये जुर्मों का विवरण दिया था। तीसरा बयान थाने में हुआ था, जब वह दोषियों की ओर से पकड़ी गयी चीजों की शिनाख्त करने गयी थी।

"तीनों बयान तुम्हें पुलिस ने पढ़कर सुनाये थे?"

"जी हाँ।" नेहा को इस प्रश्न का उत्तर आता था। उसे यह भी पता था कि

उसके पहले बयान पर हस्ताक्षर हुए थे। बाकियों पर नहीं।

"अभी, आपने कहा कि आपके साथ किसी ने बलात्कार नहीं किया।"

"जी हाँ, कहा है। ठीक कहा है।"

"आपने पुलिस को दिये अपने बयानों में कभी बलात्कार का जिक्र किया था?"

"बेटी! आपके दूसरे बयान में यह लिखा है कि दीना ने तुम्हारे बेडरूम में आकर तुम्हारे साथ बलात्कार किया। यह बात आपने पुलिस को नहीं बतायी?"

"नहीं, मैंने नहीं बतायी।"

"इसका मतलब यह कि यह बात पुलिस ने स्वयं लिखी है।"

"हो सकता है।"

"इसका मतलब यह हुआ कि पुलिस ने आपको दूसरा बयान पढ़कर नहीं सुनाया। यदि वह पढ़कर सुनाते तो उसे टोककर आप अपना बयान ठीक करा लेतीं। ठीक है न बेटी?"

यह प्रश्न गुंझलदार था। नेहा को समझाया गया था कि उसको बलात्कार वाले हिस्से से मुकरना है। बाकी बयान को सही मानना है। अब वह क्या करे? यदि वह बयान को न पढ़कर सुनानेवाली बात मानती थी तो यह सिद्ध होना था कि दोषियों के नाम व पते पुलिस ने स्वयं लिख लिये। बयान पढ़कर सुनाने को ठीक कहती है तो बयान उसने ठीक क्यों नहीं कराया? प्रश्न यह उठता था जिसका उसके पास उत्तर न था।

नेहा सोचने लगी। किसी इशारे की इच्छा से वह अपने वकील को निहारने लगी।

प्रधान उसकी समस्या समझकर भी खामोश खड़ा था। वह अपने सायल की रहनुमाई नहीं कर सकता था। उसे पुलिस पर बिना गवाहों से पूछे स्वयं बयान लिख लेने पर खीझ आ रही थी। इस अधिकार के दुरुपयोग के कारण अब नेहा मुश्किल में फँसी खड़ी थी।

"बोल बेटी, जल्दी बोल। इसमें सोचनेवाली कौन-सी बात है?"

नन्दलाल गवाह को अधिक सोचने का अवसर नहीं देना चाहता था। सोच-सोच कर गवाह सही परिणाम पर पहुँच सकता था।

"सर, इस प्रश्न के उत्तर के बारे में मैं अपने वकील से बात कर लूँ?"

"नहीं बेटे, आप ऐसे नहीं कर सकते।"

"सर, यदि दोषियों को आधा दर्जन वकील कर लेने का अधिकार है तो मुझे एक वकील से राय लेने का भी अधिकार क्यों नहीं?"

खीझी नेहा ने अदालत पर किन्तु किया।

"कानून ऐसे ही कहता है।"

"परन्तु ऐसे क्यों कहता है सर?"

"आप चश्मदीद गवाह हो। सच आपके सामने घटित हुआ। सच को किसी सहारे की आवश्यकता नहीं होती।"

"परन्तु सर, सारी घटना को इन दोषियों ने अंजाम दिया है। यदि मैं कोई गलत बयानी करूँ तो ये मुझसे पूछें। इनकी ओर से प्रश्न पूछने के लिए वकील क्यों खड़े हैं?"

"कानून दोषियों को धर्मराज के पुत्र समझता है। गवाहों को झूठ के पुलिन्दे। इसीलिए गवाहों की ओर से बयान किये जा रहे तथाकथित झूठ में से सत्य तलाशने के लिए वकील खड़े करने का अधिकार देता है।"

नेहा की मजबूरी के कारण गुस्से से भरे खड़े प्रधान ने, पहली बार मन की भड़ास निकाली।

"हम दो सौ वर्ष अँग्रेजों के गुलाम रहे। अपने सिद्धान्त वे हम पर थोप गये। भले दिनों में एक निर्दोष को फाँसी हो गयी। सारे देश में हाहाकार मच गया। लोगों के गुस्से से डरते कानून ने एक सिद्धान्त गढ़ दिया। एक निर्दोष को फाँसी दिये जाने से सौ दोषी बरी कर देना अच्छा है। यह सिद्धान्त देनेवाले देश ने जाँच को वैज्ञानिक रास्ते पर डालकर शंका की गुंजायश को जीरो कर दिया। हमने इस सिद्धान्त को घिसा-घिसाकर दोषियों के बरी होने का हथियार बना लिया। कहानी को शंकित बनाने के लिए दोषियों को वकील दिये जाते हैं। फिर उस शंका के आधार पर दोषी बरी कर दिये जाते हैं।"

अपना फर्ज समझकर साधूसिंह ने नेहा को उसके प्रश्न का इतिहास समझाया।

"हमारा देश कुर्बानी देने में विश्वास रखता है। हमें पुराने सिद्धान्त को बदल देना चाहिए। 'सौ दोषियों को सजा दिलाने के लिए यदि एक निर्दोष को फाँसी पर चढ़ना पड़े तो चढ़ जाना चाहिए।' अब यह सिद्धान्त होना चाहिए।"

बहस को प्रधान आगे चलाने लगा।

"सर, इस विषय पर सेमिनार कभी फिर रख लेंगे। अभी एक गवाह और रहता है। काम खत्म करें।"

मुकदमे से हटकर चली बहस को रोक लगाने के लिए, नन्दलाल ने साधूसिंह को टोककर कहा।

"सॉरी, हाँ, बोल बेटी।" नन्दलाल से माफी माँगकर साधूसिंह ने नेहा को उत्तर देने का आदेश दिया।

"दूसरा बयान मुझे पढ़कर सुनाया गया था। उस समय इस घटना की चर्चा न थी।"

वकीलों के समझाने के अनुसार नेहा ने गोल-मोल जवाब दिया।

इस जवाब से नन्दलाल का गुजारा हो गया। इस उत्तर का अर्थ था, पुलिस अपनी इच्छा से बयान बदलती रही थी। यही नन्दलाल सिद्ध करना चाहता था।

"अब बेटी यह बता कि दोषियों के नाम आपको कब पता चले?"

"जब घटना को अंजाम दे रहे थे। कभी-कभी बातें करते एक-दूसरे का नाम ले रहे थे।"

"पाँच दोषी हैं। सभी के नाम आपने ठीक-ठीक बताये हैं। यह बता बेटे, ये नाम तुमको जुबानी याद रहे या कहीं नोट किये थे?"

"जुबानी याद थे।" नेहा को मालूम था, यह प्रश्न पूछा जाएगा।

"रिपोर्ट दर्ज कराते समय आपने पुलिस को नाम क्यों नहीं बताये?"

"मुझसे किसी ने पूछा नहीं।" इस प्रश्न का यही उचित उत्तर था। यह भी उसे समझाया गया था।

"अस्पताल का रिकार्ड बताता है कि सबसे पहले आपका मामा आपको अस्पताल में मिलने आया। यह बात ठीक है?"

"मैं घबराहट में थी। मुझे कुछ याद नहीं।"

"अच्छा, यह बताओ कि अस्पताल से छुट्टी होने के बाद वह पल्लवी के घर जाकर आपको हर रोज मिलता रहा, या नहीं?"

"हाँ, मिलता रहा।"

"वह वकील है?"

"हाँ जी।"

"उसने आपसे दोषियों के नाम पूछे?"

"नहीं।"

"इसका मतलब हुआ कि आपने पहली बार पुलिस को दोषियों के नाम बताये। वह भी पन्द्रह दिनों के बाद उनके पूछने पर।"

"हाँ जी।"

"तब तक सब दोषी पकड़े जा चुके थे। इनके नाम, पता व तस्वीरें अखबारों में छप चुके थे। आपको पता है?"

"नहीं। मुझे नहीं मालूम।"

"हम रिकार्ड देख लेंगे। इसमें पूछने की क्या आवश्यकता है?"

साधूसिंह ने नन्दलाल को टोका।

"बहुत अच्छा जनाब! अब बेटी यह बताओ, आपने दोषियों की शिनाख्त किस आधार पर की है?"

"इनके शिनाख्ती निशान देखकर।"

"वे कौन-कौन से शिनाख्ती निशान हैं? बेटी जरा हमें भी बताओ।"

"पंचम के हाथों की बनावट, कालिया के कानों की नत्ती, ठेकेदार का बढ़ा हुआ पेट।"

"परन्तु ये शिनाख्ती निशान आपने अपने बयानों में तो कहीं नहीं लिखवाये। क्यों नहीं लिखवाये थे? कोई कारण?"

नन्दलाल ने एक बार फिर उसके सभी बयान पढ़कर सुनाये। किसी भी बयान में इन शिनाख्ती निशानों का जिक्र नहीं था।

नेहा निरुत्तर हो गयी।

"देखो बेटी, आप झूठ बोल रही हैं। इस घटना को अंजाम काले कच्छे वालों ने दिया था। आप अपने भाइयों से बदला लेना चाहती थीं। आपने पुलिस से मिलकर पंकज-नीरज के साथ-साथ इन गरीब पूर्बियों को भी फँसा दिया। ठीक है न?"

"सर, मैं वकील साहिब से एक प्रश्न पूछना चाहती हूँ?"

"नहीं बेटी! आप न किसी वकील से प्रश्न पूछ सकती हैं, न दोषी से।"

"सर, यह कमाल का कानून है! दोषी धड़ा-धड़ प्रश्न करते रहें। गवाह एक प्रश्न भी नहीं पूछ सकता?"

नेहा छटपटाकर रह गयी।

अपने भीतर पैदा हुई जिज्ञासा को शान्त करने के लिए साधूसिंह ने नेहा के मन की बात पूछी।

"सर, मैं पूछना चाहती थी कि मुझे असली कातिल छोड़कर, इन्हें फँसाने की क्या जरूरत है?"

"जब अवसर आया यह भी बताएँगे कि इन्हें क्यों फँसाया गया है?"

नन्दलाल ने मुद्दे से बाहर जाती बातचीत को रोक लगाने का एक बार फिर यत्न किया।

"चलो, खत्म करो। बहुत जिरह हो गयी।"

साधूसिंह नेहा को जल्दी से जल्दी फारिग करना चाहता था।

"जैसा जनाब का आदेश।" कहते हुए नन्दलाल ने तुरन्त जिरह बन्द कर दी।

ठेकेदार का वकील अलग राग अलाप रहा था।

ठेकेदार की ओर से जिरह करने का उसे अलग से अवसर दिया गया।

बाकी सारे सवाल नन्दलाल पूछ चुका था। परन्तु नन्दलाल द्वारा सारा केस काला कच्छा गिरोह के सिर मढ़ देनेवाली बात ठेकेदार को जँची नहीं। सफाई पक्ष की इस दलील से पंकज-नीरज तो बच सकते थे। परन्तु पूर्बियों को यह बात फँसा सकती थी। पूर्बियों व काले कच्छे वालों में क्या अन्तर था? यह ठेकेदार से सिद्ध नहीं होगा।

ठेकेदार का वकील अपना पक्ष सोचकर आया था।

अपनी सोच के अनुसार वह नेहा को अपने पक्ष में उलझाने लगा—

"देखो बेटी! आपका यूनिवर्सिटी के एक लड़के से इश्क चलता था। वह रात में आपसे मिलने आता था। उस रात भी वह आपके कमरे में था। कमल जाग गया। उसने आप दोनों को देख लिया। गुस्से में उसने आपके आशिक पर हमला कर दिया। आशिक ने कमल को मार दिया। अपनी बदनामी से बचने के लिए आपने इन गरीब पूर्बियों को बलि का बकरा बना लिया।"

इस नयी कहानी ने नेहा की आँखों में फिर आँसू छलका दिये।

एक सौ आठ

मुलाकात करने के लिए आयी ठेकेदार की पत्नी हर बार नयी मुसीबत का समाचार दे जाती थी।

पहली बार उसने बताया। ठेकेदार के एक शागिर्द ने उसके सभी काम हथिया लिये। लोगों ने कुछ देर तक तो उसकी प्रतीक्षा की। फिर सोचा, वह कत्ल केस में फँसा हुआ है। क्या पता कब लौटकर आए? लोग अपने काम नहीं रोक सकते थे। उन्होंने नये ठेकेदार पकड़ लिये।

कुछ लोग ठेकेदार का असली चेहरा नंगा हो जाने के कारण काम से जवाब दे गये। उन्हें क्या मालूम कि ठेकेदार लूट-खसूट भी करता था? ठेकेदार व मालिक की एक बात होती है। ठेकेदार जब चाहे किसी भी समय मालिक के घर चक्कर लगा सकता है। मालिक पैसा-धेला व कीमती सामान कहाँ रखता है, ठेकेदार को इसका ज्ञान होता है। ऐसे आदमी का क्या भरोसा कब लूटने आ जाए। देखकर मक्खी निगलने को कोई तैयार न था।

दूसरी बार उसने बताया। दुकान की बिक्री आधी रह गयी थी। उनकी दुकान ठेकेदार के साथ काम करते मजदूरों के सहारे चलती थी। अब वे जिस ठेकेदार के साथ काम करते थे, उसी के दुकानदार से सामान खरीदते थे। थोक के दुकानदारों ने उन्हें उधार में सौदा देना बन्द कर दिया था। जो सौदा दुकान में था घर में प्रयोग हो चुका था। दुकान में चूहे नाचते थे। आमदनी का कोई और साधन न था। भीख माँगने की नौबत आ रही थी।

फिर उसने बताया। लड़का बिगड़ने लगा है। पहले वह छुप-छुपाकर बीड़ी पीता था, अब सरेआम पीने लगा है। शराब पीने के लिए पता नहीं कहाँ से पैसा लेता था? शाम को पीकर आता था। लड़की बिगड़ती जा रही थी। कई बार उसने लड़की

को पराये लड़कों के साथ हँसते-बतियाते देखा था। उसे अब आँखों की शर्म भी नहीं रही। किसी भी समय वह किसी के साथ घर से भाग सकती है।

यदि हालात ऐसे ही चलते रहे तो उन्हें अपना घर-घाट बेचकर किसी भी समय अपने गाँव की ओर जाना पड़ सकता था।

ऐसी परेशानियों का सामना ठेकेदार को जेल के भीतर भी करना पड़ रहा था।

उसके साथी पंकज-नीरज के पीछे लग रहे थे। जैसे सेठों के वकील कहते थे, वैसे ही कर रहे थे। ठेकेदार ने उन्हें बहुत समझाया था। सेठ स्वयं को बरी करानेवाली चालें चल रहे थे। उन्हें पूर्बियों के साथ हमदर्दी न थी। उन्हें न कोई बरी कराएगा न कोई बरी करेगा। अपनी लड़ाई स्वयं लड़नी थी। परन्तु वे उसकी एक नहीं सुनते थे। सेठों के कहने पर पण्डित गैरहाजिर हो चुका था। जब आवश्यकता पड़ी सेठ उसे गिरफ्तार करा देंगे। फिर उम्रभर जेल में सड़ता रहेगा।

ठेकेदार आराम-परस्त हो चुका था। अब वह जेल में कोई काम नहीं कर सकता था। परन्तु उसके साथियों के लिए जेल की भीतरी व बाहरी जिन्दगी में कोई अन्तर नहीं था। बाहर वे एक कमरे में दस-दस रहते थे। न बिजली न पानी। रात उन्हें मच्छर खाते रहते थे। सारा दिन कठिन परिश्रम करने के बाद पेटभर रोटी नसीब होती थी। दिहाड़ी टूट जाए तो भूखा रहना पड़ता था। उन्हें जेल में आराम नजर आता था। बैरकों में पंखे थे। नहाने के लिए ट्यूबवेल। देखने-सुनने को टी.वी। इलाज मुफ्त में होता था। पंकज की टाँग का इलाज दयानन्द अस्पताल में हुआ था। बाहर होता तो टाँग कटाने का कम से कम एक लाख रुपया लगता। पैसों की कमी के कारण वह तड़प-तड़पकर मर जाता।

ठेकेदार के साथियों को बाहर आने की कोई जल्दी नहीं थी।

ठेकेदार बाहर आने के लिए तड़प रहा था। साथवाले कैदी उसे तंग कर रहे थे। उसे जेल में एक साल से अधिक समय हो गया था। इसी कारण उसका जमानत पर रिहा होने का अधिकार बन गया था। कानून दोषियों का पक्ष ले रहा था। यदि सुनवाई एक वर्ष में खत्म नहीं होती तो दोषी को जमानत पर रिहा करो। उसे उम्र भर जेल में बन्द नहीं रखना।

साथी कैदी पूछ रहे थे वह हाईकोर्ट में जमानत की अर्जी क्यों नहीं लगाता?

हाईकोर्ट के वकीलों की फीसों से डरने की आवश्यकता न थी। शनिवार को कुछ वकील काम लेने मायानगर आते थे। ये वे वकील थे जो नये थे, या जिनका काम कम चलता था। जो दोषी अधिक फीस अदा नहीं कर सकते या जिनके वारिस चण्डीगढ़ के अधिक चक्कर नहीं लगा सकते, वे उन्हें वकील कर लेते हैं।

ठेकेदार बाहर होता तो चण्डीगढ़ जाकर बढ़िया वकील करता। उसकी पत्नी ने कभी मायानगर का बस स्टैण्ड तक नहीं देखा। वह हाईकोर्ट के चक्कर नहीं लगा

सकती। उनके पास बड़े वकीलों को देने योग्य फीस भी नहीं थी।

वह कोई आभूषण बेचकर मुश्किल से हजार-पन्द्रह सौ जुटा सकती थी।

ऐसे एक वकील को ठेकेदार की पत्नी ने कागज-पत्र दिखाये। कागज पढ़कर वकील ने छाती ठोंकी। सौ फीसदी जमानत वाला केस था। पर्चे में उसका नाम तक नहीं है। एक वर्ष से जेल में बन्द था। मुकदमा अभी बहुत देर तक चलना था। जमानत गारण्टी से थी।

वकील ने फीस भी अधिक नहीं माँगी थी। बाईस सौ रुपये फीस व पाँच सौ खर्चा। पन्द्रह सौ पहले, शेष कार्य सम्पन्न होने के बाद।

हाईकोर्ट के वकील ने जमानत की अर्जी लगायी। साथ ही वेद व नेहा के बयानों की कापियाँ लगायीं। कोई भी बयान एक-दूसरे से मिल नहीं रहा था। सारी कहानी झूठी साबित होती थी। गरीब व प्रवासी होने के कारण ठेकेदार को जानबूझकर फँसाया गया था।

अभी दो गवाह भुगते थे। बीसियों गवाह शेष पड़े थे। निर्दोष आदमी को मुफ्त में सजा काटनी पड़ रही थी। दोष साबित होने पर वे आदेश मानने को तैयार थे। पहले ही उसके परिवार को बर्बाद न किया जाए।

अदालत ने दोनों पक्षों को सही ठहराया।

निचली अदालत को आदेश हुआ। दोष दिखाई दे तो सुनवाई मुकम्मल करो। यदि किसी कारण सुनवाई लटकती नजर आए तो ठेकेदार को जमानत पर रिहा करे।

एक सौ नौ

ठेकेदार ने शान्त जल में पत्थर फेंक दिया था।

पहली पेशी पर चौधरी की ओर से जज की खिंचाई अब तक काम दे रही थी। साधूसिंह ने तत्परता दिखानी छोड़ दी। केस अपनी मस्त चाल से चल रहा था।

साधूसिंह के तीन मास अभी शेष थे। मुकदमे को खत्म होने में अभी तीन वर्ष लगने थे। बड़ी आसानी से उनका पीछा साधूसिंह से छूट जाना था।

ठेकेदार से बड़ी गलती उसके वकील ने की थी। फीस के लालच में वह बचकाना खेल, खेल गया था। हाईकोर्ट के बच्चे-बच्चे को पता था कि जो जज इन दिनों जमानत की अर्जियाँ सुन रहा है, वह कैसे आदेश कर रहा है? मुकदमे को तीन मास में खत्म करो। केस को चार मास में निपटाओ। ऐसे आदेशों से मुलजिम को

लाभ की जगह नुकसान अधिक होता था। लाचारीवश जज को सुनवाई पूरी करनी पड़ती थी। जख्म ताजे होने के कारण गवाहों का गुस्सा ठण्डा नहीं होता था। बरी होने की जगह मुजरिमों को सजा हो जाती थी।

साधूसिंह तो पहले ही मुद्दई के पक्ष में चलने वाला जज जाना जाता था। कोई न कोई दलील बनाकर वह बरी होनेवाले दोषियों को भी सजा सुना देता था। कई बार साधूसिंह की दलील हाईकोर्ट को जँच जाती। दोषियों को मिली सजा बहाल रह जाती थी। दोषी हाईकोर्ट में से बरी होने में कामयाब हो जाए, फिर भी उसको तब तक परेशानी हो जाती थी। अपील की सुनवाई पूरी होने तक जेल में रहना पड़ता था। कई बार सुनवाई तीन-तीन वर्ष तक खत्म नहीं होती थी। वकीलों की फीसों के रूप में भारी जुर्माना अदा करना पड़ता था। सजा के डर की तलवार सिर पर लटकती रहती थी। पढ़े-लिखे मुजरिमों के लिए इतनी खींचतान बहुत होती थी।

हाईकोर्ट का आदेश साधूसिंह को मिला, उस समय अगली पेशी में एक सप्ताह शेष था। उसने तुरन्त सभी अहलकार तलब कर लिए।

अहलमद को आदेश हुआ। अभी सभी गवाहों के सम्मन काटकर उसके आगे पेश किये जाएँ।

स्टेनो को आदेश हुआ। वह अभी, पुलिस कप्तान के नाम, उसकी ओर से विशेष पत्र जारी करे। हाईकोर्ट के आदेशों का हवाला दिया जाए। गवाहों की तामील में प्रयोग की गयी ढील हाईकोर्ट के आदेशों की तौहीन होगी। यह उसे अच्छी तरह समझाया जाए।

सरकारी वकील को आदेश हुआ। वह मुख्य अफसर को हाईकोर्ट के आदेशों के बारे में जानकारी दे। निश्चित तिथि को वह रिकार्ड के साथ हाजिर हो जाए।

सफाई पक्ष के वकीलों की ताड़ना हुई। अगली पेशी पर सभी उपस्थित रहें। किसी ने इधर-उधर आना-जाना हो तो पहले अदालत से स्वीकृति लें, अपनी जगह किसी दूसरे वकील को खड़ा करें।

सभी पक्षों को एक और स्पष्टीकरण दिया गया–

"मुझे दो मास के भीतर-भीतर सुनवाई खत्म करनी है। यदि प्रतिदिन सुनवाई करनी पड़े, इससे भी गुरेज नहीं। इसलिए अच्छाई इसी में है कि मुकदमा लटकाने के ढंग-तरीकों का इस्तेमाल न किया जाए। फैसला गुण-अवगुणों के आधार पर होने दिया जाए।"

अचानक आये इस भूचाल ने सफाई पक्ष के इरादों को झँझोड़ दिया।

पंकज पार्टी हौसले गिराकर बैठ गयी। परन्तु नन्दलाल का हौसला बुलन्द था। साधूसिंह जोर लगा ले, वह अपनी कलम से इस मुकदमे का फैसला नहीं लिख सकता।

दो मास मुद्दई पक्ष के गवाहों के बयान होने में लग जाएँगे। पन्द्रह-बीस दिन छः मुजरिमों को अपनी सफाई पेश करते हुए गुजर जाएँगे। पाँच-चार दिन बहस की तैयारी के लिए मिलने थे।

"ढाई मास भी मुकदमा लटक गया तो समझ लो बाजी जीत ली।"

"वह कैसे?"

पंकज को नन्दलाल की निश्चिन्तता का कारण समझ नहीं आ रहा था।

"फैसलेवाले दिन ही हम भगौड़ा घोषित हो चुके पण्डित को अदालत में पेश करेंगे। उसके पेश होते ही कार्रवाई एक बार फिर दोहरायी जाएगी। साधूसिंह दिन-रात लगा रहे तो भी कार्रवाई छः मास तक पूरी नहीं होगी। इतनी देर में साधूसिंह से हमारा पिण्ड छूट जाएगा। ठेकेदार की जमानत हो जाएगी। वह चैन से बैठ जाएगा। फिर फैसला हमारी इच्छा के अनुसार होगा।"

लम्बा-चौड़ा भाषण झाड़कर नन्दलाल ने पंकज को समझाया।

यही चाल चलने के लिए नन्दलाल ने पण्डित को भगौड़ा बनानेवाला मोहरा तैयार किया था।

एक सौ दस

हाईकोर्ट की हाथ लगी गीदड़-सिंगी का पूरा लाभ जज उठा रहा था।

नन्दलाल का चालीस वर्षीय अनुभव माटी में मिलता जा रहा था। आधे घण्टे की जगह उसने गवाहों से तीन-तीन घण्टे जिरह की। थाने के रोजनामचे से लेकर टेलीफोन कम्पनी के रिकार्ड तक को तलब किया गया। रिकार्ड इधर-उधर कराया गया। साधूसिंह ने उसकी एक न चलने दी। परवानों की जगह रिकार्ड लेने के लिए अर्दली भेजे गये। साथ ही हिदायत हुई हनुमान की भाँति सारा रिकार्ड ही उठा लाओ। घूम-फिर कर सारा रिकार्ड हाजिर हो गया।

नन्दलाल ने गवाहों को घर से दौड़ाया। किसी को बीमार बनाकर मेडिकल प्रमाण-पत्र भिजवाया। किसी को किसी के क्रियाकर्म पर भिजवाया। जज ने पहले ही गवाहियों के लिए तीन दिन निश्चित कर दिये। पाँच, बीस व तीस तारीख। गवाह को छूट दे दी। वह अपनी सुविधा अनुसार आ जाए। कोई महीनाभर घर से टल नहीं सकता था। कोई पाँच को हाजिर हो गया। कोई बीस को। शेष तीस को भुगत गये।

सफाई पेश करने के लिए दो अवसर दिये गये। शोर-शराबा करके मुश्किल से

एक अवसर और लिया गया।

ढाई मास दौड़ा-दौड़ाकर मुजरिम पक्ष को जज ने थका दिया।

साधूसिंह के पास अभी पन्द्रह दिन शेष थे।

पंकज व उसके रिश्तेदारों ने खूब दौड़-धूप की। जमीन-आसमान एक किया। दिल्ली से लेकर कैनेडा तक बसे साधूसिंह के रिश्तेदारों तक पहुँच की। कहीं से भी आश्वासन न मिला। उन्होंने नन्दलाल को सूचित किया। यदि फैसला साधूसिंह की कलम से हुआ तो उन्हें सजा से बचा सकनेवाली दुनिया में कोई ताकत नहीं है।

तीन मास से नन्दलाल इसी केस में उलझा था। उसके बाकी काम का नुकसान हो रहा था। नन्दलाल चाहता था मुकदमा अगले जज तक लटक जाए। उसे दोबारा कार्रवाई दोहराने की जहमत न उठानी पड़े।

लेकिन अब दोबारा कार्रवाई चलाने के सिवा और चारा न था।

मुख्य अफसर से बात हुई। वह एक खतरनाक भगौड़े मुजरिम को पकड़कर, अखबारवालों से वाह-वाही लूटे। अपने विभाग से इनाम प्राप्त करे।

उसे पण्डित की छुपने की जगह का पता बताया गया।

अगले दिन बहस शुरू होने से पहले ही मुख्य अफसर अदालत में पेश हुआ। दोनों एड़ियाँ जोड़ उसने जज को सैलूट किया।

अदालत की कार्रवाई में खलल डालने का कारण जज ने पूछा।

मुख्य अफसर ने अपनी बहादुरी की शेखी बघारी। भगौड़े मुलजिम को हथकड़ियों में जकड़कर अदालत में पेश किया।

पण्डित को अदालत में पेश हुआ देखकर साधूसिंह हल्का-सा मुस्कुराया। भगौड़े मुजरिम के अचानक पेश होने पर उसे हैरानी नहीं थी। 'ऐसा होना ही था, इस बारे में उसे पहले से मालूम था।

''बैठा दो।'' साधूसिंह ने मुख्य अफसर को आदेश सुनाया।

''अब जनाब!'' नन्दलाल को पता था आगे क्या होना है। फिर भी उसने जल्दी फारिग होने के इरादे से जज को बाँचना चाहा।

''तेरा कोई वकील है? या सरकारी खर्चे पर करके दूँ?'' नन्दलाल के प्रश्न का उत्तर देने से पहले ही साधूसिंह ने मुजरिम से पूछा।

''जी, कोई नहीं।''

''ठीक है। बाबूजी, आप इसके वकील बन जाओ। मैं सरकार को आपकी फीस के बारे में लिख दूँगा। ठीक है?''

''जो आदेश जनाब का।''

''बोलो, कौन-कौन से गवाह दोबारा बुलाने हैं?''

''श्रीमानजी, यह मुलजिम वारदात से लेकर गिरफ्तारी तक मुकदमे से जुड़ा हुआ

है। इसके साथ प्रत्येक गवाह सम्बन्ध रखता है। सभी गवाह एक बार फिर बुलाने पड़ेंगे।''

''टेलीफोनवाले, स्टोरकीपर, दूसरे दोषियों से सामान बरामद करानेवाले। उनके साथ मुलजिम का क्या सम्बन्ध है?''

''बहुत सम्बन्ध है जनाब। फौजदारी मुकदमा है। क्या पता कब कौन-सा दाँव लग जाए?''

''यह कानून का दुरुपयोग है। समय नष्ट करनेवाली बात है। खैर, कोई बात नहीं। जैसे आपकी इच्छा।'' साधूसिंह ने अपनी बेबसी जतलायी।

''श्रीमानजी, सभी गवाह छः महीनों में नहीं निपटेंगे। मेरे सायल की जमानत करा दो।''

लटकते जा रहे मुकदमे पर खुशी प्रकट करते हुए ठेकेदार के वकील ने साधूसिंह को हाईकोर्ट के आदेशों की स्मृति करायी।

''हालात बदल गये हैं। पाँच-चार दिन में कोई आदेश सुनाते हैं।''

निर्णय साधूसिंह के हाथों नहीं लिखा जाएगा। यह उसे पहले ही पता था। परन्तु उसने स्वयं फैसला किया था। अपनी ड्यूटी के अन्तिम क्षण तक वह मुकदमे को फैसले तक ले जाने की कोशिश करता रहेगा। इसीलिए मुलजिमों की प्रत्येक चाल का उसने उचित उत्तर दिया था।

मुकदमे के मुख्य-गवाहों को तलब करने के लिए उसने एक सप्ताह की तारीख दी। शेष गवाहों को पन्द्रहवें दिन बुलाया गया।

मुजरिमों व वकीलों को भेजकर साधूसिंह ने घड़ी पर नजर दौड़ायी। अभी ग्यारह ही बजे थे। बहस सारा दिन चलनी थी। इसलिए उसने और कोई केस सुनवाई के लिए नहीं रखा था।

खाली बैठे साधूसिंह के दिमाग में विचार कौंध गया। सभी गवाहों को दोबारा बुलाने की तुक न थी। कानून बेशक सभी गवाहों को बुलाने की सिफारिश करता था। परन्तु लगता था, किसी समय किसी मुकदमे की परिस्थितियों के अनुसार बनाये गये नियम का अब दुरुपयोग हो रहा था। इसलिए नियम को बदलने की आवश्यकता थी।

ठेकेदार की जमानत मंजूर करने वाले आदेश पर भी नजर मारनी आवश्यक थी। हाईकोर्ट के आदेश की अक्षरशः पालना हुई थी। यदि मुजरिम कानून की रियायतों का नाजायज फायदा न उठाते तो फैसला निश्चित तिथि से पहले हो जाना था। मुकदमा अदालत की कमजोरी से नहीं मुजरिमों की चालाकी से लटका था। इस चालाकी का लाभ ठेकेदार को नहीं मिलना चाहिए था। हाईकोर्ट से और समय की माँग की जानी चाहिए थी।

साधूसिंह ने अपना स्टेनो बुलाया। चीफ जस्टिस के नाम एक गुप्त-पत्र लिखवाया।

हाईकोर्ट की ओर से दो महीने की अवधि के भीतर सुनवाई मुकम्मल करने के आदेश के पीछे शुभ धारणा काम करती थी। इस तरह होने से दोनों पक्षों को इन्साफ मिलना था। यदि दोषी बेकसूर हुआ तो उसे अधिक समय तक जेल में सड़ने की आवश्यकता न थी। उसे बाहर आ जाना चाहिए। दूसरी ओर गवाहियाँ चलते रहने तक दोषियों का जेल में रहना जायज था। बाहर आने से गवाहों में दहशत फैलनी थी।

साधूसिंह ने हाईकोर्ट की भावना को अच्छी तरह समझा था। उन पर फूल चढ़ाये थे।

लेकिन अब हालात बदल गये थे। बदली परिस्थितियों में यदि हाईकोर्ट के आदेशों का पालन करके दोषी को जमानत पर रिहा किया गया तो इससे आदेशों की मूल भावना से अन्याय होता था। इन्साफ माँग करता था। दोषी की रिहाई को और छः मास के लिए टाल दिया जाए।

उसका दूसरा निवेदन सभी गवाहों को दोबारा बुलाने के नियम में ढील देने के बारे में था।

इस मुकदमे में बहुत से ऐसे गवाह थे, जिनकी पण्डित का दोष सिद्ध करने में कोई भूमिका नहीं थी। उन्हें दोबारा तलब करके गवाही देने के लिए मजबूर करने में कोई तुक न थी। ऐसे गवाहों को तलब करने से छूट मिलनी चाहिए।

मौके के जिन गवाहों पर जिन दोषियों की ओर से पहले जिरह हो चुकी थी, उन्हें दोबारा जिरह करने का अवसर नहीं देना चाहिए। जो मुजरिम अब पेश हुआ था, उसे जिरह का अवसर मिलना चाहिए।

यह तर्क-संगत होगा। इससे अदालत का कीमती समय भी बचेगा।

अगली पेशी से पहले चीफ जस्टिस का उत्तर आ गया।

साधूसिंह के दोनों निवेदन स्वीकार हो गये।

ठेकेदार की जमानत तीन मास के लिए आगे डाल दी गयी।

केवल वही गवाह दोबारा बुलाये जाएँ, जिनका सम्बन्ध नये मुजरिम से हो। गवाहों को दोबारा बयान देने के झंझट में न डाला जाए। यदि पहले गवाह मुजरिम की अनुपस्थिति में बयान देकर चला गया है तो इसमें गवाह का कोई कसूर नहीं। कसूर मुजरिम का है। पहले बयान के समय छः वकील हाजिर थे। इसलिए किसी कोताही की कोई गुंजायश न थी। केवल नये मुजरिम को जिरह करने का अवसर दिया जाए।

नये आदेशों का नन्दलाल की सेहत पर कोई असर न था। उनका मकसद केस

को पन्द्रह-बीस दिन और खींचना था। वह हो ही रहा था।

वे हाईकोर्ट के आदेशों की पालना में सहयोग देने लगे।

एक सौ ग्यारह

साधूसिंह का इस कुर्सी पर आज आखिरी दिन था।

उसे अफसोस रहा कि इस मुकदमे का फैसला वह खुद नहीं कर पाया। लेकिन मन को तसल्ली थी। अपनी नियुक्ति के अन्तिम क्षण तक वह केस को सिरे चढ़ाने का यत्न करता रहा था।

फैसला नहीं हुआ, न सही। मुद्दई पक्ष की गवाही ठीक से भुगत गयी। सफाई पक्ष को लाख यत्न करने पर भी मनमानी का मौका नहीं मिला। साधूसिंह की यह उपलब्धि क्या कम थी?

साधूसिंह का उत्तराधिकारी इस केस का क्या निर्णय करता है, इस बात से उसे (साधूसिंह को) कोई मतलब नहीं। यदि साधूसिंह को ही फैसला करना होता, इस बारे में वह स्पष्ट था। कानून की कसौटी पर सबूत खरे उतरें या न उतरें। सच यही था जो गवाहों ने बयान किया था। पंकज और नीरज ने व्यक्तिगत रंजिश निकालने के लिए यह साजिश रची थी। ठेकेदार और उसके साथियों ने वारदात की थी। पंचम की जगह कत्ल दीना ने किया, या दीना की जगह चोटें पण्डित ने मारीं। यह रद्दोबदल हो सकता था। सच्चाई यह भी कि नेहा के साथ बलात्कार हुआ था। लेकिन बदनामी के डर से वह बलात्कारी को दोषमुक्त करने का कड़वा घूँट पी गयी थी। घर में से सामान लूटा गया था और फिर सामान दोषियों में बाँटा गया था। किसने कौन-सा अपराध किस नीयत से किया, साधूसिंह इन झमेलों में नहीं पड़ा था। वह सभी दोषियों पर 'साझी नीयत' का सिद्धान्त लगाते हुए सबको कत्ल और डकैती का दोषी घोषित कर देता और फाँसी की सजा सुना देता।

पंचम बीस साल से कम उम्र का नहीं था। होता, तो भी साधूसिंह उसे बीस साल से कम उम्र का नहीं मानता। बच्चा समझकर माफ करने की बजाय उसे भी फाँसी के फन्दे तक पहुँचाता। जहरीले साँपों के गले बचपन में ही घोट देना बेहतर था।

शिनाख्ती-परेड की खामी साधूसिंह के लिए कोई महत्त्व नहीं रखती। इक्कीसवीं सदी में जजों को उन्नीसवीं सदी के कानून मानने के लिए मजबूर किया जा रहा था।

नये सन्दर्भों में नये कानून बनाने की जिम्मेवारी सरकार की थी। घिसे-पिटे कानून सीधे रास्ते डालने का जितना अधिकार साधूसिंह को प्राप्त था, उसका प्रयोग वह मुक्त होकर करनेवाला था। अदालत में पहली बार हुई शिनाख्ती परेड को सही ठहराने के लिए साधूसिंह के पास अपना तर्क था। सदमे के कारण यदि तत्काल लड़की पूरी घटना का बयान ज्यों-का-त्यों नहीं कर सकी, तो इसमें उसका क्या दोष? पुलिस ने अपनी सुविधानुसार उसके बयान खुद ही लिख लिये तो उसका भला क्या दोष? कसूर कानून का था, जिसने पुलिस को ऐसे अधिकार दिये थे। विशेष चिह्नों के आधार पर दोषियों की शिनाख्त क्यों नहीं हो सकती? कत्ल करते हाथ, बलात्कारी के शरीर से आती बू, भुलाने पर भी नहीं भूलती। इन चिह्नों के आधार पर हुई शिनाख्त सही थी। मासूम लड़की ने मुलजिमों के साथ इश्क तो नहीं लड़ाया था कि फौरन पहचान जाती। दोषियों को देखने से पहले ही उसका कलेजा फटने लगता था। गुस्से में लाल-पीली हो जाती थी। कई बार बेहोश होने के बाद वह दोषियों की तरफ मुँह कर सकती थी। झूठ बोल उसे इन्हें फँसाने की क्या जरूरत थी? साधूसिंह नया नियम गढ़ देता। आगे हाईकोर्ट जाने या उसका कानून।

वह पंकज और नीरज को भी छोड़ने वाला नहीं था। जितने सबूत मिसल पर आये थे, वे उन्हें दोषी सिद्ध करने के लिए काफी थे। साधूसिंह को साजिश सुनते झूठे गवाहों की जरूरत नहीं थी। साजिशें कभी किसी के सामने नहीं रची जातीं। न कोई सबूत रहने दिया जाता है। साजिशों का अन्दाजा हालात से लगाया जाता है। इस मुकदमे के हालात बहुत कुछ पंकज और नीरज के खिलाफ बोलते थे।

लेकिन साधूसिंह के दिल की दिल में ही रह गयी।

अगली पेशी पण्डित को सफाई देने के लिए होने वाली थी। सफाई पेश करने के लिए मुलजिम को मुनासिब समय मिलना चाहिए। बदले हुए हालात में यह उचित समय दस दिनों से कम क्या हो सकता था?

"अब तो खुश हो!"

दस दिनों की तारीख डालते हुए साधूसिंह ने व्यंग्यात्मक मुस्कान होठों पर लाकर नन्दलाल से पूछा।

साधूसिंह का संकेत समझकर नन्दलाल शर्म से पानी-पानी हो गया।

साधूसिंह की एक ही मुस्कान ने नन्दलाल को अन्दर तक हिला दिया।

वकील के नाते नन्दलाल का फर्ज था, न्याय करते समय जज की सहायता करना। परन्तु उसने तो न्याय-प्रणाली में रुकावट खड़ी की थी।

'क्या यही उसका फर्ज था?' साधूसिंह मानो नन्दलाल से पूछ रहा था।

नन्दलाल में जज से आँख मिलाने की हिम्मत नहीं थी। वह सिर झुकाकर अदालत से बाहर आ गया।

साधूसिंह के बाद की तारीख मिलने पर सफाई पक्ष विजेता अनुभव कर रहा था। लेकिन नन्दलाल को पहली बार लगा कि उसकी हार हुई है।

एक सौ बारह

साधूसिंह की जगह नन्दलाल भगतराम को मायानगर में लाना चाहता था।

भगतराम मायानगर में नियुक्ति की सारी शर्तें पूरी करता था। वह हर केस में रिश्वत नहीं लेता था। कभी-कभार सोच-विचार कर पैसा लेता था। इसलिए उसका नाम ईमानदार जजों की लिस्ट में आता था। वह साधूसिंह जैसा अड़ियल नहीं था। बिना लालच में अफसरों का काम करता था। इसलिए अधिकारियों का चहेता था।

उसके मायानगर में आने पर नन्दलाल का रास्ता खुल रहा था। नन्दलाल मोटी आसामियों की वकालत करता था। पैसे वाली पार्टियों का ध्यान धन के बल पर मुकदमा जीतने की ओर होता था। वकील को फीस देते समय कंजूसी, लेकिन जज को मुँहमाँगी फीस देते थे। मोटी फीसों में से नन्दलाल को मोटा हिस्सा मिलता था। भगतराम के साथ उसकी गहरी बनती थी। उसके मायानगर में आते ही नन्दलाल के पौ बारह हो जाते थे।

हजारीलाल को चीफ जस्टिस बनवाकर, चण्डीगढ़ में रखवानेवाला भूतपूर्व सांसद शुक्ला था। यह पूरे हाईकोर्ट को मालूम था। नन्दलाल के शुक्ला के साथ निजी सम्बन्ध थे, यह केवल भगतराम जानता था। अपनी इच्छानुसार जज की नियुक्ति मायानगर में करवाने के लिए पंकज, शुक्ला को मोटी रकम दे रहा था, यह केवल नन्दलाल जानता था।

पंकज जिस जज को मायानगर में लाना चाहता था, उसका यहाँ आना असम्भव था, उसका रिकार्ड अच्छा नहीं था। हर स्टेशन पर उसके खिलाफ शोर मचा था। उसके रिटायर होने के दो साल रहते थे। वह सारी कसर पूरी कर लेना चाहता था। पंकज के पिता का वह लँगोटिया यार था। पंकज का उसके यहाँ पहले से ही आना-जाना था। पंकज को बरी करने का उसने यकीन भी दिलाया था। कुछ राशि जज अपनी तरफ से खर्च कर रहा था।

नन्दलाल को मालूम था। सोसायटी के जोर के कारण उसे मायानगर मिलनेवाला नहीं था।

इसलिए नन्दलाल ने पंकज के मनपसन्द जज के साथ ही अपने चहेते जज का

नाम भी शुक्ला को सुझाया था।

लेकिन लगता था अभी चीफ जस्टिस ने शुक्ला के एहसान को भुला दिया था। दोनों में से किसी भी जज को मायानगर में नियुक्त नहीं किया गया था। शुक्ला ने बीच में ही कोई नया रास्ता निकाल लिया था।

पंकज के सांसद से पूछने से पहले ही सांसद ने चीफ से पूछ लिया। पार्टी से मिली मोटी फीस वह डकार चुका था। वह पार्टी को क्या मुँह दिखाए?

'पेड़ मत गिनो। आम खाओ।' मंगतराम अपने काम की शुरूआत पंकज आदि को बरी करके कर सकता है। उसे कोई आस भी नहीं है।

हजारीलाल को दूध में मींगनें क्यों डालनी पड़ीं, इसके कारण भी उसने स्पष्ट किये थे।

"सोसायटी का अध्यक्ष आपकी ओर से हुई सिफारिश का पता लगा चुका है। वह खुद मेरे पास आकर एतराज जता गया है। पंकज ने जिस जज की सिफारिश की थी, वह बेवकूफ कई बार सरकारी गाड़ी में इनकी कोठी में आया था। सरकारी फोन पर इनसे बात करता रहा है। अध्यक्ष पूरे रिकार्ड के साथ घूम रहा है। भगतराम और नन्दलाल के गहरे सम्बन्धों का पुलिन्दा भी उसके पास है। दोनों जजों में से जिसे भी मायानगर में नियुक्त किया जाता, वही संकट में पड़ जाता। अपना काम वह क्या करता, उसे तो अपनी जान छुड़ानी ही मुश्किल हो जाती। हमारी दोनों की बदनामी मुफ्त में हो जाती।"

मंगतराम चीफ का वफादार था। सारी शर्तें खोलकर उसे मायानगर में तैनात किया गया था, वह होशियार था। वह अपनी कार्रवाई भी डाल लेता और किसी को कानों कान खबर नहीं होती।

शुक्ला को चीफ की बातों पर यकीन हो गया। लेकिन नन्दलाल को शुक्ला की बातों पर भरोसा नहीं था। सियासी लोगों के प्रलोभन के आधार पर वह अपने सायलों को जोखिम में नहीं डाल सकता था।

पण्डित अपनी सफाई भुगता चुका था। शेष दोषी पहले ही अपनी सफ़ाई बन्द कर चुके थे।

एक सौ तेरह

केस कई बार बहस पर लग चुका था। लेकिन पक्का यकीन होने तक नन्दलाल किसी बहाने बहस को टालता आ रहा था।

चार तारीखें डालने के बाद मंगतराम को और तारीख देने में दिक्कत महसूस होने लगी। ज्यादा तारीखों का मतलब था, जज किसी पार्टी की रिश्वत की प्रतीक्षा में था। मंगतराम को दो अमीर दोषियों को बरी करना था। सोसायटी इसका पता लगा सकती थी।

निर्णय लम्बित रखना सबके लिए खतरनाक था।

एक दिन खासतौर पर चण्डीगढ़ जाकर मंगतराम ने मामला चीफ को बताया। कहीं ऊँच-नीच हो गयी तो उसे दोष न दिया जाए।

चीफ ने देरी का कारण शुक्ला से जानना चाहा। शुक्ला ने नन्दलाल से। नन्दलाल फिर टाल गया।

जब अगली तारीख भी बहस के बिना ही निकल गयी तो मंगतराम को अपना सिंहासन डोलता नजर आया। दोनों तरफ से खतरा बढ़ रहा था। दोषी बरी न हुए तो चीफ नाराज होता। लटकाकर बरी किये तो सोसायटी आड़े हाथों लेती।

हरीश लटकती बहस पर गिला कर चुका था। संकेत से जज को समझा चुका था। पार्टी अपना आदमी तलाश रही थी। बहस पक्के प्रबन्धों के बाद ही हो सकती थी।

अवसर पाकर एक दिन मंगतराम ने नन्दलाल को अपने रिटायरिंग रूम में बुलाया।

जज को नन्दलाल की सहायता की जरूरत थी।

इस बार बदलियाँ देरी से हुई थीं। कॉलेज में दाखिल होने की तारीख निकल चुकी थी। मंगतराम के बेटे को किसी भी कॉलेज में दाखिला नहीं मिल रहा था। मंगतराम हरीश सहित कई वकीलों से मदद माँग चुका था। सभी ने नन्दलाल का नाम सुझाया। वह आर्य कॉलेज का प्रधान था। उसकी कलम की एक ही नोक से छात्र दाखिला पा सकता था।

इस बहाने उसने नन्दलाल को अपने पास बुलाया था।

"बाबूजी, बहस करो। चीफ साहिब की आज्ञा है।"

कुर्सी पर बैठने से पहले ही मंगतराम ने नन्दलाल को समझाया।

इधर-उधर की बातें बाद में होती रहीं।

वेद परिवार का पहले मायानगर से मोह टूटा। फिर उससे घृणा हो गयी। कभी-कभी कमल की स्मृतियाँ उन्हें कोठी की ओर खींच लेतीं। लेकिन जब से कोठी बिकी थी, उनका सम्बन्ध भी टूट गया। मायानगर के लोगों ने वेद परिवार को भुला दिया, और उन्होंने पूरे मायानगर को।

वेद का व्यापार ठप्प था। नेहा की पढ़ाई छूट चुकी थी। नीलम घर तक ही सीमित हो गयी। लगातार पड़ते मिरगी के दौरों के कारण उसे कहीं जाना वर्जित था।

वेद परिवार को इस शहर में आये डेढ़ साल हो गया था। अपना सब बेचने के बाद वेद ने रुपये बैंक में जमा करवा दिये थे। जब तक यह पूर्णतः स्वस्थ नहीं हो जाता, तब तक नया व्यापार शुरू नहीं कर सकता। ब्याज से खर्च निकल रहा था।

सुबह-शाम नीलम के साथ वेद गीता भवन चला जाता था। वहाँ कथा-कीर्तन चलता रहता। दोनों का मन टिक जाता था।

चिन्ता थी तो नेहा की। वेद सुबह-शाम रामनाथ पर जोर डाल रहा था। जरूरतमन्द घर देखकर नेहा के हाथ पीले कर दिये जाएँ। रामनाथ का भी यही विचार था। लेकिन लड़का मिले, तभी तो बात बने। रामनाथ ने सभी परिचितों से लड़का खोजने को कहा था। कोई भी अनुकूल लड़का नहीं बता पाया।

लड़की को कुएँ में नहीं धकेला जा सकता। कभी न कभी हालात बदलेंगे। वह अधिक उम्र की तो नहीं थी। स्वयं ही सम्बन्ध मिल जाएगा। कहकर वह वेद को तसल्ली देता आ रहा था।

इस शहर में उच्च शिक्षा के लिए कोई प्रबन्ध नहीं था। चाहते हुए भी नेहा एम. ए. में दाखिला नहीं ले सकी। समय को धक्का देने का एक ही साधन था—कानूनी किताबों में सिर खपाना।

नेहा व्यस्त रहना चाहती थी, काम भले कोई भी हो। मनोचिकित्सक के परामर्श पर रामनाथ उसे व्यस्त रखने में मदद कर रहा था।

रामनाथ अपने द्वारा लड़े जा रहे मुकदमे की पृष्ठभूमि पहले उसे समझाता था। फिर केस में उठनेवाले बिन्दुओं की ओर संकेत करता। उन संकेतों पर हाईकोर्ट, सुप्रीम कोर्ट का क्या विचार है? उन निर्णयों को सूचीबद्ध कर देता। बाकी पढ़ाई वह नेहा पर छोड़ देता।

निर्णय पढ़ती-पढ़ती नेहा वकीलों और जजों की चतुराई पर हैरान होने लगती। लगभग हर केस में पूरी होशियारी से बहाना खोजकर दोषी को बरी कर दिया जाता था। नेहा जैसे लोग भी मुकदमे का हिस्सा थे। लगता था, इस पक्ष को अदालत ने बिल्कुल अलग कर दिया था।

अपने मुकदमों के साथ मिलते-जुलते फैसले पढ़कर नेहा को लगता कि किसी न किसी बहाने उनके दोषियों को भी बरी कर दिया जाएगा।

मुद्दई की दुर्दशा देखकर नेहा का मन कुछ करने को तड़प उठता। वह क्या करे? यही प्रश्न वह मामाजी से कई बार पूछ चुकी थी।

दुःख भोगकर रामनाथ ने कई सबक सीख लिये। अब उसे दोषी का पक्ष लेते समय झेंप अनुभव होती थी। जहाँ तक होता, वह मुद्दई पक्ष का वकील बनता। उन्हीं के केस लेता। दोषियों को सजा दिलवाने के लिए दिन-रात एक करके संघर्ष करता था। इस तरह उसे शान्ति मिलती थी।

सोसायटी के वास्तविक उद्देश्य के बारे में रामनाथ को अब पता चला। यदि नेहा वकील होती, तो सोसायटी के काम में हाथ बँटाती। अब नेहा सोसायटी के लिए क्या कर सकती थी? रामनाथ भी यह समझ नहीं पाया।

"मामाजी, मुझे लॉ में दाखिला नहीं मिल सकता? लॉ करके मैं हरीश अंकल की सोसायटी की सदस्या बनूँगी। फिर मैं दोषी-पक्षीय कानून की धज्जियाँ उड़ा दूँगी।"

नेहा को जैसे एकाएक एक दिन ये बात सूझी।

"क्यों नहीं बेटा! तुम्हारे ग्रेजुएशन में इतने अंक हैं कि मैरिट लिस्ट में तुम्हारा नाम प्रथम पाँच छात्रों में होगा। तुम्हारा विचार शुभ है। प्रभु तुम्हें सफलता दे।"

नेहा के निर्णय पर पूरे परिवार को प्रसन्नता हुई।

उसके पढ़ाई में लगते ही कई समस्याएँ हल हो सकती थीं। नेहा तीन साल के लिए व्यस्त हो जाती। यूनिवर्सिटी जाने पर उसका मन बदल सकता था।

खुशी में नये दाखिले का इन्तजार होने लगा।

एक सौ चौदह

साधूसिंह की अन्तिम दिन की मुस्कान नन्दलाल की छाती में छुरे की तरह चुभी हुई थी।

'अब तो खुश हो!' साधूसिंह ने हो रहे इन्साफ में रोड़ा अटकाने में मिली सफलता के कारण नन्दलाल को बधाई दी थी।

'क्या इसी का नाम वकालत है?' नन्दलाल को लगा था, मानो साधुसिंह बार-बार उससे यह प्रश्न पूछ रहा हो।

खूब मान था नन्दलाल को अपनी योग्यता पर। किस काम आयी यह योग्यता? पैसा कमाने के लिए? पैसेवाले मुजरिमों को बरी कराने के लिए? मुजरिमों को सजा के डर से मुक्त करवाने के लिए? जुर्म की वृद्धि में सहायक होने के लिए?

आत्मालोचन करते नन्दलाल को इन प्रश्नों का उत्तर 'हाँ' में मिलता था।

यही हाँ अब उसे पश्चात्ताप की आग में जला रही थी।

नन्दलाल को मुकदमे के सारे हालात का पता था। सब दोषियों पर लगे आरोप सही थे। नन्दलाल ने सारे हथकण्डे इस्तेमाल करके सबूत मिटवा दिये थे। अब कोई जज दोषियों को सजा नहीं दे सकता था।

पहले कई बार बहस टल चुकी थी। इस बार बहस होने वाली थी। बहस के लिए नन्दलाल वादा भी करके आया था। अगली तारीख लेनी न सायलों के पक्ष में थी, न जज के ही।

लेकिन अब मुलजिमों को बरी करवाने से नन्दलाल कतरा रहा था।

नन्दलाल को पंचम-जैसे पेशेवर मुलजिमों के पक्ष में किसने खड़ा किया था? पेशेवर मुलजिम की पक्षपूर्ति के लिए किसने वकील नियुक्त किया था? व्यावसायिक दोषियों को चोटी के वकीलों की सेवाएँ मुहैया करवाकर नन्दलाल ने अपना कौन-सा फर्ज निभाया था? क्यों निजी दबाव का उपयोग करके उसने तफतीश में रोड़ा अटकाया था? गवाह क्यों मुकर गये? साधूसिंह को निर्णय करने से क्यों रोका? मुलजिमों के मनचाहे जज को साधूसिंह की जगह क्यों नियुक्त करवाया?

यह वकालत नहीं, कानूनी अपराध था। नन्दलाल भारतीय दण्डावली की किन-किन धाराओं के अधीन मुजरिम ठहरता था। तीन दिन से घर बैठा नन्दलाल सोच रहा था।

नन्दलाल को अब साधूसिंह ठीक लग रहा था। हरीश ठीक लग रहा था। लेकिन कमान में से निकला तीर नहीं लौट सकता था।

सुबह का भूला शाम को घर लौटे तो भूला नहीं कहलाता। लेकिन कोई पूरी उम्र ही भूला रहे, तो उसे क्या कहेंगे? कब्र में समाने की उम्र में कोई चेता तो क्या चेता?

जब जाग आए तभी सवेरा, यह सोचकर नन्दलाल ने सिंगला को अपने घर बुलाया।

सिंगला को सारी स्थिति समझा दी।

नन्दलाल की तबीयत खराब थी। वह बहस करने की स्थिति में नहीं था। अब बहस अकेले सिंगला को ही करनी थी।

सिंगला को घबराने की जरूरत नहीं थी। उसके दोनों सायल बरी हो सकते थे। इसका प्रबन्ध उन्होंने कर लिया था। वकीलों के सिर मुकुट फोकट में बँधने वाला था। नन्दलाल ऐसे श्रेय लेता थक चुका था। अब उसके शिष्य की बारी थी।

सरकार ने नन्दलाल को पण्डित का वकील नियुक्त किया था। पण्डित की ओर से बहस करने को वह तैयार नहीं था। सरकार की ओर से प्राप्त फीस वह लौटा चुका था। पण्डित की तरफ से तो वह अपना वकालतनामा भी वापस ले रहा था। सिंगला यह सूचना जज को देनेवाला था।

नन्दलाल ने अपने शिष्य को एक और सलाह दी।

"लालच में आकर तुम गुरु के स्थान पर पण्डित का वकील मत बनना। उसे अपने किये की सजा मिलने देना।"

बाबू नन्दलाल ठीक तो था? वह कैसी बातें कर रहा था? सिंगला को कुछ समझ नहीं आ रहा था।

एक सौ पन्द्रह

नीलम की दिमागी चोट को ठीक होने में समय लग रहा था। डॉक्टरों की सलाह थी कि उसे हर चिन्ता से मुक्त रखा जाए। चिन्ता के कारण उसके दिमाग पर बोझ पड़ता था। इसलिए उसे दौरे पड़ते थे। एक बार शुरू हुए दौरे कई-कई दिन चलते थे।

इसलिए हर बुरी खबर नीलम से छुपाकर रखी जाती थी।

लेकिन अगले दिन होनेवाले फैसले की, उसे पता नहीं कैसे खबर हो गयी। वह सुबह से ही गुमसुम थी।

यह परिवार के लिए खतरे की घण्टी थी। उसे किसी समय भी दौरा पड़ सकता था।

नेहा ने नीलम को काम नहीं छूने दिया। सब काम उसने खुद समेटा था। नीलम को आराम की जरूरत थी। उसे बिस्तर से उठने नहीं दिया जा रहा था।

बरामदे में बैठा अखबार पढ़ता वेद लगातार नीलम पर नजर रखे हुए था।

सो रही नीलम न जाने कब जगी और बाथरूम में जा घुसी। वेद को तभी पता चला, जब धड़ाम से गिरती नीलम ने सारा घर हिला दिया।

अचानक आयी इस मुसीबत से वेद परेशान हो उठा। उसका शरीर कांपने लगा।

नीलम की जान को आये खतरे ने वेद को सब कुछ भुला दिया। भूल गया कि वह पहले वाला वेद पहलवान नहीं था। अब उसकी टाँगें, बाँहें कमजोर थीं। उसका अंग-प्रत्यंग प्लेटों के सहारे खड़ा था। चार कदम चलने के लिए भी सहारे की जरूरत थी। उसे भार उठाने की मनाही थी। चार कदम तेज चलना मना था।

सिर पर मँडराते खतरे ने वेद को सब मनाही भुला दी। कहीं से उसके शरीर में मानो अथाह शक्ति आ गयी। उसी शक्ति के सहारे वह बाथरूम की ओर दौड़ा।

नीलम फर्श पर गिरी पड़ी थी। उसके मुँह से खून निकल रहा था। दाँतों में आ जाने से उसकी जीभ कट गयी थी।

वेद ने नीलम को बाँहों में भरा और बेड पर लाकर लिटा दिया।

एकाएक उसकी दैवी शक्ति लुप्त हो गयी। उसकी टाँगों-बाँहों में दर्द होने लगा। उसकी दाँयीं टाँग पर मानो आरा चल रहा था।

नेहा घर न होती तो शायद कोई अनहोनी हो जाती।

तत्काल नेहा ने रामनाथ को बुलाया।

रामनाथ ने डॉक्टर इकट्ठे कर लिये।

नीलम को अधिक खतरा नहीं था। उसे सामान्य दौरा पड़ा था। एकाध दिन में

वह चलने योग्य हो सकती थी।

वेद की हालत चिन्ताजनक थी। भार उठाने से उसकी कमजोर हड्डियाँ चरमरा गयी थीं।

टाँगों की हालत अधिक गम्भीर थी। लगता था भार पड़ने के कारण प्लेटें टेढ़ी हो गयी थीं।

ऐसा ही हुआ हो तो ऑपरेशन करना पड़ेगा।

इस शहर में यह सुविधा नहीं थी।

मरीज को तत्काल दयानन्द अस्पताल ले जाना चाहिए था। शोकग्रस्त परिवार मायानगर जाने की तैयारी करने लगा।

एक सौ सोलह

दो दिन तक मूसलाधार बारिश होती रही।

सुप्रीम कोर्ट के बीसियों निर्णयों का हवाला देकर सफाई पक्ष ने सिद्ध किया कि दोषियों का मौके पर हाजिर होना, और वारदात में शामिल होना प्रमाणित नहीं होता।

उनका तर्क था कि वारदात काले कच्छे वाले किसी गिरोह ने की है। ऐसी घटना मायानगर में पहली बार हुई थी। भयभीत लोगों की भावनाओं को अभिव्यक्ति देने के लिए अखबारों ने मुकदमे को तूल दे दिया। अपना पीछा छुड़ाने के लिए पुलिस ने साधारण से दोषियों को बलि का बकरा बना लिया। रामनाथ कानून जानता था। निजी दुश्मनी के लिए उसने चालाकी से पंकज और नीरज को मुकदमे में घसीट लिया।

परचा तीनों में से किसी एक चश्मदीद गवाह की ओर से दर्ज करवाया गया था। डॉक्टरी रिपोर्ट को ध्यान से देखें तो नेहा को गम्भीर चोट नहीं लगी थी। बयान देते समय वह पूर्णतः होश में थी। यदि उसे दोषियों के नामों का पता होता तो वह पर्चे में उनके नाम लिखवाती। ततीमा बयान दोषियों को पकड़ने के बाद लिखा गया था। यह भी कहाँ सच था? पुलिस ने बयान में लिखा था कि दीना ने नेहा के साथ बलात्कार किया। नेहा और डॉक्टर इस दोष को गलत कहते थे। इसीलिए सुप्रीम कोर्ट बार-बार जोर देता था कि पर्चे में दर्ज तथ्यों को सही माना जाए। ततीमें बयानों को नजरअन्दाज किया जाए। इन्हीं ततीमें बयानों के आधार पर दोषियों को कसूरवार नहीं ठहराया जा सकता।

दोषियों पर कत्ल और बलात्कार-जैसे संगीन जुर्म लगे थे। दोष सिद्ध होने पर उन्हें फाँसी तक की सजा हो सकती थी। अदालत का फर्ज था, गवाहियों को ध्यान से परखे। जहाँ कहीं कथा की सच्चाई पर शंका पैदा हो, उसका लाभ दोषियों को दे।

घटना इन्हीं दोषियों ने की थी, यह सिद्ध करने में पुलिस असफल रही। जानबूझ कर पुलिस ने शिनाख्ती परेड नहीं करवाई थी। वारदात अचानक हुई थी। सोये पड़े घर के सदस्यों को उठाकर पीटा गया था। गवाहों की तरफ से किसी भी दोषी को उस समय पहचानने की सम्भावना नहीं थी। शिनाख्ती परेड करवाने पर भी गवाह दोषियों को नहीं पहचान सकते थे। इसीलिए गवाहों के बीमार होने का बहाना करके शिनाख्ती परेड टाल दी गयी थी। गवाह ठीक होकर काम-काज करने लगे थे। चार दोषी अभी जेल में थे। उनके ठीक होने के बाद शिनाख्त परेड करवाई जा सकती थी। लेकिन पुलिस की नीयत ठीक नहीं थी। दोषियों के चित्र खींचे गये। उनकी कापियाँ गवाहों को दी गयीं। बार-बार दोषियों को गवाहों के सामने पेश किया गया। जब मुलजिमों की शिनाख्त तय हो गयी तो उन्हें अदालत में खड़ा करके पहचाना गया। सुप्रीम कोर्ट, पुलिस की इस चालाकी से परिचित है। इसीलिए वह अदालत में पहली बार हुई शिनाख्त को कोई महत्त्व नहीं देती। गवाहों के बयान सच्चे नहीं थे। गवाहियों पर सन्देह था। सन्देह का लाभ मुलजिमों को मिलना चाहिए था।

पंचम के वकील ने एक अलग तर्क दिया। डॉक्टरी रिपोर्ट के अनुसार उसकी उम्र बीस बरस से कम थी। यदि गवाहों को सच मान लिया जाए तब भी उसे ज्यादा से ज्यादा तीन साल के लिए किशोर अपराधियों के लिए बने सुधार-गृह में ही भेजा जा सकता है। दूसरी कोई सजा उसे नहीं दी जा सकती।

जब मुख्य दोषी ही अपराधी साबित नहीं होते तो उन्हें प्रेरित करके जुर्म करवाने का दोष पंकज आदि के सिर कैसे थोपा जा सकता है? सिंगला ने पंकज के हक में यही तर्क दिया था।

बहस का जवाब देते हुए मुद्दई पक्ष ने दोष सिद्ध करने के लिए अपनी दलील दी।

दोषी पेशेवर अपराधी थे। चोरी और लूटपाट के केस में वे कई बार जेल जा चुके थे। यही दोषी काले कच्छे वाले बनकर जुर्म करते थे। इसीलिए इन्हें पकड़ने के बाद फिर ऐसी वारदात नहीं हुई। खून सने कपड़े, हथियार और चोरी के माल का बरामद होना, दोषियों को घटना से जोड़ता था।

ठेकेदार इससे पहले कभी फैक्टरी आया हो, ऐसा कोई प्रमाण नहीं मिलता। किसी मजदूर को उसने पंकज के पास काम दिलवाया हो, सफाई पक्ष ने ऐसा कोई सबूत पेश नहीं किया। पंकज और ठेकेदार में फोन पर किस समस्या पर चर्चा हुई,

सफाई पक्ष ने इसका स्पष्टीकरण नहीं दिया। मुनीम इनका नौकर था। उसको समझाये अनुसार ही बोलना था। पंकज आदि की फैक्टरी का रिकार्ड उनकी ठेकेदार से मिलीभगत सिद्ध करने के लिए काफी था। पंकज की साजिश सिद्ध करने के लिए ये सबूत कम नहीं थे।

पंचम की उम्र सिद्ध करने के लिए डॉक्टर गवाह के तौर पर पेश नहीं हुआ। न मुद्दई पक्ष को उसकी असल उम्र सिद्ध करने का मौका दिया गया था। अधूरी रिपोर्ट पर विश्वास नहीं किया जा सकता था। वह दया का पात्र नहीं था।

जज ने अपना मन बताने और निर्णय लिखवाने के लिए एक दिन का समय लिया था।

एक सौ सत्रह

आज निर्णय सुनाया जाना था।

केस दो साल पुराना होने के कारण आम जनता को इसमें, निर्णय में, कोई दिलचस्पी नहीं थी। इस घटना के बाद हजारों दूसरे मसले उभर आये थे। इन दिनों अखबारों में उन्हीं की चर्चा रहती थी।

तो भी यह मुकदमा कई महीनों तक अखबारों की सुर्खियों में रहा था। अतः कुछ अखबारों के पत्रकार इसका निर्णय अपने-अपने समाचार पत्रों में छापना चाहते थे। निर्णय सुनने वे स्वयं नहीं आये। वकीलों से उनका सम्पर्क बना हुआ था।

पंकज और नीरज अपने एक भी समर्थक को कचहरी में लेकर नहीं आये। सिंगला की केबिन में बैठे वे आराम से निर्णय की प्रतीक्षा कर रहे थे। ठेकेदार का पूरा परिवार कचहरी में आया हुआ था। उन्हें बेसब्री से फैसले का इन्तजार था।

शेष दोषी अकेले अलग-अलग थे। किसी का कोई समर्थक नहीं था।

मुद्दई पक्ष की ओर से नेहा और रामनाथ आये थे। अदालत के बाहर कोई सक्रियता नहीं थी।

दिनभर अन्य कोई कार्रवाई नहीं हुई। जज और स्टेनो, निर्णय लिखाने, टाइप करने में व्यस्त थे।

तीन बजे के करीब कार्रवाई सम्पन्न हुई।

निर्णय सुनाने के लिए जज ने दोनों पक्षों को बुला लिया।

पूरी फाइल पढ़ लेने पर, और दोनों पक्षों की बहस सुनने के बाद, जज जिस नतीजे पर पहुँचा, वह इस तरह था—

'घटना के तुरन्त बाद दर्ज हुए परचे में मुजरिमों के नाम और उनके द्वारा किये जुर्मों का विवरण नहीं था। इसलिए मामला शंकापूर्ण लगता था। गवाहों के बयान पुलिस ने अपनी मर्जी से लिखे थे। यह तथ्य नेहा के अपने बयान से सिद्ध होता था। तफ़तीश करनेवाले अफसर की ओर से लिखे गये बयान में बलात्कार का वर्णन था। नेहा कहती थी यह बात उसने नहीं लिखवायी। अदालत गवाह को ठीक माने कि पुलिस को? मामला सन्देहास्पद है। सन्देह का लाभ दोषियों को मिलता था।

दोषी पहले कई बार जेल जा चुके थे। वे स्वभावतः कानूनी दाँव-पेंच से परिचित थे। मूर्ख से मूर्ख दोषी भी घटना के समय एक-दूसरे का नाम नहीं लेगा। नाम लिया जाए तो भी चोटें खाते शिकार को नाम याद नहीं रहेगा। गवाहों के बयान का यह हिस्सा भी मानने योग्य नहीं।

शिनाख्ती परेड न करवाकर, पुलिस ने गवाही पर भरोसा करने की मामूली-सी गुंजाइश को भी रद्द करवा दिया। घटना के एक साल बाद हुई शिनाख्त का कोई महत्त्व नहीं था। अतः कानून के अनुसार स्थापित मापदण्डानुसार गवाही को परखा जाए तो दोषियों का वारदात के समय मौके पर हाजिर होना, सिद्ध नहीं होता।

लेकिन जज ने इन तर्कों को एक तरफ कर दिया।

गवाहों को लगी चोटों, और उन्हें पहुँचे सदमे के कारण जज ने पुलिस की विवशता को सही मान लिया।

गवाहों के बयानों को सही मानकर दोषियों पर लगे जो दोष सिद्ध होते थे, वे इस तरह थे—

दोनों पक्षों ने माना था कि पाँच मुख्य दोषियों में से चार, चोरी और लूटपाट में संलिप्त पाये जाते रहे हैं। मिसल में लगे निर्णय सिद्ध करते थे कि उन्हें ऐसे दोषों में तीन-चार महीने तक की कैद हो चुकी है। चोरी वे कभी स्कूटर की करते थे, कभी टी.वी. की। छीनते थे पर्स या चैन। पहले किये जुर्मों में मुलजिमों ने न कभी किसी घातक हथियार का प्रयोग किया था, न किसी को चोट मारी थी।

इस घटना के समय भी पंचम को छोड़कर, अन्य किसी दोषी के पास घातक हथियार नहीं था। नीलम और वेद को रॉड से पीटा गया था। कानूनी भाषा में रॉड घातक हथियार नहीं था। दो मुजरिमों का घटना के समय खाली हाथ होना सिद्ध हुआ था। यों संयोगवश चोरी की नीयत से पाँच चोरों का किसी के घर में दाखिल होने से डकैती का केस सिद्ध नहीं हो जाता। दोषियों का घातक हथियारों से लैस होना जरूरी था। घातक हथियारों की गैर मौजदूगी सिद्ध करती थी कि दोषियों की

घर के सदस्यों को चोटें पहुँचाने की इच्छा नहीं थी। रॉड तो वे अलमारियाँ, ताले तोड़ने के लिए साथ ले गये थे—अचानक जाग उठे सदस्यों के साथ हुई हाथापाई, मुठभेड़ में चोटें एकाएक लगी थीं, अचानक।

परिणामतः दोषियों पर डकैती का केस सिद्ध नहीं होता।

घातक हथियार सिर्फ पंचम के पास थे। उसी ने कमल पर हमला किया था, उसकी करतूत के लिए दूसरों को दोषी नहीं ठहराया जा सकता। शेष दोषियों का कमल को कत्ल करने के लिए पंचम के साथ सहमत होने का कोई सबूत फाइल में नहीं था।

पंचम की उम्र सम्बन्धी एक रिपोर्ट मिसल पर मौजूद थी। उसके अनुसार पंचम की उम्र बीस साल से कम बनती थी। मुद्दई पक्ष ने इस रिपोर्ट को झुठलाने के लिए कोई सबूत पेश नहीं किया था। मुद्दई पक्ष के तर्क में दम नहीं था कि सफाई पक्ष ने पहले यह पक्ष छोड़ दिया था और बाद में डॉक्टर की रिपोर्ट सिद्ध नहीं करती थी। किशोर अपराधियों के हितों की रक्षा करना अदालत का दायित्व था। जज डॉक्टर की रिपोर्ट की उपेक्षा नहीं कर सकता।

पंचम को कमल का हत्यारा ठहराया गया। उसे किशोर मानते हुए तीन साल के लिए 'किशोर-गृह' भेज दिया गया।

पण्डित और कालिया की स्थिति भी ऐसी ही थी। उन्होंने वेद और नीलम को रॉड के साथ चोटें पहुँचायी थीं। रॉड घातक हथियार नहीं था। अतः वे भी तीन-तीन साल की सज़ा के हकदार थे।

चोरी करने की नीयत से किसी के घर में दाखिल होने, चोरी करने, और चोरी का सामान बरामद होने के दोष-पाँचों अपराधियों पर सिद्ध होते थे। इन दोषों में ज्यादा से ज्यादा सज़ा पाँच-पाँच साल तक की थी। अदालत ने सभी दोषियों को तीन-तीन साल की सजा सुना दी।

निर्णय सुनाते समय जज ने एक बिन्दु स्पष्ट किया। ये सजाएँ जुड़ेंगी नहीं, एक साथ चलेंगी। अर्थात् अधिक से अधिक उन्हें तीन साल जेल में रहना पड़ेगा। छः, नौ या बारह साल के लिए नहीं।

जब मुख्य दोषियों पर सोच-समझ कर हत्या या डाका डालने का दोष सिद्ध नहीं हुआ तो साजिश करके इन अपराधों को सम्पन्न करवाने के लिए कटघरे में खड़े दोषियों को मुजरिम कैसे घोषित किया जा सकता था?

पंकज और नीरज को ससम्मान बरी कर दिया गया। निर्णय सुनाकर जज उठा और रिटायरिंग रूम में चला गया।

पंकज और नीरज चुपचाप चले गये। मुजरिमों को सज़ा हो गयी। यह सुनकर

ठेकेदार का परिवार उससे लिपटकर चीखने लगा।

शेष दोषियों के वकील फैसला सुनने नहीं आये थे। अकेला ठेकेदार का वकील आया था।

"अरे, सजा कहाँ हुई है? यह तो बरी हो गया। कुल तीन साल की सजा हुई है। दो साल कट गये, एक साल की सज़ा सरकार ने माफ कर रखी है। यह तो शाम को घर आया समझो। लाओ, मेरा इनाम निकालो।"

मुजरिम और उनके परिवार का हौसला बढ़ाते हुए वकील फूला नहीं समा रहा था।

गुमसुम हुई नेहा फैसले का निष्कर्ष समझने लगी। उसे समझ नहीं आ रहा था कि दोषियों को सजा हुई कि वे बरी हुए हैं।

पीछे खड़े होकर फैसला सुनता हरीश, नेहा की दुविधा को भाँप गया।

'मुद्दई अस्पताल में पड़े हैं। दोषी घर को चल पड़े।'

आगे बढ़कर नेहा के सिर पर हाथ रखकर हरीश ने नेहा से सहानुभूति जतलायी और फैसले के अर्थ समझाये।

'हिम्मत करो, बेटी! इस अदालत का निर्णय अन्तिम नहीं। हम 'ऊपर' अपील करेंगे।'

नेहा का मन रखने को रामनाथ ने इतना कहा तो, वैसे उसे पता था, ऊपर भी यही कुछ होनेवाला था।

□□□